프랑스 고전문학 연구
르네상스에서 고전주의까지

프랑스 고전문학 연구

르네상스에서 고전주의까지

이환 외

민음사

책 머리에

르네상스와 고전주의 시대의 불문학을 검토·조명하는 18편의 논문을 모아서 한 권의 책으로 엮게 되었다. 지금까지 우리나라의 불문학 연구와 소개가 현대문학 쪽에 치우쳐 왔던 것이 사실이다. 프랑스 현대문학의 성과가 아무리 찬란한 것이라 할지라도 그것은 오랜 전통이 꽃피워낸 것으로서, 결코 그 자체로서 충족될 수 있는 성격의 문학은 아닐 것이다. 이제 우리 불문학계도 불문학의 뿌리로 거슬러 올라가 그 근원을 탐색하는 시도를 해볼 만한 성숙의 단계로 접어들었다는 생각이 든다.

여러 연구자들이 한자리에 모여 16세기와 17세기의 불문학을 집중적으로 검토해 보고자 하는 우리의 시도는 국내 학계에서는 최초의 시도이다. 이러한 우리의 시도의 일차적인 목적은 물론 그 시대의 불문학의 양상을 조명해 보려는 데 있지만, 나아가 현대문학을 포함한 불문학 전반을 좀더 깊이 있게 이해하고 앞으로 불문학 연구의 심화·발전에 조금이라도 기여하고자 하는 목적과도 맥이 닿아 있다.

이 책은 일정한 체계를 지향하여 꾸며진 것은 아니다. 〈르네상스와 고전주의 시대 불문학〉으로 주제를 정한 후 18명의 필자들이 각자 자신의 관심과 연구 영역에 따라 한 편씩 논문을 작성하는 방식으로 작업이 진행되었다. 따라서 문학사나 문학 개설서가 다루는 16세기와 17세기 불문학의 모든 국면이 망라될 수는 없었다. 그렇지만 이 두 세기의 가장 특징적이고 대표적인 문학적 흐름이 다루어질 수 있도록 고려된 결과 르네상스와 고전주의 문학의 가장 중요한 작가와 작품들이 탐구의 대상이 되었다.

제1부는 르네상스기의 문학을 대상으로 한 7편의 논문으로 구성되었는

데 라블레의 소설과 몽테뉴의 에세이, 롱사르와 모리스 세브의 시 그리고 중세 주제의 르네상스적 변용이 각각 논문의 주제가 되었다. 제2부는 고전주의 문학을 검토한 8편의 논문으로 구성하였다. 여기서는 고전주의 3대 작가로 지칭되는 코르네유, 라신느, 몰리에르의 극작품들과 라파예트 부인의 소설, 레 추기경의 회고록이 각각 논자의 관점에 따라서 분석되었고, 고전주의 문학과 오귀스티니슴의 관계를 규명하는 1편의 논문이 포함되었다. 제3부는 국내 학계에 파스칼에 관한 연구의 장을 열고 이끌어온 이환 교수의 논문을 포함하여 파스칼만을 집중적으로 다룬 3편의 논문으로 구성되었다.

불문학 고전 작품 세계에 대한 우리의 이 천착은 진지한 학문적 관심의 소산이기는 하나 아직은 미흡한 결과에 머물렀다는 느낌이다. 우리의 작은 노력이 앞으로 더 크고 깊은 학문적 성과로 이어지는 하나의 단서와 계기가 되었으면 하는 바람이 간절할 뿐이다.

이동렬

【차례】

책 머리에

제 1 부   르네상스기 문학 연구

제 2 부   고전주의 문학 연구

제 3 부 파스칼 연구

저자 약력

제1부 르네상스기 문학 연구

중세 주제의 르네상스적 변용

『베르지의 성주 부인』에서 『엡타메론』으로

김정희

1

그 동안 중세 문학에서 근대 문학의 뿌리를 찾으려는 발생론적인 관심이 없었던 것은 아니지만 그러한 노력의 이면에는 연속성을 찾으려는 진지함보다는 중세를 유아기로 간주하는 은근한 경멸감이 있었던 것이 사실이다. 1970년대 중반 이후 본격화된 중세의 재조명 작업은 인류학적인 방법론을 도입, 중세를 보다 총체적으로 이해하려는 시도였다. 그것은 기근과 전염병, 그리고 화형대가 있는 황폐하고 야만적인 풍경과 아울러 도시와 대학, 또 아름다운 성당과 성을 세울 수 있었던 중세의 지적, 문화적 완숙함을 드러내기 시작했고, 이러한 중세의 재발견은 중세와 르네상스 간의 관계에 대한 기존의 인식 또한 변화시켰다. 이 글은 르네상스가 스콜라 철학의 건조함과 배타적인 기독교적 열정이 지배했던 중세와의 단절, 고대 인문주의 문화의 부흥으로만 이해되어서는 안 되며 중세와의 연속선상에서 계승, 발전의 개념으로 이해되어야 한다는 것을 문학 소재를 통하여 보이고자 한다.

두 시대의 문학이 가지는 상호 관련성을 파악하는 가장 효과적인 방법은 중세 작품과 그것을 다시 쓴 르네상스 작품을 비교하는 것이다. 〈다시 쓰기 réécriture〉[1]는 근·현대 문학에서는 큰 성과를 거두지 못한 글쓰기 형태이지만 중세 문학은 〈다시 쓰기〉를 통해 그 맥을 이어나갔다고 해도 지나치지 않다. 〈다시 쓰기〉의 배경으로는 텍스트의 소유 개념, 즉 어느 특정 작가의 작품이라는 인식[2]이 아직·생겨나지 않았다는 텍스트 외적인 이유와 함께 텍스트 내적인 이유로서 빈틈 많은 서술 방식을 지적할 수 있다. 중세 초기 문학은 혼자 눈으로 읽는 독서 행위를 전제하는 근대 문학과는 달리 음유시인 jongleur 의 낭독, 혹은 암송에 의해 전달되었다. 일종의 공연 performance 이라고 할 수 있는 이러한 소설의 수용 방식은 집약적이며 간결한 글쓰기를 요구했다. 따라서 극적인 장면들 사이에는 서술의 공백이 자리잡게 마련이었고 후대의 작가들은 속편 continuation, 혹은 산문화 mise en prose 의 이름으로 그 공백을 메워나갔다. 16세기 르네상스 시대에 이르러서 이러한 〈다시 쓰기〉의 현상은 거의 수그러들고, 중세적 소재가 단지 풍자의 목적으로, 즉 중세적 의식과의 단절을 표현하기 위해서만 원용되고 있는 듯이 보인다.

『엡타메론 l'Heptaméron』의 70번째 누벨은 13세기 말엽[3]의 운문 소설

---

1) 문자 그대로 의미에서의 〈다시 쓰기〉, 즉 베껴 쓰기는 필사본의 형태로 배포된 거의 대다수의 중세 작품에 해당되는 현상이었다. 중세 시대의 숙련된 필경사에 의한 필사본은 초기 인쇄본이 따르지 못했을 정도의 정확성을 가졌다고는 하나 원본의 변형은 불가피한 것이었다. 이러한 비의도적이며 우연한 변형이 따르는 일차적 의미에서의 〈다시 쓰기〉 이외에도 중세는 의도적이며 체계적인 변화를 꾀하는 이차적 의미에서의 〈다시 쓰기〉, 즉 개작의 예 또한 풍성한 시대였다. 이 글이 관심을 기울이는 것은 바로 이차적인 의미에서의 〈다시 쓰기〉이다.

2) 16세기부터 서서히 인식되기 시작한 저작권 개념은 19세기 초엽에 이르러 완성된다. 따라서 그것을 중세, 특히 14세기 이전의 텍스트에 적용하는 것은 아나크로니즘이라고 할 수 있다.

3) 장 프라피에 Jean Frappier는 2격 변화가 엄격히 지켜지지 않은 언어적 특색과 13세기 후반기 작품인 『쿠시 성주와 파이엘 부인의 이야기 L'Histoire du Castelain de Coucy et de la dame de Fayel』와 같이 운문 궁정 소설의 마지막

12

『베르지의 성주 부인 *la Chastelaine de Vergi*』을 비교적 충실히 되풀이한, 르네상스 시대에는 혼치 않은 〈다시 쓰기〉의 예가 되고 있다. 중세라고 일괄적으로 지칭되는 시대 안에서 다시 쓰여진 작품에서도 단순한 부연 서술 외에 시대 정신의 변화를 감지할 수 있음을 감안한다면, 르네상스 작가가 다시 쓴 중세 작품이 과연 어떤 변모를 하고 있을지는 매우 흥미로운 주제로 다가온다.

2

마르그리트 드 나바르의 『엡타메론』(1520-1549)은 〈누벨 nouvelle〉이라는 단어를 단편소설을 지칭하는 문학 용어[4]로 처음 사용했던 필립 드 비널 Philippe de Vigneulles(1515)의 단편소설집, 『백 가지 새로운 이야기 *les Cent Nouvelles nouvelles*』와 함께 프랑스 단편소설의 효시로 일컬어진다.[5] 이 작품들은 이탈리아 르네상스 단편소설, 특히 『데카메론 *le*

형태인 비극 소설로 분류될 수 있는 주제의 성격을 들어 이 소설이 쓰여진 시기를 1250-1288년 사이로 추정하고 있다. ("*La Chastelaine de Vergi*, Marguerite de Navarre et Brandelo", *Du Moyen âge à la Renaissance*, Paris, Champion, 1976, 402쪽)

4) 필립 드 비널은 『백 가지 이야기 *les Cent Nouvelles*』(『데카메론』의 불역본 제목)가 이미 오래전에 쓰여졌는데도 불구하고 여태 누벨 Nouvelles, 즉 〈새로운 것〉이라고 지칭되고 있는 것을 감안할 때 최근의 이야기들을 모은 자신의 작품은 그 뒤에 누벨 nouvelles이라는 형용사를 덧붙여야 한다고 주장한다. 이렇게 해서 중세를 포함한 옛것과의 단절을 의미했던 〈누벨〉의 본래의 의미는 퇴색되고 단편소설을 지칭하는 문학 용어로 의미가 전환된다 : Les histoires racontées dans ledit livre des Cent Nouvelles sont arrivées pour la plupart, dans les provinces d'Italie, il y a déjà longtemps de cela. Elles portent toutefois, maintenant encore, le nom de 〈nouvelles〉. C'est pourquoi ce présent livre peut parfaitement, c'est là une vérité tout à fait évidente, s'intituler le livre de Cent Nouvelles··· nouvelles. (*Les Cent Nouvelles nouvelles,* Lyon, Presses Universitaires de Lyon, 1991, 29쪽)

Décaméron』의 영향을 받아 쓰였다는 것이 통념화되어 있다. 『엡타메론』
의 경우, 열 명의 귀족 남녀가 열흘에 걸쳐 매일 각자 한 가지씩 이야기
를 하는 『데카메론』의 형식을 취하고 있기도 하지만, 무엇보다도 이러한
통념은 그 서문이 『데카메론』을 모델로서 언급하고 있다는 사실에서 비
롯된 것이다. 『엡타메론』은 단순히 그것의 영향을 표명하는 데에 그치지
않고 한 걸음 더 나아가 실화만을 수록한다는 원칙하에 수사학을 배제하
는 등 『데카메론』의 허구성과 거리를 두려는 의도를 보이고 있다. [6] 교대
로 화자의 역할을 맡게 된 열 명의 등장인물들이 〈자신이 직접 목격했거
나 믿을 만한 사람에게 들은 이야기만을 할 것〉[7]에 동의한 것은 바로 그
때문이었다. 그러나 이러한 〈목격담〉의 원칙은 중세 소설의 특징이기도
했다. [8] 『데카메론』을 모델로 설정한 이유가 중세적 글쓰기[9]와 단절하기

---

5) Philippe de Lajarte, "*L'Heptaméron* et la naissance du récit moderne : essai de lecture épistémologique d'un discours narratif", *Littérature*, février 1975, 31
쪽.

6) Et à l'heure, j'oy les deux dames dessus nommées, avecq plusieurs autres de la court, qui se deliberent d'en faire autant, sinon en une chose differente de Bocace ; c'est de n'escripre nulle nouvelle qui ne soit veritable histoire. (Marguerite de Navarre, *L'Heptaméron*, Michel François (éd.), Paris, Bordas, 1991, 9쪽)

7) dira chascun quelque histoire qu'il aura veue ou bien oy dire à quelque homme digne de foy. (위의 책, 10쪽)

8) Jeannette M. A. Beer, *Narrative conventions of truth in the middle ages*, (Genève : Droz, 1981), 23쪽. 바로 이러한 이유를 들어 『트로이 소설 *le Roman de Troie*』의 저자인 브누아 드 생트 모르 Benoît de Sainte Maure는 트로이 전쟁이 시작된 후 100년 후에야 태어난 호머 Homère의 『일리아드 *l'Illiade*』와 『오디세이 *l'Odyssée*』 대신 전쟁에 직접 참전했다고 주장하는 다레스 Darès의 목격담인 『트로이의 멸망 *De excidio Troyae*』을 신빙성 있는 이야기로 간주하여 텍스트로 삼고 있다.

9) 프랑스 문학 전통에서 누벨의 기원을 찾는다면 프랑스 북부 지방에서 발달한 두 가지 문학 형태를 들 수 있다. 사회적 신분이 상대적으로 낮은 인물들이 주로 등장하고 역시 평민 계층을 독자층으로 하며, 현실 풍자적이고 희극적 요소가 다분한 〈파블리오 fabliau〉와 브르타뉴의 전설 Matière de Bretagne, 특히

14

위한 것이었다면 『엡타메론』은 『데카메론』을 극복하기 위해 다시 중세적 전통에 합류하는 역설적인 측면을 갖게 되는 것이다. 번역 문학[10]임을 자처했던 중세 소설에 비하여 『엡타메론』은 이미 글로 기록된 소재를 배제한다는 차이를 보이고 있을 뿐이었다. 그러나 『엡타메론』의 70번째 누벨에서는 이러한 차이마저 사라지고 중세적 소재가 중세적 글쓰기, 즉 〈다시 쓰기〉에 의해 모습을 드러낸다.

이 70번째 누벨의 화자인 우아지유 Oisille 는 자신이 하려는 이야기가 길고, 최근의 사건을 다루고 있지도 않으며 또 이전에 이미 글로 기록되었다는 사실을 들어 『엡타메론』이 당초 설정한 이야기의 조건을 충족시키지 못하고 있음을 지적하고 있다. [11] 누벨의 어원적 의미, 즉 〈새로운 것〉의 이름으로 중세와의 단절을 시도했던 『엡타메론』의 취지는 그 이야기가 워낙 오래된 언어로 쓰여진 까닭에 아는 사람이 거의 없을 것이며, 따라서 새로운 이야기로 간주될 수 있다는 파를라망트 Parlamente 의 교묘한 논리에 의해 잠시 흐려진다. [12] 그러나 문제가 되고 있는 이야기의 원작인 『베르지의 성주 부인』은 18개에 이르는 필사본의 수효가 증명해 주듯이 작품이 쓰여졌다고 추정되는 13세기 당시 널리 전파된 상태였을

켈트 전설 속의 초자연적인 세계 autre monde를 주요 소재로 다루고 있는, 음악을 동반한 짧막한 이야기 형식의 〈래 lai〉가 바로 그것이다.

10) 원래 〈로망 roman〉은 라틴어가 아닌 토착어를 지칭하고 있었다. 1150년 이후 〈mettre en roman〉이라는, 창의적 행위보다 불어로 쓰인 작품이란 뜻을 강조하는 표현을 가지고 라틴어 원전을 다소 자유롭게 개작한 텍스트를 지칭하게 되는데 그것이 바로 소설이라는 용어의 기원이나.

11) Je ne puys, dist Oisille, pour deux raisons l'une pour sa grande longueur l'autre, pour ce que n'est pas de nostre temps ; et si a esté escripte par ung autheur qui est bien croyable, et nous avons juré de ne rien mectre icy qui ayt esté escript. (Marguerite de Navarre, 앞의 책, 400쪽)

12) Il est vray, dist Parlamente, mais, me doubtant du compte que c'est, il a esté escript en si viel langaige, que je croys que, hors mis nous deux, il n'y a icy homme ne femme qui en ayt ouy parler ; parquoy sera tenu pour nouveau. (위의 책, 400쪽)

뿐 아니라 14세기와 15세기 작품들도 수시로 암시를 하고 있어[13] 이러한 정당화는 그대로 수긍하기에는 석연치 않다. 이러한 정황에서 볼 때 그녀가 강조하는 새로움은 단순히 여태 알려지지 않은 것을 소개한다는 명분 뒤에 옛것을 새롭게 조명하려는, 즉 소재의 연속성의 이면에 존재하는 주제의 불연속성을 드러내려는 의도를 숨기고 있다고 볼 수 있다. 이 글은 두 작품의 비교를 통해서 이 같은 중세적 주제의 의식적인 패러디를 구체적으로 드러내고, 아울러 그 패러디의 저변에서 완전히 극복되지 않은 중세 의식의 잔재를 길어낼 것이다.

이하에서는 궁정적 사랑 l'amour courtois 의 테마를 중심으로 두 작품을 주의 깊게 읽어보려 한다. 두 작품만의 비교는 중세를 끊임없이 움직이는, 그리고 새로운 정체성을 획득하기 위해 자기 부정의 노력으로 점철된 재탄생의 시기가 아니라 정체된 시기로 전제하는 단순화의 위험을 안고 있다. 중세의 어느 한 시기만을 대상으로 하여 비교했을 때 단절의 모습만이 부각되던 16세기의 르네상스가 중세 내에서의 의식의 발전을 고려했을 때는 오히려 그 연속선상에 위치할 수 있음을 간과해서는 안될 것이다. 궁정 소설의 전형을 제공하는 크레티앵 드 트루아 Chrétien de Troyes의 소설들이나 『베르지의 성주 부인』의 원형이라고 할 수 있는 두 작품, 마리 드 프랑스 Marie de France의 『랑발의 노래 le Lai de Lanval』(1170년경)와 작자 미상의 『그라엘랑의 노래 le Lai de Graelent』 (1178년 이후, 1230년 이전) 등을 언급하려는 것은 바로 이 점을 고려한 것이다. 거시적인 관점에서 볼 때 마르그리트 드 나바르가 제시하는 새로운 사랑의 개념은 몇몇 단절의 기호에도 불구하고 궁정적 사랑이 중세

---

13) 『베르지의 성주 부인』에 대한 암시를 하고 있는 14-15세기 주요 작품은 다음과 같다. Jean Froissart, *le Paradis d'amour, la Prison amoureuse.* Guillaume de Machaut, *le Jugement du roi de Navarre, le Voir Dit. le Livre du chevalier de la Tour Landry.* Eustache Deschamps, *le Lay du desert d'amours.* Christine de Pisan, *le Debat de deux amans.* Martin Le Franc, *le Champion des Dames.*

내에서 극복되어 가는 흐름의 연장으로, 즉 12세기의 궁정적 사랑에서 13세기의 〈신비한 사랑 l'amour mystique〉, 그리고 16세기의 〈완벽한 사랑 l'amour parfait〉으로 이어지는 맥락 속에서 이해될 수 있음을 볼 수 있을 것이다. 이 새로운 패러다임들의 연계를 파악하는 작업은 그들이 지양해 나가는 궁정적 사랑의 개념을 이해하는 데서 시작된다.

〈궁정적 courtois〉이라는 수식어는 후대의 문학사가들이 붙인 것이며 12세기 당시에 그것은 〈섬세한 사랑 fin'amor〉이라고 불렸다. 그것은 영주 부인과 젊은 기사 사이에 이루어진 은밀한 사랑으로서 어디까지나 문학 현상에 불과했지만 역사적 현실과 전혀 유리된 것은 아니었다. 궁정적 사랑을 주제로 한 문학 작품이 당대에 그만한 호응을 불러일으킨 것은 어떤 방식으로든 그 시대를 사는 사람들의 삶의 방식과 관계를 맺고 있기 때문이다. 조르주 뒤비 George Duby 는 궁정적 사랑의 배경으로 두 가지 사실을 지적한다. 두 가지 모두 강제성이 농후했던 당시의 결혼 풍습에서 비롯되고 있는데, 우선 결혼이 당사자들의 감정을 전혀 고려하지 않은 채 결정되었다는 점을 들 수 있다. 사춘기에 갓 들어선 여자아이가 거친 남자 손에 맡겨지는 것이 통례였고, 이렇게 결합된 부부간에는 애정이 아니라 〈겁에 질린 숭배〉와 〈교만한 자애심〉[14]만이 교차되고 있었다. 이 두려움에 질린 부인이 구원의 여인상으로 변신하는 촉매로 작용한 또 하나의 역사적 요인은 장자 상속제도였다. 가문의 재산이 분산 상속되는 것을 피하기 위하여 장남만을 결혼시켜 대를 잇게 하던 관습은 정착할 수 없었던 젊은 기사들을 양산했다.[15] 궁정적 사랑이라는 문학 현실 속에서 여자는 자신보다 사회적 신분이 낮은 남자와의 관계에서 비로소 자유롭게, 자신의 의사에 따라 〈호의〉를 베푸는, 문자 그대로 〈여주인 maîtresse〉이 되고 기사는 자신이 충성을 맹세한 영주의 부인을 소유함으로써 현실에서 그들이 가졌던, 〈합법적 부인을 탈취하고자 하는 강박 관념〉[16]을 해소할 수 있었던 것이다.

14) George Duby, *Mâle Moyen Age* (Paris : Flammarion, 1988), 78쪽.
15) 위의 책, 24-25쪽.

궁정적 사랑은 억제된 욕망의 표출 못지않게 그 욕망의 조절을 의미했다. 그것은 사랑하는 여인에 대한 욕망은 빨리, 또 쉽게 충족되어서는 안 되며, 따라서 여인은 접근이 불가능하지는 않으나 극히 어려워야 한다는 기본 원칙을 갖고 있다. 음유시인 조프레 뤼델 Jaufré Rudel 의 표현대로 그것은 〈멀리서 하는 사랑 amor de lonh〉이었다. 여인은 젊은 기사가 수많은 모험을 통해 도덕적 완벽성과 자신을 절제하고 다스릴 수 있는 능력을 획득해 감에 따라 단계적으로 사랑을 허락한다. 이로써 궁정적 사랑은 의식(儀式)의 차원으로 승화되며 단순히 개인적 욕망의 충족에 그치지 않고 기사도 교육이라는 사회적 기능을 갖게 되는 것이다.

결혼한 여인은 가문 보존이 극도로 중시된 사회에서 가장 엄격한 금지의 대상이었다. 그녀의 간통은 최악의 파괴 행위로 간주되며 그녀의 공범은 극형의 위험을 안고 있었다. 궁정적 사랑의 묘미, 나아가 그것을 주제로 삼는 소설의 재미는 바로 그 위험이 동반하는 긴장에 있다고 할 수 있다. 기사가 통과해야 하는 모험들과 더불어 그 관계의 은밀스러움은 궁정적 사랑을 주제로 하는 소설의 긴장을 만들어내는 두 축이 되고 있다. 바로 이 은밀한 관계가 노출되면서 파생되는 사건을 다루고 있는 『베르지의 성주 부인』은 궁정 소설의 전형적인 전개법을 탈피하여 대부분의 궁정 소설이 끝나는 바로 그 시점, 욕망이 충족된 순간에서부터 이야기를 시작한다.

베르지의 성주 부인 la châtelaine de Vergi 은 그녀를 사모하는 기사에게 비밀을 엄수해야 한다는 조건하에 사랑을 허락한다. 이들은 사람들의 이목을 피하기 위해서 성주 부인의 강아지가 정원을 가로지르는 것을 부인이 혼자 있다는 신호로 삼아 밀회를 즐기고 있었다. 부르곤뉴 공작의 총애를 받고 있는 이 기사는 공작 부인 la duchesse de Bourgogne 의 마음에도 들게 되나 그는 공작에 대한 충성심을 앞세워 그녀에게 냉담한 반응을 보인다. 자존심이 상한 공작 부인은 기사가 자신에게 여러 차례 사랑

---

16) 위의 책, 78쪽.

을 청했다며 그가 여태 다른 여자를 사랑한다는 소문이 없는 것은 바로 그 상대가 자신이라는 증거라고 공작에게 역으로 모함을 한다. 그것을 곧이듣고 격노한 공작은 기사에게 추방령을 내리고 기사는 고민을 하게 된다. 공작의 영지 밖으로 추방되면 다시는 성주 부인을 볼 수 없게 되고, 사실을 밝혀 공작의 오해를 풀려면 그녀에게 약속한 비밀을 파기하게 되는 딜레마에 빠진 것이다. 기사는 결국 공작에게 비밀을 지킬 것을 약속받고 성주 부인과의 관계를 털어놓는다. 그날 밤의 밀회에 동행하여 기사가 한 말이 모두 사실임을 직접 목격한 공작은 기사를 추방하기는커녕 더욱 아끼게 된다. 이에 심기가 불편해진 공작 부인은 병이 난 척하며 문병 온 공작에게 불만을 털어놓으나 공작은 그것은 부인의 오해였다면서 그 이상의 사실에 대해서는 함구한다. 그날 밤 침실에서 공작 부인은 공작이 자신에게 숨기는 것이 있다며 투정을 부리고 결국 공작은 비밀을 누설할 경우 죽음도 각오한다는 약속을 받고 자신이 목격한 것을 소상히 들려준다. 공작 부인은 기사가 자신보다 지체가 낮은 성주 부인을 사랑한다는 사실에 자존심이 상해 복수할 기회를 벼르게 되고 그 기회는 성령강림절을 맞아 공작이 연 연회 때 오게 된다. 무도가 시작되기 전 여자들이 공작 부인의 방에 모였을 때 공작 부인은 성주 부인에게 멋있고 용맹스러운 애인을 위해 우아하게 단장을 하라고 농담을 건넨다. 영문을 모르는 성주 부인은 자신과 남편의 명예를 훼손시킬 만한 교제를 한 적이 없다고 시치미를 떼나 공작 부인은 강아지까지도 길들일 줄 아는 당신은 과연 훌륭한 여주인 maîtresse 이라고 응답한다. 이에 비밀이 누설되었음을 깨달은 성주 부인은 비탄에 잠겨 옆방으로 들어가 긴 독백 끝에 숨을 거둔다. 성주 부인이 안 보이자 그녀를 찾아나선 기사는 이미 숨을 거둔 여자를 발견한다. 옆에서 우연히 성주 부인의 독백을 엿들은 처녀에게 자초지종을 들은 기사는 자신의 과실로 그녀가 죽게 되었음을 한탄하며 자살한다. 두 사람의 죽음을 알게 된 공작은 공작 부인을 죽여 그들의 복수를 한다.

『베르지의 성주 부인』은 기사가 여인의 사랑을 차지하기까지의 과정만을 이상화했던 12세기의 궁정 소설들이 침묵한 문제, 즉 여인의 소유와 그 이후를 다루고 있다. 궁정적 사랑이 가진 세련미와 기사도 교육이라는 사회적 기능이 욕망의 충족이 끊임없이 연기됨에 따라 가능할 수 있었다면 사랑하는 여인의 소유는 욕망의 충족인 동시에 궁정적 사랑이 더 이상 지향할 목표를 상실하게 됨을 의미한다. 『베르지의 성주 부인』은 생명력을 잃어버린 궁정적 사랑의 종말을 제시하고 있는 것이다.

기사를 짝사랑하는 다른 여인의 질투심과 기사의 경솔함에 의해 은밀한 관계가 드러나고 기사는 그로 인해 사랑을 잃는 응징을 받는다는 『베르지의 성주 부인』의 테마는 마리 드 프랑스의 『랑발의 노래』와 작자 미상의 『그라엘랑의 노래』에서 원용되었다. 이 작품들은 시대적으로는 크레티앵 드 트루아의 소설들과 같은 전형적인 궁정 소설에 더 접근해 있으나 궁정적 사랑의 역구도를 제시한다는 점에서 13세기에 궁정적 사랑이 맞는 비극을 예고하고 있다. 영주 부인이 도리어 기사에게 적극적으로 접근하고 기사는 다른 여인을 사랑하는, 기존의 궁정 소설과는 다른 삼각 관계를 설정한 이 소설들 속에서 트리스탕 Tristan 이나 랑슬로 Lancelot 가 영주에 대한 충성과 영주 부인에 대한 애정 사이에서 겪는 딜레마는 더 이상 존재하지 않는다. 대신, 사랑하는 사람의 신분을 밝혀야만 영주의 의심을 풀고 생명을 부지할 수 있는, 혹은 추방을 모면하여 그 영토 안에 거주하고 있는 여인을 계속 볼 수 있는 새로운 상황이 전개되고 있다. 통과 의례로서의 모험들이 더 이상 존재하지 않고 관계가 굳이 은밀스러울 이유가 없는, 즉 소설에 긴장의 공백이 생기는 상황에서 비밀의 모티브는 기사의 자질을 시험하기 위한 일종의 시험 epreuve의 기능을 새로이 갖게 된다. 『랑발의 노래』는 그 모티브의 자의적인 면을 극단적으로 표현하고 있는 예이다. 랑발이 사랑하는 대상은 요정 fée으로 관계를 감추어야 할 아무런 명백한 이유를 제시하지 않은 채 비밀을 지킬 것을 요구하며 그 비밀이 노출될 경우 기사는 사랑을 잃게 되리라고 위협한다. 자의적인 정도의 차이는 있지만 그것은 『베르지의 성주 부인』의 경우이기도 하다. 성주 부인의 남편, 즉 성주의 존재는 이 작품 속에서 그들의 사랑을 위협하는 요소로 가시화되어 있지 않기 때문이다. 성주 부인의 요구는 기사로 하여금 새로운 딜레마에 빠지게 하고 그는 이 문제를 공작에게 전이함으로써 일시적으로 난국을 해결한다. 기사와 공작 간에는 모종의 공범 의식이 형성되는 것이다. 그러나 공작에 대한 충성과 궁정적 사랑이 양립할 수 있는 듯한 환상은 오래가지 않는다. 공작은 가신의 비밀과 부인의 호기심 중에 후자를 충족시키는 선택을 함으로써 궁정적 사랑을 파국으로 몰고 가는 역기능을 수행한다. 여기서 우리가 주목해야 할 것은 소설의 긴장은 더 이상 남자들의 유괴 욕구와 방어 본능의 대립에서 비롯되지 않는다는 사실이다. 대신 크레티앵 드 트루아가 『에렉과 에니드 *Erec et Enide*』에서 고뱅 Gauvain 의 입을 빌어 예고한 비극의 가능성, 즉 여자들 간의 경쟁 심리[17]가 돌출되기 시작하고 궁정 소설은 이제 한 명의 여주인공을 중심으로 한 단선적인 구조 대신 두 명의 여자가 등장하는 복선적인 구조를 갖게 된다. 비밀이 누설되었을 때 성주 부인을 가장 고통스럽게 한 것은 자신의 사회적 명예의 실추, 혹은 남편의 진노가 아니라 공작 부인이 기사의 새로운 연인이 되었을 것이라는 오해였다(737-743행).

궁정적 사랑이 종국적으로 맞을 수밖에 없는 위기는 초자연적 세계를 배경으로 하는 『랑발의 노래』와 『그라엘랑의 노래』에서는 극적인 반전에 의해 극복되고 기사는 사랑하는 여인에게 용서받고 행복하게 산다는 즐거운 결말을 맞는다. 그러나 더 현실적인 배경에서 이야기를 전개해 나

---

17) 흰 사슴 사냥을 제의한 아서 왕에게 고뱅은 그것이 가져올 파문을 설명하며 만류한다. 흰 사슴을 죽인 기사는 상으로 가장 아름다운 여자에게 입맞춤을 할 수 있는 권리를 부여받는데, 문제는 가장 아름다운 여자를 결정하는 데에서 발생하고 그것은 자신의 애인이 가장 아름답다는 것을 증명하려는 기사들 간의 분열로 번질 수 있다는 것이다. *Erec et Enide*, Jean-Marie Fritz (éd.), Paris, Le Livre de Poche, 40-58행 참조.

가는 『베르지의 성주 부인』의 경우, 그 위기는 두 연인과 공작 부인의 죽음으로 귀결되고 궁정적 사랑은 그 치명적인 측면을 드러낸다. 이 작품이 도달한 비극적 결론은 다른 13세기 작품들[18]에서도 표현되고 있듯이 궁정적 사랑이 더 이상 사회를 순화시키는 이데올로기로 기능하지 못하고 도태되어 감을, 나아가 문학적 생산력을 상실하기 시작했음을 반영한다. 『베르지의 성주 부인』의 첫 장면이 보여주는, 행복감에 젖은 성주 부인과 기사의 모습은 궁정적 사랑의 퇴락의 조짐이었고, 마르그리트 드 나바르는 궁정적 사랑에 대한 동의와 부인의 기호가 혼재하는 텍스트를 〈다시 쓰기〉의 대상으로 선택한 것이다.

『엡타메론』의 70번째 누벨은 『베르지의 성주 부인』의 줄거리를 거의 충실하게 옮겨놓고 있다. 사건과 대화 중심이며 배경에 대해 구체적인 명시가 거의 없는 중세 텍스트 특유의 간략한 서술 방식에 비하여 『엡타메론』의 텍스트에서는 비교적 사실적인 시간과 공간 개념의 도입 등 소설 기법의 변화가 우선 눈길을 끌 뿐이다. 그러나 마르그리트 드 나바르가 단순히 중세의 비사실적인 이야기에 현실적 효과를 내는 요소를 첨가함으로써 그것을 실화화하는 데 만족한 것은 아니었다. 『베르지의 성주

---

18) 12세기 궁정풍 사랑의 원형을 제시하고 있다고 할 수 있는 크레티앵 드 트루아의 『수레를 탄 기사 le Chevalier de la charrette』가 남긴 여운은 이 점에서 매우 시사적이다. 이 소설은 기사가 왕비를 소유하기 위하여 겪어야 했던 통과 의례로서의 모험들에 대하여 이야기하고 있는데 랑슬로가 검의 다리를 건너 드디어 유괴된 왕비 그니에브르 Guenièvre를 구한 후 그녀와 같이 밤을 보낸 다음부터 이야기는 갑자기 방향성을 상실한다. 결국 그 두 사람의 관계에 대한 일체의 언급을 하지 않은 상태에서 작품은 어색하게 마무리되고 이 미완성의 느낌은 13세기에 그것을 다시 쓴 연작소설 『랑슬로 그랄 Lancelot-Graal』에 이르러 해소된다. 크레티앵 드 트루아의 소설에서 이상적인 기사형으로 부각된 랑슬로는 『랑슬로 그랄』, 그 중에서도 특히 『성배를 찾아서 la Queste del saint graal』에서 왕비에 대한 불륜의 사랑 때문에 영원히 성배 Graal를 볼 수 없도록 낙인 찍히게 된다. 대신 지상의 사랑을 경험하지 않은 순결한 기사 갈라드 Galaad가 〈천상의 기사 chevalier céleste〉라는 새로운 기사상으로 떠오른다.

부인』을 선택한 것은 그 작품이 이미 새로운 이데올로기의 가능성을 예고하기 때문이었고, 따라서 마르그리트 드 나바르는 최소의 수정으로 새로운 패러다임의 효과를 극대화할 수 있었기 때문이었다.

『엡타메론』은 화자가 한 편의 이야기를 하고, 그 다음으로 화자와 아홉 명의 청중이 그것을 주제로 대화하는 형식을 취하고 있다. 『베르지의 성주 부인』의 비판적 수용은 이 서술과 해석의 이중 구조의 결합 양식에 따라 두 가지 형태로 분류될 수 있는데, 중세 텍스트에서 서술된 내용을 그대로 따르되 토론에서 반대 의견을 피력하거나 혹은 서술된 내용을 변화시키고 그 변경된 내용을 토론을 통하여 합리화하는 것이다. 서술상의 사소한 차이처럼 보이는 것들은 이처럼 청중들의 해석 작업을 거치면서 그 의미가 증폭되고 있다. 이하에서는 『엡타메론』의 텍스트가 〈다시 읽기〉와 〈다시 쓰기〉를 혼용하여 『베르지의 성주 부인』의 이야기에 새로운 정체성을 부여해 나가는 과정을 살펴보도록 하겠다.

『엡타메론』의 작업이 단순히 불연속적이며 비구체적인 중세 텍스트의 서술을 보충하는 기능을 넘어 궁정적 사랑의 구도 자체를 변형시키는 것을 보여주는 예로서 우선 성주 부인의 남편의 경우를 보자. 질투심으로 인해 궁정적 사랑을 파탄으로 몰고 가는 기능은 기사를 짝사랑하는 공작 부인이 맡고 있어, 성주는 서술 구조상 잉여의 인물이라고 할 수 있다. 그의 존재에 대해서 『베르지의 성주 부인』은 성주 부인이 공작 부인의 빈정거림에 응답하는 장면에서 단 한번 언급을 하고 있을 뿐이다. 그러나 〈자신과 남편의 명예를 훼손시킬 만한 교제를 생각해 본 적이 없다〉[19]는 성주 부인의 대답은 단지 그녀가 결혼한 신분이라는 것 외에는 그 남편에 대해 아무런 정보도 주지 않는다. 이에 반하여 『엡타메론』은 성주 부인을 미망인으로 만듦으로써 중세 텍스트의 이러한 어색한 침묵을 해소한다. 그 사실은 우선 기사가 공작에게 자신이 사랑하는 대상이

---

19) que talent n'ai d'ami avoir/qui ne soit del tout a l'onor/et de moi et de mon seignor(712-714행). 본 논문이 참조하는 텍스트는 *La Chastelaine de Vergi*, Gaston Raynaud(éd.), (Paris : Champion, 1987)이다.

〈미망인이며 홀로 지내고 있는 베르지의 성주 부인, 즉 공작의 조카〉[20]
라고 밝히는 대목에서, 그리고 성주 부인이 그 미모에 애인이 없는 것이
가능한지 넌지시 의중을 떠보는 공작 부인에게 〈남편이 죽은 뒤 오로지
자식들만을 벗삼아 사는 데 만족하고 있다〉[21]고 대답하는 대목에서 거듭
밝혀지고 있다.

그러나 성주 부인이 미망인이라는 사실은 성주의 부재를 합리화하는
대신 그녀와 기사가 처한 간통의 상황을 결정적으로 제거하면서 텍스트
전반을 지배하는 논리에 큰 파장을 일으킨다. 『베르지의 성주 부인』에서
이미 자의적인 성격을 갖고 있던 비밀의 필요성은 더욱 약화되고 이에
따라 『엡타메론』의 〈다시 쓰기〉 작업은 논리적인 모순에 빠지게 된다.
마르그리트 드 나바르는 이러한 서술의 일관성 부족을 감추는 대신, 오
히려 이야기에 대한 청중들의 평을 통하여 궁정적 사랑의 기본 조건을
무시한 서술을 부각시키고 정당화하는 기회를 만들고 있다. 제뷔롱
Geburon은 〈그들의 사랑이 이야기 속에 묘사된 것처럼 진실한 것이라면
왜 그것을 비밀로 해야 하는가〉[22]라는 질문을 던져 『엡타메론』의 텍스트
가 당면한 자가당착을 드러낸다. 사실 이 질문은 『베르지의 성주 부인』
이 그에 앞서 이미 봉착했던 문제를 더욱 분명하게 끌어낸 것에 불과한
데, 이 질문에 대해 파를라망트는 〈사람들은 진정한 사랑과 정숙함이 양
립할 수 있다는 것을 인정하지 않고 겉으로 보이는 것에 의거하여 판단
하는 까닭에 교제의 성격과 관계 없이 여자는 구설수에 오르게 마련이
며, 따라서 그 사귐이 오래가기를 원한다면 비밀로 해야 한다〉[23]고 대답

---

20) Il y a sept ans passez, mon seigneur, que, aiant congneu vostre niepce, la dame
du Vergier, estre vefve et sans party, mys peyne d'acquerir sa bonne grace.
(Marguerite de Navarre, 앞의 책, 409쪽)

21) depuis la mort de mon mary, n'ay voulu autres amys que ses enfans, dont je me
tiens pour contante. (위의 책, 412쪽)

22) Puisque l'amour estoit si honneste, dist Geburon, comme vous nous la paignez,
pourquoy la falloit-il tenir si secrette? (위의 책, 418쪽)

23) Pour ce, dist Parlamente, que la malice des hommes est telle, que jamais ne

함으로써 본질적으로 위험한 관계라는 궁정적 사랑의 핵심을 완전히 비껴가고 있다.

『베르지의 성주 부인』이 궁정적 사랑의 역구도를 제시하되 그 기본 개념은 유지했던 것에 반하여, 『엡타메론』의 텍스트에 이르러서는 궁정적 사랑의 기본 개념 자체가 와해되는데 이러한 변화는 우선 공작 부인의 묘사에서 드러난다. 기사와 더불어 궁정적 사랑의 핵을 구성하는 종전의 역할을 떠나 훼방꾼 losengier 이라는 새로운 역할을 맡게 된 공작 부인에 대해서 『베르지의 성주 부인』이 단지 부르곤뉴의 공작 부인이라는 사실만을 언급하고 있는 데 반하여, 『엡타메론』은 그녀의 역할을 합리화시킬 수 있는 요소를 첨가한다. 화자인 우아지유는 〈훌륭한 남편이 있는데도 만족할 줄 모르고 돼지보다 더 육욕에 사로잡혀 있으며 사자보다 더 잔인한 여자〉[24]라고 소개를 하며, 공작으로 하여금 열등한 사회적 신분을 개의치 않고 결혼을 결심하게 한 그녀의 미모를 강조하면서 이야기를 시작한다.[25] 공작 부인이 자신을 극진히 사랑하며 위해 주는 공작과의 결혼 생활에 만족하지 못하고 젊은 기사에게 관심을 보이는 것을 그녀가 귀족적 소양을 갖추지 못한 탓으로 돌리고 있는 점[26]은 근본적으로 부부

---

pensent que grand amour soyt joincte à honnesteté ; car ilz jugent les hommes et les femmes vitieux, selon leurs passions. Et, pour ceste occasion, il est besoing, si une femme a quelque bon amy, oultre ses plus grands prochains parents, qu'elle parle à luy secretement, si elle y veut parler longuement ; car l'honneur d'une femme est aussi bien mys en dispute, pour aymer par vertu, comme par vice, veu que l'on ne se prent que ad ce que l'on voyt. (위의 책, 418쪽)

24) Vrayement, dist Oisille, vous me faictes souvenir d'une dame belle et bien maryée, qui, par faulte de vivre de ceste honneste amityé, devint plus charnelle que les pourceaulx et plus cruelle que les lyons. (위의 책, 400쪽)

25) En la duché de Bourgoingne, y avoit ung duc, très honneste et beau prince, aiant espouzé une femme dont la beaulté le contentoit si fort, qu'elle luy faisoit ignorer ses conditions,…. (위의 책, 400쪽)

26) La duchesse, qui n'avoit pas le cueur de femme et princesse vertueuse, ne se contantant de l'amour que son mary lui portoit, et du bon traictement qu'elle

간의 진정한 사랑을 부정하고 있는 중세적 개념과는 이미 상당한 거리를 두고 있다. 그러나 무엇보다도 궁정적 사랑의 개념을 근본적으로 해체시키는 것은 기사가 영주에게 더 이상 상대적 박탈감을 느끼지 않는다는 사실이다. 기사는 의심을 품고 있는 공작에게 〈공작 부인이 세상에서 가장 아름다운 여자일지라도 사랑은 공작에 대한 충성심과 명예를 훼손시킬 힘이 없으며, 그녀는 설사 공작 부인이 아니었다 하더라도 자신의 관심을 끌지 못했을 것〉[27]이라고 대답함으로써 『베르지의 성주 부인』에서는 암묵적으로 표현되었던 것을 더없이 극명하게 드러내고 있다.

이같이 주변 인물의 묘사에서도 극히 미미한 차이가 의외로 큰 파급 효과를 가지며 텍스트의 부조리, 나아가 궁정적 사랑의 무의미화로 확대되고 있음을 볼 수 있지만, 『엡타메론』의 텍스트가 궁정적 사랑의 개념과 결별하고 있음을 보여주는 결정적인 증거는 궁정적 사랑의 핵을 구성하는 기사와 성주 부인의 새로운 이미지에서 찾을 수 있다. 기사의 변신이 확연히 느껴지는 대목은 기사와 성주 부인의 밀회 장면이다. 중세 텍스트는 정사 장면을 직접적으로 묘사하지는 않으나 30행의 장면 묘사 (430-460행) 속에서 궁정적 사랑의 마지막 단계를 의미하는 단어, 〈황홀 joie〉을 다섯 번이나 되풀이함으로써[28] 만남의 에로틱한 분위기를 암시하고 있다. 『엡타메론』에서는 그 분위기가 완전히 사라지게 되는데, 이러한 변화는 이 텍스트가 『베르지의 성주 부인』이 내포한 서술의 틈에서 창출해 낸, 기사의 전혀 다른 면모에 기인한다. 『베르지의 성주 부인』이 남긴 공백은 기사의 밀회에 동반한 공작이 어떻게 하룻밤을 밖에서 지샜

---

avoit de luy, regardoit souvent ce gentil homme, et le trouvoit tant à son gré, qu'elle l'aymoit oultre raison ; …. (위의 책, 401쪽)

27) Vous supliant, monseigneur, croyre deux choses de moy ; l'une que je vous suis si loial, que, quant madame vostre femme seroit la plus belle creature du monde, si n'auroit amour la puissance de mectre tache à mon honneur et fidelité ; l'autre est que, quant elle ne seroit poinct vostre femme, c'est celle que je veis oncques dons je serois aussy peu amoureux ; …. (위의 책, 406쪽)

28) *La Chastelaine de Vergi*, 435, 438, 441, 445, 448행.

으며 또 어떻게 다음날 아침 그가 배웅 나온 성주 부인의 눈에 띄지 않은 채 기사와 합류할 수 있었는가 하는 것이다. 『엡타메론』은 공작이 밖에서 기다리는 것을 고려하여 새벽 4시에 공작과 사냥 약속이 있다는 핑계를 대고 새벽 1시에 서둘러 성주 부인의 거처를 떠날 뿐 아니라 혹시 공작이 성주 부인의 눈에 뜨일세라 그녀의 배웅을 사양하는 모습을 보여 줌으로써 그 공백을 보충하고 있다. 이러한 세부적인 수정은 소설 속의 상황을 더욱 현실화하는 당초의 목표 너머 궁정적 사랑에 빠진 기사의 전형적인 이미지, 즉 사랑에 함몰되어 다른 사람의 존재를 거의 잊어버리는 〈생각에 잠긴 기사 chevalier pensif〉를 개인적 욕망보다는 사회적 질서를 우선하는 이성적인 모습으로 대체하고 있다. 기사의 새로운 이미지는 청중들의 대화에서도 가장 큰 쟁점으로 떠오르는데, 여기서 문제가 되고 있는 것은 수정의 대상이 되었던 밀회 장면이 아니라 『엡타메론』의 텍스트가 수정하지 않은, 기사의 자살 장면이다. 파를라망트는 〈왜 기사는 무고한 성주 부인처럼 슬픔으로 인해 곧 죽음에 이르지 않고 자살을 했느냐〉[29]는 질문을 던져 중세 소설 특유의 비사실적인 이야기 전개에 대한 아이러니와 함께 그 작품이 안고 있는 모순, 즉 비록 사랑에 이성을 잃었으나 자신의 죽음 앞에서는 지극히 이성적인 기사의 모습을 표면화시킨다. 이 질문은 일단 사건의 진상을 알아보고 난 후 스스로 죽음을 택하는 기사를 합리적이고 냉철한 판단력의 소유자로 묘사하는 의견들이 피력될 기회를 줌으로써 궁정적 사랑의 본질이 서술 측면에서 표류하고 있을 뿐만 아니라 그것을 수용하는 16세기의 청중 입장에서도 의도적이며 노골적인 희화화의 대상이 되고 있는 한 예가 되고 있다.

기사의 이미지 변화를 통해 『엡타메론』이 기사와 성주 부인의 관계에서 에로틱한 측면을 최대한 희석시킨 것은 이탈리아 인문주의자 마르실 피생 Marsile Ficin 의 영향이 지대했던 16세기의 네오플라토닉한 시대 정

---

29) Mais, ce dist Parlamente, vous ne debatez de ce qui est le plus à considerer ; c'est pourquoy le gentil homme qui estoit cause de tout le mal ne mourut aussy tost de desplaisir, comme celle qui estoit innocente. (위의 책, 419쪽)

신을 반영한다. 마르그리트 드 나바르가 새로운 이상으로 제시한 〈완벽한 사랑 l'amour parfait ou vertueux〉의 개념은 사회 질서를 존중한 새로운 윤리 의식에 바탕을 두고 있으며 혼외의 관계에서는 결코 성적 쾌락의 추구를 인정하지 않는다는 점[30]에서 궁정적 사랑과 근본적인 차이를 보인다. 이러한 관점에서 볼 때 기사와 성주 부인의 밀회를 단축시킨 것은 16세기 윤리 의식이 중세의 궁정적 사랑에 대해서 행한 일종의 검열과 삭제의 행위라고 해석할 수 있다. 이것은 비단 지나치게 합리적으로 되어버린 기사의 행동 양식뿐만 아니라 〈쾌락보다 명예를 중시하는 성주 부인〉[31]의 새로운 면이 암시하는 바이며, 성주 부인이 죽기 전에 한 독백에서 더욱 완연히 드러난다.

오, 하느님, 진정하고 완벽한 사랑이신 창조주, 당신의 은혜로 제가 그에게 품었던 사랑은 너무나 사랑했다는 것 외에는 어떠한 허물도 없었습니다. [32]

『엡타메론』이 기사에 대한 사랑으로 인하여 기독교적 사랑을 소홀히 한 것에 대한 회한의 감정을 성주 부인의 독백에 추가한 것[33]은 원작에 대한 거리두기로 보일 수 있다. 하지만 그것은 비록 작품의 표면에 부각되지는 않았으나 『베르지의 성주 부인』의 비극적 결론의 토대가 된, 13

---

30) Nicole Cazauran, *L'Heptaméron de Marguerite de Navarre* (Paris : SEDES, 1976), 224-229쪽 참조.

31) La dame qui aymoit plus son honneur que son plaisir, …. (Marguerite de Navarre, 앞의 책, 410쪽)

32) O mon Dieu, mon createur, qui estes le vray et parfaict amour, par la grace duquel l'amour que j'ay portée à mon amy n'a esté tachée de nul vice, sinon de trop aymer,…. (위의 책, 414쪽)

33) Helas! ma pauvre ame, qui par trop avoir adoré la creature, avez oblié le Createur, il fault retourner entre les mains de Celluy duquel l'amour vous avoit ravie. (위의 책, 414쪽)

세기에 궁정적 사랑을 대체하는 새로운 패러다임으로 등장했던 〈신비한 사랑〉과 그 성모 숭배 사상의 이론적 배경인 시토 Cîteaux 수도회 정신과 상통하는 측면을 지니고 있다. 성주 부인이 이야기 속에서 이러한 기독교적 윤리를 구현하고 있다면 이야기 밖에서 그에 상응하는 담론을 펴고 있는 인물은 화자인 우아지유이다. 그녀는 성 바오로를 인용한 경고에서 지상의 것에 대한 애착은 기독교적 사랑과 양립하기 어려우며 사랑이 정직하고 순결할수록 더욱 그 관계를 끊기 힘들다는 점을 지적하면서 비단 혼외의 관계뿐만 아니라 부부간에 지나친 애정을 품는 것까지도 경계하고 있다.[34] 『엡타메론』의 텍스트가 궁정적 사랑에 대한 이러한 비판적인 시각을 공유하는 13세기 소설들과 뚜렷이 구분되는 점이 있다면, 이 소설들이 기사들의 구원을 문제삼고 있는 데 반하여 마르그리트 드 나바르는 여자의 관점에서 궁정적 사랑을 비판한다는 것이다. 어디까지나 남자들에 의하여 그 원칙이 정해지고 남자들의 미덕과 자질을 찬양하는 남자들의 담론이었던 중세의 궁정적 사랑의 허울은 16세기의 여성 화자, 우아지유에 의하여 벗겨지고 있다. 〈남에게 사랑의 비밀을 털어놓는 것은 아무런 도움이 되지 않으며 차라리 감추는 것이 모든 면에서 낫다는 것을 명심해야 한다〉[35]는 『베르지의 성주 부인』의 교훈과 우아지유가 같은 에피소드에서 끌어낸 색다른 교훈을 비교해 보자.

부인들께서는 이 이야기를 교훈삼아 남자들에게 애정을 품는 것을 삼가하도록 하세요. 아무리 진실하고 정직한 사랑일지라도 결국 여자들에게 환멸

---

34) Et vous voiez que Sainct Pol, encores aux gens mariez ne veult qu'ilz aient ceste grande amour ensemble. Car d'autant que nostre cueur est affectionné a quelque chose terrienne, d'autant s'esloigne-il de l'affection celeste ; et plus l'amour est honneste et vertueuse et plus difficile en est a rompre le lien, …. (위의 책, 418쪽)

35) Par cest example doit l'en/s'amor celer par si grant sen/c'on ait toz jors en remembrance/que li descovrirs riens n'avance/et li celers en toz poins vaut. (*La Chastelaine de Vergi*, 951-955행)

을 안겨주게 마련이니까요. [36)]

그녀의 단정적인 어조는 궁정적 사랑의 불문율을 지키는 한 그 사랑이 지속될 수 있다는, 『베르지의 성주 부인』의 화자가 채 버리지 못했던 일말의 환상에서 완전히 깨어남을 의미한다.

3

궁정적 사랑이라는 주제를 중심으로 한 두 텍스트의 비교 분석은 마르그리트 드 나바르의 〈다시 쓰기〉 작업이 소극적 의미의 개작, 즉 13세기의 운문을 16세기의 산문으로 대체했으며, 또 13세기 작품을 모르는 독자에게만 새롭게 느껴질 수 있는 성격에 머무르지 않고 있음을 보여준다. 이 『베르지의 성주 부인』은 1000행이 채 안 되는 비교적 짧은 텍스트라는 점에서, 또 일련의 사건을 다루고 있는 다른 궁정 소설들과는 달리 한 가지 사건만을 서술하고 있다는 점에서 이미 누벨의 단초를 보이고 있었다. 그러나 이러한 형식상의 특징 이외에도 『엡타메론』이 중세 텍스트를 선택한 것은 이 작품이 12세기 중반 이후 상당 기간 중세 문학의 지배 이데올로기로 작용했던 궁정적 사랑이 쇠퇴해 가는 모습을 보여준다는 주제적 특성 때문이라고 볼 수 있다. 『베르지의 성주 부인』은 궁정적 사랑이 사회가 문화적으로 도약할 수 있게 했던 본래의 기능을 상실하고 개인적인 차원만을 가진 욕망에 의해 희생되는 모습을 보여주고 있다. 이 작품이 보여주는 이상의 공백은 새로운 이상의 가능성을 예고하기에 더없이 적합한 소재였다.

---

36) Il me semble que vous (mes dames) debvez tirer exemple de cecy, pour vous garder de mectre vostre affection aux hommes, car quelque honneste ou vertueuse qu'elle soyt, elle a tousjours à la fin quelque mauvays desboire. (Marguerite de Navarre, 앞의 책, 418쪽)

마르그리트 드 나바르가 궁정적 사랑을 대신하여 제시한 〈완벽한 사랑〉이라는 새로운 패러다임은 궁정적 사랑의 필수 요소인 혼외 관계와 그에 따르는 비밀의 필요성, 그리고 그 관계가 결코 정신적인 차원에 머물지 않는 특징을 체계적으로, 또 명시적으로 배제해 나가면서 궁정적 사랑을 근본적으로 부정한다. 이 점에서 〈완벽한 사랑〉의 개념은 『베르지의 성주 부인』이 쓰여진 13세기 말엽, 즉 1270-1280년대를 풍미한 반이상주의적, 반기사도적, 반궁정적 운동과 맥을 같이하고 있다고 할 수 있다. 『베르지의 성주 부인』의 비극적인 결말은 그러한 움직임의 간접적인 영향이라고 할 수 있는데 『엡타메론』은 그 비극적인 결말로부터 종교적 해석을 유도하여 『베르지의 성주 부인』의 기저를 흐르는 13세기 당시의 문학 정신과 합류하고 있다. 다시 말해서, 『엡타메론』이 행한 〈다시 쓰기〉는 이미 반궁정적이었던 『베르지의 성주 부인』의 시각을 계승한 것이며, 이것은 시대 구분을 통한 역사의 이해가 시대 간의 단절만을 부각시킬 뿐 그 흐름을 얼마나 왜곡하고 있는지 여실히 보여주는 예가 되고 있는 것이다. 〈완벽한 사랑〉의 개념은 종교적 사랑과 세속적 사랑의 합일을 추구하는 점에서 흔히 비종교적이며 인본주의적인 성격이 강조되어 왔던 르네상스 정신의 기독교적 측면을 부각시킨다. 이는 자크 르 고프 Jacques Le Goff가 〈긴 중세 long Moyen Age〉의 개념을 통해 지적했듯이 기독교가 비단 중세뿐만 아니라 4세기부터 19세기까지 이르는 긴 세월에 걸쳐 단순한 종교가 아닌 일종의 이데올로기로 기능했음[37]을 뒷받침하고 있다. 『엡타메론』은 중세와 르네상스의 관계가 일반적으로 생각하듯이 신본주의와 인본주의의 대립으로는 충분히 설명되지 않음을 승거하고 있는 것이다. 중세의 전 시기를 통해 모두 세 번의 르네상스가 존재했고,[38] 16세기의 르네상스는 그 세번째 것에 불과하다는 점, 그리고 16세

---

37) Jacques Le Goff, "Pour un long Moyen Age", *Europe, Le Moyen Age maintenant*, oct. 1983, 22쪽.

38) 9세기 샤를르마뉴 대제 당시, 영국인 알캥 Alcuin과 그 뒤를 이어 아일랜드인 장 스코트 에리젠 Jean Scot l'Erigène의 주도하에 이루어졌으며, 제국의 효율

기 르네상스가 부흥시킨 그리스 로마 문화는 바로 중세인들에 의하여 전
수되었음을 고려한다면 16세기 르네상스와 중세의 관계는 우리가 흔히
가지고 있는 단절의 개념보다 12세기 르네상스를 주도한 이들이 고대 문
화를 전승, 발전시킨 자신들을 비유하여 표현한 대로 〈거인의 어깨에 올
라 선 난쟁이 des nains juchés sur les épaules de géants〉, [39] 즉 누적의 개
념으로 이해하는 것이 오히려 합당할 수 있다.

참고문헌

De Navarre, Marguerite. *L'Heptaméron*. Edité par Michel François. Classiques
    Garnier, Paris : Bordas, 1991.
La Chastelaine de Vergi. Edité par Gaston Raynaud. Paris : Champion, 1987.
Cazauran, Nicole. *L'Heptaméron de Marguerite de Navarre*. Paris : SEDES,
    1976.
_____. "*L'Heptaméron* et les origines du roman moderne", *L'Information
    littéraire*, I. 1983, 6-12쪽.
De Lajarte, Philippe. "*L'Heptaméron* et la naissance du récit moderne : essai
    de lecture mologique d'un discours narratif", *Littérature*. Février 1975.
    31-42쪽.
Duby, Georges. *Mâle Moyen Age ; De l'amour et autres essais*. Champs,
    Paris : Flammarion 1990.

    적인 통치를 위한 문자의 보급 등 실용적 측면이 두드러진 카롤링거 르네상스,
샤르트르 Chartres 학파, 아벨라르 Abélard, 생 빅토르 saint Victor 학파 등에
의해 학문이 융성하고 고대 문헌들의 번역을 통해 13세기의 스콜라 철학의 등
장을 준비한 12세기 르네상스, 그리고 16세기 르네상스가 그것이다.

39) 샤르트르 학파 l'école de Chartres의 태두이며 12세기 당시 가장 완벽한 플라
톤 학자라고 일컬어지던 베르나르 드 샤르트르 Bernard de Chartre의 표현으로
난쟁이가 modernes 거인들 anciens보다 더 넓게 그리고 더 멀리 볼 수 있는 것
은 그들보다 더 통찰력 있는 눈을 가졌거나 체격 조건이 더 유리해서가 아니라
단지 거인의 거대한 체구에 의해 받쳐져 있기 때문이라고 하고 있다.

Frappier, Jean. *"La Chastelaine de Vergi*, Marguerite de Navarre et Bandel-
lo", *Du Moyen Age à la Renaissance.* Paris : Champion, 1976. 393-473
쪽.

Le Goff, Jacques. "Pour un long Moyen Age", *Europe, Le Moyen Age
maintenant,* oct. 1983.

라블레 소설에서의 모방과 변형

유석호

1 머리말

라블레 소설은 사건의 전체적 구성에서 서사시와 동일한 구조를 보여 준다. 영웅의 출생, 성장과 전쟁에서의 무훈을 연대기적으로 기술하거나 호머의 『오디세이 *Odyssée*』와 같이 여행기의 형식을 취하는 서사시와 마찬가지로 라블레의 『팡타그뤼엘 *Pantagruel*』 연작은 파뉘르주의 결혼에 관한 문답으로 이루어진 『제3권 *Le Tiers Livre*』을 제외하면, 거인왕의 연대기와 환상적 항해기를 기본 구조로 삼은 것이기 때문이다.

그렇지만 이야기를 서술하는 방식에서는 라블레 소설과 서사시가 근본적으로 다른 발상에 근거한 것이라는 사실에는 이론의 여지가 없다. 왜냐하면 라블레 소설은 서사시의 엄숙함이나 진지함, 경우에 따라서 나타나는 사건의 비극적 성격을 완전히 탈색시킨 웃음의 세계를 보여주기 때문이다. 이러한 관점에서 『팡타그뤼엘』 연작을 서사시의 희극적 개작, 즉 패러디 parodie로 간주하는 것이 일반적 경향이다. 『라블레의 희극성 연구 *Etude sur le comique de Rabelais*』를 쓴 테텔 Tetel 역시 처음 두 권에서 『제4권 *Le Quart Livre*』에 이르기까지 서사시의 패러디가 점차 세련되게 전개되는 경향이 있다고 지적한다. [1]

그러나 원작과 개작 사이의 직접적인 차용이나 모방 관계를 모두 패러디의 범주에 포함시키기는 곤란하다. 그것은 라블레 소설과 같이, 다른 작가의 작품의 일부나 특정한 에피소드를 원작과 다른 의도에서 차용하거나 변형시킨 경우와, 서사시의 구조나 문체 등 서술 방식을 모방한 경우가 한 작가의 작품 속에 같이 나타날 때, 패러디라는 개념만으로 서로 다른 두 현상을 설명할 수 없기 때문이다. 주네트는 특정한 텍스트를 대상으로 그 내용은 그대로 살리면서 문체를 변형 transformation 시킨 경우를 패러디, 한 작가나 특정한 문학 장르의 특징을 일반화하여 내용과 상관없이 문체적으로 모방 imitation 한 경우를 모작 pastiche 이라고 정의한다.[2]

이러한 구분 방식에 의하면, 예를 들어 조이스 Joyce 의 『율리시즈 *Ulysse*』는 『오디세이』의 원래의 사건 전개와 내용을 그대로 살린 채 문체적으로 변형시킨 패러디이고, 베르길리우스 Virgile 의 『아에네이스 *L' Enéide*』는 다른 사건을 소재로 삼아 호머의 서사시의 구조와 문체를 모방한 모작이라 할 수 있다. 이러한 구분에 따르자면, 특정한 텍스트 없이 장르의 문체적 특징을 모방하는 경우는 패러디에 해당될 수 없기 때문에 주네트는 서사시의 패러디라는 용어 자체가 성립되지 않는다고 주장한다.[3] 그렇다고 라블레 소설을 서사시의 모작이라고 규정할 수도 없다. 왜냐하면 서사시의 구조와 문체는 라블레에게 새로운 글쓰기의 방식을 시도할 때 참고할 만한 하나의 기준에 지나지 않는 것이고, 작품 전체는 서사시의 세계와는 무관한 유희와 풍자의 정신에 의해 주도되기 때문이다.

---

1) Marcel Tetel, *Etude sur le comique de Rabelais* (Olschki, 1964), 36쪽.
2) Gérard Genette, *Palimpseste* (Seuil, 1982), 88-89쪽 참조. 주네트는 패러디와 모작을 다시 유희성, 풍자성과 진지함의 정도에 따라 세분하지만, 변형과 모방의 방식이 적용되는 점에서는 동일하고, 풍자의 정도에 따라 분류하는 것은 다분히 주관적일 수밖에 없기 때문에 여기에서는 그대로 패러디와 모작으로만 구분하기로 한다.
3) 위의 책, 92쪽.

라블레가 1532년 리옹에서 발표되었던 『가르강튀아 대연대기 *Les Grandes chroniques garagntuines*』의 유행에 착안하여『팡타그뤼엘』을 집필했다는 것은 이미 잘 알려진 사실이다. 라블레는 가르강튀아의 아들로 중세 전설의 작은 악마의 이름에서 따온 팡타그뤼엘이라는 인물을 내세워 이 원작의 후편 continuation[4]을 만들어낸 셈인데, 물론 이 경우는 패러디와는 다른 모방의 차원에서 다루어야 할 문제이다. 패러디의 개념이 직접 적용될 수 있는 작품은 라블레가『팡타그뤼엘』의 성공에 힘입어 아버지의 시대로 다시 거슬러 올라가서 원작을 근본적으로 개작한 1534년의『가르강튀아』이다. 이 경우에는 원작에서 주인공의 이름과 몇몇 에피소드가 차용되었으므로 부분적으로는 명백한 패러디의 예로 볼 수 있다. 그렇지만 원작을 대체할 의도로 씌어진『가르강튀아』의 등장에 의해『가르강튀아 대연대기』와 라블레 작품의 관계에는 새로운 변화가 나타나게 된다. 『가르강튀아』가 원작에 대해서 단순한 패러디의 수준을 넘어서는 〈치명적 수정 correction meurtrière〉[5]을 가해『가르강튀아 대연대기』의 존재 자체를 완전히 지워버리게 되고, 이에 따라 이후의 라블레 작품들과 원작과의 관계는 단절되어 버리기 때문이다. 그러므로 이차적 텍스트라는 기준에서『가르강튀아 대연대기』와 비교 연구가 가능한 작품은『팡타그뤼엘』과『가르강튀아』의 경우로 한정될 수밖에 없다.

그리고『가르강튀아』에서 패러디는 단지 인물이나 에피소드의 차용과 변형만으로 설명될 수 없다. 그것은 라블레가 이미『팡타그뤼엘』에서부터 기존 텍스트의 재검토를 통해 시도하고 있는 새로운 글쓰기 방식을 모색하기 위한 모방 단계를 거친 변형의 결과이기 때문이다. 이러한 관점에서 우리는『팡타그뤼엘』에 나타나는 모방의 방식을 통한 새로운 희극적 글쓰기의 모색 과정을 분석하고, 『가르강튀아』에서는『가르강튀아

---

4) 주네트는 하나의 작품에 대해 같은 작가가 줄거리를 이어 작품화한 것을 속편 suite, 다른 작가가 작품화한 것을 후편 continuation이라고 구분한다. (위의 책, 220-221쪽 참조)

5) 위의 책, 220쪽.

대연대기』의 패러디가 어떻게 라블레의 독자적 작품 세계에 통합되는가 하는 문제를 주로 살펴보기로 한다.

2 새로운 글쓰기의 모색

라블레는 『팡타그뤼엘』의 서문에서 『가르강튀아 대연대기』에 대한 언급으로부터 이야기를 시작한다. 한가한 시간에 귀부인들과 즐거운 대화를 나눌 수 있는 이야깃거리로서의 이 책의 가치를 주장하고, 매 사냥에 실패했을 때의 귀족들, 치통환자, 매독환자, 통풍환자 등에게 이 책이 발휘할 수 있는 진정 효과를 열거한 다음, 그보다 못하기는 하지만 비슷한 효능을 가진 작품으로는 『악마 로베르 *Robert le Diable*』, 『피에라브라 *Fierabras*』, 『겁 없는 기욤 *Guillaume sans paour*』 등 몇 편의 기사도 소설을 예로 든다. 그리고 『팡타그뤼엘』을 이러한 작품들과 같은 계열에 속하는 작품으로 소개하고 있다.

> 그래서 여러분들의 미력한 종인 저도 여러분들의 소일거리를 늘려주고 싶어서, 이제 앞서의 책보다 좀더 공정하고 믿을 만하다는 점을 제외하면 같은 종류의 책을 바치려고 하는 것이다.[6]

서문에서 작가가 명시적으로 자신의 작품을 기사도 소설과 같은 유형이라고 언급함에 따라 독자는 앞으로 전개될 사건의 성격, 이야기의 전개 방식 등에 관해 일종의 기대지평 horizon d'attente 을 갖게 된다. 다시 말해서 기존의 기사도 소설, 가깝게는 『가르강튀아 대연대기』와 비슷한

---

6) Voulant doncques moy, vostre humble esclave, accroistre voz passetemps davantaige, je vous offre de présent ung aultre livre de mesmes billon, sinon qu'il est ung peu plus équitable et digne de foy que n'estoit l'aultre. (Rabelais, *Pantagruel*, Droz, 1965, 6쪽)

비현실적 모험담을 예상하게 되는 것이다.

그런데 〈좀더 공정하고 믿을 만하다〉는 단서를 첨부하는 라블레의 태도에서 우리는 기존의 기사도 소설에 대한 라블레의 수정 correction 의 의도를 읽을 수 있다. 즉, 기사도 소설의 유형을 그대로 답습하는 대신, 그 대중문학적인 단순성과 비현실적인 허구를 보완할 수 있는 새로운 시도를 『팡타그뤼엘』의 서문은 예고하고 있는 것이다.

작가는 서문에서 그 근거로서 우선 이 작품이 실제 사실에 근거한 연대기라는 점을 강조한다. 즉, 팡타그뤼엘을 수행한 사관 historiographe 으로서 자신이 직접 목격한 주인의 행적을 기록한 것이라는 주장이다. 물론 라블레가 작중인물을 겸하는 화자를 설정한 것은 작품의 희극적 성격에 걸맞는 인물의 시각과 목소리를 통해 이야기를 전개시켜 나감으로써 비현실적 사건에 대해 필요한 경우에 화자 스스로가 그 비현실성을 과장하거나 회화하는 방법으로 작품 세계와의 거리를 확보하고, 독자와의 유희적 공감대를 형성하여 서술 narration 을 활성화하려는 데 그 일차적 목적이 있을 것이다.

그러나 다른 한편으로 자신의 작품에 연대기의 성격을 부여하려는 작가의 태도는 앞으로 전개될 팡타그뤼엘의 전기에서 기존의 텍스트에 나타난 글쓰기 방식을 일차적 모델로 삼고, 그것의 모방과 수정을 통해 새로운 글쓰기의 방식을 시도하는 데 필요한 하나의 방향을 제시하기 위한 것으로 해석할 수도 있다. 작가의 이러한 의도는 『팡타그뤼엘』의 서두에서부터 분명히 나타난다.

우리에게 시간이 있으니 훌륭한 팡타그뤼엘이 태어나게 된 기원과 선조에 관해 여러분들에게 상기시키는 것이 무용하거나 한가한 일은 아니라고 생각한다. 왜냐하면 그리스인들, 아랍인들, 이교도들의 훌륭한 사관들뿐만 아니라 성 누가나 성 마태 같은 성경의 저자들 역시 그들의 연대기를 이렇게 다룬 것을 내가 알기 때문이다. [7]

7) Ce ne sera chose inutile ne oysifve, de vous remembrer la première source et

그레이 Gray 가 〈『팡타그뤼엘』의 첫머리부터 글쓰기의 방식이 서술의 주제가 된다〉[8]고 지적하듯이, 라블레는 작품의 서두에서 어떻게 쓸 것인가 하는 글쓰기의 문제를 제기한다. 고전적 규범에 의거한 전통적 장르 중에서 연대기의 방식을 채택하겠다는 주장은 사실의 기록이라는 연대기 본래의 성격과 거인왕의 환상적 모험의 세계가 양립될 수 없는 것이기 때문에 그대로 받아들일 수 없는 것이다. 그러므로 작가가 모색하는 글쓰기의 방식은 연대기의 모방과는 근본적으로 다른 발상에서 비롯된 것일 수밖에 없다.

사레유 Sareil 는 『희극적 글쓰기 L'Ecriture comique』라는 책에서 본질적으로 비극적 사건과 희극적 사건의 차이는 그리 크지 않다고 주장한다. 물론 좀더 비극에 적합한 소재와 희극에 적합한 소재가 있을 수 있으나, 사건의 발단에는 극적인 갈등이 있게 마련이다. 그러므로 문제는 진지하고 사실적인 어조로 이야기를 전개하여 독자의 심정적 동조를 유도할 것인가 아니면 사건을 희화적으로 처리하여 독자로 하여금 이야기 자체를 일종의 놀이로 받아들이게 할 것인가 하는 작가의 판단에 달린 것이라 할 수 있다. [9]

---

origine dont nous est nay le bon Pantagruel : car je voy que tous bons historiographes ainsi ont traicté leurs 〈Chronicques〉, non seulement des Grecz, des Arabes et Ethnicques, mais aussi les auteurs de la Saincte Escripture, comme monseigneur sainct Luc mesmement, et sainct Matthieu.(위의 책, 9쪽)

8) Floyd Gray, *Rabelais et l'écriture*(Nizet, 1974), 70쪽.

9) Jean Sareil, *L'Ecriture comique*(P. U. F., 1984), 10-11쪽 참조. 희극적인 작품에서도 극적 상황은 갈등을 전제로 하는 것이므로 사건을 겪는 당사자들은 상황을 희극적인 것으로 받아들이지 않는다. 그리고 비극적인 상황에서도 불합리하거나 억지스러운 면이 있을 수 있고, 작가가 그러한 측면을 부각시킨다면 사건은 희극적인 것으로 변모하게 된다. 예를 들어 아버지가 아들에 대해 저주를 퍼붓는 동일한 상황이 나타나는 라신의 『페드르 Phèdre』와 몰리에르의 『수전노 L'Avare』의 경우에도 작가가 이야기를 가져가는 방식에 따라 전혀 다른 느낌을 받게 되는 것이지 사건 자체가 비극과 희극을 구별짓게 만들지는 않는다는 것이 사레유의 주장이다.

이러한 관점에서 보면, 연대기의 모방은 팡타그뤼엘의 전기의 허구성을 과장하거나 강조하기 위한 구실에 지나지 않는다. 비현실적 사건을 때로는 진지한 어조로, 때로는 희화적으로 서술해 나가며 작품 세계에 대한 독자의 믿음을 의도적으로 무산시킴으로써 작가가 시도하는 희극적 글쓰기의 방식을 효과적으로 부각시키기 위한 수단으로, 다시 말해서 자신의 글쓰기 방식과 비교 대상이 될 수 있는 일종의 전범(典範)으로 사용하기 위한 모델로 제시된 것이 연대기 서술 방식이라 할 수 있다.

라블레는 구약 창세기에 의거해서 팡타그뤼엘의 기원을 설명한다. 아벨이 카인에게 살해된 뒤 그가 흘린 피에 의해 비정상적으로 풍요해진 대지에서 생산된 서양 모과를 먹은 사람들의 신체가 배, 어깨, 성기, 다리, 귀 등 부위별로 커지는데 그 중에서 몸 전체가 커진 거인족이 등장하게 되었다는 것이다. 뒤이어 칼브로트 Chalbroth 부터 팡타그뤼엘까지 59명의 이름이 열거된 거인족의 계보는 명백히 신약 마태복음에 나오는 아브라함으로부터 예수 그리스도에 이르는 계보의 모방이다. 그리스 로마 신화, 성서, 중세 기사도 소설, 민간 전설 등에 나오는 이름과 가상의 이름을 혼합하여 만들어놓은 팡타그뤼엘의 족보는 그 자체로서도 서로 이질적인 이름들이 엉뚱하게 뒤섞여 있고, 군데군데 인물들에 대한 우스꽝스러운 설명이 곁들여져 있는 데서 희극적 묘미를 지닌 것이지만, 그보다도 앞으로 전개될 라블레의 글쓰기 방식의 전형적인 예를 보여준다는 점에서 시사하는 바가 크다. 위르탈리 Hurtaly 에 관해서, 〈그는 수프에 넣는 빵을 잘 먹고 홍수 시대에 통치했던 위르탈리를 낳고〉[10] 라는 설명은 팡타그뤼엘의 계보에 이어 화자로 하여금 새로운 이야기를 전개시키는 데 필요한 동기를 제공한다.

이 글을 읽고 여러분들이 매우 합당한 의문을 스스로 갖게 되리라는 것을 나는 잘 알고 있다. 여러분들은 홍수 시대에 노아와 그와 함께 방주 안에 있

---

10) Qui engendra Hurtaly, qui fut beau mangeur de souppes et régna au temps du déluge.(Rabelais, 앞의 책, 13쪽)

었던 일곱 사람을 제외한 사람들이 다 죽었고 그 사람들 중에는 앞서 말한 위르탈리가 들어 있지 않았는데, 어떻게 이와 같은 일이 가능했을까 하고 생각할 것이다. [11]

팡타그뤼엘의 계보는 성경의 단순한 문체적 모방이 아니라 그것을 새롭게 해석한 결과이다. 이는 주네트가 확장extension[12] 이라고 정의한, 새로운 테마적 요소의 첨가에 의한 원 텍스트의 변형을 보여주는 것인데, 라블레는 위르탈리라는 가공의 인물을 도입해서 성경에서는 언급하지 않은 새로운 에피소드를 첨가하고 있다. 즉, 이 거인은 너무 커서 노아의 방주 속에 들어갈 수가 없었기 때문에 그 위에 말 타듯이 걸치고 서 있었고, 노 대신에 발로 물을 차서 방주를 원하는 곳으로 옮겨 다니게 해주었으며 그에 대한 보답으로 방주의 사람들이 먹을 것을 제공했다는 것이다.

앞에서 거인족의 기원을 구약 창세기와 연결시켜 설명했듯이, 라블레 작품에서 빈번히 나타나는 다른 텍스트의 인용과 비교는 그것을 직접 풍자하기 위한 경우도 있지만, 그보다는 자신의 논리에 맞추어 원작의 내용을 변형시키고 이야기를 새로운 방향으로 전개시켜 나가는 데 필요한 동기 부여 motivation 를 목적으로 하는 경우가 훨씬 더 많다. 몽테뉴 Montaigne 의 『수상록 Les Essais』이 원래 고전 작가들의 철학적 단장에 대한 주석에서 시작된 것이듯이, 라블레에게도 기존의 텍스트와의 관계는 빈약한 줄거리의 팡타그뤼엘의 모험담을 보완하는 데 필요한 여담 digressions을 이끌어내기 위해서 필수적인 것이라 할 수 있다.

사실 라블레 작품에서, 서술의 차원에서는 다른 텍스트를 문체적으로

---

11) J'entends bien que, lysant ce passaige, vous faictes en vous mesmes ung doubte bien raisonnable. Et demandez comment est il possible que ainsi soit : veu que au temps du deluge tout le monde perit, fors Noë et sept personnes avecques luy dedans l'Arche, au nombre desquelz n'est point mys ledict Hurtaly?(위의 책, 15쪽)

12) Gérard Genette, 앞의 책, 298쪽.

그대로 모방하는 경우는 거의 찾아볼 수 없다. 물론 작품 곳곳에 삽입된 편지, 연설, 시 등의 군소 장르에서는 다양한 인물들의 목소리와 시각을 재현하려는 작가의 의도에서 그 장르의 문학적 전통에 충실한 전형적 문체가 나타나기도 하지만, 화자가 직접 담당하는 서술의 차원에서 기존의 텍스트는 곧 라블레 특유의 글쓰기 방식에 의한 변형을 겪게 됨에 따라 본래의 의미와 문체적 특징을 상실하고 새로운 텍스트 속에 통합되어 버린다. 그러므로 라블레 작품에서 기존의 텍스트에 대한 모방과 변형은 분리되지 않는다.

3 변형의 과정

『팡타그뤼엘』은 『가르강튀아 대연대기』의 유행에 착안하여 씌어진 작품이지만, 사건의 배경이 아들의 세대로 옮겨져 있기 때문에 원작의 에피소드의 직접적인 차용은 이루어지지 않고 다른 텍스트에 대한 언급과 비교는 간단한 주석이나 여담으로 처리되어 있다.

이에 비해서 『팡타그뤼엘』의 성공에 힘입어 1534년에 발표된 『가르강튀아』에서는 원작의 존재 자체를 무색하게 만들 만큼 근본적인 수정이 시도되는데, 이와 같은 변형에 의한 새로운 텍스트의 생산 과정은 『가르강튀아 대연대기』에서 차용된 세 가지 에피소드의 변형을 통해서 그 전형적 예를 살펴볼 수 있다.[13] 가르강튀아의 암말에 의한 보스 Beauce 숲의 황폐화, 가르강튀아의 제복, 노트르담 사원의 종의 탈취라는 세 에피

---

13) 『가르강튀아 대연대기』 외에도 라블레가 에피소드를 차용한 대표적 원전으로 작가 미상의 『팡타그뤼엘의 제자 Le Disciple de Pantagruel』와 이탈리아의 작가 테오필로 폴렝고 Teofilo Folengo의 『메를랭 코카이의 마카로닉한 이야기 Histoire macaronique de Merlin Coccaïe』를 들 수 있다. 이 두 작품에서도 라블레는 에피소드를 차용하고 있는데, 그 변형 과정이 『가르강튀아 대연대기』의 경우와 유사하기 때문에 여기에서는 비교의 대상을 위의 작품으로 한정하기로 한다.

소드가 어떻게 『가르강튀아』에서 전혀 다른 의미와 문체적 특징을 갖게 되는지 그 과정을 분석해 봄으로써 우리는 라블레의 글쓰기의 특징적 면모를 살펴볼 수 있을 것이다.

로렌 지방으로 가서 샹파뉴에 이르렀다. 그 당시 그곳에는 커다란 나무들이 있었는데, 그때 그 큰 숲이 파괴되어 버렸다. 왜냐하면 그 속으로 지나가야 했기 때문이다. 커다란 암말이 샹파뉴의 숲 안에 들어갔을 때 파리들이 꼬리 길이가 200브라스(350미터 정도)인 암말의 엉덩이를 쏘기 시작했다. 그 암말은 굵기도 그에 비례하는 꼬리로 파리를 쫓기 시작했는데, 여러분들은 굵은 떡갈나무들이 마치 우박처럼 무수히 쓰러지는 것을 볼 수 있었을 것이다. 그 짐승이 그 짓을 계속해서 땅바닥에 쓰러지지 않고 서 있는 나무가 하나도 남지 않았다. 그 짐승은 보스에서도 그만큼 해댔기 때문에 지금은 숲이 전혀 남아 있지 않고, 그 고장 사람들은 보릿짚이나 밀짚으로 몸을 따뜻하게 해야만 한다. [14]

『가르강튀아 대연대기』에서 작가는 초보적인 서술의 차원을 벗어나지 못한다. 페루즈 Pérouse 는 대중 문학을 정의하면서 대중적인 주제, 대중적인 문체, 대중적인 독자층 등 세 유형을 구별하는데, [15] 이 작품은 아

---

14) Et au pays de Lorraine, et de là grant Champagne, où il y avoit pour ce temps là grans boys, et de celluy temps s'abbatoyent les grans forestz. Car il failloit passer par dedans. Quant la grant jument fut dedans les forestz de Champagne les mouches se prindrent à la picquer au cul ladicte jument qui avoit la queue de deux cens brasses. Et grosse l'advenant, se print à esmoucher, et alors vous eussiez veu teomber ses gros chesnes menu comme gresle, et tant continua ladicte beste qu'il n'y demoura arbre debout qui tout ne fust rué par terre, et autant en fist en la Beaulce, car a present n'y a nul boys, et sont contrainctz les gens du pays de eulx chauffer de feurre ou de chaulme.(*Les Grandes et inesti-mables Cronicques du grant & enorme geant Gargantua*, 1532, 7-8쪽). 이 예문은 1532년에 출판된 책의 복사본 fac-similé에서 인용한 것이다. 원본의 철자와 구두점은 알기 쉽게 다소 현대식으로 수정했다.

서 Arthus 왕을 위해 외적을 물리치는 거인의 엄청난 키와 힘, 식욕을 강조하는 데 한정된 주제와 줄거리 전달에 급급한 특색 없는 문체로 보아 단지 재미있고 단순한 이야기를 듣고 즐기려는 독자층을 겨냥한 대중소설의 특징을 모두 갖추고 있다. 이에 비해 『가르강튀아』에서는 같은 에피소드가 문체적 전환 transtylisation[16]에 의해 전혀 새롭게 변형된 모습을 보여준다.

　　이렇게 그들은 즐겁게 대로를 통해 언제나 포식을 하며 오를레앙 북쪽에 이르렀다. 그곳에는 길이가 35리에 폭도 17리나 그 정도 되는 무시무시한 숲이 있었다. 그 숲에는 쇠파리와 무늬말벌이 끔찍하게 많고도 풍부해서 불쌍한 암말과 당나귀, 수말들로서는 정말로 강도질을 당하는 꼴이었다. 그러나 가르강튀아의 암말은 그곳에서 동족들이 받았던 모든 모욕을 그것들이 전혀 생각지도 못했던 방식으로 훌륭히 복수했다. 왜냐하면 그들이 앞서 말한 숲에 들어서고 무늬말벌들이 암말에게 공격을 가하자 곧 꼬리를 뽑아들고 그것들을 쫓으며 멋지게 전투를 벌여 숲 전체를 쓰러뜨려 버렸기 때문이다. 닥치는 대로, 이리저리, 여기저기, 가로세로, 위아래로 마치 낫을 든 농부가 풀을 베듯이 숲을 쓰러뜨려서 그 후로는 숲도 무늬말벌도 사라져버렸고 그 지방 전체가 평지가 되었다.
　　그 광경을 보고 가르강튀아는 매우 즐거워했지만, 자기 부하들에게 〈나는 이것이 멋지다고 생각한다 Je trouve beau ce〉고 말한 것 외에는 더 이상 자랑하지 않았다. 그래서 그때부터 이 고장은 보스라고 불리게 되었다. [17]

---

15) Gabriel Pérouse, "Quelques réflexions sur la matière populaire et sa mise en forme au XVIe siècle", *Bulletin de l'Association d'Etude sur l'Humanisme, la Réforme et la Renaissance*, XI, 1979, 159쪽.

16) Gérard Genette, 앞의 책, 257쪽. 주네트는 문체적 수정에 대해 문체적 전환이라는 용어를 사용하는데, 텍스트를 작가의 문체적 특성화에 의해 변환시키는 경우를 가리킨다.

17) Ainsi joyeusement passerent leur grant chemin, et tousjours grand chere, jusques au dessus de Orleans. On quel lieu estoyt une horrible forest de la longueur de trente et cinq lieues, et de largeur dix et sept, ou environ. Icelle

주네트는 확대에 의한 텍스트의 변형을 원작에 새로운 내용을 덧붙이는 테마적 확장 extension thématique 과 내용의 수정 없이 서술과 묘사를 확대하는 문체적 전개 expansion stylistique 의 두 방식으로 나누어 설명한다. [18] 이 에피소드의 변형에 나타나는 문체적 전개에서는 우선 전체적 길이는 다소 길어졌을 뿐이지만, 원작에 비해 표현성이 매우 풍부해졌다는 점을 확인할 수 있다. 암말이 꼬리를 휘둘러 숲을 파괴하는 장면이 대립적 의미의 장소부사의 연속적 나열로 생생하게 묘사되어 마치 눈앞에서 전개되는 듯한 생동감을 느끼게 하고, 〈전투를 벌이다 s'escarmouscher〉와 〈파리를 쫓다 esmouscher〉 두 동사의 연결이 보여주는 음성적 효과, 그리고 보스라는 지명의 유래를 이 사건과 결부시킨 말장난 등은 원작의 모방 단계를 뛰어넘은 라블레의 창조적 재능을 유감없이 보여주는 것이다.

그러나 라블레의 글쓰기 방식의 전형적 예는 단순한 문체적 비교에서보다 가르강튀아의 암말에 관한 에피소드의 도입 과정에서 찾아볼 수 있다. 『가르강튀아』에서는 우선 누미디아 Numidie 의 네번째 왕인 파이욜 Fayoles 이 부왕인 그랑구지에 Grantgousier 에게 아프리카의 암말을 선사

---

estoyt horriblement fertile et copieuse en mousches bovines et freslons, en sorte que c'estoyt une vraye briguanderye pour les paovres jumens, asnes et chevaulx. Mais la jument de Gargantua vengea honestement tous les oultrages en ycelle perpetrées sus les bestes de son espece par un tour du quel ne se doubtoient mie. Car, soubdain qu'ilz feurent entrez en la dicte forest et que les freslons luy eurent livré l'assault, elle desguaina sa queue et si bien s'escarmouschant les esmouscha qu'elle en abatyt tout le boys. A tords, à travers, deczà, delà, par cy, par là, de long, de large, dessuz, dessoubz, abatoyt boys comme un fauscheur faict d'herbes, en sorte que depuis n'y eut ne boys ne freslons, mais feut tout le pays reduict en campaigne.

Quoy voyant, Gargantua y print plaisir bien grand sans aultrement s'en vanter. Et dist à ses gens : 〈Je trouve beau ce〉, dont fut depuis appellé ce pays la Beauce. (Rabelais, *Gargantua*, Droz, 1970, 105쪽)

18) Gérard Genette, 앞의 책, 306쪽.

하는 데서 이 에피소드가 시작된다. 그 다음에는 코끼리 여섯 마리의 크기에 카이사르의 말처럼 발굽이 갈라져 있고, 랑그독의 염소처럼 귀가 늘어졌으며, 엉덩이에는 뿔이 하나 달려 있고 꼬리는 랑제 근처의 생마르스 기둥만한 크기라는 식으로 그 짐승의 신체적 특징에 대한 묘사가 이어진다. 또한 이러한 묘사의 진실성을 의심하는 독자들에게 반론의 근거로 화자는 꼬리 무게가 30파운드 이상 나갔다는 스키타이의 숫양과 꼬리에 수레를 맬 수 있었다는 시리아의 양의 역사적 예를 든다. 그리고는 암말의 수송 경로가 설명되고, 그 짐승에 대한 그랑구지에의 평이 곁들여진다.

그랑구지에가 그것을 보았을 때 그는 말했다. 〈내 아들을 파리로 태우고 가기에 아주 적당한 놈이로구나! 이렇게 하느님 덕으로 모든 일이 잘 될거야. 그는 훗날에 위대한 성직자가 되겠지. 짐승 양반들이 없다면 우리들은 성직자들처럼 살 텐데.〉[19]

『가르강튀아 대연대기』의 작가는 아서 왕의 마술사 멀린 Merlin 이 고래뼈로 그랑구지에와 갈르멜을 만든 다음 그들을 위해 암말의 뼈로 거대한 암말을 만들었다고 간단히 설명한 데 비해서, 이 작품에서는 암말에 대한 묘사도 라블레 특유의 글쓰기 방식에 의해 대폭적으로 확대된다. 주로 역사적 기록이나 지역적 특성과 관련된 비교의 수법으로 암말의 신체적 특징이 자세히 설명되는 문체적 전개가 이루어지고, 그랑구지에의 평에 의해 암말의 에피소드는 『가르강튀아』의 문맥 속에서 새로운 의미를 갖게 된다. 〈짐승 양반들이 없다면 우리는 성직자들처럼 살 텐데〉라는 그랑구지에의 지적은 짐승 bestes과 성직자들 clercs 두 단어의 위치를

---

19) Lors que Grantgousier la veit : 〈Voicy (dist il) bien le cas pour porter mon filz à Paris. Or cza, de par Dieu, tout yra bien. Il sera grand clerc on temps advenir. Si n'estoient messieurs les bestes, nous vivrions comme clercs.〉 (Rabelais, 앞의 책, 104쪽)

바꾸어 만들어진 말장난이다. 그러나 단순한 말장난에 그치지 않고, 이 말은 가르강튀아의 교육 과정에서 주 공격 대상이 되는 소르본 신학부와 스콜라 철학자들에 대한 라블레의 비판과 풍자에 연결해서 해석해야만 그 의미를 파악할 수 있는 아이러니의 표현이다. 이에 따라 『가르강튀아』에서 이 에피소드는 원작에서의 단순한 일화적 성격에서 벗어나 작품 전체의 주제에 통합되는 변화를 겪게 된다.

가르강튀아의 제복에 관한 에피소드 역시 새로운 문맥 속에서 의미 변화가 이루어진다. 『가르강튀아 대연대기』에서 가르강튀아의 제복에 관한 에피소드가 거인의 엄청난 크기를 신체 부위별로 나누어 묘사하는 데 초점이 맞추어져 있는 데 비해서, 라블레의 작품에서 이 에피소드는 화자로 하여금 색채에 관한 논쟁을 제기하는 데 필요한 기회를 제공하기 위한 구실로 사용된다. 화자는 가르강튀아의 아버지가 아들의 제복을 흰색과 푸른색으로 만들게 했고, 그것은 흰색이 기쁨, 쾌락, 즐거움을 의미하고 푸른색은 천상의 것들을 의미하기 때문이라고 설명한 다음, 독자의 반론을 예상하고 색채에 관한 논쟁을 제기한다. 가르강튀아의 제복에 관한 묘사도 원작에 비하면 신화, 역사적 인명과 지명 등을 풍부히 사용하여 문체적 수정이 이루어진 것이지만, 그보다도 이 에피소드의 변형에 나타나는 특징은 색채에 관한 본격적인 논쟁으로 이야기가 확대된다는 점이다. 당시에 통용되던 『색채의 학문』이라는 책을 비판의 대상으로 삼아 고전의 권위에 의거하여 문장학(紋章學)에 대한 현학적인 궤변 논리가 제8장 「가르강튀아의 색과 제복 Des couleurs et livrée de Gargantua」, 제9장 「흰색과 푸른색이 의미하는 바에 관하여 De ce qu'est signifié par les couleurs blanc et bleu」 두 장에 걸쳐 전개되는데, 이와 같이 원래의 에피소드의 변형보다 훨씬 길게 화자의 개입에 의해 전개되는 지적 논쟁은 흥미 위주의 사건을 기대하는 대중소설의 독자들에게는 이해될 수 없는 것이고 또한 불필요한 부분이다. 이는 라블레가 의도하는 글쓰기의 방식이 원작의 문체적 수정에 한정되지 않고 그 성격 자체를 바꾸어버린다는 사실을 보여주는 것이다.

노트르담 사원의 종의 탈취 사건은 라블레가 『가르강튀아 대연대기』에서 차용한 에피소드 중에서 사건 자체의 구성과 전개가 본격적으로 확대된 대표적 예이다. 원작에서는 이 에피소드 역시 앞에서 살펴본 에피소드와 마찬가지로 단순한 일화에 지나지 않는다.

그때 그는 커다란 암말에 올라타고 길을 떠났다. 가까워지자 그는 걷기 시작했고 암말은 풀을 뜯도록 보냈다. 그리고는 도시에 들어가서 노트르담의 종탑 중 하나에 걸터앉으러 갔다. 그러나 다리가 센 강에 닿을 정도로 걸려 있었다. 그는 이 종 저 종을 바라보고 종탑 안에 들어 있는 프랑스에서 가장 크다고 알려진 두 종을 흔들기 시작했다. 그때 여러분들은 파리 사람들이 모두 몰려와 그를 바라보고 그가 그렇게 큰 것을 비웃는 모습을 볼 수 있었을 것이다. 그러자 그는 암노새 목에 달린 방울을 보았듯이 이 두 종을 가져가서 자기 암말의 목에 매달 생각을 했다. 그리고 그것들을 가지고 그곳을 떠났다. 곤란해진 것은 파리 사람들이었다. 왜냐하면 힘으로 그를 대적해서는 안 되었기 때문이다. 그때 그들은 회의를 했고 그에게 종을 가져갔던 제자리에 가져다 놓고 다시는 돌아오지 말고 떠나도록 부탁하기로 이야기가 되었다. 그리고 그에게 소 300마리와 양 200마리를 식사로 제공했고, 가르강튀아는 이에 동의하고 가버렸다. [20]

20) Lors il monta sur sa grant jument et se mist à chemin quant il fut près, il se mist à pied et envoya paistre la jument puis va entrer en la ville et se alla asseoir sur une des tours de Nostre Dame. Mais les jambes luy pendoient jusques en la rivière de Seine et regardoit les cloches de l'une et puis de l'autre et se print à bransler les deux qui sont en la grosse tour lesquelles sont tenues les plus grosses de France. Adonc vous eussiez veu venir les parisils tous à la foule qui le regardoyent et se mocquoyent de ce qu'il estoit si grant. Lors pensa qu'il emporteroit ces ceux cloches et qu'il les pendroit au col de sa jument ainsi que il avoit veu des sonnettes au col des mules. Adonc s'en part et les emporte. Qui furent marris furent les parisiens. Car de force ne falloit point oser contre luy. Lors se mirent en conseil et fut dit que l'on yroit le supplier qu'il les apportast et mist en leurs places où il les avoit prinses et que il s'en allast sans plus revenir et luy donnerent troys cens beufs et deux cens moutons pour son disner, ce que

『가르강튀아 대연대기』가 주인공의 엄청난 키와 식욕을 강조하는 것으로 일관하는 데 비해서, 라블레의 경우에는 이 에피소드가 체계적으로 나뉘어져 노트르담 사원의 종의 탈취라는 기본 사건을 제외한 다른 부분이 테마적으로 확대된다. 우선 파리 시민들이 가르강튀아의 거대함을 비웃는 장면에서는 주인공이 그들에게 〈장난으로 par rys〉[21] 오줌 세례를 퍼부어 여자와 아이들을 빼고도 260,418명이 익사하는 재난을 불러일으키고, 이 사건 때문에 파리 여인들의 흰 넓적다리에서 연유한, 흰색을 뜻하는 뤼테스 Lutece, Leucece라는 그리스식 이름 대신에 파리라고 불리게 되었다는 우스꽝스러운 어원 설명이 곁들여진다. 이에 비해서 정작 노트르담 사원의 종에 관한 부분은 원작에 비해서 오히려 축소된 모습을 보여준다.

　이 일을 끝내고, 가르강튀아는 앞서 말한 탑에 있는 큰 종을 바라보고는 그것을 매우 듣기 좋게 울렸다. 그렇게 하다가 그것을 자기 암말의 목에 다는 방울로 쓸 수 있으리라는 생각을 했다. 그는 암말에 브리산 치즈와 싱싱한 청어를 가득 실어 아버지에게 돌려보내려 했던 것이다. 그래서 그는 그 종들을 자기 숙소로 가져갔다. [22]

브리 지방의 치즈와 청어를 아버지에게 보내겠다는 가르강튀아의 계획은 새로 첨가된 테마적 요소이지만, 나머지 부분에서는 가장 기본적인 골격만 유지되고 있다. 그러나 이 사건의 여파로 벌어지는 일련의 사건

---

accorda Gargantua puis s'en alla.(*Les Grandes et inestimables Cronicques du grant & enorme geant Gargantua*, 11쪽)

21) Rabelais, 앞의 책, 107쪽.

22) Ce faict, consydera les grosses cloches qu'estoient esdictes tours, et les feist sonner bien harmonieusement. Ce que faisant, luy vint en pensée qu'elles serviroient bien de campanes au coul de sa jument, laquelle il vouloyt renvoyer à son pere toute chargée de gromaiges de Brye et de harans frays. De faict, les emporta en son logys.(위의 책, 111쪽)

들은 이 에피소드의 성격을 단순히 재미있는 이야깃거리에서 당시의 교계에 대한 직접적인 공격으로 변모시킨다. 그것은 원작에서 파리 시민들이 회의를 열고 거인에게 많은 소와 양을 대가로 제공하는 것으로 사건이 종결되는 데 비해서, 라블레 작품에서는 소르본의 신학자가 대표로 파견되고 가르강튀아가 신학자 일행에게 제공한 선물 때문에 교단 내부에 분쟁이 생기는 등 사건이 발전적으로 전개되는 테마적 확장이 이루어지기 때문이다. 파리 시민들의 봉기가 일어나고, 종이 없어진 데서 생기는 불편에 대한 삼단논법에 의한 논증이 전개된 다음, 소르본의 가장 뛰어난 신학자인 자노튀스 드 브라그마르도 Janotus de Bragmardo 선생이 대표로 선출되어 가르강튀아를 방문하게 된다. 이어서 제18장부터 3장에 걸쳐 신학자와 그의 일행들의 추하고 기묘한 몰골과 행동에 대한 묘사와, 스콜라 철학의 난해한 용어와 엉터리 라틴어를 뒤섞어가며 자신의 궁핍한 처지를 은근히 암시하는 신학자의 우스꽝스러운 장광설, 가르강튀아에게서 받은 선물로 인한 분쟁 때문에 영원히 끝나지 않을 재판 결과를 기다리며 그때까지 때를 씻지 않겠다고 맹세한 마튀랭 수도사들 Maturins과 콧물을 닦지 않겠다고 맹세한 자노튀스 일파의 대립 등 소르본 신학부에 대한 노골적 풍자와 조롱이 이어진다.

이와 같이 노트르담 사원의 종에 관한 에피소드 역시 라블레 특유의 글쓰기 방식에 의해 교육과 종교에 대한 그의 가치관과 연결되는 일련의 에피소드들과 함께 작품의 기본 줄거리를 형성하게 된다. 이 단계에 이르러서는 에피소드의 차용과 변형이라는 개념으로 설명하는 것이 무의미할 만큼 원작과는 전혀 다른 발상에서 사건이 새로운 방향으로 전개되고 있음을 확인할 수 있다. 이는 라블레 소설에서 동일한 에피소드가 원작의 대중문학적이고 일화적인 성격에서 벗어나 새로운 텍스트의 지적 구도 속에서 작품의 중심 주제에 통합되어 작가의 현실 인식과 세계관을 반영하는 수단으로 사용되고 있다는 점을 분명히 보여주는 것이다.

4 차용의 새로운 가능성

라블레 소설에서 기존 텍스트의 모방과 변형에 의한 새로운 텍스트의
성립 과정에서 예외적으로 거의 원문 그대로의 직접적인 차용이 나타나
는 예를 발견하게 된다. 『가르강튀아』의 마지막 장인 제46장 「텔렘 수도
사들의 수도원의 기초에서 발견된 수수께끼 Enigme trouvé es fondemens
de l'abbaye des Thelemites」에 삽입된 멜랭 드 생즐레 Mellin de Saint-
Gelais 의 수수께끼 시는 라블레에게 직접적인 차용이라 하더라도 새로운
텍스트의 문맥 속에서 얼마나 다른 의미로 변모하는가를 여실히 보여주
는 좋은 예가 될 것이다. 이 시는 원래 〈예언식의 수수께끼 Enigme en
façon de Prophétie〉라는 제목으로 발표된 생즐레의 작품인데, 라블레는
이 시를 그대로 차용하면서 시의 첫머리에 2행, 말미에 10행을 첨가하고
있을 뿐이다. 이 시는 알레고리의 수법으로 정구 jeu de paume 경기의
과정을 묘사한 것이지만, 라블레가 덧붙인 시행에 의해 이중적인 해석이
가능하다.

〈행복을 기다리는 불쌍한 사람들이여/가슴을 펴고 내 말을 들으시
오〉[23]라는 처음 2행에 의해 라블레는 이 시가 행복을 갈구하는 인류의
미래에 대한 예언임을 암시한다. 사실 생즐레의 시는 두 편으로 나뉘어
시합하는 광경을 부모와 자식 또는 군주와 신하들 사이의 불화에 비유하
고, 경기 도중의 고통이나 위기를 생사를 건 투쟁과 같이 과장하는데다
가 흘리는 땀을 홍수에 비유하는 등 매우 심각하고 비장한 어조로 진행
과정을 묘사하기 때문에 라블레가 덧붙인 앞부분과 함께 인류의 미래의
불행이나 신앙에 대한 박해 등 심각한 상황으로 해석될 수 있다. 여기에
〈그리고 그 후에 너무나 강요받고,/수고하고, 지치고, 일을 많이 하고,
고통받은 자들은/영원한 창조주의 성스러운 뜻에 의해/이 일들이 행복으
로 바뀔지니라./그때 확실한 지식에 의해/인내심에서 얻어지는 재물과

---

23) Pauvres humains qui bon heur attendez/Levez vos cueurs et mes dictz enten-
    dez.(위의 책, 306쪽)

결실을 보리라. /왜냐하면 전에 더 많이 고통받은 자가/베풀어지는 몫을
더 많이/받게 될 것이기 때문이니. 오, 존경할지어다. /끝까지 굳게 신앙
을 지키는 자를!〉[24]이라고 종교적 박해를 이겨낸 신앙의 승리를 강조하
는 마지막 10행이 덧붙여짐으로써 시 전체의 의미는 원작과 달리 해석될
수 있는 가능성이 높아진다.

실제로 라블레는 이 시를 통해서 해석의 문제를 제기하고 있다. 가르
강튀아는 이 시를 읽고 나서 박해받는 복음주의자들의 상황을 묘사한 시
로 해석하는 것이다. 이러한 해석에 대해 장 수도사는 이의를 제기한다.

「전하의 판단으로는 이 수수께끼가 가리키고 의미하는 바가 무엇이라고 생
각하십니까?」라고 수도사가 물었다. 「뭐라고? 신성한 진리의 진행과 지속
을 뜻하는 것이지」라고 가르강튀아는 말했다.

수도사는 말하기를, 「성 고드랑을 두고 말하지만, 제 설명은 그런 것이 아
닙니다. 그것은 예언자 메를랭의 문체입니다. 원하시는 대로 알레고리와 심
각한 의미를 부여하고 전하나 다른 사람들 모두 원하시는 식으로 추리하십시
오. 저로서는 모호한 말로 정구 경기를 묘사한 것 외에 다른 뜻이 숨겨져 있
지 않다고 생각합니다. 」[25]

---

24) Reste en apres que yceulx trop obligez,/Penez, lassez, travaillez, affligez,/Par
le sainct vueil de l'eternel Seigneur/De ces travaux soient refaictz en bon heur./
Là verra l'on par certaine science/Le bien et fruict qui sort de patience ; /Car cil
qui plus de peine aura souffert,/Au paravant, du lot pour lors offert/Plus
recepvra. O que est à reverer/Cil qui pourra en fin perseverer!(위의 책,
311-312쪽)

25) Le Moyne dist ;〈Que pensez vous, en vostre entendement, estre par cest enigme
designé et signifié?〉

——Quoy? (dist Gargantua). Le decours et maintien de verité divine.

——Par sainct Goderan (dist le Moyne), telle n'est mon exposition. Le stille est
de Merlin le Prophete. Donnez y allegories et intelligences tant graves que
vouldrez, et y ravassez, vous et tout le monde, ainsy que vouldrez. De ma part,
je n'y pense aultre sens enclous q'une description du jeu de paulme soubz
obscures parolles.(위의 책, 313-314쪽)

라블레는 위에 인용한 1542년판에서 장 수도사의 말을 통해서 이 시의 원작자의 이름을 언급함으로써 그것이 차용된 것임을 분명히 밝히고 그 일차적 의미를 설명한다. 그러므로 라블레가 원시의 첫머리와 마지막에 덧붙인 시행에 의해서 다른 해석이 가능해지기는 했지만, 장 수도사의 해석이 시인의 원래의 의도와 일치하는 것이라는 사실은 분명하다. 그렇다고 해서 우리는 가르강튀아의 해석이 틀렸다고 단정할 수도 없다. 왜냐하면 그의 해석 역시 라블레가 『가르강튀아』의 서문에서 밝힌 선의에 근거한 다양한 해석의 가능성을 보여주는 것이기 때문이다.

유명한 술꾼과 고귀한 매독환자라는 양립 불가능해 보이는 이질적인 독자층을 상대로 삼아 전개되는 『가르강튀아』의 서문에서 화자는 소크라테스의 외모와 그의 초인적인 지혜 사이의 부조화를 지적하면서, 그와 마찬가지로 자신의 작품에 대해서도 제목이 암시하는 대로 단순히 재미있는 이야깃거리로만 보지 말고 더 고차원적인 의미로 해석해야 한다는 점을 강조한다. 마치 개가 뼈를 정성스럽게 핥고 깨물고 부수어 그 속에 감추어진 골수를 꺼내 먹듯이 〈본질적인 골수〉[26]를 흡수할 수 있어야 한다는 것이다.

그러나 이와 같은 주장은 곧 화자 자신에 의해서 반박된다. 호머가 『일리아드』와 『오디세이』를 쓸 때 후대의 학자들이 찾아낸 기독교와 관계된 알레고리를 고려하지 않았을 것이 분명한 사실이듯이, 자신의 〈즐겁고 새로운 연대기〉[27]에 대해서도 작가가 의도하지 않은 감추어진 의미를 찾으려고 애쓸 필요가 없다는 것이다. 그리고 자신은 이 책을 쓰는 데 먹고 술 마시는 시간만을 이용했을 뿐이며, 그때가 〈고귀한 내용과 심오한 학문〉[28]을 담은 이러한 작품을 쓰기에 적당한 시간이라고 주장한다. 독자로 하여금 과연 어떤 독법을 택해야 할지 갈피를 잡을 수 없게 하는 화자의 모순 어법은 그가 차례로 제시한 해석의 방법 중에서 어느

---

26) la substantificque mouelle(위의 책, 14쪽)
27) ces joyeuses et nouvelles chronicques(위의 책, 17쪽)
28) ces haltes matieres te sciences profundes(위의 책)

한쪽을 선택하는 것을 불가능하게 만드는 듯이 보인다. 그러나 이와 같은 모순은 선의를 가지고 해석해야 한다는 기본 원칙에 의해 해소될 수 있다는 것이 라블레의 주장이다.

> 인생을 즐기고 재미있는 친구라는 말을 듣고 평가받는 것이 내게는 명예이고 영광이다. 이 자격으로 나는 팡타그뤼엘주의자들의 즐거운 모임에서 언제나 환영을 받는다. (……) 그러니까 나의 모든 말과 행동을 가장 완벽한 의미로 해석하시오. 여러분에게 이 멋진 허풍을 양식으로 제공하는 치즈 덩어리 같은 머리를 존중하고, 가능하다면 나를 언제나 즐거운 쪽으로 가져가시오.[29]

라블레는 자신의 작품 속에서 심오한 의미를 발견하거나 그것을 단순히 재미있는 읽을거리로 판단하는 일은 독자의 선택에 달린 것이고, 문제는 언제나 작가를 선의로 이해하려는 입장에서 해석하기만 하면 된다는 결론을 내리고 있다. 이러한 관점에서 보면, 생즐레의 수수께끼 시에 대한 가르강튀아와 장 수도사의 해석은 모두 유효하다. 그것은 그들이 작가의 의도를 왜곡하고 변질시켜 해를 가하려는 사악함에 물들지 않았으며, 언제나 삶을 긍정적으로 받아들이고 선의로 해석하는 팡타그뤼엘주의의 대표적 인물들이기 때문이다.

이와 같이 라블레는 『가르강튀아』의 서문에서 밝힌 다양한 해석의 가능성을 작품의 말미에서 차용한 시를 통해서 직접 보여주고 있는 것이다. 이는 최소한의 변형만이 가해진, 거의 원문 그대로의 차용의 경우에도 라블레 소설에서는 원래의 이질적인 성격을 상실하고 작품 전체의 의

---

29) A moy n'est que honneur et gloire d'estre dict et reputé bon gaultier et bon compaignon, et en ce nom suis bien venu en toutes bonnes compaignies de Pantagruelistes. …Pourtant, interpretez tous mes faictz et mes dictz en la perfectissme partie : ayez en reverence le cerveau caseiforme qui vous paist de ces belles billes vezées, et, à vostre povyr, tenez moy tousjours joyeux.(위의 책, 18쪽)

미 구조에 통합되어 새로운 의미를 갖게 된다는 점을 입증하는 것이라 할 수 있다.

5 맺음말

라블레 소설은 당시의 문학 작품의 일반적 경향이 그러하듯 많은 부분이 기존의 작품들의 모방과 변형을 통해 이루어진 것이다. 15-16세기의 많은 단편집들은 작가의 창작에 의해 만들어진 것이라기보다는 당시 구전되던 이야기나 이미 기존 텍스트에 수록되어 있던 이야기를 편집한 것이었기 때문에 지금의 기준으로 보면 표절에 의한 편저 compilation 라고 할 수 있는 것이 대부분이다. 『팡타그뤼엘』 연작의 『제3권』과 『제4권』에서 두드러지게 늘어나는 독립된 삽화의 경우 역시 이러한 이차적 텍스트의 성격이 강하다. 그러므로 기존 텍스트와 라블레 소설의 관계에 관한 연구에서는 어떤 텍스트의 어느 부분이 작품 속에 차용되었는가 하는 문제보다는 작가가 그것을 자신의 작품 속에 어떻게 수용하여 전체적 통일성과 조화를 확보하는가 하는 문제가 관심의 초점이 될 수밖에 없다.

라블레가 소설을 창작하는 데 결정적 계기를 제공한 것으로 알려진 『가르강튀아 대연대기』와 라블레 작품의 비교를 통해서, 그에게는 문학적 차용이 기존 텍스트의 권위나 유행을 이용할 목적과는 전혀 무관한 것임을 우리는 확인할 수 있다. 모방이나 변형을 통해서 작가가 추구하고 있는 것은 기존 텍스트의 장르적 규범이나 독자의 흥미를 끌 만한 에피소드의 충실한 재현이 아니라 철저한 재창조 작업이라 할 수 있기 때문이다. 서사시나 다른 고전문학 장르의 문체는 유희와 풍자의 정신이 지배하는 라블레의 작품 세계에서 사실성을 강조하던 본래의 진지함을 상실하고 희극적 효과를 높이는 수단으로 사용되며, 원작에서 차용된 부분들은 원래의 대중 문학적이고 일화적인 성격에서 벗어나 작가의 지적 구도 속에서 변형을 거쳐 새로운 의미를 획득하게 된다.

우리는 또한 라블레 소설에 차용된 에피소드들의 변형 과정을 통해서 산만하고 이질적인 요소들이 무질서하게 뒤섞여 있다고 평가되기도 하는 그의 작품이 기실은 매우 치밀한 작가의 배려에 의해 구성된 것임을 이해할 수 있다. 그것은 이질적인 요소라 할 수 있는 차용된 에피소드들마저도 새로운 사건의 발전적 전개에 의해 작품의 중심 줄거리를 이루게 되고, 새로운 문맥 속에서 작품 전체의 중심 주제에 통합되어 작가의 현실 인식과 가치관을 반영하는 계기를 제공하기 때문이다. 그러므로 결국 라블레에게 기존 텍스트에 대한 비판적 검토 과정에서 이루어지는 모방이나 변형은 그가 시도하는 새로운 글쓰기의 방식을 모색하는 데 필수적인 단계라 할 수 있으며, 이를 통해서 우리는 즉흥적이라고 비판받기도 하는 그의 작품이 실제로는 엄격한 사전 검토 작업을 거친 것임을 확인하게 된다.

말의 심연 —— 팡타그뤼엘의 입

정명교

　이 글은 라블레의 한 텍스트에 대한 짧은 노트이다. 대상이 된 텍스트는 제2서 『팡타그뤼엘』 제32장 「팡타그뤼엘은 어떻게 그의 혀로 군대 전체를 보호하였는가? 그리고 작가가 그의 입 안에서 본 것」이다. 이 텍스트는 입 안 세계의 상상 밖의 거대함과 비례의 불균형성으로 인해 전형적으로 희극적이고 환상적인 장면으로 간주되는 대목이다. 본고는 이 텍스트를 비교적 꼼꼼히 읽음으로써, 기왕의 라블레 문학에 대한 비평들이 가지고 있는 문제점을 밝히고 새로운 해석의 가능성을 보태려 한다.

　이 텍스트에 대한 기왕의 해석들 중, 이 글이 중점적으로 검토할 것은 아우어바흐의 유명한 저서 『미메시스』 중 제11장 「팡타그뤼엘의 입이 가둔 세계(2 : 267-286)」와 바흐틴의 『프랑수아 라블레의 작품, 그리고 중세와 르네상스의 민중문화』에서 그 텍스트를 다룬 대목(4 : 320-338)이다.

　우선, 문제의 텍스트를 인용해 보기로 하자.

　그런데 진격을 하는 도중 너른 평원에서 그들은 세차게 쏟아지는 비를 만났다. 그 때문에 군사들은 우왕좌왕하면서 이리저리 몰리게 되었다. 이것을 보면서, 팡타그뤼엘은 장군들에게 구름 위에서 보니 이 비는 별 게 아니라 곧 지나갈 소나기에 불과한 것이긴 하지만, 어쨌든 대오를 정비하면 비를 피하게 해주겠다는 말을 전하도록 했다. 그래서 군사들이 밀집 대형으로 정렬하자 팡타그뤼엘은 혀를 단지 반쯤만 내밀어 그들을 암탉이 병아리를 품듯이 가려주었다.

이러는 동안, 여러분에게 이토록 진실된 이야기를 전하는 나는 망트리블 Mantrible의 다리만큼이나 널찍한 우엉 잎 아래에 몸을 숨기고 있었다. 군사들이 그렇게 비를 피하는 것을 보고 나도 그들 쪽으로 가서 몸을 피하고자 했다. 그러나 나는 그럴 수가 없었다. 사람들이 너무 많았기 때문이었으니, 〈가장 좋은 것이라도 끝이 있는 법이다〉라는 속담과도 같았다. 그래서 나는 온 힘을 다해 그 위로 올라가 그의 혀 위를 족히 20리나 걸은 끝에 그의 입 안으로 들어갔다.

헌데, 오, 남신들과 여신들이시여, 내가 거기서 무엇을 보았더란 말인가? 내가 이 점에 대해 거짓말을 한다면 제우스 신께서 내게 세 곱의 벼락을 내려주셔도 좋다. 나는 사람들이 콘스탄티노플의 성 소피아 사원을 거닐듯이 그 안을 걸어다녔는데, 덴마크의 산맥만큼이나 거대한 바위들을 보았으며(내 생각으로는 그의 이였던 것 같다), 거대한 들판과 거대한 숲, 그리고 리옹 혹은 푸아티에 못지않은 융성한 도시들을 보았던 것이다.

내가 거기에서 만난 첫번째 사람은 양배추를 심고 있는 순박한 백성이었다. 역시 나는 아주 놀라서 그에게 물었다.

「여보게, 여기서 무엇을 하고 있나?」

「양배추를 심습니다요.」

「아니, 왜 심는가? 또 어떻게 심는가?」

「하, 나리, 모든 사람이 불알을 축 늘어뜨리고 게으름을 피울 수는 없는 법이랍니다. 그리고 우리가 모두 부자인 것도 아니구요. 나는 내가 벌어서 먹고 삽니다. 이것들을 저 뒤에 있는 도시의 시장에 가지고 가 팔지요.」

「오, 예수님. 그러면 여기가 신세계인가?」

「절대로 새로운 세계는 아니랍니다. 하지만 이 밖으로 나가면, 태양과 달이 있고 아주 좋은 일거리들로 가득 찬 신천지가 있다고 사람들이 말하더군요. 여기는 그보다 더 오래된 곳이랍니다.」

「그런데, 여보게, 자네가 양배추를 팔러 가는 그 도시 이름이 무엇인가?」

「아스파라주(〈인후〉라는 뜻 : 인용자)라고 합니다. 그곳 사람들은 기독교 인들이고 좋은 사람들이지요. 나리를 잘 맞이해 줄 겁니다.」

당장 나는 그곳으로 가기로 결정했다.

그런데 길 가는 도중에 비둘기를 잡고 있는 한 친구를 만났다. 그래서 나는 물었다.

「이보시게, 이 비둘기들은 어디에서 오는 거지?」

「나리, 이 놈들은 다른 세상에서 왔답니다.」

그래서 나는 팡타그뤼엘이 하품을 할 때 비둘기들이 그의 목구멍을 비둘기집인 줄 알고 날개를 활짝 펴고 날아들어온 모양이라고 생각했다.

그리고 나서, 나는 도시로 들어갔다. 보기에 도시는 아름다웠고 부유했으며, 멋진 외관을 가지고 있었다. 그러나 입구에서 보초가 내게 건강 증명서를 요구했기 때문에, 나는 놀라서 물었다.

「이보시오, 여기에 페스트가 번지고 있습니까?」

「오, 선생, 이 근처에서 얼마나 많은 사람들이 죽어나가는지, 시체를 실은 마차가 온종일 거리를 달린답니다.」

「하, 그것 큰일이군요. 거기가 어디지요?」

이 말에 그들은 내게 라랭그 Laryngues 마을과 파랭그 Pharingues 마을이라고 가르쳐주었다. 그 두 마을은 루앙과 낭트만큼 크며, 부유하고 상업이 발달된 곳인데, 페스트는 얼마 전 동굴로부터 고약하고 독성이 있는 기운이 뿜어져 나온 때문에 발생했으며, 그로 인해 일주일 동안 226만 16명 이상의 사람들이 죽었다는 것이었다.

그래서 꼼꼼히 계산해 본 후에 나는 그것이 우리가 요 앞에서 이야기했던 바대로 팡타그뤼엘이 마늘로 양념한 스튜를 너무 많이 먹은 탓으로 그의 위에서 나온 독한 냄새라는 것을 알게 되었다.

그로부터 떠나서 나는 그의 이빨인 바위들 사이를 지나, 마침내 그 중 하나의 위로 올라가는 데 성공했다. 거기에서 나는 세상에서 가장 아름다운 장소들과 커다란 공놀이터들, 아름다운 회랑, 초원들, 수많은 포도밭들, 멋진 것들로 가득 찬 들판을 가로지르며 무한히 놓여 있는 별장들을 보았다.

거기에서 나는 4개월을 보냈다. 그리고 그때처럼 호사스런 생활을 해본 적이 없었다.

그리고 나는 뒷니를 따라 입술 쪽으로 내려갔다. 그런데 그곳을 지나면서 나는 귀 근처에 있는 커다란 숲에서 산적떼를 만나 가진 것을 빼앗겼다.

그 다음 나는 더 내려가면서 이름을 잊어버린 한 작은 마을을 발견했는데, 그곳에서 어느 때보다도 더 잘 대접을 받고 생계를 위해 돈도 벌었다. 어떻게 벌었느냐고? 자면서 벌었다네. 거기에서는 잠을 자고 일당을 받는데, 하루에 5수에서 6수를 번다. 하지만 코를 심하게 골며 자는 사람은 7수 반을 번다. 나는 원로들에게 강도를 만나 돈을 빼앗긴 얘기를 하였다. 그들은 저 건너에 사는 사람들은 천성적으로 못되고 도적놈들이라고 내게 말해주었다. 이 말에, 나는 우리 나라에 산을 사이에 두고 이편 저편에 여러 지방들이 있는 것과 마찬가지로 이 사람들도 이빨을 사이에 두고 여러 지방들이 있다는 것을 알게 되었다. 그런데 이쪽이 더 살기가 좋고 분위기도 더 좋았던 것이다.

여기에서 나는 사람들이 말하듯이 세상의 이쪽에 사는 사람들은 저쪽 사람들이 어떻게 사는지를 모른다는 게 사실이라고 생각했다. 아무도 그쪽 나라에 대해 기록을 남기지 않은 것을 보면 말이다. 그런데도 그곳에는 사막들과 거대한 해협을 따로 계산하지 않더라도 25개 이상의 사람들이 사는 왕국이 있는 것이다. 하지만 이에 대해 나는 『고르기아스 사람들의 역사』라는 제목의 책을 만들었는데, 그렇게 제목을 단 것은 그들이 내 주군 팡타그뤼엘의 목 안에서 거주하고 있기 때문이다.

마침내 나는 돌아가고 싶어졌다. 그리고 그의 수염을 타고 어깨로 내려온 다음 땅으로 내려와 그의 앞에 떨어졌다.

그가 나를 알아보고 내게 물었다.

「알코프리바스, 어디서 오는가?」

나는 대답한다.

「전하, 전하의 목구멍에서 옵니다.」

「언제부터 거기 있었는가?」

「전하가 알미로드인들을 치러 갈 때부터입니다.」

「6개월이 넘었군. 그래, 무엇을 먹고 마시며 살았지?」

나는 대답한다.

「전하, 전하와 마찬가지로, 전하의 목구멍을 지나가는 가장 맛있는 음식덩어리들 중에서 통행세를 받아 먹었지요.」

「그래, 그런데 볼일은 어디서 보았는가?」

「전하의 목구멍 속에서요.」

「하, 하, 그대는 썩 괜찮은 친구로군. 우리는 신의 가호로 디프소드 전국을 평정했다네. 내, 그대에게 살미스공디의 영지를 주지.」

「감사합니다, 전하. 변변치 못한 제게 큰 은덕을 베푸시는군요.」

(1 : 344-347)

이 텍스트는 다음 몇 개의 핵 단위로 요약될 수 있다.

1 팡타그뤼엘 일행은 비를 만난다.

2 팡타그뤼엘은 혀를 내밀어 군사들을 보호한다.

3 화자(알코프리바스)는 팡타그뤼엘의 입 안으로 들어간다.

4 화자는 팡타그뤼엘의 입 안에 또 다른 세상이 존재하는 것을 발견한다.

　　4.1 화자는 양배추를 심는 농부를 만난다.

　　4.2 화자는 비둘기를 잡는 사람을 만난다.

　　4.3 번창한 도시에는 페스트가 엄습한다.

　　4.4 화자는 이빨 위의 거대하고 멋진 장소에서 오래 머문다.

　　4.5 회지는 강도를 당한다.

　　4.6 화자는 잠을 자는 것으로 돈을 버는 마을에 도착한다.

5 화자는 바깥 세상으로 귀환한다.

6 팡타그뤼엘은 화자에게 영지를 수여할 것을 약속한다.

이 이야기가 라블레의 고유한 창작이 아니라, 루키아노스 Lucien의 『진실한 이야기 L'histoire véritable』를 고쳐 베낀 것임은 주지하는 바이다. 그러나 원천을 지적하고 있는 비평가들은 동시에 이구동성으로 라블레의 독창성을 찬양하고 있다. 다른 한편으로 이 이야기가 내포하고 있는 비례의 불균형은 상식적인 독서를 배반한다. 그것은 군대 전체를 겨우 반쪽 혀를 내밀어 덮어주는 팡타그뤼엘의 크기에 대한 즉각적인 놀람에서, 적어도 수십 개 이상의 왕국이 존재하고 있는 팡타그뤼엘의 그 광대한 입 안에서 화자가 바깥 세상으로 귀환할 때는 단숨에 수염을 타고 어깨로 내려와 돌아온다는 거인 팡타그뤼엘의 크기에 대한 상호 모순되는 묘사들에 대한 발견에 이르기까지 다양하다. 그러나 이 불균형 또한 대부분의 평자들로부터 〈미학적인 일관성과 통일성이 완벽하고, 논리, 문학적 전통 및 관습, 그리고 우리가 통상 재현하거나 상상할 수 있는 것 일체와의 희극적이고도 환상적인 유희를 본질로 갖는 창조 속에 통합되고 있다(3 : 165)〉는 아주 호의적인 평가를 받는다.

그러나 그 창조는 어디에 있는가? 아마도 그것을 최초로, 또한 가장 정치하게 분석해 낸 사람은 아우어바흐이다. 그는 위의 이야기에서 세 개의 주제를 끌어내는데, 그것들은 각각 민중적 주제, 이상적 주제, 그리고 라블레의 독창적 주제에 해당한다.

첫번째 주제는 비례의 파괴를 통해서 나타나는 〈그로테스크한 농담〉의 효과로 〈실제의 현실을 뒤흔드는 혁명적인 힘〉을 암시한다. 라블레는 이 주제를 민간 연감의 그로테스크한 과장으로부터 빌려온다.

두번째 주제는 또 다른 세상, 즉 유토피아에 대한 암시이다. 팡타그뤼엘의 고국이 유토피아인 것도 그와 관련되는데, 이 주제를 라블레는 그와 동시대인인 토마스 모어로부터 빌려왔으며, 또한 〈모험으로 가득 찬 환상적인 여행〉을 주제로 삼고 있는 루키아노스의 이야기와 상응한다.

하지만 세번째 주제는 민중적인 것이나 학문적인 어떤 참조틀도 가지지 않으며, 오직 라블레만의 것이다. 그것은 팡타그뤼엘 입 안의 세계가 그 묘사되는 모습으로 보아 실제의 세계와 전혀 다르지 않다는 것이다. 가령, 투렌 지방의 농부와 하나 다를 바 없는 양배추를 심는 농부, 또한 역시 그 당시 유럽을 휩쓸었던 페스트는 거인의 입 안 세상이 당대 유럽의 투영이라는 것을 명백하게 보여주는 예이다.

그렇다면, 굳이 현실 세계를 입 안의 가상 세계로 둘러 묘사할 이유가
있는가? 아우어바흐는 무엇보다도 이 세 주제의 포갬으로 나타나는 문
체의 혼합에 주목한다. 이 문체의 혼합은 또한 그 자체로서 고전적인 것
과 민중적인 것 양자를 넘어서는 것이다. 그것은 우선 르네상스의 중요
한 하나의 경향에 속하고 있던 고전적인 것에 대한 취향(고대로의 복귀)
이 요구하는 문체의 분리에 맞서 그로테스크한 것과 심각한 것을 하나로
뒤섞음으로써 〈지평의 해방과 확산〉을 제시한다. 그 점에서 그의 문체
혼합은 중세의 민중적 전통과 맥락을 같이하지만, 중세의 문학이 노리는
효과를 동시에 넘어선다 : 〈중세 말의 선교자처럼 그가 잡다하게 민중적
인 요소들에 과잉되고 혼란스런 박학을 뒤섞을 때, 그 박학은 더 이상
그 권위에 의해서 어떤 원리나 도덕을 교설하는 기능을 가지지 않는다.
그것은 그 내용이 언제나 우스꽝스럽고 부조리하게 나타나도록 하는, 혹
은 적어도 독자가 작가의 진지함의 정도에 대해 자문하게끔 하는 그로테
스크한 유희를 위해 봉사한다.〉

   요약하자면, 고전적 취향과 민중적 전통은 공히 특정한 내용(격식 혹
은 도덕)을 궁극적인 목표 혹은 효과로 삼는다. 그에 비해서 라블레의
문체 혼합은 그러한 단일한 목표에 대한 구속으로부터의 해방을 노린
다 : 〈라블레의 사유에서 혁명적인 것은 무엇보다도 그의 반기독교적인
내용 속에 있는 것이 아니라, 그의 사물과의 끝없는 유희가 유발하고,
또한 독자로 하여금 그의 세계와 그 양상들의 복합성과 직접적으로 접촉
하게끔 유도하는 시각, 감정 그리고 사유의 해방에 있다.〉

   아우어바흐의 분석은 그 정치성만큼이나 라블레에 대한 기왕의 해석을
훌륭히 보완하면서 그것들의 주제론적 편향을 뛰어넘는 최초의 실마리를
제공하고 있다. 즉, 이른바 〈팡타그뤼엘리슴〉으로 대표되는 모든 구속
및 편견으로부터의 해방과 어떠한 지점에도 멈추지 않는 인간의 무한한
가능성이 라블레 소설의 핵심적 주제라는 데에 대한 가장 완벽한 문체론
적 실증의 하나로 제시되는 것이다. 그러나 우리는 여기에 다음 세 가지
의 의문을 제기할 수 있다.

첫째, 『미메시스』 전반의 문제이기도 한데, 아우어바흐의 분석은 단편적인 예에 대한 분석을 일반화시키는 약점을 가진다. 물론, 그가 제시하는 사례는 하나로 그치지 않는다. 그는 꽤 많은 문헌 조사와 작품 검토를 통해 작품의 보편적 의미를 길어낸다. 그러나 그가 거론하는 사례들은 그 자체로서는 각각 문맥으로부터 떼어내진 사례들이다. 그는 그 고립화된 사례들이 공통적으로 의미하는 바를 파악해 내는 데에는 탁월한 능력을 발휘하지만, 그 사례 각각의 전후 맥락 및 그 사례들 사이의 변화에 대해서는 침묵을 지킨다. 요컨대 그는 작품의 통사적 맥락에 무관심하다.

둘째, 그가 위의 텍스트를 통해서 찾아낸 세 주제와 문체의 세 겹 사이에는, 그 동형 관계에도 불구하고 미묘한 어긋남이 존재한다. 왜냐하면, 그가 궁극적으로 주장하는 〈문체의 혼합〉은 제1주제와 제2주제의 뒤섞임만으로 충분히 가능하며, 그가 라블레 고유의 것이라고 파악한 제3의 주제, 즉 입 안 세상과 바깥 세상의 유사성의 문제는 그 문체의 혼합에 특별한 관여성을 갖지 못하기 때문이다. 처음에 그는 그 유사성에 착목한다. 그는 그곳이 〈더 오래된 세상〉이라는 농부의 발언에 근거하여, 그 세상이 보다 〈원초적이고 순수한〉 세상, 즉 현실 세계의 원형으로 파악하면서, 그 세계를 거리를 두고 바라보았을 때의 각성의 효과, 다시 말해 현실 세계를 비판적으로 성찰하게 하는 효과를 가진다고 본다. 그러나 그 해석은 그 자리에서 중단된다. 이어지긴 하는데, 그것은 바깥 세상에서처럼 입 안 세상에도 이빨을 사이에 두고 여러 세상이 있다는 다양한 세계의 동시적 공존의 문제로 건너가 버린다. 하지만 〈절대로 새로운 세계가 아니〉라는 농부의 단언은 그 단언의 강도에 의해서 그것이 그렇게 무시될 문제가 아님을 암시한다.

셋째, 아우어바흐는 문체의 혼합과 관련하여, 라블레의 소설이 민중적이지만 민중을 독자로 가지는 것이 아니라 지식 엘리트를 위한 것이라는 예리한 지적을 덧붙이고 있다. 라블레의 이 복합적 문체는 말로 구술되어서는 정당한 효과를 거둘 수 없을 것이기 때문이다 : 〈선교자들은 민중에게 말로 한다. 그들의 혼잡한 설교들은 직접적인 발표를 위한 것이다. 반면 라블레의 작품은 인쇄, 따라서 독서를 위한 것이며, 따라서 16세기에는 극소수의 독자를 위한 것이다. 게다가 이 소수 중에서도, 그것은 민간 연감들을 읽는 사회 계층을 배제하고 있다.〉

실로 라블레가 산 시대는 인쇄술이 비약적으로 발달한 시기이다. 그러나 이 인쇄술의 발달이 일반 민중의 독서 욕구를 자극했다거나 혹은 독서 능력의 함양에 힘입었다고 말할 수는 없다. 책의 역사는 도서관의 발달이 근본적으로 귀족들의 요구에 의존하고 있었음을 말하고 있다 : 〈실로 결정적인 변화는 왕족들과 그들의 자문인들이 세속의 문화를 다루는 서적류를 수집하려고 하는 유럽의 도처에서 나타난 요구로부터 왔다. 그때부터 교양 학문은 폭발하였다. 벌써 근대적인 분류 체계가 샤를르 5세의 서가에서 나타났다. (……) 바로 이로부터 1530년대에 절정에 이르는 위기가 나타났으니 이 시기가 중세와의 결정적 단절이 완성되었음을 통계는 보여주고 있다. 라블레가 『팡타그뤼엘』에서 파리에서 가장 잘 조직된 도서관인 성 빅토르 도서관을 조롱의 과녁으로 삼고 있다는 것은 우연이 아니다(5 : 436-437)〉. 인쇄술의 발달은 민중에 대한 지식의 보급과 확산에 기여하기보다는 귀족 세계로부터 지식 엘리트들의 일탈을 촉진하였다고 보는 것이 타당할 것이다. 그것은 〈학교의 권위로부터 해방과 고독한 성찰을 가능하게(6 : 10-11)〉하기 때문이다. 그것은 귀족들의 서적 구입 욕구를 자극하면서 동시에 그 욕구에 대한 비판적 성찰을, 더 나아가 새로운 문화에 대한 모색을 촉발하고 지원하였을 것이다. 라블레의 작품이 소수 엘리트를 위해 씌어진 것이라면, 그것은 동시에 그 엘리트들의 물질적 토양이 되었던 세계 그 자체를 비판적으로 문제화하는 것이 아니었을까? 그것은 결국 자신에 대한 문제 제기와 연관되지 않을까? 그런데 아우어바흐의 예리한 지적은 사실의 확인 이상으로 나아가지 않으며, 그 의미에 대해 침묵한다.

이 의문들을 간직한 채로 바흐틴의 분석을 일별하기로 하자. 그의 저서는 방대한 양에도 불구하고 다음과 같은 핵심적 명제로 요약될 수 있다. 첫째, 라블레의 〈그로테스크 리얼리즘〉의 특성은 양가적이다. 즉, 부정적인 것과 긍정적인 것, 파괴와 생성이 한데 엉켜서 복잡하고 풍요하게 전개된다. 둘째, 이 파괴와 생성의 동시성을 위해서는 물질적인 것으로의 〈하강〉이 필요하다. 그 하강을 통해 고급 문화의 편협하고 왜소한 벽이 붕괴되고 새로운 문화의 요소들이 활발한 운동을 개시한다. 셋째, 라블레의 그로테스크 리얼리즘은 중세 민중 문화의 사육제적 전통의 완성이다.

팡타그뤼엘의 입 안 세계에 대한 그의 분석도 이 기본틀을 그대로 반영한다. 그는 육체의 그로테스크한 이미지를 다루는 가운데, 이른바 〈풍요로움〉의 사이클의 한 단계에 그것을 위치시킨다. 그 풍요의 사이클은 우선 모친의 죽음을 유발하고 지독한 한발 속에서 태어난 팡타그뤼엘의 탄생(즉, 죽음과 출생의 동시성)에서 시작해 팡타그뤼엘의 폭식적 양상을 거치면서 〈큰 목구멍〉의 상징으로 권화되어 나간다. 제32장 팡타그뤼엘 입 안의 세계의 일화는 그 과정 속에 놓인다.

비록 이 삽화가 루키아노스의 『진실한 이야기』에서 영감을 받았다 할지라도 그것은 우리가 방금 살펴본 일련의 이미지들을 더 이상 할 수 없으리만큼 잘 완성하고 있다. 입이란 요컨대 세계 전체를 보호한다. 그것은 일종의 입의 지옥을 구성한다. 에피스테몽이 본 지옥처럼 그 세계도 어느 정도 〈거꾸로 된 세계〉 —— 일하는 사람에게가 아닌 잠자는 사람에게 돈을 주는 —— 로 구성된다.

이 삽화에 이어지는 팡타그뤼엘의 병을 치료하기 위해 사람들이 그의 위장 속으로 들어가는 삽화 역시 열린 목구멍의 이미지를 통해 〈육체적이고 우주적인 즐거움의 요소〉를 구체화하고 있다.

열린 목구멍은 한편으로는 〈삼킴과 흡수〉의 이미지들과 연결되고 다른 한편으로는 〈배, 내장, 분만〉의 이미지들과 연결된다. 〈죽음, 파괴, 지옥의 이미지들과 함께 연회의 이미지들도 그 주위에서 솟아오른다. 그리고 팡타그뤼엘 개인의 고유한 또 다른 강력한 동기, 즉 갈증, 액체적 요소, 술, 오줌이 또한 이 열린 목구멍에 직접적으로 연결된다.〉 바흐틴의 결론은 이 열린 목구멍을 통해 끊임없이 변화하며 신진대사를 되풀이하는 살아 있는 열린 육체가 구현된다는 것이다.

이 열린 목구멍은 닫혀지지 않는 열린 육체에 대한 가장 번쩍이는 표현이다. 그것은 육체의 저 밑바닥 위에 달린 두 덧문을 가진 열린 문이다. 그것의 열림과 그 깊이는 또한 입이 모든 사람을 피난시키고, 사람들이 위장 밑바닥으로 지하 광산처럼 내려간 사실에 의해서 더욱더 커진다. 마찬가지로 〈육체의 열림〉은 또한 팡타그뤼엘 어머니의 〈열린 배〉의 이미지, 아벨의 피로 적신 대지의 비옥한 가슴의 이미지, 지옥의 이미지 등등을 통해서도 표현된다. 이 모든 육체적 깊이는 풍요롭다. 옛 사람은 거기에서 죽음을 만나고, 새로운 사람이 거기에서 풍요롭게 태어난다. 제일 먼저 썌어진 책 전체는 문자 그대로 성적 능력, 풍요성, 넘쳐남을 표현하는 이미지들로 가득 차 있다. 이 육체의 열림 옆에는 남근과 그 대리물인 브라게트(남성 바지의 트임새 : 인용자)가 언제나 나타난다.

이 열린 육체는 그 우주적 규모와 힘을 통해서, 그리고 죽음과 삶의 불가분리의 지속적인 이어짐을 통해 인류의 끝없는 〈쇄신과 완성〉을 보여준다.

아우어바흐에 비해 바흐틴 분석이 갖는 장점은 다음과 같다. 우선, 문제가 되는 에피소드를 이야기의 맥락 속에 위치시킴으로써 작품 전체의 의미와 분석된 텍스트의 의미를 유기적으로 결합시킨다. 둘째, 팡타그뤼엘의 입 안 여행에서 〈입〉의 물질적 표지로부터 그 상징적 의미를 길어낸다. 즉, 〈다른 세상(혹은 거꾸로 된 세상)〉을 가는데, 왜 하필이면 입인가 하는 물음을 아우어바흐가 애초부터 제기하지도 않았다면, 바흐틴은 그것에 아주 적극적인 대답을 주고 있는 것이다.

하지만 여기에도 문제점은 있다. 그것은 다음과 같이 정리될 수 있다.

첫째, 왜 하필이면 입인가라는 물음 앞에 우리는 왜 혀인가의 문제를 먼저 제기해야 하는데, 바흐틴은 그것을 주목하고 있지 않다. 이 에피소드의 발단은 무엇보다도 혀로 군사들을 피난시켜 주는 사건이다.

둘째로, 바흐틴 해석의 전반적인 문제점이기도 한데, 그는 라블레 소설의 의미를 지나치게 보편화하고 자연화시킨다는 인상을 준다. 즉, 부정과 긍정, 파괴와 생성의 동시성의 드라마를 자연과 우주의 생성·소멸의 영원한 드라마로 환원시키며 그에 밑받침이 되어 라블레의 소설을 하나의 개인적이고 역사적인 담론으로서가 아니라 보편적 담론, 즉 성서와 맞먹는 〈큰 책〉으로 이상화시키고 있다. 물론 그 파괴-생성의 드라마의 그로테스크한 양상은 중세 그리고 그 이후 부르주아 세계의 왜소하고 경직된 질서에 대한 강력한 전복력을 발휘하는 것으로 읽힐 수 있으며, 그러한 독서의 토대를 마련해 주고 있는 것이 바흐틴의 해석이다. 그러나 그 대가로 그는 라블레 소설을 또 하나의 지배적 담론으로 만드는, 즉 그 자신이 밝혀낸 바와 같은 라블레 소설의 다성적이고 이질적인 것들의 융합을 그 자체로서 단일하고 단성적인 이상으로 환원시키는 자기 모순을 범하고 있는 것이다(10 : 114-115 참조).

셋째, 바로 이러한 이상주의적 환원과 연관된 것으로 두 개의 문제점이 따라나온다. 그 하나는 중세 민중 문화의 사육제적 전통과 라블레 사이의 결정적인 차이를 그는 찾지 못한다. 그는 저서 도처에서 〈가장 집중적으로〉, 〈가장 완벽하게〉 등등의 표현으로 그 차이를 언급하고 있는데, 그것은 아우어바흐도 지적하듯이, 실제적인 차이라고 말할 수가 없다. 결국, 중세 민중 문화와 라블레 사이에는 변화 없이 강화되기만 하는 연장선만이 있게 되는 것이다. 다른 하나는 아우어바흐가 예리하게 지적했던 독자층의 문제에 대해 바흐틴은 거의 무지하다는 것이다. 일반 민중과 휴머니즘적 지식 엘리트 사이에는 무슨 관계가 있는 것일까? 전자가 지배적 귀족 질서와 맺는 관계가 예속과 적대의 그것이었다면, 후자가 맺는 관계는 타협과 음모의 관계라고 할 수 있다. 이러한 차이는 일반 민중과 지식 엘리트 사이에 그 문화적이고 실제적인 교류(중세의 대학생들은 생활의 차원에서 광범위하게 일반 평민들과 뒤섞여 있었다)에도 불구하고, 근본적인 일치가 존재할 수 없었다는 것을 가리킨다. 지식 엘리트들의 세속적 지식에 대한 왕성한 탐구열은 사실상 그들 자신의 더 강력한 무장을 위해 직접적으로 기능하지 않았을까?

이상의 의문들은 위 텍스트에 대한 재검토를 요구한다. 더 나아가 그것은 라블레에 대한 기왕의 통념, 즉 인류의 가능성의 우주적 확산이라는 르네상스적 이상의 권화에 대한 문제 제기를 동반한다. 그러나 본고는 전면적으로 새로운 검토를 목표로 하지는 않는다. 다만, 위 텍스트를 통해 나타나는 또 다른 해석의 가능성을 짐작해 보고자 한다.

우선, 바흐틴이 빠뜨렸던 질문, 왜 〈혀〉인가의 문제에서 시작하기로 하자. 비를 만난 군사들을 팡타그뤼엘이 보호해 주려고 하자면 혀보다도 편리한 다른 신체 부위들이 있었을 것이다. 가령, 그의 옷자락이나 손바닥 같은 것이 더 그럴 듯할 것이다. 그런데도 혀를 내밀었다는 것은 특별한 구성상의 까닭이 있는 것으로 보아야 할 것이다. 과연, 우리는 이 일화의 주체가 다른 일화들과 다르다는 점을 발견할 수가 있다. 즉, 이 일화의 주체는 팡타그뤼엘, 파뉘르주, 수도사 장 등과 같은 소설 속의 주인공들이 아니라 이 소설을 이야기하는 화자 그 자신이다. 화자의 이름은 알코프리바스 Alcofribas 인데, 그것이 프랑수아 라블레 François Rabelais의 철자바꾸기 놀이 anagramme의 결과임은 주지하는 바이다. 그러나 그 놀이가 단순히 작가를 감추는 역할만을 하는 것은 아닐 것이다. 단순히 감추려고만 했다면, 이름을 아예 다른 것으로 바꾸는 것으로 충분했을 것이다. 아나그람의 효과는 저자를 감추면서 동시에 암시한다는 데에 있다. 이때 작가는 작품 밖의 이야기꾼이면서 동시에 작품 속의 참여자가 된다. 유석호가 적절하게 지적하고 있듯이, 〈이러한 이야기꾼의 이중적 전제 덕택에 또 다른 층위의 이야기 세계, 즉 이야기의 외부에서 이야기꾼과 독자 사이에 수립되는 사회와 대비되는 바로서의 제2의 사회 —— 알코프리바스가 팡타그뤼엘 그룹의 정당한 일원으로서 참가하게 되는 사회 —— 가 창조된다는 것을 주목해야 한다(9 : 79).〉

헌데, 이 또 다른 층위의 사회, 작가가 소설 내적 인물로서 참여하는 이 사회가 현실의 세계와 맺는 관련은 무엇인가? 리골로의 해석은 예리하고도 참신해 보인다. 그는 우선 그 세계가 현실 세계와 하나도 다를 바 없다는 데에 주목한다. 아우어바흐가 언뜻 비친 것처럼, 그 유사성은 현실 세계를 아주 낯선 시각으로 보게 하는 효과를 낳는다 : 〈이전까지 체험되기만 했던 이 현실이, 이렇게 이상 야릇한 배경 속에서 말해지기 시작하자마자, 갑자기 한 폭의 거리를 두고 나타난다(7 : 120).〉 귀를 막고 들을 때 제 목소리가 특이하게 울리는 것처럼 내면의 목소리가 현실 세계 그 자신을 기이하게 드러내 보이는 것이다. 리골로는 이 인상을 더욱 발전시켜 창조자가 인물로 변함으로써 나타나는 궁극적인 효과를 그로테스크를 시적인 것으로 전화시키는 것이라고 분석한다. 왜냐하면, 화자가 인물이 되는 순간, 앞에 놓인 세상을 객관적인 위치에서 묘사하는 관찰자로서의 작가는 사라져버리고, 따라서 독자는 세계의 〈진짜〉 풍경을 읽지 못하고 인물-화자의 입을 통해서 나타나는 그것의 음영만을 읽을 수밖에 없기 때문이다.

인간의 목소리를 기다리고 있는 이 〈태양도 달도 없는〉 입은 그 깊은 곳에 〈창조의 어두운 이면〉을 감추고 있는 듯이 보인다. 말의 원정이 시작되기 전에는 그 입은 단지 저속한 생리적 기능만을 가지고 있었다. 음식물과 언어를 맛보고 으깨고 씹는 것 말이다. 그런데 이제 그것은 세계의 공명 상자이자 거울이 된다. 이 살아 있는 동굴의 진짜 보물, 그것은 그 내벽에 있다. 거기에서 외부 현실의 음영이 그려지고, 그것은 그것에 이름을 붙이는 사람의 말에 의해서 장엄하게 되고 시적인 것으로 변한다. 시적 질서가 군림하는 플라톤의 동굴이 되는 것이다(7 : 122).

하지만 그로테스크에서 시적인 것으로의 이행은 그 정치적 의미에 대한 분석을 유보하고 있다. 그 시적인 것은 라블레의 그로테스크한 세계를 성화시키는 것일까? 아니면, 그것을 문제시하는 것일까? 리골로는 우리의 대상이 되는 텍스트를 넘어서서 라블레 전반에서의 이 언어 변화를 추적하고는 라블레의 폭발적이고 융합적인 언어 속에 언어에 대한 문제 제기가 동시에 개재해 있다는 것으로 결론을 내리고 있다. 아마도 우리는 우리의 텍스트에서 그 실천적 의미에 대한 시사를 얻을 수 있을 것이다. 우리가 보기에 적어도 다음과 같은 사항들이 고려될 가치가 있는 것으로 보인다.

첫째, 이 에피소드가 등장한 이유에 대한 물음이 필요하다. 이 일화는 팡타그뤼엘이 고국 유토피아국을 침략한 디프소드국을 정복하다가 마지막까지 저항한 알미로드인을 공격하는 도중에 나타난다. 그러다가 갑자기 비를 만나서 화자는 팡타그뤼엘의 입에 들어가게 되었고, 그가 6개월 이상 그곳에 머무는 동안, 이미 알미로드 평정은 끝났다. 그러니까 알미로드인들과의 싸움 대신에 이 에피소드가 서술된 것이다. 그렇다면 줄거리 전개로 보아서 특별한 존재 이유가 없는 이 삽화가 여기에 끼여들 필연적인 이유가 있는가? 어찌 됐든, 그것은 그것이 어떤 의미를 가지는가에 대한 대답을 감춘 채로 형태적으로 디프소드 원정, 즉 정복 전쟁과 대립을 취한다.

둘째, 화자가 팡타그뤼엘의 입 안으로 들어가게 된 계기를 주목할 필요가 있을 것 같다. 화자는 우선 다른 군사들과 마찬가지로 팡타그뤼엘의 혀 밑에서 비를 피하려고 한다. 그러나 그 아래는 사람들이 너무 많았다. 그래서 할 수 없이 화자는 혀 위로 올라가서 20리나 걸어 입 안으로 들어간 것인데, 이 역시 그 의미가 아직 감추어진 채로 화자의 행동은 팡타그뤼엘의 혀와 대립한다. 그 대립을 더 명료하게 표현하기 위해, 화자는 〈아무리 좋은 것도 그 한계가 있는 법이다〉라는 속담을 들어 한탄하고 있다. 그렇다면, 그의 입 안으로의 진입은 팡타그뤼엘의 혀의 한계를 넘어서 가는 행위가 아닐까?

헌데, 팡타그뤼엘의 혀란 무엇인가? 우리는 이 팡타그뤼엘의 입 안에서의 화자의 행동이 계속되는 질문으로 이어져 있음을 주목할 필요가 있다. 『팡타그뤼엘』 전체의 장들에서는 팡타그뤼엘의 질문이 작품 줄거리 전개의 중요한 역할을 하고 있는 것이다. 그의 질문들은 허식을 부리는 자에 대한 조롱, 동료 획득(파뉘르주), 조언받기, 싸움에서의 승리들로 이어지고, 승리한 왕의 패배한 군사에 대한 설교와 맞물리고 있다. 그 팡타그뤼엘의 질문은 물론 관찰자-화자의 입을 통해서 있는 그대로 옮겨진다. 즉, 작품 전반에서 화자의 혀는 팡타그뤼엘의 혀를 대신하고 있는 것이다. 그런데 팡타그뤼엘의 입 안에서는 더 이상 팡타그뤼엘의 혀를 대신하는 것이 아니라 화자 자신의 질문이 제기되고 있다. 그렇게 본다면, 입 안에서의 화자의 혀는 한편으로 바깥 세상에서의 팡타그뤼엘의 혀와 동형 관계를 이루면서 동시에 그로부터 해방된 혀라고 할 수 있지 않을까? 그것은 결국 이야기꾼의 〈이야기하기〉에 대한 비판적이고 반성적인 성찰을 담고 있는 것이 아닐까? 즉 행동하는 타자를 대신해 이야기하는 대리인으로서의 화자의 역할과 그로부터 해방된 그 자신의 물음과 관찰을 가지고 있는 화자의 대립을 보여주고 있는 것이 아닐까?

주지하다시피, 중세에서 글을 쓴다는 것은 주어진 절대적 진리를 옮긴다는 것을 뜻했고, 그 점에서 작가는 〈신적 부권의 대리인〉의 역할을 담당하였다. 르네상스의 글쓰기는 그 신적 부권의 대리인의 역할로부터의 해방의 의지를 포함한다. 그러나 그것은 동시에 또 다른 이상의 대리인, 즉 인간이라는 추상적 상징의 대리인의 역할을 자임하는 것이기도 하다. 이상적 권위에 대한 갈망 혹은 복종이라는 점에서 중세적 글쓰기와 르네상스적 글쓰기는 같은 형태를 취하고 있다고 할 수 있다. 실로, 그것이 팡타그뤼엘리슴이라는 거대한 이상으로 표현될 때, 그것은 명백히 중세적 권위를 대신한다. 팡타그뤼엘이 왕족으로 나타나는 것은 그와 같은 맥락이다. 디프소드국과 팡타그뤼엘의 싸움은 나쁜 왕과 좋은 왕의 싸움으로 도식화될 수가 있는 것이다. 그 싸움의 결과는 무엇인가? 문제의 32장 앞에 놓인 30장과 31장을 눈여겨보기로 하자. 30장은 목이 잘려 잠시 지옥을 다녀온 에피스테몽의 지옥 견문담을 들려주고 있다. 에피스테몽이 본 것은 현세에서의 왕들의 무참한 몰락이다. 다음 31장에서 파뉘르주는 디프소드의 왕 아나르쿠스를 등 파는 늙은 여자와 결혼시킨다.

요컨대 지상 세계의 왕들은 평민 이하로 추락한다. 이 왕들의 추락 이후에 팡타그뤼엘이 계속 왕으로 남아 있다는 것은 결국 중세와 르네상스의 대립을 중세적 형태로 되풀이하는 것이 아니겠는가? 그리고 팡타그뤼엘의 입 안으로의 여행은 바로 그것에 대한 반성적 성찰과 이어지는 것이 아닐까? 여기에서 우리는 자연스럽게 세번째 검토로 넘어간다.

그것은 실질적으로 화자의 입 안 여행이 어떤 과정으로 이루어지는가에 대한 검토를 말한다. 우리는 이제 팡타그뤼엘의 입 안으로의 진입이 이중적인 성찰을 뜻한다는 암시를 받을 수 있다. 즉, 화자의 역할에 대한 내적 성찰과 인물(팡타그뤼엘)의 내적 탐구가 그것이다. 그것은 그 여행의 과정을 살펴볼 때 더욱 명백해진다. 우선, 화자의 여행이 말 그대로 내적 탐구라는 것이 그 과정 속에 형태화되어 있다. 입 안으로의 여행이라는 것이 그대로 내부 여행이라는 뜻을 포함하고 있지만, 그 과정은 동시에 이야기 전개 속에 이야기를 포함하는 형태로 이루어져 있다. 앞에서 정리해 본 핵 단위들을 상기하기로 하자. 그것은 크게 여섯 개의 핵 단위로 요약될 수 있는데, 그 중 화자가 다른 세상이 존재한다는 것을 발견한 네번째 단계에서 그가 만나는 그 다른 세상들은 모두 여섯 개이다. 형태적으로 이 여행 이야기는 큰 줄거리 안에 같은 구조의 작은 줄거리들을 품고 있다.

그리고 화자의 위상 변화. 주목할 만한 점은 화자가 만나는 사람과의 관계 변화이다. 처음 그는 순박한 백성 bonhomme 을 만난다. 화자와 그의 상호 호칭은 그 둘 사이의 위계 관계를 분명하게 전하고 있다. 다음 만나는 사람은 어떤 사람 compaignon이다. 이 둘 사이의 관계도, Mon amy/Cir 의 대립으로 그 둘의 위계 관계를 짐작할 수 있다. 다음 만나는 사람들은 건강 증명서를 요구하는 보초이다. 이 둘 사이는, Messieurs/Seigneur의 호칭으로 보아 상호 존중의 관계로 이루어져 있다고 할 수 있다. 그리고 팡타그뤼엘의 이빨 위에서 4개월을 머문 후에(여기에서는 구체적인 사람이 나타나지 않는다) 화자는 강도를 당해 가진 것을 빼앗기고, 또 다른 작은 마을에서 원로들 sénateurs 에게서 이야기를 듣는다. 이상의 과정은, 그 실제가 어떠하든, 화자의 위상의 지속적인 하락을 상징적으로 드러낸다. 그리고 바깥 세상으로 돌아왔을 때, 화자는 팡타그뤼엘과 대화를 나누는데, 그 내용은 크게 세 가지이다. 하나는 어떻게 생계를 유지했느냐는 팡타그뤼엘의 질문에 대해 〈전하와 마찬가지로 통행세를 받아 먹고 살았다〉고 화자가 대답하는 부분이다. 이것은 실제의 내용과 일치하지 않을 뿐 아니라, 팡타그뤼엘에 대한 부정적 시각을 은근히 내포하고 있다. 일을 하지 않고 백성에게 통행세를 착취한다는 것. 그것은 화자와 맨 처음 만난 농부가 〈모든 사람이 불알을 축 늘어뜨리고 게으름을 피울 수는 없는 법이랍니다. 그리고 우리가 모두 부자인 것도 아니구요. 나는 내가 벌어서 먹고 삽니다〉라고 말한 것과 대비해 볼 때 더욱 선명해진다. 그 다음은, 어떻게 일을 보았는가에 대한 팡타그뤼엘의 질문에 대해 화자가 〈전하의 목구멍에요〉라고 대답하는 대목이다. 이것은 문자 그대로의 의미로 팡타그뤼엘의 입 안을 더럽혔다는 것을 보여주고 있기도 하며, 동시에 그것이 관용구로서 Merde ! 나 Bren ! 과 같은 의미로 쓰인다는 것을 주목할 필요(1 : 345-346, n. 19)가 있다. 즉, 그것은 팡타그뤼엘에 대한 욕설을 내포하고 있는 것이다. 팡타그뤼엘의 입 안에서의 화자의 상징적인 하락은 놀랍게도 화자와 팡타그뤼엘 사이의 관계 변화(수직적인 관계에서 수평적인 것으로)로 이어지고 있다. 그런데도 팡타그뤼엘은 화자에게 영지를 수여할 것을 약속한다. 실제로 그가 팡타그뤼엘의 입 안을 돌아다니는 동안, 정복 전쟁은 모두 완수되었다. 실질적으로 화자는 한 일이 없는 셈이다. 그런데도 영지를 수여한다면, 그가 어쨌든 무슨 일인가를 했다는 것을 팡타그뤼엘이 인정했다는 것을 뜻한다. 그 무슨 일은 바로, 팡타그뤼엘에게서 왕의 신분을 벗기는 행위를 말하는 것이 아닐까?

다음, 인물 자체의 내적 탐구. 팡타그뤼엘의 입 안으로의 여행은 말 그대로 그의 육체 내부의 탐구이다. 그것은 그의 행동의 내적 탐구로 이어지는 것이 아닐까? 처음 화자는 그 안에서 낯선 세상을 발견한다. 여기까지는 팡타그뤼엘에 대해 중성적이다. 그 다음, 그는 비둘기를 보고 그것이 팡타그뤼엘이 입을 벌렸을 때 날아들어온 것이라고 짐작한다. 그것은 팡타그뤼엘의 외관과 내부의 일치에 대한 기대감을 증폭시킨다. 그러나 그가 부유한 마을이라고 찾아간 곳은 페스트로 많은 사람들이 죽어가고 있었는데, 헤아려보니, 화자는 그것이 〈팡타그뤼엘이 마늘로 양념한 스튜를 너무 많이 먹은 탓으로 그의 위에서 나온 독한 냄새〉 때문임을 알게 된다. 팡타그뤼엘의 폭식이 입 안 세상에 질병을 퍼뜨린 것이다. 그런데 통념적 해석에 의하면, 실제의 세상에서 그의 폭식은 인류의 무한한 소화력을 암시하고 있는 것이다. 그렇다면, 그것은 그러한 겉으로 드러난 이념의 부정성을 내부적으로 점검하고 있는 것으로 보아야 하지 않을까? 게다가 33장에 와서, 그 폭식이 팡타그뤼엘 자신의 배탈을 야기해서 사람들이 그 안으로 다시 들어가 치료를 하는 얘기가 등장하는 것은 그러한 우리의 추론을 더욱 뒷받침해 준다.

이상의 이야기를 종합하면, 팡타그뤼엘의 입 안으로의 화자의 여행은 화자의 역할에 대한 반성적 성찰(상징적 하락과 팡타그뤼엘과의 동등화를 통해)과 팡타그뤼엘의 위치(전쟁의 승리로 더욱더 드높아진)에 대한 비판적 탐구를 포함하고 있다고 할 수 있다. 그것은 얼핏 엉뚱하게 끼여들어 있는 듯이 보이는 이 에피소드가 아주 의미심장한 기능을 담당하고 있으며, 그 기능은 『팡타그뤼엘』 전체를 통해 확산되는 인간주의적 이념 그 자체에 대한 되새김이라는 것을 능히 짐작케 해준다.

이상의 분석을 통하여, 우리는 라블레 소설이 르네상스 시대의 인류의 가능성의 우주적 확장이라는 종래의 통념을 넘어서 그 우주적 비전 자체에 대한 내적(비판적) 성찰을 동시에 포함하고 있다는 시사를 얻을 수 있다. 아마도 최근의 미술사의 기여는 이러한 우리의 짐작을 밖으로부터 보완해 줄 수 있을 것이다. 〈16세기 중엽부터, 특히 스칸디나비아 지방에서, 몇몇 화가들은 일종의 자기 형상화 혹은 자기 주제화를 대상으로서의 회화와 그 제작에 적용하는 시도를 꾀한다. 그것은 문이나 열린 틈새, 혹은 정지된 자연을 통해 보이는 제2의 무대를 끼워넣는 것으로 시작하는데, 그 제2의 무대들은 상상적 공간 속에서 그것들 자체의 구도를 엿보게 하거나 그것들을 실질적으로 가리고 있어야 할 장막을 눈속임으로 재현한다(8 : 228).〉근대 회화는 내적 분화, 즉 자신에 대한 성찰 혹은 자기 의식과 함께 시작되었던 것이다. 같은 맥락에서, 인간의 도약이라고 할 수 있는 르네상스는 그 자체로서 동시에 이 도약에 대한 내적 성찰을 품고 있지 않았을까? 라블레의 소설은 팡타그뤼엘리슴의 구현 그 자체로서 팡타그뤼엘리슴에 대한 반성적 시각을 제공하고 있는 것이 아닐까? 다시 말해 그의 소설은 르네상스와 더불어 가능해진 인간 언어의 해방을 구현하는 동시에 그 언어의 어두컴컴한 심연을 은밀히 파헤쳐 보여주고 있는 것이 아닐까? 그리고 그것이 그의 소설을 현대 소설의 고갈될 줄 모르는 영원한 원천의 하나로 존재할 수 있도록 해주는 것이 아닐까? 우리의 짐작은 더욱 구체적이고 포괄적인 탐구를 통해서 밝혀질 수 있을 것이다.

참고문헌

Rabelais, François. *Œuvres Complètes*. Seuil, 1973.

Auerbach, Erich. *Mimêsis*. Gallimard, 1968.

Baraz, Michaël. *Rabelais et la joie de la liberté*. José Corti, 1983.

Bakhtine, Mikhaïl. *L'œuvre de François Rabelais et la culture populaire au Moyen Age et sous la Renaissance*. Gallimard, 1970.

Martin, Henri-Jean. "Classements et conjonctures", *Histoire de l'Edition française*, t. 1. *Le Livre conquérant : Du Moyen Age au milieu du XVII*ᵉ *siècle*. Promodis, 1982.

Lazard, Madeleine. *Rabelais et la Renaissance*. PUF, 1979.

Rigolot, François. *Etudes rabelaisiennes*, t. Ⅹ. *Les Langages de Rabelais*. Droz, 1972.

Thévoz, Michel. "Zoom arrière sur les Ménines", *Critique* n° 563. Avril 1994.

Youh, Seuk-Ho. *Les métamorphoses d'Alcofribas dans l'Œuvre de Rabelais : l'image du conteur et son rapport avec le texte.* L'université de Lyon Ⅱ, 1983.

정명교. 「프랑스 근대 소설의 기원에 대한 이론적 검토」, 《불어불문학연구》 제 27집. 한국불어불문학회, 1992.

『델리』의 상징 그림 읽기

이건우

1

모리스 세브 Maurice Scève 의 『델리 *Délie, object de plus haulte vertu*』[1]는 불가능에 대한 도전이고, 동시에 불가능 앞에 선 인간의 절규일까? 1544년 리옹 Lyon 에서 초판이 발간된 이래 이제까지 400년 이상의 시간 을 거치면서 전개되어 온 이 작품에 관한 논의의 폭은 절망적인 사랑에 빠져든 연인의 페트라르카풍의 연가에서부터 신 플라톤 학파 철학자의 비밀스런 송가로까지 펼쳐지고 있다. 그러니까 프랑스 최초의 『노래집』[2] 이 담아내고 있는 세계는, 가장 소박하게는 이룰 수도, 이루어서도 안 되는 한 여인에 대한 사랑의 탄식이 될 것이고, 이상론적으로는 이 세상 으로 추방된 존재로서는 닿을 수 없는 이데아의 세계를 향한 구도자의

---

1) Maurice Scève, *Délie, object de plus haulte vertu,* Edition critique établie par Eugène Parturier (Paris : Société des textes français modernes, 1916 ; Librairie Nizet, 1987). 앞으로 『델리』의 인용은 1544년 초판본을 제시하고 있는 이 판본 을 사용하기로 한다.
2) 『노래집 *Canzonière*』은 주지하다시피 페트라르카 Francesco Petrarca의 시집 제목이다.

고행의 여정이 될 것이다.

　우선 그것이 연가라 할 때, 시공을 뛰어넘는 불변의 현상인 사랑의 이
야기가, 한 연인의 사랑의 고백과 맹세의 노래가 과연 여기에 이른 적이
있었으며, 그러한 사랑을 받는 여인의 모습이 또 이토록 이상화된 적이
있었을까? 사랑이 꿈꾸게 하는 기쁨보다는 그 사랑이 가져다 주는 아픔
을 노래한 작품 『델리』를 읽고 있노라면, 우리는 숭배의 대상인 델리라
는 여인보다는, 사랑의 노래 뒤로 음영짓고 있는 한 중세풍 시인의 모
습, 자학에 이르는 고행을 감당하고 있는 시인의 모습에 눈을 돌릴 수밖
에 없게 된다.

그의 델리에게

비너스의 열정의 불꽃도 아니고,
큐피드가 쏘아대는 화살은 더욱 아니니
내 이 작품에서 그대에게 그려 보이려 한 것은
바로 내 속에서 그대가 되풀이해 내고 있는 그 죽음들이어라.
　　　내 잘 알고 있으니 이 엄렬(嚴烈)한 비명시(碑銘詩)에서조차도
그대 수없는 오류를 읽어낼 수 있을 것임을.
사랑의 신은, 그래도, 그대를 위해, 내 시편들
썩어짐을 보고서는, 그의 불길 속을 거치게 하였노라.

　　고통받는다 아니 고통받는다[3]

---

3) A SA DELIE : Non de Venus les ardentz estincelles,/Et moins les traictz,
desquelz Cupido tire :/Mais bien les mortz, qu'en moy tu renovelles/Je t'ay voulu
en cest Œuvre descrire./Je scay asses, que tu y pourras lire/Mainte erreur,
mesme en si durs Epygrammes :/Amour(pourtant) les me voyant escrire/En ta
faveur, les passa par ses flammes. SOVFFRIR NON SOVFFRIR (『델리』, 3쪽)

시인이 추구하는 바가 소유욕에서 비롯된 범상한 인간의 사랑이 아니라, 플라톤적인 의미에서의 사랑, 순수미를 지향하는 경배에 이르고 있음은, 비너스와 큐피드에 대한 연인의 부정과 더불어, 신성(神性)의 사랑을 주재하는 신, 혹은 숭배에 이르는 순결한 사랑의 신성화로서의 〈사랑의 신 Amour〉에 대한 시인의 의탁에서 분명히 드러나고 있다. 하지만 부정어 〈Non〉으로 욕정의 신들을 거부하면서 시작한 연가집의 서시에서조차 연인의 정념은 죽음으로도 다할 수 없는 것으로 보인다. 행복에 이르는 길로서가 아니라 고행으로서의 사랑에 몸바친 시인이 그려낼 수 있는 것은 실상 사랑이 가져다 주는 삶의 환희가 아니다. 제라르 데포 Gérard Défaux 가 가려냈듯이,[4] 그것은, 주신(主神) 제우스의 명에 도전한 거인 프로메테우스가 코카사스 산정에서 겪고 있는 징벌처럼, 불가능한 사랑 때문에 촉발되는 끝없는 고통이고 곧 영원히 반복되는 죽음의 과정일 뿐이니, 모리스 세브의 연가는 세레나데일 수 없고 오직 〈엄렬한 비명시 durs Epygrammes〉일 따름이다. 그리고 사랑에 몸바쳤으면서도 감히 그 사랑을 주재하는 신들의 격을 구분해 내고 있는 연인의 모습은 바로 불가능에 도전하고 있는 인간의 형상에 다름 아니다. 이렇듯 신들의 분노를 두려워할 줄 모르는 인간의 광태는 프로메테우스적인 고행인 영원한 고통으로 속죄되어야만 하는 것은 당연하다 할 것이다.

바로 그러한 고행이 구축해 낸 시적 공간은 분명 이 시집 『델리』를 여느 연가집과는 다른 눈으로 읽을 것을 요구하고 있다. 사랑의 노래가 궁극적으로 대상과의 결합과 일체화를 희구하는 욕구, 다시 말해 대상을 자신에게 동화하려는 욕구의 표현이라면, 실상 시집 『델리』는 사랑의 본질이라 할 이러한 동화 욕구를 부정하고 있을 뿐 아니라, 사랑의 노래로서는 모순되게도 오히려 대상으로부터 멀어지고자 하는 이화(異化)의 몸짓으로 가득 차 있다.

---

4) 작품 『델리』와 프로메테우스 신화와의 관계는 Gérard Défaux, "L'idole, le poète et le voleur de feu : erreur et impiété dans *Délie*", *French Forum*, vol. 18, 1993, 261-295쪽을 볼 것.

그러나 달의 여신 내 혈관 속에 불어넣으니
그대였고 그대이고 그대일 여인 **델리**를,
사랑의 신 그대를 내 헛된 사념 속에 너무도
강하게 결합시켜, 죽음도 절대 떼어놓을 수 없어라. [5]

　하나가 될 것을 꿈꾸게 만들어야 할 여인의 이름 〈델리 DELIE〉와 대
척 범주에 속하는 개념인 〈떼어놓다 deslie〉로 운을 밟고 있는 시인의 마
음속에서 사랑의 대상은 결합이 아니라 오히려 분리를 지향하는 개념 범
주 속에서 그 모습을 드러내고 있다. 구약의 『아가(雅歌)』에서 빌어온
구절로 자신의 사랑이 운명적인 것임을 강조하고 있는 이 시편의 문면
(文面)에서 우리가 읽을 수 있는 것은 물론 죽음조차도 떼어낼 수 없는
관계이지만, 시인은 결합과 동화 욕망의 대상의 이름에 〈분리〉를 새겨넣
어, 표면적인 부정에도 불구하고, 대상과의 결합을 통한 동화가 불가능
함을 암시하고 있고, 더 나아가서는, 대상에게서 떨어져 나오려는 이화
욕구를 드러내고 있다고 해야 할 것이다.
　시집 전체를 통해 발견되는 이러한 이화 성향은 무엇보다도 작품의 의
미장을 규정짓고 있는 서시 혹은 헌시에서부터 확인되고 있다. 앞서 보
았듯이, 사랑의 노래집을 바치면서도 시인은 사랑하는 여인을 〈나의 델
리〉라 하지 못하고 〈그의 델리〉라 부르고 있다. 물론 이러한 표현법은
당대의 고급 문화 집단에서는 일반화되어 있는 하나의 굳어진 어법에 지
나지 않는 것일 수도 있다. 그러나 시집 전체를 통해 사용되고 있는 일
인칭 단수 주어와 그의 한없는 고통의 표현늘은 그것을 다만 하나의 굳
어진 어법으로, 단순히 변함없는 헌신을 맹세하는 기사도적 자세를 표현
하기 위한 문학적 혹은 사회적 규약의 준수로만 볼 수는 없게 만들고 있
다. 사랑의 대상 앞에 부가된 삼인칭의 소유형용사는 이미 연인 자신을

---

5) XXII : ⋯Mais comme Lune infuse dans mes veines/Celle tu fus, es, & seras
　　DELIE, /Qu'Amour à joinct a mes pensées vaines/Si fort, que Mort jamais ne
　　l'en deslie. (『델리』, 20쪽)

연모의 대상으로부터 유리시키는 효과를 가져오면서, 자신의 사랑이 결국은 불가능에 대한 도전이라고 못을 박는 선언적 기능을 수행하는 것으로 보인다.

또 이러한 선언은 헌사에 이어지는 서시의 첫 단어인 부정어 〈Non〉에서 다시 한번 강조되고 있다. 시집 『델리』라는 상상계의 문을 열고 있다는 그 특수한 위치로 해서 이 단어는 욕정의 신들에 대한 거부라는 문법적 층위의 기능을 뛰어넘어 상징적 의미를 획득하고 있는 것으로 보인다. 시인은 상징성을 획득하고 있는 이 부정어를 통해 자신의 사랑의 가능성보다는 오히려 그 불가능성 쪽에 더 큰 확신을 가지고 있음을 보여주면서 시집 전체를 부정의 세계로 이끌어가고 있는 것이다.

다시 말해, 삼인칭 소유형용사를 사용함으로써 시인은 델리에 대한 사랑의 주체인 〈자신〉을 부정하고, 이를 통해 사랑의 관계 설정 자체를 부정한 데 이어, 결합과 동화 욕구의 원칙으로서의 사랑의 신들을 부정함으로써 사랑의 일반적 원리까지 부정하고 있는 셈이다. 이러한 시인에게 사랑의 대상 델리가 접근 불가능한 존재로 보이는 것은 당연하다 할 것이다. 비너스와 큐피드가 부채질하는 정념의 불꽃으로 타오르는 생명의 원칙으로서의 연애시가 아니라, 정신적이고 관념적이기만 한 〈사랑의 신〉이 그 순수의 불꽃으로 정련해 낸 것이라는 이 고행의 〈비명시〉란 곧, 시인이 말하듯, 연인의 내면에서 끝없이 반복되는 죽음을 노래한 것이다. 그러나 죽음을 넘어서며 빚어낸 이 〈엄렬한 비명시〉에서조차도 〈수없는 오류〉를 발견해 낼 여인 델리는 과연 인간의 사랑으로 일체화될 수 있는 대상이 아니다. 필멸의 존재인 인간의 사랑으로는 가까이 할 수 없는 여인, 인간의 사랑 자체를 부정하고 있는 델리는 이미 육체와 정신으로 일체화될 수 있는 사랑의 대상이 아니라, 오직 〈지고의 덕목〉을 갖추고 나서야 비로소 우러러볼 수 있을 뿐인 경배의 〈대상 object de plus haulte vertu〉일 따름이다. 사랑을 부정하면서 시작된 불가능의 시집에서 시인이 노래하고 있는 대상은 신격화된 대상이고, 따라서 〈그의〉 델리란 결국은 〈신(神)의〉 델리인 것이다.

그러나 범상한 존재로서는 영원히 가까이 할 수 없는 불가능의 영역에 자리잡고 있는 신성의 존재에게 바치는 시인의 사랑이 고행일 것임이 자명한데도 불구하고, 자신의 사랑을 고통이라 함은 무엇을 의미하는가? 자신의 사랑이 고통과 죽음의 원천임을 알면서도 〈사랑의 신〉이 지펴올리는 〈엄렬한〉 불의 시험 속으로 몸을 던졌던 시인이 순수의 불꽃에 의한 정련으로만 가능했던 연모의 〈노래집〉을 시작하면서 서시의 말미에 적어넣고 있는 〈고통받는다 아니 고통받는다〉라는 명구(銘句)의 의미는 무엇일까?[6] 1535년 스페인의 후안 데 플로레스 Juan de Flores 의 작품을 『플라메테의 통탄스런 종말 Deplorable fin de Flamete』이라는 제목으로 옮기면서 시인이 붙인 명구 〈고통받는다 몸을 바친다 SOVFFRIR SE OVFFRIR〉의 변형임에 틀림이 없을 이 수수께끼의 의미는 무엇인가?[7] 중세적 사랑의 전통대로 사랑하는 여인의 은총을 얻기 위해서는 그 어떤 고통도 마다하지 않고 몸과 마음을 바치겠다는 것일까? 고통받는다는 것은 곧 스스로를 바치는 것이라며, 사랑으로 해서 받는 고통에도 불구하고 그것이 진정한 사랑으로 인한 것이기에 〈고통받음〉 그 자체를 부정하려는 것일까? 아니면 〈고통받음〉과 그에 대한 부정을 병치시킴으로써 사랑으로 해서 기뻐하고 또 그 사랑으로 해서 고통받는 연인의 견뎌내기 힘든 상황을 말하려는 것일까? 혹은 서시를 시작하며 내보이고 있는 부정의 의도가 연인의 끝없는 고통의 순간과 순간 사이에 언제나 존재하고

---

6) 이 명구가 지니는 중요성에 대해서는, 앞서 인용한 『델리』 판본의 「서문」 Ⅶ 과, Alfred Clauser, "〈Souffrir non souffrir〉: Formule de l'écriture scévienne", in Lawrence D. Kritzma, Le Signe et le texte.: Etudes sur l'écriture au XVI e siècle en France(Lexington, KY : French Forum, 1990)을 볼 것.

7) 3003행의 12음절시로 이루어진 모리스 세브의 철학적 대서사시 『소우주 Microcosme』의 앞뒤에 붙은 서시와 후시 「독자에게」 아래에는 『델리』에 붙은 것보다도 더 그 의미를 헤아릴 길 없는 수수께끼 같은 명구 〈NON SI NON LA〉가 붙어 있다. 소니에 Verdun-L. Saulnier는 이를 〈Non, sinon là〉로 읽어 〈나의 목표는 오직 이것뿐〉이라고 해석하고 있다. 이에 대한 다양한 해석에 대해서는 Maurice Scève, Microcosme, texte établi et commenté par Enzo Giudici. (Paris : Vrin, 1976)의 주석 251-253쪽을 볼 것.

있음을 의미하는 것일까? 어쩌면 바로 그 의미의 다가성(多價性)으로
시인은 표현해 낼 길 없는 자신의 모습을 함축하려는 의도를 노정하는
것일 테고, 그렇다면 결국 불의 시련을 겪어낸 시인의 사랑조차도 아직
은 비너스와 큐피드의 세계로부터 자유스러워지지 못했다는 것일 수도
있다.

2

　이렇듯 모순 어법이 아니라면 표현해 낼 길 없을 사랑의 이야기는 수
많은 연구가로 하여금 작품 『델리』 가운데에서 신 플라톤주의자들의 궁
극적 명상의 대상인 이데아의 세계를 찾아나서게 한다. 〈델리〉라는 여인
의 이름 그 자체가 이데아의 세계를 추구하는 철학자에게 신비의 세계로
의 입문의 수수께끼를 풀게 해주는 열쇠가 아닐까라는 질문은 이 시인을
읽고자 하는 모든 독자들에게 휘황찬 광채를 발휘하는 것이 사실이다. [8]
앞서 지적했듯이, 전대미문의 연가 『델리』의 해석은 대부분 한 여인에
대한 지고의 사랑으로 은유된 신 플라톤 학파 철학자의 고행의 기록이라
고 요약된다. 델리에 대한 사랑을 실현 불가능한 것으로 설정하고 그 불
가능성에도 불구하고 델리에 대한 사랑에 헌신한다는 것은 곧 접근 불가
한 영역인 신의 세계로 다가서고자 하는 인간의 절망적인 노력이라는 것
이다. 그러나 아무리 신비론적인 철학이 풍미하던 문예부흥기의 프랑스,
더군다나 그러한 믿음의 중심지였던 16세기 리옹의 시인이었다고는 하
나, 모리스 세브의 작품 세계 가운데에서 신 플라톤 학파 사상의 당의
(糖衣)만을 본다는 것은, 이 신비에 싸인 시인을 또 다른 그물 속에 가
두어넣는 우를 범하는 일일 수도 있다.
　사랑의 대상을 신성화하는 모리스 세브에게서 연인이기에 앞서 완벽에

---

8) 〈Délie〉가 〈l'Idée〉의 글자 수수께끼 anagramme라는 것은 주지의 사실이다.

이르려는 구도자로서의 시인의 모습을 보려는 이러한 일반적 독서 경향은, 많은 경우 시인이 의도적으로 사용했으리라고 생각되는 모순 어법적 표현들에 대한 주목에서 출발하고 있다. 이는 악타이온 Acteon[9]의 운명에 스스로를 맡기는 연인의 모습을 한계에 도전하는 인간의 형상으로 파악하는 것이고, 이같은 불가능에 대한 도전은 곧 논리적 불가능성을 뛰어넘는 표현 방식인 모순 어법 oxymore 으로밖에는 달리 묘사될 수 없을 것이라고 생각하는 것이다. 문예부흥기라는 특수 상황에서 노래한 시인에게서 수없이 발견되는 이 수사학의 신비로움은 누구에게나 신성(神性)은 〈상반된 것들 사이의 일치 coincidentia oppositorum〉를 실현하는 것이라는 생각을 떠올리게 했을 것이고, [10] 이는 물론 작품의 상징 공간을 확대하는 의미 있는 작업임에 틀림이 없다. 그러나 작품 『델리』를 이 같은 신비론적 문맥에서만 한정하기를 유보하는 우리로서는 다른 의문을 품지 않을 수 없다. 모리스 세브가 반복하고 있는 모순 어법이라는 것이 과연 이데아의 세계의 신성성(神聖性)의 총합적 모습을 드러내기 위한

---

9) 영원한 순결을 맹세한 사냥의 여신 아르테미스 Artemis의 신격을 로마 신화 속에서 그대로 잇고 있는 디아나 Diana에게 붙은 이름들 가운데 하나가 〈델리〉일 뿐만 아니라, 스물두번째 십행시에서는 델리가 헤카테 Hecate 여신과 디아나 여신으로 비유되고 있고 또 시집 가운데 삽입된 상징도들 가운데 열여덟번째 것의 제목이 〈사슴〉이고 열아홉번째가 〈악타이온〉이다. 사냥군 악타이온은 우연히 목욕중인 여신 아르테미스의 알몸을 본 까닭에 여신의 분노를 사, 사슴으로 변하여 자신의 개들에게 죽임을 당했다고 전해진다. 남성을 거부하는 여신의 분노의 표현이라고 이해되고 있는 이 이야기의 진정한 주제는, 사냥꾼 악타이온에 대한 여신의 징벌이라기보다는, 인간과 신성 사이의 넘을 수 없는 한계로 해석되어야 할 것이다. 디오니소스의 어머니 세멜레 Semele의 예에서도 보이듯이, 신성에 다가갈 수 없는 인간의 육신의 눈으로 신성 그 자체를 보았을 때, 인간은 언제나 그 광경을 견디지 못하고 죽음을 당했다.

10) 이에 관한 논의는 Nany M. Fredelick, "Absence in Presence, Death in Life : A Study of the Poetics of Desire in Scève's *Délie* through an Analysis of Dizain 144", *Romanic Review*, vol. 80. May 1989과 Roger Dragonetti, "L'oxymore entre la forme et le chaos dans *Délie* de Maurice Scève", *Littérature*, n° 85, février 1991을 볼 것.

철학자의 마지막 수사학적 몸부림일까 하는 질문이 바로 그것이다. 혹시, 상반되는 두 항을 하나의 표현 속에 묶고 있어, 그 이루 헤아릴 수 없는 화려함을 바깥 모습으로 하고 있는 모순 어법이 실상은 불가능한 사랑에 헌신하는 연인의 절망감을 강조하기 위한 대조법의 강세 형태, 〈욕망의 시학〉 혹은 〈욕망의 수사학〉[11]이라 정의되곤 하는 모리스 세브의 상상력 세계의 반어적 표현은 아닐까라는 질문에서 우리의 작업은 출발한다. 실상 『델리』에서 사용되고 있는 모순 어법이라는 것이, 사랑이 대상과의 결합을 통한 새로운 삶의 길이어야 하는데도 불구하고 대상으로 인해 죽음(의 고통)을 겪을 수밖에 없음을 표현하기 위해 동원된 것이고 보면, 이는 우리가 앞서 지적한 대로 동화 욕구의 좌절의 강조이고, 역으로 표현하면 이화 욕구의 표명으로 귀착되는 것으로 생각되기 때문이다.

우리가 이 작업을 통해 살피고자 하는 것은 물론 『델리』의 전모가 아니다. 우선 극복 불가능이라 해야 할 시간적 괴리 때문에 우리의 독서 능력을 넘어설 수밖에 없는 세계인 모리스 세브의 『델리』를 읽기 위한 전초 작업이 될 이 작업은 작품에 감춰져 있는 여러 층위의 의미망의 규명에 앞서 작품의 외양에 관한 기본적인 관찰을 목표로 하며, 그러한 작품 외양 가운데 하나로 우리는 작품 가운데 삽입되어 있는 상징도 emblème에서 드러나고 있는 시적 상상력의 이화 성향에 주목하고자 한다. 모순 어법이 결국은 병치될 수 없는 두 개의 항을 결합시키는 구조를 갖는 것이라면, 그 구조는 실상 두 항 사이의 관계가 동화적인가 아니면 이화적인가, 또는 두 항이 서로 길항하면서도 시간의 축을 따라 조화를 이루는가 등의 세 가지 형태로 환원될 것이라 생각할 수 있을 것이고, 그렇다면 작품 『델리』에 삽입되어 작품 세계를 시각적으로 반복 부연하고 있는 상징도에 대한 관찰은 작품의 의미망을 규명하는 하나의

---

11) 앞의 주석에서 인용한 N. Fredelick의 연구 외에 Elise Cynthia Skenazi, "La Rhétorique du désir dans la *Délie* de Maurice Scève", *Dissertation Abstracts International*, vol. 50, Feb. 1990을 볼 것.

열쇠를 제공할 수도 있을 것이다.

3

작품 『델리』는 우리가 앞서 읽은 서시 혹은 헌시에 해당되는 팔행시에
뒤이어 449편의 십음절 십행시와 50편의 상징도로 구성되어 있다. 시집
초판의 출판업자 앙투안 콩스탕탱 Antoine Constantin은 시집에 대한 자신
의 판권 내용을 밝히면서 이 50편의 상징도의 포함 여부가 시집의 구성
과는 필연적인 관계가 없다는 의미로 해석될 여지를 남기고 있고, [12] 또
모리스 세브의 편집자들이 항상 이 50편의 상징도를 포함해서 『델리』를
출간해 온 것만은 아닌 것도 사실이다. 이들의 생각에 의하면, 그 상징
도들은 시집과 장식적인 관계 이상의 연관성을 갖고 있지 않으며, 그 이
유로는 무엇보다도, 시인의 명시적 의도에 의해 이 상징도들이 삽입되었
다면, 출판업자가 독단적으로 그것들의 삽입 여부를 결정할 수는 없었으
리라는 것이다. 그러나 또 많은 사람들이 생각하는 것처럼, 신 플라톤
학파의 강력한 영향권 속에 들어 있던 16세기 리옹의 시인이 자신의 시
집 구성에 그러한 우연적 요소를 남겨두었다는 것도 믿기 어려운 일이라
해야 할 것이다. 상징도의 회화적 내용이 시편들의 해석에 새로운 방향
을 지시하는 것과 같은 결정적인 기능을 가지고 있는 것은 아니라고는
하나, 상징도 속에 새겨져 있는 명구들이 상징도 바로 뒤를 잇는 십행시

---

12) 그러나 그것은 출판업자가 자신의 판권을 보호하기 위한 것이었음은 누구나
쉽게 짐작할 수 있는 일이다. 파뤼리에가 편집한 『델리』 2쪽을 볼 것. LA
TENEUR DU PRIVILEGE : Il est permis par Privilege du Roy, à Antoine
Constantin, marchant Libraire demourant à Lyon, de imprimer, ou faire im-
primer par telz Imprimeurs des Villes de Paris, Lyon & aultres que bon luy
semblera, ce présent Livre traictant d'Amours, intitulé DELIE, soit avec Embles-
mes ou sans Emblesmes, durant le temps & terme de six ans prochainement
venans.

의 마지막 행에서 부분적으로나마 반복되고 있음을 볼 때, 그들의 단언은 지나친 것으로 보인다. 물론 당대의 유행을 따라 시집을 좀더 화려하게 꾸미려는 출판업자의 〈단순히〉 상업적인 의도에서 상징도들의 삽입이 비롯되었으리라는 추정이 전혀 근거 없는 억측일 수만은 없을 것이다. 그러나 그것이 아무리 단순한 상업적 의도에서 비롯된 것이라 할지라도, 상징도 속의 명구가 시편들 속에서 반복되고 있음을 보면, 그것이 시인의 동의 없이 이루어진 것이라고 보기에는 어려움이 따른다고 해야 할 것이다. 더군다나, 페트라르카가 자신의 『노래집』을 엄격한 구조를 지닌 건축물 aedificiumêle[13]이라 불렀다는 것을 상기한다면, 그의 시정신을 그대로 계승한 충실한 제자인 모리스 세브가 비교적(祕敎的)인 의미에서의 정신적 완성뿐 아니라 시집 구성에서도 그 완벽성을 구도적 자세로 추구했을 것임은 당연하고, 따라서 그러한 시인의 작품집을 장식하고 있는 상징도들이 지니는 의미를 단순히 본문의 내용을 시각적으로 반복하는, 장식적인 기능에 한정할 수만은 없을 것이다.

그러한 측면에서 볼 때 헬린 Fernand Hallyn 의 문제 제기는 시사하는 바가 크다. [14] 그의 연구는 『델리』의 상징도가 지니는 문제점들을 문학사적인 측면에서 조망하면서, 상징도의 형태는 물론 그것이 담고 있는 상징적 의미에 대한 질문을 제기하고 있다. 우선 형태적인 측면에서 헬린은 상징도가 갖는 다양한 특질들, 예를 들어 상징도의 공간을 한정하고 있는 액자의 모양은 물론 상징도에 나타나는 제재들의 종류를 묘사하고, 또 의미론적인 측면에서 상징도의 회화적 내용, 또 상징도 속에 들어가 있는 명구와 시인이 작품집 말미에 붙여놓은 각 상징도의 제목과의 관계, 그리고 대부분의 연구가들이 지적하고 있는 상징도 속의 명구와 이

---

13) 페트라르카의 『노래집』의 구성에 관해서는 Jean Rousset, *L'intérieur et l'extérieur* (Paris : José Corti, 1968), 13쪽을 볼 것.

14) Fernand Hallyn, "Les emblêmes de *Délie* : propositions interprétatives et méthodiques", *Revue des sciences humaines,* tome LI, n° 179, juillet-septembre 1980.

상징도 바로 다음에 이어지고 있는 십행시와의 관계, 또 각 상징도 사이의 연관 관계, 그리고 상징도의 의미와 작품집 사이의 관계 등을 정리하고 있다.

핸린의 연구에서 특히 우리의 관심을 끄는 것은 시집 전체에 대한 그의 설명 구도이다. 에마르 J. Eymard 와 내시 J. Nash 의 견해를 좇아, 작품집 『델리』를 시인이 반복해 사용하고 있는 나르시스 신화의 심상(心象) 구조로 설명하면서, 이 연구는 작품에 삽입된 상징도 하나하나가 연인이자 시인인 모리스 세브의 모습이 비치는 거울이라고 결론짓고 있다.[15] 그의 결론대로라면, 이 거울은 누구나 기대하는 것처럼, 있는 그대로의 연인의 모습을 반영하는 거울이어야 한다. 그러나 그 거울이라는 것이 시인이 의도적으로 시집 속에 구비해 놓은 장치라고 생각한다면 그 거울 속에 비친 연인의 모습은 오히려 시인의 의도적인 분식(粉飾)을 거친 왜곡된 모습이라고 이해해야 한다. 만일 그 거울이 있는 그대로의 연인의 모습을 한 점의 왜곡 없이 반영하고 있다면, 시인은 동일한 의미 내용을 상징도와 시편을 통해 반복하는 것이 될 것이고, 그렇다면 상징도에서 장식적 기능 이외의 것을 찾는다는 것은 무의미한 일이 될 것이다. 그러나 만일 반대의 경우라면, 그 거울은 연인의 진정한 모습을 드러내 주기보다는 오히려 감추는 역할을 하는 것이 된다. 따라서 독자로서는, 상징도 속에서 시인이 그리는 대로의 연인의 모습을 본다는 것이 결국은 왜곡된 연인의 모습을 보는 것이 되고, 이는 시인에 의해서 의도된 대로 작품 세계를 읽는 것이며 곧 그 신비 속으로 빠져드는 것이 될 것이다.

그러나 그 왜곡이라는 것이 한편으로는 연인의 모습을 감추는 것이고, 작품을 신비 속에 가두어 독자를 혼란 속에 빠뜨리는 것임에 틀림이 없는 것이지만, 또 다른 한편으로 생각해 보면, 그 왜곡이라는 것 자체가 시인의 의도를 드러내는 것이고, 그 의도성의 구체적인 모습이 될 것임

---

15) Les figures ne sont là que dans la mesure où elles permettent au ⟨je⟩ de s'y mirer. (위의 책, 74쪽)

도 부정할 수 없을 것이다. 그렇다면 거울에 의한 왜곡 혹은 시인에 의한 의도적 분식은 하나의 대상의 모습과 그것의 거울 속의 모습을 비교함으로써, 다시 말해 거울의 이편과 저편에 있는 두 모습이 동일한 것인가 여부를 살핌으로써 확인될 수 있을 것이고, 이렇게 드러난 왜곡의 양태는 작품의 표면에 드러나지 않은 채 작품의 논리를 지배하는 시인의 상상력 세계가 지향하는 바를 짐작하게 해줄 것이다. 다시 한 단계 논리를 뛰어넘어 거울의 은유를 계속 발전시켜 추론한다면, 작품 속에서 짝을 맺으며 동일 내용을 반복하는 것이라 가정할 수 있는 여러 관계들 —— 예를 들어 핼린도 주목했던 여러 관계들, 상징도 속의 명구와 상징도의 제목 사이의 관계, 또 이들이 구성하는 의미장과 상징도의 회화적 내용 사이의 관계, 또 이것들의 의미와 상징도의 뒤를 잇는 십행시의 의미 사이의 관계 등 —— 에서 동일성의 존재 여부를 살핀다면, 독자는 어렵지 않게 왜곡 혹은 분식의 양태를 살필 수 있을 것이고, 이 양태들을 포섭하는 구조가 결국은 시인의 상상계의 기본 축이라고 이해할 수 있을 것이다. 거울 앞에 선 존재가 동화 노력의 화신인 연인이라면 거울 속에 비친 모습은 당연히 그 노력에 값하는 동화성의 표현이어야 한다는 것이 우리의 생각이고, 따라서 위에 예시된 여러 의미장들 사이의 관계가 동화적이어야 한다는 전제와 더불어, 그러한 동화성에 관한 질문은 위에 예시된 관계들뿐 아니라 하나의 상징도의 회화적 내용을 구성하는 제재의 제시 방식에 관해서도 유효할 것이라는 전제 아래서, 우리의 상징도에 관한 관찰은 시작된다.

4

일반적인 제목의 기능이 그러하듯, 『델리』에 삽입된 상징도들의 제목도 시인의 의도를 노정하는 것으로 이해되어야 할 것이고, 작품의 의미 구조에 질문을 던지는 모든 해석은 일단은 시인이 지시하는 방향으로 전개되어야 할 것이다. 그래야만 시인의 의도를 검증할 수 있을 것이고, 그 이후에야 시인에 의한 의도적 분식 혹은 왜곡 현상을 살필 수 있을 것이기 때문이다. 상징도의 제목이 우리의 관심을 끈 이유 가운데 하나는, 시집에 삽입된 상징도에는 그 내부의 명구가 새겨져 있지만 그 제목은 보이지 않는 반면, 시집 말미에는 명구의 목록은 없지만 상징도의 제목이 목록으로 제시되고 있다는 점이다. 실상 이 제목들은 상징도의 회화적 내용을 요약하고 있는 것으로, 상징도 뒤에 이어 나오는 십행시의 내용이나, 그 십행시의 마지막 행에서 부분적으로나마 반복되고 있는 명구와는 실상 직접적인 관계가 희박한 것이 사실이다. 그러나 상징도의 제목과 그 회화적 내용이 맺고 있는 관계가 상징도 속의 명구와 다음에 이어지는 십행시 사이의 관계와 마찬가지로 반복적인 것이라면, 상징도와 공간적으로 유리되어 시집 말미에만 등장하는 제목이 상징도 속의 명구와 맺는 관계는 지시적이고 나아가서는 은유적이라 해야 할 것이며, 그것은 종국적으로는 변형에 의해 상징 관계로 발전되면서 시인에 의한 왜곡 혹은 분식의 양태를 드러내 줄 수 있는 것이라 생각된다. 결국 상징도를 살피려는 우리 앞에는 이미 두 종류의 거울이 그 모습을 드러내고 있는 것이다.

1544년의 『델리』 초판 말미에 붙어 있는 상징도의 제목 목록을 살필 때 우선 눈에 띄는 것은 대부분이 하나가 아니라, 둘 혹은 그 이상의 복수 제재를 가지고 있다는 사실이다. 상징도 속에 복수 제재가 담겨 있다는 것은 우리가 앞서 전제한 관계 양상을 살피는 지표가 되어줄 수 있을 것이고, 나아가서는 작품의 상상력 구조를 살피는 데에도 열쇠가 되어줄 것이다. 다음의 목록에서 보듯이 50편의 상징도들 가운데 20편 가량이 전치사나 접속사와 같은 연결어와 수사 등에 의해 명시적으로 그 제재가 복수임을 드러내고 있다.

| I | 여인과 일각수 | La Femme & la Lycorne |
| II | 두 개의 초승달을 가진 달 | La Lune a deux croiscentz |

복수 제재를 갖는 제목들을 나열한 위의 목록 가운데에는, 연가집에 걸맞게 사랑의 주제와 직접적인 관계를 보여주는 듯한 상징도들이 비록 그 수효는 많다고 할 수 없지만 그래도 우리의 눈길을 끌고 있다. 우선 첫번째 상징도 〈여인과 일각수〉가 귀부인의 품에 안긴 전설적인 동물의 모습을 제시하고 있다는 점에서 독자의 상상력은 행복한 연인의 모습을 찾게 되고, 또 열일곱번째 상징도 〈담쟁이와 담장〉의 경우에서도, 〈담쟁이〉의 입장에서 본다면, 〈담장〉은 생명을 기댈 수 있는 존재라는 점에서 친화적이기만 한 지주의 역할을 수행하는 것으로 이해될 수 있다. 서른

여덟번째의 상징도 〈소 등에 탄 에우로페〉와 마흔한번째의 〈레다와 백조〉는 그리스 신화 속의 제우스의 사랑을 가리키고 있어, 비록 레다와 에우로페는 자신의 의지와는 무관하게 제우스의 사랑을 받는 것이기는 하겠지만, 분명 사랑의 주제를 담고 있음에는 틀림이 없다. 그러나 상징도 세계의 문을 여는 첫번째 〈여인과 일각수〉의 경우 실제로 상징도 속에 적힌 명구(〈그를 보매 내 생명을 잃는다 POVR LE VEOIR JE PERS LA VIE〉)를 읽게 되면, 이 두 제재 사이의 관계가 상징도의 제목이나 회화적 내용과는 무관하게 죽음으로 맺어져 있음을 발견하게 된다. 마찬가지로, 열일곱번째 상징도 〈담쟁이와 담장〉의 경우 역시 그 자체로는 두 제재 사이의 관계가 친화적인 것으로 짐작되지만, 명구의 내용 〈사랑하기에 폐허됨을 견디네 POUR AYMER SOUFFRE RVYNE〉를 보면 앞의 예에서처럼 두 제재가 맺고 있는 관계의 성격이 달라짐을 알 수 있다. 또 제우스의 사랑을 떠올리는 서른여덟번째와 마흔한번째 상징도의 경우도 각기 〈제 일을 숨기는 자는 안심할 수 있으니 A SEVRETE VA QVI SON FAICT CELE〉와 〈내게서 찾은 것을 남에게 숨기네 CELE EN AVLTRVY CE QU'EN MOY JE DESCOUVRE〉라는 명구를 담고 있어, 연인의 사랑이 고백조차 할 수 없는 비극적인 것임을 표현하고 있다. 이상의 몇 개의 상징도에서만 보더라도, 상징도 혹은 그 속에 새겨져 있는 명구와 상징도의 제목과의 관계는 동일성을 확인할 수 있는 관계가 아니라 서로가 서로를 부정하는, 이화 성향을 확인시켜 주는 관계에 놓여져 있다.

비록 위에 든 예들처럼, 상징도의 제목과 상징도의 명구 사이의 관계가 분명하게 상반성을 보이는 경우는 아니라고 할지라도, 그 내용이 결합 욕구를 노래하는 연가집으로서는 부정적이라 해야 할 상징도들이 여럿 눈에 띈다. 우선 두번째 상징도 〈두 개의 초승달을 가진 달〉과 세번째 〈등잔과 우상〉은 그 제목만으로는 상징도의 의미가 확연히 드러나고 있지 않지만, 그 속에 새겨진 명구(〈모두 가운데 유일한 완벽의 존재 ENTRE TOVTES UNE PARFAICTE〉와 〈그대를 경배키 위해 내 살아가네 POVR TE ADORER JE VIS〉)를 보면 그것이 지고의 존재인 대상에 대한 연인의 헌신을 표현하기 위한 것임을 알 수 있고, 이는 우리가 앞서 살핀 대로 결합 욕구가 결국은 좌절될 것임을 암시하는 것으로 읽을 수 있다. 이 두 상징도와 마찬가지로 그 의미가 명확하지 않은 여섯번째 상징도 〈촛불과 태양〉도 명구(〈모두에게 빛인데 내게는 어둠 A TOVS CLARTE A MOY TENEBRES〉)를 살펴보면 헌신에도 불구하고 비극적이기만 한 연인의 사랑에 대해 짐작할 수 있다.

위의 목록 가운데에는 이제까지 다룬 경우들과는 달리, 연인의 사랑이 비극적임을 드러내기 위해 시인이 아무런 여과 장치 없이 그 제재들 사이의 갈등 관계를 노출시키고 있는 것들이 대부분이다. 우선 그 친화성의 정도가 가장 덜한 것으로 경쟁적인 관계에 있는 제재들이 하나의 상징도의 제목으로 사용된 경우부터, 두 제재 사이의 관계가 공격성으로 정의되거나 그 정도가 심해 한 쪽의 죽음을 유발한다는 점에서 적대적이라 할 수 있는 경우까지가 눈에 띄고 있다. 이 가운데 몇몇 제목은 그 자체만으로도 제재들 사이의 관계를 쉽게 짐작하게 해준다. 예를 들어, 열번째 상징도의 〈쟁기에 묶인 두 황소〉나 스물다섯번째의 〈의자와 두 남자〉의 경우에는 복수 제재들 사이의 경쟁 관계가 그 자체로 분명하게 드러나 있고, 비록 상징도의 제목만으로는 불분명하기는 하지만, 네번째 상징도 〈남자와 황소〉의 경우에도 상징도의 명구(〈당길수록 끌려가네 PLVS L'ATTIRE PLVS M'ENTRAINE〉)는 두 제재 사이의 관계가 대립적임을 분명히 하고 있다. 또 서른세번째 상징도의 〈고양이와 쥐〉와 마흔아홉번째 〈영양과 개〉 등에서는 각기 등장하는 두 제재들 사이의 관계가 일방적인 공격성으로 정의되고 있고, 정도를 더해서 스물네번째의 〈도끼와 나무〉와 서른번째의 〈클레오파트라와 뱀〉 등에서는 복수 제재 사이의 관계가 한 쪽의 죽음을 유발하고 있다. 마찬가지로 서른한번째의 상징도 〈나비와 촛불〉의 경우도 그 명구(〈나의 기쁨 속에 괴로움이 EN MA JOYE DOVLEURS〉)나 이 상징도 바로 다음 십행시의 마지막 두 행 (〈기쁨과 즐거움을 찾으리라 생각한 곳에서/나는 슬픔과 괴로움을 만났네〉[16])을 보지 않는다 해도, 나비가 불꽃의 유혹을 받아 결국은 타죽게 되고 말 것임을 생각해 보면, 촛불과 나비 사이의 관계도 앞의 범주에 드는 것이라 해야 할 것이다. 또 스물한번째 상징도 〈괴물과 거울〉의 경우, 그 제목과는 달리 명구(〈내 시선 너로 하여 나를 죽이네 MON REGARD PAR TOY ME TVE〉)의 내용은 첫번째 상징도 〈여인과 일각수〉 명구의 변형이다. 이때의 괴물 바실리스크 basilisque 는 그리스 신화 속의 메두사처럼 그 시선이 죽음을 가져오는 괴물로서, 제목이나 명구만을 보면, 시선의 괴물이 거울 속의 자신의 모습을 바라다봄으로써 스스로의 죽음을 자초하는 것이 된다. 이 상징도의 제목은 그 자체로는 고통스런 사랑에 빠져든 연인의 한탄을 보여주는 것이 되겠지만, 후속되는 십행시의 뒷부분(〈그대 곧 우리 둘을 죽이고 말 테니/나는 보기에, 그대는 비추매[17]〉)은 연인의 사랑이 자신은 물론 사랑하는 대상의 죽음까지 가져오는 파괴적이기만 한 것임을 보여준다.

　연인이 사랑의 대상을 촛불이나 태양과 같은 빛의 근원, 어둠 속에 빠진 연인을 구원해 줄 수 있는 존재로 상상하는 것은 연가집으로서는 상투적인 것이라 해야 할 것이다. 그러나 시집 『델리』는 사랑의 대상을 은유하는 빛의 속성을 구원이 아니라 파멸을 가져오는 파괴적인 빛으로 뒤집고 있고, 나아가서는 삽입된 상징도에 등장하는 복수 제재 사이의 관계를 경쟁적이고 적대적이며 파괴적인 것으로 설정함으로써, 연인의 사랑이 비극성의 극에 달하고 있음을 의도적으로 노출하고 있다. 결국 약 20편에 달하는 복수 제재를 가진 상징도의 의미는 한결같이 대상의 완벽성과 죽음을 무릅쓴 헌신으로 요약되면서, 고통과 파괴만을 가져다 주는 죽음의 원칙으로서의 사랑의 모습을 보여주고 있다.

　이제까지 살핀 상징도들은 복수 제재들 사이의 친화성의 정도를 확연하게 노출시키고 있고, 이를 통해 누구나 시인의 상상력이 지시하는 결

---

16) Ou je pensois trouver joye, & plaisir/J'ay rencontré & tristesse, & douleur. (『델리』, 190쪽)

17) Car tu ferois nous deux bien tost perir./Moy du regard, toy par reflection. (위의 책, 134쪽)

합 욕구 혹은 동화 성향의 양태가 부정적인 것임은 확인할 수 있다. 이제 우리가 살피게 될 다음 목록의 30편 가량의 상징도들은 연결사 등에 의한 명시적 복수성을 드러내지 않고 있어, 이들이 의미하는 바를 찾기 위해서는 상징도의 제목과 회화적 내용, 또 명구가 지시하는 내용은 물론 후속되는 십행시를 더욱 자세하게 살펴야 한다는 점에서, 더 은유성이 강하다고 해야 할 것이다.

V	초롱	La Lanterne
VII	나르시스	Narcissus
VIII	실 잣는 여인	La Femme qui desvuyde
IX	방패	La Targue
XI	불사조	Le Phenix
XII	끈끈이 덫에 걸린 새	L'Oyseau au glus
XIII	제 몸을 태우고 있는 디도	Dido qui se brusle
XIV	바벨 탑	Tour Babel
XV	바람개비	La Girouette
XVI	해바라기	La Cycorée
XVIII	사슴	Le Cerf
XIX	악타이온	Acteon
XX	오르페우스	Orpheus
XXII	꺾어진 노를 가진 배	Le Bateau a rames froissées
XXIII	증류기	L'Alembic
XXVI	제 모습을 보고 있는 일각수	La Lycorne qui se voit
XXVII	자살하는 독사	La Vipere qui se tue
XXVIII	칼 가는 사람	Le Forbisseur
XXIX	톱	La Cye
XXXII	노새몰이꾼	Le Muletier
XXXIV	공작새	Le Paon

외형상으로는 단일 제재를 제시하고 있는 이 상징도들은, 그러나 좀더 자세히 살펴보면, 그 역시 복수 제재로 구성되어 있음을 알 수 있다. 우선 몇몇 제목들은 상징도를 직접 살펴보기 전이라도, 그것들의 언어적 구성 측면으로 보아 또 다른 제재를 포함하고 있음을 쉽사리 짐작할 수 있다.

예를 들어 여덟번째 상징도 〈실 잣는 여인〉과 마흔일곱번째의 〈버터를 젓는 여인〉은 여인의 동작만을 서술하는 것이 아니라 여인 이외에 물레나 버터통을 함께 제시하고 있고, 열두번째의 〈끈끈이 덫에 걸린 새〉도 새뿐만 아니라 끈끈이 덫을 함께 그리고 있다. 이와 같이 제유적 관계를 암시하는 제목들은 일단 그것이 명사 단독으로 제시되지 않는 모든 경우에 해당한다고 보아야 할 것이다. 물론 스물두번째 상징도의 〈꺾어진 노를 가진 배〉의 경우 둘이라기보다는 하나의 제재가 그려지고 있다. 또 재귀적이라 명명할 수 있는 제목들도 언급되어야 할 것이다. 스물여섯번째의 〈제 모습을 보고 있는 일각수〉는 거울의 주제와 더불어 제목에 등장하는 일각수가 이중화되면서 일곱번째 상징도의 〈나르시스〉와 만나고 있다. 그러한 재귀성의 제목으로 제시되고 있는 스물일곱번째의 〈자살하는 독사〉에서는 단일 제재가 죽임을 가하는 제재와 죽임을 당하는 제재로 이중화되고 있고, 좀더 큰 시각에서 본다면 마흔네번째 상징도의 〈소생하는 시체〉는 삶과 죽음이라는 이중의 주제를 하나의 제재가 표현하면서 스스로를 이중화하고 있는 셈이 된다. 이러한 이중화 현상은 변화하는 상태에 있는 모든 제재들을 포함하면서, 열세번째 상징도의 〈제 몸을 태우고 있는 디도〉와, 이와 동일한 주제를 제시하는 마흔번째의 〈제 몸을 태우고 있는 수탉〉을 같은 영역으로 편입시키고, 열한번째의 〈불사조〉처럼 제재의 변화를 나타내는 모든 상징도들을 포괄하고 있다.

〈불사조〉의 예에서 보는 것처럼, 명사 단독의 제목으로 제시되는 상징도라 해도 그것의 의미망이 당연히 또 다른 제재와 주제를 포함하고 있는 것들이 대부분이라고 해야 할 것이다. 우선 신분이나 기능을 의미하는 명사를 그 제목으로 가지는 상징도들의 경우가 그러하다. 스물여덟번째의 〈칼 가는 사람〉은 당연히 칼을 가는 모습으로 등장하고, 서른두번째의 〈노새몰이꾼〉의 경우나 서른아홉번째의 〈궁수〉 역시 노새나 활이 함께 그려지고 있다. 또 아홉번째의 〈방패〉도 방패에 꽂혀 있는 화살을 함께 보여주고 있으며, 스물아홉번째의 〈톱〉도 그것이 켜고 있는 나무와 함께 제시되고 있다. 이러한 경우에는 비록 단일 명사라고는 하지만, 그 제재 자체의 기능이 문제가 되고 따라서 그의 기능과 연관되는 환유적 부속물이 함께 등장하는 데 비해, 단일 명사 그 자체가 타동적 기능을 지녔거나 다른 주제와의 관계 속에서 의미를 획득하는 까닭에 제재를 복수화하는 경우들도 있다. 예를 들어 열다섯번째의 〈바람개비〉는 바람이라는 제재를 포함하고 있고, 열여섯번째의 〈해바라기〉는 꽃 그 자체가 태양의 존재를 전제로 하고 있으며, 열네번째의 〈바벨 탑〉도 근접 불가능의 존재인 구약의 신에 대한 도전이라는 주제를 포함하고 있다. 또 열아홉번째 상징도의 〈악타이온〉이 사냥꾼과 아르테미스 여신과의 관계 속에서 의미를 획득하는 것이라면, 바로 앞에 나오는 열여덟번째의 〈사슴〉이 사냥의 문맥 속에 있음도 어렵지 않게 짐작할 수 있다. 실제로 이 두 상징도는 개들에 쫓겨 죽음을 당하는 사냥꾼 악타이온과 화살에 맞아 죽어가는 사슴의 모습을 보여주고 있다. 이런 시각에서 볼 때, 앞서 언급된 신화 인물 나르시스도 단순히 일곱번째의 상징도 안에서 또 다른 제재인 개와 함께 그려져 있다는 의미에서가 아니라 물 속에 비친 자신의 모습을 바라다보고 있다는 점에서 이중화되고 있고, 또 다섯번째의 〈초롱〉그림에서는 홀로 등장하는 것이 아니라 감추어진 것을 밝히는 기능을 행사하는 타동적 기능을 지니고 있으며, 열한번째 상징도의 〈불사조〉는 그것을 태우고 있는 불과 함께 등장하기 때문이 아니라 불에 탐으로써 새로운 존재로 변화하고 있기 때문에 복수화되고 있다고 생각해야 할 것이다.

　이렇게 단독 제재를 가진 것으로 제시된 상징도들도 하나의 예외 없이 모두가 다른 제재 혹은 주제를 연루시키면서 새로운 의미망을 형성하고 있다. 그러나 여기서 주목해야 할 것은 단독 제재이건 복수 제재이건 간에 상징도들이 구축하는 의미망 전체가 연인의 결합 욕구를 표현하는 친화적 관계가 아니라, 연인의 헌신을 넘어 그에게 고통과 죽음을 가져다 주는 파괴적 관계들만을 그려내고 있다는 사실이다. 여덟번째의 〈실 잣는 여인〉이 〈오랜 일 끝에 종말이 APRES LONG TRAVAIL VNE FIN〉라는 명구로 운명의 여신이 죽음을 결정하는 모습을, 열번째의 〈쟁기에 묶인 두 황소〉는 〈감미로워라 겪어야 할 고통이여 DOVLCE LA PEINE QVI EST ACCOMPAIGNEE〉라는 명구로 자학적이라 할 연인의 헌신의 자세를, 열세번째의 〈제 몸을 태우고 있는 디도〉가 〈감미로워라 고통에서 나를 풀어주는 죽음이여 DOVLCE LA MORT QVI DE DVEIL ME DELIVRE〉라는 명구로 견딜 수 없는 고통에서 벗어나기 위해 죽음을 갈구하는 연인의 모습을, 스물일곱번째의 〈자살하는 독사〉는 〈그대에게 생명을 주기 위해 내게는 죽음을 주네 POUR TE DONNER VIE JE ME DONNE MORT〉라는 명구로 결합될 수 없는 연인과의 관계를 표현하고 있는 등, 거의 모든 상징도가 사랑의 기쁨이 아니라 괴로움, 죽음을 통해 벗어나기를 희구하는 고통을 그리고 있다. 물론 죽음을 이야기하면서 새로운 탄생에 대한 희구를 보여주는 듯한 상징도들도 있다. 예를 들어 열한번째 상징도의 〈불사조〉에는 〈죽음에서 삶으로 DE MORT A VIE〉라는 명구가 적혀 있어 고통 뒤에 찾아오는 사랑의 기쁨을 상상하도록 유도하지만, 후속되는 십행시는 그러한 독자들의 기대를 무너뜨리고 만다.

그대 그리도 큰 우아함으로 웃는 모습을 보니
그 감미로운 미소 내게 삶의 희망을 주네,
그리고 그대 얼굴의 부드러움은
내게 내 바라는 바를 약속해 주네
　　하지만 그대 마음의 냉정함
내 뜻을 사라지게 하고 나를 절망으로 이끄네.
그리고 꿀이 함께하는 그대의 이야기
다시금 나를 내 마음 찢어대는 욕망으로 되돌리니
　　그리하여 그대 나의 행복을 예견하며
한순간에 내게 생명도 죽음도 줄 수 있네[18]

　사랑이 가져다 줄 기쁨을 생각한다면 물론 사랑으로 인한 고통은 견뎌
낼 수도 있는 것이리라. 그러나 상징도에는 제 몸을 태우는 고통을 이겨
냄으로써 새로운 생명을 얻는 불사조를 그려놓고 있고 그 명구도 분명
〈죽음에서 삶으로〉라고 적어놓고 있지만, 실상 후속되는 십행시가 보여
주는 것은 고통을 이겨내게 해주는 여인의 미소의 감미로움이 아니라 희
망을 빼앗아가는 여인의 마음의 냉정함이다. 그러니까 모든 기대와는 달
리, 상징도의 불사조의 의미는 새로운 삶의 약속이 아니라 오히려 끝없
이 반복되는 죽음의 고통일 따름이다.

---

18) XCVI : Te voyant rire avecques si grand grace,/Ce doulx soubris me donne
espoir de vie/Et la doulceur de ceste tienne face/Me promect mieulx de ce, dont
j'ay envie./Mais la froideur de ton cœur me convie/A desespoir, mon desseing
dissipant./Puis ton parler du Miel participant/Me remet sus le deisir, qui me
mort./Parquoy tu peulx, mon bien anticipant,/En un moment me donner vie, &
mort. (위의 책, 72-73쪽)

5

  우리가 앞서 전제한 대로, 상징도의 회화적 내용을 요약하고 있는 제목이 거울의 이편에 위치하는 것이라면, 상징도 속에 들어 있으면서 그림의 주석 역할을 하는 명구는 거울의 저편 속에 투영된 것이다. 그러나 지금껏 살펴본 대로, 상징도의 제목과 명구 사이의 관계는 연가집을 읽는 독자의 기대를 배반하는 것이 대부분으로, 우리가 읽어낸 상징도의 의미망은 생명의 원칙보다는 죽음의 원칙 쪽으로 경도되어 있는 것이 사실이다. 그 제목으로 보아 사랑의 주제를 다루고 있는 듯한 상징도들도 그 명구를 읽으면 결국은 대상과의 결합과 동화가 불가능한 것임을 선언하는 의미에서의 헌신이거나 혹은 그 헌신으로 인한 죽음을 그려 보이면서 이화 욕구를 표현하고 있을 따름이다. 한마디로 말하면, 상징도라는 거울의 양편에 자리하는 두 모습의 관계는 왜곡의 도를 넘어 상반적인 관계이고, 상징도 속에 자리하는 제재들이 맺고 있는 관계 또한 파괴적인 것이다.
  상징도에 관한 이렇게 평면적이고 단편적인 묘사가 작품 『델리』의 내밀한 의미 공간을 드러내 보여줄 수 없을 것임은 물론이다. 더욱이 거울이라는 은유 자체가 거울 양편의 공간에 위치하는 두 모습 사이의 동일성과 더불어 이들 사이의 결합 불가능성을 의미하고 있음을 생각해 보면, 모리스 세브의 작품 세계를 설명해 주는 배경 신화로서의 나르시스의 신화의 비극성이 동일성보다는 결합 불가능성 쪽을 강조하고 있다. 따라서 모리스 세브의 작품 세계가 동화 노력의 좌절이라는 비극적 결말을 갖게 됨은 당연하다 할 것이다. 수면에 비치는 모습을 자신의 모습으로 인정하지 못한다는 나르시스 신화의 지시항 자체가 광태라 할 수밖에 없는 과도한 동화 노력의 표현이기 때문일 것이다.
  우리의 이 논의는 실상 그 누구도 결론을 맺을 수 없는 문제점에 종지부를 찍고자 하는 의도에서 출발한 것이 아니었고, 우리가 이 짧은 글에서 밝히고자 한 것은 작품 『델리』가 과연 연가로 포장된 신 플라톤 학파

의 비교적인 구도의 절규인가 아닌가에 관한 문제가 아니었다. 우리로서
는 다만 모리스 세브의 작품을 읽기 위한 첫번째 노력으로서 작품에 삽
입된 상징도들을 살펴보고자 했고, 그 방법들 가운데 하나로, 모순 어법
이라는 수사학이 과연 접근 불가능한 신성의 실체로 다가가 그 모습을
포착해 내기 위한 노력인가의 여부를 살피고자 했을 따름이다. 그러나
우리가 살핀 상징도의 제목과 그 명구 그리고 그 회화적 내용은 실상 작
품『델리』를 상반된 것들을 동시에 포괄하는 고도의 수사학, 인간의 논
리를 넘어서는 실체를 표현하기 위한 수사로서의 모순 어법이라고 보기
에는 어려움을 느끼는 것이 사실이다. 첫번째의 〈여인과 일각수〉부터 마
지막의 〈무덤과 촛대〉에 이르기까지, 『델리』에 삽입된 50편의 상징도들
의 의미는 한결같다. 첫번째 상징도에서 여인을 보는 순간 죽음에 이를
고통이 시작되었다고 탄식한 시인은 마지막 상징도에서 죽음으로도 잊지
못할 여인에 대한 원망을 내보이고 있다.

> 그대 만일 내 무덤 위에 왜
> 저들이 상극 원소 둘 놓을 것인지,
> 그대 보듯 원소들 가운데 가장 어울릴 수 없는
> 물과 불을 놓을 것인지 알고자 한다면
> 나 그대에게 이르노니, 분명한 표시로
> 그대에게 보여주기 위해 너무도 필요한 까닭에서라고
> 내 속에 눈물과 불길이 머물러 있었고
> 참혹할 정도로 격렬한 싸움이 있었음을,
> 죽은 뒤에도 그 속에서 그대의 냉정함에
> 나 울고 또 타오르고 있음을 보여주기 위해서라고[19]

---

19) CCCCXLVII : Si tu t'enquiers purquoy sur mon tombeau/Lon auroit mys deux
    elementz contraires,/Comme tu voys estre le feu, & l'eau/Entre elementz les
    deux plus adversaires : /Je t'avertis, qu'ilz sont tresnecessaires/Pour te mon-
    strer par signes evidentz,/Que si en moy ont esté resdientz,/Larmes & feu,
    bataille asprement rude : /Qu'apres ma mort encores cy dedans/Je pleure, & ars

적어도 상징도를 통해 본 『델리』의 수사법은 〈눈물 속에 들어 있는 불
길〉이고 〈눈물로 흘러넘치는 열정〉일 수는 있다. 그러나 그것은 어디까
지나 연인의 동화 노력의 좌절에서 비롯된 강세 어법, 사랑으로 해서 타
오르는 열정이고 사랑으로 해서 흘러넘치는 눈물인 것으로 보인다. 그것
은 불가능한 사랑에 헌신하는 연인의 절망감을 강조하려는 모리스 세브
의 〈욕망의 수사학〉이 아니겠는가?

참고문헌

Scève, M. *Délie, object de plus haulte vertu*. Edition critique établie par
　　Eugène Parturier. Paris : Société des textes français modernes, 1916 ;
　　Librairie Nizet, 1987.

_____. *Microcosme*. Texte établi et commenté par Enzo Giudici. Paris :
　　Vrin, 1976.

Rousset, J. *L'intérieur et l'extérieur*. Paris : José Corti, 1968.

Hallyn, F. "Les emblèmes de *Délie* : propositions interprétatives et méthodi-
　　ques", *Revue des sciences humaines,* tome LI, n° 179. juillet-septem-
　　bre 1980.

Fredelick, N. M. "Absence in Presence, Death in Life : A Study of the
　　Poetics of Desire in Scève's *Délie* through an Analysis of Dizain 144",
　　Romanic Review, vol. 80. May, 1989.

Clauser, A. "〈Souffrir non souffrir〉 : Formule de l'écriture scévienne", in
　　Lawrence D. Kritzma, *Le Signe et le texte : Etudes sur l'écriture au* XVI [e]
　　siècle en France. Lexington, KY : French Forum, 1990.

Skenazi, E. C. "La Rhétorique du désir dans la *Délie* de Maurice Scève",
　　Dissertation Abstracts International, vol. 50. Feb. 1990.

Dragonetti, R. "L'oxymore entre la forme et le chaos dans *Délie* de Maurcie

---

　pour ton ingratitude. (위의 책, 303쪽)

Scève", *Littérature*, n° 85. février 1991.

Défaux, G. "L'Idole, le poète et le voleur de feu : erreur et impiété dans *Délie*", *French Forum*, vol. 18. 1993.

롱사르의 시 개념과 신화

이진성

1 머리말

롱사르는 프랑수아 1세의 신임을 받던 부친의 뜻에 따라 12세의 나이로 왕세자의 시동(侍童)으로 궁정 생활에 발을 들여놓지만, 우여곡절 끝에 궁정으로 향한 야심을 포기하고 1543년 19세 때 삭발을 하고 하급 수도사로서 성직자의 길을 걷기 시작한다. 결혼은 물론 금지된다. 바로 이 시기에 의사이자 위마니스트이며 시인인 자크 펠르티에 Jacques Peletier를 만난다. 당대의 모든 위마니스트들처럼 열렬한 고대 숭배자이면서 페트라르크 Pétrarque[1] 찬미자였던 그는 롱사르로 하여금 시를 쓰도록 권유하고, 고대를 모방하며 이탈리아를 본따라고 조언한다. 롱사르는 1544년 그의 의견에 따라 공부하기로 마음을 굳히고, 당대의 유명한 위마니스트이자 라틴어 시인인 장 도라 Jean Dorat의 지도 아래 코크레 학원 Collège de Coqueret에서 뒤 벨레 Du Bellay 등과 함께 고대 그리스를 공부하기 시작하여, 호메로스로부터 핀다로스, 헤시오도스, 알렉산드리아의 시인

---

1) 페트라르크(1304-1374) : 위대한 이탈리아 위마니스트. 아비뇽에서 만난 로라 Laure를 이상화시켜 흠모한 시편들을 수록한 『칸초니에레 *Canzoniere*』는 그의 명성과 영광을 드높인 작품으로 프랑스 위마니스트들에게 깊은 영향을 미친다.

들에게까지 깊이 빠져든다. 롱사르는 이렇게 당대 위마니스트 교육의 세례를 받는다. 위마니스트는 중세의 신학자가 아니다. 중세적인 성(聖)에서 속(俗)으로, 초월적인 것에서 역사적이고 현세적인 것으로 관심이 이행되고, 삶과 문화가 종교에서 분리되던 15세기와 16세기는 종교개혁을 필두로 봉건제도의 붕괴, 초보적인 시장경제의 태동, 그리고 인쇄술의 창출과 책이라는 새로운 의사전달 매체의 출현 등으로 삶의 양식이 송두리째 변모하는 변혁기였다. 19세기의 역사가들이 지칭한 것처럼 한마디로 새로 태어난 시대라 불러야 마땅하다.

새로 태어난 이 시대는 그러나 고대의 새로 태어남이 없이는 불가능했다. 위마니스트의 고대 찬미와 모방으로 대표되는 고대의 부활은 이 시대를 중세 기독교적 전통으로부터 벗어나게 함으로써 새로운 인간관을 정립하는 획기적인 공헌을 하고, 그로부터 인문학 전반을 새로운 시각으로 재검토하게끔 했기 때문이다. 간단히 말해서 고대는 이 시대가 새로 태어나는 데 필요한 정신을 불어넣어 준 셈이다.

이 글은 위마니스트 교육을 받은 롱사르가 고대 그리스와의 만남을 통해 정립한 자신의 시세계의 원리를 설명하고 검토하려는 데 그 목적이 있다. 여기에는 다음과 같은 두 가지 이유가 있다. 우선, 그가 주도해서 조직한 플레이아드 문학운동이 태동하기 이전의 프랑스 시는 대체로 내용이 매우 조잡하고, 형식이 몹시 번잡하였다.[2] 프랑스 문학사상 조직적인 문학운동의 첫 출발인 플레이아드는 당대의 문학 풍토를 쇄신하는 공헌을 했고, 이 운동을 실질적으로 주도하고 대표했던 사람이 롱사르였던 만큼 그의 시 개념을 먼저 파악하는 것이 본격적인 프랑스 시의 첫 출발을 이해하는 데 보다 효율적일 수 있기 때문이다. 다음은, 르네상스를 주도한 위마니스트들은 대체로 고대 찬미와 모방을 내세우는 시인이거나 시에 많은 중요성을 부여했던 인문주의자들이었다. 그들에게 시는 고대 찬미와 모방의 〈현장〉이었다. 롱사르의 시 개념을 통해 변혁기의 고대

---

2) Yves Le Hir, *Esthétique et Structure du vers français, d'après les théoriciens, du XVIᵉ siècle à nos jours*(P.U.F., 1956), 11-12쪽.

모방의 구체적인 예를 직접 확인해 보려는 것이 두번째 이유이다.

2 변혁의 원류 : 이탈리아 위마니슴 ── 성녀 위랄리에서 뮤즈로

롱사르가 살았던 당대의 프랑스 문학 풍토는 중세 유럽의 장구한 기독교 전통으로부터 위마니슴의 물결을 타고 서서히 벗어나고 있었다. 성자 열전 hagiographie 과 성배 (聖盃) 이야기들로 대표되던 기독교 문학은 오로지 하느님을 향한 염원을 일관성 있게 반영했다. 프랑스 문학의 첫 작품으로 지목되는 『성녀 위랄리의 찬가 Cantilène de Sainte Eulalie』가 좋은 예이다.

위랄리는 착한 처녀였네,
몸도 아름다웠지만, 마음은 더욱 아름다웠네.

하느님의 적들이 그녀를 협박하여
강제로 악마를 섬기게 하려고 했지만

하늘에 계신 하느님을 모독케 하려는
못된 사람들의 말을 듣지 않았네.

금도 은도, 호사스러운 옷도
왕의 위협과 요청도 아무 소용 없었네.

아무것도 그녀의 뜻을 굽혀 하느님을 즐겨 섬기는 것을
그만두게 할 수 없었네. [3]

---

3) Eulalie fut une bonne pucelle : /Belle de corps et d'âme encor plus belle.//Les ennemis de Dieu voulaient la vaincre/Et à servir le Diable la contraindre./Elle

그러나 14세기부터 이탈리아에서 시작된[4] 교육의 변화는 신학과 자연 과학 및 철학을 교과 과정에서 배제하고, 문법, 역사, 윤리, 그리고 특히 시를 포함한 인문 연구 중심으로 개편함으로써, 중세 기독교 전통의 위력을 〈굽혀〉 놓기 시작했다. 새로운 교육 과정이 위마니스트를 양성시켰다. 시간이 흐름에 따라 시에 할애되었던 비중이 강화되었고, 시 교육과 다른 분야의 교육은 기본적으로 고전 작가 중심이었다. 고전 중심의 교육은 중세 전통과의 단절을 촉진시키고 새로운 역사의 장을 펼친 원동력이 되었다. 그런 까닭에 고전 문학 전문가로서의 성격과 시인이거나 시 애호가로서의 자질이 위마니스트의 본질적인 요소가 되었다. 중세의 교육이 구어와 문어의 정확한 사용을 목표로 하는 수사학에 역점을 두었다면 시 교육을 강조한 르네상스 교육은 혁신이었다. 위마니스트들은 시에 관한 고대 그리스와 로마 텍스트들을 직접 읽고 연구하면서 언어적 재능과 품격을 사물에 관한 지식에 비하여 인간적이라고 생각하고 따라서 더욱 가치 있다고 판단했다. 언어에 관한 열정적인 관심은, 문학 연구가 인간의 향상을 목표로 한 것이라는 페트라르크로부터 비롯한 견해와, 문학 연구는 그 자체에 목적이 있어 최종적으로는 수사학이 그 마지막 단계라는 필렐포 Filelfo 의 견해로 점차 양분되지만, 이탈리아 위마니스트들은 모두 고전 작가들을 발견, 연구, 보급하는 데 주력하면서, 문학 〈연구〉를 〈어떻게〉 할 것인가를 교육함과 동시에 〈자신〉의 문학을 〈어떻게 창작〉할 수 있는가를 가르쳤다. 그들의 야심은 학문적이면서도 문학적이었다. 그들은 고대 작가들을 모방하여 라틴어로 작품을 썼다. 이 과정에서 그들이 고대로부터 받아들인 시론과 그들이 모방, 창출한

---

n'écouta pas les mauvais conseillers/Voulant qu'elle renie Dieu qui est dans le Ciel,//Ni pour or ni argent, ni luxueux habits,/Et menace royale ou prière n'y fit//Rien ne put la plier jamais et faire que/La doucette toujours n'aimât à servir Dieu.(Jean Rousselot, *Histoire de la poésie française,* coll. Que sais-je?, P. U. F., 1976, 5쪽)

4) 이탈리아 르네상스에 관한 다음의 언급들은 W. Tatarkiewicz, *History of Aesthetics,* vol. 3, *Modern Aesthetics* (Mouton, 1974), 66-72쪽에 근거하였다.

작품 사이에 괴리가 발생하기도 했다. 그러나 그들은 무엇보다도 시를 모든 분야에서 우선시켰고, 시를 지적인 예술 가운데 가장 〈고상〉하고 가장 〈자유〉로운 것으로 생각했다. 그들은 철학자가 아니고 문헌 연구가이며 문인이었던 까닭에 작품화 과정에서 그들이 주로 의존했던 것은 도덕철학이었다. 대학에 포진하고 있던 전문 철학자들은 도덕을 다루지 않았다. 마르실 피생 Marsile Ficin(1433-1499) 같은 사람은 미학자는 아니었고, 시인이나 예술가도 아니었으나, 두 영역의 인접 분야를 다루고 있던 도덕철학자였던 까닭에 많은 위마니스트들을 매료시켰다. 그들의 창작 활동에 필요한 정신적인 원리들을 피생에게서 찾을 수 있었기 때문이었다. 피생은 플로랑스 Florence 아카데미 소속으로 플라톤을 라틴어로 번역하고, 중세를 거치면서 전승되어 내려온 플로티노스 Plotin 의 신 플라톤주의를 설파, 보급시키고 있었기 때문에 고대 문학 작품을 연구, 모방하는 위마니스트들에게 피생의 신 플라톤주의는 창작 원리로 원용되기에 안성마춤이었다.

한편 15세기까지 쓰여진 시 옹호론들은 단편적이어서 이론적인 틀을 갖지 못했으나 16세기에 와서는 근대적인 시 분석과 아울러 빠른 속도로 더욱 체계적인 시론들이 줄을 지어 발표되었다. 시에 관한 설명은 이미 고대에 완결된 까닭에 당대의 임무는 고대인들의 저작을 발견하고 정확하게 해석하여 여러 사항들을 통합하고 조정해야 한다는 주장과 함께 지나치게 세부적인 규칙과 운율들에 관한 기술적인 문제에 몰두하였다.[5]

롱사르가 위마니스트 펠르티에의 권유로 도라 밑에서 고전을 공부하고 시에 입문하던 1544년은 이와 같은 이탈리아 르네상스의 물결이 프랑스에 그대로 밀려오고 있던 시기였다. 그러나 플레이아드가 결성되기 이전이라, 온갖 종류의 시 형태가 철자법도 통일되지 못한 프랑스어로 난삽하고 어지럽게 구사되고 있었다.[6] 펠르티에는 이때 〈우리 프랑스 시는 아직 훌륭하지 못하다 : 지금까지 상스러운 언어에 밀착하고 있기 때문이

5) 위의 책, 161-166쪽.
6) Yves Le Hir, 앞의 책, 11-12쪽.

다〉[7]라고 개탄했으며, 자신이 번역한 호라티우스 Horace 의 『시법 *Art poétique*』(1545) 의 앞에 민족언어 옹호론을 게재하고, 자신의 『시법』에서는 중간휴지 césure 라는 용어를 처음으로 사용하면서 프랑스 시의 체계화에 많은 노력을 기울였다. 그는 이 때문에 플레이아드 운동의 선구자라는 평가를 받지만, 비중을 크게 차지했던 창작의 영역에서 그의 시는 자신의 이론적 활동과 조화를 이룰 수 있는 균형 잡힌 문학적 수준에 도달하지 못한다는 지적을 받는다. [8]

반면 그의 권유로 시에 입문한 롱사르는 밀려오는 이탈리아 위마니슴의 영향을 받으면서, 뒤 벨레의 『프랑스어의 옹호와 현양 *La Deffence et Illustration de la langue francoyse*』(1549) 이 발표된 다음해에 『오드 *Les Odes*』(첫 4권)을 간행함으로써 신진 작가들 중에서 두각을 나타내고, 곧이어 『연애시편 *Les Amours*』(1552) 을 발표함으로써 유명해진다. 그의 문학 동지들은 그가 엮어내는 모든 종류의 화음 속에서 제 목소리를 내기가 어려웠다. 이제 1550년 26세의 나이에 발표한 『오드』의 예를 들어 프랑스 시의 변모를 선도하게 되는 그의 일면을 지적해 보는 것이 좋겠다. 오드 22편 「그의 리라에게 A sa lyre」의 전반부 :

오로지 아폴로와
아홉 명의 뮤즈들만이 관여하는
황금빛 리라여,
나의 슬픔을 삭여주는 유일한 위안이여,
그대가 울리며 춤곡을 연주하면
춤은 그대에게 귀기울이며
그대의 정확한 떨림에 발 맞추고
그대에게 복종하기 위해 애쓴다네.

---

7) Notre poësie Francœse n'ét point ancores an sa grandeur : d'autant qu'ele ét jusque ici trop voisine du langage vulguere. (위의 책, 33쪽에서 재인용)
8) 그는 후일 장 도라와 함께 플레이아드에 합류한다.

그대 노래가 가닿기만 하면
주피터의 불화살은 사그러들고,
잘 연결된 그대 현의 소리에
그의 독수리도 세 갈래 번개창 위에
날개를 접고 잠이 든다네.
그때 그대는 그의 날카로운 눈에 주문을 걸고,
그의 눈을 감기며 그의 등을 일으켜 세우고,
그의 깃털을 쓰다듬으며 그렇게 부드러운
그대 현의 소리로 달랜다네.

그대의 아름다운 노래를 싫어하는 자는
신들의 총애를 받는 신하로서 살 수 없다네.
내 어린 시절부터의 자랑인 행운의 리라여,
나는 그대를 프랑스의 모든 사람들 앞에서
차츰차츰 울려주었다네, 왜냐하면 처음 내가 그대를
발견했을 때, 그대는 거친 소리를 냈기 때문이네,
그대의 현과 틀은 가치가 없었고,
내 손가락의 이치에 호응할 수 없었다네. [9]

---

9) Lyre dorée, où Phoebus seulement/Et les neuf Soeurs ont part egalement,/Le
seul confort qui mes tristesse tue,/Que la danse oit, et toute s'esvertue/De t'
obeyr et mesurer ses pas/Sous tes fredons accordez par compas,/Lors qu'en
sonnant tu marques la cadance/De l'avant-jeu, le guide de la danse,//Le traict
flambant de Jupiter s'esteint/Sous ta chanson, si ta chanson l'atteint,/Et au
caquet de tes cordes bien jointes/Son aigle dort sur sa foudre à trois pointes/
Abaissant l'aile ; adonc tu vas charmant/Ses yeux aigus, et luy en les fermant/
Son doz herisse, et ses plumes repousse,/Flatté du son de ta corde si douce.//
Celuy ne vit le cher-mignon des Dieux,/A qui desplaist ton chant melodieux./
Heureuse Lyre, honneur de mon enfance,/Je te sonnay devant tous en la
France/De peu à peu, car quand premierement/Je te trouvay, tu sonnois dure-
ment,/Tu n'avons fust ny cordes qui valussent,/Ne qui respondre aux lois de
mon doigt peussent.(Pierre de Ronsard, *Œuvres Complètes*, tome 1, Bibliothèque

리라는 고대 그리스 신화의 세계에서 아폴로와 뮤즈, 그리고 오르페우스 등이 주관했던 음악과 노래와 시를 지칭한다. 리라를 대상으로 한 이 시는 그러니까 시에 관한 시이다. 성녀가 하느님을 섬기는 내용이 아니다. 유일신의 세계가 아니라 아폴로와 뮤즈와 주피터가 등장하는 고대 이교 문화의 신들의 세계이다. 리라의 음악으로 〈주피터의 불화살을 사그러들게〉 하고, 그 〈아름다운 노래를 싫어하는 자는 신들의 총애를 받는 신하로 살 수 없다〉는 표현은 하느님을 믿고 섬기며 따르던 중세 인간이 염원했던 신의 은총과는 너무나 거리가 먼 문학적 표현일 수밖에 없다. 바꾸어 말하면 리라의 음악을 좋아하면 신들의 총애를 받는 신하가 될 수 있다는 표현인데, 이는 우선 유일신의 개념을 부인하는 것이고, 아울러 인간도 제신들과 교류할 수 있다는 뜻을 내포한 것으로 이해할 수 있기 때문이다. 위마니스트 교육을 받은 롱사르의 고대 모방의 일단이 신화의 활용을 통하여 선명하게 부각된 것이다. 그는 계속하여 〈곰팡이에 찌든〉 프랑스 시의 소생을 위해, 그리고 〈거친 소리를〉 내는 〈비참한 몰골의〉 잡다한 프랑스 시를 재건하기 위해, 고대 그리스 신화의 주 무대였던 〈테베〉를 약탈해서 그 〈전리품으로〉 왕들의 명예를 칭송하는 방법을 자신의 고향인 루아르 강변에서 고안해 냈다고 다음의 시행에서 밝히고 있다.

세월의 곰팡이에 찌든 그대 목질은 소리가 나지 않았다 ;
그때 나는 비참한 몰골의 그대 바라보며 가엾이 여겼다네,
옛날에 대왕들로 하여금 고기맛을
보다 연하고 감미롭게 맛보도록 해주기나 하던 그대를
그대에게 현과 틀을, 그리고 그대에게 알맞는
자연스러운 소리를 만들어주기 위해
나는 테베를 약탈하고 라푸이유를 노략해서
그 전리품으로 그대를 치장해 주었네.

de la Pléiade, Gallimard, 1950, 이하 전집으로 약칭, 427-428쪽)

그때, 프랑스에서 나는 노래했지,
젊은 시절 루아르 강변에서 나는 고안해 냈다네,
위대한 왕들의 명예와 영광, 승리들을
그대 현의 가락에 실어내는 방법을.[10]

〈테베를 약탈하여〉 얻은 전리품으로 리라를 치장함으로써 자신의 리라 연주법을 고안할 수 있었다는 이 주장은 그것이 비단 위대한 왕들의 명예를 칭송하기 위해서만이 아니라, 리라 본연의 〈자연스러운 소리를 만들어주기 위해〉서도 필요한 것임을 언급하고 있다. 바꾸어 말하면 시가 본연의 자연스러운 소리를 내기 위해서는 거칠거나 곰팡이 찌든 중세 프랑스 시에서 벗어나, 고대 그리스의 이교 문화의 유산인 신화를 적극 활용해야 한다는 주장이다. 그리고 그 방법을 고안해 냈다고 그는 밝히고 있다. 이제 시로 표현된 이와 같은 주장을 점검하기에 앞서, 시인이 되기 위해서 갖추어야 하는 덕목이 무엇인가를 먼저 살펴보아야 할 것이다. 시 창작 방법의 정립은 롱사르에 있어서 시인의 조건이 충족되는 것을 전제로 하기 때문이다.

.

3 시인의 조건 : 푸른 월계수와 날개

시인의 자화상은 물론 시인 스스로 꾸미는 것이다. 시인의 조건은 그러니까 객관적이 될 수 없다. 시인 각자가 스스로 높낮이를 조정하여 꾸

---

10) Moisi du temps ton bois ne sonnoit point : /Lors j'eu pitié de te voir mal-en
-point,/Toy qui jadis des grands Rois les viandes/Faisois trouver plus douces et
friandes./Pour te monter de cordes et d'un fust,/Voire d'un son qui naturel te
fust,/Je pillay Thebe, et saccageay la Pouille,/T'enrichissant de leur belle
despouille./Et lors en France avec toy je chantay,/Et jeune d'ans sus le Loir
inventay/De marier aux cordes les victoires,/Et des grans Rois les honneurs et
les gloires.(위의 책, 428쪽)

며 세운 가치관에 따라 시인의 조건이 순수하고 고결하며 귀족적일 수도 있고, 때로는 평범하게 현실적이고 사실적일 수도 있다. 롱사르가 자임(自任)하는 시인의 이미지는 어떤 높낮이로 표현되고 있는가를 다음의 시를 통해 설명하는 것이 좋겠다.

나는 원치 않네, 정원에서 자라나는
구하기 쉬운 월계수로 내 머리 위에 관을 씌우는 것을.
사람들이 접근치 않는 오르기 험준한 바위 꼭대기에서
나는 나의 월계수를 찾아야 한다네.
나는 원한다네, 그것을 가져오기 전에,
많은 사람들에게 둘러싸여
그 나무의 특성을 노래하기 전에,
먼저 맨손에 상처내 가며 그 정상까지 힘들여 오르기를.
그 나무를 들어 보이며 나는 말하리라 : 여러분,
내가 쟁취한 이 푸른 월계수는 굉장한 가치가 있다오.
만약 누군가 그것을 바라보거나, 씹어보거나, 머리 위에
관으로 쓰기만 하면 별안간 그는 노래하리,
그러면 하늘의 고귀한 혈통인 뮤즈들이
그의 말과 입을 꿀로 적셔줄거요.
그는 제후들과 군주들로부터 갑자기 총애를 받고
왕국의 한 가운데를 당당히 걷는다오.
사방으로부터 군중에 둘러싸여,
그의 이마는 영광과 명예로 빛나며,
그의 시선과 얼굴의 풍채 앞에
적들은 겁을 내며 얼음처럼 굳어버릴거요. [11]

---

11) Je ne veux, sur mon front, la couronne attacher/D'un Laurier de jardins, bien facile à chercher : /Il faut que je le trouve au plus haut d'une roche/A grimper mal-aisée, où personne n'approche./Je veux, avec travail, brusquement y monter,/M'esgrafignant les mains, avant que l'apporter,/Et avant qu'entourné

롱사르가 생각하는 시인의 조건은 평범하고 쉽게 얻어질 수 없다. 정원에서 자라나는 구하기 〈쉬운〉 월계수를 머리에 쓰지 않겠다는 각오는 시인의 꿈이 드높음을 반영한다. 높은 이상과 꿈은 그에 마땅한 노력을 요청한다. 〈맨손에 상처내 가며〉 힘들게 〈험준한 바위 꼭대기〉까지 올라가 자신의 월계수를 찾아야겠다는 생각은 고되고 힘든 시인으로서의 수업을 먼저 실행하겠다는 의지의 표현이다. 시인이 〈말과 입을 꿀로 적셔〉준 듯한 시를 쓰려면 의식적인 시인의 작업이 전제 되어야 함은 물론이다. 남과 같이 배불리 먹고 똑같이 놀면서는 진정한 시인의 영광이 얻어질 수는 없다는 것이 롱사르의 문학 동지인 뒤 벨레의 의견이다. 그는 시인은 시인으로 태어나지 않는다는 점을 강조하며 다음과 같은 견해를 표명한다.

시인들은 타고난다고 나에게 주장하지 않기를 바란다. 왜냐하면 그 말은, 정신의 열광과 희열이 시인들을 천성적으로 흥분시키고 또한 그것 없이는 그 어떠한 지식도 쓸모없다는 말로 들리기 때문이다. 만약 가장 무식한 자에게조차 주어질 수 있는 천부적 재능만으로도 불멸성을 획득하기에 충분한 것이라면, 그러한 명성을 통해 불멸에 이르는 것은, 분명 너무도 쉬운 일임엔 틀림없으나 경멸스러운 것이다. 인간의 손과 입을 통해 날아오르고자 하는 자는 자신의 방에 오래도록 틀어박혀 있어야만 하는 법이다. 그리고 후세의 기억 속에 살아남고자 한다면, 마치 자신에게는 죽은 자와 같이 되어, 땀 흘리

de maint peuple je chante/Quelle propriété se trouve en telle plante./Peuple, ce verd Laurier, pour qui j'ai combatu,/Diray-je en le monstrant, est de grande vertu : /Si quelqu'un le regarde, ou le masche, ou le pose/Pour couronne à son chef, tout soudain il compose,/Et les Muses, qui sont noble race du Ciel,/ Arrosent sa parolle et sa bouche de miel ; /Il est soudain aimé des Seigneurs et des Princes,/Il marche vénérable au milieu des provinces,/Il est de tous costez d'un peuple environné,/Il a le front, de gloire et d'honneur couronné,/Et, au trait de ses yeux, et, au port de sa face,/Ses ennemis ont peur, et sont froids comme glace.(롱사르, 전집 2권, 250-251쪽)

며 수없는 몸부림을 쳐야만 한다. 궁정 시인들이 마음대로 먹고 마시며 잠자는 그만큼, 배고픔과 목마름, 오랜 밤샘을 견뎌내야 한다. 바로 이런 것들이야말로 인간의 글을 하늘로 날아오를 수 있게 해주는 날개인 셈이다. [12]

천부적 재능만으로 시인이 되는 것은 결코 아니라는 발언과 〈땀 흘리며 수없는 몸부림〉을 통해서만이 〈인간의 글을 하늘로 날아〉오르게 하는 불멸의 작품을 창출시킬 수 있는 원동력이라는 주장은 재능보다는 시인의 의식적인 작업을 우선시키는 견해로 이해할 수 있다. 뮤즈들이 〈시인의 말과 입을 꿀로 적셔〉준다든가, 혹은 〈날아오를 수 있는 글〉이라는 표현은 모두 시인의 어려운 작업을 통해서 창출된 훌륭한 작품의 문학적 효과를 고려한 언급일 뿐이다. 그러나 시의 작업만이 소중한 것은 아니다. 의식적인 시인의 작업만으로 하늘로 날아오르는 글이 창출되고, 꿀로 적셔준 듯한 시가 만들어지는 것은 아니다. 롱사르는 앞서 인용한 시 구절에서 〈사람들이 접근치 않는 오르기 험준한 바위 꼭대기에서 나의 월계수를 찾아야 한다〉라는 표현을 통해 평범한 시 개념을 지양하고 높은 이상과 고결한 시를 추구해 나가겠다는 견해를 우회적으로 밝히고 있을 뿐만 아니라 힘들고 어려운 시인으로서의 수업을 강조, 함축하고 있

---

12) Qu'on ne m'allegue point aussi que les poëtes naissent, car cela s'entend de ceste ardeur et allegresse d'esprit qui naturellement excite les poëtes, et sans la quele toute doctrine leur seroit manque et inutile. Certainement ce seroit chose trop facile, et pourtant contemptible, se faire eternel par renommée, si la felicité de nature donnée mesmes aux plus indoctes etoit suffisante pour faire chose digne de l'immortalité. Qui veut voler par les mains et bouches des hommes, doit longuement demeurer en sa chambre : et qui desire vivre en la memoire de la posterité, doit comme mort en soymesmes suer et trembler maintesfois, et autant que notz poëtes courtizans boyvent, mangent et dorment à leur oyse, endurer de faim, de soif et de longues vigiles. Ce sont les esles dont les ecriz des hommes volent au ciel. (Joachim du Bellay, *La deffence et Illustration de la langue francoyse*, édition critique par Henri Chamard, Réimpression de l'édition de Paris, 1904, Slatkine Reprints, 1969, 197-199쪽)

는 듯이 보인다. 시인의 자기 수업 없는 시적 작업만으로 심도 있고 밀도 짙은 작품이 창출될 수는 없는 일이다. 재능과 작업에 앞서 중요한 것은, 특히 롱사르에게는 시인의 자기 순화이다. 쉽게 따낸 월계수를 쓰고 평범한 길을 가는 것이 아니라, 〈사람들이 접근치 않는〉 흔치 않은 자기 도야와 자기 순화라는 수업을 거쳐야만 비로소 맑고 투명한 시인의 자기 정립이 성취된다. 그러므로 하늘로 날아오르는 글을 쓰려고 할 때 땀흘리며 수없는 몸부림을 치는 것도 시적 작업만을 의미한다고 생각할 수는 없다. 시적 작업에 선행하는 심도 있는 자기 성찰과 고통을 거치면서 성취되는 자기 순화를 동시에 함축한다고 이해해야 옳겠다.

롱사르에게 자기 순화는 〈굉장한 가치〉가 있다. 그는 험준한 바위에서 따낸 〈푸른 월계수〉로 표현되는 이 단계에 도달하면 그 월계수를 바라보거나 머리 위에 쓰기만 해도 〈별안간〉 시인은 노래하게 된다. 몸부림치는 고통을 겪으며 자기 순화에 몰두했던 시인이 진정한 자기 정립에 도달하면, 모든 것을 통달한 듯이 뮤즈들이 그의 말과 입을 꿀로 적셔준 듯한 인상을 독자에게 주는 아름다운 노래를 들려주게 된다. 그로부터 그는 〈군주들로부터 갑자기 총애를 받고〉 영광과 명예를 누리게 된다. 〈몸부림〉과 〈배고픔〉과 〈목마름〉을 겪으면서 얻게 된 날개 덕분이고, 굉장한 가치가 있는 푸른 월계수 때문이다.

롱사르의 〈월계수〉와 뒤 벨레의 〈날개〉는 시인의 작업만을 뜻하지 않고 진정한 시인에게 필요한 자기 수업을 또한 의미한다. 배불리 먹으면서 시 작업을 하는 궁정 시인이나, 집 앞의 정원에서 따낸 월계수로 관을 만들어 쓰는 시인과는 시인의 조건이 전혀 다르다. 훌륭한 시 작품은 시 창출을 주도하는 시인 자신의 내면적 성숙과 자기 확립을 전제로 한다. 작품의 창출에는 시인의 순화된 인격과 인간으로서의 성숙도가 반영되며, 그것이 일관성 있게 표현되어야 하기 때문이다. 이 점을 분명하게 확인하기 위하여, 이번에는 시가 아닌 롱사르의 『프랑스 시법 개요 Abbregé de l'Art Poetique françois』(1565)에 표명된 시인의 정신적인 순화의 중요성을 인용해 보는 것이 좋겠다.

성스럽고, 고결하며, 착하지 않은 영혼에게는 뮤즈들이 찾아와 자리잡지 않기 때문에, 그대는 훌륭한 성품을 갖추어야 한다 : 악의가 없으며 고통으로 이그러지지 않고 고결한 정신이 몸에 배어 있어 그대의 오성(悟性)에 초인적이고 신성한 것이 아닌 어떤 것도 들어오게 해서는 안 된다. 무엇보다 그대는 활기 없는 생각을 멀리하고, 높고 위대하며 아름다운 생각들을 품어야 한다. 중요한 것은 발상이기 때문이다. 발상은 훌륭한 성품과 훌륭한 옛 작가들의 교훈으로부터 비롯한다. [13]

롱사르에게는, 시인의 가장 중요한 것은 발상이다. 좋은 발상을 저해하는 활기 없는 생각과 악의와 고통은 멀리해야 할 뿐 아니라, 성스럽고 고결한 성품과 초인적이고 신성한 정신이 몸에 배어 있어야 아름다운 생각과 발상이 가능하다. 시인의 맑고 투명한 〈신성한〉 정신과 완숙하고 일관성 있는 〈초인적〉인 자기 관리가 시인으로서 가장 중요한 발상의 전제 조건이다. 평범한 사람들이 걸어가기 어려운 길이다. 그렇기 때문에, 시인이 자발적으로 선택한 〈초인적〉이고 〈신성한〉 자기 순화의 길을 〈사람들이 접근치 않는, 오르기 험준한 바위 꼭대기〉라고 표현한 것은 설득력을 갖는다. 그 위에서 찾아낸 〈푸른 월계수〉는 〈굉장한 가치〉가 있을 수밖에 없다. 그러나 고결하고, 성스러운 영혼과 초인적인 자기 함양만으로 훌륭한 시가 쓰어지는 것은 아니다. 훌륭한 발상을 할 수 있는 전제 조건일 뿐이다. 시인의 의식적 작업이 발상을 뒤따라 주어야 한다. 좋은 발상은 훌륭한 작품의 밑거름이다. 그리고 발상에는 방법이 있게 마련이다. 롱사르 스스로 앞의 시에서 〈젊은 시절 루아르 강변에서 나는

---

13) Or, pourceque les Muses ne veulent loger en une ame si elle n'est bonne, saincte et verteuse, tu seras de bonne nature, non meschant, renfrongné, ne chagrin ; mais animé d'un gentil esprit, ne laisseras rien entrer en ton entendement qui ne soit sur-humain et divin. Tu auras en premier lieu les conceptions hautes, grandes, belles, et non trainantes à terre. Car le principal poinct est l'invention, laquelle vient tant de la bonne nature que de la leçon des bons et anciens autherus.(롱사르, 전집 2권, 996쪽)

고안해 냈다네〉라고 말한 시의 방법, 〈테베를 약탈한 전리품〉으로 리라를 〈치장〉하는 방법을 이제 살펴보아야 하겠다.

4 시의 방법 : 하느님과 제신들

앞에서 인용한 롱사르의 『프랑스 시법 개요』의 다음 부분을 먼저 읽어보는 것이 좋겠다. 이 글에서 롱사르는 자신이 창출한 시의 방법을 피력하고 있기 때문이다.

그대가 어떤 훌륭한 작품을 계획하면, 그대는 종교적이어야 하고, 하느님을 두려워하며, 하느님의 이름으로, 혹은 하느님의 장엄한 어떤 효과를 표현하여 줄 수 있는 다른 이름들을 사용하면서 하느님을 거론하고 경외해야 한다. (……) 왜냐하면, 뮤즈, 아폴로, 머큘러스, 팔라스, 비너스와 그 밖의 신들은 하느님의 전능하심을 표현하기 위하여 옛날 사람들이 하느님의 신비롭고 장엄한 여러 가지 양상들에게 붙여준 이름 이외에 아무것도 아니기 때문이다. 출발이 하느님으로부터 비롯되지 않으면, 어떤 것도 훌륭하거나 완전할 수가 없다는 것을 깨우쳐야 한다. 그런 후에나 훌륭한 시인들의 작품을 열심히 읽고 가능한 한 많이 그것들을 암송해야 한다. [14]

---

14) Si tu entrprens quelque grand œuvre, tu te montreras religieux et craignant Dieu, le commencant ou par son nom, ou par un autre qui représentera quelque effect de sa majesté. ···Car les Muses, Apollon, Mercure, Pallas, Venus, et autres telles deitez, ne nous représentent autre chose que les puissances de Dieu, auquel les premiers hommes avoient donné plusiers noms pour les divers effectz de son incomprehensible majesté. Et c'est aussi pour te monstrer que rien ne peut estre ny bon ni parfaict, si le commencement ne vient de Dieu. Apres tu seras studieux de la lecture des bons poëtes, et les apprendras par cœur autant que tu pourras.(위의 책, 996쪽)

시인의 품성이 고결하고 일관성 있는 자기 확립을 유지하면서 아름다운 발상을 하려고 할 때, 그 출발을 하느님이나 하느님의 장엄함을 지칭하는 여러 신들의 이름을 거론하면서 시작하여야 훌륭한 작품이 될 수 있다는 롱사르의 이러한 주장은 고대 그리스의 이교 문명과 중세 기독교 전통을 융합시키는 가운데 시의 나아갈 길을 제시해 준다는 측면에서 주목할 만한 언급이다. 시인의 신성한 자기 순화가 광의의 종교적인 이상 추구와 결부되지 않는다면 고결한 시인의 내면적 성숙은 무의미해지는 것이다. 그렇다고 해서 종교적 이상 추구가 범속한 인격의 소유자에 의해서 수행될 수 있는 것도 아니다. 그런 까닭에 훌륭한 작품은 고결한 심성과 일관성을 겸비한 시인이 정신적인 최고의 가치로 전승되어 내려온 하느님과 고대의 재발견으로 되살아난 신화를 활용함으로써 인간의 근원적인 꿈이라고 할 수 있는 무한과 영원을 향한 동경을 격조 높고 신비스럽게 신들의 차원에서 형상화시킴으로써 성취될 수 있다. 하느님과 제신들은 시의 웅장하고 고결한 이상 추구의 공간 속에서 고대와 중세라는 역사적 시간의 흐름과 시대 상황을 넘어 인간의 원초적인 종교적 심성에 의해 통합된다. 바꾸어 말하면 훌륭한 시 작품은 시인의 종교적 심성이 하느님과 제신들을 통해 증폭되고 심화되어 극적인 긴장감과 웅대한 감동을 주는 것이라야 한다. 그것이 시인의 훌륭한 발상 방법이며, 훌륭한 시의 창작 원리이다. 그러나 훌륭한 발상에는 질서 정연한 배열이 뒤따라 주어야 한다. 그것은 시인의 의식적인 작업의 몫이다. 뮤즈들이 시인의 말과 입을 꿀로 적셔준 듯한 시를 쓰기 위해서는 드높은 발상이 마치 뮤즈들이 내려준 듯한 인상을 갖도록 진실답게 설득하는 작업을 실행해야 한다. 훌륭한 발상은 영적인 것이기 때문에 규칙이 정해져 있는 것은 아니지만 배열이라는 작업은 독자가 그 발상을 쉽게 이해할 수 있도록 잘 다듬어 정돈해야 한다는 주장을 롱사르는 다음과 같이 피력하고 있다.

발상이란 상상력의 본질적인 장점일 따름이다. 그것은 살아 있건 죽어 있건, 또는 천상적이건 세속적인 것이건 간에 상상할 수 있는 모든 사물의 형태와 개념을 만들어낸다. 그것들을 표현하고 묘사하고 모방하는 것은 그 다음의 일이다. 따라서, 마치 연설가의 목적이 설득인 것처럼, 시인의 목적은 진실답게 보이는 것들을 발상해 내고 표현하고 모방하는 것이다. 훌륭하고 드높은 발상 다음에는 아름다운 시구들이 잘 짜여져 배열되어야 한다는 것은 자명한 일이다. 그림자가 몸에 따라다니듯 모든 것의 어머니인 발상에는 배열이 뒤따라 주어야 하기 때문이다. 내가 그대에게 〈그대는 멋지고 굉장한 것들을 발상해 낸다〉고 말할 때, 그것은 결코 열병에 시달리는 환자나 광인의 지리멸렬한 꿈처럼 일관성이 없는 환상적이고 음울한 공상 따위를 말하려는 것이 아니다. 그대의 발상은 영적인 것이기에 어떤 규칙을 부여할 수는 없지만, 잘 배열되고 질서정연한 것이 될 것이다. 그리고 비록 그것이 속인들의 발상을 훨씬 뛰어넘는 것이라 할지라도 그것이 사람들에게 쉽게 이해되고 수용될 수 있도록 해야 할 것이다. [15]

---

15) Pource qu'au-paravant j'ay parlé de l'invention, il me semble estre bien à propos de t'en refraischir la memoire par un petit mot. L'invention n'est autre chose que le bon naturel d'une imagination concevant les idées et formes de toutes choses qui se peuvent imaginer, tant celestes que terrestres, animées ou innanimées, pour après les representer, descrire et imiter ; car, tout ainsi que le but de l'orateur est de persuader, ainsi celuy du poëte est d'imiter, inventer et representer les choses qui sont, ou qui peuvent estre, vraisemblables. Et ne faut douter qu'après avoir bien et hautement inventé, que la belle dispostion de vers ne s'ensuyve, d'autant que la disposition suit l'invention, mere de toutes choses, comme l'ombre faict le corps. Quand je te dy que tu inventes choses belles et grandes, je n'entends toutesfois ces inventions fantastiques et melancholiques, qui ne se rapportent non plus l'un(e) à l'autre que les songes entrecoupez d'un frenetique, ou de quelque patient extremement tourmenté de la fièvre, à l'imagination duquel, pour estre blessée, se representent mille formes monstrueuses sans ordre ny lyaison ; mais tes inventions, desquelles je ne te puis donner reigle pour estre spirituelles, seront bien ordonnées et disposées. Et bien qu'elles semblent passer celles du vulgaire, seront toutefois telles qu'elles semblent passer celles du vulgaire, seront toutefois telles qu'elles pourront estre facilement conceues et entendues d'un chacun. (롱사르, 전집 2권, 『프랑스 시법 개

롱사르는 발상을 강조하였지만, 시의 엄격한 규칙성과 제약을 경시한 것은 결코 아니다. 그러나 그는 기교 위주의 작시법보다는 허구와 우화가 훌륭한 발상을 효율적으로 전개시키는 데 유익하다고 생각했다.

우화와 허구는 후세에 그 명성이 남는 훌륭한 시인들의 주제이다. 운문은 단지 무식한 작시가들의 목표일 뿐이다. [16]

우화는 고대 그리스와 로마로부터 전승되어 내려온 신화를 뜻한다. 신화의 중요성에 관한 롱사르의 강조는 위마니스트 교육의 영향일 수밖에 없다. 그가 최초의 시를 일종의 〈우화적인 신학〉으로 설명하고 있는 것도 모두 고대 그리스 문학에 집중된 관심의 표명과 그 영향일 뿐이다.

인류 최초의 시는 일종의 우화적인 신학이었다. 즉, 전면적으로 진리와 맞닥뜨리게 되면 전혀 그것을 이해하지 못할 인간의 아둔한 머리 속에, 온갖 재미있고 다양한 우화들을 통해서 그 비의(祕義)를 전달해 주고자 하는 목적을 가진 것이었다. [17]

롱사르에 의하면 최초의 시인들은 무녀(巫女)와 점쟁이가 했던 역할을 다하면서 그것을 한껏 증폭시키고, 채색하고, 증가시켰기 때문에 신의 시인 Poëtes divins 으로 불리워졌다는 것이다. [18] 그러나 롱사르의 시대는

요」, 999쪽)

16) …la fable et fiction est le subject des bons poëtes, qui ont esté depuis toute memoire recommendez de la posterité, et les vers sont seulement le but de l'ignorant versificateur…. (위의 책, 1001쪽)

17) …la Poësie n'estoit au premier age qu'une Théologie allégorique, pour faire entrer au cerveau des hommes grossiers, par fables plaisantes et colorées, les secrets qu'ils ne pouvoient comprendre, quand trop ouvertement on descouvroit la verité. (위의 책, 996쪽)

18) 위의 책, 996쪽.

더 이상 그러한 시대가 아니다. 신의 시인은 인간 시인으로 바뀌었다. 복잡하고 물질적인 사회에서 자기를 순화하고 고결한 심성을 유지하기 위해 초인적인 노력을 하여야 훌륭한 발상을 할 수 있게 되었다. 이런 시대적 상황 속에서 종교적 심성을 확장하고 채색하기 위해서는 고대인들이 즐겨 사용했던 우화를 다시 활용하는 것보다 더 좋은 것은 없다고 롱사르는 생각한 것이다. 그래서 훌륭한 시 발상 방법으로 하느님의 장엄함을 노래할 때는 우화를 우선 활용해야 한다는 견해를 피력한 것이다. 그가 찬미하고 모방했던 고대의 시인들이 모두 그렇게 하였기 때문이다. 허구적인 시인의 발상이 신화를 활용하면서 진실답게 꾸며지기 위해서는 이제 발상에 뒤따르는 배열이라는 작업이 필요하다. 작시법의 제약과 수사학적인 규칙을 따르면서 독자를 설득할 수 있는 언어의 힘을 형상화시켜야 한다. 롱사르에게 작시법과 배열은 발상을 진실답게 표현해 주기 위해서만 동원될 뿐 발상에 우선하는 것은 결코 아니다. 중요한 것은 진실다움이 얼마나 실감나게 독자에게 느껴지게 하느냐 하는 것인데, 이 점에 역점을 두고 진정한 시인을 다음과 같이 정의 내린 뒤 벨레의 발언이 흥미롭다.

결론삼아 말하건대 독자여, 우리 언어 속에서 내가 찾고 있는 진정한 시인은 나를 분노하게도 하고 진정시키기도 하며, 즐겁게도 고통스럽게도 하며, 좋아하게도 미워하게도 만드는가 하면, 감탄하게도 만들고 질겁하게도 만들어야 할 것이다. 요컨대 그는 내 감정의 고삐를 잔뜩 그러쥔 채 그의 기분대로 나를 이리저리 끌고다닐 수 있는 사람이야만 하는 것이다. 바로 그것이야말로 어떤 언어로 쓰여진 어떤 시편이든 간에 그대가 그 진가를 가늠할 진정한 시금석으로 삼아야 한다. [19]

---

19) Pour conclure ce propos, saiches, Lecteur, que celuy sera veritablement le poëte que je cherche en nostre langue, qui me fera indigner, apayser, ejouyr, douloir, aymer, hayr, admirer, etonner, bref, qui tiendra la bride de mes affections, me tournant ça et là à son plaisir. Voyla la vraye pierre de touche, ou il fault que tu epreuves tous poëmes et en toutes langues.(Du Bellay, 앞 의 책,

독자의 관점에서 파악한 진정한 시인의 판별 기준이다. 롱사르의 견해
는 독자의 관점이 아니라, 창작자의 시각에서 표명된 것이다. 그러나 어
떤 각도에서 진실다움의 문제를 거론하든지, 시인이 독자를 마치 그의
기분대로 이리저리 끌고다닐 수 있어, 시인이 뮤즈로부터 신비스러운 천
부적 재능과 영감을 부여받은 듯한 인상을 주어야 한다는 점이 중요하
다. 그것은 시인에게는 발상과 배열의 문제로 대두되고, 독자에게는 뮤
즈로부터 받은 영감의 문제로 거론된다. 그러나 시인은 자신의 시론에서
는 발상과 배열을 분명히 말하지만, 허구적인 시에서는 자신이 마치 뮤
즈로부터 천부적 재능과 영감을 부여받은 것처럼 표현하여, 범속한 사람
들과는 전혀 다른 위대성을 갖고 있는 것처럼 묘사하고, 또한 강조까지
한다. 〈아폴로와 아홉 명의 뮤즈들만이 관여하는 황금빛 리라〉라는 표현
과 〈하늘의 고귀한 혈통인 뮤즈들이 그의 말과 입을 꿀로 적셔줄 거요〉
라는 표현은 롱사르가 뮤즈들을 등장시켜 시를 성스러운 신들의 선물처
럼 허구적으로 구성한 것이다. 그것은 전적으로 시인 롱사르의 발상이
다. 하느님의 장엄한 여러 모습들을 각기 다르게 대변하고 있다고 생각
되는 제신들의 이름을 활용하여, 롱사르는 시를 탈 공간적, 탈 시간적인
무대에 등장시킴으로써 범속한 사람들이 지상에서 읽는 시를 신들의 선
물로, 그리고 시인은 신들의 통역가로 형상화하고 있다. 이와 같은 발상
은 롱사르라는 시인의 방법이다. 그는 시와 시인과 독자를 다같이 신들
의 공간으로 옮겨놓고 있다. 신화적 시공(時空)으로의 전환이다. 이제 시
에 관한 장엄한 신화적 드라마의 일단을 예로 들어 살펴보는 것이 좋겠다.

5 시 개념의 신화적 형상화 : 「미셸 드 로피탈에게」

롱사르의 시 개념이 신화적으로 뛰어나게 형상화된 작품은 1550년에

_____

314-315쪽)

간행된 『오드』의 제1권, 제10편으로 「미셸 드 로피탈에게 A Michel de l'Hospital」라는 제목의 시이다. 핀다로스 Pindare[20]의 오드를 모방한 걸작이다.

롱사르가 시 수업을 하며 도라 밑에서 고대 그리스를 공부할 때, 그는 문학적으로 잘 읽힐 수 있으면서도 생활 수단이 될 수 있는 칭송시의 방법을 모색하는 중이었다. 그때 고대 그리스의 운동선수들의 승리를 경하하는 핀다로스의 매혹적인 서정시를 발견한 그는 핀다로스 모방이야말로 자신의 두 가지 요구를 충족시킬 수 있다고 판단했다.[21] 이로부터 그는 핀다로스의 오드에 등장하는 선수들을 왕이나 궁정의 귀족들로 대체함으로써[22] 생활 수단은 물론 그들의 총애를 획득하게 되었고, 다른 한편으로는 핀다로스의 기교를 자신의 것으로 소화함으로써 프랑스 시의 대변혁을 선도하며, 중세 기독교 전통에서 벗어나지 못하던 프랑스 시로 하여금 고대의 모방을 통하여 서구 문화의 근원지인 고대 그리스의 이교 전통을 활용하게 함으로써, 프랑스 시가 서구적 정통성을 계승하는 데크게 공헌하게 된다.

핀다로스의 오드를 모방, 변용한 이 작품은 롱사르가 자신을 총애한 앙리 2세의 누이 마르게리트 Marguerite 부인의 궁정 사무총장, 미셸 드 로피탈에게 감사의 표시로 쓴 것이다. 모두 24개의 트리아드 Triade[23]로 구성된 이 시는 규모와 구성 면에서 롱사르의 가장 웅대하고 가장 아름

---

20) 핀다로스(기원전 518-438) : 운동경기에서 승리한 선수들을 영웅이나 신들의 높이까지 격상시키는 칭송시로 유명하다. 그의 작품은 고대에 이미 고전으로 꼽혔다.

21) Payen et H. Weber, *Manuel d'hisoire littéraire de la France*, tome I, *Des Origines à 1600*(Editions Sociales, 1972), 495쪽 참조.

22) 핀다로스 시의 힘과 그 위대성, 그리고 롱사르의 핀다로스 오드 변용의 방법에 관해서는 Pierre Brunel, "L'ode pindarique aux XVIe et XXe siècles", *Mythocritique-théorie et parcours*(P. U. F., 1992), 234-243쪽에 개괄적으로 기술되어 있다.

23) 시절 strophe, 응답시절 antistrophe, 미해(尾解)épode의 3시절로 구성된 핀다로스가 즐겨 사용했던 오드 형식.

다운 걸작으로 평가된다. [24] 작품은 전체적으로 칭송시의 요청을 고려하면서 다음과 같은 줄거리로 전개된다 : 제신들의 향연석상에서 주피터의 딸들인 아홉 명의 뮤즈들은 제신들과 거인들의 영웅적인 전투를 노래한다. 주피터는 그녀들에게 감사의 표시로 그녀들로 하여금 인간들에게 영감을 주고 그들의 무지를 퇴치하는 과업을 맡긴다. 그리고 주피터는 그 과업의 동반자로 자신이 몸소 손으로 빚고 자신의 숨결로 친히 생명을 불어넣은 미셸 드 로피탈을 뮤즈들에게 합류시킨다.

롱사르의 시 개념이 신화적 시공(時空) 속에서 훌륭하게 형상화되고 있는 부분은 특히 13, 14번째 트리아드와 15번째 트리아드의 첫 시절이다. 이 부분을 읽어보며 시로 풀어 쓴 롱사르의 시 개념을 설명해 보는 것이 좋겠다.

마치 자석이 자신의 힘을
그에 인접한 쇠에 불어넣으면,
끌어당겨진 그 쇠가 갑자기
또 다른 쇠를 끌어당기듯이,
내가 라톤[25]의 착한 아들의
정신을 황홀케 하면,
그는 내가 불어넣어 준 힘으로
그대들의 넋을 황홀케 하리라.
그러면 아폴로의 힘으로
그대들은 성스러운 시인들을 황홀케 하고,
그대들의 능력을 입은 그들은
어리석은 무리들을 황홀케 하여 놀라게 하리라. [26]

---

24) 롱사르, 전집 1권, 1077쪽 ; Brunel, 앞의 책, 238쪽.
25) 아폴로의 어머니 레토 Léto의 로마 명칭.
26) Comme l'Aimant sa force inspire/Au fer qui le touche de pres,/Puis soudain ce fer tiré tire/Un autre qui en tire après,/Ainsi du bon fils de Latonne/Je raviray l'esprit à moy,/Luy, du pouvoir que je luy donne,/Ravira les vostres à soy./Vous

이 시절은 롱사르의 위마니스트 교육, 특히 플라톤의 영향을 그대로
반영하고 있다. 시는 뮤즈를 통하여 신이 내린 영감을 전달받은 시인들
에 의해 쓰여지며, 시인들에 의해 자석에 이끌려가는 쇠붙이처럼, 어리
석은 인간들은 그 영감을 전달받고 매료된다는 위 시행들의 내용은 플라
톤의 『이옹 *Ion*』에서 기술되는 영감의 연쇄 작용을 시로 표현한 것이다.
롱사르에게 끼친 플라톤의 영향은 자명하다. 그가 자신의 시에서 플라톤
을 거명하며 자신의 전거를 노출하고[27] 있기 때문만은 아니다. 16세기
프랑스 시인들에게 강력한 영향을 미친 고대의 많은 면들 중에서, 앞에
서 이미 지적한 바처럼, 플로랑스 아카데미의 피생이 전파시킨 신 플라
톤주의는 특히 시의 본질에 관한 신성한 설명으로 인하여, 고대를 모방
하려는 당대의 위마니스트와 시인들을 매혹시키기에 충분한 것이었으며,
그들의 창작의 기본 원리로 원용되기에 안성마춤이었다.
　　플라톤의 『이옹』은 호메로스의 시를 낭송하며 해설하는 음유시인
rhapsode 이옹과 소크라테스의 대화 형식으로 쓰여진, 시와 영감에 관한
담론이다. 호메로스의 시를 잘 이해하고 잘 설명할 수 있다고 확신하는
이옹의 재능은 기법 art에 의해서가 아니라 신의 힘 force divine 덕분이
라고 언급하는 소크라테스는,[28] 자석의 힘이 쇠사슬의 고리를 줄줄이 타
고 전달되는 것을 예로 들어, 신으로부터 영감을 받은 뮤즈는 그 힘을
다시 전달하여 영감 받은 사람을 만들고, 이 사람은 다시 다른 사람들을
열광하게 하여 쇠사슬 관계를 형성한다고 말하며, 시인은 기법에 의해서
가 아니라 신의 혜택 privilège divin에 의해서 시를 쓰고, 신들의 말을 통
역, 해석하는 사람 interprète des dieux이며, 시인들의 작품을 낭송, 해설

---

par la force Apollinée/Ravivez les Poëtes saints,/Eux, de vostre puissance
attaints,/Raviront la tourbe estonée ; (롱사르, 전집 1권, 396쪽)

27) 위의 책, 35쪽 ; Robert Sabatier, *Histoire de la poésie française, La poésie du
seizième siècle*(Albin Michel, 1975), 144, 148쪽.

28) Platon, *Œuvres complètes*, tome V, 1ère partie, *Ion-Ménexène-Euthydème*(Les
Belles Lettres, 1989), 34-37쪽.

하는 이옹 같은 사람도 신을 통역하는 사람을 신의 혜택에 의해서 다시 통역하는 사람 interprète d'interprètes이라고 설명한다.

주피터의 힘이 자력처럼 아폴로를 통해 뮤즈들에게 전달되고 그것이 시인들에게 전달되어 마지막으로 어리석은 무리들에게까지 도달하는 모습을 그린 롱사르의 시절은 『이옹』의 내용을 운문으로 표현한 것뿐이라고 해도 과언은 아니다. 예로 거론한 자석도 동일하고, 곧 이어서 시에 등장하는 〈신들의 통역자〉라는 표현도 플라톤의 언급과 동일하다.

피생이 전파한 신 플라톤주의가 플라톤이 언급하는 신들의 〈통역자〉라는 시인의 자리매김을 플라톤 철학의 전체적인 구도 속에서 소화하고 정리했다고 보기 어려운 요소도 없지는 않다. [29] 그러나 르네상스의 프랑스 시인들이 피생을 통해 플라톤을 수용한만큼, 그의 시각을 통해 이해되고 여과되고 강조된 플라톤의 주장을 자신들의 취향에 알맞게 선택하여 시로 형상화시켰을 가능성이 높다. 민족적 자긍심을 바탕으로 프랑스어의 현양과 시의 원리 정립을 위해 고대 그리스의 시 개념을 신 플라톤주의를 통해 차용한 것은 프랑스 문학의 서구적 정통성을 확보하는 데

---

29) 『이옹』의 해설자인 메리디에 Méridier에 의하면(플라톤, 앞의 책, 14-17쪽) 시인이 뮤즈의 대변인이라는 생각은 기원전 9세기경에 활동한 호메로스의 『일리아드』와 『오디세이』의 첫 부분에 이미 표현되어 전승되었으며, 기원전 8세기의 헤시오도스와 기원전 5세기에 활동한 핀다로스에게서도 그 발상은 동일하게 지속되었고, 플라톤이 『이옹』과 『페드르 Phèdre』에서 이 개념을 그대로 답습, 전개한 것은 한 두 가지 애매성과 석연하지 않은 요소가 지적될 수 있다는 것이다. 그 이유로 우선 플라톤의 생각이 여러 저술들에 따라 다르게 표명된 예를 들고, 아울러 특히 시적 영감을 높이 격상시켜, 시인이야말로 인간으로 하여금 신적인 것과 직접적인 관계를 맺게 한다고 플라톤이 주장은 하면서도, 실제로 영혼의 자리매김에서는, 시인을 장인이나 경작자보다 겨우 한 단계 위인 여섯번째 자리밖에는 부여하지 않고 있다는 것이다. 플라톤이 시인의 신성한 영감을 거론하며 치켜세운 것은 그러니까 시인에 대한 강한 비웃음일 수도 있다는 견해를 그는 소개하고, 아울러 플라톤이 아무리 시인은 그의 영감을 신으로부터 부여받는다고 진지하게 말하더라도 그것은 음유시인을 향한 예의바른 공손한 양보이며 결국은 역설일 수밖에 없다는 의견을 조심스럽게 개진하고 있다.

크게 공헌한 것이며, 그것은 위마니스트 교육을 받은 롱사르의 몫이라고
해도 지나치지 않는다.

다시 신화적 공간으로 돌아가 주피터가 뮤즈들에게 하는 말을 들어보
는 것이 좋겠다. 응답시절 :

    오, 운명의 여신들이여,
    잘못 배운 세상 사람들이
    그대들의 직무가 영감이 아닌
    기법에서 비롯한다고 생각하는 일은
    영원히 일어나지 않기를.
    힘들고 비참한 그 기법이란 것은
    그대들의 명예로운 직무로부터
    사방으로 멀어져가는 것.
    그대들의 직무는 여러 부분으로 나뉘어져,
    예언과 시,
    비의(祕義)와 사랑이라는
    네 가지 광기가 차례차례로
    그대들의 상상을 자극하리라. [30]

시의 본령이 기법에 있지 않고 영감에 있음을 분명히 하고, 기법은 힘
들고 비참할 뿐 뮤즈의 명예와는 거리가 멀다고 주피터를 통해 롱사르는
부연하고 있다. 이러한 견해는 『이옹』에서 영감은 신의 혜택이지 결코
기법에서 비롯하는 것이 아니라는 설명을 차용하여 시로 표현한 것이다.

---

30) A fin, ô Destins, qu'il n'avienne/Que le monde appris faussement,/Pense que
vostre mestier vienne/D'art, et non de ravissement./Cest art penible et miser-
able/S'eslongnera de toutes parts/De vostre mestier honorable/Desmembré en
diverses parts,/En Prophetie, en Poësies,/En mysteres et en amour,/Quatre
fureurs qui tour-à-tour/Chatouilleront vos fantasies.(롱사르, 전집 1권, 396
쪽)

그리고 신이 내려준 영감이 뮤즈들의 상상력을 네 가지 광기, 즉 예언과 시, 비의와 사랑으로 차례차례로 자극한다는 표현은 플라톤의 『페드르 *Phèdre*』에서 언급하는 신이 내린 영감의 네 가지 광기 quatre fureurs divines 형태를 시로 표현한 것이다. 피생의 신 플라톤주의가 당시에 역설하고 강조한 네 가지 광기는 프랑스 시인들과 이론가들에 의해 빈번하게 활용되어 전승된 까닭에 일반적으로 독트린으로 불린다.[31]

인간의 영혼이 다양한 삶의 현상으로부터 궁극적인 하나를 지향하는 모습을 설명한 이 주장에 따르면,[32] 광기는 재난이기는커녕 인간이 향유할 수 있는 신이 내려준 소중한 선물이다. 그것은 저속하게 실추된 인간 조건으로부터 인간의 영혼을 매료시켜 점진적으로 신에게까지 그 영혼을 상승시킨다.

인간에게 내린 신의 광기에는 네 가지 형태가 있다. 첫번째 것은 미래를 말하는 광기로서 델프스 같은 곳의 여사제들이 국가에 크게 공헌하는 행위로 표현되며, 아폴로가 그것을 주관한다. 두번째는, 종교적인 순화와 깨우침, 그리고 기도를 통하여 비의를 얻게 되는 광기로서, 바쿠스 Bacchus가 주관한다. 세번째 광기는 뮤즈가 주관하는 시적 영감이다. 섬세한 감수성의 영혼을 깨우치고 고양시키는 시적 광기는 모든 종류의 시로 그 영혼을 노래하며 조상들의 유산을 빛내고 후세들을 가르친다. 그러나 뮤즈로부터 부여받은 광기 없이도 훌륭한 시인이 될 수 있다고 생각하는 시인은 냉정한 시밖에는 쓸 수 없어, 광기를 입은 시 작품에 압도되어 실패할 수밖에 없다. 열광 혹은 신들림 없이는 시도 없다. 기교는 충분하지 못하다. 네번째 광기는 사랑이다. 사랑 역시 다른 광기들과 마찬가지로 신이 내려준 혜택이다. 비너스가 맡아본다.

〈예언과 시, 비의와 사랑이라는 네 가지 광기〉는 신이 내린 혜택이기

---

31) 피생의 주장이 당대에 미친 영향을 밀도 있게 설명하고 있는 자료는 André Chastel, *Marsile Ficin et l'Art*, Droz, 1954 가 중요하게 꼽힌다.

32) Platon, *Œuvres Complètes*, tome IV, 3ᵉ partie, .*Phèdre*(Les Belles Lettres, 1985), 28-31쪽.

는 하지만 각기 다른 네 명의 신들이 주관한다. 그러나 앞의 응답시절에
서 〈네 가지 광기〉가 차례차례로 뮤즈들의 〈상상을 자극〉한다고 표현하
고 있다. 주피터의 언명이 뮤즈의 영역을 넓힌 것이다. 그것은 시인에게
영감을 내리는 뮤즈의 영역에 어떤 제한을 두지 않으려는 롱사르의 숨은
의도이기도 하다. 시인은 뮤즈로부터 영감뿐만 아니라 또 다른 광기까지
도 때로는 부여받을 수 있는 가능성을 가지게 된다. 롱사르를 비롯하여
펠르티에 등이 연애시집들을 잇따라 발표한 것을 상기해 볼 때, 그것은
페트라르크의 영향이기도 하겠지만, 신이 베푼 네 가지 광기 중에 사랑
의 광기가 신성시되어 시적 광기와 밀착한 것으로 이해하면, 뮤즈의 영
역을 확대하는 롱사르의 의도가 결국은 시인의 발상 영역을 〈신의 혜택〉
전반으로 확산시키려고 했던 것임을 짐작할 수 있다. 시의 광기와 사랑
의 광기를 혼융시킴으로써 더욱 밀도 짙은, 장엄하고도 신성한 작품을
형상화시키려고 한 것일까? 이 문제에 관한 논의는 다음 기회로 미루고
시로 다시 돌아가는 것이 좋겠다. 13번째 트리아드의 미해(尾解) :

    내 손에서 날아가는 화살도,
    신성한 광기가 인간의 가슴에
    날아들듯이 그렇게 빠르게
    공기를 가르고 날지는 못한다.
    만약 그 가슴이 악에서 깨끗해지고
    고귀한 미덕으로
    재무장만 되어 있다면.
    결코, 타락한 영혼 속에는
    선량한 신들이 그들의 신성한 선물을
    베풀지는 않는다. [33]

---

33) Le traict qui fuit de ma main,/Si tost par l'art ne chemine/Comme la fureur
divine/Vole dans un coeur humain,/Pourveu qu'il soit preparé,/Pur de vice, et
reparé/De la vertu precieuse./Jamais les Dieux qui sont bons/Ne respandent

이번에는 신의 광기를 수용할 수 있는 인간의 마음에 관한 서술이다. 신이 내려준 영감의 전달 과정이 마무리되는 수용 현상을 설명하고 있다. 신이 내린 광기는, 인간의 마음이 악으로부터 순화되어 고귀한 미덕이 갖추어져 있기만 하면 화살보다도 더 빠르게 전달되지만, 순수하지 못한 타락한 영혼에게는 신의 선물이 결코 베풀어지지 않는다는 주장이다. 신의 혜택은 악한 영혼에게는 걸맞지 않으며 그것을 입을 자격이 있는 사람에게만 베풀어진다는 이 표현은 음유시인도 신의 혜택인 영감을 부여받은 사람으로 『이옹』에서 설명했듯이, 신이 내린 영감의 연쇄 작용이 그것에 이끌릴 수 있는 사람에게만 작용한다는 논리이다. 바꾸어 말하면, 신이 내린 영감이라는 자석의 힘은 순수하고 신성하고 고귀한 까닭에 그 자력에 이끌리려면, 그와 마찬가지로 순수하고 고귀한 영혼의 힘이 갖추어져 있어야 한다는 것이다.

13번째 트리아드는 전반적으로 볼 때, 자석의 힘에 비유하여 주피터가 내린 영감이 뮤즈를 거쳐 인간의 마음에까지 전달되는 과정을 노래한 것이다. 바꾸어 말하면, 세 개의 시절을 통해, 시의 근원과 시의 성격, 그리고 시를 이해할 수 있는 사람의 요건 등이 신화적 구도 속에서 전개된 것이다. 간단히 말해서 시란 무엇인가라는 시의 정체성 논의가 장엄한 신들의 무대에서 펼쳐진 것이다.

그것은 롱사르의 발상이다. 이 시보다 훨씬 나중에 발표된 『프랑스 시법 개요』에서 밝힌 것처럼, 훌륭한 작품을 쓰려는 시인은, 현실 지향적이 아니라 탈 공간적이며 탈 시간적인 종교적 심성을 갖추어야 하며, 하느님과 제신들의 이름을 거론하면서 장엄한 신화적 구도를 계획하여야 한다는 주장을 그는 이미 오래전에 칭송시의 형태 속에서 충실하게 그려 보여준 것이다. 이제 다시 신화적 무대로 되돌아가 주피터의 말을 따라가 보기로 한다. 14번째 트리아드, 첫 시절 :

---

leurs saints dons/Dans une ame vicieuse. (롱사르, 전집 1권, 397쪽)

내 황홀한 광기가
그대들을 열렬하게 뒤흔들러 갈 때,
그대들은 순종하는 가슴으로
그 충동에 몸을 떨어라,
그리고 그 광기가 그대들의 몸과 들뜬 정신을
뒤흔들도록 내버려두라,
귀부인 같은 그 광기가
자신의 신성한 성전에서 자유롭게 노닐 수 있게.
온갖 미덕으로 충만한 그녀는
나의 비법들로 그대들을 충만케 하리라,
그리고 기법도 없이 땀 흘리지 않고, 고생도 없이
그대 안에서 그 모든 비법들을 실행하리라. [34]

　　뮤즈들이 신의 혜택을 받아들일 때 어떤 저항이나 거부감도 없어야만
그 광기를 온전히 받아들여 황홀하게 될 수 있으며, 그렇게 해야만 광기
는 자신의 성전에서 노니는 여신처럼 자유롭게 신의 비법들을 뮤즈들에
게 그대로 전달하여, 뮤즈들로 하여금 힘들이지 않고 기법도 필요 없이
신의 비법들을 실행에 옮기게 한다는 것이다. 신의 혜택의 내림 작용에
마음과 몸을 열어놓고 있어야만 그 광기가 걸림 없이 모든 것을 완수할
수 있다는 것이다. 땀 흘리고 고생하면서 기법으로 성취할 수 있는 것이
아니다.
　　다음 응답시절 :

　　그러나 무엇보다도 조심해야 한다,

---

34) Lors que la mienne ravissante/Vous viendra troubler vivement,/D'une poitrine
　　obeïssante/Tremblez dessous son mouvement,/Et souffrez qu'elle vous secoüe/
　　Le corps et l'esprit agité,/A fin que Dame elle se joüe/Au temple de sa Deité./
　　Elle, de toutes vertus pleine,/De mes secrets vous remplira,/Et en vous les
　　accomplira,/Sans art, sans sueur ne sans peine.(위의 책, 397쪽)

자기 죄를 깨끗이 씻어내지 않은 채
죄진 마음으로 나의 선물들을
사용하는 일이 없도록.
베풀기 전에 마음을
그대 감미로운 물로 정화시켜라,
좋은 그릇 안에 좋은 선물을
단정하게 간직할 수 있도록.
그러면 정화된 그 마음은 곧
황홀경에 취해 노래하리라,
인간들의 가슴속에 오래도록 머물
광기 어린 시 구절을. [35]

　13번째 트리아드의 미해에서 피력된 주피터의 권고가 다시 반복되지만 이번에는 인간이 아니라 뮤즈가 충고의 대상이다. 신의 선물을 최종적으로 받는 인간은 물론, 그것을 전달하는 뮤즈 역시 마음이 정화되어 있어야 인간의 가슴에 깊이 새겨질 시 구절을 지어낼 수 있다는 것이다. 시인이 고결하고 신성하며 상쾌한 인품을 유지해야만 비로소 아름다운 발상을 할 수 있다는 『프랑스 시법 개요』에서 피력된 시인의 전제 조건을 상기시키는 부분이다. 미해 :

내 열정이 없이
무언가를 노래하려 하는 자는
알게 되리라, 그가 지어내는 것이

---

35) Mais par-sur tout prenez bien garde,/Gardez-vous bien de n'employer/Mes presents dans un coeur qui garde/Son peché, sans le nettoyer./Ains, devant que de luy respandre,/Purgez-le de vostre douce eau,/A fin que bien net puisse prendre/Un beau don dans un beau vaisseau./Et luy purgé, à l'heure, à l'heure,/Tout ravi d'esprit chantera/Un vers en fureur qui fera/Au coeur des hommes sa demeure.(위의 책, 397쪽)

우아함도 위대함도 갖추지 못한다는 것을.
그의 시구들은 마치 억지로 출산하려다
유산된 태아처럼
무용지물로 태어나리라.
시는 신에게서 비롯하는 것이지
인간의 힘에서 나오는 것은 아니라는 것을
각자의 견해에게 일깨워주기 위해. [36]

주피터가 베푼 열정 없이 지어진 시는 신성한 생명력이 없을 뿐만 아
니라 우아함도 위대함도 없는 쓸모없는 시일 뿐이다. 시의 진정한 본령
은 오로지 신이 내려준 혜택인 열광뿐이다. 인간의 능력은 그곳에 결코
미치지 못한다. 시의 본질이 다시 천명된 것이다. 비록 표현은 바뀌었지
만, 시의 정체가 주피터의 권고를 통해 되풀이된 것이다. 신이 베푼 영
감을 전달받는 진정한 시인에 관해서는 다음과 같이 표현된다. 15번째
트리아드 첫 시절 :

내가 호의 어린 은총 베풀어
시인으로 삼고자 하는 자들은
제신들과 그들의 의도를
풀이해 주는 통역자로 불리우리라,
그렇지만 그들은 정반대로
잘못된 천성을 가진
군중들의 험담에 의해
바보와 미치광이로 불리우리라.
언제나 그들 앞에는 수호신이

---

36) Celuy qui sans mon ardeur/Voudra chanter quelque chose,/Il voirra ce qu'il
compose/Veuf de grace et de grandeur : /Ses vers naistront inutis/Ainsi qu'
enfants abortis/Qui ont forcé leur naissance,/Pour monstrer en chacun lieu/Que
les vers viennent de Dieu,/Non de l'humaine puissance. (위의 책, 397-398쪽)

맴돌면서 좋은 시종처럼
필요할 때마다, 그들이 직면하는
모든 일들을 보살펴줄 것이다. [37]

아무나 자신의 솜씨와 기법만으로 시인이 되는 것은 아니다. 신이 내
린 은총이 있어야 한다. 그때 시인은 신들의 뜻을 풀이하는 통역자로 불
리운다. 플라톤이 『이옹』에서 시인을 그렇게 지칭한 것과 같다. 그러나
그가 아무리 신의 혜택을 부여받는다고 해도 지상의 삶에서는 바보와 미
치광이로 조롱받을지도 모르는 위험이 있어 신은 그를 보호하기 위해 수
호신을 맴돌게 하여 온갖 어려움을 도와준다. 이제, 여기서 시의 근원과
뮤즈의 중개, 신이 내린 영감의 통역자인 시인의 등장으로 크게 세 단계
로 나뉘어지는 신화적 차원의 시의 정체성 논의는 매듭된다. 다음의 응
답시절과 미해는 뮤즈들의 출발을 알리는 주피터의 고양된 격려와 그녀
들에게 자신의 고귀한 정신을 불어넣는 이별의 모습과 뮤즈들의 지상 여
행 장면이 펼쳐진다.

장엄한 신화적 구도와 세 개의 시절이 하나의 트리아드를 구성하는 핀
다로스 기법의 오드가 엮어내는 「미셸 드 로피탈에게」는 칭송시의 굴레
에도 불구하고 역사적인 시간과 공간을 탈피한 신화적 구도로 말미암아
현실적인 직접성을 넘어서서, 고귀하고 신성하며 숭고한 분위기를 조성
한다. 특히 시의 본질이 주피터의 입을 통해 뮤즈들에게 설법될 때, 시
의 고결함과 신성함은 드높아지며, 인간과 신이 시인의 중개로 다시 맺
어지는 관계로까지 격상된다. 시로 풀어 쓴 롱사르의 시론이 갖는 위대
성은 여기에 있다. 시를 그지없이 숭고하고 신성하게 묘사한 신화적 구

---

37) Ceux que je veux faire Poëtes/Par la grace de ma bonté,/Seront nommez les
   interpretes/Des Dieux et de leur volonté,/Mais ils seront tout au contraire/
   Appellez sots et furieux/Par le caquet du populaire,/De sa nature injurieux./
   Toujours pendra devant leur face/Quelque Demon, qui au besoin,/Comme un
   bon valet, aura soin/De toutes choses qu'on leur face.(위의 책, 398쪽)

도 덕분이다. 시를 얼마나 영원함과 무한함에 관계지우느냐에 따라 시의 신성함과 고결성은 가늠된다. 신화적 구도 속에서 펼쳐진 시의 본질 논의는 시를 매우 숭고하고 고상하며 신성하게 규정하게 해준다. 롱사르의 고대 모방과 위마니스트 교육의 반영이라 보아야 옳겠다. 고대 이교 문명이 창출한 호메로스 이래의 시들이 시인을 뮤즈의 대변가로 노래한 점과, 고대 음유시인들조차 자신들이 읊는 시 속의 영웅들과 자신들을 동일시하여 호사스러운 옷과 금관을 머리에 쓰고 다녔다는 사실 등은,[38] 시인의 위치를 신성하고 고결하게 해주었던 것인만큼, 르네상스 시인들이 자신들의 민족적 여건 속에서 자신들의 언어로 시의 개념을 재창출할 때 모방하기에 적절하고 흡족한 것이었다.

성자열전과 성배 이야기로 특징지어지는 중세 문학이 오로지 하느님을 향한 것이었다면, 롱사르의 시는, 〈악에서 깨끗해지고 고귀한 미덕으로 재무장되어 있다면〉 사람들은 시를 통해 모두 신들의 총애받는 신하로 살게 된다는 견해를 피력함으로써, 인간도 신들의 무대까지 접근할 수 있다는 가능성을 제시함으로써 인간의 위상을 크게 격상시켰다고 할 수 있다. 그것은 시를 통한 인간의 격상이며, 궁극적으로는 시라는 언어의 힘이 자력으로 작용하는 독서 공간에서 펼쳐지는 〈개인〉의 존엄성과 신성함의 창출이라 할 수 있겠다. 고대 이교 문명에서 차용하여 자신들의 언어로 활용한 신화의 문학적 효과는 인간의 꿈과 이상을 드높이고, 드높아진 꿈과 이상은 인간의 존엄성을 향상시킨다는 면에서 문학의 획기적인 대전환을 예고한 것이다.

6 맺는 말

롱사르는 고대의 모방으로부터 모든 것을 끌어내어 자신의 시의 원리

---

38) Platon, *Ion-Ménexène-Euthydème*, 9쪽.

를 창출했다. 호메로스 이래 표현된 고대의 시 개념을, 특히 핀다로스의
시를 통해 소화했고, 아울러 피생이 전파한 신 플라톤주의를 통해 플라
톤의 시에 관한 논의를 수용하였다. 특히 신화적 구도는 핀다로스 등 고
대 시인들이 즐겨 쓰던 기법으로, 위고 Hugo 에 따르면[39] 르네상스 이후
유럽 문학은 약 300년 동안 고대 이교 문명의 영향을 받게 된다. 롱사르
가 시에 활용한, 〈테베〉에서 〈약탈〉한 〈전리품〉들은 프랑스 문학에서 쉽
게 사라지는 징후들이 아니라 오히려 문학 전통으로 남는 것들이다. 사
실적인 구도가 아닌 허구의 신화적 구도야말로 훌륭한 시작품의 요건이
라고 롱사르가 설명한 것은 독자를 탈 공간적, 탈 시간적 시공에 위치시
킴으로써 현실 세계에 대응하여 상상적으로 존재하는 대세계(對世界,
Contre-monde)를 창출하여 주기 때문이다. 그곳은 〈꿀과 젖이 흐르는
곳〉이며 〈모든 것이 평화와 아름다움, 호사스러움과 고요함과 즐거움뿐〉
인 곳이다. 독자는 대세계를 통하여, 시인이 작품 속에서 요청하는 대
로, 시인을 신으로부터 영감을 내려받은 사람이라고 생각하게도 된다.
그것은 시인이 작품을 통해 얼마나 진실답게 독자를 설득하고 감동시키
느냐에 달려 있는 것이다. 그러나 〈인간의 글을 하늘로 날아오를 수 있
게 해주는 날개〉는 땀 흘리고 몸부림치는 고통을 통해서만 가능하다. 훌
륭하고 아름다운 발상을 뒤따라 주는 〈배열〉이라는 작업을 통해서만 독
자를 대세계로 초대할 수 있는 것은 물론이다. 롱사르가 시 속에서 시는
신에게서 비롯하는 것이지 인간의 힘에서 나오는 것이 아니라고 주장하
더라도 그것은 독자를 그렇게 믿게 하려는 시의 방법으로 이해해야 마땅
할 것이다.

　시가 아름답고 고결하고 신성할수록 독자는 그에 상응하는 대세계로

---

39) Victor Hugo, *Promontorium somnii*, P. Albouy, *Mythes et Mythologies dans la
littérature française*(Armand Colin, 1969), 24쪽에서 재인용 : 〈La Renaissance a
donné à l'Europe pendant trois siècles la folie païenne⋯.〉 그리고 위고는 『세
기의 전설 *La Légende des Siècles*』에서 16세기를 르네상스와 고대 이교 문명
paganisme으로 규정하여 XXII장의 제목을 붙였다.

옮겨간다. 시의 힘으로 독자는 〈신들의 총애받는 신하〉로 변모한다. 대세계에서 독자가 향유하는 것은 드높은 개인의 신성한 존엄성이다. 「미셸 드 로피탈에게」에서 허구적이며 신화적인 구도 아래 형상화된 롱사르의 시 개념은 시의 품격을 드높이고, 시인의 위상과 독자의 입장을 다같이 크게 고양시켰다는 점에서, 그리고 고대 그리스의 시 전통을 계승하고 있다는 점에서 크게 주목받아야 마땅하며, 아울러 프랑스 시의 정체성 확립에 큰 공헌을 하게 되는 것은 물론이다.

르네상스 시대의 많은 시인들이 그러했듯이 롱사르 역시 체험적인 시보다는, 시론에 집착한 나머지 「미셸 드 로피탈에게」와 같은 시를 논의하는 작품을 성공적으로 창출하였다. 그러나 그가 칭송시 영역에서만 핀다로스를 모방하여 신화적 구도를 활용한 것은 아니었다. 시인의 종교적 심성과 발상의 신화적 형상화라는 자신의 창작 원리는 자신의 체험을 시로 표현한 『연애시편』에서도 그대로 적용되고 있다. 그의 사랑 체험이 어떻게 신화적으로 형상화되는가를 검토하는 문제는 다음 기회로 미루는 것이 좋겠다.

참고문헌

Ronsard, Pierre de. *Œuvres Complètes,* 2 vols. Bibliothèque de la Pléiade, Gallimard, 1950.

Albouy, Pierre. *Mythes et Mythologies dans la littérature française.* Collection U 2, Armand Colin, 1969.

Balmas, Enea. *La Renaissance,* vol. 2, 1548-1570. Coll. Littérature française, Arthaud, 1974.

Du Bellay, Joachim. *La deffence et Illustration de la langue francoyse.* Edition critique par Henri Chamard. Réimpression de l'édition de Paris, 1904. Slatkine Reprints, 1969.

Brunel, Pierre. *Mythocritique-théorie et parcours.* Coll. Écriture, P. U. F., 1992.

Chastel, André. *Marsile Ficin et l'Art*. Droz, 1954.

Le Hir, Yves. *Esthétique et Structure du vers français, d'après les théoriciens, du XVIe siècle à nos jours*. P. U. F., 1956.

Rousselot, Jean. *Histoire de la poésie française*. Coll. Que sais-je?, P. U. F., 1976.

Platon. *Œuvres Complètes*, tome V, 1ère partie, *Ion-Ménexène-Euthydème*. Les Belles Lettres, 1989.

Platon. *Œuvres Complètes*, tome IV, 3e partie, *Phèdre*. Les Belles Lettres, 1985.

Sabatier, Robert. *Histoire de la poésie française, La poésie du seizième siècle*. Albin Michel, 1975.

Tatarkiewicz, W. *History of Aesthetics*, vol. 3. *Modern Aesthetics*. Mouton, 1974.

Payen, Ch. et Weber, H. *Manuel d'Histoire littéraire de la France*, tome 1. *Des Origines à 1600*. Éditions Sociales, 1971.

Yale French Studies, vol.47, *Image and Symbol in the Renaissance*, 1972.

몽테뉴 교육론 연구

원윤수

1

우리는 16세기 프랑스 르네상스 시대의 사상가이자 예술가였던 몽테뉴
의 저서인 『수상록 *Essais*』에서 특히 「교육론 De l'institution des enfants」을
살피고자 한다. 그러기 위해 우리는 몽테뉴의 생애를 간략하게 돌아보고
그가 산 시대를 관찰해야 할 것이다. 왜냐하면 그는 자기 시대를 철저하
게 산 사람이며 그의 작품은 그가 산 시대와 현실을 자료로 삼은 것이기
때문이다. 그리고 그는 자기 책의 자료가 바로 자기 자신이라고 쓰고 있
기도 하다.

그의 작품 『수상록』은 어떤 의미에서 자신의 생애의 기록인 한편 그가
산 시대의 증언이기도 하다. 왜냐하면 그 작품에서 우리는 인생을 살아
가는 방법에서 어떤 것이 올바른가를 늘 찾고 있는 몽테뉴의 모습을 볼
수 있기 때문이다. 그것은 그의 삶의 태도를 엿볼 수 있게도 하며 그와
같은 모색을 하지 않을 수 없게 했던 당시 시대 상황을 보게도 해주기
때문이다.

그와 같은 현상은 다른 어느 장보다도 그의 교육론에서 더욱 두드러진
다. 그것은, 전환기의 혼란과 격동을 겪으면서 가슴 아픈 현실을 이겨내

고 거기에서 치유되기 위한 방법은 무엇보다도 미래를 담당하는 어린이나 젊은이의 교육에 있지 않을까 하는 의도가 은연중 내포되어 있기 때문이리라. 그는 어렸을 때 부친의 특별한 배려로 남다른 교육 방법에 의해 라틴어를 배웠다. 그는 당시 통용되던 것과는 다르게 벌칙과 억압에서 벗어난 새로운 가정 교육을 받았는데, 그 훌륭한 결과에 대하여 자세히 적고 있다.

따라서 우리 몽테뉴의 교육론을 배경으로 다시 한번 그가 산 시대를 구체적으로 살피고, 그가 그 속에서 펴낸 슬기와 예지가 무엇인가를 찾아내는 동시에 어떻게 그가 프랑스 르네상스 시대를 정리하고 종합하여 앞으로 다가올 미래를 마련하는 사상가이자 예술가가 되었는지 그 연유를 알아보아야 할 것이다. 나아가 우리는 그의 교육론에서 우리가 얻을 수 있는 교훈은 무엇인가를 찾아볼 것이다.

2

미셸 에켐 드 몽테뉴 Michel Eyquem de Montaigne는 16세기 프랑스를 특징짓는 르네상스와 종교전쟁이라는 두 개의 크나큰 역사적 사건을 몸소 겪고 그것을 정리하고 종합한 사상가라고 평자들은 쓰고 있다.

르네상스는 문예부흥이라는 해석이 표현해 주듯이 문학과 예술의 부흥을 기도한 일대 전환기를 뜻하는 것이지만, 그것은 인간과 자연을 재발견케 했다는 점에서 사상적으로 변혁을 불러일으키는 계기이기도 했다. 따라서 그때까지 모든 정신 세계를 지배하다시피 했던 종교에도 어떤 개혁의 충동을 불러일으키지 않을 수 없었다.

그와 같은 격동적인 대전환기를 살아나가며 몽테뉴는 끊임없이 관찰하고 사색하면서 그것을 『수상록』 속에 담고 있다. 『수상록』은 3권으로 되어 있는데, 1권, 2권은 1572년부터 쓰여져서 1580년에 출간된 것으로 각각 57장과 37장으로 되어 있고, 3권은 13장으로 1588년에 간행되었다.

그가 남긴 책의 이름인 Essai 란 그가 살던 당시의 뜻으로는 시도 tentative, 시험 épreuve, 훈련 exercice으로서 오늘날의 뜻으로는 시험 test 과 같은 의미이다. 따라서 essayer란 동사로 다시 풀이하자면, 기도하다 entreprendre, 실험하다 expérimenter, 시험하다 faire l'épreuve de 의 뜻이 되는 것이다.[1]

그것은 몽테뉴의 전생애를 통해 일관되게 지녀온 태도와도 일맥상통하는 뜻을 품는 말이 된다. 즉, 그는 어떤 사상이건 혹은 어떤 의견이건 간에 그것을 받아들이기 전에 조사하고 시험하고 여러 가지로 재어보고 음미한 다음에야 자기 것으로 받아들였기 때문이다.

몽테뉴의 연구가들은 보통 그의 사상의 전개 과정을 세 단계로 나눠서 구분하고 있다. 첫째는 스토아파적인 금욕주의 stoïcisme, 이어서 회의주의 scepticisme 그리고 마지막으로 쾌락주의 épicurisme 의 세 가지로 나누고 있다. 그러나 그것도 도식적으로 구분하기 어려운 이유는 그 세 가지 개념의 정의와 그것을 몽테뉴가 어떻게 받아들였는가에 대한 평자들의 견해가 반드시 일치된 구분과 결론에 도달하기가 어렵기 때문이다.

단지 우리가 그 세 가지 사상 전개의 양상 속에서 확인할 수 있는 것이 있다. 첫번째의 금욕주의에 비록 그 당시 시대 풍조의 영향을 받고 또한 몽테뉴 자신의 이상주의적 성향에 의해 금욕주의적 지향을 지니고 있는 속에서도 늘 우리의 주의를 끄는 것은 철저한 검토 정신이라는 것이다. 즉, 자기의 의견이나 사상으로 받아들이기 위해 그는 여러모로 대상을 철저히 시험하고 검토하고 음미하고 있다는 사실이다.

두번째 단계의 회의주의만 해도, scepticisme 의 그리스어 어원에는 검토하고 탐구하고 음미한다는 뜻이 내포되어 있는 것으로 회의적 sceptique 이란 말의 반대어는 독단적 dogmatique 이라는 말이 된다. 따라서 여기서 논의될 수 있는 판단 중지는 우유부단이 아니라 진실에 접근하려는 진지한 태도이며, 그의 평생을 떠나지 않은, 검토하고 시험하려

---

1) G. Mathieu, *Les Essais* (Hachette, 1983), 9쪽 참조.

는 태도와도 일치되는 것이다.

마지막 단계인 épicurisme도 어떤 체념 섞인 쾌락적 생각을 지닌 태도라고 하기보다는 경험하고 행동하며 세계를 포착하고 흡수하는 진지한 내용이 스며 있는 쾌락주의라 할 것이다. 따라서 자연의 호의와 세계의 아름다움을 그가 받아들일 때에 일관된 바탕이 되는 그의 태도는 검토하고 시험하며 탐구하는 그것과 거리가 멀지 않다.

어떻든 몽테뉴가 다룬 주제는 움직이고 있는 것, 즉 운행되고 있는 세계와 살아가고 있는 인간, 그리고 느끼고 있는 현재 있는 그대로의 자신인 것이다. 그리하여 세계와 인간의 한결같지 않음이, 즉 변덕스러움이 그 주제인 셈이다. 몽테뉴에 의하면 그러한 변덕스러움 inconstance은 세상과 사람이 본래 그렇게 되어 있다는 것이다. 따라서 그와 같은 대상을 다룬 『수상록』은 불일치하는 점이 없지 않고 또한 체계를 갖추고 재단된 철학적인 글로 되어 있을 수 없다.

그러나 그의 『수상록』은 형이상학적인 고담준론이라기보다는 생활과 밀착되어 있는 것으로서, 『수상록』의 차례를 일별하면 그 내용을 쉽게 이해할 수 있다. 즉, 거기에는 인생의 제백사가 다 나열되어 있다. 우정, 결혼, 사랑, 성욕, 독서, 풍속, 습관, 돈, 병, 의학, 건강법, 전쟁, 식욕, 술, 장례, 자유, 고문, 또는 누구나 생각지 않을 수 없는 죽음, 그리고 무엇보다도 우리의 관심을 끄는 교육론 등을 볼 수 있는 것이다.

그러한 것들을 그는 자신을 관찰하는 것에서부터 시작하고 있다. 자신은 모든 개인이 지닐 수 있는 인간 조건을 완벽하게 지녔기 때문이라는 것이다. 그리하여 자신을 시험하면서 인간을 시험했으며 자신을 검토하면서 인간을 검토했고 인간과 자연의 관계를 음미하였던 것이다. 그에게 자연의 여러 현상은 그가 겪는 여러 가지 고통과 슬픔을 소화하고 받아들일 수 있게 해주었던 것이다. 그것 또한 관찰과 검토 그리고 시험을 거친 결과였다.

그것은 그가 산 시대 정신과도 연관이 있는데, 르네상스 시대의 가장 큰 특징은 자유 검토의 정신이라는 사실이다. 프랑스 르네상스 시대는 그 이전의 시대인 중세와의 단절이라는 주장과 그와 같은 주장을 유보하는 이론이 서로 맞서고 있다. 그러나 우선 우리가 주의 깊게 관찰해야 할 것은, 르네상스 시대에는 종전의 논리대로 모든 것이 받아들여지지 않았다는 점에서 자유 검토 정신이 지니는 그 시대적 특징을 엿볼 수 있다는 것이다. 따라서 몽테뉴의 태도 속에는 자기 시대의 특징적인 주류가 되는 정신이 일관되게 흘러온 셈이 된다.

그와 같은 분위기는 정신의 쇄신을 뜻하는 것도 될 수 있으며, 과학 발전의 계기를 마련해 주기도 했다. 그것은 새로운 사상이 배태될 수 있는 토양이라고 할 수도 있으리라. 그 분위기는 몽테뉴의 『수상록』을 읽는 동안 끊임없이 감도는 것이며 늘 우리 독자의 뇌리를 떠나지 않는 분위기이기도 하다. 그러나 우리가 되풀이해 강조하고 싶은 것은 그의 작품의 내용이 어렵지 않아서 우리가 쉽게 접근할 수 있는 이야기라는 사실이다. 따라서 우리가 발견하는 그의 새로운 사상은 난삽한 것이 아니며, 그의 관찰과 탐구는 우리 주변과 동떨어진 것이 아니다. 그가 내세우는 슬기 sagesse 는 높은 위치에서 설교하는 것이 아니기 때문에 우리도 친근하게 접근할 수 있는 것이다.

몽테뉴는 자기 시대를 관류하는 정신에 등을 돌리지 않았다. 그는 동시대인이 하던 방식대로 고대인의 지혜와 슬기를 재발견하고 자기 시대를 살아가면서 진정한 삶이 무엇인가를 끊임없이 탐구했다. 그러므로 그는 오늘날 우리에게도 낯설지 않은 사상의 제시자가 될 수 있는 것이다.

3

그러면 우리는 몽테뉴가 산 시대를 한번 살필 필요가 있을 것이다. 그가 산 시대는 근세의 시작으로 그때에 일어난 세계사적인 큰 사건은 르네상스와 종교개혁, 그리고 왕권 확립에 의한 중앙 집권 국가의 성립을 들 수 있다. 그리고 또 하나의 크나큰 사건이 지리상의 발견이라는 사실에 대부분의 역사가들은 그 의견을 같이하고 있다.

르네상스로 불리는 문예부흥운동은 인간과 자연을 재발견하고 자연을 자연 법칙에 의해 관찰하는 정신을 움트게 해 과학과 기술 발전의 터전을 마련해 준 것으로서, 프랑스 정신사에서 사상적인 변혁을 불러일으키는 획기적인 기점이 되었다는 것을 우리는 이미 간략하게나마 보아온 바 있다.

그와 같은 문예부흥의 계기가 된 것은 바로 전쟁이었다. 즉, 프랑스가 중앙 집권의 왕권을 확립한 후 프랑스 군대는 1549년부터 여러 번 알프스를 넘어 이탈리아로 원정을 갔다. 거기서 프랑스인들은 이탈리아의 피렌체를 보게 되었던 것이다. 번성하는 상업과 화려한 예술로 현란한 그 아름다운 도시에 프랑스인들은 매료되었다. 어떻든 그와 같은 인연으로 해서 프랑스인들은 이탈리아인들의 발전된 예술과 문화에 접촉하게 되었다. 이탈리아에서는 이미 1세기 전부터 단테의 『신곡』으로 시작된 문예부흥운동으로 인해 페트라르카나 보카치오와 같은 인문주의자들을 배출하였으며, 건축, 조각, 회화 등에서 거대한 성과를 거두고 있었다. 물론 동방 무역이라는 상업에서 얻은 과실은 이러한 문화 발전의 크나큰 배경이 되고 있었다.

어떻든 프랑스 군인들은 그들이 입성한 도시의 거리 사방에서 훌륭한 미술 공예품과 아름답고 정교한 금세공품들을 바라보게 되었다. 그리고 고대의 학문 예술이 생생하게 되살아나고 있는 사실을 눈앞에 보고 감탄을 했다. 고딕 예술과 복잡한 스콜라 학파의 침침한 분위기 속에 파묻혀 있던 프랑스인들이 알프스 저 너머에서 명쾌한 시민들이 아름다운 문화의 꽃을 피우고 왕성한 활동을 보이며 하늘의 계시보다는 생활의 지혜가 기도보다는 자연의 우아함이 문명을 물들여주고 있는 것을 보고 감동을 받은 것은 물론이었다.

그와 같은 이탈리아 르네상스의 영향과 더불어 우리가 빼놓을 수 없는 것은 구텐베르크의 인쇄술이 프랑스에 가져다 준 파문이라 할 것이다. 1470년에 프랑스에 도입된 활판 인쇄술은 그 후 30여 년 간 800종류나

146

되는 책을 간행케 했는데 그것은 가히 혁명적인 것이라 해도 과언이 아니다. 그리하여 제한된 사람들만이 책을 볼 수 있던 사본(寫本) 시대의 지식의 독점은 그 종말을 고하고 만 것이다.

그러한 새로운 국면에 접어들어서도 당시 권위주의적 독단에 빠져 있던 소르본의 신학자들은 그 국면을 외면하고 답답한 논의에서 벗어나지 못하고 구태의연했다. 그러자 인문주의자 humaniste 들과 복음주의자 évangéliste 들이 그 위기를 타파하고자 나선 것이다. 그들은 그리스 로마의 고대 문화와 원시 기독교에 강한 관심을 표시했다.

그들은 그리스어와 라틴어 그리고 히브리어를 공부하여 고대 문화를 재발견하고 그 문화의 올바른 이해를 통하여 인간 본래의 모습을 찾고자 했다. 그리고 그들은 성서의 원전 속에서 크리스트교 본래의 신앙을 찾는다는 대망을 품고 새로운 길을 개척코자 했던 것이다.

그런 의미에서 볼 때, 프랑스의 르네상스 시대는 혼란의 시대라고 할 수 있는 반면에 또한 의욕이 넘쳐흐르고 희망에 가득 찬 왕성한 지식욕의 시대라고도 할 수 있을 것이다. 그렇기 때문에 우리는 라블레의 다음과 같은 글의 분위기를 이해할 수 있게 되는 것이다. 그는 『가르강튀아 *Gargantua*』의 텔렘 수도원 L'Abbaye de Thélème 묘사에서 르네상스 시대 사람의 꿈을 다음과 같이 묘사하고 있다.

그들은 너무나 고귀하게 배웠기 때문에 그 중 남자이건 여자이건 책을 읽거나, 글을 쓰거나 노래를 하거나 악기를 연주하거나 대여섯 나라 말을 한다거나 또 그러한 말들로 시나 산문을 쓴다거나 하는 것을 못 하는 사람은 아무도 없었다. 어떤 기사(騎士)도, 그 수도원에 있는 남자들보다 더 용감하거나 여자에게 친절한 사람은 없고, 걸어서든 말을 타고서든 그렇게 진퇴에 능숙한 사람은 본 적이 없으며, 그들만큼 원기왕성하고 더 민첩하며 그만큼 능숙하게 모든 무기를 잘 다루는 기사들은 아직 결코 본 적이 없다. 어떤 여성이라 할지라도, 그 수도원에 있는 여성들보다 더 우아하고 애교 있으며 짜증 내지 않으며 더 한층 손재주와 바느질 잘 하는 여자들은 본 일이 없으며, 정

숙하고 자유스런 모든 여자일에 더 능숙한 여성들은 아직 결코 본 적이 없었다.[2](『가르강튀아』57장)

르네상스 때 사람들의 꿈의 구현이라 할 수 있는 위의 글에서, 우리는 광명과 품위가 문예에 주어지고 모든 학문 분야가 복원되고 모든 언어들이 연구되고 활기를 얻게 되자 그 모든 것을 한꺼번에 다 수용하고 받아들이려 하는 지나친 낙관주의를 엿볼 수 있다. 그러자 당시 사상적인 지배자로 군림하던 구교에 대항하는 복음주의자들의 세력은 수공업자들을 중심으로 개혁 의지가 확산되어 개혁의 요구는 날이 갈수록 그 힘을 넓혀갈 수밖에 없었다.

인문주의자들에 의해 확산된 정신의 쇄신 운동은 사상 문제에서 정치 사회의 문제로까지 진전된다. 물론 인문주의자들도 나중에 과격한 개혁 운동가들로부터 떨어져 나가는 경향이 있지만, 여하튼 르네상스가 종교 개혁의 큰 계기를 마련해 준 것은 틀림없는 사실이다.

그리하여 수구파와 개혁파의 대립으로 프랑스는 여덟 차례의 싸움을 겪게 되는데, 바로 그것이 1562년 바시 Wassy의 대학살로 시작되어 1598년 낭트 칙령으로 마무리되는 종교전쟁인 것이다. 몽테뉴는 『수상록』의 제3권에 다음과 같은 글을 쓰고 있다.

나는 집에서 잠자리에 누울 때 오늘밤은 누군가 나를 배반하고 때려눕히리라고 생각하며, 그것에 겁내지 않고 무력해지지 않게 되기를 행운과 요행에

---

2) Tant noblement étaient appris qu'il n'était entre eux celui ni celle qui ne sût lire, écrire, chanter, jouer d'instruments harmonieux, parler de cinq à six langages, et en iceux composer, tant en carme qu'en oraison solue. Jamais ne furent vus chevaliers tant preux, tant galants, tant dextres à pied et à cheval, plus verts, mieux remuant, mieux maniant tous bâtons que là étaient. Jamais ne furent vues dames tant propres, tant mignonnes, moins fâcheuses, plus doctes à la main, à l'aiguille, à tout acte meulièbre honnête et libre, que là étaient. (*Gargantua*, 57 장)

기대하며 드러누운 일이 수없이 많다. 3)

그와 같은 분위기는 그가 얼마나 심한 격동기에 살고 있었는가를 잘 표현해 주고 있다. 르네상스를 맞이하자 희망과 꿈에 부풀어 인간에게 무한한 가능성의 지평이 열려 사람들은 무엇이든 할 수 있다는 의욕을 품게 되었다. 앞의 라블레의 글에서 볼 수 있듯이 거의 탐욕적이라 할 수 있는 만큼의 왕성한 의욕을 볼 수 있다. 그러나 그 가능성의 영역은 더욱 넓어져 기존의 정신적 질서에 도전함은 물론이요, 사회적 정치적 변혁의 의도가 강렬하게 나오게 되었다. 그러나 새로운 현상에 적응, 대처할 수 없는 구세력의 반동도 그리 녹록치는 않았다. 따라서 위기를 극복하려는 개혁파의 수구파의 공방은 유혈적인 것이 될 수밖에 없었다.

물론 인문주의자들 중에서는 그 인문주의를 건전하고 온화한 시민 생활을 영위하는 도덕률을 창조하는 것으로 그치고자 한 온건파도 있었다. 그러나 주역은 과격파들에게로 넘어가게 된다. 그리하여 이후 근 40년을 프랑스는 내란의 참극 속에 보내게 되어 광신적 행동 fanatisme이 활개를 치게 된다. 그것은 참으로 뼈를 깎는 시련이었다고 하겠다.

몽테뉴는 그와 같은 과도기를 살아왔으며, 그 아픔을 몸소 겪었던 것이다. 다시 말하면 그는 자기 시대에 등을 돌리지 않고 『수상록』 속에서 〈자신의 세대와의 연대성을 늘 증명해 왔는데, 그 세대란 르네상스의 희망과 번영에 의해 키워지고 그것의 파괴를 입회했던 세대〉4)이었다는 이야기이다. 왜냐하면 『수상록』 속에 그 세상을 살아온 내력과 그와 같은 고난을 겪어온 슬기를 적고 있으며, 자기 시대를 올바로 사는 것이 무엇인가를 늘 탐구하는 모습을 그는 보여왔기 때문이다.

---

3) Je me suis couché mille fois chez moi, imaginant qu'on me trahirait et assommerait cette nuit-là, composant avec la Fortune que ce fût sans effroi et sans langueur…. (*Essais* III, 9장)

4) Montaigne prouve sa solidarité avec sa génération : une génération qui nourrie dans l'espérance et la prospérité de la Renaissance, assiste à sa destruction. (Géralde Nakam, *Montaigne et son temps*, Librairie A.-G. Nizet, Paris, 1982, 12쪽)

몽테뉴는 어떤 진리를 세우기 위해서라기보다는 진리를 찾기 위해 평생 일을 했다 해도 과언이 아니다. 그리하여 우리가 다루고자 하는 그의 교육론 또한 그와 같은 추구 정신과 일치하는 것으로 그가 산 과도기의 혼란을 극복하고 올바로 살아가려 한 모색의 한 방편이었다 해도 지나치지 않을 것이다.

따라서 우리는 몽테뉴의 「교육론」에서 자기가 산 시대의 특징은 그대로 지니면서 그 특징의 단점은 솎아내고 그 장점은 자기 것으로 육화시키려는 노력의 모습을 볼 수 있다. 그것은 몽테뉴가 자기 시대를 정리하고 앞으로 다가올 시대를 마련해 준 위대한 사상가라는 주장에 이의를 제기하지 못하게 하는 점이다.

4

몽테뉴는 1580년 초 출산을 기다리고 있던 귀르송 Gurson 백작 부인 디안 드 푸아 Diane de Foix 에게 『수상록』 속에서 자신의 교육론을 개진하고 있다. 그는 교사에게 필요한 자질을 규정하고, 기억력을 가득 채우기보다는 정신을 함양시키는 것이 교사의 목적이라고 정의하고 있다.

그는 무엇보다도 중요한 어린이의 판단력 le jugement 을 키워주는 방법으로 여행과 대화 그리고 일상 생활과 책들을 통한 사람들과의 교류에 중요성을 두고 있으며, 가르쳐야 할 유익한 것으로서 윤리 도덕과 사는 법을 터득케 해주는 철학을 내세우고 있다. 요컨대 그는 어린이를, 책을 잔뜩 짊어진 당나귀로 만들지 말라는 것이다.

그리하여 그는 가득 찬 머리보다는 잘 도야된 머리 une tête bien faite plutôt que bien pleine 를 주장하기에 이르는 것이다. 따라서 〈선생님은 배운 학과의 글자들만 알 것이 아니라 그와 더불어 그 학과의 뜻과 내용을 알아둬야 할 것을 학생에게 요구해야만 될 것이고, 선생님은 그 학생이 얻는 소득이 기억의 증명에 의해서가 아니라 삶의 경험에 의한 것인가 어떤가를 판단해야 한다〉[5]고 생각하고 있는 것을 보면, 몽테뉴가 기억력보다 판단력을 더 상위에 놓고 있는 것을 알 수 있다.

그러나 몽테뉴의 교육론에서 무엇보다도 우리의 관심을 끄는 것은 다음의 표현이다. 즉 〈오직 미친 사람들만이 확신에 차 있고 과감한 것입니다〉[6]라는 말이다. 그것은 극단으로 치닫고 있던 과도기에 볼 수 있었던 광신적 태도들에 대한 비판도 되고 그와 같은 극단적인 행동을 극복할 수 있는 방법의 추구라고도 하겠다. 그러면 그와 같은 표현의 현실감을 느끼기 위해 몽테뉴가 산 시대의 서로 대조적인 모습을 다시 살피기로 하자. 이본 벨랑제 Yvonne Bellenger 는 그의 『몽테뉴 *Montaigne*』라는 책에서 그 시대를 이렇게 묘사하고 있다.

그 대조는 열성과 독단론, 세계로의 열림과 물러남, 관대함과 증오, 위대함과 초라함 사이에 갈라져 있던 프랑스 르네상스 전 시대를 통한 특징인 것이다. 16세기는 이탈리아 전쟁의 광적이며 기사도적인, 그러나 아직도 중세적인 충동과 함께 시작된다. 그리고 종교전쟁의 이데올로기 싸움으로 야기된 잔혹성과 학살 속에서 그 세기는 끝을 맺는 것이다── 근대 정신의 어떤 한 형태의 비통한 출현이다. [7]

---

5) Qu'il ne lui demande pas seulement compte des mots de sa leçon, mais du sens et de la substance, et qu'il juge du profit qu'il aura fait, non par le témoignage de sa mémoire, mais de sa vie.(*Essais* Ⅰ, 26장)
6) Il n'y a que les fols certains et résolus.(*Essais* Ⅰ, 26장)
7) Ce contraste est caractéristique de toute la Renaissance française, partagée entre la ferveur et le dogmatisme, l'ouverture sur le monde et le repli, la générosité et la haine, la grandeur et la mesquinerie. Le ⅩⅥ[e] siècle commence avec l'élan fou et chevaleresque, encore largement médiéval, des guerres d'Italie, et il se termine dans les cruautés et les massacres provoqués par les conflits idéologiques des guerres de religion── affligeante apparition d'une certaine forme de mentalité moderne.(Yvonne Bellenger, *Montaigne── une fête pour l'esprit*, Balland, 1987, 30쪽)

그 속에서 오류와 독단에 빠지지 않고 살아나갈 수 있는 길은 무엇이며, 진리와 문명의 이름 밑에 벌어지는 살육, 음모, 잔혹 행위, 참극 등을 극복할 수 있는 길은 무엇일까. 물론 인문주의자들은 중세적 분위기에서 벗어나지 못하고 구태의연하게 영혼의 구제와 사상의 지배 및 교육과 의식 등 일상 생활의 모든 것을 장악하려는 교회에 대하여 모두 반대했으나 그들이 내세우는 주장이 반드시 일치되는 것은 아니었다. 즉, 거기에도 온건파와 과격파가 있어 서로 분열의 조짐이 보이자 과격파는 더욱 강력하게 인문주의가 지니는 진보성을 첨예화시켜 현실 타파 운동의 조직적 단계에까지 이르게 하였다. 그러자 1534년 새로운 사상의 옹호자였던 프랑수아 1세의 침실에 벽보를 붙여 카톨릭의 미사를 욕하며 카톨릭 옹호파들을 위선자들이라고 저주하는 사건이 벌어진다. 그것이 신구교도들의 싸움의 계기가 되는 벽보 사건 Affaire des Placards인 것이다. 그러나 수구파의 본고장인 소르본과 파리 고등법원은 그 사건을 계기로 반격에 나서 화형대 위에서는 수없는 순교자가 나오게 된다. 그러자 프랑수아 1세도 개혁파 탄압에 앞장 서게 된다. 그러나 피로 피를 씻는 양 진영의 대립은 극단으로 치달아, 탄압을 피해 제네바에서 새로운 교회를 세운 칼뱅은 자신과 다른 주장을 한 미셀 세르베를 화형에 처해 버렸다. 근 40여 년 동안 계속된 종교전쟁이라는 내란의 근원은 그렇게 시작되었던 것이다.

그와 같은 참상 속에 자기 시대를 철저하게 관찰하고 살아왔던 몽테뉴가 생각할 수 있었던 교육론은, 그 특이한 내용도 중요하지만, 그것이 암시해 주는 그가 산 시대 상황을 엿보게 함으로써 더욱 흥미롭다고 해야 할 것이다. 다시 말하면 그의 교육론은 오늘날 우리에게도 수긍이 가는 내용을 지니고 있어 우리의 주의를 끌지만, 16세기 몽테뉴 시대에 필요 불가결했던 요소를 가르치고 있어 우리에게 그가 살아간 시대상을 보여주기 때문에 흥미를 끌고 있는 것이다.

그는 「교육론」에서 이렇게 말하고 있다.

선생님은 제자에게 모든 것을 체로 쳐서 걸러내 주고, 그의 머릿속에 단순한 권위나 다른 사람에 대한 신뢰 때문에 무엇을 받아들여서는 안 된다고 해야 됩니다. 아리스토텔레스의 원칙이건 스토아 학파나 에피쿠로스 학파의 원칙이건, 그것이 그 학생의 원칙이 되어서는 안 됩니다. 그 학생에게 판단의 다양함을 보여줘야만 합니다. 그러면 학생은 택할 수 있으면 택할 것이고, 그렇지 않으면 의심을 하고 있을 것입니다. 오직 미친 사람들만이 확신에 차 있고 과감한 것입니다.

〈의심하는 것은 아는 것과 똑같이 내 마음에 들기 때문이다(단테).〉[8]

몽테뉴에 의하면 인간의 정신은 남의 말에 너무나 크게 좌우된다. 남의 환상에 얽매이고 그들의 가르침의 권위에 구속되어 노예가 되기 십상이라는 것이다. 그 예로 그는 피사에서 만난 아리스토텔레스의 맹신자를 들고 있다. 그 사람은 모든 견고한 사상과 진리의 법칙이 아리스토텔레스의 학설과 일치하므로 다른 모든 생각들은 헛소리들이고 불건전한 사상이라고 주장했다. 그에 따르면 아리스토텔레스만이 모든 것을 보고 모든 것을 생각했다고 한다.

따라서 우리는 맹신의 오류가 얼마나 큰 것인가를 알 수 있다. 독단주의는 자신만이 옳고 다른 주장은 다 그르니 받아들일 수 없다는 데 그 비극의 근원을 이루고 있다. 그리하여 모든 것을 체로 걸러서 받아들이고 아무리 유명하고 권위 있는 사람의 주장도 그것을 자신의 것으로 소화를 시키고 난 다음에 자신의 것이 되게 해야 한다는 것이다. 따라서 판단 jugement 의 다양함을 학생에게 보여주어, 스스로의 판단력으로 선택하게 하는 것이다. 즉, 섣불리 확신을 하고 과감한 체하여 미친 짓을 하지 않게 하라는 것이다. 왜냐하면 확신을 하고 과감하다는 것은 타협

---

8) Qu'il lui fasse tout passer par l'étamine, et ne loge rien en sa tête par simple autorité et à crédit. Les principes d'Aristote ne lui soient principes, non plus que ceux des Stoïciens ou Épicuriens. Qu'on lui propose cette diversité de jugement : il choisira, s'il peut ; sinon il en demeurera en doute. Il n'y a que les fols certains et résolus. 〈Che non men che saver dubbiar m'aggrata.〉 (*Essais* I, 26장)

과 대화를 거부하기 쉽고 극단으로 치달으며 광신적 행위에 다다를 수 있기 때문에 몽테뉴는 그와 같은 사연을 너무나 많이 겪어왔으며, 제각기 소신과 신념을 한치도 양보 않는 맹신 속에 벌어지는 피비린내 나는 싸움을 늘 보며 살아왔다. 따라서 위에 인용한 글귀 속에서 우리는 그 시대의 뼈아픈 교훈의 흔적을 느낄 수 있는 것이다.

그리하여 비로소 우리는 다음과 같은 그의 말을 이해하게 된다.

왜냐하면 학생이 자신의 생각으로 크세노폰이나 플라톤의 의견을 갖는다면 그것은 그들의 의견이 아닌 자신의 의견이 되는 것입니다. 다른 사람을 뒤따르는 것은 아무것도 뒤따르는 것이 아니며, 아무것도 발견하지 못합니다. 게다가 또 아무것도 찾는 것이 아닙니다. 〈우리는 한 왕 밑에 살고 있는 것이 아니다. 제각기 마음 내키는 대로 하도록(세네카).〉 학생은 적어도 자신이 알고 있다는 것을 알아두도록 해야 합니다. 그는 그들의 교훈을 배울 것이 아니라 그들의 취향에 젖어들어야만 합니다. 원하면 그가 어디에서 그것을 얻었는가를 과감하게 잊어버리도록, 그리고 그것을 자기 것으로 만들도록 해야 합니다.[9]

몽테뉴의 이 글을 보면 1530년 세대의 인문주의자의 야망, 즉 모든 것을 알고 모든 것을 배우자는 낙관주의와는 거리가 먼 것을 느낄 수 있다. 우리가 앞에서 인용한 『가르강튀아』에서 볼 수 있었던, 거의 탐욕적이라 할 수 있는 지식욕은 이미 사라졌다. 그리고 암기 위주의 공부, 지적인 자유가 결핍된 맹목적인 추종의 불허, 즉 현학적인 태도에 결연히 반대하고 수사학이라든가 복잡한 추리논법을 비판하고 있다.

---

9) Car s'il embrasse les opinions de Xénophon et de Platon par son propre discours, ce ne seront plus les leurs, ce seront les siennes. Qui suit un autre, il ne suit rien, il ne trouve rien, voire il ne cherche rien. 〈Non sumus sub rege ; sibi quisque se vindicet.〉 Qu'il sache qu'il sait, au moins. Il faut qu'il emboive leurs humeurs non qu'il apprenne leurs préceptes ; et qu'il oublie hardiment, s'il veut, d'où il les tient, mais qu'il se les sache approprier. (*Essais* I, 26장)

그에게 중요한 것은 많은 것을 배우거나 훌륭한 것을 외우는 것이 아니라 배운 것을 소화하고 판단하는 능력을 키우는 것이다. 그리하여 그것을 꿀벌이 어떻게 자기 꿀을 만드는가와 비유하여 다음과 같이 쓰고 있다.

꿀벌들은 여기저기 꽃에서 꿀을 따옵니다. 그러나 그 다음에 그것들을 가지고서 꿀을 만드는데, 그것은 온통 자신의 것입니다. 그것은 이젠 백리향 꿀도 아니고 꽃박하 꿀도 아닙니다. 그처럼 학생은 다른 사람에게 빌려온 모든 것을 변형시키고 함께 녹여서 온통 자기 것의 하나의 작품으로, 즉 판단력으로 만들어야 될 것입니다. 학생이 받는 교육, 그의 공부, 그의 학업은 그를 훈도한다는 목적 외에 다른 목적이 없는 것입니다.[10]

우리는 여기서 판단력 jugement 이라는 말이 지니는 중요한 뜻을 다시 한번 주의 깊게 살펴야 할 것이다. 그가 주장하는 교육이란 지식을 가르치고 배우는 데 그치는 instruction 이라기보다는 인간을 도야시키는 éducation 을 뜻하는 것이 된다. 두 낱말은 우리말로 교육이라는 뜻을 지니지만 instruire 는 지식을 배운다는 뜻이다. instruire quelqu'un 하게 되면 아무개의 지능을 풍요하게 해주고, 기억력 덕분에 자기가 지니고 있는 지식을 그 아무개에게 전달한다는 뜻이 된다. 따라서 유식한 사람 l'homme instruit 는 무지한 사람 l'ignorant 의 반대이다. homme sans instruction 은 문맹 illettré 을 뜻하는 것을 보면, 몽테뉴가 지향한 교육의 지상 목표가 instruction은 아닌 것 같다. 그보다는 몽테뉴가 목표로 삼은 교육은 éducation 으로 그 낱말의 뜻은 인간의 도야와 발전을 확보해 주

---

10) Les abeilles pillotent de ça, de là, les fleurs, mais elles en font après le miel, qui est tout leur ; ce n'est plus thym ni marjolaine : ainsi les pièces empruntées d'autrui, il les transformera et confondra, pour en faire un ouvrage tout sien : à savoir son jugement. Son institution, son travail et étude ne vise qu'à le former. (*Essais* I, 26장)

는 것이다. 그것은 지능뿐만 아니라 감수성, 특히 성격 그리고 좋은 품행 등 원래 어린이나 젊은이 속에 이미 있는 기능과 소질을 개발해 주는 것이다. 따라서 양성, 훈련, 도야, 함양한다는 뜻인 former란 말과 연관된 교육이라 할 것이다. 다시 말하면 éducation은 지적인 교육, 덕을 가르치는 교훈, 그리고 체육 등 전인교육을 말하고 있다. 따라서 instruction으로 표현되는 지적인 교육은 몽테뉴의 éducation에 보완적인 것에 지나지 않는다.

그러나 그와 같은 교육을 온전하게 하기 위해서는 어떤 방향 설정이 필요한 것이다. 그 방향이란 바로 자유스러운 인간이다. 왜냐하면 위에 인용한 몽테뉴의 글에서 볼 수 있듯이 그는 어디에 얽매이고 맹종하는 것을 거부하고 그 독립성을 지키는 판단력을 지니는 것을 교육의 목적으로 삼았기 때문이다. 그리하여 그가 사용한 former와 jugement의 뜻이 그의 「교육론」에 어떠한 무게를 갖게 되는가를 알 수 있다. 몽테뉴는 그러한 교육론을 펴냄으로 해서 자신의 시대가 지니고 있는 모순과 갈등의 해소 방안을 제시하고 나아가서는 앞으로 자신의 미래를 마련했다고 할 수 있을 것이다.

따라서 그는 광신적 행동으로 얼룩진 자신의 시대를 증언하고, 미래를 맡을 젊은이와 어린이들을 자유인으로 성장시켜 주기 위해, 어떻게 그들을 훈련시키느냐 고심한 끝에 교육에 대한 자신의 생각을 개진함으로써 자신의 시대는 물론이려니와 후세에도 설득력을 지니게 되는 교육론을 세운 것이다. 어떠한 시대에도 광신과 맹목적인 추종, 그리고 판단력 없이 습득한 지식의 축적만으로 교육의 임무를 다한다고 주장할 수는 없다. 거기에 그의 교육론의 보편적 가치가 있는 것이다.

그러므로 몽테뉴의 교육론은 18세기 루소의 교육론에도 큰 영향을 끼쳤고 오늘날의 프랑스 교육의 재검토에도 무한한 자원을 제공해 주고 있으며 어떤 의미에서는 몽테뉴 자신 이후의 프랑스 교육의 방향을 늘 제시해 주고 있다고 해도 과언이 아니다. 따라서 몽테뉴 교육론의 현대적 의의를 살리는 것도 의미 깊은 작업이 될 것이다.

5

몽테뉴 교육론의 현대적 의의는 여러 가지 입장에서 조명해 볼 수 있을 것이다. 물론 몽테뉴는 16세기 때의 사람이고 시대 상황, 삶의 조건, 정치, 경제, 사회 그리고 과학과 학문 등 여러 가지 분야에서 우리는 몽테뉴가 산 시대와 상이한 시대에 살고 있다. 어떤 의미에서는 몽테뉴의 시대에서 출발한 과학의 발전 덕분에 산업의 발달과 지리상의 발견으로 인한 지구의 축소화 등으로 해서 그가 살아간 세계와는 오늘날 전혀 다른 세계가 이룩되었다고 해도 과언이 아니다.

따라서 산업혁명으로 이룩된 새로운 사회 구조의 변모는 이제 후기 산업사회를 운위하게 하였고 첨단 과학 기술의 발달은 16세기 시대의 몽테뉴가 상상할 수 없을 정도로 눈부신 변모를 우리에게 보여주고 있으며, 우리 또한 그 주역의 대열에 들어서려고 노력하고 있다. 그리고 그와 같은 사회에서 살기 위해서는 그야말로 무한한 학문, 즉 라블레의 교과목처럼 대단한 학식이 필요한 것이다.

그러므로 우리는 몽테뉴가 산 시대와 오늘날을 똑같은 선에서 다루고, 몽테뉴의 지론을 그대로 받아들일 수는 없다. 다만 그가 주장한 교육론의 본질에서 우리가 얻을 수 있는 것이 무엇인가를 알아보고, 그것이 왜 오늘날 프랑스 교육의 재검토와 새로운 방향 제시에 큰 역할을 하고 그에 대한 자원이 되고 있는가를 살피는 것이 더욱 올바른 태도가 될 것이다.

현재 우리가 살고 있는 기술 문명의 시대에 우리는 무지하거나 문맹이 되어서는 살 수 없다. 그리하여 지식의 습득은 필요 불가결하다. 전문적인 지식은 물론이려니와 이 사회를 살아가는 데 필요한 일반적인 기본 지식의 양은 적지 않다. 그러나 그와 같은 지식을 습득하려 할 때, 요즈음은 기억력에 의해서만 아니라 기계 조작에 의해, 그리고 새로 발견한 지식 습득 도구에 의해 어떤 면에서는 예전보다 쉽게 지식을 터득할 수 있게 되었다. 하지만 그 양은 과거에 비해 숨막히게 많다.

그러나 그러한 상황에서 습득한 지식은 무엇일까. 그것은 생활을 위한 수단이라는 것이 먼저 머리에 떠오른다. 다시 말하자면 그와 같은 지식의 습득은 먹고 살기 위한 것으로서 인간 자유의 획득이라든가 인격의 도야라든가 인간 완성이라든가 하는 것과는 좀 거리가 먼 느낌을 갖게 하는 것이다. 물론 산업 사회에서 전문적 또는 일반적 지식 없이 사회에서 할 수 있는 역할이 무엇인가 하는 생각이 들며, 그와 같은 무지의 상태에서 자유의 획득이나 인격의 완성이란 구두선에 불과한 것이 사실이다. 그리고 먹고 사는 것을 무시할 수도 없다.

그렇다고 오늘날 사회에서 지식 충족만으로 훌륭한 사회 구성원이 되고 또한 행복한 삶을 영위할 수 있을까. 풍요한 지식 덕분에 얻는 물질적인 보상만으로 과연 행복을 창조할 수 있을지. 그 물리적인 보상을 올바르게 누릴 수 있기 위해서도 어떤 판단력이 필요한 것은 아닐는지.

여기에 몽테뉴의 교육론의 의의가 있다 하겠다. 그는 지식으로 가득 찬 머리보다는 잘 함양되고 도야된 머리를 더 중요한 것으로 삼은 것이다. 암기식으로 외운, 그리고 권위 있는 사람의 것이라고 소화하지도 않고 삼킨 지식, 그렇게 되도록 가르치는 것을 교육의 본분이라고 생각지 않았으며, 학생을 어디에다 예속시키는 어긋난 교육이라고 했다.

그가 무엇보다도 중히 여긴 것은, 독립성을 지니고 자신이 배운 것을 소화하고 자신의 것으로 변형시키는 것, 그리고 그렇게 할 수 있는 판단력을 기르는 것으로, 그것이 교육의 목적이라 했다. 그리하여 지식의 무비판적인 축적이 가져다 주는 폐해를 일찍이 간파한 것이다.

오늘날 지식의 축적이 저지르는 오류를 우리는 수없이 보고 있다. 비근한 예로 기술 문명의 혜택 또한 적지 않지만 그 폐해를 일일이 나열하지 않는다 해도, 우리는 서구에서 일고 있는 환경보호운동 mouvement écologiste 을 그 좋은 예로 들 수 있을 것이다. 그것은 지적 교육의 편중에서 온 당연한 결과로서 우리는 몽테뉴의 교육론에서 중요한 처방 지침을 발견할 수 있을 것이다. 왜냐하면 그의 교육론은 그 어디에 예속되지 않는 독립불매의 자유 정신에 입각한 판단력을 길러주기 때문이다.

그러나 그의 교육론에서 우리가 얻을 수 있는 가장 큰 교훈은, 광신 행위에 대한 그의 적절하고 합당한 경우이다. 〈오직 미친 자만이 확실하고 과감하다〉라는 말이다. 20세기 오늘날까지도 우리는 지구 사방에서 갈피 잡을 수 없는 행위, 즉 이데올로기에 의한, 또는 정권을 탈취하기 위한 탐욕에 비롯된 싸움, 신앙에서 오는 비타협적인 열광 등, 광신 행위 fanatisme 가 저지르는 피비린내 나는 싸움을 다반사로 듣고 보고 있다. 그것들은 무비판적인 지적 축적이 이룩한 과학 문명이 제공한 대량 학살 무기에 의해 뒷받침되고 있다.

그런 의미에서 볼 때, 인간성의 근본에서는 16세기나 현대나 그다지 큰 진전을 보고 있다고는 생각되지 않는다. 따라서 그 근본 취지에서, 비록 시대는 다르지만, 몽테뉴 교육론에서 얻는 바가 적지 않은 것은, 오늘날 우리에게 부족한 것이 어디에 얽매이지 않고 자유스럽게 좌우를 가름할 수 있는 판단력이기 때문이다. 그럼으로 해서 몽테뉴 교육론이 오늘날에도 현실감 있게 가슴에 와닿는 이유를 알게 된다. 그리고 그것이 오늘날 프랑스 교육을 재검토할 때 흔히 논의의 대상이 되는 연유를 알 수 있게 되는 것이다.

그렇다면, 현재 우리 나라 교육이 안고 있는 교육 문제를 몽테뉴의 교육론을 참고로 조명해 볼 때, 우리에게 보탬이 되는 요소는 무엇일까. 우선 우리 교육도 암기 위주이고 지식 교육에 치우치고 있는 것이 아니었나 하는 생각을 갖는다. 그 동안 여러 정권이 바뀌면서도 전인 교육을 내세웠지만 무엇인가 분명치 않은 내용을 허울 좋은 추상적인 표제 밑에 내포하고 있었다. 따라서 우리는 몽테뉴의 교육론이 지니는 시대적 그리고 보편적인 가치를 파악한 다음 우리 나름으로 소화하여 우리 교육을 재평가하는 데 참고로 삼는다면 그 얻는 바가 적지 않으리라 생각한다.

몽테뉴는 우리가 보아왔듯이 피비린내 나는 내란 속에 살아왔고 가슴 아픈 동족상잔의 시련을 겪었으며 그러한 속에서 슬기롭게 살아가는 방법 un art de vivre 을 모색한 사람이었고, 그 속에서 삶의 지혜를 터득했다. 우리 자신 내란과 동족상잔의 슬픈 사연을 겪고 아직도 이데올로기

싸움의 테두리를 벗어나지 못하고 확신을 지닌 과감한 사람들의 대결이
끊이지 않는 상태에서 헤어나지 못하고 있다. 그러한 상황에 처해 있기
때문에 그의 교육론은 우리에게 값지리라고 생각한다.

6

우리는 몽테뉴의 교육론을 살피기 위해 그의 생애의 단편과 그 시대를
살피고 그 시대를 배경으로 그의 교육론이 지니는 뜻과 그것이 또한 오
늘날 우리에게 무엇을 시사하는지 살폈다. 특히 그는 자기 시대를 철저
히 살고 시대의 아픔을 절실히 느낀 한편, 아픔에서 벗어날 수 있는 길
을 교육론에 묵시적으로 제시하였다. 그런 한편 오늘날의 우리에게도 설
득력을 주는 독립적인 판단력의 중요성을 학생들에게 전수토록 그의 교
육론이 강조하고 있는 것을 우리는 보았다.

그러나 우리가 또다시 되풀이하고 싶은 것은 그가 교육론을 펴는 과정
에서 자신의 시대를 증언하고 그 시대가 겪고 있는 고뇌를 극복하였을
뿐만 아니라 미래를 마련해 주고 있다는 사실이다. 제랄드 나캄 Géralde
Nakam은 『몽테뉴와 그의 시대 *Montaigne et son temps*』라는 책에서 이렇
게 쓰고 있다.

현실은 혜택받은 자료을 제공했다. 그 현실은 동시에 행동의 한 이상을 제
공했다. 그러나 그 현실은 또한 고통을 가져다 주었다. 그 고통에서 자신과
자신의 동시대인이 벗어나게 하기 위해, 그 고통에다 예술가는 자신의 작품
으로 대답했다. 그 까닭은 『수상록』이 치료 기능을 또한 지니고 있기 때문이
다. [11]

---

11) ···l'actualité a fourni un matériau privilégié. Elle a également fourni un idéal
d'action. Mais elle a aussi apporté une souffrance, à laquelle, pour en guérir lui-
même et guérir ses contemporains, l'artiste a répondu par son œuvre : car les

여기서 예술가란 물론 몽테뉴를 말하는 것으로, 그를 철학자로 지칭하기보다는 예술가로 지칭한 것은 흥미롭다. 요컨대 그의 교육론을 통해 본 몽테뉴는 사상가는 물론 살아가는 방법을 훌륭하게 터득한 예술가임에 틀림없다 할 것이다.

참고문헌

Montaigne. *Œuvres complètes*. Bibliothèque de la Pléiade, Gallimard, 1962.

Montaigne. *Les Essais* (Textes choisis). Texte établi par Gisèle Mathieu. Hachette, 1983.

Montaigne. *Essais* (Pages choisies). Texte établi par René Pintard. Hachette, 1969.

Bellenger, Yvonne. *Montaigne —— une fête pour l'esprit*. Balland, 1987.

Jeanson, F. *Montaigne par lui-même*. Seuil, 1951.

Charpentier, Françoise. *Essais Montaigne*. Hatier, 1983.

Nakam, Géralde. *Montaigne et son temps*. Librairie A.-G. Nizet, 1982.

Rabelais. *Œuvres complètes*. Bibliothèque de la Pléiade, Gallimard, 1955.

Ménager, Daniel. *Introduction à la vie littéraire du XVIe siècle*. Bordas, 1984.

Madaule, Jacques. *Histoire de France*. Gallimard, 1943.

Essais ont aussi une fonctioin thérapeutique. (Géralde Nakam, 앞의 책, 16쪽)

몽테뉴의 현대성과 상대주의적 세계관
〈여행〉, 〈관습〉, 〈신세계〉의 주제를 중심으로

오생근

1

몽테뉴 없는 프랑스의 16세기는 우리에게 무척 멀고 낯설어 보인다. 낯설어 보일 뿐 아니라, 어둡고 불투명해 보이기도 한다. 그만큼 그의 『수상록 Essais』[1]은 비록 한 개인의 사색적 내면 일기일지라도 그 시대의 다양한 풍경과 정신 상황을 명료하게 부각시켜 주고 또한 그 사유의 방식은 오늘날의 현대인에게 시대적 거리감을 느끼지 않게끔 충분히 현대적이라고 말할 수 있다. 다시 말해서 『수상록』은 몽테뉴의 자아와 그의 시대를 반영할 뿐 아니라, 그의 다양한 자아 탐구 방식이 현대적이라는 점에서 그 시대가 우리의 시대와 가깝다는 인식을 공유하게 만든다. 체계적으로 구성되어 있지도 않고, 일관된 면모를 보여주지도 않는 이 책의 무척 자유롭고 유동적인 현대성의 여러 주제들은 다양한 측면에서 검토될 수 있을 것이다. 우리는 무엇보다도 그의 자아에 대한 탐구 방식이 경직된 틀에 얽매이지 않고 있으며, 자아의 모순되고 변양되는 측면들을 인위적으로 통제하지 않으려는 서술 태도에서 정직하고 솔직한 면모와

---

1) Montaigne, *Essais* I, II, édition établie par Maurice Rat(Editions Garnier Frères, 1962)

자신의 약점을 감추거나 그 약점을 정당화시키려는 위선이 없는 진정성
이나, 반(反)영웅주의의 모습에서 몽테뉴의 현대성을 발견하게 된다.

몽테뉴는 독자에게 보내는 글을 통해서 〈내 생긴 모습 그대로〉〈자연
스럽고 평범하고 꾸밈없는, 보잘것없는 나〉²⁾를 보여주겠다고 약속하듯이
말한 바 있다. 저자의 약속과 책의 내용이 반드시 일치하지는 않겠지만,
몽테뉴의 경우, 별로 큰 어긋남이 없다는 견해가 일반적이다. 이처럼 솔
직하게 표현되는 그의 다양하고 풍부한 자아는 종종 상반된 해석을 받기
도 한다. 어떤 때는 그에게서 전투적인 이성주의자의 면모가 강조되는가
하면, 또 어떤 때는 신앙심이 깊은 기독교인의 성찰이 부각되기도 한다.
경우에 따라서, 그는 공공연한 이교도인이 되는가 하면, 철저한 회의주
의자로 보이기도 한다. 그뿐 아니라 현대적이고 진취적인 이성의 소유자
로 정의될 수 있는 측면이 있는가 하면, 혼란스러운 시대적 배경 속에서
개혁이나 모험을 지지하지 않는 보수주의자로 규정되는 측면도 있다. 이
처럼 상반된 다양한 모습과 그것에 대한 다양한 평가를 넘어서, 그에게
일치되는 평가가 있다면 그것은 그가 광신의 시대에 온건하고 관대한 인
간이었다는 점과 절대주의적 가치관이 지배했던 시대에 상대주의적 가치
관을 견지했던 사람이라는 점이다. 토도로프 Todorov가 〈문학성〉에 대
한 탐구의 방향을 〈인간성〉의 문제로 바꾸어 여러 작가들을 새롭게 검토
하려 했을 때 그의 탐색의 출발점을 이룬 대상이 몽테뉴였으며, 그를 프
랑스의 〈상대주의 이론〉의 선구자로 보았던 것은 당연한 일이다. 물론
그의 상대주의적 입장 역시 일관된 방향에서 철저하게 고수되었던 것은
아니다. ³⁾ 『수상록』의 기조가 모순과 유동성, 불확실성으로 만들어진 것

---

2) *Essais* I, 1쪽.
3) 샤르팡티에 F. Charpentier는 『수상록 *Essais*』의 기본 구조 중의 하나는 모순인
   데, 이것은 기본 구조일 뿐 아니라 생산적인 구조라고 말한다(*Essais, Mon-
   taigne*, Hatier, 1979, 70쪽). 모순을 두려워하는 사람이라면, 『수상록』 같은 풍
   부한 책을 쓰지 못했을 것이다. 두려워하기는커녕 모순이 있기 때문에 그만큼
   창조적일 수 있는 것으로 보인다. 그러므로 어떤 입장이 부각되어 있더라도 그
   것이 얼마나 일관되게 유지되고 있는가를 검토하는 일은 중요한 문제가 아니

처럼, 저자는 자신을 줄곧 대상화하고 사회와 풍속, 도덕과 종교 등에 관한 자신의 관심을 주제로 삼으면서도, 그 자신의 모습을 통해서 개별적이고 예외적인 인간이 아닌, 보편적 인간의 도덕적 성찰, 혹은 보편적인 도덕적 성찰을 지향했던 것은 사실이다. 다시 말해서 그는 사사롭고 개인적 존재가 아닌 보편적 인간의 관심을 보이려 했다. 『수상록』은 그런 점에서 개별적 존재와 보편적 인간의 관점을 연결지어 생각하는 저자의 긴장된 의식이 담긴 책으로 이해될 수 있다.

『수상록』에 담긴 자아의 모습은, 낭만주의 시인들처럼 과장되고 감상적인 자아도 아니고, 보들레르처럼 고통스러운 불안과 권태의 자아도 아니다. 의식주에 얽힌 일상적인 체험부터 인간의 우정이나 관습, 종교, 도덕, 여행, 교육, 죽음 등 여러 가지 주제를 중심으로 세심한 관심을 보여주는 몽테뉴적 자아의 모습은 몽롱한 주관적 상상 세계와 주관성의 좁은 한계 속에 갇히지 않고 세계 속에 뿌리를 내리고 타인과 세계와 어떤 형태로든 연결된 시각을 보여준다. 몽테뉴는 자아에 관심을 집중시키되, 그 자아를 세계 밖으로 이끌어내거나 도피하도록 만들지 않고, 그 세계 속에 자아의 위치를 설정하여 세계와 직접 대면하거나 세계의 문제를 자신의 문제와 접목시켜 볼 수 있는 시각과 성찰의 흐름을 견지한다. 그의 자아와 개성은 완성된 것이거나 정지된 것이 아니라, 생성되고 변화하는 것이다. 앞의 것과 뒤의 것 사이에는 모순과 단절이 있기도 하다. 저자는 자신을 모범적인 예로서 제시하려는 의도를 전혀 갖지 않고, 고답적인 자세로 독자에게 진실과 교훈을 가르쳐준다는 교사적인 태도도 보이지 않는다. 또한 자아를 기술하는 방법은 하나의 일관된 형식을 따르지 않고 있다. 그러므로 다양하게 나타나는 자아의 모습은 미카엘 바라즈가 말한 것처럼, 〈사실주의적, 개인주의적, 보편주의적, 실존주의적, 본질주의적인 것 그 어느 하나도 아니면서, 그 모든 것을 동시에 아우르는 것이다.〉[4]

다.

[4] Michaël Baraz, *L'etre et la connaissance selon Montaigne* (José Corti, 1968),

몽테뉴의 철학적 태도와 특성을 언급할 때, 빠뜨릴 수 없는 개념은 불확실성 l'incertitude이다. 그는 불확실성을 부정적인 의미로 받아들이지 않는다. 오히려 확실성의 인식이 문제가 된다. 불확실성의 철학이라고 말할 수 있는 그의 철학적 근거는 두 가지로 분류될 수 있다.

첫째는 몽테뉴 자신이 불확실성의 세계 속에서 살기를 좋아한다는 것이다. 한 연구자의 비유적 표현을 빌린다면, 니체적인 의미에서 자신에게 해로운 것을 선호하는 사람을 퇴폐주의자 décadent 라고 할 때, 〈몽테뉴는 퇴폐주의자와는 정반대의 사람〉이며, 그에게 〈세계의 불확실성은 최상의 건강 조건〉[5]이 된다. 그는 정신적으로나 철학적으로 완벽한 건강을 보장해 줄 수 있는 방법으로, 확실한 신념이 아닌, 불확실한 모호성의 길을 선택한 것이다.

두번째 이유는, 그에게 진리에 더 가까이 다가갈 수 있는 방법이 바로 보편적인 불확실성에 대한 강한 의식이 되고 있다는 점이다. 불확실성은 확실성보다 인간의 본성을 더욱 명료하게 밝혀주는 요소이다. 인간이나 현실의 기본적 속성이 운동과 변화, 불안정성에 있는 것이라면 인간과 현실을 인식하는 방법은 언제나 모래성을 쌓듯이 새롭게 보고, 새롭게 시작하려는 의지가 뒷받침되어야 한다. 인간의 시도는 모래성을 쌓듯이, 허물어지는 성이라는 것을 알면서 성을 만들어야 하는 비극적 조건 속에 있다. 그러니까 확실하게 완성한다는 생각을 포기하고, 끊임없이 시도하는 일이 중요하다. 〈에세 essais〉라는 제목의 본래적인 뜻도 이런 인식과 무관하지 않다. 어느 의미에서 그러한 삶의 태도를 비극적 지혜 la sagesse tragique라고 부를 수 있을 것이다.[6]

145쪽.

5) M. Conche, "La personnalté philosophique de Montaigne", *R. H. L. F.*, septembre-octobre 1988, Armand Colin, 1009쪽.

6) 몽테뉴의 이러한 측면은 비관주의로 해석될 수 있다. 그러나 그의 비관주의는 파스칼의 비관주의와는 다르다. 인간은 운명에 체념하는 존재가 아니라 운명보다 훨씬 강해질 수 있는 존재로서 죽음이나 고통과 대항할 수 있다거나, 자연의 참뜻을 알고 자연의 교훈에 귀를 기울일 줄 아는 사람은 진리와 존재의 의

2

삶과 세계의 불확정성에 기인한 〈비극적 지혜〉가 그의 유명한 〈나는 무엇을 알고 있는가? Que sais-je?〉와 같은 회의주의적 논제와 연결된다면, 그것은 또한 자신이 속한 사회와 다른 사회, 다른 세계를 받아들이는 상대주의적 입장의 문제와도 관련될 수 있다. 다시 말해서 몽테뉴가 자신이 속한 사회의 관습과 도덕을 어떻게 인식하고 있으며 타자 l'autre 의 문화를 어떻게 수용하는가의 문제를 관심의 표적으로 삼을 수 있다는 것이다.

우리는 이러한 문제에 접근하기 위해서 우선 습관이나 관습에 대하여 쓴 1권 23장을 중심으로 검토해 볼 필요를 느낀다. 23장의 제목은 「습관에 대하여 그리고 공인된 법칙을 쉽게 변경하지 못하는 것에 대하여 De la coutume et de ne changer aisément une loy receüe」라고 되어 있고, 내용적으로는 습관의 힘이 얼마나 강하며, 그것이 사람의 감각을 얼마나 둔화시키고 판단력과 신념에도 깊은 영향을 끼치는지에 관한 여러 가지 사례가 서술되어 있다. 저자는 여러 가지 사례의 일화를 통해서, 습관이란 제각기 다른 것이고, 상대적인 것이기 때문에, 다른 사람의 습관을 이해할 때는 상대적인 입장에 서야 할 것을 강조한다. 그런데 개인의 습관이거나 사회적 관습은 인간의 자연스러운 모습을 변화시켜 결국은 〈자연의 법칙을 파괴하는 양상〉[7]을 갖기 때문에 문제라는 것이다. 습관은 인간의 육체적인 행위에도 영향을 끼칠 뿐 아니라 인간의 내면적 의지와 정열에도 영향을 끼친다. 물론 인간이 그 영향을 의식하고 있다면, 인간은 그 영향의 범위에서 벗어나 본래의 모습을 유지할 수 있을 것이다. 그러나 사실상 그런 상태란 대단히 드물다. 습관의 힘은 인간을 완전히 지배하여, 이성적 비판력을 마비시킬 정도에 이른다. 이성은 외부적 힘

미를 깨닫게 된다는 몽테뉴의 견해는 일반적인 비관주의의 입장과는 다르게 해석되어야 한다. 그것을 지혜로운 비관주의라고 명명할 수도 있을 것이다.

7) *Essais* I, 116쪽.

에 수동적으로 복종하여, 결국 엄정한 진리를 추구하는 능력을 상실하게 되고 가변적인 현실을 합리화시키는 도구적 이성의 역할이 되기 쉽다.

습관의 힘이 가하는 주요한 영향은 우리를 사로잡아 우리로 하여금 그것이 명령하는 모양을 생각하고 추론할 수 있도록 그것의 지배에서 벗어나 우리의 내부 속으로 되돌아가는 일을 어렵게 만든다. 사실상 우리는 태어나 젖을 먹을 때부터 습관을 들이마시며, 우리가 처음 보게 되는 세상이란 바로 습관에 의해 보이는 세상인 까닭에 마치 우리가 그러한 길을 그대로 따라야 하는 조건으로 세상에 태어난 것처럼 생각된다. 그리고 주위 사람들로부터 신뢰받고 우리의 조상들로부터 씨를 받아, 우리의 영혼에 주입된 공통의 사상은 그것이 보편적이고 자연스러운 사상인 것처럼 보인다.[8]

이처럼 습관의 힘은 이성의 올바른 판단을 어렵게 만들 뿐만 아니라 인간의 세계관을 변화시킨다. 여기서 우리가 주목해야 할 것은 〈우리의 내부 속으로 되돌아간다 rentrer en nous〉의 의미와 〈생각하고 추론한다 discourir et raisonner〉의 의미가 일치하여 쓰이고 있다는 점이다. 이것은 인간의 본래적인 인간성 la nature humaine 과 이성적인 능력이 일치한다는 것으로서, 몽테뉴가 인간성에 이성적인 능력을 부여하고 있음을 알게 된다. 인간의 본성에 귀를 기울이거나 자연의 순리를 따르는 것이 이성적인 방법이라는 논리와도 통하는 것이다. 또한 주목되는 것은 〈자연〉이나 〈자연적〉이라는 의미가 〈습관〉이나 〈습관적〉이라는 의미와 대립적으

---

8) Mais le principal effect de sa puissance, c'est de nous saisir et empieter de telle sorte, qu'à peine soit-il en nous de nous r'avoir de sa prinse et de r'entrer en nous, pour discourir et raisonner de ses ordonnances. De vray, parce que nous les humons avec le laict de nostre naissance, et que le visage du monde se presente en cet estat à nostre premiere veuë, il semble que nous soyons nais à la condition de suyvre ce train. Et les communes imaginations, que nous trouvons en credit autour de nous et infuses en nostre ame par la semence de nos peres, il semble que ce soyent les generalles et naturelles. (위의 책, 121쪽)

로 씌어진다는 점이다. 이러한 대립과 구별은 그만큼 습관적인 것을 비이성적인 것으로 인식하는 입장을 반영하고 있다. 습관과 이성의 대립은 마치 어리석은 판단력과 올바른 진실과의 대립이나 마찬가지로 취급된다. 그러므로 습관의 작용과 압력으로 인해, 인간은 본래의 자연 혹은 인간성에 따른 합리성을 찾거나 유지하기가 그만큼 어렵게 된다는 것이 몽테뉴의 논지이다.

이처럼 습관의 힘과 영향력이 이성적 판단 능력을 마비시킬 정도라고 해서 습관은 반드시 부정적인 것으로 인식되고 있는 것일까? 좋은 관습은 훌륭한 전통이나 다름없이 자기가 속한 사회의 가치관을 잘 수용하고, 그 사회와 일체감을 누릴 수 있는 수단이 되기도 한다. 훌륭한 관습은 인간의 본능적이고 무분별한 행동을 규제하도록 하는 정신적 가치의 전범이 될 수 있다. 본래적인 자연의 모습이 이성적이듯이, 그것도 이성적일 수 있다. 그러나 그러한 요소가 본래적이라 하더라도, 그것은 문명 사회의 조건 속에서 변질되고 타락한 것이 될 가능성이 높다. 몽테뉴는 자신이 속한 사회의 문화적 관습에 대해서 줄곧 비판적인 견해를 노정하면서도, 다른 나라의 풍습에 대해서는 대단히 관대한 태도를 보인다. 이것을 일관된 태도가 아니라고 비판할 수 있을까?

몽테뉴가 자기가 속한 세계가 아닌 다른 세계, 다른 나라의 관습에 대해서 어떻게 받아들이고 인식하는지를 좀더 면밀히 검토하기 위해서는 여행에 관해 쓴 다음의 부분을 참고할 필요가 있다. 3권 9장에 실린 「허영에 관하여」에는 1580년과 1581년에 걸쳐 외국에 여행하면서 겪은 여러 가지 에피소드들이 담겨 있다. 물론 저자는 여행의 일정이나 여행중에 체험한 이국적 풍경이나 사건들을 상세히 서술하려 하지 않고, 그러한 요소들을 전면에 부각시키지도 않는다. 오히려 그는 여행을 떠나게 된 동기나 여행의 좋은 점에 대해서 이야기하고, 여행을 통해서 느끼고 의식한 점들을 이야기하려는 것으로 만족한다. 그의 여행 방식 역시 독특하다. 그는 젊은 여행가들이 흔히 그렇듯이 사랑의 모험을 추구하지도 않고, 당시의 인문주의자들처럼 귀중한 골동품을 수집하려고 하지도 않는다. 그의 여행 목적은 단지 일상 생활의 속박을 벗어나기 위해서거나 정치적 소용돌이 속에 휘말려 들지 않기 위해서이며, 병을 치료하려는 건강상의 이유이거나 호기심을 만족시키기 위해서일 뿐이다. 무엇보다도 그의 큰 관심은 인간을 알려고 하는 것이다. 다른 세계의 사람들이 의식주는 물론 풍속과 신앙, 제도 등에서 다른 면이 흥미로운 것이다. [9] 아마도 이런 이유들 때문에 그가 민족적인 우월감이나 자기 중심적인 편견 없이 다른 민족의 관습에 관심을 기울이게 되었는지 모른다. 다른 문화에 대한 관심은 프랑스인들의 관습에 대한 비판적 성찰로 연결된다.

나는 체질적으로 자유로운 사람이고 누구에게나 공통된 일반적인 취미를 갖고 있다. 이 나라, 저 나라의 다양한 방식들이 내게 감명을 주는 것은 오직 다양성의 즐거움 때문이다. 모든 관습은 각각 타당한 이유를 갖고 있는 법이다. 주석이나 목기나 토기로 만들어진 접시들이건, 삶았거나 구웠거나, 버터이건 호두 기름이건 올리브 기름이건, 더운 음식이건 찬 음식이건 나에게는 모든 것이 좋다. 그렇기 때문에 늙어가면서 나의 이처럼 관대한 소화력이 못마땅할 정도로 생각되므로, 입맛을 까다롭게 하고 음식을 가려서 섭취하여 내 무분별한 식욕을 억제하고 내 위의 부담을 덜어줄 필요가 있을 것 같다. 내가 프랑스 아닌 다른 나라에 나가 있었을 때 누가 인사 치레로 프랑스 음식을 먹겠느냐고 물어보면, 나는 그 물음에 아랑곳하지 않고 그때마다 외국인들의 아주 풍성한 식탁 쪽으로 흔쾌히 끼여들곤 했다. [10]

---

9) 빌레는 몽테뉴의 여행가로서의 특징을 세 가지로 정리하고 있다. 첫째는 그가 대자연이나 문화적인 예술품에 대해서 무관심하다는 점이나. 둘째는 그는 자기 자신의 사념에 몰두하고, 자신에게 흥미 있는 것은 지나칠 정도로 자세하게 기록한다. 셋째는, 무엇보다 가장 두드러진 특징은 인간을 알고자 하는 그의 강렬한 욕구와 호기심이다. (Pierre Villey, *Les Essais de Montaigne*, Nizet, 1967, 93-94쪽)

10) J'ay la complexion du corps libre et le goust commun autant qu'homme du monde. La diversité des façons d'une nation à autre ne me touche que par le plaisir de la varieté. Chaque usage a sa raison. Soyent des assiettes d'estain, de bois, de terre, bouilly ou rosty, beurre ou huyle de nois ou d'olive, chaut ou froit,

아마도 이 구절은 무엇보다 몽테뉴의 자유로운 정신과 개방적인 기질을 잘 나타내주는 대목일 것이다. 그는 자신의 취향이나 기질이 편벽되지 않고, 다양성의 가치를 존중할 뿐 아니라, 다양성의 가치에 대한 즐거움을 느끼고 다른 문화에 잘 적응할 수 있는 입장임을 밝힌다. 그런 점에서 그는 폐쇄적이거나 자기 중심적인 사람이 전혀 아니다. 무엇보다도 〈모든 관습은 각각 타당한 이유를 갖고 있는 법이다〉라는 격언투의 간결하고 함축성 있는 어사를 통해 그의 그러한 견해는 명료히 부각되어 있다. 그는 다양한 관습에 대해 회의주의적인 시각을 나타내지도 않고, 이해성 있는 열린 관심을 표현하면서 음식과 식사 습관을 예로 든다. 사실상, 그 어떤 관념이나 신념보다도 이국적인 음식에 대한 개방적인 태도는 곧바로 이국적인 문화에 대한 꾸밈없는 반응과 일치하는 것으로 이해될 수 있다. 그가 자신의 음식관을 그렇게 표현하는 까닭은 무엇보다 자기와 같은 프랑스인 여행자들의 편협하고 자기 문화 중심적인 태도와 취향을 비판하기 위해서이다.

나는 우리 나라 사람들이 어리석은 습성에 도취되어 자기들의 방식과 다른 것을 보고 기겁을 하는 모양을 보면 부끄러워진다. 그들은 자기들이 사는 동네 밖에 나가면 자기들의 본질에서 벗어난다고 생각하는 것 같다. 그들은 어디에 가든지 자기네 방식을 고집하고, 외국인의 방식을 혐오한다. 헝가리에서 동국인을 만난 사람들은 큰 모험이나 치른 듯이 야단법석을 하고 서로 뭉쳐서 단합하여 그들이 보게 된 많은 야만적 풍속을 비난하는 일에 열중한다. 그들의 풍속이 프랑스식이 아닌 이상, 어찌 야만적이지 않을 수 있겠는가! 문제는 그런 점들을 알아보고 비방하는 사람들이 학식이 있다는 사람들이라

tout m'est un, et si un que, vieillissant, j'accuse cette genereuse faculté, et auroy besoin que la delicatesse et le chois arrestat l'indiscretion de mon appetit et par fois soulageat mon estomac. Quand j'ay esté ailleurs qu'en France et que, pour me faire courtoisie, on m'a demandé si je voulois estre servy à la Françoise, je m'en suis mocqué et me suis tousjours jetté aux tables les plus espesses d'estrangers.(*Essais* Ⅱ, 427-428쪽)

는 점이다. 대부분의 사람들은 오직 돌아오기 위해서만 여행에 나서는 것이다. 그들은 폐쇄적이고 자기 표현을 억제하고 옆사람과 이야기도 나누지 않고, 마치 알지 못하는 세계의 더러운 공기에 감염되지나 않으려는 듯이 조심스럽게 여행한다. [11]

몽테뉴는 프랑스인들이 이처럼 자신들의 문화적 관습에 집착하면서 외국의 문화나 풍속에 대해서 관대한 개방적 태도를 보이지 않는 점을 비판한다. 그가 보기에, 그들은 국수주의적 성격이 너무 강해, 가령 자기들 나라에서는 분열과 대립의 관계에 있었다 하더라도 적 앞에서 단결해야 하듯이, 혹은 저절로 단결하게 되듯이, 외국의 풍속을 비방하는 데의견 일치를 보이는 식이다. 그들은 결코 다른 문화를 보고 배우기 위해 여행하는 것이 아니라, 자기 문화에 안주하고, 자기 세계 속으로 돌아오기 위해 여행한다. 그러므로 자신의 생각을 솔직히 표현하고, 자기 반성을 한다거나 생각을 넓히려는 개방적인 태도를 취하기는커녕, 외국과 외국인을 전염병 같은 질병의 요소들이 가득한 대상처럼 생각하여 극도로 몸조심을 하는 것이다. 그들의 이러한 태도는 〈어리석은 습성에 도취〉되어 있다는 언급에서 야유적으로 표현되어 있듯이, 깨어 있고 개방적인 이성의 사고 방식과는 거리가 멀다. 그들과 동국인인 〈나〉로서 부끄러움을 느끼는 것은 당연하다.

---

11) J'ay honte de voir noz hommes enyvrez de cette sotte humeur, de s'effaroucher des formes contraires aux leurs : il leur semble estre hors de leur element quand ils sont hors de leur village. Où qu'ils aillent, ils se tiennent à leurs façons et abominent les estrangeres. Retrouvent ils un compatriote en Hongrie, ils festoyent cette avanture : les voylà à se ralier et à se recoudre ensemble, à condamner tant de meurs barbares qu'ils voient. Pourquoy non barbares, puis qu'elles ne sont françoises? Encore sont ce les plus habilles qui les ont recogneuës, pour en mesdire. La plus part ne prennent l'aller que pour le venir. Ils voyagent couverts et resserrez d'une prudence taciturne et incommunicable, se defendans de la contagion d'un air incogneu. (위의 책, 428쪽)

내가 이런 사람들에 대해 이야기하는 것은 젊은 조신(朝臣)들 중의 어떤 사람들이 그렇게 처신하던 일이 생각났기 때문이다. 그들은 자기들과 같은 부류의 사람들만 생각하고, 우리를 마치 다른 세계 사람들인 것처럼 경멸과 동정의 눈빛으로 쳐다본다. 그들의 화제에서 불가사의한 궁정의 이야기를 제거해 보라. 그들은 사냥거리가 없는 사냥꾼 모습이거나 아주 미숙하고 서툰 모습이 된다. 교양인이란 바로 개방적인 사람이라는 말이 사실이다. [12]

이처럼 몽테뉴는 여행중의 배타적인 프랑스인들을 비판하다가 자연스럽게 궁정의 조신들을 연상하게 된다. 자신들의 세계 밖으로 나올 줄 모르는 점에서는 궁정의 조신들도 다름이 없기 때문이다. 그들이 만나는 사람은 그들과 같은 사회적 신분의 사람들이고 그들의 관심 역시 폐쇄적이다. 그들은 다른 신분의 사람들을 마치 이방인이나 〈다른 세계 사람들 gens de l'autre monde〉인 것처럼 동정하거나 아니면 경멸하듯이 바라본다. 그러나 진정한 교양인이라면, 자기 세계 밖에 있는 사람들을 편견 없이 대하고, 세상사의 여러 가지 문제에 대해 폭넓은 관심을 보여야 한다. 그런 점에서 교양은 이성의 본래적인 의미와 같다. 교양이란 자족적이고 한정된 것이 아니라 세계와의 관계에서 풍부한 경험과 지식을 통해 계속 심화되고 확대될 수 있는 것이다. 몽테뉴의 이러한 교양 개념은 충분히 현대적이다.

여행이 유익한 것은 여행자의 입장에서 모든 사물을 편견 없이 바라보고, 보편적인 상대주의적 관점을 취할 수 있기 때문이다. 여행은 회의주의적 입장을 조장하는 것이 아니고, 회의주의 때문에 여행이 가치 있는 것도 아니다. 그것의 가치는 상대주의적 시각에서 상이한 관습을 비교할

---

12) Ce que je dis de ceux là me ramentoit, en chose semblable, ce que j'ay par fois aperçeu en aucunz de nos jeunes courtisans. Ils ne tiennent qu'aux hommes de leur sorte, nous regardent comme gens de l'autre monde, avec desdain ou pitié. Ostez leur les entretiens des mysteres de la court, ils sont hors de leur gibier, aussi neufs pour nous et malhabiles comme nous sommes à eux. On dict bien vray qu'un honneste homme, c'est un homme meslé. (위의 책, 428쪽)

기회를 갖게 하고 모든 관습의 정당성을 인정하도록 하면서 모든 관습을 더 잘 이해하도록 만드는 데 있다. 세계가 책이라면, 여행은 바로 세계라는 책을 읽는 행위이다. 몽테뉴가 교양인의 예를 통해서 여행을 이야기한 것은, 이미 16세기에, 고전주의 시대에 이르러서나 제시될 수 있는 바람직한 교양인의 모습을 이야기하기 위해서라고 해석해 볼 수 있다. 몽테뉴에게는 이처럼 바람직한 교양인의 모습이 문제 되는 것이지, 프랑스의 교양인들에 대한 무조건적인 비판이 문제 되는 것이 아니다. 마찬가지로 그가 프랑스인의 사회적 관습과 자기 문화 중심주의를 비판하는 것은 보편주의적 입장에서 근원적으로 문제를 생각해 보기 위해서이다. 사실상 그는 누구보다 자기 나라의 관습과 전통을 사랑하고, 또한 자신이 그러한 문화적 혜택을 받고 자란 사람임을 모르지 않는다. 그러므로 그의 문화와 관습에 대한 비판은 자신의 개인적 입장에서 토로한 것이 아니라 보편적 인간의 관점에서 이루어진 것이며, 그것은 또한 하나의 관점을 고집하여 그것을 변함없는 철칙처럼 지키기 위해서가 아니라 다각적인 입장에서 사유하는 상대주의적 관점에 서기 위해서이다. 그러므로 그는 다양한 여러 민족들의 문화와 풍속에 대해 관대한 태도를 보인다. 신대륙과 식인종들의 문화에 대해서 관대한 입장을 보인 것도 그와 같은 의미에서 이해될 수 있다.

3

몽테뉴가 문화적 상대주의의 선구자로서 자아 중심적인 세계관을 버리고 타자의 관점에서 자신의 문화를 평가한다는 것은, 〈신세계 Le noveau monde〉에 관해서 쓴 「식인종들에 관해서 Des cannibales」(1권 31장)와 「역마차들에 관해서 Des coches」(3권 6장)에서도 여실히 확인되는 점이다.[13] 브라질의 식인종들을 야만인이라고 부르는 나쁜 관습이 오히려 더 야만적이라는 그의 논리는 상당히 대담해 보인다.

이제 본래의 주제로 돌아가서 이야기해 보자. 사람들이 내게 전해 준 바에 따르면, 자신의 관습이 아닌 것을 야만적이라고 부른다는데, 바로 그런 점이 야말로 야만적이고 미개한 태도라고 생각한다. (……) 그들을 야만인이라고 부르는 것은 자연이 그 스스로 일상의 발전을 통해 이룩한 성과를 야만이라고 부르는 것과 다름이 없다. 그러나 사실은 오히려 우리가 우리의 기교로 사물의 깊은 질서를 바꾸어 변경시켜 놓는 일이 야만이라고 말할 수 있다.[14]

이처럼 야만인이라고 부르는 것은 합리적인 근거에 의한 것도 아니고, 문명적인 차원에서 규정된 것도 아니다. 그것은 오직 서구인들과 다르다는 이유 때문인 것이다. 위의 인용에서 특히 주목되는 것은 〈그들을 야만인이라고 부르는 것은 자연이 그 스스로 일상의 발전을 통해 이룩한 성과를 야만이라고 부르는 것과 다름이 없다〉는 대목이다. 이 논리에 따르면 야만적이라는 것은 전혀 열등한 가치가 아니라 오히려 우월한 가치

13) 16세기는 스페인과 포르투갈의 제국주의가 번창하였던 시대이다. 근대적인 항해술의 방법으로 포르투갈인은 해상 무역의 패권을 누리게 되었고, 스페인은 신대륙을 발견하여, 신대륙의 원시적인 문화와 이질적인 요소들의 발견은, 많은 지식인들의 관심을 모으게 되었다. 몽테뉴 역시 그러한 문화적 사실에 대해 많은 자료를 모으고, 여러 가지 여행기들을 읽으면서 소위 〈식인종〉이라는 사람들의 삶과 문화에 대한 인식을 심화하게 된다. 그는 흔히 야만적이라고 알고 있는 그들의 문화가 그들의 삶과 풍속의 논리를 반영하고 있음을 이해하는 한편, 식민주의자들이 기술과 물질의 우월성을 이용하여, 미개한 사람들을 속이고 타락하게 만드는 온갖 부정한 행위를 보고 분개하게 된다.

14) Or je trouve, pour revenir à mon propos, qu'il n'y a rien de barbare et de sauvage en cette nation, à ce qu'on m'en a rapporté, sinon que chacun appelle barbarie ce qui n'est pas de son usage ; comme de vray, il semble que nous n'avons autre mire de la verité et de la raison que l'exemple et idée des opinions et usances du païs où nous sommes. Là est tousjours la parfaicte religion, la parfaicte police, perfect et accomply usage de toutes choses. Ils sont sauvages, de mesme que nous appellons sauvages les fruicts que nature, de soy et de son progrez ordinaire, a produicts : là où, à la verité, ce sont ceux que nous avons aiterez par nostre artifice et detournez de l'ordre commun, que nous devrions appeller plutost sauvages.(*Essais* I, 234쪽)

174

에 해당한다. 서구인들이 자연과 순수한 감정을 인위적인 기교나 불순한 의지로 타락하게 만들었다면, 식인종들이라고 불리는 사람들은 오히려 순수한 자연의 상태를 그대로 보존하고 있는 셈이다. 자연의 상태는 진실되고, 유익한 미덕의 긍정적인 의미로 해석된다. 또한 식인종들의 식인 풍습에 관한 것, 즉 적을 포로로 잡아서 얼마 동안은 편하게 해주다가 곧 칼로 쳐서 죽이고, 살조각을 구워 먹는다는 풍습에 대해서는 이렇게 서술되어 있다.

　이것은 사람들이 생각하는 것처럼 옛날 스키타이 족들이 하던 식으로, 먹기 위한 것이 목적이 아니라 극단적인 복수를 보여주기 위한 일이다. (……) 나는 이러한 행동이 흉칙하고 야만적인 행위라는 것을 염두에 두어 기분 나쁜 것으로 생각하고 싶지는 않다. 진실은 오히려 우리가 그들의 결함은 잘 비판하면서 우리 자신의 야만 행위는 주목하지 못하는 일이 서글픈 것이다. [15]

16세기의 상황에서 야만인과 식인 풍습에 대해 위와 같은 해석을 내리기는 쉽지 않았을 것이다. 몽테뉴는 신대륙의 브라질인들에 대한 근본적인 부정과 혐오의 의미로 인식될 수 있는 식인 풍습의 주제를 그 자체로 옹호하는 파격적 방법보다 고전적인 지혜를 발휘하여 그 풍습이 야기하는 끔찍스러운 느낌을 완화시키는 방법을 취한다. 식인 풍습보다 더 야만적이라고 볼 수 있는 유럽인들의 잔혹한 행위를 환기시키는 방법이 그의 지혜로운 논증인 것이다. 사실상 신대륙에서 포르투갈 정복자들이 자행한 만행이나 프랑스의 종교전쟁의 소용돌이 속에서 프랑스인들이 보인

---

15) Ce n'est pas, comme on pense, pour s'en nourrir, ainsi que faisoient ancienne-
　　ment les Scythes ; c'est pour representer une extreme vengeance. ⋯ Je ne
　　suis pas marry que nous remerquons l'horreur barbaresque qu'il y a en une telle
　　action, mais ouy bien dequoy, jugeans bien de leurs fautes, nous soyons si
　　aveuglez aux nostres.(위의 책, 238-239쪽)

비인간적 참상의 잔혹스러움은 일일이 열거할 필요가 없을 정도이다. 몽테뉴는 그들의 식인 풍습이 야만적이 아니라고 말하는 것이 아니라, 그들의 식인 풍습을 야만적이라고 부르는 사람들의 비이성적 논리를 문제시하는 것이다. 〈우리는 이성의 법칙에 비추어서 그들을 야만이라고 부를 수는 있어도, 우리와 비교해서 그들을 야만이라고 부를 수는 없다. 모든 야만성에서 우리가 그들보다 더 심한 것이다.〉[16] 야만에 대한 판단 기준이 이성의 법칙에 입각해 있어야 한다는 논리는 변함없이 강조되어 있다. 또한 용감성에 관한 문제에도 그들의 풍습을 존중해야 한다는 논리가 보인다. 그들의 풍속에서는 전투의 패자가 포로가 되었더라도 절대로 비겁한 태도를 보여서는 안 되고, 죽음에 임박해서라도, 자기를 죽이는 자에게 침을 뱉을 용기를 보여야 한다는 것이다. 그러므로 용기 혹은 용감성의 개념은 지역에 따라 상대적일 수밖에 없는 것이다.

신대륙과 식인종들의 풍습에 대한 몽테뉴의 시각은 그 현상을 탐험가나 여행자의 입장에서 직접적으로 체험한 시각이 아니다. 그것은 간접적으로 알게 된 지식을 몽테뉴의 관점에서 해석한 것이다. 그러한 주관적 해석이 객관적 동의와 이해를 얻기 위해서는 무엇보다 그것이 가변적인 판단이나 일반적인 상식에 좌우된 것이 아니라 명철한 이성에 의거한 고찰이 되어야 하고, 그 해석의 근거가 되는 일차적 자료의 원인인 직접 체험한 사람의 언술이 신빙성을 가질 수 있는 것이어야 한다. 몽테뉴는 이런 점을 의식해서 이 장의 처음부터 주의해야 할 사항을 이렇게 강조한다.

우리는 자기들이 가보고 온 지방을 개인적으로 말해 주는 지정학자들이 필요할 것이다. 그러나 그런 학자들은 팔레스티나를 보고 왔다는 것을 유세로 세상의 모든 다른 지방을 이야기하는 특권도 누리려고 한다. 나는 사람들이 각기 자기가 아는 것을 쓰고, 그가 그것을 알고 있는 만큼 그것뿐 아니라 다른 문제에 관해서도 써주기를 바란다. 왜냐하면, 그는 다른 문제에 대해서는

---

16) 위의 책, 240쪽.

누구나 알고 있는 정도밖에 모르는데, 강이나 샘물의 성질에 관해서는 어떤 특별한 지식이나 경험을 갖추고 있을 수 있기 때문이다. 그렇지만 그는 그 작은 영역이 널리 유포되도록 하기 위해서 물리학 전체를 기술하려 할 것이다. 그러한 악습에서 여러 가지 많은 혼란이 생긴다.[17]

자신이 알고 체험한 지식을 남들에게 이야기하는 사람의 미덕과 필요성을 역설하는 한편, 그가 자신의 논리를 정당화하기 위해 논리를 전개해 가는 데 동원될 수 있는 과장과 허위의 요소들을 몽테뉴는 동시에 경고하고 있다. 또한 야만인들을 이해할 때, 이성적인 추리 단계를 넘어선 상상력의 논리가 필요하다는 것을 강조하기도 한다. 가령 통역에 의존해서 그들과 대화를 나눈 사람의 자료가 있을 경우, 통역한 사람의 말을 어디까지 믿을 수 있는지도 확실치 않다. 그런 점뿐만 아니라, 어차피 제한된 자료를 통해서 신대륙과 그 지역 사람들을 포괄적으로 이해하려면 상상력에 의존해야 할 것이다. 블랑샤르는 신대륙의 이모저모를 제대로 이해하고 묘사하는 데에도 상상력이 필요할 뿐 아니라, 상상력이란 유럽인들보다 오히려 원시인들의 순수성에 더 가까운 능력이라고 볼 수 있기 때문에, 그들을 이해하는 데 더 적합하고 효과적이라는 점을 주장한다. 가령 그들의 노래와 시를 이해하기 위해서는 상상력이 필수적이다. 그러므로 〈살모사야, 거기 멈춰라, 거기 멈춰라. 살모사야, 내 누이가 네 모양을 본따서 멋진 허리띠를 만들면, 우리 임께 바치지. 우리 임

---

17) Il nous faudroit des topographes qui nous fissent narration particuliere des endroits où ils ont esté. Mais, pour avoir cet avantage sur nous d'avoir veu la Palestine, ils veulent jouir de ce privilege de nous conter nouvelles de tout le demeurant du monde. Je voudroy que chacun escrivit ce qu'il sçait, et autant qu'il en sçait, non en cela seulement, mais en tous autres subjects : car tel peut avoir quelque particuliere science ou experience de la nature d'une riviere ou d'une fontaine, qui ne sçait au reste que ce que chacun sçait. Il entreprendra toutes-fois, pour faire courir ce petit lopin, d'escrire toute la physique. De ce vice sourdent plusieurs grandes incommoditez.(위의 책, 234쪽)

은 언제나 예쁘고 날렵한 너의 고운 맵시를 좋아하니까〉와 같은 노래의 한 후렴에 대해서 몽테뉴는 자신의 이해 능력을 표명하면서 〈여기에 나타난 상상력에는 아무런 야만적 요소도 없을 뿐 아니라 이 시는 그야말로 아나크레온풍으로 되어 있다〉[18]고 말하기까지 한다. 몽테뉴의 상상력에 대한 개념에는 자연과 예술, 생물과 무생물 사이의 구분이나 대립이 없다. 삶과 예술의 구분이 없는 것이 그들의 문화적 특징이듯이, 그들의 자연스러운 상상력은 사물의 세계를 구별짓고 사물을 객체화하는 유럽인들의 경우와는 달리, 모든 구분과 대립을 초월해 있다. 몽테뉴는 이처럼 야만인들의 풍습을 긍정적으로 수용하거나, 그들의 문화를 빌어서 자아 비판의 기회로 삼는다. 또한 그러한 논리가 일방적인 주관의 논리가 되지 않기 위해서 객관화할 수 있는 이론적 장치를 설정해 놓기도 한다.

야만인과 신세계에 대한 논의와 관련지어, 비교적 최근에 제시된 토도로프의 주장은 참고해 볼 가치가 있다. 토도로프는 몽테뉴가 야만인 le barbare 을 언급하면서, 그것을 두 가지 상반된 의미로 사용하고 있음을 지적하고, 그의 야만성에 대한 기준은 상대적이거나 보편적인 것이 아니라 자민족 중심적이라고 비판한다. [19] 야만의 상반된 의미란, 하나는 역사적이고 실증적인 뜻으로 사용하고 있는 점이고, 다른 하나는 윤리적이고 부정적인 뜻으로 사용하고 있다는 점이다. 다시 말해서 몽테뉴는 본연의 순박성이나 자연 상태에 가깝다는 의미에서 야만적이란 말을 긍정적으로 말하는가 하면, 타락하고 잔혹하다는 의미에서 그것을 부정적으로 말하기도 한다는 것이다.

구체적인 예를 들자면, 〈그 나라 사람들은 인간 정신의 인위적 방법을 갖고 있지 않고 그들 본연의 순진성에 아주 가깝기 때문에, 내게는 야만적으로 보인다〉고 했을 때와 〈우리는 이성의 법칙에 비추어서 그들을 야만인이라고 부를 수 있는 일이지만, 우리와 비교해서 그들을 야만인이라고 부를 수는 없다〉고 했을 때, 야만의 의미는 상반된다는 것이다. 또한

---

18) 위의 책, 244쪽.

19) T. Todorov, *Nous et les autres* (Seuil, 1989).

살모사와 관련된 그들의 노래를 인용한 대목에서 몽테뉴가 〈이 시에 나타난 상상력에는 아무런 야만적인 요소도 없을 뿐 아니라 이 시는 그야말로 아나크레온풍으로 되어 있다〉라고 언급했을 때, 저자의 잠재적 의도에는 〈아나크레온풍으로 되어 있지 않다면 야만적이었을 것〉이라는 논리가 담겨 있다는 것이다. 그런 점 때문에 야만성의 기준은 상대적인 것도 아니고 보편적인 것도 아니라는 것이다.

토도로프의 이러한 비판은 비판을 위한 비판같이 보이거나 지나친 분석에 의존함으로써 문제의 본질을 놓치고 만 느낌을 준다. 토도로프의 논지는 두 가지 점에서 반박해 볼 수 있다.

첫째, 몽테뉴가 〈야만적〉이란 말을 일관되게 사용하지 못한다고 했을 때, 그 말이 긍정적으로 통용되는 것이라면 몰라도 부정적인 뜻으로 사용될 경우, 인간은 그와 같은 모순을 벗어나기 어렵다는 것이다. 잘못된 언어 관습을 문제시했을 때, 인간이 문제의 언어 밖에 있지 못하고 언어 속에 있다면, 그 언어에 대한 비판은 완전히 객관화된 입장에서 이루어지기 어렵다. 가령 인종 차별의 폐해를 비판하는 사람이 〈인종 차별〉이란 부정적인 뜻을 완전히 제거하고 순수한 중성적인 개념으로만 그 말을 사용할 수 없을 것이다. 타락한 방법으로 타락한 사회를 비판한다는 말이 있듯이 나쁜 언어 관습에서 완전히 벗어나지 못한 채 나쁜 언어 관습은 비판할 수 있는 것이다. 그러한 모순의 한계를 이끌어내어 그 말의 주체가 되는 사람의 본래적인 의도를 왜곡한다면, 그것은 본말을 전도한 해석일 것이다.

둘째, 토도로프는 『수상록』의 저자가 보편주의자가 아니라고 지적하는데, 중요한 것은 완전한 보편주의자인가 아닌가의 문제가 아니라 얼마나 이성에 의거한 보편주의자의 입장을 지향하는가의 문제일 것이다. 그런데 그는 몽테뉴가 타자 l'Autre에 대해서는 관대한 태도를 취하면서도 자신의 사회를 끊임없이 비판하는 것을 올바른 객관적 태도라고 볼 수 없을 뿐 아니라 엄정한 보편주의자의 입장이라고 말할 수도 없다고 확언한다. 타자에 대한 몽테뉴의 관용적 이해라는 것도 철저하지 못하여 모순된 양상을 드러내는 것으로 이해된다. 무엇보다 삶에 대한 객관적이고 정확한 이해가 전제되어야만 관용적 태도가 의미 있을 텐데, 몽테뉴의 경우 그러한 이해나 관심이 결핍되어 있을 뿐 아니라 오히려 무관심하기까지 하고, 자기 중심적 입장에서 다른 문화권으로 들어가기를 거부한다는 것이다.

그러나 이처럼 철저하지 못하고 모순된 몽테뉴의 태도와 관점에 대한 토도로프의 비판이 아무리 올바른 전거와 논리로 전개되어 있다 하더라도, 그 모순을 넘어선 전체의 본질을 수용하지 못하고 있다는 점에서 그것은 풍부한 공감과 이해를 도출하지 못한다. 모순과 불일치의 사상이 비판의 대상이 될 수는 있지만, 모순의 요소들이 위선과 허위가 아닌 창조적인 힘으로 작용하여 풍부한 세계를 만들 때, 그것을 긍정적으로 받아들일 여지는 많다. 『수상록』의 모순들이 바로 창조적인 요소들이란 것은 여러 사람들의 공통된 견해이기도 하다.

4

몽테뉴를 읽는 일은 수많은 편견과 도덕적 속박에서 벗어나 정신의 자유와 자유의 정신이 무엇인지를 깨닫는 경험이다. 그는 회의주의자이지만 행복한 삶의 신념을 갖고 있었을 뿐 아니라, 합리적인 삶의 가치를 존중하였다. 그의 글쓰기는 삶의 가치를 역설한 것이었고, 삶을 위한 수단이기도 했다. 그는 자연의 상태를 예찬하고 미개인들의 야만성이나 어린아이들의 무지와 순수성을 옹호한 사람이었지만, 인간의 이성적인 삶과 사회를 행복하게 만들 수 있는 지식이 불필요하다고 생각하지는 않았으며, 어린아이들을 현명한 성인으로 성숙하게 만들 교육이 소용없는 것이라고 생각하지도 않았다. 거부해야 할 것은, 인간의 정신을 혼란스럽게 만들고 이성적 사색을 방해하는 경직되고 편협한 지식이다. 그가 무지와 자연의 상태를 예찬한 까닭은 부정적인 지식이 이성의 눈을 어둡게 하고, 정신을 자유롭지 못하게 만들었기 때문이다. 그가 주장한 것도 결국 지식의 노예가 되지 않고, 지식의 주인이 되는 삶이다.

그는 무겁고 혼란스러운 지식의 무게에 갇혀 있는 현학자들이나 독단적인 확신에 사로잡힌 사람들과 맞서 싸웠다. 독단적인 확신뿐만 아니라 우유부단한 무정견의 태도를 공격하기도 했다. 그러므로 그의 회의주의는 그 시대의 독단주의에 대항하는 무기일 뿐 아니라, 원칙 없고 우유부단한 사고 방식을 지양하는 방법이기도 하다. 그 회의주의는 어떤 때는 보수주의의 얼굴을 취하다가, 또 어떤 때는 진보주의의 표정을 짓기도 한다. 그러나 그가 보수주의의 의견을 표현한 것은 내란과 사회적 혼란이 계속되던 시대에 새로운 개혁이 종교개혁처럼 또 다른 혼란을 조장시키지 않을까 하는 우려 때문인 경우가 많았다. 그러나 무엇보다 자신이 속한 사회의 관습과 법, 도덕과 편견에 대한 대담한 비판과, 이성적 판단에 근거하지 않은 모든 권위주의에 대한 공격을 통해 보인 그의 진보적 태도는 놀라울 정도이다.[20]

결국 몽테뉴의 회의주의적 비판이란 인간의 행복과 자유를 방해하는 온갖 편견과 질곡의 두려움에서 인간을 해방시키고, 더 나은 삶을 지향하도록 하는 데 참뜻이 담긴 것이다. 유한한 삶을 무의미하고 공허하게 탕진하지 않고 유익하고 자유롭게 만들기 위해서는, 진부한 표현이겠지만, 인간이 삶의 주체가 되어야 한다. 중요한 것은 현세의 삶이지 내세의 삶이 아니다. 그는 인간의 종교적 구원을 생각하기 전에 인간의 행복

---

20) 그는 「역마차들에 관해서」(3권 6장)와 같은 글에서 가난한 사람들이 부유한 사람들의 집을 방화하지 않는 것이 이상하다는 과격한 생각을 하는가 하면, 이 책에서 제일 긴 「레이몽 스봉의 옹호」(1권 12장)에서는 신의 개념과 영원 불멸의 개념에 대해서 냉철한 분석을 하기도 한다. 또한 여성에 관해서도 순결성을 강조하면서 남성 중심의 보수적 시각을 드러내기도 하지만, 아마도 그처럼 그 시대에 성의 평등을 이야기한 사람도 없을 것이다. 이러한 여러 가지 측면을 고려하면, 그의 회의주의적 보수주의자의 입장은 무기력하거나 경직된 정신의 반영이 아니라, 당대 사회의 모든 풍속과 제도에 대한 이성적 비판에 근거한 것임을 이해할 수 있다.

한 삶의 가치를 생각한다. 이러한 태도가 결국 인간을 연구의 대상으로 삼은 원인이 된 것이고, 인간에 대한 관심과 인식의 한 방법을 위해서 자신을 출발점으로 삼은 것이라고 볼 수 있다. 자신의 모습은 모순되고 다양하고 또한 많은 변화의 굴절을 보이기도 한다. 그러한 자기 자신을 명증한 시선으로 파악하려 하고, 자신의 결점과 취향, 성격적 특징을 엄정한 분석의 대상으로 삼는 것은 곧 자신과 타인의 관계, 자신과 세계와의 관계를 고려하고, 그 관계를 이성적으로 정립하기 위한 것이다. 그것은 결코 일회적인 시도로 완성되는 것이 아니라 계속적인 변화의 흐름 속에서 늘 새롭게 시도되는 작업이다. 〈관습적인 언어〉가 아닌 〈살아 있는 언어〉가 그처럼 올바른 이성적 관계를 맺게 하는 것이라면 『수상록』이야말로 〈살아 있는 언어〉의 기록으로서 오늘날의 문제와 관련지어 새롭게 이끌어낼 수 있는 풍부한 현대성의 자장인 것이다.

참고문헌

Baraz, M. *L'être et la connaissance selon Montaigne*. José Corti, 1968.

Besnier, J. M. *Histoire de la philosophie moderne et contemporaine*. Grasset, 1993.

Brody, J. *Nouvelles lectures de Montaigne*. Honoré Champion éditeur, 1994.

Charpentier, F. *Essais Montaigne*. coll. Profil d'une œuvre, Hatier, 1979.

Compagnon, A. *Nous Michel de Montaigne*. Seuil, 1980.

Ménager, D. *Introduction à la vie littéraire du XVIIe siècle*. Bordas, 1968.

Moreau, P. *Montaigne, l'homme et l'œuvre*. Hatier, 1939.

Todorov, T. *Nous et les autres*. Seuil, 1989.

Villey, P. *Les Essais de Montaigne*. Nizet. 1967.

제 2 부　고전주의 문학 연구

고전주의 문학과 오귀스티니슴

배성옥

혼히들 17세기를 일컬어 〈고전주의 시대 l'époque classique〉 혹은 〈위대한 세기 le Grand Siècle〉라고 부른다. 르네상스 시대를 통하여 꾸준히 성숙하였던 프랑스 문학이 마침내 화려한 결실의 계절을 열었던 이 17세기는 또한 〈성 아우구스티누스[1]의 세기 le siècle de saint Augustin〉라고도 한다. 354년에 태어나 430년까지 살았던 고대인 아우구스티누스의 가르침을 본받아 17세기 전반기 프랑스에서는 후일 다양한 발자취를 남긴 신앙의 지도자들이 적잖이 배출되었다. 후반기에 이르러 프랑스 사회 전역을 떠들썩하게 했던 〈장세니슴 논쟁〉에서 정작 장세니스트 당사자들은

---

1) 앞으로 아우구스티누스와 함께 언급되는 몇몇 고대인들의 이름을 한글로 표기할 때 우리는 우선 라틴어 원음에 가장 충실하게 적도록 하는 원칙을 세웠다. 모든 명사가 격변화 déclinaison를 하는 언어 라틴어는 유럽의 여러 나라로 유입되면서 고유명사 또한 각 나라의 독특한 음운 체계에 따라 다르게 표기되었다. 그러므로 〈아우구스티누스 Augustinus〉 한 사람의 이름이 프랑스어로는 〈오귀스탱 Augustin〉, 영어로는 〈오거스틴 Augustine〉, 이탈리아어로는 〈아구스티노 Agustino〉, 스페인어로는 〈아구스틴 Agustin〉 등으로 표기되며, 한국 천주교에서는 〈아오스딩〉으로 호칭되고 있다.

〈웨르길리우스 Vergilius〉와 〈키케로 Cicero〉의 경우, 프랑스어에서는 〈비르질 Virgile〉 〈시세롱 Cicéron〉으로, 영어에서는 각각 〈버질 Virgil〉, 〈시세로 Cicero〉로 통용된다.

하나같이 자신들을 이름하여 〈성 아우구스티누스의 제자들〉이라고 했다. 그러므로 고전주의 시대의 정신적 풍토를 더듬어보고자 할 때면 누구나 아우구스티누스란 어떤 인물이었으며 오귀스티니슴이란 무엇이었던가에 대하여 더욱 면밀한 물음을 제기하지 않을 수 없다.

아우구스티누스는 17세기뿐만 아니라 서양 사상의 전반적 흐름에 대하여 얼마간 알고자 하는 사람이라면 예외 없이 마주치게 되는 이름이다. 한마디로 그는 서양 사상의 뿌리요 줄기인 기독교를 철학적으로 집대성하여 〈신학 Théologie〉이라는 학문을 이룬 사람이라고 말할 수 있겠다. 그가 살았던 고대 말기에 아직은 초기 종교적 신앙의 테두리에 머물러 있던 기독교는 그에 의하여 —— 좀더 정확히 말해서 그의 〈문학 res literaria〉, 즉 그의 문필로 쓰여진 모든 정신적 유산에 의하여 —— 종교만의 범주를 넘어서서 서양 문화의 커다란 맥락을 형성하게 되었다 해도 지나친 말은 아닐 것이다.

그는 물론 카톨릭 교회에서 공경하는 〈성인 saint〉일 뿐 아니라 공의회(公議會, Concile)와 교황의 권위에 의하여 극소수의 성인 신학자에게 내리는 칭호 〈Docteur de l'Eglise〉로 불린다. 〈은총 Grâce〉과 〈자유의지 libre arbitre〉의 논쟁이 치열하게 벌어졌던 17세기에는 특히 그를 〈Docteur de la Grâce〉라고 칭하였다. 전공 분야가 세분된 오늘날에도 아우구스티누스는 결코 종교학이나 기독교 신학에서만 언급되는 인물이 아닐진대, 하물며 신학, 철학, 과학, 역사, 문학이 모두 인문학으로서 함께 어우러졌던 17세기에, 또한 아직은 기독교가 정치와 사회를 절대적으로 지배하면서 생각의 구석구석을 통솔하고 있던 시대에 아우구스티누스의 영향력이 어떠한 진폭으로 당시의 지성계를 움직였을까를 짐작하기란 어렵지 않다.

그러나 이에 앞서 우리는 열여섯 세기를 거슬러 올라가 로마 제국 말기를 살았던 인간 아우구스티누스에 대하여 알아보고자 한다. 물론 여기 한정된 지면에 그의 생애와 작품 전체를 밝히려는 것은 아니다. 또한 우리의 의도는 성당의 색유리창 안에서 후광에 둘러싸인 성인의 모습을 그리려 함이 아니라는 것도 두말할 여지가 없다. 무엇보다도 우리는 후세에 결정적인 영향을 준 그의 작품을 중심으로, 특히 프랑스 고전 문학이 그 속에 깊이 배어들어 숨쉬고 있던 정신적 양분으로서의 오귀스티니슴에 관하여 탐구를 시도할 뿐이다. 17세기 중엽에 프랑스를 자못 시끄럽게 했던 〈장세니슴 논쟁〉의 격렬하고도 복잡한 역사를 이해하기 위해서라도 우선 근원으로 올라가는 노력이 불가피한 것 같다.

아우렐리우스 아우구스티누스 Aurelius Augustinus 는 기독교가 박해시대를 벗어나 공인되었던 해(313)로부터 약 40년이 경과한 354년, 로마제국의 북 아프리카 변방 누미디아(Numidia, 현재 알제리 북부)의 소도시 타가스트 Thagaste에서 태어났다. 그는 로마 제국 말기의 온갖 데카당스와 혼란의 시대를 몸소 겪은 동시에 기독교가 사회적, 정신적, 지적으로 팽창하기 시작한 성장의 시대를 살았다.

청년 아우구스티누스가 받은 교육은 철저히 고전 라틴어와 라틴 문화에 뿌리박은 인문과학으로서 오늘날의 표현대로 말하자면 〈교양 교육 éducation libérale〉이었다. 또한 당시의 교양 교육이란 철저한 수사학 훈련이었다. 말하자면, 웨르길리우스 Vergilius 와 키케로 Cicéro 를 위시하여 고대 로마의 위대한 시인, 역사가, 웅변가들의 고전 라틴어 작품을 빠짐없이 암송할 줄 알고, 훌륭한 언변을 구사하며 훌륭한 글쓰기 능력의 배양을 최상의 목표로 삼았던 교육이었다. 고대의 〈수사학 rhétorique〉이란──우리 동양 문화에서는 존재하지 않았던 학문 개념이지만──내용 면에서 볼 때, 오늘날 우리가 말하는 〈문학〉 혹은 〈문예〉와 크게 다르지 않았다. 그러므로 우수한 학생 아우구스티누스가 철저히 수사학으로 다져진 학업을 끝내고는 곧바로 수사학 선생이 되어 고향 카르타고 Carthago 에서, 이후에 로마와 밀라노에서 13년 동안이나 〈잘 말하는 학문 scientia bene dicendi〉, 〈말하는 기술 l'art de parler〉──이런 표현들은 모두 수사학의 별칭이었다──을 가르치는 일에 종사했다는 것은 당시의 지성인 엘리트로서 자연스럽게 밟아나간 출세의 경로였다고 하겠다.

하지만 그가 받은 교양 교육과 수사학 선생으로서의 오랜 경력은 후일 기독교에 관하여 쓴 그의 방대한 저서 하나하나가 얼마나 힘찬 문체로 다듬어진 격조 높은 문학 작품인가를 미리 짐작하게 해준다. 고전 라틴 어 문학이라는 더할 나위 없는 양분으로 키워진 아우구스티누스의 글 속 에는 서양 문학 최고의 시인 웨르길리우스, 라틴 문학 최대의 산문가이 자 웅변가이며 철학자였던 키케로의 필치와 입김이 의식적으로든 무의식 적으로든 나타나 있음을 라틴어 문학자라면 누구나 시인하고 있는 바이 다.

기독교로 향한 아우구스티누스의 긴 여정의 출발점도 다름 아닌 키케 로의 글[2]을 읽으면서 〈철학 philosophia〉의 가치를 발견하고는 진리 탐구 의 필요성을 자각하기 시작한 데에서 비롯하였다고, 그는 후일에 쓴 『고 백록』을 통하여 생생하게 들려주고 있다. 18세의 아우구스티누스의 가슴 에 불붙듯이 일기 시작한 〈지혜 sophia에 대한 사랑 philo〉을 후세의 사가 들은 〈철학으로의 회심 conversion à la philosophie〉이라고 칭하면서 종종 젊은 파스칼의 제1의 회심과 비교하기도 한다. [3] 아우구스티누스의 결정 적 회심은 이로부터 13년이 지난 386년의 일이다. [4] 한때 마니교 manichéisme에 현혹되기도 했다가 신(新) 플라토니즘을 통한 오랜 숙고 와 사색 끝에 마침내 기독교를 끌어안기까지 그가 내면적으로 겪었던 투 쟁의 역사는 여기 우리 연구의 테두리를 벗어난다. 다만, 그의 생애에서 젊은 시절의 수사학 교육과 뒤이은 철학 수업이야말로 결코 간과할 수

---

2) 이는 키케로의 작품 가운데 유실되어 오늘날 전해지지 않는 작품 『호르텐시우 스 Hortensius』를 말한다. 아우구스티누스는 이를 읽고서 인간 영혼의 본질에 관하여 눈뜨기 시작했다고 그의 『고백록』에서 밝히고 있다.

3) 이는 세계 유수의 〈아우구스티누스 학자들 les augustiniens〉 가운데서도 손꼽 히는 사학자 앙리-이레네 마루 Henri-Irénée Marrou의 의견이다. H.-I. Marrou, *St. Augustin et l'augustinisme*(Paris : Seuil, 1978), 18쪽 참조.

4) 지난 1986년 로마에서는 아우구스티누스의 개종 1600주년을 기념하여 세계 곳 곳(유럽, 미대륙, 일본)에서 모여든 아우구스티누스 학자들의 대대적인 학회가 열렸다.

없는 두 가지 요소로서 그의 회심과 개종에 밑거름처럼 작용하였다는 사실을 우리는 기억하고 싶다. 그리하여 후일 그가 이룩한 기독교 신학이 얼마나 탄탄한 철학적 기반 위에 성립된 학문인 동시에 또한 얼마나 정교한 수사학으로 갈고 닦은 문학 작품인가를 짐작할 수 있게 된다.

아우구스티누스는 32세 때인 387년 부활절에 세례를 받았고 그 다음 해 388년 고향으로 돌아갔다. 36세에 사제가 되었으며 그로부터 5년 후, 지중해에 면한 항구 도시 히포 Hippo[5]의 주교로 임명되었다. 그는 430년 이곳에서 76세로 죽기까지 주교로 임직하면서 참으로 엄청난 양의 저서를 남겼다. 작품의 수만 헤아려도 113권이 되는데 그 가운데는 방대한 양의 단일 작품들이 적지 않다. 뿐만 아니라 218편의 서한집, 그리고 500편에 달하는 설교집이 보존되어 있다. 우리말로 번역되어 어느 정도 내용이 알려진 『고백록 Confessiones』과 부분적으로 번역된 『신국론(神國論) Civitate Dei』은 말할 것도 없이, 서양 세계에서 오랫동안 널리 거론되어 왔던 주요 작품 몇몇만을 추려보자.[6] 『De Trinitate(삼위일체론)』, 『De Genesi ad Litteram(창세기론)』, 『De Doctrina Christiana(기독교 교의론)』, 『Enarrationes in Psalmos(시편 해설)』, 『Soliloquia(독백)』, 『De Natura et Gratia(인간 본성과 은총론)』, 『De Libero arbitrio(자유의지론)』, 등등. 이 외에도 신약성서 중에서 가장 철학적인 텍스트로 간주되는 「요한복음」과, 「바울의 편지들」 가운데 특히 「로마서」와 「갈라디아서」에 대한 명상과 주해서들 또한 오귀스티니슴의 세계에서 근본적인 비중을 차지하는 작품들이다.[7]

---

5) 〈히포〉의 라틴어 원명은 〈히포 레기우스 Hippo Regius〉이며 프랑스어로 〈이폰 Hippone〉으로 표기되는 관계로 아우구스티누스는 종종 〈이폰의 주교 l'évêque d'Hippone'라는 직함으로 별칭되기도 한다. 〈히포〉는 물론 오늘날 알제리 땅이며 현재 명칭은 〈아나바 Annaba〉이다.

6) 여기에 나열하는 아우구스티누스의 작품명은 아직 우리말 번역이 없는 관계로 『 』안에 우선 라틴어 원명을 먼저 쓴 다음에 괄호 속에 우리말로 대개의 의미를 밝혔다.

7) 아우구스티누스의 전 작품에 대한 텍스트크리틱, 텍스트 확립, 번역 및 주석

아우구스티누스는 주교로서 신학자로서 가르치는 입장에서 많은 글을 쓰기도 했지만, 동시에 비기독교인들 païens 과 이단종파들 sectes —— 마니교 Manichéisme, 도나티슴 Donatisme, 펠라지아니슴 Pélagianisme —— 에 대한 논박에서 비롯되어 편지와 설교 형식으로 된 저서도 숱하게 남겼다. 이처럼 그의 작품 세계는 매우 광범위하고도 포괄적인 하나의 우주 l'univers 를 이루고 있다. 다시 말해서 오귀스티니슴 l'augustinisme 자체는 낙천적 영역과 비관적 영역을 고루 갖춘, 지극히 총괄적인 신학의 금자탑이라고 하겠다. 그런데 이 원래의 오귀스티니슴이 중세의 1000년 세월과 르네상스를 거쳐 17세기로 유입되면서 무척이나 우리를 당혹케 할 만큼 색깔과 용모를 달리하게 되었다. 무엇보다 우리의 관심이 쏠리는 17세기의 오귀스티니슴은 어떠한 모습이었던가?

에서 프랑스는 오랜 전통을 지녀왔으며 지금도 계속해서 풍부한 업적을 이루고 있다. 고대의 수많은 수사본들의 경우와 마찬가지로 아우구스티누스의 작품도 인쇄술의 발명과 르네상스 시대의 고전문헌학 부흥에 힘입어 에라스무스를 비롯한 유럽의 여러 지성인 학자들 및 신학자들의 엄정한 텍스트크리틱을 거쳐서 〈전집〉으로 발간되기 시작했다. 프랑스에서는 생모르 베네딕트 수도회 신부학자들(les Bénédictins de Saint-Maur, 통칭 〈Mauristes〉)이 17, 18세기에 걸쳐서 이룩해 놓은 〈모리스트 판본 les éditions mauristes〉이 지금도 권위 있는 판본 가운데 하나로 인정받고 있다. 좀더 최근에 나온 전집으로서는 데클레 드 브루베르 Desclée De Brouwer 출판사에서 1936년부터 시작하여 총 85권을 목표로 아직까지 진행중에 있는 〈Bibliothèque Augustinienne〉 시리즈가 훌륭한 최신 판본으로 손꼽힌다. 라틴어 원문과 프랑스어 번역은 물론 각권마다 권위 있는 아우구스티누스 학자들에 의하여 상세한 입문 설명과 주석이 함께 실려 있다. 마지막으로 우리는 지난해(1993) 가을 프랑스 갈리마르 Gallimard 출판사에서 folio판으로 간행되어 나온 프랑스어 번역판 『고백록 Confessions』을 여기에 언급하고 싶다. 이는 17세기 〈포르-르와얄〉 수도원의 〈은둔자〉이자 시인이었던 아르노 당디이 Arnauld d'Andilly가 번역한 작품이니만큼, 고전주의 시대 프랑스 말과 글에 대한 귀중한 증거이자 유산이 아닐 수 없다.

우리 나라에서는 『고백록』만이 완역되어 있고 그 외에 몇몇 소품들이 부분적으로 번역되어 있다. 아우구스티누스에 관하여 우리말로 된 본격적인 연구서로는 다음 작품이 유일한 것으로 사료된다 : 조정옥 『聖 아오스딩에 의한 人間 및 하느님』, 효성여대출판부, 1989년.

1640년에 출판되자마자 끊임없이 논쟁을 일으켰던 장세니우스 Jan-senius의 유작(遺作)은 제목부터가 『아우구스티누스 Augustinus』였다. 외부로부터, 특히 적대자들로부터 〈장세니스트〉라고 불리던 〈포르-르와얄 Port-Royal〉의 학자들 스스로는 자신들을 이름하여 〈성 아우구스티누스의 제자들 les disciples de saint Augustin〉이라고 칭하였다. [8)]

그러나 17세기 프랑스의 지성계를 막중한 권위로 지배하였던 오귀스티니슴은 우리가 잠시 위에서 살펴본 총괄적인 아우구스티누스 전체가 아니라 그의 신학 체계 중에서 매우 어둡고 비관적인 한 단면이었던 것이다. 당시의 신학논쟁은 언제나와 마찬가지로 기독교의 교의(敎義, doctrine)에 관한 것이었고, 교의 중에서도 〈은총〉과 〈자유의지〉, 그리고 〈원죄 péché originel〉와 〈구원예정설 prédestination〉에 대한 해석이 문제의 초점이었다. 그렇다면 여기에 대하여 17세기에 주장되었던 오귀스티니슴의 골자를 간단히 몇 마디로 적어보자. 〈원죄에 의하여 실추된 인간은 누구나 저주를 받아 지옥으로 떨어질 운명일진대 이를 불쌍히 여기는 신의 은총에 의해서만 구원받을 수 있다 ; '은총'은 '완전히 무상으로 베풀어지는 선물 don pur et gratuit'로서 인간의 '공로 mérite'와는 무관하고, 오직 '신의 정의 Justice de Dieu'에 의하여 '간택된 자들 les élus'에게만 주어질 따름이다.〉[9)] 이처럼 비관적이고 반(反)휴머니즘적인 교의가 아우구스티누스의 방대한 작품 가운데 어느 글에서 추출된 것임은 아무도 부인하지 않는 사실이다. 그러나 앞에서도 언급했듯이 이는 다만 지

---

8) Pascal, *Ecrits sur la Grâce* (Paris : Seuil, 1963), 310-348쪽 참조.

9) 〈원죄〉와 〈구원예정설〉 그리고 〈신의 정의〉는 언제나 동일한 신학적 맥락에서 이해되어야 한다. 이는 아우구스티누스가 사도 바울의 「로마서」를 읽으며 깊은 명상과 사색 끝에 얻어진 교의로서 기독교 신학의 가장 어려운 점으로 간주되지만 또한 그 핵심이라고도 볼 수 있다. 요컨대, 인간적 견지에서 이해하려 든다면 〈신의 지혜 Sagesse de Dieu〉는 인간의 눈에 〈터무니없는 것 folie〉으로만 보일 따름이며, 〈신의 정의 Justice de Dieu〉 또한 인간에게는 한없이 〈부당하다 injuste〉고만 생각된다는, 바울의 대 주제 grands thèmes pauliniens 가운데서도 신학적 해석이 분분하고 매우 어려운 문제에 속한다.

극히 풍부한 오귀스티니슴의 한쪽 측면이었다. 흔히들 말하는 이 〈암울한 오귀스티니슴 l'augustinisme noir〉은 성인 신학자의 만년에 펠라기우스 Pelagius 와 그의 동조자들을 상대로 20년 가까이 벌여왔던 신학논쟁 과정에서 비롯되었던 관계로, 표현이 극단으로 치우치며 과장된 점이 없지 않을 뿐 아니라, 그 이전에 다른 여러 작품에서 개진하였던 아우구스티누스 자신의 생각과도 어긋나고 시종일관하지 못한 점들이 자못 허다하다는 지적을 받아온 터이다. [10]

펠라기우스는 브리타니아(지금의 영국) 출신의 수도승으로서 로마에 정착하였으나 〈영원의 도시 Ville Eternelle〉 로마가 410년 서(西)고트족 Wisigoths 의 말발굽 아래 함몰되자 지중해를 건너 카르타고에 안주하였다. 그는 누구에게나 존경받던 수도자요 고행자였으며 무엇보다도 영혼의 내적 성장을 위하여 부단히 힘쓰는 사람이었다. 특히 그는 인간 스스로가 기울여야 할 자발적 노력에 대하여 끊임없이 역설하였다. 그리하여 인간의 〈자유의지〉를 지나치게 강조한 나머지 구원을 위한 신의 개입, 즉 〈은총〉의 필요성을 극소화하거나 마침내 부인하는 결과를 가져왔다. 펠라지아니슴은 이처럼 인간 중심주의, 낙천적 인간관, 보편적 의미에서의 휴머니즘으로 특징지어진 것이었다. 이를 공격하여 써내려간 아우구스티누스의 문필은 —— 젊은 시절 수사학 선생으로서의 역량을 남김없이 발휘한 탓이었는지 —— 적수의 논리에 상대적으로 맞서서 신 중심주의, 죄에 빠진 인간, 〈은총〉의 절대적 필요성을 지나치게 강조한 나머지, 자연히 비관주의가 고조되고 간간이 모순점마저 보이는 이른바 〈암울한 오귀스티니슴〉을 낳았던 것이다. 우리는 물론 이 어렵고 사변적인 교의 해석 문제로 들어가지는 않겠지만, 17세기 프랑스의 지성계가 대거 참여하였던 장세니슴 논쟁, 또한 고전주의 산문 문학의 보고로 손꼽히는 파스칼 및 〈포르-르와얄〉 작가들의 작품을 이해할 때 부딪히게 되는 몇몇 신학용어들에 대하여 일단 여기에서 정리하고 넘어가야 하겠다.

---

10) H. -I. Marrou, 앞의 책, 54쪽.

펠라기우스에 의하면 〈은총〉은 모든 사람에게 고루 베풀어졌으며 인간은 누구나 선악을 구별할 수 있는 〈자유의지〉를 가지고 있다는 것이다. 이 〈자유의지 libre arbitre〉는 그리하여 〈인간의 자유 liberté humaine〉와 동의어로 쓰이며 〈나튀르 Nature(인성, 본성, 자연)〉와 밀접하게 연결되는 개념이다. 〈자유의지〉의 개념은 또한, 죄를 짓고 안 짓고의 문제는 인간의 자유로운 의지로 판별할 수 있다는 주장에서 비롯되어 〈타락하지 않은 본성 nature non corrompue〉으로서 인간이 〈원래부터 지니고 있는 이성 raison naturelle〉과 동일한 대열에 서서 〈초자연적 은총 Grâce surnaturelle〉과 정면으로 대립하는 체계 système, 즉 펠라지아니슴을 구성하는 핵심 요소가 되었다. 이와 같이 동일한 개념 체계에 속하는 펠라지아니슴의 용어들, 즉 자유의지, 인간의 자유, 인성-본성-자연, 본성적 자연적 이성 raison naturelle 등등은 근대 세계로 유입되면서 인간성의 무한한 가능성을 믿는 르네상스 시대의 위마니슴 humanisme 과 자연히 밀접하게 결합하였다. 이러한 펠라지아니슴에 정면으로 맞서서 결코 쉽지 않은 투쟁을 벌였던 아우구스티누스, 그리고 17세기에 새로이 등장한 〈신(新) 펠라기우스 학파 les nouveaux Pélagiens〉와 맞서서 더욱 어려운 투쟁을 벌였던 〈아우구스티누스의 제자들〉, 이들이 내걸었던 대립 용어들인 원죄, 타락한 본성, 은총의 절대적 필요성, 간택된 영혼들, 구원예정설 등, 이러한 어휘들이 뜻하는 세계는 르네상스와 위마니슴의 밝은 장래를 꿈꾼 지 불과 100년 남짓한 세대의 눈에 자연히 짙은 비관주의의 어두운 색채로 보일 수밖에 없었다.

우리는 다시 한번 되풀이하여 말하고 싶다. 〈암울한 오귀스티니슴〉만이 아우구스티누스의 세계는 아니라는 것을. 어렵고 사변적인 교의논쟁을 떠나, 기독교 문학으로서 그의 작품은 라 브뤼예르 La Bruyère 같은 고전주의 문인들에게 경탄의 대상이었다.

우리의 종교가 그토록 탁월한 천재, 그토록 견고한 정신의 소유자에 의하여 믿어지고 지지되고 설명되었음을 확인한다는 것은 참으로 기쁜 일이 아닐 수 없다! 지식의 범위라든가 사고의 깊이와 통찰력에서, 순수철학의 제반 원리 및 원리의 적용과 전개 면에서, 결론의 합당성, 담론의 품위와 격조 면에서, 도덕과 감성의 아름다움에서, 플라톤과 키케로를 제외한다면 성 아우구스티누스에 비견될 만한 것은 아무것도 없다고 하겠다. [11]

서양의 사상과 문화 전반에 끼친 아우구스티누스의 영향에 대하여 여기에 일일이 언급할 수 없음은 자명한 일이다. 『고백록』 한 권이 서양문학 가운데 남긴 발자취를 찾아보자면 단테, 페트라르카, 프랑수아 드 살, 베륄, 파스칼, 루소, 샤토브리앙, 생트-뵈브, 르낭 등으로 이어지는 상당히 긴 리스트를 작성해야 할 터이다. [12] 다만, 〈고전주의 시대〉로 일컬어지는 17세기는 또한 〈아우구스티누스의 세기〉로 불릴 정도로 오귀스티니슴의 영향력이 막대하였다는 사실을 우리는 잊지 말아야 하겠다. 그 이전의 르네상스와 위마니슴, 그 이후의 계몽주의 철학 시대와 비교할 때, 종교적 열의에 넘쳤던 17세기는 매우 뚜렷하게 부각된 놀라운 오귀스티니슴을 이룩한 시대였다. 특히 종교개혁과 종교전쟁의 회오리바람을 겪고 난 지 얼마 되지 않았던 17세기 전반기의 프랑스에 참신하게 불어온 카톨릭 내부 쇄신운동의 영적 원동력은 다름 아닌 오귀스티니슴이었다. 흔히 역사 교과서에서 논의되는 〈반(反)종교개혁 la Contre-Réforme〉은 전면적인 〈카톨릭 내부 쇄신운동 la Réforme catholique〉의 한 단면일 뿐이었다. 프랑스에서는 17세기 초엽부터, 아우구스티누스를 본받아 학문과 영혼의 심화에 힘썼던 위대한 지도자 베륄 추기경 cardinal de Bérulle(1575-1629)의 영도 아래 놀라운 영적 변혁이 일어나기 시작하였다. 그는 〈오라토리오〉 수도회를 창립하는 한편, 오늘날 영성신학 théologie spirituelle 분야에서 〈프랑스 학파 l'école française〉로 알려진 일

---

11) La Bruyère, "Des esprits forts", *Les Caractères* (Garnier, 1962), 22쪽.

12) 이에 관한 연구서로서 가히 기념비적인 작품이 있다 : Pierre Courcelle, *Les Confessions de saint Augustin dans la tradition littéraire*, Etudes Augustiniennes. 1963.

련의 성인들과 신학자——성 뱅상 드 폴 saint Vincent de Paul, 성 장 으드 saint Jean Eudes, 콩드랭 Condren, 므슈 올리에 M. Olier——들을 배출하였다. 그리하여 17세기는 〈성인들의 세기〉라는 또 하나의 별칭이 붙게 되었다. 또한, 얼마 후 프랑스 장세니슴의 그루터기 역할을 하였던 생-시랑 Saint-Cyran도 가까이는 베륄에게, 멀리는 아우구스티누스에게 깊은 가르침을 받았던 인물이었다.

완전히 〈새로운 학문〉이라고 했던 데카르트의 철학조차 오귀스티니슴의 연장선상에서 논의되었다. 메르센 Mersenne과 아르노 Arnauld는 데카르트의 〈나는 생각한다, 그러므로 존재한다 Cogito ergo sum〉와 아우구스티누스의 추론 사이에 놀라울 정도의 유사점을 지적하였다. 이를테면, 『신국론』에 나오는 다음과 같은 문장을 읽어보자.

Si enim fallor, sum… :
만일 내가 기만당하고 있다면 나는 먼저 존재한다. 왜냐하면 존재하지 않는 것은 속을 수도 없기 때문이다. [13]

그러나 이런 글을 쓴 아우구스티누스는 데카르트와 방법론적 과정이나 입장이 달랐다. 〈믿는 것〉 못지않게 〈아는 것〉을 갈망했던 아우구스티누스는 인간 존재에 대한 확신을 통하여 신의 본성을 알고자 심혈을 기울이던 중에 위와 같은 논리를 개진하게 되었다. 반면에 데카르트는, 〈생각하는 나〉는 전혀 독립된 〈사유의 실체 res cogitans〉로서 물질(육신)과는 완전히 구분되는 존재임을 밝히려는 데 있었다. [14] 그러므로 데카르트의 〈코기토〉가 아우구스티누스에게서 비롯된 것이냐 아니냐 하는 의문은 데카르트에게나 오늘날의 우리에게나 별로 문제시될 성질의 것이 아니다. 그러나 이것이 17세기 사람들——그들은 고대인에 대한 찬양과 모방에서부터 프랑스 고전주의를 창조한 세대였다——에게는 지극히 중대

13) *Civitate Dei*, XI-26
14) Descartes, "Lettre de novembre" (1640) 참조.

한 문제로 떠올랐을 뿐 아니라, 〈새로운 학문〉을 역설하는 철학자의 생
각이 〈최대의 성인 신학자〉의 권위로 지지된다는 사실에 기쁨과 놀라움
을 아끼지 않았다.
　이 짧은 연구의 마지막 단계로서 우리는 아우구스티누스가 남긴 헤아
릴 수 없이 풍부한 문학적 유산 가운데 길이 인구에 회자하는 구절 몇
가지만 추려보고자 한다.

　　Noverim me, noverim te :
　　나를 알게 하소서, 하느님 당신을 알게 하소서. (의역)[15]

　이는 아우구스티누스의 〈모든 것〉이라고 할 수 있을 만큼 그의 전(全)
사상의 축을 이루고 있는 〈인간학〉과 〈신학〉이란 두 주제를 단적으로 나
타내주는 말이다. 신을 추구하는 인간 ── 인간에 대한 탐구를 통하여 머
리로, 마음으로, 몸으로 믿고 알게 되는 신 ; 이와 같이 두 개의 톱니바
퀴처럼 맞물려 돌아가는 아우구스티누스의 대 주제 grand thème augus-
tinien 로부터 직접 간접으로 영감을 받은 기독교 문학이 숱하게 생겨났다
는 것은 여기에서 새삼 얘기할 필요조차 없는 일이다. 다만, 그 가운데
서도 가장 빛나는 고전주의적 완성미를 이룩한 작품 ── 하지만 그 자체
는 미완성으로 중단되어 버린 단장들 fragments ── 이 파스칼의 『팡세
Pensées』라고 하면 그다지 틀린 말은 아닐 것이다.

　　libido :
　　욕망, 정념, 탐욕[16]

　이 말은 누구나 알다시피 현대 정신분석학의 용어로 널리 쓰이고 있는
데, 이미 아우구스티누스의 방대한 작품 여기저기에서도 다양한 뜻을 지

---

15) *Soliloquia* II, 1 (1).
16) 이는 『고백록』과 『신국론』 곳곳에 나오는 말이다.

니고 있었다. 기독교로의 결정적 회심이라는 기적이 일어나기까지 그가 겪었던 처절한 인간적 고뇌의 와중에서 표현된 libido 는 무엇보다 〈욕망 désir〉, 〈정념 passion〉으로 번역되는 한편, 머리 esprit 로는 이미 진리를 수긍하고 인정한 인간을 아직도 죄의 세계로 끌어들이며 붙들어매는 요소, 즉 몸 chair 속에 깊숙이 박혀 있는 〈탐욕 concupuscence〉을 의미하기도 한다. 아우구스티누스는 또한, 신약성서 중에 「요한의 첫째 편지」를 해설하면서 2장 16절에 나오는 세 마디 구절 〈감각의 욕망 libido sentiendi〉, 〈지식의 욕망 libido sciendi〉, 〈지배의 욕망 libido dominandi〉에 대하여 소상히 설명을 개진해 놓은 바 있다. 이 중에서 〈libido sciendi〉만큼은 중세의 스콜라 철학자들과 그 후의 위마니스트들에게는 〈알고자 하는 호기심, 지식을 향한 탐구심 désir de savoir〉을 뜻하는 긍정적인 의미로 부각되기도 하였다. 그러나 이는 장세니우스의 저서 『아우구스티누스』를 통하여 17세기 중엽에 프랑스로 들어오면서 강도가 한층 심화된 〈암울한 오귀스티니슴〉의 이미지로 변모되었다. 예를 들자면, 파스칼의 붓 아래 세 가지 〈libido〉는 〈세 가지 탐욕 trois concupiscences〉, 혹은 〈세 줄기 (탐욕의 불길이 타오르는) 불의 강 trois fleuves de feu〉[17]으로 묘사되면서 비관주의적 현세관을 짙게 드러내고 있다. 이 외에도 〈libido〉는 〈인간이 도저히 이겨낼 수 없는 정념, 강한 열정 passion déréglée으로 해석되어 라신 Racine 비극의 대 주제가 되기도 했다.

Flumina Babylonis… :
바빌론 강물은……. [18]

바빌로니아로 끌려간 이스라엘 백성들이 시온 산을 부르며 예루살렘을

---

17) Pascal, *Pensées*, f. 544, f. 933 참조(숫자는 라퓌마 Lafuma에 의하여 분류된 〈단장 fragment〉 번호를 표시한다).
18) 이는 아우구스티누스의 「시편 136장 해설 Enarrationes in Psalmos 136」의 첫 두 마디 구절인데, 『헤브라이 시편집』의 번호로는 137장에 해당한다.

그리워하는 슬픈 곡조의 시편 136(137)장은 아우구스티누스의 해설을 거치면서 심도 깊은 상징과 은유적 이미지로 채색된 강한 서정성을 지닌 문학 작품이 되었다. 그리하여 이 글은, 고전주의 미학이 성립되기 이전 16세기 후반기와 17세기 전반기에 걸쳐 다양한 은유 métaphore 의 기법을 넘치도록 즐겨 사용하던 〈바로크〉 시인들을 예외없이 매료하였다. 가장 충실한 〈아우구스티누스의 제자〉였던 파스칼에게도 마르지 않는 영감의 샘이요 글쓰기의 모델이 된 구절이라 하겠다. 파스칼은 이를 나름대로 의역하면서 거의 그대로 프랑스어로 옮긴 단장[19]을 남긴 한편, 바빌론 강의 이미지에다 위에서 얘기되었던 〈세 가지 탐욕〉의 이미지를 합하여 〈세 불길이 타오르는 강물〉로 변용시켜 묘사하였다. 현대인의 눈에 충분히 〈바로크적인 것〉으로 비치고도 남을 이 독특한 〈대구법 antithèse〉을 읽으며 우리는, 탁월한 고전주의 산문가 파스칼에게서 엿볼 수 있는 이처럼 다양한 색조의 필치란 결국 먼 옛날 카르타고와 로마, 밀라노에서 수사학을 가르치던 스승에게서 전수받은 글솜씨가 아니고 무엇일까 하는 생각을 갖게 된다.

quia fecisti nos ad te et inquietum est cor nostrum, donec requiescat in te. : 하느님 당신께로 향하여 우리를 만드셨기에 우리의 마음은 당신 가운데 쉬게 될 때까지 휴식이 없나이다. [20]

『고백록』의 서문에 해당하는 이 구절은 여러 세기에 걸쳐 수많은 텍스트의 변주곡을 낳으며 끊이지 않는 반향을 일으킨 주선율이라고 하겠다. 인간이란 신을 향하여, 무한을 향하여, 영원을 향하여 만들어졌기에 종종 삶의 온갖 덧없는 것들 속에서 향락하면서도 끝내 만족을 이루지 못하고 마음은 불안의 물결 속에서 쉴새없이 파도치게 마련이라는 철학적 해석 외에도, 신을 추구하는 인간이면 누구나 갖추어야 할, 말하자면 기

---

19) Pascal, *Pensées*, L. 918.
20) *Confessiones* I, 1 (1)

독교인의 영적 태도를 결정해 준 명언으로 간주되고 있다. 신을 찾아서 〈길 떠난 인간 homo viator〉은 현세를 사는 한 〈탐욕의 불길이 타오르는 바빌론 강물〉에 몸담고 있지만 마음은 언제나 〈천상의 예루살렘을 향한 순례 Pèlerinage à la Jérusalem céleste〉의 발길을 멈추지 않는 자세, 이는 그리하여 한 걸음 한 걸음 신에게로 다가가는 영혼의 성장을 말해 주는 표현의 전형이 되었다. 오늘날 학자들의 해석에 의하면 이 말은 또한, 아우구스티누스의 신학이 확고한 사상의 범주 안에서 견고한 철학의 〈체계 système〉로 정착되는 성질의 것이 아니라, 시간의 추이를 통하여 완성되고 성취되는 경험적이고 실존적인 본질, 이른바 〈역사의 신학 théologie de l'histoire〉을 이루고 있음을 단적으로 말해 주고 있는 가장 소박한 〈고백〉이기도 하다. [21]

---

21) H.-I. Marrou, *Théologie de l'histoire* (Paris : Seuil, 1968) 과 Paul Ricœur, *Temps et récit,* tome I (Paris : Seuil, 1983) 참조.
   이러한 오귀스티니슴의 전통에 가장 충실했던 파스칼의 인간학 역시 신학으로의 귀착을 목표로 하는 〈역사신학〉의 흐름 속에서 파악되지 않으면, 다시 말해서 그의 인간학과 신학을 그 자체로서 따로따로 이해하려 든다면, 신학을 전제로 성립된 인간학과, 인간학을 통하여 도달하게 되는 신학이라는 『팡세』의 이중 구조는 송두리째 이중으로 부정되는 위험에 빠지게 된다. 이는 물론 기독교라는 〈역사에 입각한 종교 religion historique〉에 본질적으로 내재하는 위험인 동시에 또한 다른 종교들에 대하여 기독교만이 갖는 특성이라고 하겠다.

메레와 코르네유의 『소포니스브』

고전극의 제 원칙을 중심으로

김근택

1 서론

Andromaque, César, Cléopâtre, Dionysos, Don Juan, Jeanne d'Arc, Médée, Néron, Œdipe, Phèdre, Thésée. 이상 열거한 고유명사들은 어느 정도의 교육을 받은 서양 사람들에게는 그다지 생소한 인물들이 아니다. 이 인물들의 면면을 살펴보면 카이사르, 클레오파트라, 잔 다르크, 네로는 실제로 생존했던 역사적 인물들이고, 앙드로마크, 디오니소스, 메데, 오이디푸스, 페드르, 테제는 그리스 신화가 만들어낸 신화적 허구이며, 동 쥐앙은 전설의 인물이다.

위에 예를 든 인물들은 특히 서양 비극 문학에 중요한 자리를 차지하고 있는데, 그 이유는 그 인물들이 창조되고 탄생된 이래로 오늘날에 이르기까지 많은 작가들이 그들을 비극 작품의 주인공으로 채택하고 있기 때문이다. 한 예를 들어 앙드로마크의 경우에는 호머의 『일리아드』에 최초로 등장한 이래로 유리피드의 『트로이 여인들』과 그의 비극『앙드로마크』, 20세기에 들어서는 장 지로드의 『트로이 전쟁은 일어나지 않으리』 등에서 줄곧 비극의 주제가 되고 있다.

이렇듯 이와 유사한 사실들을 우리는 프랑스 비극사에서 많이 찾아볼 수 있으며 소포니스브 Sophonisbe의 경우도 그 좋은 한 예라 하겠다.

그렇다면 소포니스브는 어떤 인물인가? 그녀는 실존했던 역사적 인물로서 모든 기록에 의하면 최초로 로마의 역사가 티투스 리비우스 Titus Livius의 『로마사』에서, 그리스의 역사가 아피앵 Appien 의 『로마사』에서, 그리고 폴리브 Polybe 의 역사서에 기록되어 있는 것으로 알려져 있다. 한편 17세기에 들어서서 스퀴데리 Scudéry 의 *Femmes illustres ou les Harangues héroïques* 에서도 소포니스브가 한몫을 하고 있는 것으로 알려지고 있다. [1]

그러면 후대의 작가들이 비극 작품의 주제로 택한 소포니스브의 생애의 핵심적 부분이 어떤 것인지를 밝혀둘 필요가 있겠다. 우리가 앞으로 이 글에서 다루게 될 소포니스브를 주제로 한 모든 작가들——멜랭 드 생즐레 Mellin de Saint-Gelais, 몽크레티앵 Montchrestien, 메레 Mairet, 코르네유 Corneille——이 공통적으로 작품 속에 택하고 있는 소포니스브 생애의 핵심적 줄거리는 이렇다. 이것은 물론 티투스 리비우스의 『로마사』가 전해 주는 내용이다.

기원전 2-3세기 중반에 왕과 버금가는 권력을 가진 카르타고의 장군 아스드뤼발 Hasdrubal 의 딸인 소포니스브는 처음에는 인접 부족국가 누미디아의 장군 마시니스 Massinisse 와 약혼한 사이였다. 이 약혼은 두 사람이 서로 사랑하기에 성립된 것임을 우리는 알게 된다. 그러나 얼마 후에 그녀는 본의 아니게 그리고 그녀의 아버지의 의사와도 상관없이 로마와 동맹 관계에 있던 늙은 시팍스 Syphax 를 자기편으로 끌어들이기 위하여 정략 결혼을 하게 되는 운명에 처한다. 원한과 비탄에 빠진 마시니스는 로마군과 합세하여 시팍스 왕국의 수도인 시트르 Syrtha (오늘날의 콩스탕틴)를 정복하게 되니 자연히 전쟁 포로로 마시니스의 수중에 떨어진 소포니스브를 아내로 맞이하게 된다. 로마를 철저히 미워하는 소포니스브가 마시니스를 로마로부터 이탈시키지나 않을까 두려워한 로마의 집정

---

1) P. Corneille, *Œuvres complètes,* tome Ⅲ, 1465쪽.

관 시피옹 Sipion 은 마시니스의 애원에도 불구하고 소포니스브를 로마로
인도할 것을 명한다. 불가항력적인 이 잔인한 명령에 맞설 수 없음을 감
지한 마시니스는 아내가 포로가 되어 로마로 끌려가는 것을 막기 위하여
사약을 보내서 그녀가 자살하도록 만든다. 이상이 위에 언급한 모든 작
가들이 그들의 작품에 수용한 소포니스브란 한 여인에 관한 이야기의 줄
거리이다.

이제 우리는 같은 줄거리를 가지고 네 명의 작가들이 각기 어떤 모습
의 작품을 빚어냈는지를 검토해 보는 작업을 이 논문의 목적으로 삼고자
한다. 이 네 명의 작가들이란 모두가 다 프랑스 작가들이며 멜랭 드 생
즐레의 비극(1554)을 출발점으로 하여 코르네유의 작품(1663)에 이르기까
지 약 100년 이상의 시간이 흐르고 있다. 이 기간 동안 프랑스 비극 문
학이 경험하게 되는 온갖 변화는 아주 엄청난 것이지만 우리는 이와 같
은 변화의 흐름을 추적할 의도는 가지고 있지 않고, 오로지 동일 주제의
네 편의 작품들이 그 내용이나 외형적인 면에서 어떤 특색을 가지고 있
는지를 밝혀냄으로써 각 작가들이 그 시대의 관객에게 어떤 방식으로 호
소하고 있는지를 천착하고자 한다.

그런데 분명히 해두어야 할 것은 프랑스 고전 비극의 제원칙들을 최초
로 그 작품 속에 수용하였으며 그렇게 함으로써 고전 비극의 형성 과정
에 지대한 영향력을 행사한 메레의 작품과, 위와 같은 사실이 마음 한구
석을 차지하고 짓눌러서 그 멍에로부터 해방될 수 없었던 코르네유의 비
극에 대부분의 지면이 주어질 것이라는 사실이다. 1634년 말경에 마레
Marais 극장에서 처음 상연되었을 때부터 엄청난 성공을 거둠으로써 메
레를 순식간에 대 문호의 스타디움에 올려놓은 소포니스브의 주제를, 30
여 년이 지난 후에, 그것도 아직 메레의 작품이 간간이 상연되고 있을
때, 택하여 작품을 씀으로써 메레의 아성에 도전하고 나섰다는 그 자체
만으로도 이 두 작품들을 비교 연구할 만한 이유가 될 수 있으며, 또한
그것은 하나의 지적 호기심을 자극하기에 충분하다.

2 메레 이전의 소포니스브

문헌에 의하면 소포니스브를 주제로 한 서구 희곡 문학사상 최초의 비극은 중세의 이탈리아 작가 트리시노 Trissino 에 의해 1515년에 처음 창작된 것으로 알려지고 있다. 비록 번역판이라도 이 작품을 구해 볼 수 없는 것이 아쉽기는 하나, 프랑스어로 씌어진 최초의 소포니스브를 우리가 참고할 수 있었던 것은 메레와 코르네유의 『소포니스브』를 이해하는 데 많은 도움을 준다. 프랑수아 1세 François 1^{er}와 앙리 2세 Henri 2의 궁중시인으로서 궁중에서 펼쳐졌던 모든 공연물 결정에 절대적인 위력을 행사하던 생즐레가 트리시노의 작품을 직접 번역하였으며 이렇게 해서 『소포니스브』는 1554년에 엘뵈프 후작 Marquis d'Elbeuf 의 결혼식을 축하하기 위해 처음 궁중에서 상연된 것으로 알려지고 있다. [2] 그렇기 때문에 멜랭 드 생즐레의 작품을 통하여 트리시노의 이탈리아어판의 소포니스브가 어떤 모습을 하고 있는지를 짐작할 수 있겠다. 그러나 어쩔 수 없이 우리의 관심은 트리시노의 작품보다는, 비록 번역의 형식을 취하고 있다고는 하지만, 최초로 프랑스어로 씌어져서 상연된 최초의 비극들 중의 하나인 생즐레의 작품을 출발점으로 하여 뒤를 잇게 될 작품들이 어떤 변천을 밟게 되는지를 밝히는 데 있다.

2-1 외형적 틀
우선 이 작품의 외형적 짜임새 structure externe 부터 살펴보아야 하겠다. 앞으로 검증하게 될 나머지 세 편의 작품들과는 달리 생즐레의 작품은 산문으로 되어 있다는 사실이 무엇보다 특기할 만하다. 후대에 몰리에르도 그런 경험을 여러 번 하게 될 것이지만 1554년 2월 3일 블루아 Blois 에서 엘뵈프 후작의 결혼식이라는 특수한 행사를 겨냥해서 급조된 작품이기 때문에 그럴 수밖에 없으리라는 추측은 할 수 있겠다. 산문으

---

2) Saint-Gelais, *Sophonisba,* 160쪽.

로 되어 있으니 작품의 크기, 다시 말하면 총체적인 대사의 양을 측정하기는 대단히 어렵기 때문에 이 작품을 무대에 올려놓았을 때 소요되는 총 상연 시간을 헤아려볼 수밖에 없겠다. 게다가 이 작품의 상당 부분은 그리스 비극의 형식을 취하고 있음을 지적한다.

17세기의 고전 비극에서 찾아볼 수 있는 각 막 Acte의 명시적인 구획을 이 작품에서는 〈intermidie〉라는 표현이 대신하고 있다. 그런데 이 intermidie는 곧 이어 그리스 비극에서 합창대에 해당하는 여성 집단의 등장을 예시하며 소위 한 막이 끝나고 새로운 막이 전개될 것을 알리고 있다. 이 합창대는 순전히 여성들로 구성되어 있음은 주지하는 사실이다. 그래서 우리는 이 작품에서 네 번씩이나 intermidie를 만나게 된다. 지적하고 싶은 것은, 2막에 해당되는 부분에서부터 출발하고는 있지만, 각 막의 시작을 인도하는 이 합창대의 긴 독백들은 각기 다른 형식의 대운 rimes suivies ou rimes plates 으로 짜여진 운문으로 구성되어 있다는 사실이다. 그런데 생즐레의 작품에서 우리의 특별한 관심을 끄는 것은 그리스 비극에 등장하는 합창단의 역할[3]뿐만 아니라 하나의 독립된 인물로서의 역할을 이 합창대가 떠맡고 있다는 사실이다. 그러나 이 역할은 어디까지나 등장인물들이 진행시키는 대화의 연속선상에 하나의 연결 고리 역할에 지나지 않는다. 다시 말하면 합창대의 대사에서는 극 진행의 방향을 전환 반전시킬 만한 중대한 결정과 행동을 찾아볼 수는 없고 오로지 그때 그때 사건 진행에 대한 서정적 소견만 있을 뿐이다.

이제 우리는 다음 관심사로 옮겨가기 전에 장 scène에 관한 이야기를 간략하게 해야겠다. 여기에서 장이란, 앞서 언급된 막에서와 마찬가지로 연극을 공연할 때 특정한 한 장면을 뜻하는 것이 아니라 희곡이 활자화되어 하나의 텍스트로 완성되었을 때 각 막을 구성하는 장을 말한다.

주지하다시피 고전극 이전의 작품들에서는 장의 구획이 전혀 이루어지지 않고 있었다. 한 장이 어디서 출발하여 어디서 끝나는지를 적어도 인

---

3) 관객에게 사건의 내막을 알리는 역할을 한다.

쇄상으로 알아낼 방법이 없었다. 고전극의 극 원칙에 의하면 한 인물이 등장 또는 퇴장할 때 장은 바뀌는 것으로 되어 있다.[4] 이와 같이 정의된 장의 실례들을 생즐레 작품에서는 찾아볼 수 없다. 이 사실은 고전극 이전의 작품들 속에서는 일반적인 관행으로 장의 구획이 전혀 없음을 대변해 주고 있다. 곧 이어 만나게 될, 모든 면에서 좀더 정돈된 모습을 띤 몽크레티앵의 작품에서도 이와 같은 경향은 마찬가지임을 알 수 있다.

그러면 생즐레의 작품보다 약 40년 뒤에 발표된 몽크레티앵의 비극 『카르타고의 여인 *La Cartaginoise*』[5]의 외형적 틀은 어떠한가를 분석해 보아야 할 차례다. 이 작품은 12음절의 대운으로 짜여져 있어서 전통적인 고전극의 형식을 취하고 있다. 작품의 총 길이는 1664행이며 5막으로 나뉘어 있다. 앞서 살펴본 생즐레의 비극에서와 마찬가지로 고대극의 구성 요소 중의 하나인 합창단이 요소요소에 등장하고 있다. 이 합창단은 각 막의 말미에 위치해 있으면서[6] 앞에서 펼쳐졌던 인생사의 무상함을 애조의 서정성으로써 노래하고 있는데, 주목할 점은 어떤 등장인물들과도 직접적으로 대사를 교환하고 있지 않다는 점이다.

각 막의 구획은 분명한데 장에 대해서는 생즐레의 작품에서도 그랬듯이 어떠한 명시적 그리고 인쇄상의 단서가 존재하지 않는다. 그렇다면 코르네유나 라신의 작품에서와 같이 뚜렷한 장의 개념을 설정하기 위해서는 어떻게 해야 하는가? 이에 대하여 두 가지 원칙들을 적용함으로써 이 문제의 해결을 시도해 보고자 한다.

첫째, 한 장이 진행되는 동안 이 장을 진행시키던 인물(들) 외에 새로운 인물(들)의 등장과 더불어 새로운 또 하나의 장이 시작된다는 원칙인데, 여기에서 문제가 되는 것은 작품에서는 새 인물이 어느 순간에 입장하는지를 가려내기가 그리 용이하지 않다는 사실이다. 예를 들어 각 막

---

4) J. Scherer, *La Dramaturgie Classique en France*, 214-218쪽.
5) 1596년 캉에서 초연되고, 1601년에 『카르타고의 여인 *La Cartaginoise*』으로 개명되어 출판된다.
6) 단, Ⅴ막에서는 필자가 설정한 3장에 위치하고 있다.

에 등장하는 인물들 전체의 명단이 그 막의 첫머리에 나타나고 있어서 그 막이 진행되는 동안 언제, 어느 순간에(물론 제1장에 해당하는 부분만 제외하고) 무대에 등장하고 퇴장하는지에 대해서는 텍스트에 아무런 표시가 없다. 그렇기 때문에 이와 같은 사실을 밝혀내는 작업은 독자의 몫으로서 대사의 전후 상황을 살펴봄으로써 가능하지만, 한 인물이 중간에 등장하게 되는 경우에는 그것이 어느 순간에 행해지는지를 알아내기는 그리 쉽지 않다. 대부분의 경우 긴 독백이 한 막의 출발을 주도하는데 이 독백이 진행되는 동안 어느 순간에 다른 인물이 등장하는지를 포착하기가 지극히 어렵기 때문이다. [7]

둘째, 한 장을 엮어나가고 있던 인물들 중 한 인물이 퇴장해 버리는 경우 장이 바뀐다고 보는 원칙이다. 그 실례를 4막 1장에 해당하는 부분에서 시팍스가 퇴장하는 사실을 들 수 있다.

2-2 대사 구성의 특징

작품의 도입부 scène d'exposition에 해당되는 제1막 초장에는 소포니스브가 제일 먼저 등장하고 있다는 공통적인 사실에 우리는 주목하면서 이 두 작품의 시작의 두드러진 차이점을 발견하게 된다. 비록 산문으로 쓰여 있긴 하지만 생즐레의 작품에서는 처음부터 서로 비슷한 양의 대사가 교환됨으로써 극이 시작되는데 이것은 17세기 이후의 모든 희곡들의 전형적인 모양새이다. 이와는 달리 몽크레티앵의 작품에서는 고대 비극들에서 볼 수 있는 프롤로그 prologue와 흡사한 역할을 104행에 걸친 소포니스브의 긴 대사(독백이라고 칭하는 것이 옳겠다)가 맡고 있다. 바로 이 때 그녀의 상대역을 하는 유모 Nourice가 과연 어느 순간에 무대에 등장했는지 알 수가 없다. 이에 대한 어떤 단서도 발견할 수가 없기 때문이다. 이와 같은 현상을 극적인 효과로 보면 대단히 정적이다. 그것은 하나의 독백 monologue과 같은 효과를 자아낼 뿐 극의 어떤 방향으로의 진

---

7) 몽크레티앵의 비극 하나만 국한시켜 보면 고전 비극의 제원칙들에 입각한 연구도 하나의 과제가 될 것이다.

행을 차단하고 있는 듯이 보인다. 다만 순수한 독백이라는 것을 무대 위에서 일정한 시간이 흐르는 동안 아무도 없거나 없다고 간주되는 상황 속에서 관객을 상대로 말을 할 때를 뜻한다면 104행까지의 소포니스브의 대사가 과연 순수한 독백이라고 단정하기에는 독백의 형식상 무리가 있겠으나 대사의 내용상 그것을 독백의 범주에 넣어도 크게 잘못된 것이라고 보지는 않는다. 그 이유는 우선 몇 가지 사실로 요약될 수 있다.

첫째로는 이 부분의 대사 속에서 소포니스브는 자기 자신을 삼인칭으로 호칭하고 있다.

자, 자, 소포니스브 저 스스로를 삼켜버리는 이 처절한 절망이 극치에 다다르도록 하라. 8)

둘째로 절대자를 불러서 호소하거나 현장에 있지 않은 제3자를 향한 대사.

운명이여, 여왕의 자격을 누리기 위해서는 내가 그 많은 고통을 감내해야만 했습니까. 9)

지난 날엔 내 마음의 대상이었던, 그러나 이제는 내 마음을 괴롭히는 시팍스. 10)

셋째로 주인공 소포니스브 스스로에게 일인칭 복수형을 사용함으로써 모든 심적인 움직임을 나타내고 있다.

---

8) Sophonisbe, tout beau ! ne lasche point la bride/A l'aspre desespoir de soy-mesme homicide.(Montchrestien, *La Cartaginoise*, 45-46행)
9) Destin, estoit-ce donc au prix de tant de peine/Qu'il me falloit porter la qualité de Reine ? (위의 책, 21-22행)
10) Siphax iadis l'objet des pensers de mon ame/Le sujet maintenant qui sans cesse l'entame.(위의 책, 81-82행)

나만을 탓할 수밖에 없지 않은가.[11]

그리고 마지막으로 지적해 둘 것은 소포니스브의 이 긴 대사가 끝날 때까지 유모를 향한 어떠한 말도 몸짓도 없다는 사실이다.

이 모든 정황으로 미루어보아 지금까지 문제시된 부분을 독백으로 간주할 수 있겠다. 이와 같은 형식의 독백은 나머지 2, 3, 4, 5막의 첫머리에서도 자리하고 있다. 따라서 몽크레티앵의 작품에서는 각 막은 독백으로 시작된다는 사실을 알 수 있다. 참고로 이러한 독백들의 대사량을 헤아려보면 1막이 앞서 언급한 대로 소포니스브의 104행의 독백, 2막은 마시니스의 63행의 독백, 3막은 메제르의 40행의 독백, 4막은 시피옹의 26행의 독백, 5막은 마시니스의 133행의 독백으로 구성되어 있는데, 이를 다 합하면 366행에 이르며 또 이를 작품 전체(1664행)에 대한 비율로 환산하면 약 22%에 해당한다.

이뿐만 아니다. 각 막의 말미를 합창단의 서정적 대사가 장식하고 있는데, 엄밀히 따지면 이것도 독백으로 간주할 수 있다. 각기 다른 시적 짜임새로 만들어져 있는, 그래서 12음절의 대운으로 구성되어 있지는 않지만 이 합창대의 총 대사의 양도 181행에 이른다. 이를 또 앞서 밝힌 바 있는 366행의 독백에 합치면 547행이 되며 이는 작품 전체로 보면 약 1/3에 해당한다. 이것은 엄청난 양의 독백으로서 이 작품을 상연하는 데 필요한 시간의 1/3에 해당한다고 할 수 있다.

이 작품의 독백에 관해서 우리가 간과해서는 안 될 특징이 하나 있는데 그것은 주인공들에 해당하는 소포니스브, 마시니스, 시피옹이 제3막만 제외하고 각 막의 벽두를 독백으로 장식하고 있다는 사실이다. 이 사실은 무엇을 뜻하는가? 이와 같이 많은 양의 독백을 작자가 사용하고 있다는 사실은 고전극의 형성 과정의 전단계로서 하나의 유행처럼 일반적인 경향이었는데, 관중이나 독자도 그것을 별 거부감 없이 받아들이고

---

11) Accusons nous donc seule, et nos aspres douleurs.(위의 책, 99행)

있었다. [12] 그것은 당연한 것으로서 행동보다 절대자를 향한 호소, 인생의 무상함, 격언 등을 표출하는 서정적 말의 성찬, 다시 말해 수사학이 작품을, 비극을 지배하고 있던 당시의 경향으로 보아 독백이 성행했다는 것이 그리 놀랄 일은 아니다.

그러면 생즐레의 작품에서는 과연 독백이 존재하는가? 만일 독백이 있다면 그것은 어떤 모습을 띠고 있는지를 잠시 규명해 보아야 하겠다. 결론적으로 말하면 이 작품에서는 엄밀한 의미의 독백은 없다고 보아야 한다. 왜냐하면 합창대에 해당되는 일군의 여인들 Dames이 각 막의[13] 말미에서 사건 진행의 경과와 평가를 내리는 노래를 부분적으로 독백으로 인정한다 하더라도, 많은 경우 이들은 독립된 한 인물의 역할을 하고 있어서 직접적으로 다른 인물들과 대화를 나누고 있다는 사실 때문이다. [14] 그런데 독백다운 독백을 우리는 오로지 두 장면에서[15] 찾아볼 수 있는데 그 독백의 대사의 양은 지극히 미미한 것으로서 작품 전체로 보아 무시해 버려도 무방하리라 본다. 따라서 이 작품에서는 독백이 존재하지 않는다고 단정할 수 있겠다.

이 두 작품들이 이야기의 전개 과정에서 같은 궤도를 밟고 있다는 사실을 우리는 주목해야 한다. 이 두 작품은 서론에서 소개된 소포니스브 이야기의 주된 사건들을 연대기적인 방식으로 그대로 따르고 있다. 막이 오르자 무대에 등장하는 인물이 이 두 작품에서 다 같이 소포니스브이며 이렇게 해서 그녀는 자기가 현재 처한 상황이 어떻게 만들어졌는지를 관중들에게 밝힘으로써 극은 시작된다. 또한 소포니스브가 죽음으로써 이 작품의 대단원이 막이 내려간다고 볼 때 그녀가 마시니스가 보내온 사약을 받아 마시는 그 순간에 비극은 끝난다고 간주해야 한다. 그럼에도 불구하고 생즐레의 작품에서는 소포니스브가 독약을 마신 후 거의 하나의

---

12) J. Scherer, 앞의 책, 256-258쪽.
13) 필자가 설정한 구획임(Texte에는 막의 구획이 없다).
14) Saint-Gelais, 앞의 책, 170-174(작품 전체를 통하여 많이 볼 수 있다).
15) Saint-Gelais, 앞의 책의 대사(185-186쪽)와 시피옹의 대사(203쪽).

막을 수용할 수 있는 정도의 시간이 흐르고 있다. 이 사실은 비극의 짜임새로 보면 불규칙을 이루고 있는데 우리는 무슨 이유로 작가가 이와 같은 불균형을 만들어놓았을까 하고 의문을 제기할 수밖에 없다. 이미 죽음의 세계로 깊숙이 빠져든 소포니스브에게 새로운 전기를 마련하여 이 비극적 종말의 방향 전환을 가능하도록 해줄 어떤 돌발 사건도 처음부터 생각할 수 없는 것이다. 이 필요 없는 부분은, 따라서 관객에게 소포니스브가 죽음의 나락으로 접어드는 과정에서 비롯되는 처절함과 비장함을 보여주는 효과 외에는 아무런 의미가 없다.

지금까지 우리는 메레의 소포니스브가 탄생하기 이전에 프랑스 작가가 만들어낸 두 작품들이 어떻게 짜여져 있는지를 개략적으로 살펴보았다. 이것은 프랑스 고전 비극의 효시로서 인정되는 메레의 작품을 이해하는 데, 나아가서는 어떤 점에서 코르네유가 같은 주제의 작품을 통해서 메레와 자신이 근본적으로 다르다는 것을 주장하게 되었는지를 규명하는 데에는 필수적인 작업이라고 생각했기 때문이다. 그러나 우리는 생즐레와 몽크레티앵의 작품들에서는 이제부터 메레와 코르네유 작품들에서 다루게 될 여러 문제들, 예컨대 고전극의 3원칙 Règles de trois unités 같은 것들을 그대로 지나쳐버렸는데 사실은 이런 문제들을 다 고찰하기에는 지면이 한정되어 있다.

3 고전비극의 효시 : 메레

문학사적인 관점에서 보면 메레는 불행한 작가이다. 1625년에서 1640년까지 10여 편[16]의 작품을 썼는데 모두 상연되어 그때마다 상당수의 관중을 동원하여 1635년에 『소포니스브』가 발표될 무렵에는 당대 최고의 극작가로 인정받고 있었다. 그러나 1637년 코르네유의 『르 시드 Le cid』

---

16) 7편의 희비극, 3편의 비극, 2편의 희극.

가 이 세상에 나타남으로써 그의 명성은 차츰 그 빛을 잃게 되었다. 그 후 몇 편의 작품들로 무장하여 자신의 명성의 실지를 만회하려고 시도하였으나 코르네유 쪽으로 기운 대세의 방향을 돌릴 수는 없게 되었다. 『르 시드』가 상연되기 이전까지의 코르네유를 결코 자신의 경쟁자로 추호도 생각하지 않았을 뿐만 아니라 그의 후견인 역할을 떠맡은 모습을 보이던 메레는 『르 시드』를 계기로 태도가 돌변해 집요하고도 비열하게 코르네유를 헐뜯는다. [17] 이 당시 메레는 고전 비극의 제원칙들을 철저하게 준수함으로써 비극다운 비극을 프랑스 비극 작가로서는 최초로 세상에 내놓게 된다. 따라서 후배 작가들에게 고전 비극의 표본으로 추앙받게 된 『소포니스브』는 메레가 연극계를 떠난 이후에도 상당한 기간 동안 흥행의 성공을 누리게 된다. 그런데 『르 시드』를 계기로 문학적인 적대 세력들의 대표주자였던 메레에 대항하여 벌였던 치열한 공방전을 통하여 많은 쓰라림을 경험했던 코르네유가 그런 일이 있은 후 30여 년 만에 새로운 『소포니스브』를 발표함으로써 늦게나마 메레에게[18] 새로운 도전장을 냈다는 것은 대단히 흥미로운 사실이다. 이와 같은 코르네유의 행동은 물론 소포니스브의 경우와는 전혀 다르지만 7년 뒤인 1670년 말[19] 라신에 대해서도 재현되는 것으로 보아 코르네유는 확실히 문학적 도전성을 성격의 하나로 간직하고 있었음이 틀림없다. 어쨌든 코르네유는 자신이 만든 소포니스브에게 차별성을 부각시킴으로써 그가 신조로 믿고 있던 비극은 무엇인지를 나타내고자 했다는 것은 이론의 여지가 없다고 하겠다. 그러면 먼저 메레의 소포니스브를 분석함으로써 이 두 작품들의 차이점이 어떤 것인지를 밝혀보고자 한다.

우선 이 작품의 외형적 틀을 고찰해 보기로 한다. 전형적인 모든 고전 비극들과 같이 5막으로 짜여져 있으며 대사의 형식도 12음절의 대운으로

---

17) J. Mairet, "L'auteur du vrai Cid espagnol à son traducteur français", *Recueil des textes relatifs à Corneille,* 5쪽.
18) 이 당시 메레는 외교관 활동을 하고 있었다.
19) 그 해 11월 28일.

총 1832행으로 되어 있다. 각 막도 장 바뀜의 원칙──한 인물이 퇴장한다거나 또는 새로운 인물이 등장하는 경우──에 따라서 3-4개의 장으로 구성되어 있다. [20] 그렇지만 여기서 우리는 장의 바뀜에 관한 문제에 대해서 짚고 넘어가야 할 것이 하나 있다. 그것은 이 작품 전체를 통해서 이미 인쇄상에 나타나 있는 장의 구획들 외에도 8회에 걸친 장의 바뀜이 더 있다는 사실이다. [21] 뿐만 아니라 고전주의 이전의 비극들이 그토록 선호하던 합창대의 긴 대사는 이 작품에서는 자취를 감추었다. 다시 말하면 수사학적인 흔적들을 아직 간직하고 있으나 대사들은 대체로 인간의 행동을 전제로 한 의지가 나타나 보이기 시작한다는 뜻이다. 합창대가 사라진 대신 독백이 등장하고 있음은 간과해서는 안 될 사실이다. 인쇄상으로 독백은 하나의 독립된 장으로 다루어져야 하는 것이 고전 비극의 관례이긴 하지만 여기서는 그렇지 않다. 그러나 무대 위에서는 인쇄에 의한 장의 구획이 별 의미가 없다는 사실은 누구나 쉽사리 이해할 수 있는 문제다.

이 작품에는 세 개의 독백이 있는데 그들이 각기 차지하고 있는 위치를 살펴보면 첫번째 독백은 제1막 1장의 마지막 부분을 장식하는 시팍스의 독백으로서 제129행부터 제152행까지 총 24행이고, 두번째 독백은 제1막 346행부터 412행에 이르기까지 무려 66행에 달하는 비교적 긴 독백을 우리는 마주하게 된다. 세번째 독백은 제5막의 시작을 알리는 마시니스의 독백으로 48행으로 짜여져 있다. 그것은 인쇄상으로 유일하게 한 장을 차지하는 독백이라는 사실을 우리는 지적하고자 한다. 그 반면에 앞에서 언급한 독백들은 한 장이 진행되는 동안 다른 인물이 퇴장함으로써 발생한 독백들임도 지적해야겠다. 비극에서 독백의 극적 역할은 논할 대상이 아니기에 생략하기로 한다. 다만 생즐레와 몽크레티앵의 작품에서의 합창대 역할을 여기에서는 독백이 대신하고 있음을 지적하고 싶을 뿐이다.

---

20) V막은 8개의 장들로 구성되어 있다.
21) Ⅰ막 129-152, 347-412, Ⅱ막 561, Ⅲ막 953, Ⅳ막 1085, 1322, Ⅴ막 1738.

이제 우리는 메레가 고전극의 제원칙들을 그의 소포니스브에서 어떻게 응용하고 있는지를 밝혀볼 단계에 도달했다. 미리 분명히 해둘 것은 이 고전극의 제원칙들의 생성과 발전 과정 및 그 의미를 생략하기로 했다는 사실이다. 고전주의 형성 과정을 조감하기 위해서는 우리에게 주어진 지면이 지극히 한정되어 있기에 다른 기회로 미룰 수밖에 없다. 따라서 앞서 언급한 문제들을 주로 메레의 『소포니스브』에 한정하고자 한다.

3-1 주제의 원칙

이 작품은 사랑의 비극을 주제로 하고 있다는 사실을 전제로 출발해야 하겠다. 그 이유는 조국 카르타고에 대한 애국심과 로마에 대한 증오심을 기초로 한 소포니스브의 모든 행위는 이차적인 것이기 때문이다. 메레는 도입부 1막 1장에서 마시니스가 지휘하는 로마군에 대항하여 국가의 운명이 걸려 있는 일전을 눈앞에 둔 늙은 시팍스의 군사적 정치적으로 급박한 상황을 배경으로 설정하고 그 위에 소포니스브의 남편에 대한 배신 행위를 부각시키고 있다. 아내가 옛 애인 마시니스와 은밀히 내통하려 했다는 결정적 증거를 손에 들고 있는데 불구하고, 그리고 소포니스브의 변명이 거짓이라는 사실을 알고 있는데에도 불구하고 시팍스는 아내를 응징하지 않는 우유부단한 모습을 보여준다. 그는 그 이유의 일단을 〈경멸과 증오심으로써 그녀를 처벌하기는커녕 그녀에 대한 한 가닥 사랑을 품게 하는 나의 운명이 가엾다는 말일세〉[22]라는 말로 자기의 심정을 토로하면서도 모든 것을 운명에 돌리고 있다. 소포니스브를 향한 억제할 수 없는 사랑을 불러일으킨 운명의 그 장소와 그 시간을 저주하고 그녀를 아내로 맞이한 이후 그에게 닥쳤던 여러 가지 불행을 그는 한탄하고 있을 뿐이다. 뿐만 아니라 아내를 처벌하는 일도 운명에게 맡기고자 한다. [23] 그의 참모 필롱 Philon 의 간곡한 충고에 의해 임박한 로마

---

22) C'est en quoy ma fortune est digne de pitié/D'auoir encor pour elle vn reste d'amitié/Au lieu de la punir de mespris & de hayne. (J. Mairet, *Sophonisbe*, 197-199행)

군의 공격에 맞서 싸우러 나가기로 하였으나 침략군으로부터 나라를 지켜야겠다는 비장하고도 굳건한 영웅적 의지를 시팍스는 보여주지 않는다. 그러나 우리는 이 세상에서의 그의 냉소적인 마지막 말에서 이 비극의 종말의 방식을 예견할 수 있다.

자, 필롱, 운명이 부르는 곳으로 가도록 하세. 그리하여 내 죽음이 부정한 아내를 만족하게 해주기를, 그러나 그대 마시니스, 원수에게 합당한 선물과, 불보다 칼보다도 큰 흉물로서 소포니스브를 아내로 맞이하기를 기원하겠노라.[24]

그의 위대함을 오로지 필롱의 대사 〈이 세상에서 가장 위대한 임금에게〉[25] 속에서만 언급되는 시팍스는 너무나 초라하게 생을 마감한다. 아내의 배신 행위와 절박한 군사적 상황이 빚어낸 극한적 기로에서 그는 비장한 번민을 보여주지 않는다. 그리하여 그는 카르타고의 정치적 군사적 희생양으로서 무대에서 일찌감치 사라지도록 예정되어 있었다.

이 작품의 주제의 원칙이라는 관점에서 보면 소포니스브의 사랑의 성취와 좌절이 그 골격을 구성하고 있다고 단정할 수 있다. 사랑의 성취를 지향하던 ── 카르타고의 독립은 부수적인 것이기에 ── 그녀는 자신이 시도했던 마시니스와의 내통이 남편에게 발각됨으로써 조성될 첫번째 위기를 간교한 술책을 사용하여 잘 모면한다. 이로써 사랑의 성취를 위한 제1단계의 일부를 무사히 통과하게 된 것이다. 사랑의 진정한 1단계는 그녀를 법적으로 묶어놓는 그의 남편 시팍스가 제거되는 일이다. 이런 결실은 실제로 제2막에서 일어나게 된다. 즉, 시팍스가 전쟁에 패하여

---

23) 위의 책, 111-122행.
24) Allons, Philon, allons, où le Destin m'appelle,/Et que ma mort contente vne Espouse infidelle,//Pour te faire vn present digne d'vn ennemy,/Et te souhaiter pis que le fer ny la flamme,/Ie te souhaite encor Sophonisbe pour fâme. (위의 책, 226-232행)
25) Pour le plus digne Roy qui soit en l'Vnivers, (위의 책, 194행)

죽음을 당했다는 소식이 전해진다. 이에 앞서 시팍스에 대한 소포니스브의 마음가짐을 잘 나타내는 대목이 있는데 이것을 처음부터 코르네유의 『소포니스브』와는 달리 그녀가 조국보다는 마시니스를 더 사랑하고 있었다는 우리의 주장을 잘 뒷받침해 주고 있다.

실성한 여인이 벌써 그 정복자를 무척이나 사랑하게 되어 그의 모습을 가슴속에 간직할 지경에 이르렀는데, 그대들의 여왕을 보호하는 성곽과 성문들을 그토록 애써 방어한들 무슨 소용이 있겠는가. [26]

위의 인용문은 제2막 1장에 자리잡고 있는 소포니스브의 긴 독백의 일부분에서 읽을 수 있는데 이와 유사한 그녀의 마음은 그 독백에서 여러 번 나타나고 있다.

다음으로 그녀가 대면하게 되는 장애물은 로마의 절대적 위력의 화신인 렐리 Lélie 와 시피옹이다. 그렇다고 그녀가 직접적으로 이들과 얼굴을 맞대고 저항을 펼친다는 뜻은 아니고──이런 일은 이 작품의 논리상 있을 수 없다──그녀를 대신해서 마시니스가 그들에 대항하다가 좌절하게 된다. 이 좌절은 이들 사랑의 좌절을 의미하는 것이며 그 결과 당연한 귀결로 이들의 죽음을 초래할 수밖에 없다. 주제의 단일성이란 문제를 좀더 관찰하기 위하여 우리는 잠시 제3막으로 거슬러 올라가야 할 필요를 느낀다. 소포니스브와 마시니스는 이 작품에서 다루어지고 있는 이야기가 시작되기 훨씬 전부터 서로 사랑하는 사이이고 그래서 결혼하기로 약속했던 것은 역사적 사실이다. 그리고 누미디아의 늙은 왕 시팍스와 정략 결혼을 한 이후에도 소포니스브는 계속해서 마시니스에 대한 정념의 불꽃을 피워오고 있었음을 이 작품의 여러 대목에서 확인할 수 있다. 그러나 시팍스에 대해 원한과 복수심을 품어오던 마시니스의 마음

---

26) Que vous sert de deffendre auecque tant de peine,/Les portes & les tours qui couurent vostre Reine,/Si desia l'insensée ayme tant son vainqueur,/Que d'en porter l'image au milieu de son coeur ? (위의 책, 379-382행)

을 움직이는 일은 소포니스브로서는 그렇게 어려운 일은 아니었다. 미모를 앞세운 그녀의 애절한 호소는 마시니스의 연민의 정을 불러일으키고 열렬한 사랑을 솟아나게 하기에 충분했다.

사실 처음에 나는 연민의 정을 느꼈소. 그러나 여명의 뒤를 이어 태양이 솟아나듯 연민의 뒤를 이은 사랑이 훨훨 타는 내 가슴에 엄청난 변혁을 가져 왔다오. [27]

이렇듯 마시니스는 로마의 위력을 배경으로 깔고 누미디아의 왕비에게 정치적으로 위협적인 존재로 등장하고 있기 때문에 소포니스브에게는 하나의 장애물이다. 그러나 이 장애물은 항상 그녀의 호감을 받아들일 준비가 되어 있던 관계로 쉽사리 제거될 수 있었다. 이로써 그녀는 마시니스와의 전격적인 결혼을 통하여 사랑을 성취하였으며 또 포로의 몸으로 로마로 끌려가지 않을 수도 있겠으리라는 희망을 갖게 된다. 종국에 가서는 로마의 위력은 이 모든 것을 파괴하고 소포니스브와 마시니스를 죽음으로 이끈다.

이상과 같이 메레의 작품은 로마의 절대적 권력에 대항하는 누미디아의 정치적 군사적 위기 상황을 배경으로 한 소포니스브의 사랑을 주제로 구성되어 있다는 것 그리고 이 주제는 이야기 fable 의 단일성을 나타내고 있음을 우리는 확인하였다. 이번에는 주제의 단일성을 어떤 모습의 시간적 틀이 수용하고 있는지를 알아볼 차례다.

3-2 시간의 원칙
비극에서 시간의 원칙이란 작품의 상연이 필요로 하는 실제적 시간의

---

27) Il est vray que d'abord i'ay senty la pitié ; /Mais comme le Soleil suit les pas de l'Aurore,/L'Amour qui l'a suiuie & qui la suite encore,/A fait en vn instant dans mon coeur embrazé,/Le plus grand changement qu'il ait iamais causé. (위의 책, 878-882행)

양과 작품 이야기의 시작과 끝맺음에 소요된 시간의 양과의 관계를 말한다. 아리스토텔레스가 처음으로 제기한 이 문제를 놓고 르네상스를 거쳐 1630년대에 이르기까지 참으로 많은 해설과 논쟁이 있었으나 결국에는 작품 속에 펼쳐지는 이야기의 시간을 24시간 이내로 한정하도록 묵시적 합의를 도출해 낸 것이 1630년대인데 이를 면밀히 검토해 보면 그 당시 모든 분야에서와 마찬가지로 이성을 바탕으로 한 합리주의의 소산임을 알 수 있다. 당시 문학에서 가장 중요시되던 진실다움 vraisemblance[28]이 필연적으로 이끌어낸, 혼돈에서 질서로의 이행을 뜻한다. 아리스토텔레스가 아니더라도 희곡 문학의 발전 과정에서 고대로부터 17세기 초기에 이르는 동안 이와 같은 시간의 원칙은 생겨날 수밖에 없었다고 단언한다면 지나친 독선일까. 그러나 어떤 분야에서든 하나의 법칙이 잉태되어 모든 사람들에게 받아들여지기까지는 많은 논쟁과 시련을 통과하여야 된다는 사실을 우리는 알고 있다. 어쨌든 결론적으로 말하면 이 작품에서 기승전결이 소모한 시간은 24시간 이내로 제한되어 있음을 알 수 있다. 이야기의 전개 과정을 시간대로 구분하면, 우선 어느 날 오전에 시팍스 휘하의 군대가 마시니스 군대에 맞서서 싸우다 시팍스가 전사하고, 마시니스가 누미디아 궁궐에 입성하여 소포니스브와 결혼을 결심하게 되는 기간이 1-3막을 차지하면서 그날 저녁으로 이어진다. 3막과 4막 사이의 밤 기간 동안 이 둘의 결혼식이 행해지고 그 다음날 4-5막에 이르는 동안 두 주인공이 비극적인 죽음을 맞게 됨으로써 이 극은 끝나게 된다.

그러면 우리는 작품 속에서 어떠한 단서들을 근거로 하여 이 시간대를 알 수 있는가? 고전극에서는 현대극에서 흔히 찾아볼 수 있는 작가의 소위 지시 사항 didascalie ou indication scénique은 발견되지 않는다. 그렇기 때문에 어떤 시간적 단서를 포착하기 위해서는 등장인물들이 서로 주고받는 대사 자체를 면밀히 검토해 보아야 한다. 이렇게 해서 약 43개의 그와 같은 단서들을 발견하게 되는데 그 대부분은 현재를 나타내는

---

28) 李桓, 『프랑스 고전주의 문학』, 민음사, 241쪽.

aujourd'hui가 차지하고 있다. 뿐만 아니라 시간적 단서로서는 aujour-
d'hui를 비롯하여 à présent, à ce matin 등의 부사들을 작가가 자주 사용
하여 오늘, 현재 지금 등의 현재성을 반복하여 강조하고 있는 사실이 주
목할 만하다. 이러한 표현들에 내일 또는 어제 hier를 대비시킴으로써 작
가는 이야기의 줄거리를 〈어제〉와 〈오늘〉로 국한시키고 있다(물론 어제
몇 시부터 오늘 몇 시까지인지는 정확히 밝히고 있지는 않지만). 그 예를 몇
개 들어보자.

인간사의 운명에서 어제 바다의 저 지평선 뒤로 막 자신의 모습을 감추려
던 그 순간에 비길 데 없는 나의 행복을 목격했던 바로 그 태양이 되돌아오
면서 세상에서 가장 슬픈 내 모습을 발견하게 되었다는 사실을 내 몸소 보여
주고 있으니 그 누구든 자신의 행복을 도모해도 헛된 일이겠는지.[29]

이 예문은 시간의 흐름의 중요한 순간들을 극명히 보여주고 있다. 여
기서 비길 데 없는 나의 행복이란 마시니스와 소포니스브의 결혼을 의미
하는 것으로서 그것은 어제 해질녘에 성사되었으며 태양이 동쪽에 되돌
아왔을 때는 마시니스는 이 세상에서 가장 불행한 인간으로 전락하고 말
았다. 따라서 마시니스가 맛본 기쁨은 그 전날 해질 무렵부터 다음날 아
침 해가 솟아 날이 밝을 때까지만 계속되었음을 나타내고 있다. 또 다른
예를 들어본다.

너도 알다시피 엇저녁 혼례가 우리를 하나로 묶어놓았을 때 두 번씩이나
예식의 횃불이 꺼졌으며 오늘 아침에도 제물로 바쳐진 상처 입은 양이 사제
와 제단으로부터 도망쳤단다.[30]

---

29) D'autres se promettront des voluptez certaines,/Si ie monstre auiourd'huy que
le mesme Soleil,/Qui vit hier mon bon-heur à nul autre pareil,/Comme desia son
char s'alloit cacher sous l'onde,/Me treuue à son retour le plus triste du monde.
(J. Mairet, 앞의 책, 1387-1391행)
30) Vous sçauez qu'hier au soir lors qu'Hymen nous joignit,/Par deux iuverses fois

이렇듯 작가는 어제와 오늘이라는 시간적 단서들을 교묘하게 대비시킴으로써 시간적 간격의 내용이 무엇인지를 분명히 보여줄 뿐만 아니라 영고성쇠의 부질없는 인생사를 순간순간 포착하고자 하는 의도를 나타내 보인다.

3-3 장소의 원칙

이제 우리는 장소에 관한 문제를 검증해 보아야 하겠다. 이 문제는 다 아는 바와 같이 아리스토텔레스의 『시학』에는 거론되지 않고 있다. 17세기 초기에 프랑스에서 희곡 주제의 단일성과 시간 압축의 필요성이 제기되었을 때 부수적으로 생겨난 것이 장소에 대한 문제로서 가장 많은 논란의 대상이었으며 작가로서도 그 필요성은 인정하면서도 가장 준수하기 어려운 규칙이었음을 염두에 두어야 한다. 비극이란 어쩔 수 없이 서로 양보할 수 없는 문제를 놓고 갈등 대립하는 두 인물군의 목숨을 건 싸움이라 정의하면 이들이 각기 상대방을 이기기 위한 전략과 음모를 꾸밀 때는 다른 장소에서 그리고 승패를 결정지을 때는 같은 장소에서의 충돌을 피할 수 없게 된다. 그런데 비극 작품을 포함한 모든 종류의 희곡 작품들이 담고 있는 사건들이 펼쳐지는 장소들을 몇 개로 제한할 것인가 하는 문제는 비단 진실다움을 준수하고자 하는 고민에서 비롯되었을 뿐만 아니라 무대장치를 어떻게 하면 작품 내용에 합당한 것으로 만들 수 있을 것인가 하는 노력으로부터도 제기된다. 다시 말하면 주제와 시간의 원칙의 제약 사항들과는 달리 장소가 주는 제약들은 결국 주어진 관중들 앞의 무대 위에서 펼쳐질 수밖에 없기 때문에 더 심각하다.

고전 비극 작품들이 대부분 그러하듯 메레의 작품도 사건이 전개되는 개략적 공간의 틀만 제시하고 있다. 그 틀이란 등장인물 목록 밑에 〈무대는 누미디아의 도시인 실트〉[31]라는 작가의 직접적인 지시를 말하는데

---

son flambeau s'esteignit,/Que mesme à ce matin vne brebis frapée,/S'est de la main du Prestre & tu Temple eschapée, (위의 책, 1584-1587행)
31) 위의 책, 13쪽.

이것 외에는 이 작품에서 작가의 장소에 관한 어떠한 직접적인 개입은 찾아볼 수 없다. 따라서 앞서 검증해 본 시간적 단서에 대해서도 그랬듯이 장소에 대한 암시도 등장인물들이 서로 주고받는 대사에서 찾아낼 수밖에 없다. 『소포니스브』에서 약 12대목에서 장소 공간에 관한 언급을 적시할 수 있는데 이제 우리는 이것을 기초로 해서 이 작품의 이야기가 몇 개의 공간 속에서 진행되어 작가가 그렇게도 추구한 장소의 원칙이 어떻게 준수되고 있는지를 살펴보기로 한다.

이 작품에 등장하는 모든 인물들이 갈등하고 서로 직접적인 대화를 나누는 공간, 다시 말해 관객들에게 보이는 공간은 누미디아 궁중인데 그것도 주로 왕의 집무실이다. 그리고 관객이 직접 볼 수는 없으나 이 비극의 진행상 대단히 중요한 또 하나의 공간이 존재하는데, 그것은 궁궐을 에워싸고 있는 성곽 밖에 펼쳐져 있으며 시팍스와 마시니스의 군대가 맞부딪치는 전투 장소인 들판을 말한다. 따라서 가시적 공간과 비가시적 공간 이 두 공간이 이 작품의 사건들이 전개되는 무대를 구성하고 있으며 비가시적인 공간에서 진행되는 사건은 대사로 처리됨은 물론이다. 한편 전쟁터로서의 들판과 궁중 사이의 간격은 걸어서도 몇 시간 내에 왕래할 수 있는 거리이며 따라서 vraisemblance 의 원칙을 크게 벗어나지 않는다. 이제 이 두 공간의 관계를 검토해 보기로 한다.

막이 오르자 관객이 목격하고 인지하는 공간은 처음부터 대단원에 이르기까지 누미디아 왕국의 궁궐의 집무실이다. 이곳을 중심으로 등장하고 퇴장하는 주역들의 대사를 통해서 우리는 바깥 세상, 즉 비가시적 공간에서 펼쳐지는 중대한 사건들을 알 수 있다.

결국 시민 모두가 성곽 위에 올라가 있습니다. 그래서 마치 계단식 극장 관객석에서와 같이 그들은 전투 장면을 볼 수 있지요. 그러니 원하신다면 왕비께서도 멀리 가실 필요 없이 그 장면을 구경하실 수 있습니다. [32]

---

32) Enfin toute la ville est dessus la muraille,/D'où comme d'vn theatre, elle void la bataille,/Et vostre Majesté, sans aller loin d'icy,/Si c'estoit son plaisir, la

누미디아의 운명, 무엇보다 소포니스브의 운명을 결정짓게 될 전투가 성곽 아래에서 전개되도록 설정해 놓고 있다는 사실은 실제적인 군사 전략상 어느 정도의 문제가 없는 것은 아니지만 장소의 일치라는 대 원칙을 세워보려고 시도한 작가의 의지를 엿보게 한다. 위에 인용한 대목은 페니스의 대사인데 이에 대한 대답으로서 위의 내용을 더 강조한 소포니스브의 대사는 〈제일 높은 성곽 꼭대기로 올라들 가거라. 거기서부터는 그 주위에 펼쳐진 들판을 훤히 다 볼 수 있단다. 그래서 이따금 너희들 중 하나가 내려와서 내가 두려워하는 전황을 알려주게[33]〉이다. 위의 인용문은 한층 더 이 작품의 무대 설정을 가시적 공간과 비가시적 공간인 외부 세계로 이분화하고 있음을 분명히 보여주고 있다. 비가시적 외부 세계에서 활동하던 주역들은 일단 대세를 결정짓고 가시적 공간으로 모여든다. 로마의 세력을 확장시켜 나가는 과정에서 마주치는 저항 세력 중의 하나인 누미디아를 전쟁터에서 —— 비가시적 공간 —— 제거하고 이 저항 세력의 상징인 시팍스의 궁궐 안으로 마시니스에 이어, 렐리 그리고 시피옹이 등장한다. 이는 군사적 정치적 관점에서 보면 패자에 대한 승자의 권리 행사의 일환으로 생각할 수도 있겠지만 비극이라는 희곡의 한 장르의 입장에서 생각하면 비극적 공간으로의 집결을 뜻한다. 이 비극적 공간은 가시적 공간으로서 로마의 유일한 적대 세력을 대변하고 있는 소포니스브가 존재하는 공간이다. 동시에 모든 갈등 세력을 집합시키는 구심점이 된다. 그리고 이 비극적 공간으로 들어온 주역들의 대사에서 볼 수 있는 la grande cour du château, [34] le degré royal, [35] Dans la salle prochaine, [36] il est ici tout contre[37] 등의 장소를 나타내는 표현들을

---

pourroit voir aussi. (위의 책, 327-330행)

33) Rendez-vous au sommet de la plus haute tour,/D'où l'oeil descouuvre à plain tous les champs d'alentour ; /Et que de temps en temps l'vne ou l'autre descende,/Pour m'asseurer tousiours des maux que i'apprehende : (위의 책, 337-340행)

34) 위의 책, 721행.

35) 위의 책, 727행.

통해서도 모든 것이 왕비 소포니스브를 향하여 이동하고 있음을 잘 알
수 있다. 이상에서 확인할 수 있듯이 메레가 비극 작품에서 장소의 원칙
을 정립하는 데에 얼마나 세심한 주의와 노력을 경주했는지를 웅변하고
있다.

4 코르네유의 경우

지금까지 메레의 작품에서 우리의 탐구의 대상이 되었던 문제들——
주제, 시간, 장소의 원칙——을 코르네유는 그의 『소포니스브』에서 어
떻게 풀어나가고 있는지를 규명해 보기로 한다. 같은 제목의 메레의 작
품이 비록 한 30여 년 전에 발표되었지만 1663년 당시 아직도 관중들의
상당한 호응에 힘입어 공연이 계속되고 있는 마당에 또 다른 작품을 써
서 이에 대항한다는 것은 하나의 당찬 도전일 뿐만 아니라 작가의 명성
에 대한 엄청난 위험 부담도 무릅써야 한다. 이토록 위험 부담이 큰데도
불구하고 코르네유는 어떤 이유 때문에 이와 같은 모험을 하게 되었는지
는 밝히지 않고 그것이 얼마나 고통스러운 작업인지를 서문에서 다음과
같이 쓰고 있다.

다른 사람이 이미 성공을 거둔 주제를 무대에 올려놓는 일보다 더 고통스
런 일은 없다는 사실을 이 작품은 깨닫게 해주었다. 그러나 이런 일을 당당
하게 해낸다면 그것보다 더 영광스런 일은 없다고 말할 수 있겠다.[38]

---

36) 위의 책, 1087행.
37) 위의 책, 1733행.
38) Cette pièce m'a fait connaître qu'il n'y a rien de si pénible, que de mettre sur le
théâtre un sujet qu'un autre y a déjà fait réussir ; mais aussi j'ose dire qu'il n'y a
rien de si glorieux, quand on s'en acquitte dignement. (Corneille, *Sophonisbe*,
381쪽)

이로써 코르네유는 자신의 작품이 메레의 그것보다 더 우수하다고는 주장하지는 않았지만 그와는 완전히 다른 성격의 작품임을 강조하고 있다. 하나의 같은 주제를 여러 작가들이 사용해도 비난의 대상이 되지 않는다는 사실을 고대 작가들의 실례를 들면서 코르네유는 자신의 작품이 어떤 점에서 메레의 『소포니스브』와 구별되는지를 그 서문에서 밝히고 있다.[39]

코르네유의 『소포니스브』에서 가장 두드러진 특징은 여주인공 소포니스브에게 부여된 인물의 성격이다. 작품 전체의 이야기를 놓고 볼 때 에릭스란 여인을 고안해 냈다는 것, 시팍스로 하여금 로마의 포로가 되게 함으로써 역사적 사실에 충실하였다는 점, 그리고 소포니스브는 마시니스가 보낸 독약을 물리치고 자기가 간직하고 있던 독약을 마시고 죽어간다는 등의 차별적 사실들은 결국 소포니스브란 여인의 독특한 성격을 부각시키는 요인들이라고 우리는 믿고 있다. 바로 소포니스브의 독특한 성격——정신이라 해도 무방하다——이야말로 메레의 소포니스브에 비해 뚜렷한 차별성을 갖는다. 그러면 그녀에게 작가가 불어넣은 정신은 무엇인가? 그것은 그때까지의 코르네유의 비극 작품들이 보여주고 있던 주역들의 인간 의지의 숭고함이다. 이 숭고함은 인간이 신봉하는 최고의 가치에 이르려는 의지에서 비롯되는데 이때의 지고한 가치가 당시 사회의 도덕적 윤리적 가치 체계에 부합하는가 안 하는가는 코르네유에게는 별 문제가 되지 않으며 이러한 가치를 추구하는 인간의 숭고한 의지에는 극복하지 못할 장애물은 있을 수 없으며 죽음조차도 두려움의 대상이 될 수 없다. 따라서 코르네유는 비극이 추구하는 지고의 가치들의 다양성을 보여주는 데 비극의 목적을 두고 있다기보다는 그것들을 추구하는 과정에서의 초월적 인간 정신의 다양한 모습을 묘사하는 데 그 초점을 맞추고 있다. 그렇다면 코르네유의 소포니스브가 최고의 가치로 신봉하는 것은 무엇인가? 그것은 다름 아닌 카르타고의 독립과 자유이다. 이것들을

---

39) 위의 책, 381-385쪽 참조.

수호하기 위해서 그녀가 펼쳐 보이는 의지는 지극히 숭고한 것이어서 어떠한 타협도 용납하지 않는다. 이 작품이 보여주는 모든 갈등 요인들은 결국에 소포니스브의 이러한 의지에 기인한다고 볼 때 주제의 원칙을 이 작품도 철저히 준수하고 있다고 말할 수 있다. 작가의 순수한 상상력에 의해서 에릭스 Eryxe 라는 인물을 만들어냄으로써 제2의 사랑의 테마를 설정해 놓고 이를 소포니스브와 마시니스의 사랑에 대비시키고 있다. 신랄한 비난의 대상[40]이 되었던 에릭스와 마시니스의 사랑 문제는 일견 주제의 원칙을 흐뜨러뜨리는 요소로 작용하는 것같이 보이지만 좀더 면밀히 관찰하면 그것은, 에릭스와 마시니스의 관계를 소포니스브가 주관하고자 한다는 사실에 주목하면 후자의 지배적 성격의 일면을 부각시키고 있다는 것을 알 수 있다. 그러나 그것은 신봉하는 가치 체계에 대한 불굴의 정신적 자세의 일면을 실례를 들어 보여주기 위한 작가의 배려로 보아야 한다. 그 예를 들어보자.

그런고로 되도록 나는 바라건대 행운을 잡을지도 모를 마시니스가 나 아닌 딴 미인과의 결혼을 하나의 형벌로 받아들이며 나를 은밀히 열애하고 그리하여 어떤 여성도 나의 배신 행위에 대해 그를 위로해 주지 못하게 되기를, 어차피 내 사람이 될 수 없는 바에 그도 매이는 몸이 되지 말기를, 아니면 내가 그의 배우자를 택해도 그가 다소곳이 받아들이기를 나는 원하고 있다네.[41]

물론 정략적으로 마시니스를 버릴 수밖에 없었는데도 불구하고 그 남자의 결혼 문제를 비롯하여 그의 심리적 감성적 세계도 지배하지 않고서

---

40) 위의 책, 1461쪽.
41) Je veux donc, s'il se peut, que l'heureux Massinnisse/Prenne tout autre Hymen pour un affreux supplice,/Qu'il m'adore en secret, qu'aucune nouveauté/N'ose le consoler de ma déloyauté,/Ne pouvant être à moi, qu'il ne soit à personne,/Ou qu'il souffre du moins que mon seul choix le donne. (위의 책, 135-140행)

는 도저히 견딜 수 없음을 나타내는 그녀의 독점욕을 위의 인용문은 증명하고 있다. 메레와는 달리 코르네유가 시팍스를 살려두었다는 것, 마시니스가 보낸 독약을 마다하고 소포니스브로 하여금 자신이 간직하고 있던 독약을 사용하도록 했다는 사실들로 그녀의 조국 카르타고에 대한 애국심과 로마에 대한 줄기찬 증오심을 보여준 것이 아니겠는가? 그녀는 시팍스가 포로가 되었다는 것, 그리하여 목숨을 부지하고 있다는 사실을 결코 용납하지 못한다. 그녀는 시팍스에게 이렇게 말한다.

내가 아직 살아 있는 것은 당신을 따르기 위해서가 아니고, 당신이 그토록 살아남기를 원한 것에 대한 벌을 주기 위해서이며, 언젠가는 정당화될 다른 이유 때문에 나는 살아 있을 수도 있다오. [42]

이렇듯 그녀에게 무엇보다도 중요한 것은 조국 카르타고의 자유와 독립이다. 이 대원칙 앞에서는 모든 것은 부차적이다. 그녀의 목숨조차도 조국에 선행할 수 없다. 사랑도 조국을 위해 사용할 수 있는 하나의 도구에 지나지 않는다. 그렇기 때문에 처음에 사랑하는 마시니스를 버리고 시팍스와 결혼할 수 있었고, 곧 이어 시팍스를 버리고 다시 마시니스를 새 남편으로 맞이할 수 있었던 것도 사실은 그녀의 영광에 대한 한결같은 집념의 소산이다. 때로는 마시니스에게 품고 있는 사랑을 억제할 수 없어 휘청거리는 모습을 보일 때[43]도 있지만 끝까지 그녀를 지배하는 원동력은 숭고한 정신력이다. 오죽하면 소포니스브와 적대 관계에 놓여 있던 세력들도 그녀가 자결한 후 그녀를 찬양하는 와중에서 다음의 렐리위스 Lelius의 평가는 의미심장하다.

---

42) Mais si je vis encor, ce n'est pas pour vous suivre./Je vis pour vous punir de trop aimer à vivre ; /Je vis peut-être encor pour quelque autre raison,/Qui se justifier-a dans une autre saison. (위의 책, 1093-1096행)
43) 위의 책, 5막 1장 참조.

공주님, 좀더 부연 설명드리면 이렇습니다. 그녀가 비록 로마를 증오했어도 그런 고결한 성품의 여인은 로마인으로 태어나야 좋을 뻔했습니다. [44]

이상과 같이 이 작품의 주제는 결국 소포니스브의 생각과 행동 하나하나에 모든 갈등 세력이 집결되어 있음을 알 수 있다.

이제 우리는 코르네유의 이 작품이 전개되는 시간과 공간의 틀이 어떻게 짜여져 있는지를 구명해 보아야 하겠다. 여기서도 이야기의 출발 시점은 이른 아침으로 설정되어 있다. 우선 제1막의 보카르 Boccar 가 소포니스브에게 하는 전황 보고를 통해 마시니스가 지휘하는 로마군이 시팍스의 성곽에 포위망을 조이고 있던 차에 시팍스군이 급히 출동하여 로마군의 공격에 대항하여 국가의 멸망을 우선 막을 수 있었다는 사실을 알게 된다.

시팍스 군대가 동틀 무렵 출격함으로써 당신 나라의 파괴 세력을 저지시켰습니다. [45]

이와 같이 우리는 작품의 이야기는 아침 일찍 시작하였음을 알 수 있다. 코르네유에서는 이런 종류의 시간을 나타내는 단서들을 약 35군데 찾아볼 수 있는데 흥미로운 것은 시간적 단서들 모두 다 현재와 미래를 지칭하고 있다는 사실이다. 즉, 어떤 표현도 과거를 이야기하지 않는다. 이것은 무엇을 뜻하는가? 놀랍게도 코르네유는 이 작품의 기승전결이 필요로 하는 시간적 분량을 약 12시간 정도로 한정시키고 있다. 이 점에서도 코르네유는 메레와의 차별성을 나타내려는 노력이 엿보인다. 이렇듯 작품의 모든 사건을 하루 동안으로 압축시켰다는 것은 결국엔 무대

---

44) Je dirai plus, Madame, en dépit de sa haine,/Une telle fierté devait naître Romaine. (위의 책, 1811-1812행)

45) Ses troupes se montrant, au lever du soleil/Ont de votre ruine arrêté l'appareil. (위의 책, 8-9행)

밖에서 전개되는 사건들을 감안하더라도 그것들이 지극히 빠른 속도로 진행된다고 볼 수 있다. 소포니스브와 마시니스 이 두 비운의 연인들의 최초의 재회는 제2막 4장에서 이루어지고 마시니스의 청혼에 의해서 한 편에서의 주저와 또 한편에서의 설득에 의해서 이들은 곧 결혼하기로 합 의한다. 이 과정에서의 오늘과 내일 사이에 펼쳐질 운명의 갈림길에서 이들의 선택은 촌음을 다툰다. 이와 같은 급박함을 나타내는 시간적 표 현들에는 〈당신이 이와 같은 엄청난 변화를 받아들이는 데는 단 한 시 간, 아니 단 한순간밖에 없었요[46])〉를 비롯하여 〈demain', aujourd'hui, Dès ce soir, à demain, Si demain[47]〉 등의 표현들을 더 추가할 수 있다. 50여 행의 대사 중에 5번에 걸친 시간적 단서들이 사용되고 있다는 사실은 그 다음날까지 그들의 결혼을 미룰 수 없다는 사태의 절박성을 보여주는 것 이다. 이리하여 5막 4장과 5장 사이에 소포니스브가 자결할 때까지 마시 니스를 앞세운 그녀의 로마에 대한 항쟁은 신속히 진행되어 여러 시간적 단서[48]들이 증명하고 있듯이, 그 다음날로 이어지지 않고 있음을 알 수 있다.

마지막으로 이 작품에서 코르네유는 공간적 문제를 어떻게 처리하고 있는지를 살펴보아야 하겠다. 앞서 메레의 작품을 논할 때 메레는 12회 에 걸쳐 공간에 관계되는 여러 표현들을 사용함으로써 관중과 독자들에 게 극중 인물들의 공간적 행동 범위가 시간적으로 충분히 24시간 이내에 한정되어 있다는 것을 알리고 있음을 적시한 바 있는데, 코르네유는 비 록 공간적 단서들을 5개밖에 사용하지 않고 있지만 나름대로 등장인물들 의 행동 빈경이 시팍스의 궁궐을 중심으로 설정되어 있음을 보여준다. 5 개의 공간적 표현들 중에서 3개는 Palais로 구성되어 있고[49] 나머지 2개

---

46) Mais vous n'avez qu'une heure, ou plutôt qu'un moment/Pour résoudre votre âme à ce grand changement.(위의 책, 629-630행)
47) 위의 책, 624, 637, 662, 670, 674행.
48) 위의 책, 766, 927, 963, 971, 1035, 1175, 1255, 1306, 1419, 1539, 1549, 1554, 1580, 1584, 1608, 1725, 1785, 1791행.

도 Palais 내의 어느 특정 부분을 나타내고 있다.[50] 이렇듯 모든 세력의 구심점은 궁궐이다. 소포니스브에게는 결코 이 궁궐로 구성된 공간으로부터의 이탈은 있을 수 없다. 그녀가 자결하는 것도 궁궐 밖으로 한 걸음도 나가지 않기 위해서이다. 그녀의 가치 체계의 추구는 궁궐 밖에서는 불가능하다. 결과적으로는 실패하지만 조국의 독립과 자유를 수호하고자 하는 과정에서 그녀의 의지는 세 가지 장애물에 부딪힌다. 그 첫째가 로마와의 평화협정에 호의적인 시팍스를 설득하는 일이요, 그 둘째가 시팍스가 로마에 패해 포로가 된 후에 입성한 마시니스의 마음을 돌려놓는 일, 그리고 마지막으로 로마를 대표하는 렐리로 하여금 마시니스와의 결혼을 인정하도록 하는 작업이다. 첫째와 둘째의 난관은 다 극복하나 세번째 장애물은 뛰어넘지 못한다. 바로 여기에 그녀의 비극이 있는 것이다. 물론 소포니스브의 설득으로 말미암아 평화협정을 포기한 시팍스는 전쟁을 택하지만 패하고 마는데 이때 이미 소포니스브의 운명은 결정된 셈이다. 그러나 이것이 어디까지나 물리적 힘에 의한 타의적 운명이라면 이후의 그녀의 운명은 그녀 스스로가 결정하는 자의적 운명이다. 전쟁터에 나가 있던 그녀의 남편도 중대한 결정을 내리는 데 소포니스브의 의견을 들으러 궁궐로 들어오고 전승 장군으로서 모든 권리 행사를 수행하기 위해 마시니스도 궁궐로 들어온다. 또한 이 모든 사태를 종결 짓기 위하여 렐리도 소포니스브가 칩거하는 공간으로 들어온다. 따라서 대사로 처리되는 전쟁 결과만 제외하고 모든 것은 소포니스브의 공간에서 이루어지고 있다. 따라서 이 작품은 소포니스브를 중심으로 전개되고 있어서 모든 주요 인물들이 그녀를 향해 움직이고 있다.

---

49) 위의 책, 400, 452, 1134행.
50) 위의 책, 1132, 1683행.

5 결론

우리는 지금까지 같은 주제를 다룬 프랑스 고전시대의 주요 작품들을
비교해 보았다. 이 비교연구는 주로 작품들의 외적인 짜임새를 중심으로
고전극의 제원칙들——주제, 시간, 공간——을 작가들이 어떻게 소화
해 내고 있는지를 확인해 보았다. 16세기 후반에 쓰여진 생즐레와 몽크
레티앙의 작품들은 비록 전자의 것이 산문으로 쓰여졌다는 사실을 감안
하더라도 고대 작품들의 특색인 합창단과 긴 독백을 위주로 한 수사학적
인 면에 치우치고 있다는 사실에 주목하였다. 고전주의 이론가들이 주장
하던 비극의 제반 규칙들을 잘 수용한 메레의 작품에서는 몽크레티앙의
『카르타고의 여인』과 비교할 때 엄청난 변화와 차이점이 존재함을 검증
하였다. 그 변화와 차이점은 외형적 틀에서만 발견되는 것이 아니고 인
생을 대하는 작가의 태도에서도 발견할 수 있었다. 뿐만 아니라 30여 년
후에 발표된 코르네유 작품에서는 메레의 그것과는 또 다른 경험을 하게
된다. 그 다른 경험이란 작품을 매개로 해서 표현하고자 하는 작가의 인
생관은 각기 다를 수밖에 없다는 것이다. 메레는 전원극과 희비극의 내
용의 기초가 되는 사랑을 역동적으로 표현함으로써 생즐레나 몽크레티앙
에 비해 훨씬 더 활기찬 극의 움직임을 이끌어내고 있다. 한편 코르네유
는 비록 특별한 목적을 가지고 이 작품을 쓰기는 했지만 그의 전 비극
작품에서 한결같이 감지할 수 있는 인간의 우월감을 여기서도 나타내고
자 했다. 그 우월감이란 어떤 윤리적 도덕적 통례를 초월하여 인간이 오
로지 인간임을 자부한다는 뜻이며, 이 자부심은 때로는 신의 전지전능함
에까지도 도전하고 있지 않은가 하는 전율을 때때로 우리로 하여금 느끼
게 한다.
  위 결론에서 지적한 문제들을 우리가 좀더 깊이 있게 다루지 못했음이
큰 아쉬움으로 남는다.

참고문헌

작품

Saint-Gelais. *Sophonisba*. Paris : Paul Daffis, Editieur-Propriétaire, M. DCC. LXXIII.

Montchrestien. *La Cartaginoise ou La Liberté*. Paris : Librairie Plon, Edition Plon, Nourrit et Cie, Imprimeurs-Editeurs, MDCCCXCI.

Mairet, J. *La Sophonisbe*. Edition critique avec Introduction et notes par Charles Dédéyan. Paris : Librairie E. Droz, 1945.

Corneille, P. *Œuvres complètes*, tome Ⅲ. Textes établis, présentés et annotés par Georges Couton. Pléiade, Paris : Gallimard 1987.

연구서

Aristote. *Poétique*. Texte établi et traduit par J. Hardy. Paris : Société d'Edition "Les Belles lettres", 1985.

Forestier, Louis. *Pierre Corneille, Trois discours sur le poème dramatique*, Ed. Société d'Edition d'Enseignement supérieur.

Arnaud, Ch. *Les théories dramatiques au XVIIe siècle, Etude sur la vie et les œuvres de l'Abbé d'Aubignac*. Slatkine Reprints, 1970.

Aubignac. *La pratique du théâtre*. Slatkine Reprints, 1970.

Larthomas, P. *Le langage dramatique*. Paris : P. U. F., 1980.

李　桓. 『프랑스 고전주의 문학』. 민음사.

Scherer, J. *La dramaturgie classique en France*. Paris : Nizet, 1950.

Conesa, G. *Pierre Corneille et la naissance du genre comique* (1629-1636). Paris : SEDES, 1989.

Sweetser, M.-O. *La dramaturgie de Corneille*. Droz, 1977.

Duparay, R. *Des principes de Corneille sur l'art dramatique*. Slatkine Reprints, 1970.

Mongrédien, G. *Recueil des textes et des documents du XVIIe siècle relatifs à Corneille*. Edition du Centre National de la Recherche Scientifique, 1972.

『르 시드』에서 『오라스』로

심민화

라신이 신비평의 여러 방법론들을 실험해 보는 특혜적 대상이 됨으로써 전통 비평, 또는 교육에 의하여 덧입혀졌던 고정된 이미지를 벗어버리고 새롭게 태어났던 것과는 달리, 그리고 현대에도 여전히 발견되는 인간 사회의 희극성과 인간의 약점들을 다루었던 몰리에르가 오늘날의 관객들에게서도 여전히 웃음의 동의를 얻으며 애호되고 있는 것과는 달리, 문학적 연구의 대상으로나 공연의 대상으로나 코르네유는 이른바 고전주의 삼대 작가 가운데에서도 가장 인기 없는 작가로 남아 있다.

거기에는 적어도 세 가지 이유가 작용하고 있다고 생각된다. 그 하나는 고전주의 법칙에 가장 적응하지 못하였던 작가(고전주의 이론화에 가장 크게 기여했음에도 불구하고)로 인식됨으로써, 그를, 고전주의 정립 과정에 함축되어 있는 시대 정신의 변화를 재현하지 못한, 자기 시대에 이미 낡아버린 작가로 보는 편견이다. 살아 있는 동안 자기 문학의 쇠퇴를 경험한 이 작가는, 자기를 밀어내고 갈채를 받았으며 영광의 절정에서 스스로 극작을 떠나버린 라신과 줄기찬 비교의 대상이 되었다. 이 점은 코르네유로서는 더욱 불리한 두번째 이유로 작용한다. 그것은 이 비교가, 코르네유의 편에 선 것이든 아니든, 〈코르네유는 우리가 그렇게 되어야만 할 인간을 그렸고, 라신은 있는 그대로의 인간을 그렸다〉[1]는, 그 역시 동시대인이 내린 결론을 크게 벗어나지 않는 판단으로 수렴되었다는 사실이다. 그에게서 폭발하는 힘과 의지의 정열을 발견하였던 혁명의 시대, 자아 숭배의 경향을 지닌 낭만주의의 시대에 누렸던 잠시의 비교 우위, 영웅적인 인간관을 내포하는 실존주의적 비평의 호의 어린 평가를 제외한다면, 인간성의 모순과 억압된 자아의 반사회적 반란의 표현을 문학의 진정성으로 여기게 된 이래 〈그렇게 되어야만 할 인간〉인 도덕적·이성적 영웅의 승리(코르네유의 비극이 늘 섭리가 지배하는[2] 조화로운 세계, 비극 없는 비극으로 생각되어 왔다는 점도 덧붙여야 하리라)가 큰 매력을 갖지 못하리라는 것은 쉽게 이해할 수 있는 일이다. 세번째로, 이 또한 동시대부터의 결론인바, 『르 시드 Le Cid』, 『오라스 Horace』, 『시나 Cinna』, 『폴리왹트 Polyeucte』 등의 몇 편만이 그의 재능이 성취할 수 있었던 최고의 성과요, 나머지 작품들은 아직 자기 예술의 정수를 발견하지 못한 채 유행 중의 양식을 답습하거나, 재능이 사그러진 노작가의 낙수에 불과한 것으로 치부되었다는 사실이다.[3]

이러한 생각이 어느 정도의 정당성을 가진다 하더라도, 또는 그 정당성을 발판으로 하더라도, 다시 말하여 코르네유가 시대의 변화에 적응하지 못하였고 고전주의의 정립으로 가는 길목에서 단지 네 편만의 가치 있는 작품을 남겼다 하더라도, 도식적 비교를 통하여 폄하함 없이, 그의 작품을 작품 자체로서 분석하고, 작품들 사이의 관계를 수립하며, 변화의 과정을 살피는 것 역시 정당한 일일 것이다. 그리고 이러한 분석은 특히 문학의 사회적 의미를 생각할 때 더욱 필요할 것이다. 왜냐하면, 사회학적으로 볼 때, 실패는 성공 못지않게 계시적 지표가 될 수 있고,

---

1) La Bruyère, *Caractères,* Garnier, 1962, 88쪽.
2) André Stegmann, *L'Héroïsme cornélien, genèse et signification,* tome Ⅱ (Armand Colin, 1968), 284-289쪽 참조.
3) 위의 책, 87쪽 참조. 〈그의 초기 극들은 메마르고 지루하여, 이어서 그가 그토록 멀리 나아가리라는 기대를 가지게 해주지 않는다. 그의 마지막 작품들이 그가 그토록 높은 경지에서 떨어져 버린 것에 놀라게 만드는 것처럼.〉

변화의 과정과 일치하는 성공과 쇠퇴의 과정은 이 작가와 그를 둘러싼 세계 간의 친화와 불목을 밝혀줌으로써, 한편으로는 사회의 진화를, 한 편으로는 코르네유라는 개인을 드러내 줄 수 있겠기 때문이다.

이 글은 이러한 관점에서 코르네유 극작의 변화의 한 단계를 보여주는 『르 시드』와 『오라스』의 선적 구조와 인물 구조를 비교하려 한다. 오로 지 작품 내적 분석에 의해서만 수행될 이 비교는 우선은 『멜리트 *Mélite*』 에서 『희극적 환상 *Illusion comique*』, 『르 시드』에서 『오라스』, 『오라스』 에서 『페르타리트 *Pertharite*』, 『오이디프스 *Œdipe*』에서 『쉬레나 *Suréna*』로 나뉘는 그의 전체적 변화 속에서 해석되어야 하고, 나아가 그가 작품을 생산하거나 침묵하던 동안의 정치 사회적 변화에 의하여 조명받아야 할, 부분적이고 기초적인 작업이라는 한계를 지님을 밝혀두어야 하리라.

1 선적 구조

얼핏 보기에 『르 시드』와 『오라스』는, 주인공들의 대사에 등장하는 어 휘와 사고 방식의 유사함 때문에, 또한 무훈과 살인이라는 유사한 행위 로 엮어지고 궁극적으로 한 국가적 영웅의 탄생을 결말로 삼고 있다는 사실 때문에, 같은 세계관을 드러내고 있는 것처럼 보인다. 그러나 좀더 세밀히 살펴보면, 그 두 작품의 선적 구조에서부터, 차후 코르네유가 로 마의 역사에서 차용하게 될 비극들[4]에서 보여줄 세계관과 『르 시드』의 낙관적 세계관과의 차이가 드러난다.

『르 시드』는 행복한 미래를 향하여 열린 작은 세계의 제시로 시작된 다. 비록 시멘의 원인 모를 공포[5]에 의하여, 그에 뒤따르는 공주의 비탄

---

4) 『오라스』를 쓴 이후 코르네유는 비극 장르에서는 『오이디프스 *Œdipe*』와 『아제 질라스 *Agesilas*』를 제외하고는 오직 로마의 역사만을 다루게 된다(총 14편).

5) Il semble toutefois que mon âme troublée/Refuse cette joie, et s'en trouve accablée:/Un moment donne au sort des visages divers,/Et dans ce grand bonheur

(1막 2장)에 의하여 이 극이 보여주게 될 시련과 비극적 상황을 예감케 하는 약간의 심각성을 부여한다 하여도, 서로 사랑하는 젊은이들의 결합이 부모도 허락하고, 왕가에서조차 바라는 일이며, 모두에게 황홀한 미래[6]임은 변하지 않는다.

> 엘비르 : 당신이 그를 사랑하는 만큼, 아버지께서도 로드리그를 높이 평가하고 있어요.[7]
> 공 주 : 그녀는 동 로드리그를 사랑하고, 나로부터 그를 얻게 되었다.
>   그리고 나에 의하여 동 로드리그는 그녀의 냉담을 꺾게 되었다.[8]

게다가 로드리그와 시멘은 아직 현실 속에서 증명되지 않았으나, 그 점에서도 역시 미래를 기대하게 하는 동등한 가치를 지닌 인물들로 부각된다. 로드리그는 지난날 최고의 맹장의 아들이며, 시멘은 동 디에그의 자리를 잇는 맹장의 딸이다. 로드리그는 공주의 사랑을 받으며 시멘의 마음을 얻었고, 시멘은 뛰어난 가문의 두 아들로부터 사랑받으며 공주의 애인을 얻었다. 이들을 둘러싼 세계의 격려와 허락, 이들 사이의 대칭성은 이들의 결합을 당위로 만든다. 이렇게 주어진 당위성의 바탕 위에서 그들이 겪는 시련은 결합되어야만 할 두 주인공을 실존의 차원에서는 대립하게 하면서도, 존재의 차원, 본질의 차원에서는 더욱 결속된 존재들로 나타나게 한다. 대칭을 이루는 1막과 2막의 결말, 끝까지 대립하면서도 그 대립의 논리에 의하여 두 주인공이 완벽하게 일치된 존재들임을 증명하고 궁극적으로 자기 희생을 통하여서, 대립이 아니라 결속을 실현

---

je crains un grand revers.(Corneille, *Théâtre complet* I, Gallimard, 1950, 708쪽) (*Théâtre complet*는 이하 *T. C.*로 표기)

6) 제 자신의 모든 감각까지도 (당신 아버지가 하신 말씀에) 아직도 황홀합니다. (1막 1장, *T. C.* I , 707쪽)

7) *Elvire* : Il estime Rodrigue autant que vous l'aimez,(1막 1장, *T.C.* I, 707쪽)

8) *L'infante* : Elle aime don Rodrigue, et le tient de ma main,/Et par moi don Rodrigue a vaincu son dédain : (1막 2장, *T.C.* I, 709쪽)

하리라는 그들의 동일한 결심을 보여주는 3막의 만남은 불가피한 파국을 예감케 하기보다는 안타까운 희망을 부여한다. 극은 아직 반밖에는 진행되지 않았으며, 그들은 아직 살아 있고, 가문이라는 좁은 울타리 밖으로 세상은 열려 있는 것이다. 국가는 위기에 처해 있고(2막 4장), 동 디에그를 대치하였던 백작의 자리는 비워져 버렸다. 백작과 겨뤄 이긴 로드리그가 아니라면 누가 그를 대치할 것인가? 이렇게 하여, 아직 살아 있는 로드리그의 삶을 필요로 하는 더 큰 세계가 구원의 가능성으로 개인의 삶에 개입한다.

> 아직은 죽음을 구할 때가 아니다.
> 너의 왕과 너의 나라가 네 팔을 필요로 한다.
> (……)
> 기회가 네게 주어졌으니, 이 기회를 잡아라. [9]

무어인의 침입은 결투의 죄과를 피할 수 있는 기회일 뿐 아니라, 시멘의 완고함을 누그러뜨릴 수 있는 기회이다.

> 너의 영광을 한 가지 모욕을 복수하는 데 한정시키지 말아라.
> 그것을 더욱 전진케 하라 : 너의 용맹으로
> 왕은 용서하고, 시멘은 침묵할 수밖에 없게 만들어라. [10]

동 상슈와의 결투는 무어인과의 전투로 이미 사회적 사면을 받은 로드리그로 하여금 개인적 열망을 성취할 수 있게 하는 기회가 된다. 이처럼

---

9) Il n'est pas temps encor de chercher le trépas :/Ton prince et ton pays ont besoin de ton bras./…/Prends-en l'occasion, puisqu'elle t'est offerte ; ….(3막 4장, *T.C.* I, 750쪽)

10) Ne borne pas ta gloire à venger un affront ;/Porte-la plus avant : force par ta vaillance/Ce monarque au pardon, et Chimène au silence ;(3막 종장, *T.C.* I, 750쪽)

로드리그의 세 번에 걸친 시련은 공주를 얻기 위해 어려운 시련을 통과
해야 하는 영웅의 통과 제의와 같은 형식으로 주어진다. 그는 그 시련들
을 순차적[11]으로 극복해 감으로써, 먼저 가문의 정당한 계승자가 되고,
왕에 버금 가는 지도자가 되고, 마침내 원하는 여자를 얻을 수 있는 가
능성을 얻게 되는 것이다. 르 시드의 시련과 고통을 보여주는 것이 아니
라, 르 시드가 되어가는[12] 과정의 시련을 보여주고, 극의 처음에서 제시
된 정당한 행복이 성취될 미래를 바라보며 끝나는 이 극의 시간은 열려
있는, 기회로 가득 찬 시간이다.

> 너의 용맹에 희망을 갖고, 나의 약속에 희망을 두어라.
> 그리고 이미 너의 애인의 마음을 소유하고 있으니,
> 너에 대항하는 명예의 한 문제점마저 이겨내기 위하여,
> 시간이, 너의 용맹이, 그리고 너의 왕이 하는 대로 두어라. [13]

반면, 『오라스』는 형제처럼 결속된 두 집안의 대치를 강요하는 외적
상황의 제시로 시작한다. 로마는 원하는 것을, 신탁으로 예언된 영광을
얻을 것이지만, [14] 처음에 예견되었던 파국 또한 어김없이 실현될 것이
다. [15] 이 예정된 것의 실현 과정에서 인물들이 의존하는 희망과 좌절이

---

11) Hubert Curial, *Le Cid* (Profil d'une œuvre, Hatier, 1990), 44쪽.
12) 이제부터 르 시드가 되어라 : 그 위대한 칭호에 모든 것을 굴복시켜라. (4막 3
   장, *T. C.* I, 755쪽)
13) Espère en ton courage, espère en ma promesse ;/Et possédant déjà le cœur de
   ta maîtresse,/Pour vaincre un point d'honneur qui combat contre toi,/Laisse
   faire le temps, ta vaillance et ton roi.(5막 종장, *T.C.* I, 776쪽)
14) Que les Dieux t'ont promis l'empire de la terre,/Et que tu n'en peux voir l'effet
   que par la guerre :(1막 1장, *T.C.* I, 786쪽)
15) 세 번이나 반복되는 신탁에 관한 언급(1막 1장, 1막 2장, 3막 2장)은 『오라스』
   가 보여줄 비극의 절대성을 못박고 있다. 코르네유는 카미유가 의지하는 신탁
   이 극 전체를 통하여 가장 비참하게 실현되는 것을 그려보일 뿐 아니라, 신탁
   과 나란히 불길한 꿈을 제시함으로써 즉시 카미유에게서, 나아가 관객에게서

이끌어가는 이 극의 시간은 닫힌 시간이다. 1막에서 2막으로의 이행은 전쟁에 대한 일반적인 공포를 가문끼리의 대결이라는 구체적인 공포로 심화시킨다. 전투의 결과가 확실해지는 4막까지 『오라스』가 보여주는 것은 이 불가피한 비극이 야기하는 인물들의 고립화이다. 사빈은 카미유의 변심을 의심하고(1막 1장), 카미유는 퀴리아스를 설득하는 데 실패하고(2막 5장), 퀴리아스는 오라스와 대립하고(2막 3장) 아버지는 아들을 단죄한다(3막 종장). 아버지와 아들은 오해를 풀고 일치하지만(4막 1장), 아들이 가져다 준 것은 〈비애로, 그러나 인내로〉[16] 견디어야만 할 상황일 뿐이다. 오라스가 영웅이라면, 그는 형제 살해를 통하여 영웅이 되는 것이요, 첫번째 살해가 국가의 명령이라는 명목으로 그에게 정당성과 나아가 영광까지 부여한다 하더라도, 그것이 불러들인 반목의 심화는 그로 하여금 국가가 용서할 수 없는 친족 살해로 나아가게 할 것이요, 아내와 멀어지도록 만들 것이다. 오라스는 고독이라는 대가 없이 오라스가 될 수 없고,[17] 다른 인물들은 자기를 버리고 오라스처럼 되지 않고서는 살 수 없다.

그대가 로마인은 아니더라도, 거기에 합당한 사람이 되도록 하라.[18]

네가 그의 동생임을 보여주고, 하늘이 너희 둘 모두를
같은 모태에서 같은 피로 만들었음을 보여주라.[19]

당신의 수치스런 감정으로 내려가야 할 것이 내가 아니라,
나의 감정으로 당신의 감정을 드높여야 할 사람이 바로 당신이오.

낙관적 전망을 앗아가 버린다. (1막 2장, T. C. I, 790-791쪽 참조)
16) 5막 2장, T. C. I, 835쪽.
17) Edmond Richer (établi par), *Horace* (Classique Hachette, 1993), 187쪽 참조.
18) Si vous n'êtes Romain, soyez digne de l'être ; (2막 3장, T.C. I, 800쪽)
19) Faites-vous voir sa sœur, et qu'en un même flanc/Le ciel vous a tous deux
    formés d'un même sang. (4막 3장, T.C. I, 826쪽)

(……)
나의 예를 확고 부동한 법으로 삼으시오. [20]

코르네유는 카미유의 살해가 오라스를 두번째 위험에 빠뜨림으로써 행동의 단일성을 해친 것이라고 스스로 비판하고 있으나, [21] 두 나라의 전투와 로마의 승리가, 극 중에서는 신탁에 의하여, 관중에게는 역사에 대한 지식에 의하여 이미 부동의 사실이며, 그것이 치르게 할 개인들의 고통이 극의 시작에서부터 이 비극의 핵심으로 제시된만큼, 카미유의 살해야말로 『오라스』의 정당하고 의미 있는 귀결이며, 『르 시드』에서 『오라스』로 가는 변화를 결정적으로 명시한다. 『르 시드』가 작은 세계로부터 그 작은 세계의 깨어짐을 밖에서 보상하여 주는 큰 세계로 이행해 가는 구조를 취함으로써, 전체적으로 질서와 조화가 보장되는 세계를 보여주는 반면, 『오라스』는 작은 세계에 불화를 야기하며 개인 사이의 갈등을 심화시키고, 개인적 행복의 희생을 통해서만 수립되는 큰 세계의 잔인한 질서를 보여주고 있는 것이다.

국가는 카미유의 살해를 범죄로 간주하지만, 그것은 개인의 행복을 중시하기 때문이 아니다. 그것은 한편으로는 국가의 명령 없이 행사되는 개인적 자유에 대한 단죄이며, 한편으로는 이미 치러진 희생을 슬퍼할 수 있는 최소한의 권리에 대한 인정인 것이다.

로마인들 중에서 (……)
(……)
공적인 행복 가운데에서도 자신의 개인적 불행에
얼마간 눈물을 뿌리지 않을 수 있는 사람은 드뭅니다.

---

20) C'est à toi d'élever tes sentiments aux miens,/Non à moi de descendre à la honte des tiens./…/Fais-toi de mon exemple une immuable loi.(4막 7장, *T.C.* I, 831쪽)

21) "Examen"(1660), *T. C.* I, 781쪽.

그것이 로마를 모욕하는 것이요, 저 자의 무력(武力)의 행운이 그에게
우리 눈물의 죄를 벌할 권리를 부여하는 것이라면,
어떤 피가 저 야만적인 승리자를 벗어날 수 있겠습니까? [22]

그리고 그러한 인정은 로마가 세계를 지배할 때까지, 다시 말하여 유
일한 권력이 수립될 때까지 반복될 수밖에 없는 비극들에 대한 최소한의
배려일 뿐이다. 국가의 영광, 국가의 미래가 있을 뿐 개인적 삶의 차원
에서 희망은 없다. 예견되었던 것은 더 나쁘게까지 실현되고, 그것은 앞
으로 반복될 시간의 원형적 기록이다. 오라스의 친족 살해가 로물루스의
친족 살해의 재현[23]이듯이 말이다. 스스로 타인의 모범으로 자처하는 오
라스에게도 로드리그처럼 성장할 수 있는 기회는 주어지지 않는다. 그가
영광의 고지에 오르는 것은 순차적 과정에 의해서가 아니라 단숨에 이루
어진 것이다. 곧 이어 친족 살해로 훼손되는 그 영광을 유지할 방식을
그는 죽음에서밖에는 구할 수 없다.

첫번째 행위에서 얻은 명예는 다음 행위에서 잃게 됩니다.
또한 명성이 평범함을 능가할 때,
그 명성이 손상되길 원치 않는다면, 더 이상 아무것도 하지 말아야 합니
다.
(……)
이제 죽음만이 나의 영광을 보존할 수 있게 되었습니다. [24]

---

22) Qu'il est peu de Romains/…/…qui ne soient forcés de donner quelques pleurs,/
Dans le bonheur public, à leurs propres malheurs./Si c'est offenser Rome, et que
l'heur de ses armes/L'autorise à punir ce crime de nos larmes,/Quel sang
épargnera ce barbare vainqueur,(5막 2장, *T.C.* I, 836쪽)

23) …que Rome dissimule/Ce que dès sa naissance elle vit en Romule ;(5막 종
장, *T.C.* I, 842쪽 참조)

24) L'honneur des premiers faits se perd par les seconds ;/Et quand la renommée a
passé l'ordinaire,/Si l'on n'en veut déchoir, il faut ne plus rien faire./…La mort

백작의 살해(개인적인)에서 외적과의 싸움으로 나아가는 순서를 취한 『르 시드』와 그것에 역행하는 『오라스』의 선적 구조상의 차이는 이처럼 열린 시간, 열린 세계로부터 닫힌 시간, 닫힌 세계로의 이행을 보여준다.

2 인물 구조

『르 시드』의 인물들은 모두 혈족처럼 닮았다. 갈등이 개인성의 대립에서 오지 않는다는 것, 이것이 『르 시드』의 인물 구조의 첫번째 특성일 것이다. 갈등이 싸우거나 설득하여 제거하거나 넘어서거나 동화해야 할 대상의 존재를 가정한다면, 이들 사이엔 갈등이 없다고까지 말할 수 있다. 그들 사이의 분쟁은 오히려 그들의 닮음에서 비롯된다. 백작과 동 디에그의 무차별성이 둘 사이의 불화를 야기하며, 로드리그와 시멘 사이의 일치가 그들 사이의 장애를 강화하는 것이다. 백작과 동 디에그 사이에서 승자와 패자, 모욕하는 자와 모욕받는 자가 생겨나게 하는 것은 연령의 차이로 인하여 생긴 물리적 힘의 차이이지 사고 방식의 차이가 아니다. 25) 백작은 동 디에그 가문을 존경하며, 지난날 동 디에그의 무훈을 높이 평가하고, 동 디에그는 백작에게서 지난날의 자기를 본다. 다만, 백작은 현재의 봉사에 대한 답으로 영광의 집중을 요구하고, 동 디에그는 지난날의 봉사에 대한 당연한 보상으로 자기에게 주어진 영광을 포기하지 않을 뿐이다. 이처럼 자신에게 부여하는 가치에 의하여, 물러설 수 없는 자존심에 의하여, 쌍둥이와 같은 두 인물의 불화를 불가피하게 하

---

seule aujourd'hui peut conserver ma gloire :(5막 2장, *T.C.* I, 838쪽)

25) 위에서 보았듯이 로드리그의 승리는 대적하는 상대방의 제거를 의미하는 것이 아니라, 자연적 순리에 의하여 일어나는 대물림과 같은 것이다. 비록 비장한 계기를 통해서이긴 하지만, 로드리그가 자신의 아버지를 대신함으로써 시멘의 아버지 자리를 대치하는 것은 자연적 시간의 열림과 모순되지 않는다.

는 것은 이념적인 대립이 아니라, 우열을 가릴 수 없는 경쟁자들에게 상은 하나밖에 없다는 권력 분배의 난관이다.

이 점은 로드리그, 시멘의 관계에서도 마찬가지로서, 〈복수하지 않음으로써 시멘의 경멸을 얻을〉[26] 것이라는 사실에서 시멘의 원수가 될 결심을 끌어내는 로드리그나, 〈나를 공격하여 내게 합당하게 된 것처럼, 나 역시 너에게 합당해져야 한다〉[27]는 시멘 역시 동 디에그 백작의 경우처럼 닮은 꼴의 인물들이다.

수직적으로 볼 때, 아버지 세대와 아들 세대의 대립도 존재하지 않는다. 동 디에그가 자기에게 가해진 모욕을 개인적인 것으로 여기지 않고, 즉각 〈내 가문 race 이 처음으로 그 이마가 붉어지는 것을 본〉[28] 것으로 여기었듯이, 로드리그 또한 콩트의 모욕을 〈아버지의 명예를 떨어뜨리고 나를 수치로 뒤덮은〉[29] 것으로 여기게 될 것이다. 또한 행복의 좌절 앞에서 시멘은 아버지들의 불화를 야기한 그 완고한 귀족주의를 이렇게 비난한다.

가장 훌륭한 이들을 폭압으로 괴롭히는
· 저주받을 야망이여, 가증스런 광증이여 ! [30]

로드리그는 그러한 불화가 불러들인 자신의 불행을 동 디에그에게 항의한다.

그러나 이 시련이 내게서 앗아간 것을 돌려주십시오.
당신의 복수를 위하여 무장한 내 팔이

---

26) 1막 종장, *T. C.* I, 718쪽.
27) 3막 4장, *T. C.* I, 744쪽.
28) 1막 3장, *T. C.* I, 715쪽.
29) 3막 4장, *T. C.* I, 743쪽.
30) Maudite ambition, détestable manie,/Dont les plus généreux souffrent la tyrannie!(2막 3장, *T. C.* I, 725쪽)

이 영광된 타격으로 내게서 영혼을 앗아갔습니다.
이제 더 이상 아무 말 마십시오, 당신을 위해 나는 모든 것을 잃었으니.
당신에게서 받은 것은 모두 갚아드렸습니다. [31]

양자 모두 아버지의 가치관을 받아들임으로써만, 자신의 자기 동일성 identité 을 구할 수 있음을 인정하고 있다. 그러나 만일 갈등이 선택과 행위의 어려움을 겪는 인물 내부의 분열을 의미한다면, 우리는 바로 위에 든 예문을 통하여 나타나는 아버지 세대와 아들 세대의 차이를 그 원인으로 드러낼 수는 있을 것이다. 비록 아들 세대가 아버지 세대의 가치관에 동의하며, 아버지 세대를 대신하여 그것을 구해야 한다는 당위성을 받아들인다 하여도, 로드리그와 시멘의 고뇌로 채워진 이 극에서 두드러지는 것은 그 가치가 희생시킨 것, 그 희생에 대한 비탄이기 때문이다. 동 디에그와 백작이 오로지 집단적이며 외향적 가치인 명예의 원칙에 따라서만 행동하는 반면, 로드리그와 시멘에게는 그 가치가 영예로운 가치이기는 하되 유일한 가치는 아닌 것이다. 동 디에그에게는 〈사랑이 물리쳐야 할 약함〉[32]이지만, 로드리그에게는 〈용기 없는 전사에게나 불성실한 애인에게나 뒤따르는 불명예는 같다.〉[33] 시멘 역시 로드리그의 모범을 따라 〈아버지의 피가 먼지 위에 쓴 내 의무〉[34]를 수행하려 하겠지만, 죽음을 통해서일지언정 자신들의 또 다른 자아를 포기하지 않을 것이다.

로드리그 : 너의 불행한 애인은 너의 미움과 더불어 사느니
너의 손에 죽는 것이 훨씬 덜 괴로울 것이다.

---

31) Mais rendez-moi le bien que ce coup m'a ravi./Mon bras, pour vous venger, armé contre ma flamme,/Par ce coup glorieux m'a privé de mon âme ;/Ne me dites plus rien ; pour vous j'ai tout perdu :/Ce que je vous devais, je vous l'ai bien rendu. (3막 6장, T.C. I, 749쪽)
32) 3막 6장, T. C. I, 749쪽.
33) 3막 6장, T. C. I, 749쪽.
34) 2막 종장, T. C. I, 734쪽.

(⋯⋯)

시멘 : 만일 네 목숨을 얻고 나면, 약속건대,
    네가 죽은 후 한순간도 더 숨쉬지 않으리라. [35]

   그러나 이들은 삶도 포기하지 않는다. 로드리그가 출정하는 것은 단순
히 국가적 봉사를 위해서가 아니라 그것이 시멘의 〈마음을 다시 얻을 수
있는 유일한 방법〉[36]이기 때문이고, 동 상슈의 대리 복수를 거절하며(3
막 2장) 시멘이 찾는 것은 삶 속에서의 행복인 것이다. 마침내 다음과
같은 해결책이 나타날 때까지 말이다.

   시멘이 대가로 주어질 싸움에서 이겨서 오라.
   안녕. 이 비겁한 말이 내 얼굴을 수치심으로 달아오르게 한다. [37]

   이처럼 아버지 세대와 아들 세대의 차이는 있으되, 그것 또한 갈등으
로 심화되지 않는다. 아들이 자발적 동의에 의하여 아버지 세대의 가치
를 수호하여 주듯이, 아버지 세대 역시 아들 세대의 희망에 조력하기 때
문이다. 동 디에그는 시멘을 다시 얻을 방법을 조언하고, 왕은 시멘이
수치로 부른 것을 〈너무도 아름다운 정열 un si belle feu〉[38]로 부른다. 차
이는 소멸되고, 갈등은 사라지고, 모든 인물이 합심하여 찾는 해결책만
이 문제일 뿐이다. 극의 처음에서 그랬듯이 오직 개인적인 자아의 실현
을 사회석으로 숙성할 방식을, 그리고 그 방식 또한 이미 극의 처음에서

---

35) Don Rodrigue : Ton malheureux amant aura bien moins de peine/A mourir par
    ta main qu'à vivre avec ta haine.
    Chimène : Si j'en obtiens l'effet, je t'engage ma foi/De ne respirer pas un moment
    après toi.(3막 4장, T. C. I, 745쪽, 747쪽)
36) 3막 종장, T. C. I, 749쪽.
37) Sors vainqueur d'un combat dont Chimène est le prix./Adieu : ce mot lâché me
    fait rougir de honte.(5막 1장, T.C. I, 766쪽)
38) 5막 1장, T. C. I, 774쪽.

암시되었다. 젊은이들이 원하는 것을 〈명령하는〉[39] 방식으로 말이다. 이렇게 찾아진 조화로운 질서의 양식은 공존을 위한 법칙을 암시한다. 자연적인 힘의 쇠퇴가 불가피하고, 나누어줄 영광은 한정되어 있는 경우 어떻게 갈등을 피할 것인가. 왕에 대한 백작의 태도와 젊은이들의 태도 사이의 차이가 여기에 대한 대답이 될 것이다. 백작은 왕의 선택을 존중하지 않으며, 왕의 중재를 받아들이지 않지만,[40] 시멘은 시종 왕의 정의에 호소하고, 로드리그 역시 왕에게 복종하며 의존한다. 실제로는 그 자신의 힘에만 의지하여, 왕과 같은 존재가 되었지만 말이다. 차이가 부재하는 사회 속에 질서를 위한, 동시에 인간으로 하여금 그 자아의 완전성을 실현할 수 있게 해주는, 자발적 동의에 의한 인위적 차이의 수립, 이것이 『르 시드』의 인물들을 통하여 찾아진 공존의 양식인 것이다.

반면 『오라스』에서의 국가는 개인의 삶과 무관하게 명령하는 실체이다. 그것은 신탁의 수준으로 높여져서, 신비롭고도 불가항력적인 힘으로 개인들의 삶 속으로 쳐들어온다. 이렇게 높여진 힘의 실체 앞에서 저항할 다른 방도를 찾을 수 없는 인물들의 비탄, 헛된 희망, 그리고 절망의 토로가 이 극을 채우고 있다. 그리고 이 절망 속에서 인물 각각이 보여주는 반응을 통해 뚜렷이 구별되는 개인성들을 보여준다. 이런 점에서 『오라스』와 『르 시드』와의 차이가 그려지는 것이다. 이 차이는 이중적인데, 한편으로는 국가 이성 raison d'état 은 『르 시드』에서 그 자체로 선(善)이었을 뿐 아니라, 전쟁조차 국가 이성을 체화한 개인에게 영광과 성장과 나아가 개인적 행복까지 성취할 수 있는 바탕이 되는 반면, 『오라스』에서의 국가적 이상은 개인적 행복의 희생 위에서만 추구되며 전쟁은 〈공포와 불안〉[41]을 야기하는 불가피한 악으로 나타나고, 다른 한편으로는 『르 시드』가 애초부터 서로 존경하고 사랑하는 이들 사이의 동질성

---

39) 아버지께서 그의 사랑에 답할 것을 명령하실 거예요. (1막 1장, *T. C.* I, 707쪽)
40) 1막 3장, 2막 1장 참조.
41) Paul Ginestier, *Valeurs actuelles du théâtre classique* (Bordas, 1975), 56쪽.

을 더욱 강화하는 반면, 『오라스』는 결혼과 우정과 사랑으로 결합되어 있던 인물들의 관계를 깨뜨리고, 각자 자신의 상황 속에 고립된 인물들 사이의 대립을 강화하기 때문이다.

수평적 관계에서 볼 때 사빈, 카미유, 퀴리아스, 오라스는 각각 전쟁에 대한 특유의 반응을 보여준다. 사빈과 카미유에게서 우리는, 명예를 추구하는 데 남성들만큼 열심이었고, 로드리그의 무훈에 박수를 보내던 『르 시드』의 공주와 시멘의 흔적을 찾아볼 수 없다. 사빈은 〈승자를 미워하고, 패자를 위해 울 것〉[42]이다. 카미유 또한 전투를 통하여서만 평화가 온다면, 〈그런 약이 필요하다면,〉 차라리 〈병이 영원하기를〉[43] 바란다. 이런 반응이 스스로에 의해서도 나약함으로 치부되고, 타인들에 의하여 로마인답지 못한 〈평범한 영혼 âme commune〉[44]의 소치로 보이더라도, 그들 자신은 그 정당성을 끝까지 주장할 것이다.

　　내 나약함에 동의하고, 내 고통을 견뎌다오 ;
　　이런 불행 속에서는 너무도 정당한 것이니 :
　　(……)
　　가장 덜 낙심하고 가장 남자다운 정신도
　　혼란 없이 용기를 발휘할 수 없으리라. [45]

그러나 사빈과 카미유 사이에서도 구별이 생겨난다. 사빈이 자기 나라를 위하여 봉사한 영웅인 남편을 미워할 수도 없다는 점에서 완벽하게 오라스에 대립하지 않으며, 공적 가치에 대적하지 않는 반면, 카미유는 일체의 공적 가치를 인정하지 않는 극단적 개인주의를 추구하기 때문이

---

42) 1막 1장, *T. C.* I, 787쪽.
43) 1막 1장, *T. C.* I, 791쪽.
44) 1막 1장, *T. C.* I, 785쪽.
45) Approuvez ma faiblesse, et souffrez ma douleur ;/Elle n'est que trop juste en un si grand malheur : /···/Et l'esprit le plus mâle et le moins abattu/Ne saurait sans désordre exercer sa vertu.(1막 1장, *T.C.* I, 785쪽)

다. 삶 쪽으로, 행복 쪽으로 향하는 그녀의 직심은 퀴리아스의 탈영까지 받아들일 준비가 되어 있다.

> 퀴리아스, 충분해요, 나머지를 짐작할 수 있어요.
> 너무도 치명적인 희망으로 전장에서 달아났군요.
> 오직 나만의 것인 당신의 마음이 나를 잃지 않으려고
> 당신 나라로부터 당신의 팔을 거두어 왔군요.
> 다른 사람은 거기서 당신의 명예를 염려하고,
> 마음대로 당신이 날 너무 사랑한 것을 비난하라고 해요.
> 카미유는 결코 당신을 나쁘게 보지 않을 것이에요.[46]

또한 사빈이 혈연들을 살해한 남편을 사랑할 수 없다면, 그 또한 공적으로 인정된 가치 체계로부터 벗어나는 일이 아니되,[47] 카미유는 슬픔조차 인정되지 않는 이 비개인적 가치 체계를 거부하며 아버지에게, 오라스에게 대항한다.

> 그래, 불굴의 징표로, 오라스에게 보여줄 테다.
> 진정한 사랑은 파르크들의 손에 대항하여,
> 모욕적인 별자리가 우리에게 혈연으로 준
> 저 잔인한 압제자들의 법칙을 따르지 않는다는 것을.
> (……)
> 당신(냉혹한 아버지)은 내 고통을 모욕하고, 그것을 비겁하다 칭했다;

---

46) Curiace, il suffit, je devine le reste :/Tu fuis une bataille à tes vœux si funeste,/ Et ton cœur, tout à moi, pour ne me perdre pas,/Dérobe à ton pays le secours de ton bras./Qu'un autre considère ici ta renommée,/Et te blâme, s'il veut, de m'avoir trop aimée ;/Ce n'est point à Camille à t'en mésestimer :(1막 3장, *T. C.*I, 792쪽)
47) 남편의 손에 죽은 그애의 세 형제는/너에게보다는 훨씬 정당한 눈물을 그애에게 줄 것이다. (4막 3장, *T. C.* Ⅰ, 825쪽 참조)

내 사랑이 당신을 화나게 하면 할수록 더 사랑할 것이다. [48]

나아가 로마에까지 대적할 것이다.

로마에 벼락이 떨어지는 것을
집들이 불타고, 너의 월계관이 먼지가 되고,
마지막 로마인이 마지막 숨을 쉬는 것을 내 눈으로 보았으면!
오직 내 탓으로 그리 되고, 기쁘게 죽었으면! [49]

사빈과 카미유가 퀴리아스 가문과 오라스 가문을 원수로 만들 전쟁 자
체를 혐오한다면, 국가의 명령을 불가피한 것으로 받아들이는 퀴리아스
와 오라스는 그들의 여성성에 대립하는 남성의 가치를 대변할 것이다.
그러나 이 둘 사이의 차이 역시 근본적이다. 알브를 로마의 신하로 만들
지도 모르는 결정에서 개인적 행복의 가능성을 보고 안도하는 퀴리아스
에게서 우리는 현실주의적인 평화주의자를 본다. [50] 오라스의 선출 앞에
서 벌써 오라스의 〈신하의 하나로 자신을 셈〉[51]하며 그 결과를 받아들일
자세를 취하는 퀴리아스는 불멸보다 행복을 중히 여기며, 오라스를 잃게
될 불행을 앞질러 슬퍼하는 감정의 인간이다. 그는 알브의 명령을 따를
것이지만, 알브의 선택이 그에게 부여해 준 명예를 〈비참〉[52]으로 인식할
것이다.

---

48) Oui, je lui ferai voir, par d'infaillibles marques,/Qu'un véritable amour brave la
main des Parques,/Et ne prend point de lois de ces cruels tyrans/Qu'un astre
injurieux nous donne pour parents./Tu blâmes ma douleur, tu l'oses nommer
lâche ;/Je l'aime d'autant plus que plus elle te fâche,(4막 4장, *T.C.* I, 826쪽)
49) Puissé-je de mes yeux y voir tomber la foudre,/Voir ses maisons en cendre, et
tes lauriers en poudre,/Voir le dernier Romain à son dernier soupir,/Moi seule
en être cause, et mourir de plaisir!(4막 5장, *T.C.* I, 826쪽)
50) 1막 종장, *T. C.* I, 792-795쪽 참조.
51) 2막 1장, *T. C.* I, 796쪽.
52) 2막 5장, *T. C.* I, 803쪽.

이 찬란한 임무를 위해 나는 마치 처형장으로 가듯이 간다.
나는 내가 처하게 된 이 상태를 천 번이나 저주한다.
알브로 하여금 나를 인정하게 한 나의 용맹이 밉구나.[53]

반면 국가가 부여해 준 과분한 명예를 목숨을 걸고 완수할 결심에 불
타는 오라스에게서 우리는 난관이 깊어질수록 강화되는 일종의 열광 상
태를 목격한다.

천명이 우리에게서 전혀 평범하지 않은 영혼을 보았기에
우리에게 평범한 질서를 넘어서는 운명을 주는 것이다.
모두의 안녕을 위하여 적과 싸우는 것,
모르는 자와 대적하여 전투에 몸을 맡기는 것뿐이라면
보잘것없는 용맹의 평범한 행위에 불과할 것이다.
그것은 이미 수많은 자가 한 일이고, 수많은 자가 그렇게 할 것이다.
(……)
그러나 공중을 위하여 사랑하는 자를 죽이는 것,
또 다른 자신과 대항하여 전투에 전념하는 것,
(……)
이런 용맹은 우리에게밖에는 속하지 않는다.[54]

퀴리아스가 〈야만성〉[55]을 보는 그의 단호함은 커지는 명예와 비범성에

---

53) Je vais comme au supplice à cet illustre emploi,/Je maudis mille fois l'état
qu'on fait de moi,/Je hais cette valeur qui fait qu'Albe m'estime ;/(2막 5장,
T.C. I, 802쪽)

54) Et comme il voit en nous des âmes peu communes,/Hors de l'ordre commun il
nous fait des fortunes./Combattre un ennemi pour le salut de tous,/Et contre un
inconnu s'exposer seul aux coups,/D'une simple vertu c'est l'effet ordinaire :/
Mille déjà l'ont fait, mille pourraient le faire ; /…/Mais vouloir au public im-
moler ce qu'on aime,/S'attacher au combat contre un autre soi-même,/…/Une
telle vertu n'appartenait qu'à nous ;(2막 3장, *T.C.* I, 799쪽)

대한 도취를 수반한다. 그 단호함을 희생의 수락이라고 볼 수 있을까? 희생이 희생되는 것에 대한 의식을 통해서만 희생이라고 할 수 있다면, 그가 희생한 것은 아무것도 없다. [56] 그에게는 갈등도 회한도 없다. 스스로 로마적인 것의 화신이 되어 〈평범한〉 인물들의 비탄을 경멸하는 그를, 저열한 인간 조건을 초월하고 선과 악의 진부한 구별을 뛰어넘는[57] 니체적 초인으로, 또는 무엇에도 얽매이지 않는 자유롭고도 비범한 영웅적 자아의 실현자로 볼 수 있을까? 그러나 〈로마의 적을 위해 감히 눈물을 흘리는 자는 누구이건 이렇게 단숨에 벌을 받을〉[58] 것이며, 〈가장 신속한 복수가 더 합법적〉[59]이라던 그는 자기 아버지의 권위에 목숨을 맡긴다.

> 법이 당신을 내 목숨의 주인이게 하니, 내 목숨을 마음대로 하십시오.
> (……)
> 나의 열광이 범죄라고 느껴지시면,
> 제가 영원히 비난받아야 한다면,
> 내 손이 그 때문에 수치스럽고 더럽혀진다면,
> 한 말씀만 하시면 내 명의 흐름을 끊어버리실 수 있습니다. [60]

그리고 왕의 판단에 맹종한다.

---

55) 2막 3장, *T. C.* Ⅰ, 800쪽.
56) Ma sœur, voici le bras qui venge nos deux frères,/Le bras qui rompt le cours de nos destins contraires,/Qui nous rend maîtres d'Albe ; enfin voici le bras/Qui 〈seul〉 fait aujourd'hui le sort de deux Etats ;(4막 5장, *T.C.* I, 827쪽)
57) Paul Bénichou, *Morales du grand siècle,* (Gallimard, 1948), 28쪽 참조.
58) 4막 6장, *T. C.* Ⅰ, 830쪽.
59) 4막 6장, *T. C.* Ⅰ, 830쪽.
60) Disposez de mon sang, les lois vous en font maître; /…/Si dans vos sentiments mon zèle est criminel,/S'il m'en faut recevoir un reproche éternel,/Si ma main en devient honteuse et profanée,/Vous pouvez d'un seul mot trancher ma destinée :(5막 1장, *T.C.* I, 833쪽)

당신은 행위를 아시고, 그것에 대해 들으셨습니다.
당신이 그것에 대해 생각하시는 바가 제겐 법이 될 것입니다. [61]

아버지와 왕에 대한 복종, 그 복종의 근원으로 제시되는 〈법〉이라는
어휘, 자신의 행위를 수식하는 〈로마적〉이라는 형용사들, 이런 것들은
그를 자아에 도취한 중세적 영웅[62]으로 보게 하기보다는, 권위에 일치시
킴으로써 자아를 확립하는 인간, 밖으로부터 주어진 가치를 위해 혼란
없이 매진하는 석화된 이념형 인간으로 만든다.
　『오라스』에서의 전쟁은, 삶의 기회를 포착하기 위하여 로드리그가 자
발적으로 찾아갔던 전쟁이 아니다. 그것은 개인의 삶으로 벼락처럼 떨어
진 지상 명령이다. 위에서 살펴본 네 인물의 반응은 개인적 행복과 국가
적 이상의 배치 상태에서 그 양편에 경도되는 정도에 따라 있을 수 있는
네 가지 경우를 보여줌을 알 수 있다. 가장 극단적인 카미유[63]와 오라스
가 4막의 끝에서 대결한다. 그 극단성에서 아마도 우리는 〈로마적〉인 것
에 대한 코르네유의 정의를 읽을 수 있을지 모른다. 그러나 로마가 용인
할 수 없는 것은 처단되고, 국가적 권위에 승복하는 오라스가 왕의 용서
에 의해 살아남음으로써 로마적인 것의 정수가 된다. 수직적 관계에서
있을 수 있는 갈등은 이렇게 하여 수습된다. 오라스의 재판은 로마가 정
하는, 로마적인 것의 한계를 명시하고 있는 것이다. 『르 시드』에서 왕가
는 로드리그의 모험에 처음부터 개입되어 있었다. 공주는 로드리그를 사
랑함으로써 신분의 차이를 희석하고, 왕은 오직 중재 역할을 맡음으로써
서열이 약간 높은 친척과 같은 권위밖에는 갖고 있지 않았다. 로드리그
의 명예는 왕이 부여한 것이 아니다. [64] 왕은 그가 자신과 동등해지는 것

---

61) Vous savez l'action, vous la venez d'entendre;/Ce que vous en croyez me doit
　　être une loi.(5막 2장, *T.C.* I, 837쪽)
62) Paul Bénichou, 앞의 책, 25쪽 참조.
63) Ah! mon père, prenez un plus doux sentiment ; /…/Et de quelque malheur que
　　le ciel l'ait comblée,/Excuser la vertu sous le nombre accablée.(4막 2장, *T.C.*
　　I, 821쪽)

을 막지 않았고, 로드리그의 성장을 격려한다. 반면 오라스의 명예는 오로지 국가에 의하여 주어진 것이다.

선택해야 할 용사들을 그렇게 많이 가지고 있으면서,
이토록 잘못 선택한 것은 로마를 위해 진정 치명적인 맹목이다.
로마를 위해 우리보다 더 합당한 수천의 자식이
우리보다 더 훌륭하게 로마를 위해 싸울 수 있었을 텐데 ;
그러나 이 전투가 내게 죽음을 약속한다 하더라도,
이 선출이 내게 준 영광은 나를 정당한 자부심으로 부풀어오르게 한다. 65)

그리고 이 〈자부심〉이 복종하는 자의 그것 이상으로 행사되는 것을 국가적으로 제한하기 위하여, 『오라스』의 왕은 5막에서야, 지나친 영광을 이 집안에 부여하면서 무대 위에 등장하는 것이다. 오라스는 명령의 수행을 통하여 용맹을 발휘할 수 있을 뿐, 국가 자체를 대변하여 판단하고 행동할 수 없다. 그런데 국가의 이름으로 살인을 함으로써 오라스는 〈로마를 이기게 하면서 동시에 로마를 자기에게 예속시킨〉66) 것이다. 다른 로마인을 죽이고 살릴 권리를 오라스에게 허락하는 위험을 고발하는 발

---

64) Pour te récompenser ma force est trop petite ;/Et j'ai moins de pouvoir que tu n'as de mérite.(4막 3장, *T.C.* I, 755쪽 참조)

65) C'est un aveuglement pour elle bien fatal/D'avoir tant à choisir, et de choisir si mal./Mille de ses enfants beaucoup plus dignes d'elle/Pouvaient bien mieux que nous soutenir sa querelle ; Mais quoique ce combat me promette un cercueil,/La gloire de ce choix m'enfle d'un juste orgueil ;
2막 1장, *T. C.* I, 797쪽. 오라스의 이 첫 대사와 로드리그의 첫 대사를 비교해 보라.
동 디에그: 로드리그, 용기가 있느냐? Rodrigue, as-tu du cœur?
로드리그: 아버지 아닌 다른 사람이었다면,/당장 그 맛을 보았을 겁니다.
Tout autre que mon père/L'éprouverait sur l'heure. (1막 5장, *T. C.* I, 716쪽)

66) 5막 2장, *T. C.* I, 836쪽.

레리의 논리를 왕이 슬며시 자연의 법칙에 대한 위반(3막 5장)으로 바꾸어버리더라도, 오라스에 대한 단죄와 용서의 사회적 의미는 명백하다. 그것은 영웅의 국가적 포획이요, 다시 말하여 용맹을, 군사적 가치를 국가적 권위 안에서만 작동하는 기능적 가치로 만드는 것, 그것인 것이다. 『르 시드』의 인물들은 동질적 인간들이다. 있다 하여도 미미하였던 그들 사이의 차이는 소멸되는 경향을 보인다. 주인공들은 일시적으로 일치할 수 없게 된 가치들 중 어떤 것도 포기하지 않는다. 그리고 개인적 대립으로 야기된 이 불일치는 사회적 성취에 의하여 해소된다.

『오라스』에서 인물들은 국가의 이해에 지배되어 각자 고립된 상황 속에 처하게 된다. 자아의 일부분을 포기하지 않을 수 없게 만드는 이 상황 속에서 가장 단호하게 한 쪽을 절단해 낸 자만이 승리할 것이다.

> 오라스 : 알브가 그대를 지명하였으니, 나는 그대를 모른다.
> 퀴리아스 : 나는 여전히 그대를 알고, 그것이 나를 죽인다. [67]

3 결론

1636년 12월 말에 공연된 『르 시드』는 〈『르 시드』만큼 아름답다〉는 표현을 만들어낼 만큼 성공을 거두었다. 이 성공이 자극한 경쟁심과 공격은 코르네유로 하여금 극작의 기술들에 대한 반성을 불가피하게 만들었다. 그는 방어하면서, 동시에 점점 더 강화되는 규칙주의자들의 논리에 동화되어 갔다. 자신의 천재성의 정수에 반하여? 그렇게 본다면 『오라스』 이후 코르네유의 변화를 애석해한 위고의 논리[68]에 가닿을 것이다.

---

67) Horace : Albe vous a nommé, je ne vous connais plus.
   Curiace : Je vous connais encore, et c'est ce qui me tue ; (2막 3장, *T. C.* I, 801쪽)
68) Victor Hugo, "Préface de *Cromwell*", *Œuvres Complètes* (Critique, Robert

그러나 우리는 어느 작가의 천재성의 정수가 무엇일지 알지 못한다. 그 천재성이 자기의 시대에, 그를 둘러싼 세계에 반응하여 남긴 작품들을 갖고 있을 뿐이다. 코르네유에 대한 공격이 통제의 강화를 지향한 정치적 상황과 관련을 맺고 있고, 다시 그 공격이 아카데미의 〈느낌들 sentiments(판결 또는 단죄가 아니라)〉로 약화되는 데에도 정치 권력의 조종이 개입하고 있다는 사실은, 자기 작품을 공격하게 한 리슐리외에 대하여 반감을 갖고 있었으면서도[69] 한편으로는 재상을 위하여 일하는 다섯 작가 중의 한 사람이었다는 사실은 그를 둘러싼 세계의 미묘한 상황을 암시한다. 이렇게 보면 우리는 코르네유의 작품에서 중세 귀족의 영웅주의적 가치관과 절대 왕정의 마찰을 본 베니슈의 해석을 떠올리게 된다.

그러나 위고, 베니슈, 또는 〈그렇게 되어야만 할 인간〉을 그렸다는 라브뤼예르부터 〈의무〉 또는 〈의지〉 또는 〈이성〉의 인간만을 코르네유적 인간으로 보는 모든 평자들도 코르네유의 작품에서 한 종류의 인간만을 보려 하였다는 잘못을 범하였다. 대화로 만들어지는 극 형식의 장르 자체의 다성적 특성이 그러한 해석을 거부한다. 상황과 입장만이 다르되 본질적으로 동일한『르 시드』에서는 코르네유가 이상으로 삼았던 인간형이 도출될 수 있을지도 모른다. 그러나 인물들이 극단적으로 대립하는 『오라스』에서 누가 코르네유의 대변자일 것인가? 리슐리외에게 비굴하리만큼 찬사를 보내는 그의 헌사가 그의 진정한 창작 의도를 밝혀주는 것일까? 특정 유형의 인물들에서 자기의 이미지를 읽은 특정 계급의 애호가 그의 작품의 의미로 한정될 수 있을까?

서론에서 이미 전제하였듯이 위에 언급한 평가에 대신할 해석의 작업은 앞으로의 과제로 남아 있다. 다만 우리는『르 시드』에서『오라스』로 넘어오면서 코르네유의 작품을 설명하는 또 하나의 고정 관념인 〈비극 없는 비극〉의 특성이 사라져버렸다는 사실, 개인의 전체성을 실현 불가

Laffont, 1985), 21-22쪽 참조.
69) Louis Herland, *Corneille* (Seuil, 1956), 16쪽 참조.

능하게 만드는 불가항력적 억압이라는 국가 개념의 등장을 확인할 수 있
었다. 그리고 이 변화에서 〈코르네유적 영웅〉이라고 불려온 인간형이 아
닌 여러 개성적 인물들을 만나게 되었다. 라신의 주니와 에르미온을 복
합한 것처럼 보이는 카미유, 앙드로마크를 연상시키는 사빈, 로드리그와
가장 닮았으나 그 점에서 이미 패배가 예고된 것으로 제시되는 퀴리아
스, 자아에 열광하되, 알튀세가 말한바 〈이데올로기는 개인을 주체로서
호명한다〉고 할 때의 그 주체성밖에는 지니지 않은 오라스……. 국가 권
력의 강화와 더불어 제시되는 인물들의 이런 개성화가 어떤 정치 사회적
변화와 관련을 맺고 있으며, 다음 작품에서 이 개성적 인물들 중 사라지
거나 강화되거나 변화한다면, 『르 시드』의 친화적 관계와 비할 때 이미
갈등적이며 오라스에게서조차 매우 긴장되고 제한적인 것으로 보이는 사
회와 개인 간의 관계가 다시 변화한다면,[70] 그것은 또 어떤 변화를, 코
르네유의 어떤 세계관을 드러내 줄 것인가. 『페르타리트』 이후 『오이디
프스』까지의 7년간의 침묵을 제외하면, 예외적으로 길었던 침묵 끝에 보
여준 코르네유 극의 변화는 이런 질문들로 이어진다.

참고문헌

텍스트
Corneille. *Horace,* in *Théâtre Complet* I. Gallimard, 1950.

참고한 작품
Ginestier, Paul. *Valeurs actuelles du théâtre classique.* Bordas, 1975.
Truchet, Jacques. *La tragédie classique en France.* PUF, 1975.
Hugo, Victor. "Préface de Cromwell", *Œuvres complètes,* Critique, Robert
　　　Laffont, 1985
Nadal, Octave. *Le sentiment de l'amour dans l'œuvre de Pierre Corneille.*

---

70) J. -C. Tournand, *Introduction à la vie littéraire du XIIe siècle* (Bordas, 1984).

Gallimard, 1948.

Herland, Louis. *Horace ou la Naissance de l'homme*. Minuit, 1952.

_____. *Corneille*. Seuil, 1956.

Bénichou, Paul. *Morales du grand siècle*. Gallimard, 1948.

La Bruyère. *Caractères*. Garnier, 1962.

Richer, Edmond(établi par). *Horace*. Classique Hachette, 1993.

Tournand, J. -C. *Introduction à la vie littéraire du XIIe siècle*. Bordas, 1984.

Stegmann, André. *L'Héroïsme cornélien, genèse et signification*, tome Ⅱ. Armand Colin, 1968.

작품 『퐁페』에 나타난 극적 변화 양상

박무호

1 서론

1629년 『멜리트 *Mélite*』의 상연에서 시작하여 1674년 『쉬레나 *Suréna*』의 상연으로 끝을 맺은 피에르 코르네유 Pierre Corneille(1606-1684)의 창작 활동은 한마디로 다양성이라 규정지어질 수 있을 것이다. 우선 장르 면에서 본다면 총 33편의 극작품 중에서, 8편의 희극, 1편의 희비극 발레, 2편의 희비극을 비롯하여 3편의 영웅 희극, 그리고 나머지는 비극으로 분류되고 있다.[1] 또한 주제의 차용 면에서도 그는 아주 자유롭다. 순수 비극이라 불리는 16편의 작품만 하더라도, 로마사에서 차용한 작품이 9편, 동양의 역사 2편, 고대의 성인전 2편, 그리스 전설 2편 그리고 나머지 한편은 그 주제가 아주 모호한 작품 등으로 분류될 수 있다.

이런 식으로 장르와 주제의 차용에서 이토록 다양한 그의 작품을 대상으로, 하나의 틀을 설정하여 거기에 맞추어 분석한다는 것은 사실상 불가능할 것이다. 물론 이러한 시도가 전혀 없었던 것은 아니다. 최근에 들어서만도 코르네유의 연구에 신기원을 이룩했다고 평가받고 있는 세르

---

1) Corneille, *Œuvres complètes* 3 vols, Georges Couton(Bibliothèque de la Pléiade, Gallimard, 1980, 1984, 1987) 참조.

주 두브로브스키 Serge Doubrovsky 는 그의 책 『코르네유와 영웅의 변증법 Corneille et la dialectique du héros』 속에서 〈영웅적인 태도와 그것이 배태하고 있으며, 뛰어넘으려고 애쓰는 모순들의 영속적인 투쟁〉[2]에 초점을 맞추어 코르네유의 작품 전체를 분석하고 있다. 또한 앙드레 스테그만 André Stegmann 도 코르네유의 지적인 전기에 대한 연구를 통하여 개별 작품이 태어난 조건들, 각 작품이 직면하는 상황들 그리고 그것이 미치는 영향들을 분석함으로써 코르네유의 영웅주의의 지적이고 정신적인 변모 과정을 설명하고 있다.[3] 그러나 이들 작품들도 코르네유의 작품 전체를 분석할 수 있는 틀을 제공한다고는 말할 수 없을 것이다.[4]

반면에 이들 비평서들을 좀더 면밀하게 살펴보면 우리는 코르네유의 연구에 관한 중요한 단서를 발견할 수 있다. 그것은 관점에 따라 어느 정도의 차이는 인정한다 하더라도, 특히 그의 비극 세계를 중심으로 논의할 때면 거의 언제나 『퐁페』가 앞의 비극들—— 흔히 걸작이라 불리는 비극들—— 과는 많은 점에서 다르다는 암시가 그것이다. 위에서 언급한 앙드레 스테그만은 〈『퐁페』에서 『페르타리트 Pertharite』까지 코르네유는 사악한 힘들에 대항하는 주인공의 투쟁의 변이체들을 만들어낸다〉[5]라고

---

2) Cette confrontation perpétuelle de l'attitude héroïque et des contradictions qu'elle engendre et qu'elle s'efforce de surmonter⋯.(Serge Doubrovsky, Corneille et la dialectique du héros, TEL, 1963)

3) André Stégmann, L'héroïsme cornélien, 2 vols.(Librairie Armand Colin, 1968) 참조.

4) Corneille의 작품 전체를 조명한 연구서들로는 다음과 같은 책들이 있다.
   M. J. Taschereau, Histoire de la vie et des ouvrages de P. Corneille, 2 vols. (Librairie de Firmin Dodot Frères, Fils et Cie, 1869)
   Auguste Dorchain, Pierre Corneille(Librairie Garnier Frères, 1918)
   Armand Le Corbeiller, Pierre Corneille intime(Société française d'Editions littéraires et techniques, 1936)
   Robert Brasillach, Corneille(Arthène Fayard, 1961)

5) De la Mort de Pompée à Pertharite, Corneille fait des variations sur cette lutte du héros avec les forces mauvaises.(L'héroïsme cornélien II, 419쪽)

말함으로써 이를 뒷받침하고 있다. 또한 『코르네유의 작품 속에서의 사랑의 감정 Le sentiment de l'amour dans l'œuvre de Corneille』의 저자인 옥타브 나달Octave Nadal은 다음과 같이 평가함으로써, 『퐁페』에서부터 코르네유의 작품 세계에 어떤 변화가 일어나고 있음을 인정하고 있다.

『퐁페』에서 『페르타리트』까지 영웅적인 사랑의 개념은 희귀한 극적인 감정의 에피소드들에 의해 밝혀지거나, 아니면 어쨌든 앞선 비극들 속에서 사랑과 영광의 갈등을 특징짓는 운명으로부터 아주 먼 에피소드들에 의해 밝혀진다.[6]

바로 여기에서 우리는 두 가지의 의문을 품게 된다. 하나는 〈단 한번의 충동, 단 한번의 숨결로 거의 동시에 쓰여진 세 비극〉이라고 불리는 세 작품, 『오라스 Horace』(1640), 『시나 Cinna』(1640-1641 시즌), 『폴뤼왹트 Polyeucte』(1641-1642 시즌)와 거의 같은 시기에 쓰여졌으며, 바로 다음 해에 상연된 『퐁페』(1642-1643 시즌)가 앞의 작품들과 어느 정도로 차이가 나는 것인가 하는 점이고, 다른 하나는 어떤 이유로 인하여 코르네유는 이러한 변화를 추구한 것인가 하는 점이다. 우리가 분석의 대상을 이와 같이 한정짓는 것은 비록 주제의 취재 면에서는 약간의 차이를 지닌다 하더라도, 작가에 의해 모두 순수 비극으로 분류되고 있으며, 내용상으로도 모두 탁월한 정치 역사극으로 분류될 수 있기 때문이다. 따라서 본 논문은 중기 작품들이라고 불릴 수 있는 일련의 비극 작품들의 출발점인 『퐁페』를 대상으로 하여, 앞서 쓰여진 세 작품[7]과의 차이점들을 구체적으로 살펴본 다음, 이러한 변화의 원인을 추적함으로써, 그의 작

---

6) De *Pompée* à *Pertharite* la conception de l'amour héroïque est illustrée par des épisodes sentimentaux rarement dramatiques, ou du moins très éloignés de la fatalité qui marque les conflits du cœur et de la gloire dans les tragédies précédentes.(Octave Nadal, *Le sentiment de l'amour dans l'œuvre de Corneille*, Librairie Gallimard, 1948, 276쪽)

7) 앞으로는 이들 세 작품을 총칭하여 〈전기 걸작들〉이라고 부르기로 하자.

품 세계 전체를 조망할 수 있는 하나의 단서를 마련하고자 하는 것이다.

2 본론

전기 걸작들과 작품 『퐁페』 사이의 차이점들은 크게 세 가지로 분류될 수 있을 것이다. 첫째는 등장인물의 구성의 변화와 함께 이에 따라 달라지는 역할의 비중의 변화이고, 두번째는 줄거리의 전개 방식의 변화이며, 세번째는 등장인물들의 성에 따른 역할의 변화이다. 이러한 변화들은 작품 속에서 각기 독립적으로 작용하는 것이 아니라, 서로 긴밀하게 연관되어 있는 것도 사실이다. 따라서 여기서는 우선 이 세 가지 변화 양상을 각각 분석한 다음, 이들 사이의 상호 관계를 살펴보기로 하자.

2-1 등장인물의 구성 및 비중의 변화

작품의 첫머리에 놓여 있는 등장인물의 소개 내용만 살펴보더라도 우리는 『퐁페』의 등장인물들이 전기 걸작들에 비해 아주 다양한 계층에 속해 있음을 알 수 있다. 구체적으로 말해서 『퐁페』에는 왕가의 사람들이 4명, 로마의 호민관과 같은 귀족 계급이 3명, 그리고 궁녀 또는 해방된 노예와 같은 평민 계급이 3명 등장한다. 이에 비하여 전기 걸작들에는 왕가의 사람들이나 평민 계급에 속하는 등장인물들이 상대적으로 적으며, 거의 대부분 귀족 계급에 속하는 인물들이다.

또 하나의 두드러진 차이는 〈속내이야기를 들어주는 사람 Confident (e)〉의 사라짐과 조언자의 등장이다. 전기 걸작들 속에서는 언제나 모습을 드러내던 〈속내이야기를 들어주는 사람〉은 『퐁페』에 와서 사라지고, 〈궁녀 Dame d'honneur〉라는 명칭을 지닌 인물이 새로이 나타난다. 마지막으로 『퐁페』에 등장하는 귀족들은 한결같이 왕의 조언자로서의 역할을 담당하고 있다. 전기 걸작들 속에서 조언자의 등장은 리비 Livie 와 위포르브 Euphorbe(『폴뤼윅트』)를 제외하고서는 전혀 등장하지 않던 인물들이다. 이런 식으로 등장인물들의 계층의 다양화와 호칭의 변화는 단순히 외형적인 변화에 머무는 것이 아니라, 작품 속에서 그들이 담당하는 비중의 변화까지도 수반하리라는 것은 쉽게 짐작할 수 있을 것이다. 이제 각각의 사항에 대하여 좀더 구체적으로 살펴보기로 하자.

『퐁페』에서 드러나는 다양한 계층의 첫번째 결과는 왕에 대한 나머지 등장인물들의 태도 변화이다. 전기 걸작들의 경우 왕의 배역 자체가 극 속에서 차지하는 비중은 아주 미약하다. 『오라스』에는 튈 Tulle 왕이 등장하기는 하지만 작품이 거의 끝나갈 무렵인 5막 2장에 가서야 등장한다. 또한 『폴뤼윅트』에서는 왕의 존재는 전혀 나타나지 않는다. 다만 세베르 Sévère를 소개할 때, 황제 데시 Décie의 총신이라는 언급이 고작이다. 왕의 존재가 제대로 드러나는 것은 『시나』이다. 그렇다고 해서 왕이 차지하는 비중이 작은 것은 아니다. 오히려 그 반대이다. 튈은 나머지 등장인물들을 모든 면에서 지배하고 있다. 우선 자신의 집으로 찾아온 튈에게 아버지 오라스는 이렇게 말한다.

> 아, 전하, 이러한 명예가 제게는 너무 지나치고,
> 제가 왕을 뵈어야 하는 것은 이 자리가 결코 아닙니다.[8]

뿐만 아니라 아들 오라스에 대한 재판 과정에서 그는 판결을 통하여 국가의 이익이 개인이나 가족의 이해 관계보다는 우선이라는 것을 보여주고 있으며, 다른 등장인물들 또한 이 말에 모두 복종하고 있다. 『시나』에 등장하는 오귀스트 Auguste의 경우는 이보다 더하다. 비록 왕위 찬탈이라는 비합법적인 방법에 의해서 왕이 되었다 하더라도, 한번 군주가 된 이상 그는 이 권력을 합법화하는 지고한 질서에 의하여 보호받고 있다는 것을 인정받고 있다. 『폴뤼윅트』의 경우도 예외는 아니다. 앞에

---

8) Ah, Sire, un tel honneur a trop d'excès pour moi,/Ce n'est point en ce lieu que je dois voir mon Roi. (5막 2장 1441-1442행)

서도 전제했듯이 이 작품 속에서는 황제의 존재는 전혀 드러나지 않고 있다. 다만 펠릭스 Félix의 입을 통하여 〈나에게는 두려워해야 할 제신과 데시가 있다〉[9]라고 말하게 함으로써 황제의 존재를 암시하고 있을 뿐이다. 그러나 실제로 연극이 진행되는 동안 황제는 펠릭스의 정신을 지배하고 있다. 세베르가 등장하자마자 펠릭스의 모든 행동과 태도 결정의 배후에는 황제가 존재하고 있으며, 종교의 자유가 문제 되었을 때 세베르로 하여금 〈각자는 자신의 신을 지니고 있으며, 고통에 대한 공포 없이 자기 식으로 신을 섬기는 것을 나는 승인합니다〉[10]라고 말하게 함으로써 배후에 있는 황제의 권한을 부각시키고 있다.

그러나 『퐁페』에 이르러 상황은 완전히 달라진다. 왕인 프톨로메 Ptolomée는 다른 등장인물로부터 전혀 존경받지 못하고 있을 뿐만 아니라, 누이동생인 클레오파트르 Cléopâtre는 그에 대해 강한 불만을 토로할 정도이다.

> 나는 당신으로부터 경멸과 증오만을 받았고,
> 왕홀 중 내 몫의 부당한 찬탈자인
> 당신은 누이로서보다는 노예로 나를 취급했어요. [11]

물론 이러한 태도는 프톨로메가 왕위에 앉게 된 동기에서 기인되는 것이기는 하다. 왜냐하면 퐁페가 〈그에게 왕관을 씌워주었으며〉,[12] 클레오파트르의 입장에서는 오빠와 자신은 둘 모두가 왕이기 때문이다.[13]

---

9) J'ai les Dieux et Décie ensemble à redouter.(3막 3장 932행)
10) J'approuve cependant que chacun ait ses Dieux,/Qu'il les serve à sa mode, et sans peur de la peine.(5막 6장 1799-1800행)
11) Je n'ai reçu de vous que mépris et que haine,/Et de ma part du Sceptre indigne ravisseur,/Vous m'avez plus traitée en escalve qu'en sœur ; (1막 3장 326-328행)
12) (Il est toujours Pompée,) et vous a couronné.(1막 2장 248행)
13) Etant Rois l'un et l'autre.(2막 3장 617-618행)

왕권을 공유해야 하는 클레오파트르의 경우는 그렇다 하더라도, 왕인 프톨로메는 로마의 왕인 세자르 César에게 거의 비굴함에 가까울 정도의 태도를 취한다. 비록 그의 태도가 미래를 위한 조언자들의 조언에 충실한 것이라 하더라도, 〈그의 모든 행위는 비열한 느낌을 주고, 거기에서 프톨로메를 보고, 왕은 못 보았다는 것에 제 스스로 얼굴을 붉혔고, 자신에게 불평했습니다. 그리고 그의 얼굴에서 공포를 읽은 세자르는 그에게 용기를 주기 위하여 연민으로 그를 어루만졌습니다〉[14]라고 전하는 아코레 Achorée의 표현에서 우리는 이미 왕의 위치가 전기 걸작들에서 차지하던 그러한 위치가 아님을 확인할 수 있을 것이다.

왕에 대한 등장인물들의 태도 변화와 함께 『퐁페』속에서 주목해야 할 것은 귀족과 평민 계급 등장인물들이 차지하는 비중의 변화이다. 전기 걸작들 속에서는 왕과 귀족 계급 사이, 귀족 계급과 평민 계급 사이에는 엄격한 계급의 질서가 존재하고 있었다. 왕은 왕으로서, 귀족은 귀족으로서, 속내이야기를 들어주는 사람은 그런 사람으로서 맡은 임무를 충실히 수행하고 있다. 전기 걸작들에 등장하는 속내이야기를 들어주는 사람의 역할은 제한적이다. 다시 말해서 그(녀)들은 주인공들을 언제나 동행하면서, 주인공들이 다른 사람에게 함부로 말할 수 없는 속내이야기를 들어줌으로써 그들의 심리 상태를 드러내게 만드는 매개자의 역할에 불과하다. 『오라스』의 1막 1장과 2장에서 쥘리 Julie는 두 여주인공 사빈 Sabine과 카미유 Camille가 겪고 있는 내면적 갈등을 끝까지 들어주고, 그녀들의 고통을 위로하며, 특히 두 여인 각자에게 다른 여인이 겪고 있는 고통을 환기시킴으로써, 관객들에게 두 여인의 고통을 더욱 극명하게 대비시켜 주고 있다. 스트라토니스 Stratonice(『폴뤼왹트』)의 역할 또한 마찬가지이다. 1막 3장에서 폴린 Pauline의 고민을 들은 그녀는 폴린을

---

14) Toutes ses actions ont senti la bassesse,/J'en ai rougi moi-même, et me suis plaint à moi/De voir là Ptolomée, et n'y voir point de Roi,/Et César qui lisait sa peur sur son visage/Le flattait par pitié pour lui donner courage. (3막 1장 750-754행)

위하여 해줄 수 있는 것이 아무것도 없음을 알고, 다만 폴린이 느끼는 불안이 부당한 것이고, 〈그 꿈이 슬픈 것만은 사실이지만, 당신의 영혼은 이 두려움에 대해 저항해야 합니다〉[15]라는 말로 위로할 뿐이다.

속내이야기를 들어주는 사람의 또 다른 역할은 무대 밖에서 이루어지는 여러 가지 상황들을 전달하는 것이다. 예를 들어 『오라스』 3막 2장에서 쥘리는 군중들의 항의에 의해 결투가 연기되었다는 사실을, 3막 6장에서는 오라스의 두 형제가 이미 사망했고, 막내만이 살아서 도망쳤다는 사실을 전달하고 있다. 또한 퓔비 Fulvie(『시나』)는 4막 4장에서 오귀스트가 시나를 호출했고, 현재 오귀스트의 주변에서 심상치 않은 일이 일어나고 있음을 에밀리 Emilie에게 전달해 극적 긴장을 야기시키고 있다. 또한 『폴뤼윅트』에 등장하는 스트라토니스와 알뱅 Albin의 역할도 마찬가지이다. 스트라토니스는 공개석상에서 폴뤼윅트가 돌과 나무로 되어 있는 우상을 파괴하는 장면을 상세히 보고하고(3막 2장), 알뱅은 네아르크 Néarque의 처형 보고와 함께, 폴뤼윅트의 태도를 설명하고 있으며(3막 4, 5장), 세베르의 근황을 묻는 펠릭스에게 본 대로만 대답하고 있다.

어떤 경우든 속내이야기를 들어주는 사람들은 자신의 주관적인 판단은 유보한 채, 극의 진행 과정에서 가장 객관적인 사실들만을 말하는 보조자의 역할을 수행할 뿐만 아니라, 주관적인 판단을 잘못 개입시킬 때면 주인공들로부터 신랄하게 비난받기도 한다. 예를 들어 스트라토니스가 폴뤼윅트의 공개적인 우상 파괴 행위를 목격한 후, 기독교도들을 비난하는 말을 들은 폴린은 〈그러나 그는 내 남편이고, 너는 내게 말하고 있는 거야〉[16]라고 대꾸함으로써 자신의 불쾌감을 드러내고 있다. 또한 조언자의 경우도 거의 마찬가지이다. 『시나』에 등장하는 리비나 위포르브도 조언은 한다. 리비는 시나의 처리 문제로 고민하는 오귀스트에게 그를 사면하도록 종용하지만, 그녀의 제안은 그 자체가 정치적인 것으로 오귀스

---

15) Il est vrai qu'il est triste,/Mais il faut que votre âme à ces frayeurs résiste ; (1막 3장 245-246행)

16) Mais il est mon époux, et tu parles à moi.(3막 1장 788행)

트가 생각하는 처벌의 특성을 그대로 유지하고 있다.[17] 위포르브는 그의
조언이 전혀 예상 밖의 결과를 초래하기 때문에 막심 Maxime 에게 〈위포
르브, 이것이 너의 비겁한 조언의 결과란 말이냐, 그러니 네 동류들에게
무엇을 기대할 수 있단 말이냐?〉[18]라는 신랄한 비난을 받게 된다.

이에 반해서 『퐁페』에 등장하는 인물들 사이에는 아주 엄격한 계급의
구별이 사라진다. 우선 궁녀의 역할은 속내이야기를 들어주는 역할에서
완전히 벗어난 것은 아니지만 상대적으로 능동적인 역할을 지니게 된다.
클레오파트르로부터 세자르와의 사랑에 관하여 이야기하던 샤르미옹
Charmion 은 두 사람 사이의 애정 관계를 상세히 들어본 후 〈똑같은 방
법으로 그는 당신을 떠날 수 있겠군요〉[19]라고 말함으로써 클레오파트르
의 맹목적인 믿음에 일침을 가하고 있다. 한걸음 더 나아가 샤르미옹은
클레오파트르의 시동에게 〈클레오파트르에게 충실한 봉사를 계속하라〉[20]
고 명령할 정도이다. 그런데 속내이야기를 들어주는 사람과 궁녀 사이의
역할만을 비교한다면, 그 차이는 아주 적다고 말할 수 있을 것이다. 반
면에 조언자의 역할은 그렇지 않다. 『퐁페』에 등장하는 조언자들은 아주
적극적으로 조언한다. 피난처를 제공받기 위하여 자신에게로 피신해 온
퐁페의 처리 문제를 놓고 고민하지만 어떤 식의 결정도 내리지 못하는
왕에게 세 명의 조언자들(포탱 Photin, 아실라 Achillas, 셉팀 Septime) 각
각이 자신의 의견이 옳다고 주장하고 있다. 즉, 포탱은 살해할 것을 주
장하고, 아실라는 살려주되 받아들이지 말 것을 주장하면서도 〈만일 그
렇게 해야 한다면 제 손은 모든 준비가 되어 있습니다〉[21]라고 말함으로

---

17) Son pardon peut servir à votre Renommée,/Et ceux que vos rigueurs ne font
    qu'effaroucher/Peut-être à vos bontés se laisseront toucher.(4막 3장
    1214-1216행)
18) Euphorbe, c'est l'effet de tes lâches conseils,/Mais que peut-on attendre enfin
    de tes pareils? (4막 6장 1407-1408행)
19) Par cette même voie il pourra vous quitter.(2막 1장 423행)
20) Vous, continuez-lui ce service fidèle.(3막 1장 802행)
21) S'il faut toutefois ma main est toute prête,(1막 1장 158행)

써 퐁페를 죽인다는 것에는 반대하지만 그것이 필요하다면 살해 행위에
는 적극적으로 참여할 뜻을 비친다. 셉팀은 한술 더 뜬다. 그는 퐁페의
처리 방법은 〈그를 섬기는 것, 그를 추방하는 것, 그를 산 채로 아니면
죽은 채로 인도하는 것〉[22]의 네 가지라고 요약하고, 결국 그를 죽이는
것이 최선의 방법이라고 주장하면서, 마지막에 가서는,

  이것이 저의 의견이고, 당신의 의견임에 틀림없습니다.
  그로 인하여 당신은 한 사람을 획득할 것이고, 다른 사람을 두려워하지
않을 겁니다. [23]

라고 말함으로써 은연중에 자신의 의견을 왕에게 강요하고 있다. 또한
세자르와의 관계에 대해서도 〈전하, 세자르를 만나십시오, 그의 마음에
들도록 노력하십시오, 그에게 모든 것을 주면서 사건들이 미래를 해결할
것임을 잘 기억하십시오〉[24]라는 포텡의 조언을 들은 왕이 세자르의 면전
에서 〈당신의 영혼이 제 영혼을 안심시키는지 아닌지를 판단하십시오.
존경에 의해 만들어지고, 두려움에 의해 배가되는 동요로부터 어떤 방법
으로 제가 빠져나올 수 있는지 판단하십시오〉[25]라고 말할 때, 조언자들
은 이미 단순한 조언자가 아니라 왕을 지배하고 있는 인물이라고 평가할
수밖에 없을 것이다.

  이렇게 볼 때, 등장인물들의 구성에서 야기되는 변화는 두 가지로 요

---

22) Le servir, le chasser, le livrer vif, ou mort.(1막 1장 164행)
23) C'est là mon sentiment, ce doit être le vôtre,/Par là vous gagnez l'un, et ne
   craignez plus l'autre,(1막 1장 185-186행)
24) Seigneur, voyez César, forcez-vous à lui plaire,/Et lui déférant tout veuillez-
   vous souvenir/Que les évènements régleront l'avenir.(2막 4장 698-700행)
25) Jugez si vos discours rassurent mes esprits,/Jugez par quels moyens je puis
   sortir d'un trouble/Que forme le respect, que la crainte redouble,(3막 2장
   860-862행)

약될 수 있을 것이다. 하나는 전기 걸작들에서는 거의 절대적인 것으로
나타나던 계급 사이의 엄격한 구분이 점차 모호해지고 있다는 것이다.
그것은 왕가의 사람들이 더욱 많이 등장한다는 사실뿐만 아니라, 왕가의
사람들과 귀족 사이, 귀족과 평민 계급 사이의 계급 구분이 불확실해진
다는 사실에서 기인되는 것이다. 다른 하나는 첫번째 사실에서 필연적으
로 기인되는 것으로서, 등장인물들 사이의 역할의 비중이 혼란스러워진
다는 것이다. 전기 걸작들의 경우 분명한 계급 차이에서 생겨나는 역할
의 분담은 귀족에게 왕에 대한, 더 나아가 국가에 대한 헌신이라는 명제
를 강조하고 있었던 반면에, 여기서는 왕가의 사람이라면 누구라도 왕이
될 수 있으며, 귀족들 또한 외면적으로는 왕이 될 수 없다 하더라도, 실
제적으로는 왕을 조종할 수 있고, 또 실제로 조종하고 있다는 인식이 배
경이 되고 있다.

2-2 줄거리 전개 방식의 변화

『코르네유의 비극, 라신의 비극 : 극적인 흥미의 원천에 관한 연구
Tragédie cornélienne, tragédie racinienne : étude sur les sources de l'intérêt
dramatique』 속에서 조지 메이 Georges May 는 코르네유의 후기 비극들이
상연 당시에 관객들로부터 환영받지 못한 이유들을 분석하는 가운데 다
음과 같이 설명하고 있다.

시대의 취미는 복합성에서 단순성으로 나아가고 있었던 반면에, 코르네유
의 취미는 그 반대 방향을 따르고 있었다……. [26]

좀더 구체적으로 말해서 17세기 초의 대중들은 일반적으로 믿을 수 없

---

26) Le goût du temps allait de la complexité à la simplicité, tandis que celui de
Corneille suivait le chemin inverse…. (Georges May, Tragédie cornélienne,
tragédie racinienne : étude sur les sources de l'intérêt dramatique, The Univer-
sity of Illinois Press, 1948, 66쪽)

는 줄거리에 대한 취미, 예외적이고 소설적인 주인공에 대한 취미에서 기인되는 박해받는 영웅적 행위들, 복수하는 주인공들에 관심을 갖고 있었으나, 1660년 이후에는 엄격한 규칙의 준수에 대한 관심으로 변화되고 있었다는 것이다. 이러한 시대적 추세와는 달리 코르네유 자신은 『르 시드 Le Cid』 논쟁 이후 쓰여진 비극들은 규칙들을 엄격히 준수하고 특히 비정상적인 것과 전설적인 것으로부터 결별하려고 애쓰던 반면에, 후기로 접어들면서 오히려 복잡한 줄거리를 선호하고 있다는 것이다. 그러나 우리는 여기서 중요한 한 가지 사실을 놓쳐서는 안 된다. 줄거리 전개에 관한 한 그 변화의 조짐은 1660년대 이후가 아니라 바로 『퐁페』에서 시작된다는 사실이다. 이를 확인하기 위하여 전기 걸작들의 줄거리 전개방식부터 간단하게 살펴보자.

아들 오라스에 의해서 수행되고 있는 조국에 대한 헌신 과정을 추적하고 있는 『오라스』는 〈상이한 다섯 음조로 발전된 단 하나의 테마〉[27]를 지니고 있다. 따라서 여기서는 등장인물들이 보여주는 다양한 양상의 애국심이 문제가 된다. 먼저 아들 오라스는 자신이 로마의 전사로 선택된 것을 무한한 영광으로 생각하고, 영광 이외에 가슴속에서 생성되는 모든 다른 감정은 의식적으로 배제시키고 있는 맹목적인 애국심을 보여주고 있으며, 이에 비하여 오라스와 직접 대결해야 하는 퀴리아스 Curiace는 가족의 감정에 의해 도전받는 애국심을, 아버지 오라스는 가족의 감정을 말살시키지 않는 애국심을 표현하고 있다. 이러한 관점에서 오라스가 누이동생인 카미유를 살해하는 행위(4막 5장)는 논란의 여지가 있다. 왜냐하면 전쟁이라는 극한적인 상황이 모두 끝난 후에, 그것도 남이 아닌 여동생을 죽인다는 행위는 분명 줄거리의 일치와는 거리가 멀기 때문이다. 그러나 아들 오라스의 입장에서 본다면, 조국 로마를 비난하는 카미유를 살려둔다는 것, 그것은 자신의 죽음을 공개적으로 요구하도록 내버려두는 것이며, 이제 명실상부한 국가의 지주가 된 오라스로서는 국익을 위

---

27) …un seul thème développé en cinq tonalités différentes.(Jean Schlumberger, *Plaisir à Corneille*, Gallimard, 1936, 70쪽)

해 그녀를 죽이는 것이 당연한 것이 된다.[28] 따라서 퀴리아스의 살해와 카미유의 살해는, 국익의 존중이라는 동일한 심리 상태에서 유래된 두 사건이라고 보는 것이 타당할 것이기 때문에 『오라스』의 줄거리는 이중 적인 것이 아니라 계속적인 줄거리라고 보아야 할 것이다.

코르네유는 『시나』 속에서, 군주가 비합법적인 방법으로 권력을 장악 한 후, 뒤이어 어떤 방법으로 자신의 입장을 합법화하고 공고히 할 수 있는가 하는 질문을 던진 다음, 그 답으로 억압보다는 신하들의 화합을 이끌어내는 것이 제일 중요하다는 것을 제시한다. 이를 위하여 코르네유 는, 권력 장악 과정에서 빚어진 과오들을 청산하려는 오귀스트의 노력 과, 그를 공개석상에서 처형하려는 공모자들을 제시하고 있다. 그러나 처음 세 막에서는 공모자들이 지니고 있는 개인적인 정념이나 정치적인 관념에 대한 소개에 치우치고 있다. 신하들의 화합이라는 줄거리는 4막 이후에 가서야 드러난다. 위포르브의 고발에 의해 자신에 대한 역모가 밝혀진 후, 오귀스트는 공모자들을 처벌함으로써 과거의 옥타브 Octave 로 다시 돌아갈 것인가, 아니면 사면할 것인가를 고민하다가 사면을 택 하고, 이를 계기로 공모자들로부터 한결같은 충성을 맹세받기 때문이다. 이런 의미에서 『시나』의 줄거리는 〈공모자들과 오귀스트 사이의 갈등을 외적 줄거리로, 공모자들 사이의 갈등을 내적인 줄거리〉[29]로 파악하는 것이 더욱 합리적이며, 따라서 줄거리는 집중적이다.

『폴뤼왹트』의 줄거리는 언뜻 보아 별개의 두 줄거리로 구성된 것처럼 보인다. 하나는 종교적인 줄거리이다. 즉, 주인공 폴뤼왹트를 중심으로 한다면 친구의 도움으로 세례를 받는 것에서 출발하여, 공개적인 우상 파괴를 거쳐 자발적인 순교에 이르기까지의 줄거리를 말한다. 이와 병행 하여 우리는 사랑의 줄거리를 구별해낼 수 있다. 우선, 현재의 남편(폴

---

28) 바로 이러한 관점에서 두브로브스키도 다음과 같이 말하고 있다. 〈카미유의 살해는 두번째 줄거리, 두번째 위기가 아니라, 오라스의 정치적 영웅주의의 논 리적 귀결이다.〉(Serge Doubrovsky, 앞의 책, 9쪽)
29) *Œuvres complètes*, Ⅰ, 912쪽.

뢰윅트)과 과거의 애인(세베르) 사이에서 갈등하는 폴린의 사랑, 하느님 보다는 못하지만 자신보다는 훨씬 더 폴린을 사랑하는 폴뢰윅트의 사랑, 황제의 총애를 받자마자 희생 제의를 핑계로 옛 애인을 찾아오는 세베르 의 사랑 등이 그것이다. 그러나 여기서 중요한 것은 이 두 줄거리가 서 로 분리되어 전개되는 것이 아니라는 사실이다. 〈그를 제외한 어떠한 종 교적 비극 작가도 기독교적 드라마와 사랑의 줄거리를 이처럼 밀접하게 연결시킬 줄 몰랐다〉[30]라는 평가가 말해 주듯이, 두 줄거리는 아주 공고 하고 교묘하게 구성되어 구조적 통일성을 이루고 있다. 따라서 줄거리는 아주 잘 짜여 있다.

아주 엄격한 의미에서는 사건의 일치를 준수하고 있는 것은 아니지만, 전체적인 구성에서는 아주 긴밀하게 연결되어 있는 줄거리의 전개 과정 은 『퐁페』에 와서 완전히 그 양상을 달리한다. 『퐁페』의 줄거리 전개 방 식은 위의 세 작품의 전개 방식과 닮은 점이 거의 없으며, 오히려 『폴뢰 윅트』와 거의 반대되는 특성을 지니고 있다. 우리가 이 극에 대해 갖게 되는 첫번째 인상은 정치와 사랑이 복잡하게 얽혀 있다는 것이다. 극이 시작될 때부터 우리의 관심은, 피난처를 구하러 온 퐁페를 프톨로메와 그의 조언자들이 어떻게 처리할 것인가 하는 점에 쏠리게 된다. 그러나 퐁페의 처리 문제는 1막의 끝에 가서 그를 죽이는 것으로 쉽게 결론날 뿐만 아니라, 2막 2장에서는 아코레의 입을 통하여 그가 살해되는 장면 까지 소상하게 묘사되고 있다. 이어 우리는 클레오파트르와 세자르의 사 랑이 어떻게 진행될 것인가 하는 점에 관심을 집중시키게 된다. 그러나 이 문제 또한 클레오파트르의 입을 통하여 그녀가 그를 사랑하고 있으 며, 그 또한 자신을 사랑하고 있음을 고백한 후(2막 1장), 다시 복잡한 정치적인 사건들의 연속에 의해 자취를 감추고 만다. 즉, 퐁페의 죽음에 대한 클레오파트르와 프톨로메의 대립된 견해, 클레오파트르의 살해 결

---

30) Aucun auteur de tragédie religieuse n'a su nouer aussi étroitement que lui le drame chrétien et l'intrigue amoureuse.(Raymond Lebègue, *Etudes sur le théâtre français,* vol. 2, Nizet, 1978, 35쪽)

정, 세자르의 등장과 퐁페의 죽음에 대한 분노, 세자르의 암살 계획 등
이 그것이다. 여기에 퐁페의 부인인 코르넬리 Cornélie 의 등장이 줄거리
를 더욱 복잡하게 만드는 요인이 되고 있다. 클레오파트르와 세자르의
사랑은 두 사람이 무대에서 직접 만나는 4막 3장에 가서야 본격적으로
논의되지만, 이것도 잠시뿐, 코르넬리의 입을 통하여 세자르의 암살 계
획이 구체적으로 밝혀진 후(4막 4장)에는 사랑에 대한 논의는 다시 한번
사라지고, 퐁페의 시체가 수습되는 과정, 이에 대한 코르넬리의 회한과
복수의 다짐, 세자르의 정적 처리 과정 등이 뒤를 잇고 있다. 극의 마지
막에 가서 클레오파트르는 세자르와 결혼할 수 없음을 밝히면서 막을 내
린다.

이렇게 볼 때, 『퐁페』에서는 연인 사이의 사랑이 존재한다 하더라도,
『시나』와 『폴뤼윅트』에서처럼 이 사랑을 방해하는 어떠한 장애물도 존재
하지 않기 때문에 어떤 수준에서도 사랑이 주제를 이루지 못하고 있다.
또한 4막부터는 완전히 다른 또 하나의 줄거리가 생겨난다. 더구나 프톨
로메의 측근들이 살해당하지나 않을까 하는 두려움에 의해 결정한 세자
르의 죽음 자체도 또 다른 내용들에 의해 그 중요성이 감소되고 있는 것
또한 사실이다. 바로 이러한 의미에서 장 슐렝베르제는 다음과 같이 평
가한다.

『퐁페』는 코르네유의 가장 서정적인 작품이다. (……) 다른 한편으로 줄거
리는 아주 사실적으로 표현되고, 음모, 세련, 배신으로 가득한 정치적 드라
마에 근거하고 있다. 불행하게도 여기에는 두 요소들의 용해도, 완전한 병렬
도 존재하지 않는다. [31]

---

31) …*Pompée* soit la pièce la plus lyrique de Corneille : mais d'autre part l'action
s'appuie sur un drame politique, conçu très réalistement, plein d'intrigues, de
finesses et de perfidies. Par malheur il n'y a ni fusion des éléments, ni franche
juxtaposition…. (Jean Schlumberger, 앞의 책, 100쪽)

따라서 『퐁페』의 줄거리는 어떤 것이 주된 것이라고 말할 수 없을 정도로 복잡하게 얽혀 있다고 결론지을 수 있을 것이다.

지금까지 우리는 극작품을 구성하고 있는 중요한 요소인 등장인물과 줄거리를 중심으로 전기 걸작들과 『퐁페』 사이에 어떠한 변화들이 생겨났는가를 살펴보았다. 그러나 『퐁페』에는 이러한 외적인 요소들의 변화뿐만 아니라, 내적으로도 커다란 변화가 나타나고 있다. 우리는 이 사실을 등장인물들의 성에 따른 역할 변화를 통하여 확인해 보도록 하자.

2-3 성에 따른 역할의 변화

주지하는 바와 같이 전기 걸작들에서는 모든 특혜를 지니고 있는 남성이 극의 중심을 이루고 있다. 남성은 여성에게 사랑받고 있고, 전투에서는 가장 강하고, 극의 마지막에는 그 공적에 따라 보상받는다. 특히 어떤 것을 선택해야 하는 상황 앞에 놓일 때, 남성은 모든 의지력을 동원하여 최선이라고 생각하는 것을 선택하고, 한번 내려진 결정에 대해서는 아무런 후회 없이 장애물을 제거해 나가는 강인한 성격을 보여주고 있다. 이러한 강력한 남성상은 죽음에 대한 태도 속에서 더욱 두드러지게 나타난다. 아들 오라스는 조국을 위하여 희생하는 것을 영광으로 생각하고, 이를 위해서 누이동생의 약혼자와도 스스럼없이 싸운다. 같은 맥락에서 그는 누이동생을 살해하고, 왕에게 자신의 죽음을 요구하지만, 이는 죄책감 때문이 아니라 자신의 영광을 보존하는 유일한 방법이라는 사실을 인식하고 있기 때문이다.[32] 또한 폴뢰윅트에게는 죽음이 공포의 대상이 아니라 하느님에게 헌신하고자 하는 영광을 달성하는 가장 확실한 길이기 때문에 어떠한 유혹도 뿌리친 채 자발적으로 죽음으로 나아간다.[33]

이에 비해 여성의 경우는 그렇지 못하다. 전기 걸작들에 등장하는 여성들은 대부분 동일한 비중을 지닌 두 정념 사이에서 겪어야 하는 선택

---

32) 5막 2장 1580행 참조.
33) 5막 3장 1679행 참조.

의 불가능 앞에서 괴로워하고, 남성과는 반대로 어떠한 결정도 쉽게 내리지 못하고 있다. 남편과 오빠가 조국의 운명을 걸고 결투해야 하는 상황 앞에서, 남편에 대한 의무와 오빠에 대한 사랑 사이에서 어느 쪽도 편들 수 없는 자신을 한탄하는 사빈, 아버지를 살해하고 왕위를 찬탈한 오귀스트와 공모자의 우두머리인 시나 사이에서 아버지에 대한 의무와 애인에 대한 사랑 사이에서 방황하는 에밀리, 그리고 현재의 남편인 폴뤼왹트와 옛 애인 세베르 사이에서 남편에 대한 의무와 옛 애인에 대한 사랑 모두를 취할 수도, 그렇다고 어느 한쪽만을 선택할 수 없는 폴린이 대표적인 예가 될 것이며, 오빠인 오라스를 충동하여 자신을 죽이게 만들기 이전의 카미유도 예외는 아닐 것이다.

만일 전기 걸작들에 등장하는 주인공들의 모습을 적극적인 남성상과 소극적인 여성상이라고 부를 수 있다면, 우리는 『퐁페』 안에서 이와는 거의 정반대되는 모습, 즉 소극적 남성상과 적극적 여성상을 보게 될 것이다. 『퐁페』에서 가장 소극적인 모습을 보이는 남성은 바로 왕인 프톨로메이고, 어떠한 분명한 대의명분도 없이 권력자의 편에 서서 자신들의 작은 이익에 집착하는 조언자들 또한 이 범주에 속할 것이다. 적극적 여성상으로는 사랑조차도 자신의 야망을 실현시키는 도구로 생각하는 클레오파트르와 남편의 죽음에 대해 애도하기보다는 복수하겠다는 의무에 불타는 코르넬리의 경우일 것이다.

우선 연약한 왕이라고 불릴 수 있는 프톨로메는 어떤 결정을 내려야 할 상황에서 언제나 조언자들의 말을 귀담아 듣는다. 물론 조언자들의 말을 참조한다는 것 자체가 연약한 왕의 모습은 아니다. 여기서는 자신의 판단은 전혀 없이, 오히려 판단 자체를 두려워하며 거의 맹목적으로 조언자들의 말을 수용하고 거기에 따르는 것을 문제삼는 것이다. 이런 의미에서 프톨로메에게 나타나는 소극적인 남성상의 첫번째의 특징은 두려움이다. 자신을 왕으로 만들어준 퐁페가 내전에서 패한 후 피난처를 구하기 위하여 자신에게 도움을 청할 때, 그는 제일 먼저 어떤 결정을 내려야 할지 몰라 두려움을 느낀다.

> 그를 받아들여야 하는가, 아니면 그의 처형을 서둘러야 하는가
> 그를 추적해야 하는가, 아니면 그를 궁지에 빠뜨려야 하는가
> 하나는 안전한 것 같지 않고, 다른 것은 관용적이지 못한 것 같아
> 그래서 나는 부당한 것도 두렵고, 불행해지는 것도 두렵다. [34]

이러한 두려움은 즉각적으로 조언자들에 대한 신뢰와 그들에 대한 의존으로 나타난다. 〈선택하는 것은 나지만, 나에게 어떤 선택을 결심시킬 것인가를 충고하는 것은 당신들이오〉[35]라는 말 속에서, 이제 그에게는 왕으로서 지녀야 할 최소한의 자존심밖에는 없음을 알아차리게 된다.

프톨로메의 두번째 특징은 후회이다. 전기 걸작들에 등장하는 남성들은 선택하기 전에는 심각하게 갈등하지만, 일단 한번 내린 결정에 대해서는 아무런 동요 없이 진행시켜 나가고 있었다. 프톨로메는 그 반대이다. 조언자들의 말에 따라 세자르의 마음에 들기 위하여 퐁페를 처형했지만, 그의 죽음에 대한 복수의 일환으로 셉팀이 살해되는 것을 본 프톨로메는 〈의견을 지나치게 듣고, 선택에 틀린다는 것은 왕들에게 아주 흔한 경솔함입니다〉[36]라고 말함으로써, 자신의 경솔함을 후회하고 있다. 위의 예문에서도 드러나듯이, 이 후회는 자신에 대한 질책으로 작용하는 것이 아니라, 어떤 왕이라도 같은 상황에서는 같은 실수를 범한다고 항변함으로써 자신만의 결점이 아님을 애써 강조하고 있다. 또한 바로 뒤이어 〈절벽 끝에서는 운명이 그들(왕들)을 눈멀게 한다〉[37]는 말을 통하

---

34) Il faut le recevoir, ou hâter son supplice,/Le suivre, ou le pousser dedans le précipice ;/L'un me semble peu sûr, l'autre peu généreux,/Et je crains d'être injuste, et d'être malheureux ; (1막 1장 37-40행)

35) C'est à moi de choisir, c'est à vous d'aviser/A qeul choix vos conseils doivent me disposer.(1막 1장 43-44행)

36) Mais c'est une imprudence assez commune aux Rois,/D'écouter trop d'avis, et se tromper au choix.(4막 1장 1091-1092행)

여 자신이 내린 결정조차도 운명의 탓으로 돌리는 어리석음을 내보이고 있다.

프톨로메의 세번째 특징은 뛰어난 위장술이다. 아무런 주체 의식도 지니지 못한 그는 자신의 권좌를 위험에 빠뜨릴 수 있는 모든 사람들 앞에서 비굴함을 내보이고 있다. 예를 들어, 비록 마음속으로는 기회를 보아 세자르를 살해해야겠다고 생각하면서도, 그의 면전에서는 〈그(퐁페)가 우리의 지주였다 하더라도, 이제부터 우리는 그만큼, 아니 그보다 더 당신에게 빚지고 있음을 기억합니다〉[38]라고 말한다든지, 또한 클레오파트르 앞에서도,

> 나는 당신을 구박했지만, 당신은 너무 착해서
> 나에게 생명과 왕좌를 보존해 주는구려
> 합당한 노력으로 완전히 복수하구려. [39]

라고 말함으로써, 내심의 생각과는 완전히 다른 태도를 취하고 있다. 결국 연약한 왕인 프톨로메는 자기 앞에 주어지는 사태에 대해 아무런 대책도 마련하지 않고서, 필요에 따라 자신의 태도를 바꾸어가는 의지력이 결핍되어 있는 모습만을 보여주고 있다.

의지력이 약한 왕은 이를 보충하기 위하여 자기 곁에 조언자들을 둔다. 그러나 이들 또한 확고한 신념이나 강인한 의지력을 지니고 행동하는 것이 아니라, 자신들의 입지를 확보할 수 있다면 어떤 일도 서슴지 않고 행하는 인물들이다. 〈셉팀이여, 당신의 주인에게 가시오. 퐁페 밑에서, 그리고 내 밑에서 봉사한 후 또 다른 왕에게 봉사할 정도로 비열

---

37) Le Destin les aveugle au bord du précipice, (4막 1장 1093행)

38) Il me souvient pourtant que s'il fut notre appui,/Nous vous dûmes dès lors autant et plus qu'à lui.(3막 2장 867-868행)

39) Je vous ai maltraitée, et vous êtes si bonne/Que vous me conservez la vie et la Couronne ;/Vainquez-vous tout à fait, et par un digne effort.(4막 2장 1213-1215행)

한 로마인, 그 살인자의 존재를 세자르는 참을 수 없소〉[40]라는 세자르의
말 속에서 충성스러운 신하의 모습은 전혀 보이지 않는다. 그렇기 때문
에 그들은 왕에게 조언할 때도 언제나 자신들에게 유리한 것들만을 충고
한다. 퐁페의 처리 문제만 하더라도 왕을 비롯한 모든 조언자들은, 프톨
로메가 왕으로 군림할 수 있도록 만들어준 것에 대한 보은이라든가 도의
라는 측면은 전혀 고려하지 않은 채, 그에게 피난처를 제공했을 때 발생
하는 불리한 점, 즉 프톨로메의 왕권 자체가 위협을 받으리라는 사실만
을 강조함으로써 퐁페를 죽여야 한다는 결론에 도달하도록 만든다. [41] 똑
같은 맥락에서 이집트의 왕권은 엄연히 두 사람이 나누어 가져야 한다는
사실을 알고 있으면서도, 포탱은 의도적으로 클레오파트르를 왕권에서
멀리 떨어지게 만들라고 조언하고 있으며, 엄청난 파문을 일으키게 될
세자르의 살해도 거침없이 제안할 수 있는 것이다. 바로 이러한 의미에
서 클레오파트르는 〈포탱과 그 동류들이 비열한 조언으로 당신을 중독시
켰던 것을, 하늘이 진흙으로만 만들었던 그 영혼들을 나는 지나치게 보
았죠〉[42]라고 그들의 실체를 꿰뚫어보고 경멸하고 있다. 더구나 클레오파
트르는 이러한 조언자들에게 귀기울이는 왕과 조언자들의 모습을 정확하
게 판단하고 있는 세자르의 말을 그대로 전달하고 있다.

그는 왕들에게 전제적인 덕성들만을 부추기는
비열한 정치가들에게 귀기울였다고 당신에게 불평하오.
태생과 마찬가지로 그들은 천한 영혼을 지니고 있고,
국가를 통치하도록 키워봐야 아무 소용 없소. [43]

---

40) Allez, Septime, allez vers votre maître,/César ne peut souffrir la présence d'un
traître,/D'un Romain lâche assez pour servir sous un Roi,/Après avoir servi sous
Pompée, et sous moi.(3장 4장 981-984행)

41) Allez, et hâtez-vous d'assurer ma Couronne,(1막 2장 210행)

42) Je ne le vois que trop, Photin et ses pareils/Vous ont empoisonné de leurs
lâches conseils :/Ces âmes que le Ciel ne forma que de boue(1막 3장 263-265
행)

결국 『퐁페』에 등장하는 남성 주인공들은 전기 걸작들에서 보여주었던
강인한 의지력, 영광에 대한 헌신 등은 전혀 보여주지 못하고, 오히려
뛰어넘어야 할 장애물 앞에서 망설이고, 개인적인 이해 관계 속에서 헤
어나지 못하는 남성들로의 이행을 묘사하고 있는 것이다. 그러나 여성
주인공들은 이와 정반대의 도정을 보여줄 것이다.

클레오파트르를 특징짓는 가장 중요한 성격은 자신의 계급에 대한 자
만심이다. 오빠와 자신은 〈둘 모두가 왕〉이라는 기본적인 인식을 지니고
있는 그녀는 왕인 오빠에 대해서도 언제나 당당하게 맞설 수 있으며, 더
구나 왕의 곁에서 아첨하고 자신들의 이해 관계에만 연연하는 조언자들
에게 〈궁정의 페스트들〉이라는 극단적인 경멸을 보낼 수 있는 것이다.
또한 그녀는 프톨로메와는 달리 자신들을 왕으로 만들어준 퐁페에 대한
의무를 존중하고 있다. 〈내 가슴속에서 언제나 나의 덕성은 정복자를 향
하여 불태우면서도 피정복자에게 빚지고 있는 것을 회상시켜 준단다〉[44]
라고 고백하고 있으며, 그녀에게는 이것이 바로 〈의무를 따르는 것〉이라
고 강조하고 있다.

클레오파트르의 또 다른 특성은 야망이다. 그러나 그녀가 지니고 있는
야망은 전기 걸작들의 남성 주인공들이 지니는 맹목적인 영광과는 근본
적으로 다르다. 그녀의 야망은 냉정한 이성에 의해 통제받고 있는 야망
이다.

나는 야망을 지니고 있지만, 그것을 조정할 줄 알고
야망이 나를 현혹시킬 수는 있지만, 눈멀게 할 수는 없다. [45]

---

43) Il vous plaint d'écouter ces lâches Politiques,/Qui n'inspirent aux Rois que des
mœurs tyranniques ;/Ainsi que la naissance ils ont les esprits bas,/En vain on les
élève à régir des Etats :(4막 2장 1194-1197행)

44) Et toujours ma vertu retrace dans mon cœur/Ce qu'il doit au vaincu, brûlant
pour le vainqueur.(2막 1장 357-360행)

45) J'ai de l'ambition, mais je la sais régler,/Elle peut m'éblouir, et non pas
m'aveugler.(2막 3장 623-624행)

왜냐하면 그녀의 야망은 〈적어도 하루만은 세상의 주인이 되는 것〉이기 때문이다. 현실적으로 물리적인 힘에서는 남성 주인공들과 본질적인 차이를 보이고 있는 여성으로서, 이 야망을 실현시키는 데 필요한 힘을 가장 적극적으로 끌어들이는 방법은 바로 자신을 사랑하는 남성과의 결혼이다. 클레오파트르도 예외는 아니다. 더구나 한때 그토록 강력했던 퐁페를 힘으로 무찔렀지만, 〈전쟁의 신도 당신의 신적인 매력보다 덜 나를 사랑했으며, 그 매력들이 내 손을 이끌었고, 내 용기를 북돋우었으며, 이번의 전면적인 승리가 마지막 작품〉[46]이었다고 고백하는 세자르의 존재는 남편감으로 더 이상 바랄 것이 없을 정도이다. 이러한 이유 때문에 그녀는 세자르와의 결혼을 서둘러 마무리지으려고 애쓰고 있다.[47] 그러나 그녀를 둘러싸고 있는 상황은 그녀가 야망을 실현시킬 수 있도록 내버려두지 않는다. 현재 왕권을 장악하고 있는 프톨로메와 조언자들은 온갖 수단과 방법을 동원하여 그녀가 왕권으로 접근하는 것을 막고 있다. 이 사실은 그녀가 퐁페의 죽음에는 반대한다는 것을 분명히 밝혔음에도 불구하고 셉팀을 시켜 그를 죽인 이후에 분명히 밝혀진다. 더구나 오빠인 프톨로메는 군림하는 사람이 둘이라면 그것은 군림하는 것이 아니라는 조언자들의 말을 듣고 그녀를 제거해야 한다고 주장할 정도이다. 따라서 세자르라는 강력한 지주를 잃는다는 것은 야망이 실현되지 않는다는 단순한 결과만이 아니라, 자신의 죽음까지도 각오해야 하는 클레오파트르는 정적들을 제거하는 데 최선을 다하고 있다.[48] 결국 오빠인 프톨로메마저 혼란 속에서 사망하고 이제는 여왕으로서 자신의 야망이 충족되있다고 판단한 클레오파트르에게는 세자르가 더 이상 이용 가치가

---

46) et le Dieu des combats/M'y favorisait moins que vos divins appas, /Ils conduisaient ma main, ils enflaient mon courage,/Cette pleine victoire est leur dernier ouvrage, (4막 3장 1271-1275행)

47) 그러나 일어날 수 있는 것은 우연에 맡겨두고 마무리지을 수 있다면 이 결혼을 마무리짓자. (2막 1장 427-428행)

48) 그와 함께 맹세된 나의 죽음을 물리치러 가라. (4막 5장 1446행)

없어진 것이고, 따라서 그녀는 〈나의 행복은 지나치게 클 것이니, 나는 결코 또 다른 행복은 바라지 않습니다〉[49]라는 말로 그와의 결혼조차 거부하게 된다. 자신의 야망을 실현시키기 위하여 자신의 모든 것을 걸고 행동하며, 결혼마저도 야망 실현의 도구로 사용하는 이러한 여성상은 전기 걸작들에 등장하는 어떤 여성 주인공들에게서도 발견할 수 없는 가장 특징적인 성격일 것이다.

클레오파트르 이외에 『퐁페』에는 또 다른 적극적인 여성이 등장한다. 바로 코르넬리가 그녀이다. 그녀는 남편 퐁페가 살해되는 것을 보면서도 아무런 조치도 취하지 못한 채 도망갔다가, 세자르가 상륙했다는 사실을 듣고 3막 4장에서 최초로 등장한다. 세자르를 보는 순간 그녀는, 그를 다른 사람과 같이 〈각하 Seigneur〉라고 부르는 것이 아니라, 아무런 거침 없이 그의 이름을 부르는 이유를 분명히 밝히고 있다. 그것은 〈운명의 신이 그의 포로로 만들었지 노예로 만들지는 않았으며, 바로 그 운명이 그에게 경의를 표하고 각하라고 부를 정도로 가슴에 충격을 주었다고 주장하지 말 것〉[50]을 당당하게 요구한다. 그러나 퐁페의 죽음에 복수하기 위하여 노력하는 세자르를 본 코르넬리의 가슴속에서는 두 가지의 상반된 가치가 떠오른다. 즉, 세자르에 대한 존경심과 그에 대한 증오심이 그것이다. 이러한 갈등 속에서 그녀는 결국 세자르에 대한 증오심을 선택하게 된다. 즉, 남편에 대한 복수를 자신이 완성시키겠다고 결심하는 것이다. 따라서 그녀는 자신의 입으로 〈퐁페의 머리에 당신의 머리를 합치고 싶어하니 정신차리십시오〉[51]라고 경고하면서도 그 이유를 분명한 어조로 밝히고 있다.

---

49) Le mien sera trop grand, et je n'en veux point d'autre, (5막 5장 1758행)

50) César, car le Destin⋯/Me fait ta prisonnière, et non pas ton esclave,/Et tu ne prétends pas qu'il m'abatte le cœur/Jusqu'à te rendre hommage et te nommer Seigneur, (3막 4장 985-988행)

51) A celle de Pompée on veut joindre ta tête,/Prends-y garde⋯. (4막 4장 1358-1359행)

당신의 죽음과 당신의 장례식이
이 사랑받는 재에 성벽을 열어주어야 합니다.
그것이 나만큼 소중한 것을 지니고 있다 하더라도
그 재는 당신을 정복하고서만 그곳으로 다시 들어가야 합니다. [52]

결국 남편에 대한 의무를 선택하여, 이를 수행해야 할 그녀로서는 누구 앞에서든 당당해질 수 있으며, 세자르의 면전에서도 〈나에게 후회나 눈물을 기대하지 마십시오〉[53]라고 말할 수 있는 것이다.

이상에서 우리는 작품 『퐁페』 속에 등장하는 인물들의 성격이 전기 걸작들과는 거의 완전히 반대되는 특징을 지니고 있음을 확인할 수 있었다. 이러한 다양한 변화의 양상은 각각 개별적으로 작품 속에 드러나고 있는 것이 아니라, 서로 깊은 관계를 맺고 있다. 왕을 비롯하여 왕가의 사람들이 다수 등장하고, 또한 그 곁에서 자신들의 목소리를 점차 높여가는 조언자들과 〈궁녀〉의 등장은 자연스럽게 계급에 따른 질서의 변화를 야기시키고 있다. 이 질서의 변화는 가장 가깝게는 등장인물들 사이의 대립을 강화시키고, 나아가 각각의 위치를 확인하기 위하여 많은 권모술수를 동반하게 되어, 자연 줄거리를 복잡하게 만드는 한 요인으로 작용하고 있다. 연약한 남성과 강인한 여성의 등장 또한 예외는 아니다. 왜냐하면 조언자나 궁녀들이 목소리를 높이기 위해서는 자신들의 도움을 바라는 주인공들이 필요하고, 이 필요성으로 인하여 작가는 연약한 왕이나 야심 있는 여주인공들을 등장시키는 것이다.

---

52) Il faut que ta défaite et que tes funérailles/A cette cendre aimée en ouvrent les murailles,/Et quoiqu'elle la tienne aussi chère que moi,/Elle n'y doit rentrer qu'en triomphant de toi.(5막 4장 1701-1704행)
53) N'attendez point de moi de regrets ni de larmes,(5막 1장 1461행)

3 결론

그렇다면 작가는 왜 갑작스럽게 변화된 여러 양상들을 묘사하고 있는
것인가? 그는 전기 걸작에서와 같은 등장인물이나 줄거리를 가지고는
표현하지 못하는 그 무엇을 표현하고 싶었던 것은 아닐까? 우리는 여기
서 논의되고 있는 작품들이 직접, 간접으로 로마와 관련이 있다는 사실
에서 해답의 실마리를 찾을 수 있을 것이다.[54] 물론 로마의 역사와 코르
네유 작품들과의 관계를 규명하려는 시도들은 많이 있었다. 예를 들어
르모니에 Lemonnier 는 〈『오라스』와 함께, 로마는 여전히 도시에 불과하
다. 『시나』와 함께 이 영원한 도시는 가장 위대한 순간들 중의 하나, 즉
오귀스트의 절대적인 권력에 도달한다. 『퐁페』는 상승 곡선 속으로 들어
가는 그 순간의 로마를 포착한다〉[55]라고 말하고 있으며, 브라실라
Brasillach 는 〈『오라스』 속에서 그 기원의 로마를 포착하고, 『시나』 속에
서 가장 아름다운 개화를 묘사한 후, 곧 이어 코르네이유가 『폴뢰윅트』
속에서 로마의 추락과 붕괴를 묘사했다는 것에서 사람들은 또한 극도로
감명받을 수 있다〉[56]고 말한다. 그러나 앞에서 해온 우리의 분석을 기준
으로 할 때, 이 두 비평가의 구분에 약간의 오류가 내포되어 있음을 알
수 있다. 르모니에의 경우에는 『퐁페』를 상승 곡선의 시작으로 보는 점

---

54) 『오라스』와 『시나』의 경우에는 그 주제를 직접 로마사에서 차용했으며, 『폴뢰
윅트』와 『퐁페』의 경우에 비록 그 주제는 로마와 관련이 없더라도 등장인물들
중의 상당수 ─ 『폴뢰윅트』에서는 펠릭스, 폴린, 세베르, 『퐁페』에서는 세자
르, 코르넬리, 셉팀 ─ 가 로마인이다.

55) Avec *Horace*, ce n'est encore qu'un village. Avec *Cinna*, la ville éternelle atteint
un de ses plus grands moments ; la toute-puissance d'Auguste ⋯ Au contraire, *la
Mort de Pompée* prend Rome au moment où elle entre dans sa courbe ascen-
dante. (Léon Lemonnier, *Corneille*, Editions Jules Tallandier, 1945, 130쪽)

56) On peut être aussi extrêmement frappé que Corneille, après avoir saisi Rome à
son origine dans *Horace*, l'avoir campée dans sa floraison la plus belle dans
Cinna, ait tout de suite commencé à peindre sa chute et sa désagrégation
dans *Polyeucte*. (Robert Brasillach, *Corneille*, Arthène Fayard, 1961, 207쪽)

이고, 브라실라의 경우에는 『폴뤼왹트』를 추락과 붕괴로 보고 있는 점이
그러하다. 이제 이러한 논리에 근거를 두고, 작품들 속에 드러나는 로마
의 이미지를 중심으로 변화를 추적하기로 하자.

먼저 전기 걸작들은 모두 통일 국가를 형성해 가는 과정에 대한 묘사
라고 불릴 수 있을 것이다. 두 도시국가의 군사적 대립과 해결 양상을
묘사하고 있는 『오라스』는 군사적, 또는 영토적 통일의 비극이라 말할
수 있다. 다시 말해서 『오라스』에 등장하는 거의 모든 주인공들은 〈자아
의 숭배로부터 국왕의 숭배로의 이전을 나타내는 모든 형태의 영광〉,[57]
즉 이제 막 형성되기 시작한 국가에 대한 충성을 표방하는 여러 형태의
인간상을 그리고 있는 것이다. 결국 아들 오라스가 대변하고 있는, 조국
로마에 대한 맹목적인 애국심의 승리를 통하여, 그리고 아버지 오라스가
강조하고 있는 국왕에 대한 존경심에 의해서, 개인이나 가족에 비해 국
가의 중요성을 강조하고 있다.

개인의 절대적인 애국심에 의해서 영토적 통일을 완성한 국가로서는
이제 국민들을 화합시키는 것이 문제이다. 이 문제를 해결하기 위하여
코르네유는 우선, 불법적인 과정을 거쳐 집권한 전제자를 제시하고, 이
어 그를 제거하기 위하여 모인 공모자들을 제시한다.[58] 그러나 여기서
중요한 것은 공모자들의 존재, 또는 그들 사이의 투쟁이 아니다. 오히려
공모자들의 실체가 밝혀진 후 오귀스트는 이들을 처벌하는 대신에, 그들
을 사면해 주기로 결정한다는 사실이다. 사면에 내포되어 있는 진정한
의미가 무엇이든 간에, 사면이라는 행위를 통하여 공모자들로부터 한결

---

57) ⋯tous les types de gloire qui manifestent son passage du culte du moi au culte
du Roi.(Claude-Gilbert Dubois, *Le Baroque*, Larousse, 1973, 76쪽)

58) 이러한 관점에서 본다면 쿠통의 말도 설득력이 있을 것이다. 〈『시나』는 동시
대의 이러저러한 공모의 사건들을 반영하는 것이 아니라, 틀림없이 아주 의식
적으로 루이 13세 치하의 공모의 스타일이라고 불릴 수 있는 것, 즉 여성들의
중요성, 제도를 개혁한다는 욕망과 제대로 구별되지 않는 개인적인 동기들, 그
리고 제대로 지켜지지 않은 비밀 등을 재현하고 있다.〉(Georges Couton,
Corneille et la tragédie politique, PUF, 30쪽)

같은 충성을 맹세받는 오귀스트의 모습 속에서, 우리는 국민적 합의에 의해서 합법성을 인정받는 강력한 국왕의 출현을 보게 되는 것이다.

강력한 국왕의 영도하에서 영토의 확장을 꾀하는 로마에는 해결해야 할 또 하나의 문제가 남아 있다. 종교적 통일의 문제가 그것이다. 이를 위하여 코르네유는 사랑의 드라마와 종교적 드라마가 기묘하게 혼합된 『폴뤼왹트』를 통하여 이를 집중적으로 추적하고 있다. 마지막에 가서 자신의 생명까지도 스스럼없이 희생시켜 기독교를 전파하고, 이 사건을 계기로 하여 로마 황제의 총신의 이름으로 이를 인정하게 만드는 폴뤼왹트를 통하여, 이제 로마는 마지막으로 남아 있던 종교적인 통합마저 이룩하게 된다.

이제 모든 면에서 통일국가를 형성한 로마는 막강한 힘을 바탕으로 세계 정복에 나서 거대한 제국을 형성하지만, 일단 정점에 도달한 국가는 다양한 요인들에 의해 분열과 퇴조의 길을 걷는 것이 역사의 교훈이며, 로마라고 해서 이 법칙에서 벗어나는 것은 아니다. 이제 코르네유는 『퐁페』에서부터 붕괴의 조짐들을 조심스럽게 묘사하고 있다.

첫번째 조짐은 로마의 내부에서 벌어지는 권력 투쟁, 즉 내전이다. 자신들의 권력을 확보하기 위하여 벌이는 내전은 상대가 누구이든 가리지 않고 벌어진다. 『퐁페』에서 묘사되고 있는 전쟁은 〈장인과 사위〉 사이의 싸움이다. 두 진영은 결국 파르살 Pharsale의 전투에서 승패가 판가름 나고, 이 싸움에 패배한 퐁페가 부인과 함께 피난처를 찾기 위하여 이집트를 찾아오고, 바로 여기에서 이 극은 시작되고 있다.

그러나 이 내전보다 오히려 더욱 위험한 조짐이 존재하고 있다. 대제국의 국민이라는 선민의식이 그것이다. 『퐁페』에 등장하는 모든 로마인들은 자국민이 아닌 사람들에 대해 우월감을 가지고 있으며, 반대로 로마인이 아닌 사람들은 로마인들에 대해 분노를 감추지 않는다. 로마인의 우월감을 가장 잘 드러내는 인물은 세자르이다. 그는 비록 이제는 패장의 아내가 되어 자기 앞에 끌려왔지만, 조금도 굴하지 않고 당당하게 맞서는 코르넬리에게, 퐁페의 죽음에 대해서는 자신이 복수할 것이라고 다짐하면서, 레피드 Lépide에게 다음과 같이 명령함으로써, 로마의 귀부인이 이집트의 여왕보다 우월하다는 사실을 간접적으로 시사하고 있다.

여기서는 그녀를 로마의 귀부인으로,
다시 말해서 여왕을 존경하는 것보다 조금 더 존경하게 하라.[59]

또한 코르넬리로부터 자신에 대한 공모 사실을 전해 듣고는 〈진정한 로마인이여〉[60]라고 말함으로써, 마치 코르넬리와 자신은 같은 로마인이기 때문에, 서로의 생명을 보호하려는 것이라고 생각한다. 더구나 그의 이러한 생각은 전혀 틀린 것이 아니다. 왜냐하면 바로 뒤이어 코르넬리는 퐁페를 죽인 자들에 대한 원수를 갚아주는 것은 고맙지만, 이 사태의 직접적인 원인인 세자르에게는 자신이 직접 원수를 갚아야 한다는 생각에서, 〈로마인을 제외하고는 누구도 그를 복종시킬 수 없기 때문에, 로마인을 제외하고는 누구도 그를 보호할 수 없습니다〉[61]라고 말하고 있기 때문이다.

반면에 로마인이 아닌 클레오파트르의 경우에는 로마인들에 대한 상당한 반감을 지니고 있다. 아코레에게 퐁페의 살해 장면을 자세히 들은 그녀는 〈이집트의 죄악이 로마인들에 의해 이루어지는구나〉[62]라고 한탄한다. 물론 이 말 속에는 살해의 주범인 셉팀이 프톨로메에게 고용된 로마의 호민관이었으며, 자신이 아주 경멸하는 조언자들 중의 하나라는 사실이 내포되어 있지만, 모든 정적들이 제거되었다고 믿는 그 순간에 세자르와의 결혼을 거부하는 그녀의 태도로 보아, 이 반로마적인 감정은 셉팀에게 국한된 것이 아님을 짐작할 수 있을 것이다.

---

59) Et qu'on l'honore ici, mais en Dame Romaine,/C'est-à-dire un peu plus qu'on n'honore la Reine.(3막 4장 1069-1070행)
60) O cœur vraiment Romain, (4막 4장 1363행)
61) Comme autre qu'un Romain n'a pu l'assujettir,/Autre aussi qu'un Romain ne l'en doit garantir.(4막 4장 1415-1416행)
62) Le crime des l'Egypte est fait par des Romains.(2막 2장 512행)

이상에서 우리는 다음과 같은 결론에 도달할 수 있다. 코르네유는 전기 걸작들 속에서 통일국가를 형성하기 위한 전제 조건들과, 그 조건에 합당한 등장인물들 —— 조국에 대한 무조건적인 애국심을 지닌 오라스, 사면을 통하여 개인의 복수보다는 국민적인 화합을 이끌어내는 오귀스트, 죽음을 통하여 기독교를 전파한 폴뤼왹트 —— 을 단순한 줄거리 속에서 제시함으로써, 강력한 국가 건설의 완성에 도달한다. 그러나 한번 정점에 도달한 국가는 필연적으로 붕괴를 향한 길을 걸어야 한다는 역사의 교훈을 잘 알고 있는 코르네유는 분열의 과정 속에 들어 있는 로마를 묘사하기 위해서는 또 다른 조건을 필요로 하는 것이다. 이 필요성에 의하여 그는 왕가 사람들 사이의 대립은 물론 왕과 귀족, 귀족과 평민이라는 계층 간의 차별의 약화, 이에 따른 등장인물들의 역할의 차이와 남(여)성의 역할 변화 등을 도입하여 이를 복잡한 줄거리 속에서 묘사하고 있는 것이다. 그러나 이러한 결론이 중기에 해당되는 모든 작품들에 적용될 수 있다고 속단하기에는 아직 우리의 연구가 불충분한 것도 사실이다. 중기에 속하는 여러 작품들을 분석하는 것은 앞으로의 과제로 남겨두자.

참고문헌

작품집

Corneille. Œuvres complètes, 3 vols. Georges Couton(éd). Bibliothèque de la Pléiade, Gallimard, 1980, 1984, 1987.

비평서

Doubrovsky, Serge. Corneille et la dialectique du héros. TEL, 1963.

Stegmann, André. L'héroïsme cornélien, 2 vols. Librairie Armand Colin, 1968.

Nadal, Octave. Le sentiment de l'amour dans l'œuvre de Corneille. Librairie Gallimard, 1948.

May, Georges. Tragédie cornélienne, tragédie racinienne : étude sur les sources *de l'intérêt dramatique.* The University of Illinois Press, 1948.

Schlumberger, Jean. *Plaisir à Corneille.* Gallimard, 1936.

Lebègue, Raymond. *Etudes sur le théâtre français,* vol. 2. Nizet, 1978.

Lemonnier, Léon. *Corneille.* Editions Jules Tallandier, 1945.

Brasillach, Robert. *Corneille.* Arthène Fayard, 1961.

Couton, Georges. *Corneille et la tragédie politique.* PUF, 1984.

Dubois, Claude-Gilbert. *Le Baroque.* Larousse, 1973.

『앙피트리옹』 또는 축제의 무대화

이인성

1

『앙피트리옹 *Amphitryon*』(1668.1.)은 몰리에르 Molière 희극의 긴 여정 속에서 〈1668년에 시작되는 미학적 진화〉[1]를 분명히 떠올리고 있는 작품이다. 텍스트의 겉보기부터가 그러해서, 『앙피트리옹』은 5막 운문의 정규 대희극 형식을 완전히 버리고 3막 앞에 긴 프롤로그를 덧붙인 파격적인 4막 구조에 대사를 자유시로 구사하여, 〈이 작품의 매력은 불규칙성 자체에서 생겨난다〉[2]는 평가를 들을 만큼 자유분방한 형태를 띠고 있다. 소재는 당대 풍속과 너무도 거리가 먼 고대의 신화이며, 거기서 도덕적 전언을 찾으려 한다면, 신과 인간의 간통을 다루고 있는 이 작품만큼 〈가장 저급한 도덕적 관점〉[3]을 내세우는 작품도 드물 것이다. 그래서 이 작품이 자아내는 웃음은 폭발적이며, 그 희극적 전망은 〈순수하게 그 자체를 즐기는 것〉[4]으로 여겨지고 있다. 처음과 끝 장면에 환상적인 기계

---

1) Garapon, *Le dernier Molière*, 37쪽.
2) Bruntière cité par Pellisson, *Les comédies-ballets de Molière*, 188쪽.
3) Szogyi, *Molière abstrait*, 132쪽.
4) Fernandez, *Molière ou l'essence du génie comique*, 199쪽.

장치를 사용하여 그 전체를 〈'초자연적' 경이로움 le merveilleux〉의 효과로 감싸고 있는 이 작품이 진정 〈완전히 새로운 형태〉[5]의 극적 체험 공간을 구축하고 있다면, 그 극적 체험의 의미는 과연 무엇인가?

이제 우리가 이 논문에서 해명해 보려는 문제가 바로 그것인바, 그 구체적 논의에 앞서 단도직입하자면, 한마디로 『앙피트리옹』의 새로움은 〈축제인 연극〉[6]의 새로움이라 할 수 있다. 1668년 이후의 몰리에르 희극의 주류를 이루게 될 새로운 형태에는, 1669년 〈발레 희극 la comédie-ballet〉이라는 명칭이 붙을 것인데(이 명칭은 같은 해 10월에 공연되는 『푸르소냐크 씨 Monsieur de Pourceaugnac』에서 처음 사용된다), 물론 『앙피트리옹』에서는 춤이 나타나지 않는다. 하지만, 춤 없이도 환상적 축제 분위기로 가득 찬 이 작품을 놓고(아당에 의하면, 이 작품은 몰리에르 극단이 1666년 말부터 1667년 초까지 3개월 가까이 머무른 〈생제르맹의 축제 분위기 속에서 구상되었다〉),[7] 〈발레 희극이 『앙피트리옹』의 형태에 영향을 끼쳤다〉[8]고 평가하는 것은 전혀 어색하지 않다. 다만 여기서, 방금 인용한 문장의 역사적 문맥만은 정확히 해둘 필요가 있다. 〈발레 희극〉이란 명칭은 1669년부터 사용되지만, 거기에 속하는 형태의 작품들은 그 8년 전의 『훼방꾼들 Les Fâcheux』(1661. 8.)에서부터 드문드문 씌어져 왔기 때문이다. 그러나 궁정 축제용으로 만들어진 그것들은 대개 소규모의 작품들로서, 일반 무대로 옮겨와서는, 부분적인 성공에도 불구하고 〈대희극〉의 그늘에 가려져 있었던 것이다. 그런데 1669년 이후의 발레 희극은 점차 본격화·대규모화되면서 일반 대중의 적극적 호응을 받으며 〈팔레 루아이알〉 극장 레퍼터리의 전면을 장악하는바,[9] 그 가능성을 열어준 것이

5) Pellisson, 앞의 책, 198쪽.
6) Horville, Le Misanthrope de Molière, 23쪽.
7) Adam, Histoire de la littérature française au XVIIe siècle, tome 3, 363쪽.
8) Pellisson, 앞의 책, 202쪽.
9) 이 작품들의 상당수도 궁정 축제용 작품으로 먼저 쓰이지만, 초기 작품들과는 달리 일반 무대용으로서의 시간적 길이를 확보하고 있으며, 또한 곧 일반 무대로 옮겨와 성공을 거두기 시작한다.

『앙피트리옹』의 성공이었다고 할 수 있다. 『앙피트리옹』은 〈팔레 루아이
알〉 관중에게 연극의 축제성을 결정적으로 부각시켜, 대희극과 발레 희
극 사이의 징검다리 구실을 해냈던 셈이다.

발레 희극의 독창성에 관해서는, 몰리에르가 그의 마지막 작품이자 발
레 희극인 『상상병 환자 Le Malade imaginaire』(1973. 2.)를 공연하다 쓰
러진 얼마 후, 다음과 같은 평가가 행해진다.

　　그는 처음으로 희극들 속에 음악과 발레 장면을 섞어넣는 기법을 창조했는
　　데, 그것을 통해 그는 그때까지 모르고 있었던 (……) 즐거움을 주는 새로
　　운 비밀을 발견했던 것이다. [10]

　　그러나 이런 평가는 고전주의 이론가들에 의해 부정적으로 받아들여진
다. 누구보다도 몰리에르를 높이 치켜세웠던[11] 부알로도 『앙피트리옹』에
관해서는 〈식사를 하는 자리〉에서나 어울리는 〈보잘것없는 것으로 평가
했〉[12]고, 그런 전통은 우리 세기에까지 그대로 이어져 『앙피트리옹』이나
이후의 발레 희극들을 진지성과 예술성이 결여된 〈여흥용 희극〉[13]으로
간주하는 시각이 굳어버린다.[14] 형태는 달라졌지만, 초기 소극들을 〈작
은 오락물〉로 보는 것과 마찬가지 관점이 적용되고 있는 것이다.

　　대희극만을 완성된 예술 형태로 간주하는 그런 독단적이고도 절대주의

---

10) Il a le premier inventé la manière de mêler des scènes de musique et des ballets
　　dans les comédies, et il avait trouvé par là un nouveau secret de plaire, qui avait
　　été jusqu'alors inconnu.(*Mercure Galant*, 1673. 6. 14. : *R. T. D.* Ⅱ, 482쪽) (*R.
　　T. D.* 는 참고 문헌 목록에 있는 *Recueil des textes et des documents du XVII*ᵉ
　　*siècle relatif à Molière*의 약자임)

11) Brossette, *Note sur Correspondance Boileau-Brossette*, 1702 : *R. T. D.* I, 263
　　쪽 참조.

12) Monchesnay, *Bolaeana*, 1742 : *R. T. D.* I, 303-304쪽.

13) Fernandez, 앞의 책, 198쪽.

14) Pellisson, 앞의 책, 1-15쪽 참조.

적인 고전 미학의 관점은 물론 우리와는 아무 관계가 없다. 그보다는 몰리에르의 그 전체성과 운동성 속에서 왜 그런 작품이 창출되었는가 이해할 수 있기를 우리는 바라고 있는 것인데, 그런 우리 앞에 논의 전개의 근거로 떠오르는 것은 『훼방꾼들』의 서문이다. 거기서 몰리에르는 이 작품이 보름 만에 씌어졌지만 그렇다고 〈즉흥극임을 자랑하려고 그런 말을 하는 것은 아니〉[15]라는 점 —— 결국 발레의 혼합이 순간적 발상이 아니라는 점 —— 을 강조하며 이렇게 주장한다.

그래서 우리는 또한, 이 (발레를 집어넣는) 막간극의 방법이 작품의 흐름을 깨뜨리지 않도록, 가능한 한 그것들을 주제에 잘 꿰매서, 발레와 희극이 오로지 하나가 되도록 만들려고 생각했다. [16)

발레를 단순한 재미로 집어넣은 것이 아니라, 희극과의 유기적 결합을 이루도록 시도했다는 것이다. 그런데 이 주장이 『동 쥐앙 Dom Juan』 (1665. 2.) 바로 다음 작품인 『사랑이라는 의사 L'Amour médecin』(1665. 9.) 첫 장면에서 시적으로 반복되고 있음은 주목할 현상이다. 프롤로그에 의인화되어 등장하는 〈희극〉과 〈음악〉과 〈발레〉는 함께 〈우리 하나로 합치자〉고 노래한다.

> 떠나세, 우리의 헛된 싸움을 떠나세,
> 서로서로 우리의 재능을 다투지 마세,
> 그리고 보다 아름다운 영광을
> 오늘은 자랑해 보세 :

---

15) 『훼방꾼들』 서문 : *O. C.* I, 484쪽. (*O. C.*는 참고 문헌 목록에 있는 *Œuvres complètes*의 약자임)

16) De sorte que, pour ne point rompre aussi le fil de la pièce par ces manières d'intermèdes, on s'avisa de les coudre au sujet du mieux que l'on put, et de ne faire qu'une seule chose du ballet et de la comédie;(『훼방꾼들』 서문 : *O.C.* I, 484쪽)

비할 데 없는 열정으로 우리 셋 모두가 하나로 합치세,
이 세상의 가장 위대한 왕에게 즐거움을 주기 위하여.[17]

　여기서 대뜸 우리의 눈길을 끄는 것은 첫행이다. 몰리에르가 당시에
처해 있던 정황[18]을 강력하게 환기시키는 이 구절은, 그 결합이 〈헛된
싸움〉의 종식과 밀접히 관련되어 있음을 암시한다. 분리와 배척의 틀 속
에서 서로 다투지 말고, 함께 결합하여 〈보다 아름다운 영광〉에 걸맞는,
〈가장 위대한 왕〉에게 걸맞는 〈즐거움〉의 경지로 올라서자는 것이다(여
기서의 왕은 물론 루이 14세지만, 문맥상의 의미는 보다 상징적이다). 그러면
그 결합이 빚어내는 경지란 어떤 것인가? 『사랑이라는 의사』는, 그 총
체적 양식이 〈축제〉[19]의 양식이라고 대답한다(이 작품은 실제로 축제의 장
면으로 끝난다). 그리고 그 축제는 〈하나의 환상〉으로 〈다가오〉[20]지만
〈진실이 담겨 있는 놀이〉[21]라는 전언을 전한다.
　이러한 의견 개진은, 그의 대희극들이 극히 사실주의적 기법을 구사했
다는 점과 비교해 새로운 진전임이 틀림없다. 발레와 음악은 환상의 창
출에 기여하며, 희극과 유기적으로 결합되어 그 전체가 하나의 놀이임을
인식시킨다. 그 축제적 놀이는 무엇보다도 현실 원칙의 파기 위에 구축
된다. 『훼방꾼들』은 막을 올리자마자 그 일상적 규칙을 넘어서라고 권유
한다.

---

17) Quittons, quittons notre vaine querelle,/Ne nous disputons point nos talents
　　tour à tour,/Et d'une gloire plus belle/Piquons-nous en ce jour :/Unissons-nous/
　　tous trois d'une ardeur sans seconde,/Pour donner du plaisir au plus grand roi du
　　monde. (『사랑이라는 의사』 프롤로그 : O. C. Ⅱ, 96쪽)
18) 그 정황이란 『타르튀프 Le Tartuffe』(1664. 5.) 공연 금지 이후의 어렵고도 긴
　　논쟁 과정을 말한다.
19) 『사랑이라는 의사』, 3막 7장 : O. C. Ⅱ, 119쪽.
20) 2막 6장 : O. C. Ⅱ, 110쪽.
21) 3막 8장 : O. C. Ⅱ, 120쪽.

얼마 동안 당신들의 일상의 틀을 떠나시오.
그리고 모두, 이 새로운 연극을 위하여, 관객들의 눈에
(관객 모두가 배우가 되어) 그만큼의 진짜 배우들이 있는 것처럼 보이도록
합시다. 22)

일상의 틀을 벗어난 시공 속에서, 관객과 배우의 구별은 무너진다. 모두가 배우이고 모두가 관객인 것이다. 주체와 객체의 구별이, 우월과 열등의 구별이 무화되며 섞이는 이 용광로 안에서 모두는 동등한 질을 나누어 갖는 전체의 부분이다. 그렇다면 그것은 왜 무엇을 위해 필요한 것이며, 그 체험의 구체적 의미는 무엇인가?

이 논문의 첫머리에 던졌던 그 질문으로 온전히 되돌아가면서 분명히 해둘 사항이 하나 있다면, 그것은, 그렇다면 몰리에르 후기 연극의 주류를 이루는 발레 희극을 분석할 것이지 왜 굳이 『앙피트리옹』을 분석 대상으로 삼느냐는 문제이리라. 우리는 이미 이 작품이 그 자체로 충분히 축제적이며, 23) 더구나 축제 연극으로 변화하는 전환점에서 그 고리 역할을 하고 있다는 점을 지적했다. 그러나 더욱 중요한 점은, 이 작품이 몰리에르로서는 예외적으로 고대 신화를 소재로 삼아, 다시 말해 일종의 인류학적 상상력을 동원해 축제의 원형적 의미에 천착하고 있다는 것이다. 차츰 드러나겠지만, 이 작품이 드러내는 축제의 의미는 초기의 발레 희극이 태어난 궁정 축제가 아니라 고대 민중 축제의 원형이라 할 수 있는 카니발과 결부되어 있다. 이는 그의 발레 희극 자체도 점차 민중 축제적 성격을 강하게 띠어간다는 사실과도 무관치 않다. 24) 요컨대 발레

---

22) Quittez pour quelque temps votre forme ordinaire,/Et paraissons ensemble aux yeux des spectateurs/Pour ce nouveau théâtre, autant de vrais acteurs. (『훼방꾼들』, 프롤로그: O. C. I, 485쪽)
23) 브레에 의하면 『앙피트리옹』의 기계 장치는 발레의 기능을 대신한다. (Bray, Molière, homme de théâtre, 262쪽)
24) 몰리에르는 〈민중의 친구〉(Boileau, L'Art poétique)라는 비판을 받으면서도 그의 작품에 민중 문화적 요소를 확대해 나간다. 이에 대한 지적들은 이미 수

회극을 깊이 이해하기 위해서도 그 뿌리의 자리에 있는 『앙피트리옹』을 거치지 않을 수 없다는 것이 우리의 판단이다.

2

이 논문에 앞선 한 연구에서,[25] 우리는 몰리에르가 당대의 지배적 이념인 이성과 신성 아래 억눌린 인간적 자연, 즉 본성이야말로 인간 이해의 근본이라고 파악하고 있음을 추적해 나간 바 있다. 그가 광기의 주제를 지속적으로 확대 심화시켜 나간 것도 그런 인간관과 밀접히 관련된 것으로 우리는 보고 있는데, 왜냐하면 〈광인은, 무엇인가가 지배적 합리성 속에서 작동하지 못하고 있으며, 그 이면에 다른 세계가 감추어져 있음을 상기시(키기)〉[26] 때문이다.

그러한 인식이 17세기 당대에도 이미 갖추어져 있었다는 것은, 몰리에르의 『본의 아닌 의사 Médecin malgré lui』(1666. 8.)에 관한 한 관극 기록이 작품 속의 〈어떤 광기〉[27]가 곧 표출되지 못하는 〈본성 속의 병〉[28]이라고 표현하고 있는 데서도 잘 나타난다.

이제, 그 논의의 연장선에서 몰리에르의 축제관 —— 더 엄격하게 말해 카니발관 —— 을 밝히려는 우리가 제일 먼저 지적해 두려는 것은, 그가 축제를 바로 광기의 치유책으로 인식하고 있다는 사실이다. 그 증거는, 『사랑이라는 의사』의 〈회극〉과 〈발레〉와 〈음악〉이 이렇게 노래하는 데서 발견된다.

다하다.
25) 이인성, 「몰리에르의 변명」, 《서울대 인문논총》 30집.
26) Jaccard, La Folie, 17쪽.
27) 『본의 아닌 의사』, 7장 : O. C. Ⅱ, 258쪽.
28) Robinet, Lettre en vers, 1666. 8. 15. : R. T. D. Ⅰ, 269-270쪽.

우리가 없다면 모든 인간은
아프게 될 거라네,
바로 우리가
그들의 위대한 의사라네. [29]

축제가 없으면 인간은 병든다. 더 적극적으로, 축제는 의사이다. 무엇을 치유하기 위한 의사인가? 『사랑이라는 의사』의 표현에 의하면 〈히스테리를 가라앉히기〉[30] 위한, 또는 〈정신착란을 치료하기〉[31] 위한 의사. 즉 광기를, 즉 억압받는 본성에 의해 뒤틀려 반사회적 혹은 비사회적이 된 의식·무의식을 치유하기 위한 의사.

그러나 문제는 그 치유 방식의 특이성에 있다. 원론적으로 이야기해, 카니발이란 〈흔히 폭력적인 놀이의 외양 속에 몸을 내맡기는〉 것으로서, 그것을 지배하는 것이 바로 〈특수한 경향을 띠는 말 속에 구축된 폭력, 광태〉라는 〈비일상적 거동〉과 〈동물적 삶〉[32]이기 때문이다. 한마디로 〈사물들의 정상적 질서의 전도가 이 축제의 중심적 역할을 맡고〉[33] 있기 때문이다. 서구 사회의 입장에서 보자면, 〈기독교 정신에 반대되는 행위〉와 〈비이성적인, 아니 차라리 미친 행위〉[34]를 범하는 것, 이교도적 광기로 억제되었던 동물성을 자유롭게 구가하는 것이 카니발인 것이다. 그렇다면 광기를 저지름으로써 광기를 치유한다는 말인가?

물음은 한결 구체화된 듯하지만, 그 물음에 대해 뻔한 대답을 하는 것은 그리 중요하지 않다. 중요한 것은 그 물음과 대답의 심층에 잠복해 있는 본성과 이성과 신성의 복합적 관계, 광기와 사회의 복합적 관계, 그리고 그 관계들 간에 얽힌 움직임일 것이다. 몰리에르가 『앙피트리옹』

29) Sans nous tous les hommes/Deviendraient mal sains,/Et c'est nous qui sommes/Leurs grands médecins.(『사랑이라는 의사』, 종장 : O. C. Ⅱ, 119쪽)
30) 『사랑이라는 의사』, 종장 : O. C. Ⅱ, 119쪽.
31) 6장 : O. C. Ⅱ, 118쪽.
32)-34) Baroja, Le Carnaval, 51-52쪽.

에서 특이하게 고대 신화를 택하고 변형시키고 있는 이유부터가 그런 물음과 탐색과 관련된 듯이 보인다. 『앙피트리옹』에 앞서 그는 『동 쥐앙』에서 먼저 신화적 소재를 택한 바 있다. 그러나 『동 쥐앙』이 기독교 사회 내의 근대적 신화 단계에 머물러 있는 데 반해, 『앙피트리옹』은 서구인들의 가장 먼 정신적 근원인 고대 그리스의 신화로 거슬러 올라간다. 『동 쥐앙』의 한계는, 속으로는 동 쥐앙의 눈으로 세상을 야유하고 본성을 추구하면서도, 겉으로는 기독교적 가치 체계에 의해 동 쥐앙을 단죄해야만 했다는 것이다. [35] 아직 사회는 기독교가 행사하는 막강한 현실적 힘의 자장을 벗어날 수 없는 탓에, 관객들은 본성의 해방을 원했다 하더라도, 동 쥐앙과의 일치를 숨기고 비공식적으로 그런 욕망을 즐긴 후, 공식적으로는 그를 처형하는 데 동의하는 수밖에 없었다고 할 수 있다. 그래서 『동 쥐앙』은 반기독교적 축제주의자를 결국은 일종의 속죄양으로 처리하는 제의적 구성 방식을 취한다. 요컨대, 기독교의 신을 본성 혹은 광기의 신으로는 만들 수 없었던 것이 몰리에르 시대와 사회의 근본적 제약이었다. [36] 그런 제약을 벗어나려는 듯, 『앙피트리옹』에 이른 몰리에르는 당대 사회와의 이념적 끈이 전혀 연결되지 않은 그리스 신화를 통해, 서구인들의 가장 근원적인 집단 무의식의 세계로 들어간다.

그리하여 『앙피트리옹』에서는, 신 중의 신인 쥐피테르가 본성의 화신으로 지상에 강림한다. 사회적 규율의 눈으로 볼 때는 죄악이자 결함이

---

35) 그러나 1665년에 근대 신화를 취한 것에 그 나름의 이유가 없는 것은 아니다. 그것은 본성과 사회 이념의 관계 자체를 날카롭게 드러내는 소재인데, 당시의 몰리에르는 그 문제에 더 예민했다고 할 수 있는 것이다.

36) 이와 관련하여, 『앙피트리옹』의 바로 앞 작품인 『시칠리아인 Le Sicilien』(1667. 2.)이 시칠리아 섬을 배경으로 고대 로마, 더 거슬러 올라가 그리스적 전통에 접근하고 있다는 사실 —— 여주인공 이지도르는 그리스인 노예이다 —— 은 우연이라고만은 볼 수 없을 듯하다. 그곳을 몰리에르는 〈대중에게 (카니발이라는) 오락을 제공(14장 : O. C. Ⅱ, 345쪽)하는〉 사회로, 그리고 프랑스인 귀족과 그리스인 노예 사이의 사랑이 가능한, 즉 초계급적·초국가적 사랑이 가능한 사회로 그리고 있다.

었던 본성이 갑자기 인간의 숙명이요 신성의 일부인 것으로 클로즈업되고 있는 것이다. 물론, 이러한 가치 전도는 『앙피트리옹』을 지배하는 원리가 현실의 그것이 아니라 축제의 그것이기 때문에 발생한다. 프롤로그에서 쥐피테르의 청에 의해 밤의 여신이 시간을 〈정지시켜〉[37] 놓으면서부터, 어둠으로 멈춰진 지상의 시공은 사회적 현실 원칙의 틀을 벗어난다. 그리고 어둠 속의 분위기는 앙피트리옹에게 메르퀴르가 빈정거리는 한마디에 압축되어 나타나고 있다.

축제를 벌이느라 술을 마셨소?[38]

그 취한 어둠 속에 열리기 시작한 〈(이성이) 눈먼 환상〉[39]의 세계는 흡사 객석 관중이 집단적으로 꾸는 꿈처럼 진행되고, 그 꿈은 하나의 〈혼란 la confusion〉──이 어휘는 〈불가사의(신비)〉란 어휘와 함께 작품 도처에서 빈번히 발견된다──으로 펼쳐진다.

내가 꿈꾸고 있는가? 내가 잠들어 있는 것인가?
내가 강한 흥분 때문에 정신이 혼란스러워진 것일까?
정말 나는 깨어 있음을 느끼지 못하는가?
내가 제정신인가? (나는 내 양식 mon bon sens 속에 존재하지 않는가?)[40]

이 혼란은 〈전염병〉[41]처럼 극중의 모든 인물들을 휩싼다 : 〈오늘은 모

---

37) 『앙피트리옹』, 프롤로그, 153행 : *O. C.* Ⅱ, 366쪽.
38) Etait-ce un vin à faire fête?(3막 2장, 1541행 : *O. C.* Ⅱ, 424쪽)
39) 『앙피트리옹』, 3막 6장, 1806행 : *O. C.* Ⅱ, 436쪽.
40) Rêvé-je? est-ce que je sommeille?/Ai-je l'esprit troublé par des transports puissants?/Ne sens-je pas bien que je veille?/Ne suis-je pas dans mon bon sens? (1막 2장, 430-433행 : *O. C.* Ⅱ, 379쪽)
41)-42) 3막 2장, 1504-1505행 : *O. C.* Ⅱ, 422쪽.

든 사람들이 이성을 잃었는가?〉[42] 아무도 이 혼란을 벗어날 수 없다. 극중에서 가장 〈데카르트적이라 규정되는 지성〉[43]의 소유자인 앙피트리옹이 소지와 동일한 체험 속에 빠져 헤어나지 못함은 바로 그런 무대 위 현실의 웅변적 제시일 것이다. 앙피트리옹은 〈우리는 이 불가사의한 사건의 심부까지 파헤칠 것〉[44]이라고 말하지만, 그럴수록 〈비참한 혼돈 le funeste chaos〉[45]을 헤맬 뿐이다. 그는 모든 것을 〈잔인한 운명〉[46]의 장난으로 돌릴 수밖에 없는 처지에 놓인다. 마지막 쥐피테르의 해명과 신탁 앞에서 침묵 이상의 길을 찾지 못하는 그를 통해 드러나는 것은 그의 이성적 〈지성의 편협함〉[47]이다.

그러면 이 혼란은 무엇 때문에 생겨나는가? 자아의 분열 때문에 신인 쥐피테르와 메르퀴르는 또 하나의 앙피트리옹과 소지가 되어 강림하는 바, 이들의 변신은 단순한 눈속임이 아니다. 〈동물이 아닌 신으로서 행동하는〉[48] 그들의 변장은, 인간이 인간을 속이는 변장과 질적으로 다르다. 겉만을 흉내내는 〈보잘것없는 인간〉의 변장이 〈저속한 짓일 뿐〉[49]이라면, 자신이 창조한 피조물을 흉내내는 신의 변장은 겉만이 아니라 속까지도 완전히 동일한 존재 —— 전존재적 쌍둥이 —— 를 지상 위에 병존시켜 놓는 일로서, 그 신에 의해 모방된(?) 인간에게는 전혀 새로운 의미로 다가온다. 자신과 똑같은 메르퀴르와 맞부닥친 소지는, 메르퀴르가 자신이 아님을 증명하려다 실패하고 물러난 뒤(1막 2장), 앙피트리옹에게 고백한다.

---

43) Roland Morisse, "Notice", in Molière, *Amphitryon* (Larousse, 1975), 28쪽.
44) 2막 2장, 1060행 : *O. C.* Ⅱ, 404쪽. 처음엔 소지도 비슷한 생각을 품는다(1막 2장, 474-475행을 볼 것).
45) 3막 1장, 1465행 : *O. C.* Ⅱ, 421쪽.
46) 3막 1장, 1441행 : *O. C.* Ⅱ, 420쪽.
47) Morisse, 앞의 책, 28쪽.
48) 프롤로그, 79행 : *O. C.* Ⅱ, 364쪽.
49) 프롤로그, 126-127행 : *O. C.* Ⅱ, 365쪽.

오랫동안 저는 그 나 자신(메르퀴르)을 위선자로 취급했지요.
그런데 결국, 그가 내게 나 자신임을 알아보도록 만들었습니다.
어떤 계략에 의한 것도 아닌데, 나는 그가 나임을 알게 되었던 겁니다. [50)]

메르퀴르는 그때까지 알지 못했던, 〈단 하나의 소지만으로 존재한다고
믿었던 내가 둘로 존재했다〉[51)]는 것을 이제야 깨닫게 된 소지 자신의 다
른 한쪽 분신이었던 것이다. 그렇게 메르퀴르와 소지는 둘이지만 하나이
며 하나이되 둘인 관계 속에 있다. 꿈속에서 무의식의 얼굴이 고개를 치
켜들듯, 〈너무도 어두운 밤〉[52)] 속에서 숨어 있던 메르퀴르는 소지 앞에
등장한다. 하지만 소지는, 이 체험의 생경함으로 인해 또 다른 〈그 나
자신〉 앞에서 자신이 〈나 자신이 아닌 타자〉[53)]가 되는, 저 자신으로부터
의 소외에 빠진다. 그 소외는 〈상처받은 정신(이성)〉[54)]의 다른 표현이
다. 같은 소외감을 느끼기 시작한 앙피트리옹의 말을 빌자면, 이성에 의
해 장악되어 오던 〈내 모든 (존재의) 일관성의 끝에〉[55)] 분열의 혼란이 열
린다.
　분명히 지적해 두어야 할 사항은, 이때 그 분열의 혼란이 어떤 특정 인
물의 내면에 한정되어 있지 않다는 점이다. 『인간 혐오자 Le Misan-
thrope』(1666. 6.)의 알세스트에게서 우리는 이미 화해하지 못하는 이성적
알세스트와 본성적 알세스트의 분열을 보았다. 『앙피트리옹』이 다른 점
은, 그 두 존재를 한 인물 속에서 보여주는 것이 아니라, 각각 독립된
객체로 병존·대립시키고 있다는 것이다(신인 쥐피테르와 메르퀴르는 인간

---

50) Et longtemps d'imposteur j'ai traité ce moi-même./Mais à me reconnaître enfin
il m'a forcé :/J'ai vu que c'était moi, sans aucun stratagème;(2막　1장,
780-782행 : O. C. Ⅱ, 392쪽)
51) 2막 1장, 753-754행 : O. C. Ⅱ, 391쪽.
52) 1막 1장, 162행 : O. C. Ⅱ, 367쪽.
53) 1막 2장, 362행 : O. C. Ⅱ, 375쪽.
54) 2막 1장, 779행 : O. C. Ⅱ, 392쪽.
55) 2막 2장, 1031행 : O. C. Ⅱ, 403쪽.

인 앙피트리옹과 소지의 분신이다). 그래서 무대 위의 다른 등장인물들은 똑같은 모습의 전혀 다른 두 앙피트리옹과 소지를 번갈아 만나며 혼란에 빠지고, 마침내는 그 두 존재를 동시에 마주하게 된다.

어찌된 일이지? 여기 우리 앞에 두 앙피트리옹이 생겨나다니! [56]

누가 진짜 앙피트리옹인지는 아무도, 그의 아내조차도 가려낼 수 없다. [57] 나중에야 그 모든 것이 신의 조화로 밝혀지지만, 실상 그 둘이 모두 앙피트리옹이기 때문이다. 그래서 자기가 진짜 앙피트리옹이라 주장하는 두 존재 앞에서, 다른 인물들은 그 어느 쪽으로도 편들지 못한다. 결투로 가짜를 물리치겠다는 지상의 앙피트리옹을 말리며, 그의 한 부하 장군은 곤혹스럽게 말한다.

우리는 이 이상한 싸움을 받아들일 수가 없습니다.
앙피트리옹이 저 자신에 대해 거는 이 싸움을. [58]

그렇듯, 이 분열의 시선은 자기 자신을 바라보는 시선만큼이나, 대상을 바라보는 시선에도 동시에 적용된다. 이 분열의 혼란에는 주관과 객관이 따로 없다. 세계 자체가 혼란이며, 혼란이 즉 세계인 것이다.
그러면 이 혼란은 어떻게 조성되는가? 쥐피테르와 메르퀴르로 표상되는 또 다른 자아——〈타자〉의 강권에 의해, 바로 위에서 말한 소외가 의도적으로 유발됨으로써. 〈강권에 의해〉라고 쓴 것은, 거기에 일종의 폭력이 수반되고 있기 때문이다(우리는 이미 카니발이 일종의 폭력적 놀이

---

56) Quoi? deux Amphitryons ici nous sont produits!(3막 5장, 1618행 : O. C. Ⅱ, 429쪽)

57) 한 관극 기록 : 〈우리(관객들)는 두 앙피트리옹 또는 두 소지를 보았다.〉 (Robinet, *Lettre en vers*, 1668. 1. 16. : *R. T. D.* Ⅰ, 304쪽)

58) Nous ne souffrirons point cet étrange combat/D'Amphitryon contre lui-même. (3막 5장, 1644—1645행 : O. C. Ⅱ, 430쪽)

임을 지적했다). 1막 2장에서 메르퀴르와 소지의 만남은 대번에 소지에 대한 메르퀴르의 뺨 때리기로 발전하여 몽둥이질로 끝난다. 메르퀴르가 곧 자신임을 부인하지 못하면서도 의식의 껍질인 이성적 자아——그 자아는 〈네 주먹질이 내 속에서 나를 변화시키지는 못한다〉[59]라고 말한다 ——가 너무 두꺼워 의심을 떨치지 못하고 머뭇대는 소지를 결국 물러서게 하는 힘이 바로 그 〈네 사람이 한꺼번에 때리는 것 같은〉[60] 무서운 신의 폭력이다. 그 폭력은 쥐피테르와 정을 통한 알크멘의 한 고백을 듣자면, 사랑의 경우에도 그대로 적용된다.

> 당신의 가슴은, 격렬하게,
> 그 사랑의 모든 폭력성을 내게 드러냈지요. [61]

이 이교의 신들은 사랑마저도 폭력적이다. 파국에 이르러 소지는 메르퀴르에게 그보다 〈더 악마적인 신을 본 적이 없다〉[62]고 말한다. 이성의 눈에, 그 이교의 신들은 악마로 비쳐진다. 그러나 그 악마는 다름 아닌 저 자신의 폭력적 욕망의 투사이다. 그들은 저 자신의 분신이므로 : 〈누가 널 때렸다구?〉〈사실입니다〉〈누가?〉〈제가요〉〈너를 때려, 네가?〉[63]

그렇게 볼 때, 지라르 Girard 식의 표현을 쓰자면, 내재된 〈폭력의 환상적 육화〉[64]가 곧 신이다. 소지가 메르퀴르를 만나는 것은, 자신의 임무에 푸념을 늘어놓으며 그 사회적 자리에서 벗어나는 〈은퇴〉[65]를 강하

---

59) 1막 2장, 380행 : *O. C.* Ⅱ, 376쪽.
60) 2막 1장, 798행 : *O. C.* Ⅱ, 393쪽.
61) Votre cœur, avec véhémence,/M'étala de ses feux toute la violence,(2막 2장, 1003-1004행 : *O. C.* Ⅱ, 402쪽)
62) 3막 9장, 1888-1889행 : *O. C.* Ⅱ, 440쪽.
63) 2막 1장, 796행 : *O. C.* Ⅱ, 392쪽.
64) 지라르(1972)의 재인용 : 김현, 『르네 지라르 혹은 폭력의 구조』(나남, 1987), 47쪽.

게 갈망하는, 그러면서도 당장 주어진 〈역할을 어려움 없이 연기하기 위해〉[66] 궁리해야만 하는 갈등의 순간에서이다. 그때, 메르퀴르는 앞의 욕망을 대리하는 그의 분신, 사회 질서에 대한 폭력적 신으로서, 이성 위로 솟아올라, 자신을 악마로 보는 이성의 활동을 일시 정지시키는바(그때 시간의 흐름도 멈춘다) :

> 내가 더 이상 소지가 아니게 될 때,
> 내가 동의컨대, 네가 소지가 되거라.
> 그러나 내가 소지인 동안, 나는 네가 죽어 있는 것임을 보증하겠다,
> 네가 이 환상을 받아들인다면.[67]

그로 인해 모든 이성적 체계가 흔들리면서 혼란이 야기되는 것이다(그때 낮/밤의 이미지의 대립은 이성/신성의 개념적 대비와 조우하는데, 바로 아래서 보게 되듯이 그 신성은 곧 본성과 하나이다).

이 혼란은 그러면 무엇을 위해 조성되는가? 이 물음은, 이성의 활동을 정지시키는 이교의 신들이 무엇을 위해 움직이고 있는가라는 물음과 이어져 있다. 이 작품의 가장 충격적인 점은, 이미 누차 언급되었지만, 비록 이교의 신이라 할지라도, 그리고 비록 정지된 일시적 시간 속에서라 할지라도, 신 중의 신인 쥐피테르를 거침없이 〈인간적 본성에 집착하는〉[68] 존재로 내세우고 있다는 것이다.

> 필시 쾌락들에 정통해 있는 쥐피테르는
> 그의 숭고한 영광의 저 높은 곳에서 내려올 줄을 압니다 ;

---

65) 1막 1장, 182행 : *O. C.* Ⅱ, 367쪽.
66) 1막 1장, 200행 : *O. C.* Ⅱ, 368쪽.
67) Quand je ne serai plus Sosie,/Sois-le, j'en demeure d'accord ;/Mais tant que je le suis, je te garantis mort,/Si tu prends cette fantaisie.(1막 2장, 513-516행 : *O. C.* Ⅱ, 381쪽)
68) 프롤로그, 98행 : *O. C.* Ⅱ, 364쪽.

그리고 그를 즐겁게 하는 모든 것 속으로 들어가기 위해,

그는 불현듯 저 자신으로부터 벗어나는데,

그때, 보여지는 것은 더 이상 쥐피테르가 아니랍니다.[69]

쥐피테르를 통해, 신성은 이성이 아니라 본성과 결합된다. 이 구분과 본성의 선택은, 쥐피테르가 알크멘에게 행하는 유명한 남편/연인의 구분과 연인으로서의 호소 속에서 명징하게 드러나고 있다(1막 3장). 그가 보기에, 사회적 기능을 뜻하는 〈남편〉은 〈거추장스런 의무〉[70]에 둘러싸인 존재태로, 그로 인해 남편으로서의 사랑은 그 〈감미로움이 오염되어 있다.〉[71] 그러나 그런 속박의 틀을 벗어난 〈연인〉으로서의 사랑은 〈순수한 근원으로부터의 열정〉[72]을 원한다. 순수한 근원으로부터의! 그가 주고자 하고 또한 요구하는 것은 〈덕성을 위한〉 사랑이 아니라, 단지 〈가슴으로부터〉 우러나는 〈가득한 사랑〉[73] 그 자체이다.

본성을 마음껏 구가하는 쥐피테르와의 사랑의 체험에서, 알크멘도 〈믿을 수 없는 기쁨〉[74]을 받는다. 이전에는 〈결코 그토록 달콤하고 열정적이지 못했〉[75]던 사랑의 행위에서, 이제 그녀는 〈수많은 매혹들을 발견하게〉[76] 된 것이다. 사회적 규율이라는 관점에서, 그것은 간통의, 불륜의 매혹이다. 그러나 신에 의해 신성의 기치 아래 주어진 것은 〈이름을 바꾼다.〉[77] 그 바뀐 이름이 작품 속의 시적 표현으로는 〈불가사의한(신비

---

69) Jupiter, qui sans doute en plaisirs se connaît, Sait descendre du haut de sa gloire suprême ; Et pour entrer dans tout ce qu'il lui plaît/Il sort tout à fait de lui-même,/Et ce n'est plus alors Jupiter qui paraît.(프롤로그, 88-92행 : *O. C.* II, 364쪽)

70)-72) 1막 3장, 597-601행 : *O. C.* II, 384쪽.

73) 1막 3장, 605-607행 : *O. C.* II, 384쪽.

74) 2막 2장, 894행 : *O. C.* II, 397쪽.

75) 2막 2장, 1009-1010행 : *O. C.* II, 402쪽.

76) 2막 2장, 1015행 : *O. C.* II, 402쪽.

77) 프롤로그, 131행 : *O. C.* II, 365쪽.

한) 혼란〉[78]이며, 문화 인류학적 용어로는 바로 〈카니발〉이 아닐까?

3

『앙피트리옹』은, 위와 같은 축제를 통한 분열과 혼란과 그 속에서 드
러나는 욕망——그 〈이상한 싸움〉——이 실은 모든 인간들의 보편적
문제임을 보여주고 있다. 앙피트리옹과 소지라는 두 인물의 동형의 분열
을 동시에 제시하고 있는 것도 바로 그 때문인데(한 특정 개인에만 해당하
는 것이 아니라 주인과 하인에게서 공히 발생한다는 의미에서), 몰리에르는
그 점을, 그 둘을 둘러싼 인물 관계가 한 파문에서 퍼져나가는 두 개의
동심원으로 보이게 함으로써, 더욱 분명하게, 더욱 심도 있게, 더욱 의
미 있게 확인시킨다. 『앙피트리옹』의 기본적 인물 구조는, 두 개의 닮은
꼴의 삼각 관계에 의해 지탱되고 있다. [79] 앙피트리옹-알크멘-쥐피테르,
소지-클레앙티스-메르퀴르의 두 관계가 그것들이다. 후자들은 모두 전자
들의 종복들로서(메르퀴르는 쥐피테르의 종복인 지체 낮은 신이다), 소지
-클레앙티스의 부부 관계까지도 앙피트리옹-알크멘의 부부관계에 그대로
대응하고 있다. 클레앙티스 역이 이전에 같은 소재를 취했던 플로트
Plaute 나 로트루 Rotrou 의 작품에는 존재하지 않았다는 사실을 상기하자
면, [80] 이 겹쳐진 동형 관계의 설정은 몰리에르에 의해 특별히 의도된 것
이라 할 수 있다. 요컨대 〈소지〉라는 이름이 〈꼭 닮은 사람〉이라는 사전
적 의미를 지니고 있다는 것으로도 알 수 있듯이, 동일한 현상과 인식이
신분적 차이를 넘어서 번져나가고 있는 것이다.

정당한 결합으로서,

---

78) 2막 1장, 826행 : *O. C.* Ⅱ, 394쪽.
79) Mauron, *Des métaphores obsédantes au mythe personnel,* 292쪽 참조.
80) Couton, "Notes et variantes", *O. C.* Ⅱ, 1362쪽 참조.

이 불행한 소지를
저 불행한 앙피트리옹에게 합치시키세. [81]

신부터 하인까지 다양한 계급의 존재들을 늘어놓고 있는 『앙피트리옹』
에서, 모든 인물들은 동일한 숙명, 보편적 질로 환원되어 드러난다. 그
것은 이 작품에서의 웃음의 효과가 어떤 특정한 시선에 의해 특정한 인
물로 집중되어 있지 않다는 점에서 잘 나타나고 있다. 이 작품의 중요성
을 가장 잘 부각시켜 준 연구자 중의 한 사람인 모롱은, 이 작품의 〈희
극성은 소지에게(만) 결부되어 있지 않다. 그것은 작품 전체를 뒤덮고
있다〉[82]면서, 그 웃음이 패러디 la parodie에 근거한 것임을 지적한다. [83]
그러나 그 말을 받아들이는 입장에서, 우리는 이 작품 속에서 패러디
를 발생시키는 인물 관계가 매우 복합적이라는 지적에까지 나아가지 않
을 수 없다. 왜냐하면 이 작품 속에는 〈스가나렐 유형〉으로부터 다양하
게 변주된 인물들이 함께 동시에 등장하고 있는 까닭이다. 무대에 최초
로 등장하는 소지는 그 유형의 하층민판으로, 금방 『동 쥐앙』의 스가나
렐을 연상시킨다. 그런데 그는 앙피트리옹의 닮은 꼴로서 앙피트리옹의
한 패러디적 인물이다. 〈스가나렐 유형〉의 귀족판인 알세스트를 떠올리
는 앙피트리옹이 소지의 패러디라고 말할 수는 없는가? 모두가 동질의
인간으로 환원되는 작품에서, 왜 안 되겠는가? 그들은 서로가 서로의
한 속성에 대한 패러디의 역할을 맡고 있는 것이다. 그런 관계는 쥐피테
르의 등장으로 더욱 확대된다. 쥐피테르 역시 앙피트리옹의 한 패러디라
면, 앙피트리옹-소지의 유추 관계는 앙피트리옹-쥐피테르의 관계에 의해
소지-쥐피테르까지 확대되고, 앙피트리옹-소지 관계의 천상판인 쥐피테
르-메르퀴르 관계로부터 옮겨온 소지-메르퀴르의 관계는 앙피트리옹-메

81) Et par une juste union,/Joignons le malheureux Sosie/Au malheureux Am-
    phitryon.(3막 6장, 1807-1809행 : O. C. Ⅱ, 436쪽. 이 대사는 독백이다)
82) Mauron, Psychocritique du genre comique, 13쪽.
83) 위의 책, 104-106쪽 참조.

르퀴르의 관계까지를 3중, 4중의 패러디의 관계로 만든다. 웃음의 사슬도 그렇게 얽히고설켜 나가리라. 메르퀴르 앞에서 자기 동일성을 상실하고, 허둥대는 소지는 우습다(1막 2장). 하지만 소지가 우습다면, 쥐피테르로 인해 비슷한 꼴을 당하는 앙피트리옹도 마찬가지로 우습다(2막 2장, 3막 2장). 그리고 앙피트리옹이 우습다는 것은, 자신을 앙피트리옹과 똑같이 대하며 비판하는 알크멘 앞에서 헛된 변명을 주워섬기는 쥐피테르를 우습게 만든다(2막 6장). 또한 같은 이유로, 클레앙티스 앞에서의 메르퀴르도 웃음을 자아낸다(1막 4장). 수직적 관계를 수평화하는[84] 이 패러디에 의한 웃음들이 축제의 웃음이라는 것은 널리 알려진 지식이다.

새삼스런 지적이지만, 『앙피트리옹』은 그 줄거리의 배경 설정에서부터 카니발적 구도에 기초해 있다. 첫 장면의 소지는 승전보와 함께 호사스런 전리품을 가지고 술에 취해 등장한다. 모든 에너지가 극단적으로 사회적 의무를 위해 결집되었다가 승리를 얻어, 이제 그 의무에 억압되었던 본성적 욕망들이 풍요와 도취 속으로 터져나올 참인 것이다. 전염성의 집단적 혼란은 거기서 비롯된다. 그리고 그 반작용의 탄력은 기존 질서를 전도시키는 자유를 만끽하는 데까지 나아간다. 알크멘의 하녀인 클레앙티스가 남편 소지에게 심술궂게, 그러나 대담하게, 〈다른 사람을 사랑하는 데 동의한〉[85] 〈당신 마음이 허락한 자유를 사용하겠〉[86]노라고 말할 수 있는 것 자체가 그런 정신적 분위기 속에서라고 할 수 있다.

그리하여 『앙피트리옹』은 〈쾌락 원칙 앞에서 현실 원칙이 총체적으로 사라지〉[87]는 세계가 된다. 하지만 그것은 위험한 무질서이기도 한 탓에, 일시적이라는 단서와 더불어 그들에게 전쟁의 승리를 준 신에게 투사되

---

84) 이 작품의 그런 효과는 초연 당시의 관극 기록에서도 확인된다. 이 작품은 〈일반 대중의 지지〉뿐만 아니라 〈많은 교양인들의 지지까지도 매우 강도 짙게〉 얻어냈다(Monchesnay, *Baleana*, 1742 : R. T. D. I, 304쪽). 다시 말해 계급의 경계를 넘어선 호응을 받았던 것이다.
85)-86) 2막 3장, 1188-1190행 : O. C. II, 410쪽.
87) Mauron, *Des métaphores obsédantes au mythe personnel*, 277쪽.

어 신의 권한으로 허용된다는 명분을 내세운다(〈이 혼란을 끝내는 것은 나에게 달려 있다〉[88]는 쥐피테르의 말에서 알 수 있듯, 질서 또한 신의 이름으로 되찾아질 것이다). 아니, 더 적극적으로, 신이 〈저 자신으로부터 벗어나〉 인간적 본성에 탐닉하는 모범을 보이는 형식에 의거한다. 스스로를 방기한 신이 〈저 높은 곳에서 내려〉와, 인간 심성의 가장 밑바닥에서 모든 인간들과 동렬에 서는 것이다. 프롤로그 머리 부분에 나오는, 〈신성〉이라는 〈그 숭고한 가치를 낮춘다 rabaisser cette sublime qualité〉[89]는 표현은, 바흐틴이 카니발로 대표되는 민중 문화의 특성을 논할 때 사용하는 〈고상한 것의 낮추기 le rabaissement du sublime〉[90]라는 표현과 완벽하게 일치하고 있다.[91]

쥐피테르는 자신을 낮추기 위해 인간으로 변신한다. 다시 말해, 인간의 가면을 쓴다. 여기서 우리가 가면의 주제를 제기하는 것은, 그것이 축제의 가장 중요한 기재의 하나이기도 하거니와, 몰리에르가 한편으로 몸담았던 〈궁성 축제〉의 가면과 이 작품에서 보여지는 가면의 의미를 비교함으로써 〈카니발〉의 의미를 보다 뚜렷이 부각시킬 수 있으리라 여겨지기 때문이다.[92] 되새김질해 보면, 고대 신들의 가면이 궁정 축제에서

---

88) 3막, 5장, 1681행 : *O. C.* Ⅱ, 431쪽.
89) 프롤로그, 14-15행 : *O. C.* Ⅱ, 362쪽.
90) Bakhtine, *L'œuvre de François Rabelais et la culture populaire*, 30쪽.
91) 이 연극에서 신분상 가장 낮은 존재는 소지와 그의 아내인데, 아당은 이들의 〈민중적 면모〉(Adam, 앞의 책, 366-367쪽)를 강조한다.
92) 다소 길어지더라도 궁정 축제와 카니발의 의미의 차이에 대한 주석을 달아둘 필요를 느낀다. 메르텐스가 설명하는 바를 따라가자면 (Maertens, *Le masque et le miroire*, 101쪽 참조), 궁정 축제는 아무 현실적 역할도 없으면서 최고의 혜택을 누리는 자들의 불행한 의식의 유희이다. 그들은 신분적 기득권이 제공하는 안락을 즐기지만, 그것이 무상으로 주어졌다는 사실을 또한 불안해한다. 그래서 그들은 무상성을 최고의 가치로 삼는 환상에 탐닉하는 것이다(실상 그 환상조차도 왕권에 의해 주어진 것이지만). 그것이 영원한 진리이기를 바라면서. 태양이나 별 등을 형상화한 가면, 전설의 신들을 형상화한 가면과 발레의 결합은 그들의 그런 꿈을 대변한다. 발레의 비현실적·추상적 동작미는 그 나

즐겨 사용되었다는 사실은 그 비교의 흥미로운 매듭이 될 수 있다. 그것
은 왕이나 귀족들이 자신들의 신분을 그 신들과 동일시하는 환상을 즐기
려는 목적에서였다. [93] 루이 14세가 제우스──즉 쥐피테르──의 가면
을 쓴다는 것은 자신을 제우스와 동일시하며 또 과시하는 방법이었던 것
이다. 그것은 그의 신분을, 그의 신분을 유지시키는 사회 체제를 강화시
키는 데 기여한다. 그러나 그와는 정반대로, 『앙피트리옹』의 가면은 신
이 인간으로 변신하기 위해, 낮아지기 위해 쓰인다. 이 높아지기 위한
가면과 낮아지기 위한 가면의 차이로 인해, 궁정 축제/카니발 사이에는
대략 다음과 같은 질적 구분이 가능해진다.

름의 엄격한 규칙에 의해 환상의 자율적 공간을 조성한다. 그런 의미에서, 궁
정 축제는 〈세속적 공간과 거리를 먼〉〈고립된 플랫폼〉(Rousset, *L'intérieur et
l'extérieur*, 176쪽)과 같다. 그리고 참여자들은 거기서 〈꿈이 현실로 받아들여
지는〉〈최면 상태의 시간〉(위의 책, 176쪽)을 향유한다. 이제 그들은 그 환상
을 삶 전체로 연장시키려 들 것이다. 그들의 생활 자체를 민중의 세속적 공간
에서 분리된 플랫폼으로 조성함으로써, 그들의 삶 자체가 무상의 것이므로, 또
한 그들의 권력은 거칠 것이 없으므로, 저 자신의 환상만 계속 유지한다면 그것
은 불가능한 일이 아니다. 실제로도 궁정・살롱 문화가 갈수록 그런 성향을 띠
어갔듯이. 그리하여 축제와 생활이 맞물린 폐쇄 회로 속에서, 축제는 〈소비적
삶의 대표적인 소비(Starobinski cité par Simon, *Les signes et les songes*, 211
쪽)〉가 되고 생활은 〈가면 없는 가면들의 놀이(위의 책, 213쪽)〉가 된다. 그렇
듯 궁정 축제가 현실적 역할을 상실한 귀족 계급의 허무감과 남아 있는 기득권
에 대한 집착이 기묘하게 어울린 환상의 발전기라면, 민중축제─카니발은 현
실을 고착시키는 것이 아니라 현실을 전도시키려는, 〈놀이의 특수한 양태들 아
래 제시된〉〈제2의 삶〉(Bakhtine, 앞의 책, 15-16쪽)이라는 면모가 그 중요성
을 갖는다. 카니발의 가면은, 궁정 축제에서와는 달리, 〈추한 존재, 공포를 주
는 존재, 원시적인 존재, 광적 존재 등, 질서와 시민적 예의범절의 파괴를 부
추기는 모든 것(Maertens, 앞의 책, 98쪽)의 형상을 채용한다. 또, 카니발의
광기는 현실을 환상으로 만들려는 궁정 축제의 그것과는 다르게, 현실 자체의
〈유쾌한 패러디〉이다. 그것은 불평등하고 부자유한 현실을 뒤집어엎고, 모두가
해방되는 유토피아를 미리 체험해 보고 소통해 보는 전 공동체적 행위인 것이
다.
93) Maertens, 앞의 책, 100-102쪽 참조.

첫째, 궁정 축제는 신분적 질서에 의한 서열화를 전제로 하지만, 카니발은 그러한 수직적 질서를 해체시키고 가장 낮은 곳에서의 평등화를 지향한다. 쥐피테르는 앙피트리옹과 완전히 동등한 존재로 알크멘 앞에 서며, 또 그렇게 받아들여진다.

둘째, 따라서 궁정 축제가 한 집단의 다른 집단에 대한 배타성에 근거해 있다면, 카니발은 집단적 분리를 무효화시키는 교류와 통합 편에 서 있다. 아마도 신인 쥐피테르와 인간인 알크멘의 육체적 결합보다 그 통합을 더 잘 보여주는 것은 없으리라.

셋째, 궁정 축제가 자기들만이 즐길 수 있는 복잡한 놀이 규칙으로 조직화되는 반면(발레의 기교적인 무도 방법처럼, 그것은 비현실적 놀이이되 엄격하게 제도화된 놀이이다), 카니발의 놀이 규칙은 탈규칙적인 자유 그 자체이다. 쥐피테르는 제도로서의 남편이 아니라 비제도적인 연인 혹은 정부로서 사랑의 유희를 즐기기 위해 알크멘과 만난다.

넷째, 그에 따라 궁정 축제는 본성을 다시 환상의 틀에 묶지만, 카니발은 본성을 가소성의 환상으로 남김없이 해방시킨다. 쥐피테르는 본성의 화신이 되어 본성의 순수한 근원에서 솟아오르는 쾌락을 만끽한다.

본성의 해방은 곧 광기의 해방이다. 광기란 사회적 제도에 의해 억압받는 본성이 사회의 눈으로 보기에 비정상적인 뒤틀린 형태로 표출되는 것을 가리키므로, 『앙피트리옹』의 세계가 카니발의 세계라는 것은, 이전의 작품들과는 다르게, 광기가 어느 특정 인물에만 해당되는 꼬리표가 아니라는 점에서도 새삼 드러난다. 어느 특정 인물만이 웃음의 조롱거리가 아니듯이. 『앙피트리옹』에서는 서로가 서로를 미쳤다 한다. 앙피트리옹은 소지에게 〈정신 이상이냐?〉[94]고 힐책하고, 소지는 알크멘을 〈정신이 돌았다〉[95] 하며, 알크멘은 앙피트리옹을 〈미친 괴물〉[96]로 본다. 왜 괴물인가? 알크멘은 쥐피테르-앙피트리옹을 하나로 보고 있기 때문이

---

94) 2막 1장, 777행 : *O. C.* Ⅱ, 295쪽.
95) 2막 2장, 942행 : *O. C.* Ⅱ, 399쪽.
96) 2막 4장, 1236행 : *O. C.* Ⅱ, 413쪽.

다. 즉, 본성/이성의 양극성이 본성-이성의 뒤섞인 전체로, 혼란으로 다가오기 때문이다.

그렇다면 카니발의 궁극적 목적은, 단순히 본성의 해방에 있는 것이 아니라, 그 본성의 해방을 통해 본성-이성을 〈살아 있는, 나눌 수 없는 전체〉[97]로 복원시키려는 것이 아닐까? 그럼으로써 스스로 내려간 〈낮은 곳〉을 새로운 〈시작〉의 자리로 만들려는 것이 아닐까? 신의 모습으로 되돌아간 쥐피테르가 앙피트리옹에게 남기는 마지막 신탁은 그 물음들에 매우 시사적이다.

> i)　　　쥐피테르와 (아내를) 나누어 가진 일에
> 　　　　수치스러운 것은 아무것도 없노라.
> 　　　　(……)
> 　　　　그리고 밝혀두건대 이 사랑의 모험에서
> 　　　　질투꾼이어야 했던 자는, 비록 신이긴 하지만, 바로 나이니라. [98]

> ii)　너에게 한 아들이 태어날 것이니, 그는 에르퀼이라는 이름으로,
> 　　　이 드넓은 세상 전체를 그의 훌륭한 행위들로 채울 것이다.
> 　　　(……)
> 　　　너는 이 주어진 희망(자신이 그의 후원자로서 돕겠다는 것)을
> 　　　주저함 없이 자랑할 수 있으리라.
> 　　　그것을 의심하는 것은 죄일지니 ;
> 　　　나 쥐피테르의 말은
> 　　　숙명의 판결이니라. [99]

---

97) Bakhtine, 앞의 책, 28쪽.
98) Un partage avec Jupiter/N'a rien du tout qui déshonore ;/…/Et c'est moi, dans cette aventure,/Qui, tout dieu que je suis, dois être le jaloux. (3막　10장, 1898-1904행 : O. C. Ⅱ, 440쪽)
99) Chez toi doit naître un fils qui, sous le nom d'Hercule,/Remplira de ses faits tout le vaste univers./…/Tu peux hardiment te flatter/De ces espérances don-

ⅰ)의 인용문의 첫 두 줄에서 〈신의 무소불위〉를 보고, 거기에 〈사회적 무용성〉에 처해진 귀족 계급의 〈특권〉 의식이 그것을 가능케 해주는 더 큰 힘——왕권——에 대한 〈노예 근성〉[100]과 밀착해 있음을 읽어내는 베니슈의 견해는, 우리 관점에서는 너무 소박하게 여겨진다. 그것은 아마도 사학자인 베니슈가 관중에게 작용하는 웃음의 효과나 극적 효과, 즉 미학적 측면을 충분히 고려하지 않고 문면만을 문제삼았기 때문일 터인데, 문면만을 보더라도 ⅰ)의 나중 두 줄에서 쥐피테르가 스스로 드러내는 것은 신으로서는 모순이자 약점일 인간적 질투의 감정으로서, 신의 권위를 훼손시켰으면 시켰지 강화시켜 주는 것은 아니다.

우리가 보기에, 이 구절의 중요한 전언은 본성에 따라 행동하는 것이 〈수치스러운 것〉이 아니라 ⅱ)의 인용문이 단정하듯 피할 수 없는 〈숙명〉이라는 것이다. 『타르튀프』 서문이 이야기하는 바, 본성을 〈완전히 잘라버리려 하기보다는〉[101] 그것을 긍정하자는 것이다. 쥐피테르는 바로 그 점을 몸소 보여준다. 인간을 신이 창조했다면, 인간적 본성도 신이 창조한 것이다. 다시 말해, 신성의 일부이다. 그런 의미에서, 몰리에르가 축제의 주제를 작품화하면서 축제의 신인 디오니소스가 아니라 우주의 질서를 관장하는 쥐피테르를 소재로 삼았다는 것은 예사롭지 않다. 『앙피트리옹』이 보여주는 것은 그 태양의 신이 낮만을 사는 존재가 아니라는, 그 또한 밤의 축제를 필요로 한다는 점이다. 메르퀴르가 말하길, 〈그의 위대함 속에 항상 갇혀 있는 것보다 더 어리석은 방법은 없다.〉[102] 쥐피테르는 〈모든 종류의 상태 états 를 맛보길 원한다.〉[103] 그는 질서뿐만 아니라 무질서까지도, 우주의 현상 전체를 살고 다스리는 존재

---

nées ;/C'est un crime que d'en douter :/Les paroles de Jupiter/Sont des arrêts des destinées.(3막 10장, 1916-1926행 : O. C. Ⅱ, 441쪽)
100) Bénichou, *Morale du Grand Siècle*, 166쪽.
101) 『타르튀프』 프롤로그 : O. C. Ⅱ, 888쪽.
102) 프롤로그, 84-85행 : O. C. Ⅱ, 364쪽.
103) 프롤로그, 78행 : O. C. Ⅱ, 364쪽.

인 것이다. 그런데 사회적 인간은 자신의 두 속성인 이성과 본성을 위계화시켜, 하나로 다른 하나를 억압하고 제거하고자 한다.

ⅱ)는 쥐피테르가 그런 인간들에 대해 자신이 보인 모범의 결과를 예언하는 대목이다. 신과 인간의 결합, 이 작품의 문맥으로는 신성, 즉 본성과 이성의 결합은 에르퀼(헤라클레스)을 낳게 될 것이다. 이성만으로는 이해할 수 없는 힘을 가진 신비로운 존재를. 에르퀼은 〈희망〉의 상징이다. 아마도 에르퀼과 같은 존재들로 사회가 채워질 때, 그 사회는 유토피아에 도달하는 것이리라. [104]

4

『앙피트리옹』에 이르러, 몰리에르는 마침내 완전한 카니발의 형태를 복원시킴으로써 본성의 참다운 해방의 길을 제시하고, 또한 그것을 통해 새로운 사회적 전망을 제시하기까지 하는 듯이 보인다. 그러나 이 논의의 끝자리에서, 우리는 축제의 가장 근본적인 문제와 부딪치지 않을 수 없다. 그것은, 아직 유토피아가 아닌 현실 속에서 치러내는 카니발은 그 유토피아를 미리 취해 보는 체험으로서 일시적일 수밖에 없는데, 그것을 위해 그 나름의 폭력을 끌어들임으로써 어떤 상흔을 남길 위험이 있다는 것이다. 카니발을 허용하지 않으려는 억압적 제도의 사회를 카니발로 이끌기 위해 필경 개입되는 폭력의 문제. [105] 그것이 필요악이라 하더라도,

---

104) 바흐틴에 의하면, 카니발은 〈인간 존재의 고등한 목적〉에 의거해 있는 바, 〈축제성은 항상 시간과 두드러진 관계〉를 맺고 있으며 〈그 시선은 곧바로 미완의 미래를 향해 있다〉(Bakhtine, 앞의 책, 17-18쪽). 다시 말해, 재생과 갱신을 통해 이상적 미래에 이르려는 열망의 표현이다.

105) 이 폭력의 문제를 간결하게 보여주는 작품이 『본의 아닌 의사』이다. 한낱 농부인 스가나렐은 몽둥이질이 두려워 본의 아닌 의사가 된다. 요컨대 그는 〈폭력에 의해 만들어진 의사(Robinet, *Lettre en vers,* 1666. 8. 15. : *R. T. D.* Ⅰ, 269쪽)로서 젊은이들의 사랑의 광기를 고쳐주게 되는데, 그 치유를 위해 만들

그 폭력의 결과가 자유이며 해방이며 쾌락이라 하더라도, 그 축제의 상태는 유토피아에 도달하기 전에는 일시적일 수밖에 없기 때문에, 되돌아온 사회적 질서 속에서 그 폭력의 결과는 하나의 상흔이 되기 십상이다. 숙명이라 하더라도, 현실 원칙으로 돌아온 앙피트리옹에게 에르퀼이 자신의 자식이 아닌 것은 엄연한 사실이다. 그런 의미에서, 쥐피테르와 다시 분리된 앙피트리옹이 마지막 두 장에서 보여준 긴 침묵의 여운은 만만치 않다.

몰리에르가 『앙피트리옹』의 축제를 현실의 형태로가 아니라 신화의 형태로 집단이 꾸는 꿈처럼 제시하고 있는 것,[106] 더 나아가 실제 현실의 축제를 조성하지 않고 무대 위의 축제를 상상적으로 체험하게 하는 것[107]은 위의 문제와 모종의 연관성이 있는 것으로 짐작된다. 요컨대 그는 축제의 자양을 흡수하되 그것이 현실 속에서 해독으로 작용할 수 있는 것을 피하기 위해 관극으로서의 축제, 연극으로서의 축제를 꿈꾼 것은 아닐까?[108] 지금으로서는 물음으로 남겨놓을 수밖에 없는 그 물음은

어지는 축제에 참여함으로써 저 자신의 폭력적 병——그는 습관적으로 아내를 구타하는 남편이었다——까지를 치유하기에 이른다. 여기서, 카니발은 사회의 구조적 폭력을 치유하는 일종의 필요악으로서의 다른 폭력이 요구됨을 은연중 암시하고 있다.

106) 구이에는 철학적으로 말한다 : 〈그(쥐피테르)는 존재한다. 그러나 실존하지는 않는다.〉(Gouhier, Le théâtre et l'existence, 108쪽)

107) 17세기는 〈실제의 참여가 아닌, 정신적 참여의 양식 위에서 (실제 삶처럼) 살아내는 환영 illusion(Rousset, 앞의 책, 169쪽)〉을 위한 무대 효과를 추구했다. 몰리에르가 『훼방꾼들』 속에서 권했던 관객과 배우의 경계가 무너지는 상태 역시 극장 안에서는 결국 상상적 동일화에 의존할 수밖에 없는 것이다.

108) 그 기원에 있어 연극이 〈축제를 넘어서 생각할 수 없다(Simon, 앞의 책, 6쪽)〉고 할지라도, 연극이 곧 축제 자체인 것은 아니다. 연극은 축제성을 간직한 예술, 〈제의적인 것의 필연성을 미학적으로 표명하는〉(Campeau, "Un rôle secondaire : le spectateur", in Helbo, Sémiologie de la représentation, 98쪽) 예술인 것이다. 그렇다면 〈축제의 연극〉은 〈본능적인 것을 비옥하게 하면서도 영혼이 그 유독성에 병들지 않도록 예방하(는) (Caillois, Les Jeux et les hommes, 121쪽)〉 방향으로 발전해 온 문화의 한 예인가? 쉽게 대답하기 힘든

또 다른 물음을 끌어들이는데, 그것은 과연 그런 상상적 추체험의 축제
가 온몸을 담고 겪어내는 실제 축제의 이름에 얼마나 값할 수 있는가 하
는 것이다.

참고문헌

기본 텍스트

Molière. *Œuvres complètes*, 2 vol. Edité par Georges Couton. coll. Bibliothè-
que de la Pléiade, Gallimard, 1971.

인용한 책들

Adam, A. *Histoire de la littérature française au XVIIᵉ siècle*, tome 3. Ed. Mon-
diales, 1962.

Bakhtine, M. *L'œuvre de François Rabelais et la culture populaire au Moyen
Age et sous la Renaissance*. Gallimard, 1970.

Baroja, J. C. *Le carnaval*. Gallimard, 1979.

Bénichou, P. *Morales du grand siècle*. Gallimard, 1948.

Bray, R. *Molière, homme de théâtre*. Mercure de France, 1954.

Caillois, R. *Les jeux et les hommes*. Gallimard, 1967.

Campeau, P. "Un rôle secondaire : le spectateur", *Sémiologie de la représen-
tation*. Edité par A. Helbo. Ed. Complexe, 1975.

Fernadez, R. *Molière ou l'essence du génie comique*. Grasset, 1979.

Garapon, R. *Le dernier Molière*. SEDES, 1977.

Gouhier, H. *Le théâtre et l'existence*. Vrin, 1973.

Horville, R. *Le Misanthrope de Molière*. Hatier, 1981.

Jaccard, R. *La folie. 4ᵉ* éd., PUF, 1988.

Mauron, Ch. *Des métaphores obsédents au mythe personnel*. Corti, 1962.

문제이다.

_____. *Psychocritique du genre comique.* Corti, 1964.

Maertens, J.-Th. *Le masque et le miroire.* Aubier Montaigne, 1978.

Mongrédien, G. *Recueil des textes et des documents du XVIIe siècle relatifs à Molière,* 2 vol. 2eme éd., C. N. R. S., 1973.

Morisse, R. "Notice", in Molière, *Amphitryon.* Larousse, 1975.

Pellisson, M. *Les comédies-ballets de Moière.* Hachette, 1914.

Rousset, J. *L'intérieur et l'extérieur.* Corti, 1976.

Simon, A. *Les signes et les songes.* Seuil, 1976.

Szoygi, A. *Molière abstrait.* Nizet, 1985.

김 현. 『르네 지라르 혹은 폭력의 구조』. 나남, 1987.

이인성. 「몰리에르의 변명」, 《서울대 인문논총》 30집. 서울대 인문과학 연구소, 1994.

말 또는 침묵 —— 페드르의 언어와 그 〈부정성〉

La Parole ou le silence : le langage de Phèdre et sa "négativité"

이화원

1 서론 —— 라신 작품의 〈부정성〉

널리 알려진 대로 장 라신 Jean Racine은 프랑스 고전주의의 대표적 작가로, 고전 비극의 규칙들이 어김없이 준수되어 있는 규범적 작품들을 남기고 있다. 프랑스 고전주의 비극의 골격을 이루는 기본적인 규칙으로는 〈삼통일의 법칙 Trois Unités〉[1] 및 〈진실다움 la Vraisemblance〉, 〈적격 la Bienséance〉 등의 규범이 일반적으로 거론되고 있다. 이 법칙들은 라신이 집필 활동을 시작한 1660년대에는 이미 확고부동한 규칙으로 자리를 굳히고 있는데, 그 지위 확보에, 도비냐크가 1657년 발표한 『연극의 실제 Pratique du théâtre』가 기여한 바가 크다는 것이 정설이다.

라신이 극작 활동을 전개한 17세기 후반기는 고전 비극의 법칙뿐만 아니라 루이 14세가 이끄는 절대왕정도 완숙의 경지에 이르는 시기로 평가되고 있다. 이러한 시기에 영예로운 극작가로서의 활동을 한 라신의 작품들은 오랜 세월 동안 이성과 절도를 존중하는 당대 고전주의 미학의 테두리 안에서 받아들여져 왔다. 20세기의 대표적인 라신 평자들 중에서

---

1) 주지하는 바와 같이 〈장소의 통일 Unité du lieu〉, 〈시간의 통일 Unité du temps〉, 〈극 행위의 통일 Unité de l'action〉의 규칙을 포함한다.

아우어바흐 Auerbach 나 레오 스피처 Leo Spitzer 등도 라신 작품을 조율해 주고 있는 고전주의 미학의 효과에 주목한 바 있다.[2] 이외에도 라신 작품의 기조를 이루는 고전주의 시대의 정치적, 사회적, 문화적 분위기에 대하여 많은 논문들이 쓰여 왔고 그에 대하여 특별한 이론을 제기할 수는 없을 것이다.

그렇지만 현대에 들어 특히 주목받기 시작한 라신 작품의 이면적 면모 또한 일고를 요구하리라고 생각한다. 라신의 『이피제니 Iphigénie』에 대한 다양한 평자들의 입장을 고찰한 바 있는 야우스 Jauss 는 금세기의 라신 평자로서 바르트 Barthes 가 〈부드러운 라신 tendre Racine〉 대신 〈잔혹한 라신 cruel Racine〉을 발견하였다고 지적한다.[3] 야우스에 의하면 〈부드러운 라신〉이란 바르트가, 볼테르 Voltaire 이래 창출된 부르주아적 신화로서의 라신 읽기로 간주하는 것이다. 즉 볼테르는 라신 극의 비극성을 부르주아 극의 심리 분석에 적용시키고자 하며 부르주아적 취향으로 하여금 고전 예술의 고귀한 살롱의 라신을 가족과 함께 접하도록 유도한다는 것이다. 그러면 바르트에 의하여 재평가받게 되는 〈잔혹한 라신〉의 면모는 어떠한 것인가? 바르트는 라신 비극의 귀족적 세계의 이면에, 프로

---

2) 아우어바흐는 그의 저서 『미메시스 Mimesis』의 「가짜 위선자 Faux dévot」라는 글에서, 라신 극의 고양된 스타일과 등장인물들의 숭고한 행동 방식 및 양식화된 언어 사용 등이 극도의 고양된 형식성을 지향하던 고전주의 시대의 사회 분위기를 반영하고 있다고 지적한다. Auerbach, Mimesis, 김우창, 유종호 역, 『미메시스』, 민음사, 1979, 77-98쪽 참조.

또한 레오 스피처는 『페드르』의 종장을 장식하는 테라멘 Théramène의 이야기 récit를 분석한 글, 「테라멘의 이야기 récit de Théramène」에서, 바다에서 나타난 괴물에 의하여 자신의 아버지가 명한 대로 죽임을 당하는 이폴리트의 끔찍스러운 마지막 장면을, 17세기의 이성을 대표할 만한 철학자 테라멘이 어떻게 고전주의 무대 위에서 지적이고 시적인 이미지로 승화시키고 있는가를 자세히 분석하고 있다. Leo Spitzer, Linguistics and Literary History, Essays in Stylistics (Princeton : Princeton UP, 1945) 87-125쪽 참조.

3) 이하 Hans Robert Jauss, Pour une esthétique de la réception, Claude Maillard (trad.) (Paris : Gallimard, 1968) 220-221쪽 참조.

이트에 의하여 지적된 바 있는 원시 유목 사회의 상황과 유사한 세계가 드러난다고 본다. 그 사회에서는 가장 힘이 센 남성을 중심으로 한 부권적 가족 체계가 사회의 한 단위를 구성하는데, 그 아버지는 모든 것——여인들, 자식들, 재산——을 소유할 수 있는 반면, 아들들에게는 갈망의 대상이 될 만한 혈연적 여인들과의 관계 및 모든 권한이 금지되어 있다. 바르트는 결국 라신 극을 〈사랑의 극〉이라기보다는 〈폭력의 극〉이라규정하며 원시 유목 사회에 성행하였던 근친상간, 아들들의 반란, 아버지 살해, 형제간의 경쟁 관계 등이 라신 극의 기본적 행위들이라고 본다. 볼테르 등에 의하여 칭송되어 왔던 언어의 순수함, 12행 시구의 우아함, 심리 묘사의 적확성, 순응적 형이상학 등은 미약한 보호막일 뿐 고대 사회적 본질이 아주 가까이 부각된다는 것이다.[4]

이상 바르트에 의하여 밝혀진 라신 작품의 〈잔혹한〉 특성을 야우스는 그 〈본래적 부정성 la négativité originelle〉이라고 규정하며, 그것이 당대 포르루아이알 Port-Royal 수도원이나 〈궁정과 도시 la Cour et la Ville〉의 관객에게 수치스러운 것으로 여겨지던 비극적 정념의 양상으로 전개된다고 덧붙인다. 결국 바르트는 라신을 읽는 자신의 독법[5]에 의해서뿐만 아니라, 간과되어 왔던 라신의 이면을 부각시켰다는 점에서 기존 비평에 새로운 지평을 열었다는 평가를 받을 수 있을 것이다. 우리의 입장에서는 바르트가 라신의 부르주아적 신화화라고 통렬히 비난하는 볼테르적 해석과, 바르트 자신이 제안하는 〈잔혹성〉이나 〈부정성〉으로서의 라신 해석은 상호 보완의 관계에 있다고 생각된다. 라신 작품의 묘미는 상호 모순적인 특성들이 아슬아슬하게 형성하는 그 균형의 순간에 있다고 여겨지기 때문이다. 그 평형대의 양끝에 야우스의 표현대로 〈부드러운 라신〉과 〈잔혹한 라신〉이 위치하여 그 어느 쪽으로도 기울어지지 않게 팽팽히 작품의 수평을 유지해 주고 있는 것이 아닐까.

---

4) 이상 Roland Barthes, *Sur Racine* (Paris : Seuil, 1963) 14-15쪽 참조.
5) 근본적으로는 구조적 structural이고, 형태로는 분석적인 analytique 일종의 라신 인류학의 재구성이라고 스스로 규정한다. 위의 책, 5쪽.

그 평형대의 한쪽 끝을 접하는 전통적 라신 평가, 즉 〈부드러운 라신〉에 대하여는 재론의 여지가 많지 않다고 보기 때문에 본고에서는 바르트에 의하여 제기되는 라신 극의 이면적 세계, 즉 〈부정성〉의 세계에 대하여 고찰해 보고자 한다. 바르트의 비평서 『라신에 관하여 Sur Racine』중 그 1부 「라신적 인간 L'Homme racinien」의 제1장 〈구조 La Structure〉부분은 특히 이 〈부정성〉을 일련의 인물들의 행위들을 중심으로 고찰하되 작품의 여러 요소들, 공간, 시간, 인물, 주제, 언어 등을 자유로이 넘나들면서 전개되고 있다. 전통적인 인물 personnage 이라는 개념보다는 전체 비극의 체계 내에서 담당하는 기능에 따라 주로 구분되는 인물 단위 unité로서의 라신 인물들은 위의 비평 작업을 거쳐 라신적 인류학 l'anthropologie racinienne 안에 자리하게 된다. [6] 바르트에 의한 이 연구는 희곡 텍스트를 구성하는 여러 요소들을 끊임없이 의식하고는 있으나, 의도적으로 인물들 및 그들의 행위 분석을 그 축으로 하고 있다. 우리는 앞서 언급된 라신의 〈부정성〉을, 작품의 행위 층위에서 제기되는 비극적 정념 중심으로 이해하는 데 그치지 않고, 그것이 암시하는 전복적, 파괴적 기능을 작품 전반에 걸쳐 파악하고자 한다. 이를 위하여 본고는 행위 중심적 독서가 아니라, 언어 중심적 독서를 통해서 (즉 서술의 층위[7]에서) 라신 극의 〈부정성〉에 접근해 보려는 의도를 갖는다.

바르트는 그의 라신 인류학 제1장을 마감하는 두 항목인 〈기호에 대한 공포 La peur des signes〉와 〈이성과 행위 Logos et Praxis〉[8]에서 라신 극에 나타난 언어의 성격을 규명한 바 있다. 이 부분에서 바르트는 특정 작품

---

6) 참고로 소개해 보면, 〈라신적 인간〉의 후반을 구성하는 것은 제2장 「작품들 Les Œuvres」로서, 전반부인 제1장 「구조」에서 정리된 체계적 systématiques 요소들을 각 작품의 층위에서 외연적 en extension으로 포착하는 통합체적 syntagmatique 연구이다. 위의 책, 5쪽 참조.
7) 바르트 자신에 의하여 지정된 이야기의 세 층위(기능, 행위, 서술)를 참조할 것. Roland Barthes, "Introduction à l'analyse structurale des récits", L'Aventure sémiologique (Paris : Seuil, 1985) 174-175쪽.
8) Barthes, 앞의 책, 57-62쪽.

의 특정 대사 각각을 분석하는 대신, 전반적인 라신의 대사가 극 전체 내에서 행위와 관련하여 담당하는 기능에 대하여 다소 추상적으로 기술하고 있다. 거칠게나마 그 분석을 요약해 보면 라신 극의 언어는 극중에서 차지하는 비중이 크지만 일종의 실패의 언어인데, 그 이유는 인물 간의 효과적인 커뮤니케이션이 보장되지 못하고 있고, 행위와 언어 간에 일치가 이루어지지 않고 있으며, 언어가 행위상의 갈등 해결을 제안하고 또 갈등을 유보하고는 있으나 그 해결을 이루어내는 데에는 실패하고 말기 때문이라는 것이다.

우리는 『페드르 Phèdre』로 분석 대상을 한정하면서 바르트와는 다른 목적으로 좀더 구체적인 실례를 통하여 라신 언어를 탐색하고자 한다. 앞서 밝힌 바, 라신 비극의 핵심적 일면인 〈부정성〉의 언어적 차원에 접근해 보려는 의도에서, 작품의 여주인공 페드르를 중심으로 그 언어 사용의 특성을 규명해 보려는 것이다. [9] 이러한 우리의 접근은 언어학적 입장에서의 문체론적 연구나 기호학적 입장에서의 담화 분석과는 거리를 갖는다. [10]

2 본론——페드르의 언어에 나타난 〈부정성〉

잘 알려진 대로 자신의 의붓아들 이폴리트 Hippolyte에 대한 정념에 사

---

9) 안 위베르스펠트 Anne Ubersfeld의 저서 『연극기호학 Lire le théâtre』에서 분류된 바에 의하면 우리의 분석 대상은 연극의 담화 discours의 한부분을 이루는 등장인물의 담화에 속한다. Anne Ubersfeld, Lire le théâtre, 신현숙 역, 『연극기호학』, 문학과 지성사, 1983, 240-245쪽 참조.
10) 『페드르』에 관한 문체론적 분석(수사학적 연구 포함)에 관해서는 앞서 인용한 레오 스피처의 글이나, 피터 프란스 Peter France의 책 『라신의 수사학 Racine's Rhetoric』(Oxford : Clarendon Press, 1965), 또는 페드르의 두번째 고백의 문체적 특성을 고찰한 홍재성의 「페드르의 문체분석」(《불어불문학연구》 제5집, 1970), 5-20쪽을 참조할 것.

로잡혀 그를 회피해 오던 페드르는 남편 테제 Thésée가 출타하며 이폴리
트에게 그녀의 보호를 의뢰함으로써 어쩔 수 없이 그의 곁에 머물게 된
다. 그 동안 억눌러 오던 정념이 다시금 되살아나 극에 달하고 그 정념
만큼이나 강도 높은 죄의식에 사로잡힌 페드르가 거의 죽음을 앞두고 있
는 상황에서 작품의 막이 오른다.

1막 2장, 페드르의 이상 상태에 대하여 페드르 못지않게 괴로워하는
그녀의 유모 외논 Œnone은 이폴리트에게, 페드르가 외논에게도 감추는
어떤 고통으로 인하여 죽어가고 있다고 말한다.[11]

페드르는 1막 3장 무대 위에 처음 등장하게 되는데 여기서 외논은 페
드르가 그토록 감추고 싶어하던 고통의 실체를 처음으로 말로써 무대 위
에 펼쳐 보이게 하는 데 성공한다. 그러나 이 첫번째 고백은 페드르의
분신이나 다름없는 외논에게 한 것이므로 독백에 가까운 것으로 간주된
다. 말은 하였지만 말이 갖는 사회적 기능을 충분히 담당하고 있다고는
볼 수 없는 것이다. 2막에서 이폴리트에게 하는 두번째 고백과 귀환한
테제에게 하는 5막의 마지막 고백에 이르면서, 페드르의 고백은 내밀한
개인적인 것으로부터 더욱 공공연한 사회적인 것으로 그 파문을 확장해
나갈 것이다. 그런데 페드르가 그 고백의 말을 극도로 회피하고 있다는
사실을 잊어서는 안 될 것이다. 따라서 페드르가 극 전체를 통하여 힘겨
운 세 번의 고백을 과연 어떻게 수행하고 있는가에 우리는 관심을 가진
다. 페드르의 세 번의 고백에 나타난 언어 사용의 성격을, 대체 la
substitution와 침묵 le silence의 두 항목으로 나누어 고찰해 보기로 한다.

---

11) 〈왕비님께서는 저에게 원인을 숨기시는 병으로 제 팔에서 죽어가십니다.
Elle meurt dans mes bras d'un mal qu'elle me cache.〉(Racine, *Phèdre*, in *Œuvres
Complètes* I, Raymond Picard(éd), Bibliothèque de la Pléiade, Paris, Galli-
mard, 1950) 앞으로의 작품 인용시 괄호 안에 이 출처에서 인용된 페이지 번호
만을 밝히기로 한다. 작품의 우리말 번역은 필자에 의한 것이다.

2-1 대체

〈페드르는 이폴리트를 사랑한다. Phèdre aime Hippolyte.〉 페드르가 어렵사리 치러야 하는 세 번의 고백 의례는 바로 이 단문으로 구성된 메시지 전달을 그 목표로 한다. 자신의 가슴 깊은 곳에 묻어두고자 하였던 이 말을 어쩔 수 없이 입밖으로 꺼내야만 하는 페드르는 이 단순한 구문을 수많은 대체의 표현들로 감싸는 독특한 언어 구사를 보여준다. 페드르의 언어 구사에 대하여 마리아 아사드 Maria Assad 는 〈언어의 미궁 labyrinthe verbal〉이라는 표현을 사용하면서, 페드르가 자신의 죄스러운 정념 및 자신의 존재를 마치 크레타의 괴물 미노타우로스 Minotaure 와도 같이 간주하며 스스로 건축하는 언어의 미궁 안에 가두고자 한다고 지적한다. 이러한 언어의 미궁은 사회로부터 부정한 요소들을 영원히 격리시킴으로써 공동체에게 평화와 질서 및 안녕을 보장해 주는 영웅적 기능을 담당할 수 있다는 것이다. [12] 우리는 대체의 표현들이 구성하는 페드르 언어의 미로들을 상세히 탐색하면서, 그 기능 및 효과를 재진단해 볼 것이다.

외논의 사주에 의한 페드르의 첫 고백은 〈맙소사! 그녀에게 무엇을 말할 것인가, 어디에서 시작할 것인가?〉[13]라는 대사로 개시된다. 말을 시작하기에 앞서, 자신이 말하고자 하는 내용 자체에 대해 불확실한 입장을 보이며 그것을 표현할 방식에 대하여도 회의를 보이고 있는 것이다. 이러한 류의 표현은 두번째 고백 직전 외논을 향한 그녀의 대사, 〈그를 보니 내가 그에게 무엇을 말하러 왔는지 모르겠구나〉[14]에서도 나타난다. 페드르는 말을 해야만 하는 상황에 처해서도 자신이 해야 할 말을 부인하고 또 망각하기를 원하고 있다. 위의 대사들은 메시지에 대한 회의가 메시지를 대체하는 언어 사용의 예를 보여주고 있는 것이다.

---

12) Maria Assad, "Une réponse classique à la crise de la culture : *Phèdre*", *Papers on French Seventeenth Century Literature*, 13. 25(1986), 41-51쪽 참조.

13) Ciel! que lui vais-je dire? Et par où commencer?(Ⅰ, 3, 757쪽)

14) J'oublie, en le voyant ce que je viens lui dire.(Ⅱ, 5, 768쪽)

다시 1막 3장으로 돌아가 대체의 표현들의 본격적인 예들을 살펴보기로 하자. 위에서 인용된, 메시지를 대체하는 회의의 표현에 연이은 본격적 고백의 대사에서 페드르는 우선 비너스 Vénus 여신과 자신의 어머니를 언급하고 있으며 바로 그 다음 대사에서도 언니 아리안 Ariane 의 불행한 사랑을 기억하고 있다. 그녀가 전달해야 하는 메시지인 〈페드르는 이폴리트를 사랑한다〉라는 고백에서 페드르는 그 사랑의 주체인 주어의 자리에 타인을 대체해 가며 위치시키고 있는 것이다. 자신을 사로잡아 버린 사랑이 자신의 마음에서 비롯된다기보다는 비너스 여신의 저주에 의한 것이라고 보며, 사랑의 주체의 자리에 어머니와 언니를 나열함으로써 스스로를 그 주체의 자리에서 지워버리고 싶어하는 내심을 읽게 한다.

결국 그녀를 사랑의 주체로서 먼저 표현하는 것은 외논이다. 페드르의 이야기에서 사랑의 기미를 눈치챈 외논이 〈당신은 사랑하고 있군요? Aimez-vous?〉라고 말하게 되기 때문이다. 이에 대한 페드르의 대답은 단순한 〈나는 사랑한다 J'aime〉라는 구문 대신 〈사랑으로부터 오는 모든 광란을 나는 겪고 있다〉[15]라는 문장이다. 자신의 사랑이 제시하는 부정적, 광적 측면을 다분히 보여주는 표현이라 할 수 있을 것이다. 〈누구를요? Pour qui?〉라는 외논의 다음 대사에 대하여, 페드르는 다시금 대답을 망설일 수밖에 없다. 이 부분 그녀의 대사를 인용해 본다.

너는 절정에 달한 공포의 이야기를 듣게 될 거야.
나는 …… 사랑한다. 이 숙명적 이름 앞에서 나는 전율한다, 몸서리친다.
나는 …… 사랑한다. [16]

이 대사에는 이폴리트의 이름 대신 〈공포〉, 〈숙명적 이름〉 또는 말없

---

15) De l'amour j'ai toutes les fureurs.
16) Tu vas ouïr le comble des horreurs./J'aime … A ce nom fatal, je tremble, je frissonne./J'aime….(I, 3, 758쪽)

음표가 힘겹게 자리하고 있다. 〈누구를요? Qui?〉라고 다시금 채근하는 외논에게, 페드르는 또 다른 대체의 표현을 사용한다.

너는 그 아마존 여인의 아들을 알고 있지?
내가 그토록 오랫동안 박해하였던 그 왕자를 말이야. [17]

사랑의 주체인 페드르가 어머니, 언니 등을 잇는 가계의 일원으로서 가문에 할당된 저주를 입는 피동적 입장으로 대체되어 묘사되었듯이, 이폴리트 또한 그 이름 대신 테제가 버린 아마존 여인의 아들로, 그리고 페드르로부터 사랑 대신 박해만을 공공연히 받아온 왕자로서 지칭되고 있다. 페드르의 사랑의 대상으로서의 이폴리트는, 페드르 자신의 아들들의 경쟁자일 수밖에 없는 아마존 여인의 아들이어서도, 또 테제 왕의 왕자 즉 자신의 의붓아들이어서도 안 될 것이다. 자신의 사랑의 대상을 언급하는 결정적인 대사에서 페드르는 이폴리트를 신분과 가계를 떠난 독립된 한 젊은이로 묘사하는 대신, 그녀 자신이 느끼는 죄의식이 절절이 배어나는 표현을 사용하고 있다. 이폴리트의 이름을 결국 입밖에 내는 인물은 페드르 자신이 지적하듯 외논인 것이다. 위에 인용된 대사에 바로 연이은 대목을 따라가 본다.

외논 : 이폴리트? 맙소사!
페드르 : 그의 이름을 말한 것은 바로 너이다. [18]

이 숨바꼭질과도 같은 페드르의 첫 고백에서, 〈페드르는 이폴리트를 사랑한다〉라는 메시지의 각 부분은 페드르가 아닌 외논에 의하여 보다

---

17) Tu connais ce fils de l'Amazone,/Ce prince si longtemps par moi-même op-primé? (I, 3, 758쪽)
18) Œnone : Hippolyte? Grands Dieux!
    Phèdre : C'est toi qui l'as nommé. (I, 3, 758쪽)

직접적으로, 또한 우선적으로 발설되고 있다. 페드르는 다만 여러 가지 대체의 표현을 사용하여 그 메시지에 허울을 입히고 가장함으로써 그것의 충격을 완화시키거나 그에 대한 자신의 복합적 감정 —— 공포, 광증, 죄의식 —— 을 드러냄으로써, 메시지로부터 거리를 두고 있다. 말을 하면서 동시에 그 말을 부인하고, 회피하고 그로부터 도피하기. 이는 페드르 언어의 주요한 특성이라 할 수 있을 것이다.

페드르의 두번째 고백에서도 유사한 상황이 전개된다. 이폴리트에게 내심을 드러내는 동시에 감추는 절묘한 대사에서, 페드르는 이폴리트 대신 테제를,[19] 자신 대신 언니 아리안을[20] 동원한 사랑의 시나리오로부터 출발하여 결국 또 한번의 대체 작업에 의해 자신과 이폴리트의 사랑에 도달하는 언어의 여정을 보여준다. 이 중 마지막 대체는 주 20)에 인용된 대사에 바로 잇따라 다음과 같이 전개되고 있다.

> 천만에요. 이 계획에서는, 내가 그녀(아리안)를 앞질렀을 거예요.
> 사랑이 나에게 그 생각을 먼저 불어넣어 주었을 거예요.
> 바로 나랍니다, 왕자님, 내가 바로 당신을 적절히 도와
> 당신에게 미궁의 미로들을 안내하였을 거예요.[21]

이하 페드르가 상대를 의식하지 않고 읊어대는 긴 대사는 대화보다는 독백으로 느껴지고 그런 만큼 평상시 페드르를 구속하던 모든 사회적 여건으로 부터 그녀를 과감히 독립시키고 있는 듯한 인상마저 준다. 총 29행에 달하는 늪과도 같은 대사의 한가운데 홀로 빠져들어 페드르는 자신

---

19) 네 왕자님, 나는 테제를 위하여 번민하고 마음을 태웁니다.
   Oui, Prince, je languis, je brûle pour Thésée.(Ⅱ, 5, 770쪽)
20) 나의 언니가 숙명의 실타래로 당신 손을 무장시켰을 거예요.
   Ma soeur du fil fatal eût armé votre main.(Ⅱ, 5, 770쪽)
21) Mais non, dans ce dessein je l'aurais devancée ;/L'amour m'en eût d'abord inspiré la pensée./C'est moi, Prince, c'est moi dont l'utile secours/Vous eût du Labyrinthe enseigné les détours. (Ⅱ, 5, 770-771쪽)

이 누구인지 이폴리트가 누구인지 자신이 하는 말이 무엇인지를 아는지 모르는지, 다만 사랑에 사로잡힌 자신에 대하여 〈바로 나랍니다〉라는 대사를 힘있게 반복하고 있다. 중첩되는 대체의 과정 끝에 드러나게 되는 페드르의 내면 고백은 〈당신과 함께 미궁으로 내려간 페드르는/당신과 함께 구출되든지, 아니면 목숨을 잃었을 거예요〉[22]라는 대사로 일단 마감되는데, 이 대사는 페드르가 빠져든 언어의 늪뿐 아니라 사랑의 늪의 의미를 새겨보게 한다. 페드르가 끝끝내 자신의 언어를 통제할 수 있었더라면 또는 자신의 격정을 억누를 수 있었더라면 이폴리트 앞에서 이처럼 헤매는 모습을 보이지는 않았을 것이다.

그녀의 과감한 발언에 결국 사실을 알아차린 이폴리트가 그녀의 신분을 일깨워주고자 〈부인, 테제가 나의 아버지이며 당신의 남편이라는 사실을 잊으셨습니까?〉[23]라고 말하자, 페드르는 순간 독백의 늪에서 빠져나와 〈나의 영예에 대한 염려를 내가 모두 잃어버렸겠습니까?〉[24]라고 되묻는다. 방금 토해 놓은 내심의 고백에서 한걸음 물러나 마치 그 고백이 없었던 것 같은 대사를 읊고 있는 것이다.[25] 드러난 진실에 대해 다시 한번 위장된 태도를 취하면서 페드르는 진실에 거짓을 대체하고 있다.

결국 31행이나 되는 그 다음의 긴 대사에서 페드르는 처음으로 〈나는 너를 사랑한다〉라는 말을 가장 없이 전하게 된다.

---

22) Et Phèdre au Labyrinthe avec vous descendue/Se serait avec vous retrouvée, ou perdue.(Ⅱ, 5, 771쪽)

23) Madame, oubliez-vous/Que Thésée est mon père, et qu'il est votre époux?
(II, 5, 771쪽)

24) Aurais-je perdu tout le soin de ma gloire?

25) 이와 유사한 어법이 바로 그 다음의 긴 대사 중반에서 또다시 사용된다. 사랑의 번민에 대하여 이야기하던 페드르가 돌연 〈내가 무슨 말을 하고 있지? 내가 네게 방금 한 그 고백, / 그렇게도 치욕스러운 고백이 자발적인 것이라고 너는 믿는가? Que dis-je? Cet aveu que je viens de te faire, / Cet aveu si honteux, le crois-tu volontaire?〉(Ⅱ, 5, 771쪽)라고 말하며 스스로의 고백으로부터 거리를 두고 있다.

자! 그렇다면 페드르와 그의 광증 모두를 알아차려라.
나는 사랑한다. 내가 너를 사랑하는 이 순간,
나 스스로 나 자신을 순결하게 여기고 있다고는 생각지 마라.
나의 이성을 교란시키는 이 광적인 사랑의 독소를
나의 비열한 자기 만족이 배양하였다고 여기지도 마라. [26]

그러나 언어의 미궁 안에 깊이 감추어두려 한 정념이 있는 그대로 노출되는 이 순간, 이 정념 고백은 위의 예문이 보여주듯 어김없는 자기 혐오를 동반하고 있다. 연속되는 대사, 〈네가 나를 증오하는 그 이상으로 나는 나 자신을 혐오한다〉[27]도 역시 페드르가 갖는 스스로에 대한 부정적 시각을 예시해 준다. 마찬가지로, 자신의 정념의 부정적 측면을 드러내고 있는 그 다음 고백의 표현, 〈테제의 미망인이 감히 이폴리트를 사랑하다니!〉[28]는 이내 자기 부정의 표현을 수반한다. 페드르는 곧 이어 이폴리트에게 자신을 칼로 쳐서 죽여달라는 애원을 덧붙이고 있는 것이다.

여기 나의 심장이 있다. 네 손으로 쳐야 할 곳은 바로 그곳이다. [29]

대체의 표현을 동원해서만 언급될 수 있는 진실의 말이 그 대체의 베일 밖으로 드러날 때, 그 말은 스스로의 부정이나 또는 그 말을 하는 화자의 존재 제거를 담보로 요구한다. 한편 해야 할 말을 대신하는 모든 대체의 표현들은 결국 말할 수 없음, 즉 말의 부정을 예시하고 있는 것

---

26) Hé bien! connais donc Phèdre et toute sa fureur./J'aime. Ne pense pas qu'au moment que je t'aime,/Innocente à mes yeux je m'approuve moi-même,/Ni que du fol amour qui trouble ma raison/Ma lâche complaisance ait nourri le poison. (Ⅱ, 5, 771쪽)
27) Je m'abhorre encor plus que tu ne me détestes.
28) La veuve de Thésée ose aimer Hippolyte!
29) Voilà mon cœur. C'est là que ta main doit frapper. (Ⅱ, 5, 772쪽)

이다.

2-2 침묵

자기 부정이나 화자 존재의 부정을 수반해야만 하는 페드르의 언어는 결국 성공적인 미궁은 되지 못한다. 미궁 건축의 목적은 그 안에 가두어진 괴물을 사회로부터 영원히 격리하기 위함일 것이다. 그런데 수많은 대체의 표현들로 페드르가 건축하는 말의 미궁이 그녀의 정념이라는 〈괴물 monstre〉[30]을 끝까지 안전하게 가두어둘 수 없었던 까닭이다. 페드르의 첫 두 고백은 그 모든 대체와 우회에도 불구하고 종내에는 고백으로서 진실을 토해 내었다.

그런데 페드르의 언어가, 말을 하면서도 하지 않았어야 되는 역설적 상황에서 말보다 선호하는 것은 침묵이다. 대체의 표현의 사이사이 페드르의 고백은 침묵을 향하는 원심력적 회귀를 보여준다. 1막 3장의 고백 직전 외논은 이미 페드르를 지배하고 있는 침묵의 무게를 계속적으로 비난하였다.[31] 페드르 자신은 침묵을 지켜야만 하는 이유를 너무나도 잘 알고 있다. 침묵을 깼을 때 야기될 혼란을 깊이 자각하고 두려워하고 있는 것이다. 외논이 페드르의 침묵을 타박할 때, 페드르는 이렇게 대답한다.

내가 만일 침묵을 깬다면, 너는 공포로 전율할 것이다.[32]

---

30) 2막 5장에서의 정념 고백 후 페드르는 스스로를 〈괴물〉이라 칭한다.
〈믿어다오, 이 끔찍스러운 괴물이 너의 징벌을 피해서는 안 될 것이다.
Crois-moi, ce monstre affreux ne doit point t'échapper.〉(Ⅱ, 5, 772쪽)
31) 아! 왕비님이 부끄러워해야만 한다면 침묵에 대하여 부끄러워하세요.
S'il faut rougir, rougissez d'un silence. (I, 3, 755쪽)
그러면 목숨을 끊으세요. 그렇게 해서 잔인한 침묵을 간직하세요.
Mourez donc, et gardez un silence inhumain. (I, 3, 756쪽)
32) Tu frémira d'horreur si je romps le silence. (I, 3, 756쪽)

이 모든 두려움에도 불구하고 계속 몰아세우는 외논 탓에 페드르는 해서는 안 될 말을 입에 올리기 시작한다. 자신이 할 말의 파괴적 성향[33]을 누구보다도 잘 인식하고 있는 페드르는 고백의 이 순간 무슨 생각을 하고 있는가. 이 지점에서 페드르가 과연 얼마만큼의 의지로 자신과 말과의 관계를 유지하는가를 가늠해 보아야 할 것이다. 그녀의 고백은 아찔아찔한 줄타기 곡예와도 같이 언어라는 외줄에서 떨어질 듯 말 듯 진행된다. 듣는 이뿐만 아니라 말하는 이에게도 이 언어의 곡예가 가져다 주는 현기증과 매혹 la fascination 과 전율은 강렬하다. 이 순간 그 매혹을 죽음으로의 유혹[34]이라 규명할 수 있을까. 침묵 아니면 죽음만을 요구하던 페드르는 마지못해 하게 된 고백을 통하여라도 결국 죽음에 이르는 길을 택할 것이다. 따라서 그녀의 외줄타기는 곡예사가 스스로의 실패를 너무도 잘 내다보는 가운데 진행하는 도박이다. 해서는 안 될 곡예를 강행하는 주인공의 실패란 다름 아닌 언어의 외줄에서 떨어져 버리는 것, 또는 언어로 묘사해서는 안 될 파괴적 정념과 본능에 다다르는 것, 그리하여 결국 언어의 경계선 너머의 전적인 침묵이나 죽음에 직면하게 되는 과정일 것이다. 이러한 유추를 통해서 우리는 페드르 고백이 갖는 기묘한 유혹적 성격—— 죽음으로의 지향성—— 의 정체를 조금이나마

---

33) 앞서 지적한 바대로, 페드르의 말은 끝없는 말 자체의 존재 부정 및 화자의 존재 부정까지 동반하고 있다. 말의 파괴적 성향이라 할 때 우리는 이상의 성격뿐 아니라 결국 페드르의 고백으로 야기되는 외논, 이폴리트 및 페드르 자신의 죽음, 나아가서는 한 왕가가 유지하여 온 존엄과 행복의 파괴 전체를 염두에 두고 있다.

34) 프로이트 Freud는 『즐거움의 원리를 넘어서 Au-delà de la principe de plaisir』이래의 많은 저서에서 〈죽음에 대한 충동 Les pulsions de mort〉이 인간의 정신세계 내면에 자리함을 지적한 바 있다. 라플랑슈 Laplanche와 퐁탈리스 Pontalis는 이 충동이 삶에 대한 충동들에 반하는 것이며, 모든 긴장의 전적인 경감과 인간을 반기관적 상태로 이끔을 지향하는 충동이라 정의한다. 내적으로 자기 파괴를 원하면서 이 충동은 외적으로 공격과 파괴의 충동의 형태로 나타나게 된다고 한다. J. Laplanche et J.-B. Pontalis, *Vocabulaire de la psychanalyse* (Paris : PUF, 1967) 371쪽 참조.

짐작할 수 있을 것이다.

바르트는 페드르에 나타난 언어가 침묵의 괴로운 순간을 회피하고 뒤로 미루기 위한 과장적 몸부림의 성격을 갖는다고 설명한다.[35] 그러나 페드르의 언어는 말인 동시에 침묵이라고 여겨진다. 죽음이 보장해 줄 영원한 침묵을 스스로 준비하고 그 침묵에 젖어들어 있는 말, 따라서 페드르의 언어에는 망설임과 우회와 멈춤이 동반된다. 결정적인 순간에 말을 대신하는 말없음표들, 즉 침묵의 한 예를 우리는 이미 지켜본 바 있다. 즉 앞서 인용된 1막 3장의 〈나는 …… 사랑한다〉 등의 구문에서 사랑의 대상인 이폴리트의 이름이 침묵으로 대신되고 있었다. 이외에 2막 5장의 한 구절을 읽어보자.

> 내가 무슨 말을 하는 거지요? 그이는 죽지 않았어요. 당신에게서 살아 숨쉬고 있으니까요.
> 내 눈앞에서 여전히 나의 남편을 보고 있는 듯하답니다.
> 나는 그이를 보아요. 그에게 말을 합니다. 그리고 나의 마음은……. 내 정신이 혼미하군요.[36]

테제를 빌어 이폴리트에 대한 감정을 돌려 표현하던 페드르가 다시 테제의 허울 뒤에 숨겨둔 이폴리트를 자신의 사랑의 대상으로 드러내려는 순간 그녀는 말을 잇지 못하고, 짧은 침묵으로 도피하고 있는 것이다. 그뿐 아니라 앞서 정리해 본 무수한 대체의 표현들도 결국 해야 할 말을 할 수 없는 상황에서 이루어지는 일종의 도피로 간주될 수 있을 것이다.

---

35) Le langage dessine le monde délicieux et terrible des revirements infinis et infiniment possibles… le héros se fait exagérément sot pour entretenir la contention, retarder le temps atroce du silence. Barthes (1963), 앞의 책, 61쪽 참조.

36) Que dis-je? Il n'est point mort, puisqu'il respire en vous./Toujours devant mes yeux je crois voir mon époux./Je le vois, je lui parle, et mon coeur… je m'égare, (Ⅱ, 5, 770쪽)

해야 할 말을 전하고 있지 않는다는 의미에서 침묵과 다를 바가 없는 말들이다.

한편 페드르의 처음 두 차례의 고백의 끝부분에는 영원한 침묵이라 할 죽음에의 의지를 보다 강하게 표현하는 대사가 한결같이 자리한다. 페드르에게 말은 곧 침묵이나 죽음과 등가이기 때문이다. 페드르는 외논에게의 첫 고백 후 그것이 마치 자신의 죽음의 정당화를 위한 것이었던 것처럼 말한다.

> 나는 네게 모든 것을 고백하였고, 그것을 후회하지 않는다.
> 내게 죽음이 다가오는 것을 네가 존중하며
> 더 이상 온당치 않은 비난으로 나를 괴롭히지만 않는다면 말이다. [37]

앞서도 살펴보았듯이 두번째 고백 역시 이폴리트의 칼로 자신을 칠 것을 요구하다가 끝내 그 칼을 달라는 말(〈Donne〉)로 마감되고 있다. 스스로 목숨을 끊으려는 의지를 보여주는 대목이다. 여기서 페드르는 그 힘들었던 고백을 실제의 죽음과 맞바꾸려 하는 것이다. 이 부분에서 한 가지 유의해야 할 것은 칼에 대한 언급 직전의 대사에서 페드르가 스스로를 〈괴물〉이라고 칭하고 있는 대목이다.

> 복수하라. 가증할 사랑에 대하여 나를 벌하라.
> 그대에게 생명을 불어넣어 준 영웅의 당당한 아들이여,
> 그대를 성가시게 하는 괴물로부터 세계를 구하라. [38]

---

37) Je t'ai tout avoué ; je ne m'en repens pas,
Pourvu que de ma mort respectant les approches
Tu ne m'afflige plus par d'injustes reproches, (I , 3, 759쪽)

38) Venge-toi, punis-moi d'un odieux amour.
Digne fils du héros qui t'a donné le jour,
Délivre l'univers d'un monstre qui t'irrite. (II , 5, 772쪽)

페드르가 언어의 미궁 안에 가두어두고자 하였던 정념이라는 괴물은 온전히 갇혀 있는 대신 페드르의 모습으로 이렇게 드러나 무대 위 행복한 한 왕가의 질서를 위협할 것이다. 페드르가 자신의 언어로 정성되이 건축하던 미궁 안에 스스로 빠져든 때문일까, 언어 역시 길을 잃고 헤매이며 더 이상 미궁 건축을 수행할 수 없었던 때문일까, 또는 페드르의 언어가 결국 스스로 자신의 미궁을 파괴하고 갇힌 괴물──정념에 사로잡힌 자기 자신──을 노출하는 때문일까? [39] 무대 위에 드러나는, 그러나 고전주의적 〈적격 la Bienséance〉의 규약하에 아름다운 왕녀의 모습으로 나타나는 괴물은 결국 5막에 가서 이폴리트를 죽음으로 몰고 가는 바다의 괴물과 같은 맥락에서 읽힐 수 있다. 2막의 고백 장면에서 괴물이 페드르의 모습을 빌어 무대 위에 설 수 있었다면, 그러한 외형을 갖추지 못한 5막의 괴물은 무대 밖에 머물고 다만 테라멘의 정돈된 대사[40]를 통해서만 무대 안으로 초빙된다. 3막에서 언어가 뱉어놓은 괴물을 이폴리트가 칼로 내리칠 용기를 가졌더라면, 5막에 가서 바다의 괴물에게 죽음을 당하지 않았을 것이다. 이폴리트 스스로도 잘 알고 있듯이 그는 아직 그럴싸한 괴물 및 악당 퇴치의 무공을 쌓지 못한, 〈그리도 영예로운 아버지의 이름 없는 아들〉[41]일 뿐이다.

괴물의 퇴치는 테제의 몫이다. 3막 4장 테제의 귀환은 그 자체로서 무대 위의 괴물들을 차례로 스러지게 한다. 페드르에 의하여 〈괴물〉이라고

---

39) 페드르 언어의 자기 부정적 성격, 파괴적 성격에 대하여 이미 지적한 바 있다. 침묵과 등가로 규명되는 언어의 특성 역시 결국 언어 스스로에 대한 부정을 예시해 준다 하겠다.

40) 레오 스피처는 이폴리트의 죽음을 전달하는 5막 테라멘의 이야기의 문체 분석에서 테라멘의 이야기를 고전주의 문체의 정수로 보며, 일종의 〈괴물 길들이기 monstre taming〉의 기능을 한다고 지적한다. Leo Spitzer, 앞의 책 참조. 그러나 페드르의 언어는 효과적 〈괴물 길들이기〉를 달성하지 못하고 있다. 이 경우의 언어는 오히려 괴물성에 의하여 잠식당하고 있다고 보는 편이 더 타당할 것이다.

41) fils inconnu d'un si glorieux père. (Ⅲ, 5, 780쪽)

지칭되는 외논[42]과 이폴리트[43]의 연이은 죽음 뒤, 페드르 역시 독약을
마신다. 죽음이 그녀의 혈관을 타고 스미는 사이, 5막 7장 마지막으로
무대에 등장하는 페드르는 테제 앞에서 가장 단호한 고백을 진행한다.
산자의 말이 아닌 이미 죽음 편에 선 자의 말은, 죽음과 같은 고백을 이
제 아무 망설임 없이 그 어떤 대체의 표현이나 말없음표의 도움 없이 단
숨에 이루어낸다.

시간이 없어요. 나의 말을 들으세요, 테제.
바로 나예요. 그 순결하고 존경스런 아드님께
불순하고도 근친상간적 눈길을 주었던 것은. [44]

그녀의 독약이 페드르가 겹겹이 두르고 있던 삶과 거짓의 너울을 한꺼
번에 벗어던질 수 있도록 도와주어 진실과 진실된 말을 죽음과 더불어
세상에 내어놓게 하기 때문이다. 외줄타기의 곡예의 비유를 다시금 취해
본다면 5막에서의 페드르는 더 이상 곡예사가 아니다. 이제 곡예뿐만 아
니라 모든 것을 포기한 상황, 이미 죽음의 늪에 완전히 빠져든 상태에서
무대에 오른 것이다.
따라서 앞선 두 고백의 끝 부분에 죽음에 대한 강한 의지가 피력되고
만 있다면, 1622행에서 1644행에 달하는 이 고백의 반 정도 분량인 1635
행 이하에서 페드르는 자신에게 실제로 죽음이 다가옴을 언급하며, 마지
막 1644행에 그녀의 죽음이 뒤따른다. 그녀의 마지막 말은 죽음이 그녀
의 신체를 이미 잠식하였음을 잘 표현한다.

---

42) 사라지거라, 저주스러운 괴물아.
   Va-t'en, monstre exécrable.(Ⅳ, 6, 792쪽)
43) 그는 나의 눈에 끔찍스러운 괴물로 보인다.
   Je le vois comme un monstre effroyable à mes yeux.(Ⅲ, 3, 778쪽).
44) Les moments me sont chers, écoutez-moi, Thésée./C'est moi qui sur ce fils
   chaste et repectueux/Osai jeter un œil profane, incestueux. (Ⅴ, 7, 802쪽)

그리고 죽음은, 내 눈에서 광채를 앗아,

그 눈들이 더럽혔던 태양에게 순수함을 되돌려줍니다. [45]

페드르의 마지막 고백은 이와 같이 죽음에 젖어든 언어의 양상을 확대하여 지켜볼 수 있는 기회를 제공한다. 침묵을 맴돌던, 침묵과도 같았던 말의 끝에, 실제의 죽음으로 인한 영원한 침묵이 찾아들고 더 이상 말도 미궁도 괴물도 스러지고 없을 것이다. 그 위로 막이 내리고 무대도 극장도 침묵에 잠길 것이다.

3 결론──〈부정성〉과 그 파장

지금까지 페드르의 세 번의 고백을 중심으로 그 언어의 특성을 우리의 시각에서 조망해 보았다. 우리는 극의 전개에 결정적인 축을 제공하는 페드르의 고백이 실제 어떻게 진행되고 있는가를 가까이에서 지켜보고자 하였고 이러한 관찰을 통하여 페드르의 언어가 무수한 대체의 표현들과 침묵에의 지향에 의해서 그 존재를 유지해 나가고 있음을 확인할 수 있었다. 이미 언급한 바, 메시지를 대신하는 많은 대체적 표현들은 언어가 스스로의 한계를 자각하고 그것을 극복하려는 불가능에 가까운 노력을 암시한다. 즉, 말은 하고 있되 말의 불가능성만을 노출시킬 뿐 진정한 메시지 전달이 회피되고 있는 것이다. 한편 가까스로 표명되는 정념의 진실은 스스로의 파괴뿐 아니라 그 진실을 담은 언어 및 화자의 존재 부정을 요구하고 있음을 확인할 수 있었다. 또한 페드르의 언어는 말하기보다는 침묵을 지향하는 가운데 전개되며, 실제로 중요한 지점에 말 대신 말없음표가 자리함을 지켜볼 수 있었다. 또한 수많은 대체와 우회의 표현 역시 침묵의 한 형태로 간주될 수 있을 것이다. 각 고백이 다다르

---

45) Et la mort, à mes yeux dérobant la clarté, Rend au jour, qu'ils souillaient,
toute sa pureté.(V, 7, 802쪽)

는 죽음에 대한 언급 또는 5막에서의 실제적 죽음은 페드르 언어의, 침묵과도 같은 성격을 확대하여 예시해 주고 있다. 결국 침묵은 언어의 존재 부정이다.

이러한 부정적 특성을 갖는 페드르의 언어는 일상 언어로 표현할 수 없는 내적 진실을 담는 〈시적 언어 le langage poétique〉의 범주에 속할 수도 있으리라 생각된다. 가브리엘 슈바브 Garbriele Schwab는 〈시적 언어〉란 일상 사회 생활로부터 제외되고 배척받는 것, 무의식적인 것, 이름붙일 수 없는 것들에게 공식적 이름과 존재를 제공하는 것이라고 본다.[46] 페드르의 정념이란 바로 왕비 페드르의 공적 사회 생활이 용납할 수 없었던 배척받는 것이었으며, 페드르의 언어는 바로 그 배척되고 억압받는 그리고 말로 표현되어서는 안 될 정념에 이름을 붙이고 표현해야 하는 사명을 갖는 것이다. 일상 언어에서 한 걸음 물러난 위치에서 그 언어의 경계선에 도전하는 역할을 담당하는 것으로서 페드르의 언어의 〈부정성〉을 규명해 본다면, 페드르 언어의 그 도전적 성격은 페드르의 정념이 암시하는 체제 도전적 성격과 맥을 같이한다고 볼 수 있을 것이다.[47]

루이 14세의 절대왕정이 지배하는 왕국의 요지에서 권력의 비호와 총애를 받으며 집필 활동을 한 라신으로 하여금 이처럼 부정적, 전복적 성향의 흔적을 그의 걸작들에 남기게 한 것은 그 내면에서 들끓는 어떤 바

---

46) Gabriele Schwab, "Subject, Imaginary Functions, and Poetic Language", *New Literary History* 15, 1984, 467-469쪽 참조.

47) 한편 페드르의 언어는 프랑스의 대표적 여성주의 비평가들에 의하여 여성적 글쓰기 écriture féminine 의 특성으로 꼽히는 몇몇 요소들을 예시해 주고 있기도 하다. 토릴 모이 Toril Moi는 프랑스의 여성주의자들 중 엘렌 식수 Hélène Cixous와 뤼스 이리가레이 Luce Irigaray의 여성적 언어관이 유사함을 언급하면서, 여성적 언어란 가부장적 논리에 따른 일반 언어체계를 빗나가 있으며 이면의 의미를 지니고 그 의미를 영속적으로 짜나가지만 고정되고 부동화됨을 피하기 위하여 단어들을 취하는 동시에 버리는 과정이 있다는 이리가레이의 견해를 소개한다. 이 논의에 관해서는 또 다른 논문이 필요할 것이다. Toril Moi, *Sexual/Textual Politics : Feminist Literary Theory* (London and New York : Routledge, 1985) 143-145쪽 참조.

람이었을까. 엄격한 고전 비극의 규칙이 지배하는 라신의 이 희곡의 이 면으로부터 이처럼 드러나는 부정적 요소들은 그 〈부정성〉이 희곡의 어 느 부분에까지 침투해 있는가에 대한 또 다른 고찰을 요구하리라고 본 다. 후속되는 연구를 기대하면서 우리가 여전히 기억해야 할 것은 지금 까지 고찰된 페드르 언어의 〈부정성〉 자체가 가장 고전주의적인 여러 문 체론적 특성들과 작품 안에서 나란히 자리하고 있다는 사실이다.

참고문헌

기본 텍스트

Racine, Jean. *Phèdre*. in *Œuvres Complètes* I. Raymond Picard(éd.). Bibliothè-que de la Pléiade, Paris : Gallimard, 1950.

인용된 책과 논문

Assad, Maria. "Une réponse classique à la crise de la culture : *Phèdre*", *Papers on French Seventeenth Century Literature* 13. 25 (1986) : 39-51.

Auerbach, Erich. "Faux dévot", *Mimesis*. 김우창, 유종호 역, 『미메시스』. 민 음사, 1979.

Barthes, Roland. *Sur Racine*. Paris : Seuil, 1963.

_____. "Introduction à l'analyse structurale des récits," *L'Aventure sémiologique*. Paris : Seuil, 1985.

Peter, France. *Racine's Rhetoric*. Oxford : Clarendon Press, 1965.

Jauss, Hans Robert. *Pour une esthétique de la réception*. Claude Maillard(trad.). Paris : Gallimard, 1968.

Laplanche, Jean et Pontalis. J. -B. *Vocabulaire de la psychanalyse*. Paris : PUF, 1967.

Moi, Toril. *Sexual/Textual Politics : Feminist Literaty Theory*. London and New York : Routledge, 1985.

Schwab, Gabriele. "Subject, Imaginary Functions, and Poetic Language, " *New Literary History* 15(1984) : 453-474.

Spitzer, Leo. *Linguistics and Literary History, Essays in Stylistics.* Princeton : Princeton UP, 1945.

Ubersfeld, Anne. *Lire le théâtre,* 신현숙 역. 『연극 기호학』. 문학과 지성사, 1983.

홍재성. 「Phèdre의 문체 분석」, 《불어불문학연구》 제5집 (1970) : 5-20.

『클레브 공작 부인』에 나타난 인간 조건

이동렬

1

『클레브 공작 부인 La princesse de Clèves』만큼 한 세기의 소설사를 지배하는 확고한 문학사적인 정평을 획득한 작품은 없을 것이다. 이 소설을 분석 소설의 효시로 보든 또는 심리 소설의 원형으로 보든 간에, 라 파예트 부인 Madame de La Fayette의 200페이지 미만의 이 짤막한 한 권의 소설 작품은 17세기 불문학사에 우뚝 솟은 것으로서, 시와 연극에 비해 열등한 장르로 분류되던 소설 장르를 진정한 문학적 위엄에 이르게 한 걸작으로 거의 이론의 여지 없이 평가되는 것이다. 1678년에 출판된 이후 3세기가 흐르는 동안 이 작품에 대한 비평적 입장은 다양한 변화가 있었다고 할 수 있겠지만, 다음의 고찰이 지적하고 있는 바와 같이 『클레브 공작 부인』을 고전주의 시대의 거의 유일한 걸작 소설 작품으로 간주하는 것은 문학사적인 전통처럼 되어온 것이 사실이다.

라 파예트 부인이 프랑스 소설을 창안했다는 것이 전통적 입장이다. 모든 전통과 마찬가지로 이 전통도 일부의 진실을 내포하고 있다. 1660년부터 1700년 사이에 출판된 약 650종의 소설들 가운데 후세가 기억하고 있는 것이

거의 『클레브 공작 부인』뿐이라면, 그것은 우연이 아니다. [1]

　무엇이 이 작은 한 권의 소설을 이처럼 동시대의 다른 모든 소설들을 압도하는 뛰어난 소설로 만들어주는가? 『클레브 공작 부인』을 여러 면에서 코르네유 Corneille 의 극작품과 근접한 작품으로 보면서 〈분석의 정확성, 영혼의 오연한 힘, 덕성스러운 사랑의 개념, 명예심에 의한 사랑의 제압〉[2]을 지적하는 랑송이나, 〈문체의 간결성과 밀도〉[3]를 높이 평가하는 카스텍스 같은 중요한 문학사가들의 견해를 비롯하여 내용의 측면에서나 형식의 측면에서 이 작품의 높은 가치를 자리매김하는 견해는 수없이 많다. 평자들의 수많은 견해를 통하여 구축되어 온 단순하고 섬세하며 우아한 걸작 고전 소설이라는 이미지가 너무도 강렬해 이 작품에 관한 여타의 해석이나 분석은 사소한 췌언으로 여겨질 정도로 보인다.
　이렇듯 확고한 문학사적 명성은 그 자체가 하나의 선입관이나 편견을 형성할 위험의 소지가 있다. 오늘날 우리는 문학사적 명성에 압도되어 이 고전 소설을 의무적으로 읽고 너무도 단단한 그 가치 평가를 손쉽게 차용하는 것은 아닌가? 텐의 다음과 같은 지적처럼 우리는 오랜 시간의 간격 때문에 이 옛 소설을 제대로 이해할 수 없는 것은 아닌가?

　문체와 그 감정들은 우리들의 것과는 너무나 멀리 떨어져 있어서 우리는 그것들을 이해하기가 어렵다. 그것들은 너무나 미묘한 향기와도 같다. 그 많은 섬세성은 우리에게 차가움이나 무미건조함으로 보인다. 사회의 변모는 영

---

1) La tradition veut que Mme de La Fayette ait inventé le roman français. Comme toutes les traditions, elle comporte une part de vérité. Ce n'est pas un hasard si, des quelque six cent cinquante romans publiés entre 1660 et 1700, la postérité n'a guère retenu que *La Princesse de Clèves*. (B. Pingaud, *Mme de La Fayette par elle-même*, Seuil, 1968, 131쪽)
2) G. Lanson, *Histoire de la littérature française* (Hachette, 1979), 490쪽.
3) P. Castex & P. Surer, *Manuel des études littéraires françaises, XVIIe siècle* (Hachette, 1963), 100쪽.

혼도 변모시켰다. [4]

아니면 문학사적인 정평과는 관계없이 오랜 세월의 간격과 그 세월 동
안 되풀이되어 온 다양한 소설의 실험에도 불구하고『클레브 공작 부인』
은 오늘날에도 여전히 현대 독자의 감성에 호소할 수 있는 흥미의 요소
를 지니고 있는가? 모든 고전 작품이 그렇듯이 이 고전 소설도 시대에
따라 다소간 다른 관점에서 읽혀온 것이 사실이다. 소설의 문학적 가치
에 대해서는 일치된 찬사를 보냈다 할지라도, 각 세기에 따라 이 소설에
대한 독자들의 주된 관심사는 상당한 변주를 보여온 것이다. 이 점에 관
해서는 다음의 정리된 요약을 인용해 보는 것으로 충분할 것이다.

물론 기준은 심한 변화를 보여왔다. 17세기는 특히 고백(남편에게 하는 클
레브 부인의 고백)의 엉뚱함에 민감했다. 18세기는 오히려 감정의 섬세성에
매료되었다. 19세기는 그 섬세성을 계속해서 찬양하면서도, 나아가 흘러간
역사적 시대의 매혹적인 옛 향기에 관심을 가졌다. 이러한 관심사들이 더 이
상 우리들의 것은 아니다. 오늘날의 비평은 세련미보다 해명에 더 관심을 갖
는다. 사람들은 더 이상 예절 문제를 알아보려 하거나, 개인적 윤리의 문제
에 집착하지 않는다. 그들은 외관 저너머에서 감춰진 동기를 이해하고 밝히
려 노력하며, 여주인공들을 그들 자신 및 자기들 시대의 사회와 연결짓는 복
잡한 관계망을 간파하려 애쓰는 것이다. [5]

---

4) Le style et ces sentiments sont si éloignés des nôtres que nous avons peine à les
   comprendre ; ils sont comme des parfums trop fins : … ; tant de délicatesse nous
   semble de la froideur ou de la fadeur. La société transformée a transformé l'âme.
   (H. Taine, *Essais de critique et d'histoire* ; O. Virmaux, *Les Héroïnes romanes-
   ques de Madame de La Fayette,* Klincksieck, 1981, 16-17쪽에서 재인용)
5) Bien entendu, les critères ont changé profondément. Le dix-septième, on l'a vu,
   avait été surtout sensible à l'incongruité de l'aveu ; le dix-huitième avait été
   requis plutôt par la délicatesse des sentiments ; le dix-neuvième enfin, tout en
   continuant d'admirer cette délicatesse, avait retenu en plus le parfum suranné et
   fascinant des époques historiques révolues. Ces préoccupations ne sont plus les

고전주의 문학은 불변하는 인간의 본성에 대한 믿음에 근거해 있는 문학이며, 오랜 세월 동안 가치를 인정받아 온 명작은 시대의 변천에도 불구하고 생명력을 지킬 수 있는 보편성을 지니고 있다 할지라도, 하나의 문학 작품이 모든 시대 모든 인간에게 동일한 방식으로 읽히고 호소하는 것은 물론 아니다. 오늘날의 독자가 호머 시대의 사람들과 같은 방식으로 『일리아드』를 읽을 수는 없는 것이다. 『클레브 공작 부인』을 둘러싸고 잡지 《메르퀴르 갈랑 Mercure Galant》이 앙케트까지 하면서 벌였던 17세기의 논쟁, 즉 다른 남자를 사랑하게 되었다는 사실을 남편에게 고백하는 여주인공의 행위가 적절하냐 그렇지 않으냐 하는 논쟁은 이 작품에 대한 20세기 독자의 주된 관심사일 수는 없을 것이다. 어떠한 작품도 그 자체로 고정 불변의 의미와 가치를 지닐 수는 없다. 시대에 따라서, 심지어 각각의 독자에 따라서 하나의 작품은 다소간 상이한 방식으로 읽히고 상이한 반응을 일으키게 마련이다. 어떠한 논의라도 다 진부하게 보이게 할 만큼 샅샅이 뒤적여지고 갖가지 방식으로 코멘트가 이루어진 고전 작품에 대해서도 되풀이 얘기가 진행될 수 있는 것은 바로 작품의 의미란 개인적 감성과의 만남으로서만 비로소 구체화될 수 있다는 사실 때문이리라. 비록 되풀이하는 또 하나의 논의가 기존의 논의의 반복에 불과한, 진부한 것이라 할지라도 그것이 한 감성의 반응을 표현하는 것인 한 일단의 의미를 부여할 수 있을 것이다.

---

nôtres. La critique d'aujourd'hui est moins soucieuse de raffinement que d'élucidation. On ne se réfère plus aux bienséances ; on ne se cantonne plus aux problèmes d'éthique individuelle ; on cherche, par-delà les apparences, à comprendre, à mettre au jour les ressorts cachés, à démêler les liens complexes qui relient les héroïnes à elles-mêmes ou à la société de leur temps. (O. Virmaux, *Les Héroïnes romanesques de Madame de La Fayette*, 18쪽)

2

소설이라는 문학 장르가 존재한 이후 대부분의 작품이 그렇듯이 『클레브 공작 부인』도 남녀간의 사랑의 이야기를 다루고 있는 소설이다. 이 사랑의 이야기의 줄거리 자체는 대단히 단순하고 간결하다.

아름다운 처녀 샤르트르 Chartres는 궁정의 뛰어난 귀족 청년 중 한 사람인 클레브 Clèves 공[6])과 결혼하게 된다. 사랑의 감정을 경험하지 못한 채 결혼했던 여주인공은 궁정의 또 다른 뛰어난 귀족 청년인 느무르 Nemours 공작을 만나게 되자 열정적인 사랑을 느끼게 되며, 느무르 공작 역시 클레브 부인을 보는 순간부터 그녀에게 강렬한 정열을 느끼게 된다. 어머니로부터 여성의 덕성을 지키도록 철저히 교육받은 클레브 부인은 이 운명적인 사랑에 저항한다. 그러나 부인의 노력과 의지에도 불구하고 상황은 이들의 열정을 점점 더 피하기 힘든 것으로 몰아간다. 이 위험으로부터 자신을 지켜줄 수 있을 어머니가 죽게 되자 클레브 부인은 마침내 남편에게 자신의 정열을 고백하기에 이른다. 아내를 연인처럼 열렬히 사랑하던 클레브 공은 이 고백을 들은 후 질투의 고통으로 곧 죽음을 맞는다. 남편의 죽음으로 연인과의 사랑을 막는 사회적 장벽은 사라졌지만, 클레브 부인은 남편에 대한 의무감과 자신의 마음의 평화를 이유로 느무르 공작의 열정적인 사랑을 거부하고 수녀원에 은거하여 죽게 된다.

라 파예트 부인은 외면적인 줄거리만으로는 이처럼 단순하기 짝이 없는 사랑의 이야기에 정교하고 섬세한 분석을 가해 프랑스 문학사상 최초의 걸작 분석 소설을 빚어내고 있지만, 이 소설이 전적으로 내면화된 사

---

6) 작품에서 클레브 공 prince de Clèves은 느베르 공작 duc de Nevers의 둘째아들인 자크 드 클레브 Jacques de Clèves로서 공작의 칭호를 갖고 있지 않으며, 대귀족을 지칭하는 일반적 호칭인 prince로만 명명되고 있다. 따라서 『클레브 공작 부인』이란 작품명은 『클레브 공 부인』이 더 정확한 명칭일 것이나, 편의상 통용되는 대로 쓰기로 한다.

랑의 심리 분석만으로 이루어져 있는 것은 아니며, 주인공들의 심리가 이 소설의 모든 흥미를 이루고 있다고 할 수도 없다. 작품의 구조상 비록 주변적이고 부속적인 요소라 할지라도, 『클레브 공작 부인』은 16세기 프랑스 앙리 Henri 2세 궁정의 역사적 연대기를 담고 있다. 주인공들의 심리적 추이를 보여주는 중심 줄거리는 앙리 2세 궁정의 역사적 사실들을 배경으로 하고 있으며, 이 역사적 연대기와 교직(交織)을 이루는 구조를 취하고 있는 것이다. 좀더 정확히 말해서 이 소설은 1558-1559년의 프랑스 궁정의 역사를 구체적 배경으로 하고 있다. 이 소설은 1558년 11월 프랑스와 스페인의 세르캉 Cercamp 평화회담, 1559년 2월 말의 카토 캉브레지 Cateau-Cambrésis 회담, 그리고 그 해 4월 3일의 평화조약 체결 같은 역사적 사실들을 언급하고 있다. 평화조약 체결의 결과 앙리 2세의 공주인 엘리자베트 드 프랑스 Elisabeth de France 와 스페인의 필리페 Philippe 2세의 결혼 및 앙리 2세의 누이인 마르그리트 Marguerite 와 사부아 공작 le duc de Savoie 의 결혼이 성립되는 전후 사정이 설명되고 있으며, 궁정에서 벌어지는 결혼 예식의 장면들이 구체적으로 묘사되고 있다. 그리고 결혼 축하 행사로 벌어진 기마 시합에서 앙리 2세가 예기치 않은 부상으로 사망하고, 뒤이어 프랑수아 François 2세가 즉위하여 궁정의 세력 판도가 재편되는 상황도 이 소설은 꽤 상세히 얘기하고 있다. 말미의 에필로그를 제외하면 이 소설은 이러한 역사적 사실들이 언급되어 있는 1년간의 지속 기간을 갖는다. 소설의 시작 자체가 다음과 같이 앙리 2세의 궁정을 소개하는 것으로 시작되고 있다.

화려함과 예절이 앙리 2세 치세의 말년만큼 그렇게 빛나게 출현한 적은 일찍이 프랑스에 없었다. 이 군주는 정중하고 잘생겼으며 사랑에 빠져 있었다. 발랑티누아 공작 부인인 디안 드 푸아티에에 대한 그분의 열정은 20년 이전에 시작되었음에도 불구하고 여전히 강렬했으며, 그분은 여전히 눈부신 사랑의 표시를 나타내 보였다.[7]

---

7) La magnificence et la galanterie n'ont jamais paru en France avec tant d'éclat

이렇게 서두를 여는 소설은 여주인공이 출현할 때까지 여러 페이지에 걸쳐서 왕과 왕족들, 뒤이어 궁정의 주요 귀족들을 차례로 소개하고 있다. 16세기 궁정 생활을 정확히 재현하기 위하여 라 파예트 부인은 브랑톰Brantôme의 『저명 부인들의 생애 Vies des dames illustres』와 『저명 인사들과 명장들의 생애 Vies des hommes illustres et des grands capitaines』를 비롯하여 미셸 드 카스텔노 Michel de Castelnau의 『회상록 Mémoires』과 메즈레 Mézeray 의 『프랑스사 Histoire de France』 등 여러 서적을 참조하며 면밀한 준비를 했던 것으로 알려져 있다. 이처럼 정확한 역사적 연대의 설정과 구체적인 역사적 사실들이 출현하는 배경 때문에 17세기의 독자들은 이 작품을 일종의 역사 소설처럼 읽기도 했으며, 오늘날에도 카스텍스 같은 문학사가는 이 작품의 중요한 요소로서 역사 소설적 성격을 들고 있기도 하다. [8]

역사적 정확성에 대한 작자의 세심한 배려에도 불구하고 『클레브 공작 부인』에 환기되고 있는 궁정 생활의 풍속은 앙리 2세 치하의 16세기의 풍속이라기보다는 오히려 작자의 동시대인 루이 14세 시대의 분위기를 연상시킨다는 것이 비평가들의 일반적인 입장인 듯하다. 그것이 앙리 2세의 궁정 생활이든 루이 14세의 궁정 생활이든 간에 오늘날의 독자에게는 다 같이 먼 옛날 앙시앵 레짐의 궁정 생활이며, 귀족들의 화미하고 세련된 삶의 양태는 그 자체가 하나의 작은 소설적 매력과 흥미를 이룰 수도 있다. 그러나 어쨌든 이 작품의 역사 소설적 성격을 인정한다 하더라도 20세기의 독자가 역사적 호기심 때문에 이 작품을 읽는 일은 거의 없을 것이다. 〈야심과 연애가 이 궁정의 영혼이었고, 마찬가지로 남녀를

---

que dans les dernières années du règne de Henri second. Ce prince était galant, bien fait et amoureux ; quoique sa passion pour Diane de Poitiers, duchesse de Valentinois, eût commencé il y avait plus de vingt ans, elle n'en était pas moins violente, et il n'en donnait pas des témoignages moins éclatants. (Madame de La Fayette, *La Princesse de Clèves,* in *Romans et Nouvelles,* Bordas, 1990, 253쪽)
8) P. Castex & P. Surer, 앞의 책, 100쪽 참조.

사로잡고 있었다〉[9]고 작자는 말하고 있지만, 지극히 관념적으로 잠깐씩 언급될 뿐 정치적 야심에 기인한 파당 간의 쟁투가 구체적으로 드러나는 일은 좀처럼 없다. 두 중심적 남성 인물인 느무르 공작과 클레브 공이 16세기에 실재했던 인물의 이름이라 하더라도 그들 둘 다 소설적 변용이 며, 여주인공은 라 파예트 부인의 순전한 소설적 창조인 것이다. 주인공 들의 사랑의 심리에 집중된 구조가 이 소설의 특정적 구조이며, 이 소설 이 구현하고 있는 단순성의 미학은 그러한 구조에 기인하고 있다. 역사 적 사실은 소설의 배경을 지탱하기 위해 필요한 최소한의 정도로 축소되 어 있으며, 외견상 역사적 사건의 진행 시간과 소설적 진행 시간이 병치 되어 있는 듯이 보이지만, 다음의 고찰이 지적하고 있는 바와 같이 이 작품은 작품 고유의 내적 시간을 보유하고 있다.

시간이 분산되는 경향을 띠는 영웅 소설이나 프레시오지테 소설 roman précieux과는 반대로, 『클레브 공작 부인』은 중심 인물들, 특히 여주인공이 경험한 고유의 지속을 작품 자체 속에 내포하고 있다. 이 지속은 달력의 추 상적 시간과는 전적으로 다르다. 그 지속의 리듬은 경험의 강도에 따라 변화 하고, 그것의 연속적 선은 역사적 시간의 불연속과 대립된다. 그것은 근본적 으로 심리적 지속인 것이다. [10]

구체적인 역사적 연대를 배경으로 하면서도 역사적 조건을 넘어서는 인간의 내면을 탐구하는 작품을 만들었으며, 작품이 이러한 인간의 내면

---

9) *La Princesse de Clèves*, 264쪽.

10) Contrairement au roman héroïque ou précieux qui a tendance à se disperser dans le temps, *la Princesse de Clèves* renferme en elle-même sa propre durée qui est intériorisée, vécue par ses principaux personnages et particulièrement par l'héroïne. Cette durée diffère totalement du temps abstrait des calendriers ; son rythme varie selon l'intensité du vécu, sa ligne continue s'oppose au discontinu du temps historique. Elle est fondamentalement une durée psychique. (R. Francillon, *L'Œuvre romanesque de Madame de La Fayette*, José corti, 1973, 120쪽)

에 조응하는 구조로 이루어져 있다는 데에 『클레브 공작 부인』의 선구적
인 문학적 가치가 있을 것이다. 이 소설 여주인공이 주는 매력과 홍미의
초점이 그녀의 역사적 성격에 있지 않음은 말할 나위가 없다. 그러나 그
녀의 자율성을 아무리 강조한다 할지라도, 모든 인간들이 그렇듯이 이
여주인공의 인간 조건 역시 역사적으로 규정되는 것 또한 사실이다. 많
은 이상화의 혼적이 있음에도 불구하고 라 파예트 부인은 자신의 작품에
일정한 사실성을 부여하고 있으며, 그것이 이 작품을 17세기에 유행한
『아스트레 L'Astrée』류의 목가 소설이나 환상적 영웅담과 구별짓는 한 요
소이기도 하다. 『클레브 공작 부인』의 중심 인물들을 완전히 이해하기
위해서는 16세기 또는 17세기 프랑스 궁정의 난숙한 귀족 문화라는 역사
적 조건을 일정 부분 감안해야만 할 것이다.

클레브 부인은 명징한 지성으로 정열의 혼돈을 거부하는 인물이지만,
자신이 속한 귀족 문화의 관례를 수용하는 인물이기도 하다. 결혼에 대
한 그녀의 태도는 관례 추종의 특징을 잘 반영하고 있는 것으로 보인다.
클레브 공과 그녀의 결혼은 어머니인 샤르트르 부인 Madame de Chartres
의 계산과 타협의 소산인 일종의 정략 결혼 mariage de raison 이라고 할
수 있다. 혈통 왕족과 딸을 결혼시키려는 시도가 실패에 봉착하자 샤르
트르 부인은 클레브 공과의 결혼을 종용하고 딸은 이 결혼을 이의 없이
받아들이는 것이다.

　　그녀는 어머니에게 그 대화에 대해 말씀드렸고, 샤르트르 부인은 클레브
씨에게는 많은 훌륭함과 좋은 자질이 있는데다가 나이에 비해 많은 현명함을
나타내 보이기 때문에, 만약 그녀가 그와 결혼할 마음을 느낀다면 자기로서
는 기꺼이 결혼에 동의하겠노라고 딸에게 얘기했다. 샤르트르 양은 자기도
그에게서 똑같은 좋은 자질을 보고 있으며, 다른 사람보다 덜 싫다는 이유만
으로도 그와 결혼하겠지만, 그 사람에 대해서는 어떠한 특별한 애정도 느끼
지 못한다고 대답했다. [11]

---

11) Elle rendit compte à sa mère de cette conversation, et Mme de Chartres lui dit

이처럼 사랑의 감정이 배제된 결혼이기 때문에 결혼에 앞서 클레브 공
이 〈나는 당신의 애정도 당신의 마음도 움직이지 못하는군요. 나의 출현
이 당신에게 즐거움도 동요도 일으키지 못하고요〉라고 약혼자에게 불평
하는 것은 당연한 일로 보인다. 결혼 후 사랑의 정열에 사로잡혔을 때
보여주는 그녀의 명석한 지적 통찰력에 비추어볼 때, 이 여주인공이 사
랑 없는 결혼을 이렇게 쉽사리 받아들이는 것은 귀족 계급의 결혼 관습
을 염두에 두지 않고는 이해하기 곤란하다.

이 여주인공의 결혼은 그녀의 창조자인 라 파예트 부인 자신의 결혼을
생각하게 하는 바가 있다. 1655년 20세의 처녀였던 마리 마들렌 피오슈
드 라 베르뉴 Marie-Madeleine Pioche de La Vergne 양은 한 번도 만나본
적이 없던 18세 연상의 홀아비 라 파예트 백작과 결혼했던 것이다. 그리
고 당시의 귀족 계급의 결혼 풍습에서는 귀족으로서의 지체가 더 높은
라 파예트 백작 편에서 오히려 신분에 맞지 않는 결혼 mésalliance 을 한
것으로 간주된다. 신분과 재산의 결합을 근간으로 결혼했던 옛 귀족들의
관습을 염두에 둘 때에만 『클레브 공작 부인』의 여주인공의 결혼은 이해
가 가능해 보이며, 따라서 그녀의 행동과 가치의 규범은 일정 부분 역사
적 조건에 의해 규정된다고 할 수 있다.

작품의 초두에서 샤르트르 양이 궁정에 처음으로 출현할 때 그녀의 나
이가 채 16세가 안 되었고, 작품의 말미에서 클레브 공 미망인이 되어
세상을 등지고 은거할 때에도 그녀의 나이는 겨우 17세였다는 사실에 주
의를 기울이는 비평가는 별로 없는 것 같다. 이 여주인공은 그녀가 겪는
사랑의 고통으로 독자에게 연민을 일으키게 하는 인물인 동시에 사랑의

---

qu'il y avait tant de grandeur et de bonnes qualités dans M. de Clèves et qu'il
faisait paraître tant de sagesse pour son âge, que, si elle sentait son inclination
portée à l'épouser, elle y consentirait avec joie. Mlle de Chartres répondit qu'elle
lui remarquait les mêmes bonnes qualités, qu'elle l'épouserait, même avec moins
de répugnance qu'un autre, mais qu'elle n'avait aucune inclination particulière
pour sa personne. (*La Princesse de Clèves*, 270쪽)

실체를 바라보고 사랑과 싸우는 지적 명민성으로 독자에게 찬탄을 불러 일으키게 하는 인물이기도 하다. 그녀의 이 지적 통찰력, 그녀의 우아하고 세련된 면모, 그녀가 사용하는 언어의 정련성(精練性)이 불러일으키는 찬탄은 그녀의 나이를 감안할 때 거의 불가사의한 정도로 고양되지 않을 수 없다. 16-17세의 나이에 겨우 철부지 소녀나 만들어내는 현대 문명 속의 독자에게는 클레브 부인의 인간상은 이해의 한계를 느끼게 하는 인간상일지도 모른다. 다소간 이상화되었다는 점을 인정한다 할지라도 이 인간상은 난숙한 귀족 문화의 소산으로서 그러한 역사적 조건하에서만 이해 가능한 인간상일 것이다.

3

동일한 역사적 조건이라고 해서 동일한 인간상이 빚어지는 것은 물론 아니다. 작품 내의 몇몇 여인상들과만 비교해 보아도 여주인공 클레브 부인의 예외적 성격은 분명하게 드러난다. 귀부인들이 하나같이 정부를 거느리는 생활을 보여주고 있는 『고리오 영감 Le Père Goriot』의 경우처럼 『클레브 공작 부인』에 등장하는 귀부인들이 도덕적 타락상을 노정하는 것은 아니라 할지라도, 이 작품의 여인들이 모두 여주인공처럼 도덕적 흠결에 대해 섬세한 감성을 유지하고 있는 것도 아니다. 왕 앙리 2세의 정부인 발랑티누아 Valentinois 공작 부인을 비롯하여, 소설의 주요 에피소드들에 등장하는 투르농 Tournon 부인이며 테민 Thémines 부인이 다 같이 소위 이 궁정의 영혼이라고 얘기되는 연애 galanterie에 적응하고 있는 여인들이다. 작품은 왕비와 왕세자비까지도 궁정의 연애 분위기에 무관하지 않음을 암시하고 있다.

라 파예트 부인의 초기 단편소설 『몽팡시에 공작 부인 La Princesse de Montpensier』의 여주인공은 역시 16세기의 귀부인으로 설정되어 있는데 클레브 부인과는 달리 남편 아닌 남자와 별 저항 없이 연애에 빠진다.

346

따라서 클레브 부인이란 인물은 작품의 맥락에서나 역사적 맥락에서나 도덕적 측면에서 예외를 이루고 있으며, 작자는 이 인물을 통하여 하나의 도덕적 입장을 나타내 보인다.

실상 그녀의 작품 전체는 정열과 실존의 관계에 대한, 감정과 정신의 갈등에 대한 광범한 성찰을 형성하고 있다. 이 여류 소설가는 이렇듯 직접적인 방식으로 자기 시대의 도덕적인 대논쟁에 참여하며, 그 논쟁에 자신의 독창적인 답변을 가져온다.[12]

그러나 『클레브 공작 부인』의 여주인공이 작자의 도덕적 입장을 대변하기 위한 단순한 도구처럼 제시된 인물은 물론 아니다. 볼테르의 철학적 콩트들에 등장하는 인물들처럼 작자의 어떤 주장을 입증하기 위해 자동 인형처럼 조종되는 인물의 성격을 갖는다면, 17세기의 인상적 소설 인물로서 클레브 부인은 오늘날까지 오래 생명을 유지하지 못했을 것이다. 도덕적 문제가 『클레브 공작 부인』의 독점적 흥미를 이루는 것도 아니고, 여주인공의 매력이 그녀의 정숙한 덕성에서만 기인하는 것도 아니다. 이처럼 명제의 입증을 위한 단순한 도구가 아니라 구체적 실존으로 파악된 한 인간의 윤리적 태도를 완전하게 설명해 내는 이론적 장치는 별로 없어 보인다. 한 인간의 윤리적 태도는 복합적인 요인의 소산이며 구체적이고 복합적인 상황들에 대한 반응일 것이기 때문이다. 그러나 『클레브 공작 부인』에는 여주인공의 윤리적 태도의 형성을 어느 정도 합리적으로 설명할 수 있는 근거가 제시되고 있다. 그것은 그녀가 받은 교육이다. 어머니 샤르트르 부인의 엄격한 훈육이 여주인공의 윤리적 태도를 형성하는 주요하고 결정적인 요인임을 작품은 보여주고 있다. 다소

---

12) En fait, toute son œuvre constitue une vaste réflexion sur les rapports entre la passion et l'existence, sur le conflit du cœur et de l'esprit ; la romancière participe ainsi, de manière directe, au grand débat moral de son temps et y apporte sa réponse originale.(R. Francillon, 앞의 책, 172쪽)

긴 인용이지만 그 교육의 내용을 보기로 하자.

그녀의 아버지는 아내인 샤르트르 부인의 인도에 딸을 맡기고 젊은 나이에
세상을 떠났다. 샤르트르 부인은 선행과 덕성과 능력이 모두 비범한 여인이
었다. 남편을 여읜 후 부인은 궁정으로 돌아오지 않은 채 여러 해를 보냈다.
이 부재 기간 동안 그녀는 딸의 교육에 정성을 기울였는데, 단지 딸의 정신
과 아름다움을 연마하려고만 노력하지 않고, 또한 덕성을 불어넣고 상냥한
사람으로 만들고자 했다. 대부분의 어머니들은 젊은 사람들 앞에서 정사(情
事)에 관한 얘기를 하지 않는 것으로써 그들을 그런 것에서 떼어놓기에 충분
하다고 상상하게 마련이다. 샤르트르 부인은 그와 반대되는 견해를 가지고
있어서, 딸에게 사랑의 위험한 요소를 더 쉽게 설득하기 위하여 사랑이 갖고
있는 즐거움도 얘기해 주었고, 사랑에 관한 설명을 자주 해주는 것이었다.
부인은 남자들의 성실성 부족, 그들의 기만과 불충실, 사련(邪戀)에 빠지게
마련인 가정적 불행 같은 것을 딸에게 얘기해 주었고, 다른 한편으로는 정직
한 여자의 삶이 얼마나 평온한가, 그리고 덕성이 아름다움과 혈통을 갖춘 여
인을 얼마나 빛나게 드높여 주는가를 알려주었다. 또한 부인은 그 덕성을 유
지한다는 것은 대단히 어려운 일로서, 자기 자신에 대한 극도의 경계심과,
여자의 행복을 이루어줄 수 있는 유일한 것, 즉 자기 남편을 사랑하고 남편
에게서 사랑받는 것에 집착하는 큰 노력에 달려 있다고 가르쳐주었다. [13]

---

13) Son père était mort jeune, et l'avait laissée sous la conduite de Mme de Chartres,
sa femme, dont le bien, la vertu et le mérité étaient extraordinaires. Après avoir
perdu son mari, elle avait passé plusieurs années sans revenir à la cour. Pendant
cette absence, elle avait donné ses soins à l'éducation de sa fille, mais elle ne
travailla pas seulement à cultiver son esprit et sa beauté, elle songea aussi à lui
donner de la vertu et à la lui rendre aimable. La plupart des mères s'imaginent
qu'il suffit de ne parler jamais de galanterie devant les jeunes personnes pour les
en éloigner. Mme de Chartres avait une opinion opposée, elle faisait souvent à sa
fille des peintures de l'amour, elle lui montrait ce qu'il a d'agréable pour la
persuader plus aisément sur ce qu'elle lui en apprenait de dangereux, elle lui
contait le peu de sincérité des hommes, leurs tromperies et leur infidélité, les

엄격한 도덕률에 입각해 딸을 양육했던 샤르트르 부인은 누구보다도 먼저 느무르 공작에 대한 그녀의 감정을 간파하고서 사랑에 빠지기 시작한 이 여주인공에게 준엄한 도덕적 훈계와 경고를 발한 후 세상을 떠난다. 샤르트르 부인의 도덕적 입장에 대해 모순을 지적하기는 수월한 일일 것이다. 사랑의 감정을 주요소로 고려하지 않는 귀족들의 정략 결혼 풍속을 그대로 수용하면서 오직 결혼한 남편만을 사랑해야 한다는 것은 너무나 분명한 모순이다. 사랑은 의지의 소산이 아니며 감정은 의지대로 조종되지 않는다는 것을 작품은 내내 증언하고 있지 않은가. 클레브 부인은 이러한 모순을 살아가는 인물이며 어느 면에서 그 모순에 희생되는 주인공이라고 할 수 있다.

『클레브 공작 부인』은 페미니즘 féminisme 적 관점에서 고찰할 수 있는 많은 논거를 가지고 있는 작품으로 보인다. 여자들에게 일방적으로 요구되는 엄격한 도덕적 기준으로서나 샤르트르 부인이 얘기하는 〈남자들의 성실성 부족, 그들의 기만과 불충실〉의 요소를 어느 정도 담고 있는 측면으로서나 이 소설은 페미니즘적 논의의 좋은 자료가 될 수 있을 것이다. 느무르 공작은 한 여인에 대한 사랑의 정열을 오랫동안 강렬하게 유지한 모범적인 연인이라고 할 수 있다. 그는 사랑에 저항하는 여인을 설복하기 위해 인간적으로 가능한 모든 노력을 기울인 사람이었다. 그러나 작품의 에필로그는 남자의 정열이 끝까지 충실하게 유지되지 못함을 애기하고 있는 것으로 보인다. 〈마침내 여러 해가 흘러가게 되자, 세월과 부재가 그의 고통을 완화시켰고 그의 정열을 꺼버렸다〉[14]고 말하고 있는

---

malheurs domestiques où plongent les engagements, et elle lui faisait voir, d'un autre côté, quelle tranquillité suivait la vie d'une honnête femme, et combien la vertu donnait d'éclat et d'élévation à une personne qui avait de la beauté et de la naissance, mais elle lui faisait voir aussi combien il était difficile de conserver cette vertu, que par une extrême défiance de soi-même et par un grand soin de s'attacher à ce qui seul peut faire le bonheur d'une femme, qui est d'aimer son mari et d'en être aimée. (*La Princesse de Clèves*, 260쪽)

14) 위의 책, 416쪽.

것이다. 세상을 등지고 수녀원에 은거하여 짧은 생애를 마쳤다는 여주인 공의 삶과 대비되어 무언가 쓸쓸한 울림을 남기는 에필로그이다.

샤르트르 부인의 교육 내용은 사회의 공식적 도덕률을 표현하는 것이 다. 그녀의 교육 방법이 독특하고 그녀의 도덕적 요구의 기준이 타인들 보다 좀더 엄격하다 할지라도, 그것은 사회와 무관한 개인적 도덕률이 아니라 그녀가 속한 사회의 도덕적 원칙의 한 표현일 뿐이다. 그 사회에 속한 모든 여인들이 동일한 도덕률의 지배하에 있음을 작품은 보여주고 있다. 여주인공보다 도덕적으로 이완되어 있어서 남편 이외의 남자와 연 애에 빠져드는 다른 여자들이라고 해서 사랑을 공공연히 드러내 보이는 것은 아니다. 그녀들 역시 타인들의 시선을 끊임없이 의식하며 자신들의 평판이 위태롭게 될까봐 전전긍긍하는 것이다. 〈모방할 수 없는 덕성의 예〉[15]를 남긴 여주인공의 생애도 사회적 도덕률의 압력을 배제하고 순전 히 개인의 내면성만으로 이해될 성질의 것은 아니다. 그녀가 경험하는 행복의 시간은 모두 사랑의 매혹을 느끼는 시간이다. 느무르 공작과 처 음 만나 춤을 추는 순간이라든지, 테민 부인의 편지를 다시 작성하면서 느무르 공작과 함께 보내는 오후 시간, 그 사랑하는 사람의 초상을 바라 보며 보내는 쿨로미에 coulommiers 의 밤 같은 때에는 그녀는 일체의 사 회적 속박을 잊고 사랑의 환희에 빠져들 수 있다. 그러나 그것은 사회적 금기를 위반하는 것이기 때문에 곧 후회와 고통과 두려움의 순간으로 이 어지게 된다. 다음 설명은 이 여주인공이 겪어야 하는 사회적 제약의 성 격을 잘 요약해 보여주고 있다.

사회가 개인에게 행사하는 압력은 『클레브 공작 부인』에서 근본적인 테마 가운데 하나이다. 이 작품에서 궁정의 환경이 하는 역할은 그 점에서 의미심 장한 것으로서, 여주인공은 세상에서 은거함으로써만 그것을 벗어날 수 있 다. 베르사유에서처럼 이 소설에서도 궁정의 남자들은 덕성의 모범이 아니어 서 그들의 도덕은 대단히 자유롭다. 그러나 자신의 명예에 집착하는 여인에

---

15) 위의 책, 416쪽.

게는 궁정의 폐쇄적 성격이 더없이 엄격한 덕성을 강요한다. 전적으로 외면적 측면에서 볼 때, 클레브 부인이 금지된 사랑에 저항하는 것은 그녀의 평판을 보존하기 위한 것이다.[16)

정숙한 여인으로서의 평판을 항상 염두에 두고 타인의 시선을 끊임없이 의식하지 않았더라면, 어머니의 교육을 통해 나타나는 사회적 도덕률의 압력을 의식하지 않았더라면, 클레브 부인은 남편에게 고백하는 고통스러운 행위 이전에 사랑의 행복에 자신을 내맡길 수 있었을 것이다. 그녀의 예외성을 아무리 강조한다 할지라도 『클레브 공작 부인』의 여주인공 역시 사회와 갈등을 빚는 인물이다. 이 소설 이후 프랑스 문학사의 수많은 소설들에 계속해서 등장하는 사회와 길항 관계에 놓이는 소설 주인공들의 계열에 속하는 인물인 것이다. 라 파예트 부인은 자신의 여주인공을 사회와 갈등을 겪는 인물로 만듦으로써 인간 조건이 어쩔 수 없이 사회적으로 규정됨을 말하고 있다고 할 수 있다. 차후의 소설들은 점차로 사회적 금기를 위반하고 사회의 압력에 도전하는 인물들을 산출해냄으로써 인간의 개인성을 강조하는 경향을 띠어왔다. 라 파예트 부인역시 자신의 주인공을 사회적 조건하에서 조명하는 것으로 그치지는 않는다. 17세기의 이 뛰어난 소설가는 자신의 독특한 방식으로 인간의 개별성과 내면성을 부각시키고 있다.

---

16) La pression que la société exerce sur l'individu est un des thèmes fondamentaux dans *la Princesse de Clèves*. Le rôle qu'y jouent les milieux de la cour est significatif à cet égard et l'héroïne ne peut y échapper qu'en se retirant du monde. Certes, dans le roman comme à Versailles, les courtisans ne sont pas des modèles de vertu et leur morale est très libre. Mais, pour une femme qui tient à sa gloire, le caractère clos de la cour la contraint à la vertu la plus austère. Car, sur un plan tout extérieur, c'est pour conserver sa réputation que Mme de Clèves résiste à l'amour interdit.(R. Francillon, 앞의 책, 173쪽)

4

클레브 공이 세상을 떠나 미망인의 신분이 되면서부터 여주인공의 사랑을 가로막는 사회적 장벽은 사라지게 된다. 미망인의 재혼을 금지하는 사회적 도덕률은 존재하지 않기 때문이다.

부인, 어떠한 장애물도 없습니다. 당신 혼자만이 저의 행복에 반대하시는 것이며, 당신 혼자만이 덕성과 이성이 당신께 부과할 수 없을 율법을 스스로 에게 부과하시는 것입니다.[17]

느무르 공작의 이러한 항변은 당연한 것으로서, 이제 두 연인의 지극한 사랑을 방해하는 외적 조건은 일체 존재하지 않는다. 그러나 클레브 공작 부인은 사랑을 거부한다.

이 작품의 정교하고 섬세한 구조는 두 연인이 서로에게 사랑하는 감정을 고백하는 장면을 작품의 말미에 마련하고 있다. 그때까지 그들은 지극히 간접적이고 우회적인 방식으로 서로에게 자신의 사랑의 감정을 누설하고 서로의 사랑을 확인해 왔던 것이다. 그리고 이 사랑의 첫 고백 장면은 그들의 마지막 만남의 자리가 된다. 어떠한 의지의 노력에도 억제할 수 없었고 앞으로도 결코 꺼질 수 없을 사랑의 정열을 확인하면서도 여주인공은 사랑하는 남자에게 최후의 결별을 고하는 것이다. 그녀는 어떤 남자를 거부하는 것인가? 앙리 2세 궁정의 최고의 귀족 청년인 느무르 공작은 작품 초두에 다음과 같이 소개되고 있다.

자연의 걸작품으로서 이 공작이 사교계 최고의 미남이라는 것은 그가 지니고 있는 찬탄할 만한 장점 중 가장 작은 장점이었다. 비견할 바 없는 가치,

---

17) Il n'y a point d'obstacle, madame. Vous seule vous opposez à mon bonheur, vous seule vous imposez une loi que la vertu et la raison ne vous sauraient imposer. (*La Princesse de Clèves*, 410쪽)

오직 그 한 사람에게서밖에 볼 수 없는 정신과 용모와 행동의 매력으로 그는 타인들보다 우월한 인물이었다. 그는 남자와 여자를 다같이 즐겁게 하는 쾌활함, 모든 경기에서의 비범한 재주, 모든 사람들이 항상 추종하지만 아무도 모방할 수 없는 옷 입는 방식, 그리고 그가 출현하는 곳이면 어디서든지 사람들이 그만을 바라볼 수밖에 없게 만드는 풍모를 지니고 있었다.[18]

요컨대 느무르 공작은 상상할 수 있는 가장 완벽한 남자로서, 그의 관심을 끈다는 것은 어떤 여자에게나 더없는 영예가 되는 인물로 묘사되어 있다. 무도회에서 처음 만나 함께 춤을 추는 순간부터 느무르 공작은 클레브 부인에게 반해 다 성사되어 가던 엘리자베트 영국 여왕과의 결혼을 포기한다. 이른바 사랑을 위해 왕관을 포기한 남자인 것이다. 연애 관계가 많은 남자라는 평판이었지만 클레브 부인을 만난 이후부터 그는 다른 여자들에 대한 관심을 일체 보이지 않고 오직 그녀에게만 헌신적인 정열을 바친다. 클레브 부인이 만나기를 거부하고 회피할 때 그는 정말로 처절한 절망의 모습을 보이며 사랑에 빠진 남자가 할 수 있는 모든 가능한 노력을 기울인다. 여주인공은 자신의 사랑을 억제할 수 없음에도 불구하고 이런 연인을 거부하고 세상에서 은거하여 생을 마치는 것이다.

이 지점에서 여주인공은 사회적·집단적 현실과는 유리된 순전한 내적 자아로서만 나타난다. 라 파예트 부인은 인간의 조건이 역사적·사회적으로 규정됨을 보여주는 동시에 그러한 외적 조건을 넘어서는 개별적 실

---

18) ...ce prince était un chef-d'œuvre de la nature, ce qu'il avait de moins admirable, c'était d'être l'homme du monde le mieux fait et le plus beau. Ce qui le mettait au-dessus des autres était une valeur incomparable, et un agrément dans son esprit, dans son visage et dans ses actions que l'on n'a jamais vu qu'à lui seul ; il avait un enjouement qui plaisait également aux hommes et aux femmes, une adresse extraordinaire dans tous ses exercices, une manière de s'habiller qui était toujours suivie de tout le monde, sans pouvoir être imitée, et enfin un air dans toute sa personne qui faisait qu'on ne pouvait regarder que lui dans tous les lieux où il paraissait.(위의 책, 255-256쪽)

존으로서 자신의 인물을 조명하고 있다. 소설가로서 라 파예트 부인의 선구적 가치는 바로 이 점에 있는 것으로 보이며, 소설 인물로서 클레브 부인의 오랜 생명력과 매력도 거기에 있는 것으로 보인다.

클레브 부인은 제롬 Jérôme의 사랑을 피하는 알리사 Alissa보다는 느무르 공작을 거부할 분명하고 뚜렷한 이유를 가지고 있다. 아무런 숨김과 우회 없이 모든 것이 분명하게 밝혀져 있는 작품이라고 『클레브 공작 부인』에 대해 비교적 온건한 찬양만을 보였던 앙드레 지드 André Gide의 관점이 정당화될 수 있는 명시적 이유로 클레브 부인은 연인의 사랑을 멀리한다. 그녀는 자신을 사랑했던 모범적 남편의 죽음에 대해 깊은 회한을 느낀다. 그 죽음의 원인이었던 느무르 공작의 사랑을 받아들일 수 없다는 것이 이 섬세한 마음을 지닌 여주인공의 내면적 양심의 목소리로서, 남편의 임종을 지켜본 직후부터 그녀는 결심을 다지며 연인과의 마지막 만남의 자리에서 그에게 자신의 결심을 선언하는 것이다. 이 이유만으로도 그녀가 연인의 구혼에 끝내 저항할 수 있으리라고 추측할 수도 있겠고, 또는 두 연인의 사랑의 추이와 정열의 성격으로 미루어 그런 장애는 극복될 만한 것이라고 추측할 수도 있으리라. 그러나 그런 추측들은 다 부질없는 것으로서, 『클레브 공작 부인』의 여주인공은 사랑을 거부하는 더 근본적인 이유를 가지고 있으며, 그것이 이 작품의 본질적 성격을 이루고 있다.

정열을 예찬하고 감정을 고양시킨 낭만주의 문학의 세례를 받은 이후의 독자들에게는 생경한 사랑의 개념을 제시하고 있는 것이 『클레브 공작 부인』이란 소설일는지도 모르겠다. 〈클레브 공작 부인은 남편에게는 아무 말도 하지 말고 느무르 씨에게 몸을 바쳐야 했을 것이다〉[19]라는 스탕달의 너무도 명쾌한 해결책은 이 소설에 대한 일종의 편리한 낭만주의적 견해를 반영하고 있다고 할 수 있다. 이 진술은 작품에 대한 체계적 고찰에서 나온 것이 아니라 에세이 가운데 삽입된 단편적 촌평에 불과한

---

19) Stendhal, *De l'Amour* (Armand Colin, 1959), 110쪽.

것이지만, 어쨌든 낭만주의 시대의 이 작가는 클레브 부인의 사랑에 대한 태도에 비판적이다. 〈만약 클레브 부인이 인생을 판단하게 되는 시기, 자존심의 향유가 그것의 모든 비참 속에서 드러나는 시기인 노년에 이르게 되었더라면, 그녀는 후회했으리라고 나는 생각한다〉[20]고 스탕달은 말하고 있는 것이다. 라 파예트 부인은 사랑에 대해 낭만주의적 비전과는 반대되는 비전을 가지고 있던 작가였으며, 클레브 공작 부인은 작가의 그러한 비전을 구현하고 있는 소설 주인공인 것으로 보인다. 라 파예트 부인의 사랑에 대한 비전은 다음과 같이 요약될 수 있다.

사랑의 정열이 한 인간 존재를 사로잡게 되면, 그는 더 이상 삶을 살아갈 수 없다. 이 경험은 낙관적 결말을 생각할 수 없게 만드는 미학적 요구와 일치한다. 앞선 소설적 전통에서처럼 선(善)을 향해 인도되거나, 낭만주의자들에게서처럼 인간 존재의 생명력을 풍요롭게 해주기는커녕, 라 파예트 부인에게는 사랑이 재앙이며, 그 사랑의 악에 사로잡힌 불행한 사람들을 자기 파괴 그리고 삶으로부터의 절연으로 강제하는 인간 실체의 상실이다. [21]

사랑의 매혹과 사랑이 주는 행복에 불가항력적으로 이끌리면서도 여주인공이 그처럼 집요하게 사랑에 저항하는 것은 그녀가 자신의 창조자의, 사랑에 대한 이런 비관적 비전을 전수받고 있기 때문이다. 그리고 사랑의 정열을 인생에 가해지는 일종의 재앙으로 여기는 비전이 그녀가 최종적으로 연인의 애처로운 사랑을 거부하게 되는 궁극적 이유인 것이다.

---

20) 위의 책, 111쪽.

21) Quand la passion s'est emparée d'un être, il ne peut plus vivre. Cette expérience s'accorde avec une exigence esthétique pour rendre inconcevable une fin optimiste. Loin de conduire vers le bien, comme dans la tradition romanesque antérieure, ou d'enrichir la vitalité de l'être comme chez les Romantiques, l'amour est pour Mme de Lafayette un maléfice et une perte de substance qui contraint les malheureux atteints de ce mal à se détruire, à se retirer de la vie. (J. Rousset, *Forme et Signification*, José corti, 1967, 24쪽)

이 명석한 여주인공은 사랑의 매혹에 사로잡혀 있는 와중에서도, 결혼하여 사랑의 장애가 제거될 경우에는 남자의 정열이 여전히 강렬하게 지속될 수 없다는 사실을 꿰뚫어보며, 그러한 결혼의 전망 속에서 자신의 마음의 평정 repos이 위협받을 것을 염려한다. 이러한 명민한 지적 판단으로 그녀는 사랑을 포기하는 결심에 이르는 것이지만, 연인은 너무나 유혹적인 남자이고, 그녀가 사로잡힌 사랑의 병은 너무나 뿌리 깊은 것이다. 이 진퇴유곡의 상황에서 그녀에게 남아 있는 유일한 길은 결코 행복할 수 없는 세상이라는 무대를 떠나는 것뿐이다.

그녀는 부재와 격리만이 자신에게 얼마간의 힘을 줄 수 있으리라고 판단했고, 결혼하지 않겠다는 결심을 유지하기 위해서뿐만 아니라 느무르 씨를 만나는 것을 회피하기 위해서도 떠나는 것이 필요함을 알았다. 그녀는 예법상 은거 생활을 해야 할 시간을 모두 보내기 위해 아주 긴 여행을 떠나기로 결정했다. 피레네 근처에 소유하고 있는 큰 영지가 자신이 선택할 수 있는 가장 적절한 장소로 보였다. 22)

이 떠남이 세상과의 영원한 결별이 된다. 작품의 에필로그는 죽음에 임박해서야 그녀가 정열을 극복하고 은거의 삶 속에서 짧은 생애를 마쳤다고 말하고 있다. 이 슬픈 사랑의 이야기는 작품 전체에 비극적인 울림을 준다. 그리고 이 비극적인 울림은 한 개인의 사랑의 슬픔을 넘어서서 인간 조건의 비참의 반향처럼 들린다.

이 작품에서 〈이성의 옹호〉23)를 보든 〈이미지와 상상력의 중요성〉24)을

---

22) Elle jugea que l'absence seule et l'éloignement pouvai[en]t lui donner quelque force, elle trouva qu'elle en avait besoin, non seulement pour soutenir la résoluton de ne se pas engager, mais même pour se défendre de voir M. de Nemours, et elle résolut de faire un assez long voyage, pour passer tout le temps que la bienséance l'obligeait à vivre dans la retraite. De grandes terres qu'elle avait vers les Pyrénées lui parurent le lieu le plus propre qu'elle pût choisir (*La Princesse de Clèves*, 413-414쪽)

보든 간에 이 작품은 인간 조건에 대한 짙은 페시미즘의 소산이다. 인간은 타고난 역사적·사회적 조건이 어떠하든 간에 정열이라는 재앙에 의해 쉽사리 부서지며 의지대로 삶을 이끌어갈 수 없는 존재, 마음의 고요한 평정과 안온한 행복에는 좀처럼 도달할 수 없는 존재임을 이 소설은 증언하고 있는 것이다.

참고문헌

Madame de La Fayette. *La Princesse de Montpensier, Romans et Nouvelles*. Bordas, 1990.

_____. *Zaïde*, in *Romans et Nouvelles*. Bordas, 1990.

_____. *La Princesse de Clèves*, in *Romans et Nouvelles*. Bordas, 1990.

_____. *La Comtesse de Tende*, in *Romans et Nouvelles*. Bordas, 1990.

Butor, M. *Répertoire* I. Minuit, 1973.

Castex, P. & Surer, P. *Manuel des études littéraires françaises, XVIIe siècle*. Hachette, 1963.

Delacomptée, J. M. *La Princesse de Clèves, La Mère et le courtisan*. PUF, 1990.

Duchêne, R. *Madame de La Fayette*. Fayard, 1988.

Francillon, R. *L'Œuvre romanesque de Madame de La Fayette*. José Corti, 1973.

Kreiter, J. A. *Le Problème du paraître dans l'œuvre de Mme de La Fayette*. Nizet, 1977.

Lanson, G. *Histoire de la littérature française*. Hachette, 1979.

Mouligneau, G. *Madame de La Fayette, Romancière?* Edition de l'université de Bruxelles, 1980.

Pingaud, B. *Madame de La Fayette par elle-même*. Seuil, 1968.

---

23) R. Francillon, 앞의 책, 198쪽.

24) M. Burtor, *Répertoire* I (Minuit, 1973), 74쪽.

Rousset, J. *Forme et Signification*. José corti, 1967.

Stendhal. *De l'amour*. Armand Colin, 1959.

Virmaux, O. *Les Héroïnes romanesques de Madame de La Fayette*. Klincksieck, 1981.

레 추기경의 『회고록』과 인물 묘사

홍승오

1

프랑스 문학에는 메로빙 왕조의 역사가 그레구아르 드 투르 Grégoire de Tours 부터 드골 장군과 앙드레 말로에 이르기까지 실로 수많은 기록이 있다. 피비린내 나는 전쟁터에서 반세기라는 기나긴 세월을 보내면서 몸소 겪은 종교전쟁이라는 어마어마한 사건에 관해서 보고 듣고 알게 된 것을 이야기하는 사람들이 나옴으로써 16세기는 그 이전의 어느 세기보다 많은 기록문학을 탄생시켰다.

17세기에는 부르봉 왕가의 중앙 집권화와 나라의 기초 다지기 과정에서 리슐리외 정부의 통제, 외국과의 계속되는 전쟁, 프롱드의 난을 직접 체험한 사람들이 저마다 자신의 이야기나 보고 들은 바를 기록함으로써 다른 어느 세기보다 많은 회고록 등의 기록이 탄생하게 되었다.

루이 14세는 비서관 페리니에게 자필 메모를 주어 그것을 바탕으로 자신의 『회고록 Mémoires』을 집필케 했으며 페리니의 사후에는 펠리송 Pellison이 그 작업을 계속했다. 재상 리슐리외 추기경은 역사가 메즈레 Mézeray의 손으로 제1부, 샤르팡티에 Charpentier 및 아실 드 아를레 Achille de Harlay의 손으로 제2부가 집필된 『회고록』을 남겼고, 군인 겸

외교관인 바송피에르 François de Bassompierre는 리슐리외에 대한 반역 죄로 투옥되어 있던 기간 12년에 걸쳐서 『회고록』을 집필했다. 그 밖에도 당조 후작 marquis de Dangeau의 『루이 14세의 궁정기록 *Mémoires ou Journal de la cour de Louis XIV*』, 아카데미 프랑세즈의 초대 서기 콩라르 Valentin Conrart의 『회고록 *Mémoires sur l'histoire de son temps*』 등이 있다. 이것들은 모두 프랑스 역사 또는 프랑스 문학사의 자료로서 가치 있는 기록으로 공인되고 있다. 그 밖에도 몽팡시에 부인 duchesse de Montpensier의 『회고록』, 맹트농 부인 marquise de Maintenon의 『서한집 *Lettres*』, 라 로슈푸코 duc de La Rochefoucauld의 『회고록』, 뷔시 라뷔탱 Bussy-Rabutin의 『회고록』, 페로 Charles Perrault의 『회고록』, 모트빌 부인 Françoise de Bertaut de Motteville의 『안 도트리슈와 그의 궁정에 관한 회고록 *Mémoires sur Anne d'Autriche et sa cour*』, 탈망 데 레오의 『회고록』, 플레시에 Esprit Fléchier의 『1665년의 오베르뉴의 특별사찰법정의 기록 *Mémoires sur les Grands Jours d'Auvergne en 1665*』, 아베 드 슈아지 abbé de Choisy의 『루이 14세 전(傳) 자료를 위한 회고록 *Mémoires pour servir à l'histoire de Louis XIV*』 및 『서한집 *Lettres*』, 코스나크 Cosnac의 『회고록』, 라 파르 marquis de La Fare의 『루이 14세 치하의 주요 사건의 기록과 감상 *Mémoires et réflexions sur les principaux événements du règne de Louis XIV*』, 구르빌 Gourville의 『회고록』 등이 문학적 가치를 인정받고 있다. 그 외에도 레네 Léné, 드 기즈 공작 duc de Guise, 데스트레 원수 maréchal d'Estrées, 파리 고등법원 초대 원장 몰레 comte de Molé 등등 수많은 사람이 회고록을 남겼다.

그러나 이 모든 기록들에 비해서 문학적인 가치에서 훨씬 뛰어난 것은 레 추기경의 『회고록』과 17세기의 루이 14세 치하의 궁정 생활에 관련된 여러 인물과 양상을 묘사하여 18세기에 출판된 생 시몽 공작의 『회고록』이다.

여기서는 그 중에서 레 추기경의 『회고록』이 그의 생애와 어떤 관련을 가지고 있으며 어떠한 동기에서 이것을 집필하게 되었는가 그리고 그 속

에 등장하는 인물의 묘사는 어떠하며 그의 인물 묘사술의 특징은 무엇인
가 하는 점에 초점을 맞추어 살펴보고자 한다.

2

레 추기경의 『회고록』은 프롱드의 난과 떼어놓고는 생각할 수가 없다.
프롱드의 난은 루이 14세의 미성년기인 1648년부터 1652년 사이에 일어
났던 내란으로, 원래 돌을 던지는 장난감인 프롱드를 이 사건의 이름에
붙인 것은 이 내란의 단속성 또는 마자랭 Mazarin 의 집에 돌을 던진 일
에 연유한다고 전해진다.[1] 이 어린아이의 놀이에 연관시킨 명칭에도 불
구하고, 프롱드의 난은 역사적으로는 확립 도상에 있었던 부르봉 왕가의
절대왕정에 대한 귀족의 마지막 반항으로서의 의의가 있으며, 다음 대의
왕 루이 14세의 섭정기를 준비했다.
프랑스 절대왕정의 중앙 집권화는 매관제로 관직을 구입한 관료인 오
피시에 officier 를 통해 봉건 귀족들에게서 권력을 빼앗았고, 국왕이 자유
롭게 임명권을 행사하는 임명제에 의해 임명된 특임관료인 코미세르
commissaire 를 통해 신귀족화한 오피시에의 세습적 권한을 제한하는 견
제 수단으로 삼았다. 이러한 관료제도에 대한 신·구귀족의 불만은 1642
년 재상인 리슐리외 추기경의 사망에 이어 1648년의 국왕 루이 13세의
사망을 계기로 해서 표면화되었다. 성년에 이르지 못한 루이 14세를 대
신하여 섭정이 된 모후 안 도트리슈라든가 특히 리슐리외의 후계자로 재
상의 자리에 오른 마자랭에 반대하는 세력이 결성되고 마자랭의 실각을

---

1) … et leurs rébellions successives, que l'on nomma 〈frondes〉 parce que des
    pierres furent lancées dans les fenêtres du cardinal-ministre 〈Un vent de
    fronde — A souffé ce matin — Je crois qu'il gronde — Contre le Mazarin〉, ….
    (André Maurois, *Histoire de la France,* tome 1, Paris, Albin Michel, 1947,
    258-259쪽)

도모하는 궁정 음모가 있었으나 실패로 끝나 오히려 귀족의 발언력은 더욱 커졌다.

특히 리슐리외 이래 중앙 집권화를 추진하면서 발생하게 된 재정 문제가 이 분쟁의 초점의 하나로서 부각되었다. 파르티셸리 데므리 Particelli d'Hémery 의 세수 증대 정책은 1644년 이후로 정부와 신귀족의 근거지인 파리 고등법원과의 대립을 지속시켰으며, 게다가 증세와 경제 불안으로 인하여 파리의 중소시민마저도 반정부 쪽으로 돌아서게 했다.

재상 마자랭에 대한 조직적인 항의는 1648년에 재무 및 사법 관계의 구입 관직 보유자들 사이에서 들끓듯 일어났고 이러한 움직임을 등에 업은 파리 고등법원은 때마침 나폴리 시민이 반란을 일으켜 국왕을 제압하는 데 성공하였고, 영국에서도 청교도들의 혁명운동이 일어나 국왕 찰스 1세가 처형되려던 때라 이러한 혁명운동에 자극되어 다른 여러 기관을 규합하면서 매관제도의 특권을 옹호하는 회의를 개최하였다.

마자랭은 한때 양보하는 듯했으나 랑스 전투에서 대승을 거둔 것에서 자신을 얻어서 무력을 행사해 사태를 해결하려고 하였다. 그리하여 법관의 한 사람이며 고등법원의 지도자인 피에르 브루셀 Pierre Broussel 이 체포되어 생제르맹으로 끌려가자, 이미 자기들의 역량을 자각하고 있고 또 마자랭을 리슐리외만큼 무서워하지 않던 파리 시민들은 이 처사에 분개하여 선동가인 폴 드 공디 주교, 즉 후일의 레 추기경을 그들의 지도자로 추대하고 궐기하여 8월 27일에는 바리케이드를 치고 왕실에 반항하였다.

왕비와 마자랭의 관계가 정상을 벗어난 것이라느니 하는 해괴망칙한 괴문서가 나돌아다니면서 추문을 유포하여 민심을 선동했는데, 수없이 나도는 이러한 종류의 풍자문 가운데서도 헐뜯는 정도가 가장 심한 것 중의 하나를 공디는 자기의 작품이라고 인정하였다. 분개하고 흥분한 민중은 왕궁에 침입했으며, 왕실은 파리를 떠나지 않을 수 없게 되어 마자랭과 함께 뤼에유 Rueil 로, 이어서 이듬해 1월에는 생제르맹으로 피난했다. 이것이 고등법원 프롱드 Fronde parlementaire 라고 불리는 제1회 프롱드의 난이다.

고등법원편에는 파리 시민을 비롯해서 롱그빌 Longueville, 보포르 Beaufort 등 구귀족이 참가했는데, 원래 고등법원의 신귀족은 구귀족 또는 민중을 경계해서 통일성이 없는데다가 콩데 공작이 지휘하는 국왕군의 활약도 있어서 결국 1649년 3월 11일에는 뤼에유의 화약이 맺어진다. 이와 같은 고등법원 프롱드는 제2회의 프롱드의 난인 장기적이고 대규모인 귀족 프롱드 Fronde princière(1650-1652)의 예고에 지나지 않았다. 뤼에유의 화약은 전혀 문제를 해결하지 못하여, 귀족은 여전히 국왕파와 반국왕파로 갈라져서 서로 야심을 불태우고 있었다. 특히 콩데 공작은 큰 공을 세운 자신에게 응분의 존경과 대우를 해주지 않는다는 반감 때문에 반국왕파로 전향했고 고등법원도 여전히 반마자랭의 태도를 바꾸지 않았기 때문에 1651년 1월에 마자랭은 파리에서 도주했다. 콩데 공작은 지방의 여러 귀족들을 규합하여 여걸 몽팡시에 부인의 협력을 얻어 파리에 입성했으나 시민의 반항을 받아, 뤼렌이 지휘하는 국왕군에게 격퇴당했다. 1652년 10월에 루이 14세는 시민의 영접을 받으며 파리에 입성하고 이듬해 1653년 2월에는 마자랭도 파리로 돌아왔다. 국왕에 대한 반항은 보르도 등 지방 몇 군데에서 여름까지 계속되다가 종식되었다.

이 반란에 적극 가담하여 활동했고, 한때 민중에게 지대한 영향력을 행사했으며, 팔레 루아이알로 군중을 이끌고 달려갔을 때에는 야망대로 마자랭을 몰아내고 재상의 자리를 차지할 가능성마저 엿보였고, 귀족 프롱드에서는 오를레앙 공의 가장 신임받는 조언자로서 대사의 성패를 좌우한다고 자처하기도 하였으나, 반마자랭파 귀족들도 파리 고등법원도 힘을 잃고 환상을 버리지 않을 수 없게 된 마당에, 레도 이제는 1652년 2월에 추기경의 자리에 오르기는 했으나 리슐리외처럼 정신계의 지도자인 추기경의 직함과 세속적 권력을 장악한 재상의 직함을 동시에 갖겠다는 미망에서 깨어나야 했다. 프롱드의 난이 평정되면서 추기경 재상의 유행은 지나간 것이다.

그 해 1652년 12월에 여왕의 대기실에서 체포된 그는 바로 뱅센의 감옥에 투옥되었다가 1654년 3월에 낭트 성으로 이감되었으나 4개월 후에 그곳에서 탈출하는 데 성공하였다. 프랑스 국내에 머물 수 없게 된 그는 이탈리아로 망명의 길을 떠났다. 1655년에는 추기경으로서 로마의 교황 선거회의에 참석했다. 파리 대주교의 자리에 있던 백부가 사망하였기 때문에 명목상으로나마 그 자리를 승계하여 파리 대주교로 있던 터라 그는 교황의 힘에 기대어 파리에 돌아갈 셈으로 교황으로 하여금 자신의 파리 대주교의 권리를 인정하게 하려고 힘껏 노력했으나 마자랭의 비위를 건드리지 않으려는 교황은 오히려 그에게 로마를 떠나라고 권고했다. 1656년에는 하는 수 없이 로마를 떠나 유럽 각지로 이리저리 떠돌아다니는 신세가 되었다. 프랑스 입국 허가는 1662년에 가서야 겨우 얻었으나 그나마도 파리에 접근해서는 안 된다는 조건부였다. 그토록 루이 14세는 그를 미워했다. 그는 하는 수 없이 파리 대주교직을 사퇴했고, 그 대가로 여러 가지 이득을 얻었으니, 생드니 수도원에 간 것이 그 한 예이다. 파리에 갈 수 없게 된 그는 코메르시 성에 정착하고 비교적 호화스러운 생활을 했다. 이제는 아무 지위도 없는 사람으로 또 어느 누구에게도 위협을 주지 않는 평범한 사람으로 지내는 데에도 차츰 익숙해지자 당국도 그의 파리 귀환을 막지 않았다. 교황 선출권을 갖고 또 교황에 선출될 수도 있는 자격을 가진 추기경 활동은 계속하여 1667년, 1675년, 그리고 1676년에 교황선출회의에 다녀왔다.

『회고록』을 집필한 것은 코메르시에서 살던 기간 중 1673년에서 1676년 사이였다. 중앙집권제의 추진으로 왕권이 전례 없이 강화되는 상황 속에서, 야망을 달성하지 못한 채 좌절한 레는 이제 프롱드의 난을 적당한 시간적인 거리를 두고 굳이 합리화하려 하지도, 단죄하려 하지도 않고 다만 이해하기 위해서 다시 돌아보려고 『회고록』에 담아나갔다. 그야말로 〈탁월한 정치철학서〉[2]라 하겠다.

앞에서 이미 말한 것처럼 레 추기경은 프랑스 문학의 회고록 분야에서

---

2) Antoine Adam, *Histoire de la littérature française au XVIIe siècle*, tome Ⅳ, *apogée du siècle* (Paris : Editions mondiales, Del Duca, 1958), 130쪽.

생 시몽과 더불어 가장 높은 경지의 인물 묘사 솜씨를 발휘한 달인이라는 데에 이의를 제기할 사람은 없을 것이다. 그 이전 문학 작품에도 물론 인물 묘사는 있었으나 인물 묘사를 문학의 한 장르 수준으로 올려놓는 결정적인 구실을 한 사람은 바로 레 추기경이다.

그의 『회고록』은 역사에서 상당한 역할을 수행했고, 또 그 역사의 증인이기도 했던 사람의 손으로 이루어졌다. 은퇴한 정치가들의 관례에 따라서 신비에 싸인 한 미지의 여인에게 헌정된 이 이야기를 쓴 것은 오로지 자신의 활동을 두드러져 보이게 하고 자신의 행동을 설명하기 위해서였다. 그의 덕으로 우리는 역사의 무대 뒤로 가볼 수도 있다. 영원히 어리석은 대중이, 흥미롭지만 실은 기만적인 외양밖에는 알지 못하는 사건들의 원인과 행위들의 동기를 이해할 수 있게 되는 것이다.

게다가 그의 『회고록』은 패배한 야심가가 쓴 책이다. 타고난 음모가인 그는 17세 때 「장 루이 드 피에스크 백작의 음모 La conjuration du comte Jean-Louis de Fiesque」에 관한 아고스티노 마스카르디 Agostino Mascardi의 작품을 번역했다. 원래 프랑수아 1세의 지원을 받아서 제노바 제독 안드레아 도리아에 대하여 음모를 꾸몄던 사건이니 만큼 그 내막을 소상히 알고 있던 리슐리외 추기경은 이 번역을 읽고 레가 위험 인물이라고 판단했다. 뛰어난 지능을 타고난데다가 지나칠 정도로 야심에 불타고 있던 레는 한때 프랑스 왕국의 운명을 손에 쥔 듯이 보였으나 바라던 것이라고는 아무것도 얻지 못하고 오랜 동안의 반역을 위한 준비 과정 끝에 결국 투옥과 귀양이라는 비운을 맛보는 패자의 신세가 된다. 이런 철저한 좌절보다 더 어이없는 일이 또 있으랴! 그래서 레의 늘그막에, 그리고 은퇴 기간 중에 집필된 『회고록』은 무엇보다도 먼저 실의에 빠진 이 야심가에게는 실패의 부당성에 대해서 보복을 하는 방법인 것이다. 이 회고록 작가의 근본적인 움직임은 그가 좌절케 된 원인을 이해하려고, 역사의 정열적인 요동 속에서 알려지지 않은 논리의 큰 줄기들을 가려내보려고 시도하는 것이다. 레는 지능이라는 무기만을 의지해서 그의 시대의 역사를 다시 쓰고자 한 것이다.

『회고록』에 서술된 비극적 사건 속에는 어떤 통일된 행동 원칙 같은 것이 있다. 모든 것이 레의 정치 생활의 대사건, 그러나 프랑스 역사에서는 결국 중요성이 상당히 국한된 사건인 프롱드의 난, 두 번에 걸친 프롱드의 난을 핵심으로 집중되고 있다. 이 뒤얽힌 음모들, 고귀한 동시에 비열한 알력들, 그 속에는 정념과 현실을 떠난 공상적인 것과 마찬가지로 비열하기 이를 데 없는 타산도 똑같이 자리를 차지하고 있는데, 그런 것들에게 이 책은 고도의 정치 교과서가 가지고 있는 보편적 가치를 부여하고 있다. 저자의 개성은 그가 이야기하고 있는 사건들보다 한 단계 위에 자리잡고 사건을 부감하고 있다.

이 패배한 야심가는 또한 사람을 업신여기는 야심가이기도 했다. 자기 진영에 대해서나 적대자들에 대해서나 똑같이 이러한 우월감에서 나온 경멸은 아마 그가 큰일을 도모해 나가는 데에 방해가 되었으면 되었지 도움은 되지 않았을 것이다. 성공을 거두는 사람은 일반적으로 우직하고 신념에 찬 사람들이다. 위험을 마다하지 않는 대단한 사람이며 행동으로 일을 추진해 나가는 레 추기경은 모든 것은 연극이며 속임수라고 생각하고 있다는 인상을 끊임없이 준다. 정치가에게는 위험한 태도이지만 뛰어난 지능을 가진 사람에게는 이런 생각이 확실한 자극이 될 수 있다. 그것은 또한 그 시대의 특징이기도 하다. 레 추기경은 코르네유의 연극에 나오는 반역자들에게 사로잡힌 반역자들의 세대, 명예의 의미는 국가에 대한 두려움 앞에서 사라져 없어질 것이라고 생각하는 사람들에게 유혹당한 반역자들의 세대에 속한다.

그가 인물 묘사에 대해서 보이는 취향은 특별한 것이 아니다. 당대의 내로라 하는 인사들 사이에서 널리 행해지고 있는 것, 사람의 본성을 탐구한다는 이 분야야말로 정치 활동의 뛰어난 훈련임을 그는 인지했다. 사람들의 성격을 꿰뚫어보는 것은 그들에게 영향을 끼칠 방법을 찾아내는 데에 도움이 되기 때문이다.

레가 『회고록』 속에서 인물의 묘사를 시도할 때 그는 한 문학 장르를 실제로 쓰고 있다는 것을 분명히 의식하고 있다.

나는 여러분이 인물 묘사를 좋아한다는 것을 알고 있다. 그리고 그런 까닭에 지금까지 옆모습이 아닌 것, 따라서 매우 불완전하지 않은 것이라고는 거의 아무것도 여러분에게 보여드릴 수 없었음을 유감으로 생각했다. 여러분이 지금 막 그곳에서 나오는 길이고 또 그곳에서 내전이 준비되는 과정의 가벼운 묘사들밖에는 보지 못한 이 현관 속에서 나는 밝은 햇빛을 충분히 가지지 못했다. 여기에 인물상들이 그들의 넓이 그대로 여러분에게 모습을 보이게 될 것이고 또 활동중인 모습을 여러분이 더 깊이 보게 될 인물들의 그림을 내가 여러분에게 보여드리게 될 진열실이 있다. 내가 특징들을 제대로 생각해 냈다면, 앞으로 여러분이 가려낼 수 있을 그 특징들을 통해서 여러분이 판단하시기 바란다. [3]

여기에서 레는 이야기 속에 잠깐 쉴 틈을 마련하고는 한숨 돌리고 있다. 그는 정확히 판단하기 위해서 뒤로 물러서고, 화가의 묘사술과 겨루기 위해서 이미 이야기한 사건들에도 의거하고 이야기가 계속될 사건들에도 의거하고 있다. 이 문학적 인물 묘사를 종합적인 인물 묘사로 만들어간다. 인물을 시간의 어떤 특정 순간에서 판단한다는 것이 아니라 어떤 성격, 어떤 생활 방식에 관해서 그 요점을 드는 판단, 결정적인 판단을 내린다는 것이다. 왕비에 관한 인물 묘사는 가히 이 분야의 걸작이라 할 만하다.

---

3) Je sais que vous aimez les portraits et, j'ai été fâché, par cette raison, de n'avoir pu vous en faire voir jusques ici presque aucun qui n'ait été de profil et qui n'ait été par conséquent fort imparfait. Il me semblait que je n'avais pas assez de grand jour dans ce vestibule dont vous venez de sortir, et où vous n'avez vu que les peintures légères des préalables de la guerre civile. Voici la galerie où les figures vous paraîtront dans leur étendue, et où je vous présenterai les tableaux des personnages que vous verrez plus avant dans l'action. Vous jugerez, par les traits particuliers que vous pourrez remarquer dans la suite, si j'en ai bien pris l'idée. (Cardinal de Retz, *Œuvres*, édition établie par Marie-Thérèse Hipp et Michel Pernot, Bibliothèque de la Pléiade, Paris, Gallimard, 1984, 286쪽)

왕비는 내가 지금까지 본 어느 누구보다도 더, 왕비를 알지 못하는 사람들에게 바보같이 보이지 않기 위해 필요한 그런 정신의 소유자였다. 그분은 오만하다기보다는 독살스러운 편이고, 당당하다기보다는 오만한 편이고, 본바탕에서 우러나온다기보다는 점잔을 부리는 편이고, 선선히 베푼다기보다는 금전에 대해 주의가 산만한 편이고, 타산적이라기보다는 선선한 편이고, 이해에 무관심하다기보다는 타산적이고, 정열을 품었다기보다는 애정을 가진 편이고, 잔혹하다기보다는 엄격한 편이고, 친절한 행동보다는 모욕을 더 기억하고 있는 편이고, 연민보다는 연민의 의도를 지닌 편이고, 꿋꿋하기보다는 집요한 편이고 위의 모든 것이기보다는 능력이 없는 편이다. [4]

왕비의 인물 묘사는 그 시동생이며 반역파의 지휘자인 가스통 도를레랑 Gaston d'Orléans의 인물 묘사와 짝을 이룬다.

오를레앙 공작님은 용기를 제외하고는 예의를 차릴 줄 아는 온후한 사람에게 필요한 모든 것을 가지고 있었으나, 위대한 사람을 가려낼 수 있게 하는 모든 것 중에서 예외 없이 무엇 하나 가지고 있지 않기 때문에, 그의 의지 박약을 보완할 수 있을 만한, 그리고 그것을 떠받쳐 줄 수 있을 만한 것이라고는 아무것도 그 자신 속에서 찾아낼 수 없었다. 그 의지 박약은 공포에 의해서 그의 마음속에서 군림하고 있고 우유부단으로 그의 정신 속에 군림하고 있기 때문에 그의 전생애를 더럽혔다. 그는 모든 사건에 가담했는데 그것은 자신들의 이익을 위해서 그를 끌어넣는 사람들에게 저항할 힘이 그에게는 없기 때문이다. 그는 치욕을 안고서밖에는 결코 거기에서 벗어나지 못했으니

---

4) La Reine avait, plus que personne que j'aie jamais vu, de cette sorte d'esprit qui lui était nécessaire pour ne pas paraître sotte à ceux qui ne la connaissaient pas. Elle avait plus d'aigreur que de hauteur, plus de hauteur que de grandeur, plus de manières que de fond, plus d'inapplication à l'argent que de libéralité, plus de libéralité que d'intérêt, plus d'intérêt que de désintéressement, plus d'attachement que de passion, plus de dureté que de fierté, plus de mémoire des injures que des bienfaits, plus d'intention de piété que de piété, plus d'opiniâtreté que de fermeté et plus d'incapacité que de tout ce que dessus. (위의 책)

그것은 그들을 지원해 줄 용기가 그에게는 없기 때문이었다. 이러한 그늘이 그의 젊은 시절부터 그의 내부에서 가장 선명하고 가장 밝은 색채, 바로 그것을 약하게 했는데 그 색채는 아름답고 교양 있는 정신 속에서, 사랑스러운 쾌활한 언동 속에서, 매우 선량한 의도 속에서, 완전한 무사무욕 속에서 그리고 믿을 수 없을 만큼 천박한 품행 속에서 당연히 빛나야 했던 것이다. [5]

　이 인물 묘사들 중에서 가장 눈에 띄는 면, 레의 특징을 즉각 드러내 주는 면은 그것들이 비구상의 초상화 같은 양상을 보인다는 것이다. 얼굴 하나, 육체 하나, 태도 하나를 묘사하기 위한 어떤 시도도 찾아볼 수 없다. 마치 용모와 자태, 얼굴 모습의 소묘, 용모의 구조는 의미 없는 우발적인 일이기나 한 것처럼, 레 추기경은 그가 다루는 인물들의 외양에는 완전히 무관심한 것 같다. 몇몇 여인에 관해서 누구보다도 여자에게 관심을 갖는 레이지만 그 여인들의 미가 어떤 종류의 것인지 정의를 내리려는 시도도 하지 않은 채 그들이 아름다웠다고 묘사하는 것으로 그치고 있다. 이따금 여인들의 아름다움을 언급하는 경우가 없지 않으나 그것은 그 미모가 어떤 중대한 정치적 영향을 끼치기 때문이다. 그것은 순수하게 심리적인 인물 묘사이다. 레는 정신적인 특성을 그리는 데에만 전념하는데, 그렇다고 육체적인 특성이 정신적인 특성과 일치할 수 있다

---

5) M. le duc d'Orléans avait, à l'exception du courage, tout ce qui était nécessaire à un honnête homme ; mais comme il n'avait rien, sans exception, de tout ce qui peut distinguer un grand homme, il ne trouvait rien dans lui-même qui pût ni suppléer ni même soutenir sa faiblesse. Comme elle régnait dans son cœur par la frayeur, et dans son esprit par l'irrésolution, elle salit tout le cours de sa vie. Il entra dans toutes les affaires, parce qu'il n'avait pas la force de résister à ceux qui l'y entraînaient pour leurs intérêts ; il n'en sortit jamais qu'avec honte, parce qu'il n'avait pas le courage de les soutenir. Cet ombrage amortit, dès sa jeunesse, en lui les couleurs même les plus vives et les plus gaies, qui devaient briller naturellement dans un esprit beau et éclairé, dans un enjouement aimable, dans une intention très bonne, dans un désintéressement complet et dans une facilité de mœurs incroyable.(위의 책, 286-287쪽)

는 것을 의심하고 있는 것 같지는 않다.

정신적 특성을 드러내기 위해서 그가 사용하는 수단들은 거의 과학적인 수단들이라 그런 인물 묘사들은 화학 분석과도 유사하다. 안 도트리슈를 묘사하기 위해서 그는 이 왕비의 성격을 그야말로 분해하는데, 상이한 여러 요소를 차례차례로 따로 떼어내고는 그런 작업이 끝나자 모든 것을 무로 돌려버리는 극도로 부정적인 한 가지 기본 성분으로 유도해 간다. 안 도트리슈의 〈무능력〉이라는 이 특성을, 수많은 다른 특성들을 하나하나 집어낸 끝에, 마침내 찾아내서는 운명의 힘으로 남편 루이 13세의 사후 아들 루이 14세의 즉위 때까지 프랑스 왕국의 섭정이라는 권좌에 올라 있던 여인의 외견상 복잡해 보이는 특성을 송두리째 무로 돌려버리는 데에 사용한 것이다. 우리는 레 추기경의 인물 묘사가 전개되는 과정을 이렇게 설명할 수 있는데, 특히 부사 plus를 반복함으로써 점진적으로 독자를 부정적인 결론으로 유도해 나가는 데에 그의 인물 묘사법의 특징이 있다 하겠다.

가스통 도를레앙의 인물 묘사도 약간의 차이는 있으나 그 방법은 같다고 하겠다. 레 추기경은 용기가 없다는 한 가지 결함을 중심에 두고 그 주위에 성격 특징을 쌓아올림으로써 인물을 만들어나가는데, 이 결함은 이 공작의 갖가지 뛰어난 미덕을 모두 쓸어버리고 그의 일생을 허망하게 만드는 요인으로 작용하고 있다. 반란파의 영수를 설명해 주는 기본 요소인 이 결함은 그가 하는 행동, 그의 심약한 성격, 그가 느끼는 슬픔, 그리고 치욕스러운 좌절의 열쇠를 우리에게 준다. 공작의 경우에서나 왕비의 경우에서나 부정적인 기본 방침의 결정이 인물 묘사의 전개를 이끌어가고 있다. 가스통 도를레앙의 용기 부족, 안 도트리슈의 총명하지 못함으로 인해서 그들의 개성은 허공에 놓이는 결과를 낳게 된다. 레 추기경의 문학적 인물 묘사는 근본적으로 인격의 한가운데에 본거지를 두고 있는 정신적 구조의 탐구라고 요약해 말할 수 있을 것이다. 안 도트리슈 및 가스통 도를레앙의 경우에는 이러한 탐구가 도달하는 곳은 허공이다. 결국은 모든 것이 무로 돌아가 버리기 때문이다.

370

등장인물들의 이와 같은 가치 상실은 마치 레 추기경이 낱말로써 공허를 좀더 뚜렷하게 파악하고 그 윤곽을 드러내 보이려고 이리저리 궁리를 하는 것처럼 문체에 의해서도 또한 강조되고 있다. 묘한 표현들을 통해서 우리는 레 추기경의 글쓰는 솜씨가 상당한 경지에 올라 있고 수사법의 비결도 모두 터득한 경지에 이르렀다는 것을 알 수 있다. 왕비의 인물 묘사는 특히 재치 있게 접합된 절묘한 낱말들로 쌓아올린 구조물이라 할 수 있다. 전반적으로 정확을 기하려는 생각이 깔려 있지만 그것을 뚫고 작가의 자만심 같은 것이 드러나기도 하는데, 그것은 마치 판단의 진실성을 설득하고 그 증거를 제시하기 위해서는 더 많은 지능을 필요로 하기라도 하는 것 같다. 더 휘황한 광채를 내기 위해서 다면체로 깎인 보석처럼 우리가 뜻하지 않게 알게 된 미지의 사실들을 풍부하게 담고 있는 이 인물 묘사들에는, 서두르지 않으면서 몇 번이고 곱씹은 작가의 성찰이 배어 있다. 레 추기경의 이러한 문체는 프랑스 문학에서 가히 공들여 다듬은 문체의 훌륭한 표본이라고 해도 과장이 아닐 것이다.

3

레 추기경이 사용하고 있는 인물 묘사 방식은 지능의 승리를 똑똑히 보여주고, 그의 명민함을 잘 드러내 보여준다. 우리는 그가 꾸며내는 인물상들을 방사선으로 조사해서 얻은 투시도에 비유할 수 있다. 방사선 촬영법이 육체적인 외양을 벗겨버리듯이, 레 추기경의 눈은 육체와 외부에 어쩌다 달려 있는 것을 벗겨낸다. 골격의 견고한 구조물은 조명하지 않고, 인체를 지배하지만 손으로는 만져볼 수 없는 광원인 정신적 인간을 비추어주고 있다. 레 추기경의 상상적 세계는 육체를 떠난 사람들만이 차지하고 있는 것 같고 인류 속에서 그는 어느 정도 측정할 수 있는 지성들만을 가려내고 있는 것 같다. 정신이 깊이 배어 있는 그의 문체, 극도로 이지적인 그의 관찰 방식은 사실은 오로지 한 가지 지능이었다는 것을 명백히 보여준다. 이 음모의 이론가는 끓는 피가 지닌 열과 육체에서 뿜어나오는 폭풍우도 수준 높은 정치와 비열한 정치의 원동력이라는 것을 아마 잘 알지 못했을지도 모른다. 레 추기경의 『회고록』의 경우 우리는 다른 정신들을 상기하고 판단하는 하나의 정신이 활동을 전개하고 있는 모습을 보고 있는 듯하다.

참고문헌

Retz, Cardinal de. *Œuvres*. Edition établie par Marie-Thérèse Hipp et Michel Pernot. Bibliothèque de la Pléiade, Paris : Gallimard, 1984.

Retz, Cardinal de. *La Fronde ; mémoires*. 10/18, Paris : U. G. E. 1962.

Retz, Cardinal de. *Mémoires*, 2 vols. Livres de Poche, Paris : Librairie Générale Française, 1965.

Adam, Antoine. *Histoire de la littérature française au XVIIe siècle*, tome Ⅳ. *L'apogée du siècle*. Paris : Editions mondiales, De lDuca, 1958.

Clarac, Pierre. *L'âge classique* Ⅱ, *1660-1680*. *Littérature française*, t. 7, Paris : Arthaud, 1969.

Lanson, Gustave. *Histoire de la littérature française*. Edition complétée de 1850 à 1950 par Tuffrau. Paris : Hachette, 1967.

제 3 부 파스칼 연구

正에서 反으로의 반전
『팡세』의 몇 가지 주제와 관련하여

이 환

1

이렇듯 사람이 빛을 갖는 데 따라 사람의 생각은 正에서 反으로 이어지며 전진한다.[1]

파스칼을 읽을 때 우리는 종종 경악과 당혹감에 사로잡힌다. 실은 인간의 삶의 현실 속에서 그들의 갖가지 삶의 행태를 추적하면서 그러한 충격에 강타당하는 것은 파스칼 자신이다. 그는 번번이 격앙된 어조로 〈나를 놀라게 한다〉, 〈나를 분노케 한다〉, 〈참으로 기막힌 일이다〉라고 탄식한다. 그는 자신의 눈앞에서 펼쳐지는 일상적인 삶의 모습을 바라보면서 〈아니, 이럴 수가〉, 〈어떻게 이런 일이 인간에게, 이성적 존재임을 자처하는 인간에게 있을 수 있단 말인가〉라고 개탄하는 것이다. 그리고 이 놀라움과 분노를 우리와 함께 나누기를 원한다. 그리고 또 〈도저히

---

1) Ainsi se vont les opinions succédant du pour au contre, selon qu'on a de lumière(*Fr*. 180-337). 본 논문에 인용되는 『팡세』의 단장은 두 개의 번호로 표시될 것이다. 전자는 Lafuma판(J. Delmas 출판사, 1960년)의 분류에 따른 번호이고 후자는 Brunschvicq판(Hachette 출판사)의 번호임을 밝혀둔다.

있을 수 없는〉이 상태를 뒤집어엎기를 기도한다. 〈그들이 기독교도가 될 수 없다면 최소한 성실한 인간이라도 되어주기 바란다.〉[2] 그는 사람들의 성실성에, 이성에 호소하여 이 최초의 반전을 이루려고 시도한다. 그러나 파스칼은 이 반전의 시도가 문제 해결의 한 실마리는 될지언정 그것으로 완성될 수 없다는 것을 너무나도 잘 안다. 사실, 인간의 삶의 현장에서 부조리를 발견하고 이에 개탄하거나 비웃음과 멸시로 대하는 것은 쉬운 일이다. 그것은 말하자면 철학자들의 몫이다. 이들은 인간의 미망과 무지를 질타하면서 이성으로 돌아오라고 소리 높이 외친다.

파스칼은 이들처럼 개탄하고만 있지 않다. 그리고 경멸하지 않으려고도 노력한다.[3] 그는 인간들이 빠져 있는 〈어리석음〉의 상태를 단순히 외부로부터 관찰하고 평가하는 것으로 그치지 않고 그 이면으로 파고들어가 무엇이 그런 상태를 야기시키는가를 꿰뚫어 보았기 때문이다. 그리하여 그는 〈도저히 있을 수 없는〉이 상태가 인간에 보편화되어 있는 점에, 다시 말해 지극히 당연하고 자연스럽게 받아들여지고 있는 점에 주목하였고, 이 가치의 전도는 〈인간성 안에 기묘한 전도〉[4]가 있었음을 반증하는 것이라는 결론에 도달한다. 그는 인간이 마치 〈불가해한 마법〉[5]에 홀리기라도 한 것 같다고도 말하고, 그들이 빠져 있는 혼미는 〈초자연적인 혼미〉[6]라고도 말한다. 요컨대 파스칼에 의하면 인간이 그러한 어리석음과 맹목에 빠져 있는 것은 그렇게 될 수밖에 없는 이유(아직은 설명되지 않고 있지만)가 있기 때문이고, 따라서 그의 의사와 의지와는 거의 무관한 일이다. 그렇다면 그에 대해 우리는 분노와 멸시와는 다른 감정을 가지는 것이 마땅하다. 다시 말해 철학자와는 다른 눈으로 그를 보

---

2) … qu'ils soient au moins honnêtes gens s'ils ne peuvent être chrétiens…. (*Fr.* 11-194)

3) … il faut avoir toute la charité de la religion qu'ils méprisent pour ne pas les mépriser jusqu'à les abandonner dans leur folie. (*Fr.* 11-194)

4) un étrange renversement dans la nature de l'homme (*Fr.* 11-194)

5) un enchantement incompréhensible (*Fr.* 11-194)

6) un assoupissement surnaturel (*Fr.* 11-194)

고 이해하는 것이 중요하다.

　이렇게 해서 제2의 반전이 이루어진다. 최초의 반전의 주역을 다시 뒤
엎은 것이다. 제2의 반전으로 인해 우리는 최초의 상태로 돌아간다고도
말할 수 있다. 피상적 이성의 눈에 부조리한 것으로 비쳤던 이 상태는
그것의 견고한 현실성으로 인해 인정하지 않을 수 없기 때문이다. 중요
한 것은 이 부조리가 단순히 분개하거나 비웃는 것으로서 지워버릴 수
없는 현실의 무게를 가지고 있다는 사실이다. 파스칼은 철학자의 차원을
뛰어넘어 문제의 심층으로 파고들어가기를 꾀한다. 이 부조리와 어리석
음을 야기시킨 전도의 전말을, 그리고 불가해한 마법의 실체를 확인하기
를 원한다.

　이렇듯 파스칼은 그의 성찰의 전개에서 반전에 반전을 거듭한다. 그는
이것을 가리켜 스스로 〈正에서 反으로의 반전 le renversement du pour au
contre〉이라 부르기도 했다. 그는 흔히 보편적으로 인정되는 논의의 차
원, 즉 〈正〉에서부터 출발한다. 그러나 이것은 더 높은 차원으로 이동하
면서 〈反〉으로 반전된다. 이 〈反〉도 불원 뒤집어짐으로써 반전은 지속적
인 것이 될 것이다. 이 과정에서 주목할 것은 상위 차원으로의 끊임없는
이동이다. 그리고 이 이동은 대상에 대한 시각의 변화를 의미한다. 일반
적으로 말하자면 파스칼이 〈섬세의 정신 esprit de finesse〉과 관련하여 지
적한 것처럼 좋은 눈[7]을 갖는 것이 중요하다. 구체적으로는 우리가 빛을
갖는 데 따라[8] 보다 깊이 있게 사물을 이해할 수 있는 만큼 더 많은 빛
을, 혹은 더 상위의 빛을 갖는 것이 필요하다. 그리하여 우리는 단순히
머리로만 생각할 것이 아니라 〈머리 뒤에서〉 생각해야 한다.

　이렇듯 파스칼은 인간 탐구에 보다 많은 빛으로 조명하면서 그리고
〈배후의 사색〉[9]을 가동시킴으로써 인간의 실체 identité에 도전할 것이다.

---

7) mais dans l'esprit de finesse … il n'est question que d'avoir 〈bonne vue〉, mais
   il faut l'avoir bonne.(*Fr.* 910-1)

8) Ainsi se vont les opinions succédant du pour au contre, 〈selon qu'on a de
   lumière〉(*Fr.* 180-337)

이 탐구의 실천적 방식이 〈正에서 反으로의 반전〉이다. 그의 지속적 반전의 모험은 우리를 어디에서부터 어디로까지 인도하는 것일까. 이제 그의 몇 개의 주제들에 의지하여 되풀이되는 반전들의 하나하나의 매듭을 확인해 보려 한다.

2 허영 또는 공허

우리는 기꺼이 목숨이라도 버린다. 사람들이 그것을 이야깃거리로 삼아주기만 한다면. [10]

파스칼은 단장 29-60[11]에서 자신의 『기독교 호교론 *Apologie de la religion chrétienne*』의 전체 구도와 관련하여 그것이 전후 2부로 구성될 것임을, 그리고 각각의 주제와 방법론이 (그리고 결론까지도) 무엇인가를 요약하고 있다. 그가 제1부에 붙인 제목은 〈신 없는 인간의 비참〉이다. 이 제목에 의하면 탐구의 대상은 〈신 없는 인간〉이고, 이 인간의 본질적 양태는 〈비참〉이다. 그는 뒤이어 비참이라는 말을 다른 표현으로 부연 설명하고 있다. 즉 〈인간성이 타락하였다는 것〉. 인간성의 타락은 물론 파스칼에게는 기독교적 의미로 덧입혀져 있음에 틀림없다. 그러나 우리가 종교적으로 해석하는 데 동의하지 않더라도 타락이라는 말이 타락 이전의 순수 또는 순결과 필연적으로 연관되어 있다는 것은 이해하기 어렵지 않다. 순수가 전제되지 않을 때 타락이라는 개념은 성립되지 않는다.

---

9) il faut avoir 〈une pensée de derrière〉, et juger de tout par là. (*Fr*. 181-336)

10) Nous perdons encore la vie avec joie, pourvu qu'on en parle. (*Fr*. 93-153)

11) Première partie : Misère de l'homme sans Dieu.
Seconde partie : Félicité de l'homme avec Dieu.
Autrement
Première partie : Que la nature est corrompue. Par la nature même.
Seconde partie : Qu'il y a réparateur. Par l'Ecriture. (*Fr*. 29-60)

말하자면 타락이라는 말 속에 순수의 개념이 메아리침으로써 그것은 숙명적으로 양가성(兩價性)을 지닌다. 파스칼은 비참을 타락으로 다시 설명함으로써 비참을 단순히 비참으로 보는 데 그치지 말 것을, 그리고 그것의 양면성에 주목할 것을 바랐던 것은 아닐까.

실제로 그는 제1부 6장에서 뜻밖에도 〈위대〉의 주제를 제시함으로써 비참과 위대가 불가분의 한 쌍을 이루고 있음을 분명히 하고 있다. 그런데 여기서 주목해야 할 것은 비참에서 위대로의 반전이 6장에 이르러 비로소 실현되는 것이 아니라는 사실이다. 즉, 인간의 삶의 현실을 비참일색으로 묘사하던 끝에 마침내 위대의 개념을 이에 대응시키기에 이르렀다고 보는 것은 올바른 판단이 아니다. 왜냐하면 그는 어떤 주제에 대해서나 그리고 성찰의 어떤 단계에서나 비참의 현상들 뒷면에 비참 이상의 것을 탐지하는 데 게을리하지 않았기 때문이다. 물론, 묘사의 지배적 색조는 비참이다. 그러나 이 표면적 묘사에 속아서는 안 된다. 파스칼이 기술하는 비참의 현실이 그 아무리 암울하다 할지라도, 아니 역설적으로 암울하면 암울할수록 더욱 확실하게 감지될 수 있도록 그가 짜넣은 또 하나의 현실을 간파하는 것은 우리의 의무이다. 그는 인간 탐구의 첫 단계에서는 이 묘사의 양면성을 드러내 놓고 보여주지는 않을 것이다. 대체로 그것은 암시되거나 상징화되어 있다. 요컨대 正에서 反으로의 반전은 아직은 은근하다.

여기 먼저 〈허영 vanité〉의 주제가 있다. 이것이 파스칼의 인간학의 첫 장을 장식하고 있는 점으로 미루어 그가 이 주제에 얼마나 깊은 관심을 기울였는가는 쉽게 짐작할 수 있다. 그리고 그것은 인간의 문제를 탐구하는 그에게는 당연한 일이기도 했다. 왜냐하면 〈허영〉만큼 인간에게 보편적인 것은 없으며, 인간의 〈마음속에 뿌리 깊이 박혀 있는〉 것은 없기 때문이다.

군인도 상놈도 요리사도 인부도 자기를 자랑하며 찬양해 줄 사람들을 갖기를 원한다. 철학자들도 이들을 원한다. 이것을 반박하여 글쓰는 사람도 훌륭히 썼다는 영예를 얻으려고 한다. 이것을 읽는 사람은 잘 읽었다는 영예를 얻으려고 한다. 그리고 이렇게 쓰는 나도 아마 그런 바람을 가지고 있을지 모른다. 그리하여 이것을 읽을 사람도……. 12)

만인에게 공통된 이 〈허영〉의 마음은 인간 행동의 보편적 원리이기도 하다. 그의 모든 행동은 영예의 추구와 결부되어 있으며 이 영예를 얻기 위해 그는 어떠한 것도 마다하지 않는다. 심지어 죽음까지도. 이것은 강한 집념이고, 말하자면 필사적이다.

명예의 매력은 너무나도 강한 것이어서, 사람들은 그 어떤 대상에 그것이 결부되어 있다 해도, 심지어 죽음이라 해도 그것을 사랑한다. 13)

그것을 얻기 위해 기꺼이 죽음까지도 택하게 하는 〈영예〉란 도대체 무엇인가. 파스칼의 답은 간단하다. 그것은 〈함께 있는 사람들의 존경을 받고 싶은 욕망〉14)과 직결되어 있다. 만인의 갈채를 받고 찬양의 대상이 되고 〈사람들의 이야깃거리가 되는〉15) 것이 문제이다. 요컨대 자신의 존재를 인정받는 것, 그 우월성과 위대를 인정받는 것. 그러기에 사람들은 부, 권력, 높은 지위, 이른바 세상의 영화들을 그토록 탐낸다. 그들은 마치 부나 권력 그 자체가 목적인 것처럼 그것들을 향해 돌진하지만 그

---

12) La vanité est si ancrée dans le cœur de l'homme, qu'un soldat, un goujat, un cuisinier, un crochereur, se vante et peut avoir ses admirateurs ; et les philosophes mêmes en veulent ; et ceux qui écrivent contre veulent avoir la gloire d'avoir bien écrit ; et ceux qui les lisent veulent avoir la gloire de les avoir lus ; et moi qui écris ceci, ai peut-être cette envie ; et peut-être que ceux qui le liront…(*Fr.* 94-150)

13) La douceur de la gloire est si grande, qu'à quelque objet qu'on l'attache, même à la mort, on l'aime.(*Fr.* 74-158)

14) Du désir d'être estimé de ceux avec qui on est.(*Fr.* 93-153)

15) Nous perdons encore la vie avec joie, pourvu qu'on en parle.(*Fr.* 93-153)

것은 착각일 뿐이다. 그들이 그것들에서 맛보는 만족은 단순한 물질적 안락도 권력의 매력도 아니다. 파스칼에 의하면 그들은 마침내 만인이 우러러보는 자리에 올라서게 되며 이로써 자아의 깊은 욕구는 충족되는 것이다. 〈모든 것의 중심이 되고〉〈타인들을 자기 밑에 예속시키기를〉[16] 바라는 욕구 말이다. 인간은 모두 만인 위에 우뚝 선 영웅, 르 시드가 되기를 갈망한다. [17]

왜냐하면 인간은 본래 위대하기 때문에. 파스칼이 〈허영〉을 통해 궁극적으로 증언하고 싶었던 것은 바로 이것이다. 그는 허영을 비참의 한 장으로 다루었고 실제로 비참의 빛깔로 그려나가고 있다. 그는 영예의 추구에 대해 〈인간의 가장 큰 저속〉[18]이라고 잘라 말하는가 하면, 세계의 중심이 되고 타인들을 지배하기를 갈망하는 자아에 대해서는 〈가증스럽다〉[19]고 단언한다. 무엇보다도 이 영예의 추구 그 자체는 어리석고 공허하다. [20] 그러나 허영과 관련하여 이와 같은 비참의 회색빛 그림이 전부라고 생각한다면 그것은 큰 잘못이다. 파스칼은 이 겉그림과 함께 또 하나의 안그림을 조심스럽게 그려나가고 있기 때문이다. 아니, 인간들이 그려나가는 겉그림을 뒤집어엎어 그 속을 우리에게 보여준다고 말하는 것이 더 적절하다. 그가 노리는 것은 이미 여기서부터 〈正에서 反으로의 반전〉이다.

다시 한번 확인하자. 파스칼은 허영의 발로 속에 저속을 확인하되 동시에 그리고 역설적으로 인간의 〈우월의 최대의 표시〉[21]를 본다. 그러나

---

16) En un mot, le moi a deux qualités, il est injuste en soi, en ce qu'il se fait le centre de tout, il est incommode aux autres, en ce qu'il les veux asservir.(*Fr*. 141-455)

17) 루앙 태생의 극작가 코르네유의 『르 시드』가 그토록 열광적으로 갈채를 받았던 이 시대에 파스칼은 지금 이 열광의 이유를 우리에게 설명해 주고 있다.

18) La plus grande bassesse de l'homme est la recherche de la gloire.(*Fr*. 91-404)

19) le moi est haïssable.(*Fr*. 141-455)

20) ··· c'est une sottise de chercher les grandeurs.(*Fr*. 53-161)

21) La plus grande bassesse de l'homme est la recherche de la gloire, mais c'est cela même qui est la plus grande marque de son excellence···(*Fr*. 91-404)

이 우월이란 얼마나 일그러진 우월인가. 그러기에 이 우월은 겸허(그리고 자비)를 낳는 대신 오만(그리고 억압)을 낳는다. 중요한 것은 일그러진 우월이건 오만이건 간에 그것이 〈모든 비참과 균형을 이루며, 이것을 앗아가 버리는〉[22] 데 있다. 저속한가 하면 우월하고, 비천한가 하면 오만한 인간, 파스칼은 이 인간에 대해 〈기묘한 괴물〉이란 말 외에, 그리고 그의 행적에 대해 〈너무나도 명백한 방황〉이란 말 외에 달리 표현할 줄을 모른다. 그는 참다 못해 기독교적 해석에 호소하고야 만다.

자신의 위치에서 추락한 그는 불안 속에서 그것을 찾는다.[23]

〈허영〉의 주제는 우리를 여기에까지 인도하였다. 그러나 지금 기독교적 인간학을 개입시킬 계제는 아니다. 우리는 이제 막 신 없는 인간의 범주 안에 들어섰을 뿐이다. 우리에게 중요한 것은 〈허영〉의 현상학을 통해 인간의 이중적 구조를 확인하는 일이다.

3 진실의 혐오 —— 기만의 윤리학

그러기에 인간은 자신에게나 타인에게나 위장이고, 거짓이고, 위선일 뿐이다.[24]

이 새 주제와 더불어 우리는 여전히 〈허영〉의 장 안에 있다. 방금 우리가 확인한 것은 인간의 이중적 구조였다. 그러나 이것은 결론이 아니

---

22) L'orgueil contrepèse et emporte toutes les misères.(*Fr.* 131-406)
23) Voilà un étrange monstre, et un égarement bien visible. Le voilà tombé de sa place, il la cherche, il la cherche avec inquiétude.(*Fr.* 131-406)
24) L'homme n'est donc que déguisement, que mensonge et hypocrisie, et en soi-même et à l'égard des autres.(*Fr.* 99-100)

라 새로운 논의의 시작에 불과하다. 우리는 허영에 자극된 각종의 추구
들의 양상을 점검하고 그것의 하부 구조로서 조심스럽게 인간 안의 우월
과 위대에 대한 향수[25]를 가정했을 뿐이다. 우리가 짐짓 물어야 할 것은
이 추구들의 결말에 대해서이다. 과연 이 추구에서 얻은 것은 무엇이며
인간은 만족과 행복에 도달하였는가. 추구의 전략, 계략은 무엇이었으며
또 어떻게 변해 갔는가. 요컨대 인간 안의 지워질 수 없는 위대에 대한
향수가 현실과 맞부딪치면서 야기시키는 내적 갈등과 혼란의 모든 전말
에 대해 이제 차분히 물을 때가 된 것이다.

우리는 파스칼의 결론을 이미 알고 있다. 되풀이 인용하자면 〈지상의
영화를 추구하는 것은 어리석은 짓〉이다. 그 안에 진정한 만족도 행복도
없는 것을 추구하는 것은 어리석다는 말이다. 그런데도 사람들을 이것을
추구한다. 그리고 파스칼은 이 추구가 그렇게 어리석은 것만은 아니라는
것도 알고 있다. 어떻게 된 일인가.

여기 〈자애심 amour-porpre〉에 관한 단장이 있다. 파스칼은 이 단장에
서 〈자신만을 사랑하고 자신만을 존중하는〉 것을 본질로 하는 (다른 곳에
서는 〈모든 것의 중심이 되고 타인들을 예속시키려는〉 것으로 정의되었다) 자
아와 관련하여 이 본질적인 욕구와 현실의 자아와의 괴리를 확인하며 그
사이의 갈등을 담담히 기술하는 것으로부터 시작한다.

> 자애와 인간 〈자아〉의 본질은 자신만을 사랑하고 자신만을 존중하는 데
> 있다. 그러나 어떻게 하겠다는 말인가. 그는 자신이 사랑하는 이 대상이 결
> 함과 비참에 넘쳐 있는 것을 막지 못할 것이다. [26]

---

25) 다시 한번 환기하자면 이 향수의 뿌리는 〈모든 것의 중심이 되고〉 〈타인들을
   예속시키기〉를 바라는 자아 안에 있다.

26) La nature de l'amour-propre et ce 〈moi〉 humain est de n'aimer que soi et de
   ne considérer que soi. Mais que fera-t-il ? Il ne saurait empêcher que cet objet
   qu'il aime ne soit plein de défauts et de misère….(Fr. 99-100)

파스칼은 이 총론에 뒤이어 양자 사이의 갈등을 세분하여 관찰한다.

그는 위대하기를 원한다. 그러나 자신이 못났음을 본다. 그는 행복하기를 원한다. 그러나 자신이 비참함을 본다. 그는 완벽하기를 원한다. 그러나 자신이 불완전으로 가득함을 본다. 그는 뭇사람의 사랑과 존경의 대상이 되기를 원한다. 그러나 자신의 결함이 그들의 혐오와 경멸만을 받기에 합당함을 본다. [27]

그렇다면 이 갈등을 어떻게 풀 것인가. 위대와 완전에 대한 지향을 포기할 것인가. 그럴 수는 없다. 그것은 자아의 본질 그 자체이다. 자신의 진실을 말살해 버릴 것인가. 이것도 불가능하다. 이 진실도 엄연히 실존하는 그 무엇이다. 그러나 실존하는 것을 지워버릴 수는 없다 해도 그것을 은폐할 방법은 있을 수 있다.

이렇듯 곤궁에 빠진 인간의 마음속에는 상상할 수 있는 한 가장 불의하고도 죄악적인 정념이 태어난다. 왜냐하면 자신을 꾸짖고 자신의 결함을 인정케 하는 이 진실에 대해 극도의 증오심을 품게 되기 때문이다. 그는 이 진실을 말살하고라도 싶으리라. 그러나 진실 그 자체를 말살할 수는 없기에, 그는 자신의 인식과 타인의 인식에서 가능한 한 이것을 파괴한다. 다시 말해, 자신의 결함을 타인에게나 자신에게나 숨기기에 온갖 정성을 기울이는 것이다. [28]

---

27) ··· il veut être grand, il se voit petit ; il veut être heureux, et il se voit misérable ; il veut être l'objet de l'amour et de l'estime des hommes, et il voit que ses défauts ne méritent que leur aversion et leur mépris (*Fr.* 99-100). 이 인용문의 마지막 부분은 우리가 여전히 〈허영〉의 주제의 한복판에 있음을 말해 주고 있다.

28) Cet embarras où il se trouve produit en lui la plus injuste et la plus criminelle passion qu'il soit possible de s'imaginer ; car il conçoit une haine mortelle contre cette vérité qui le reprend, et qui le convainc de ses défauts. Il désirerait de l'anéantir, et ne pouvant la détruire en elle-même il la détruit, autant qu'il peut, dans sa connaissance et dans celle des autres, c'est-à-dire qu'il met tout son soin

요컨대, 이 피할 수 없는 궁지에서 인간이 선택한 것은 (의식적이라기보다 차라리 무의식적으로) 기만의 수법이다. 그는 자아의 애타는 갈망에도 불구하고 그것을 비웃는 자신의 가공할 진실 앞에 내던져져 있다. 존재의 비참과 허무라는 이 진실을 그는 파괴하고라도 싶은 것이다. 그러나 이것은 불가능한 일이기에 그는 자신에게나 타인에게나 이를 은폐하는 이중의 기만술을 고안하는 것이다. 진실에 대한 혐오와 기만의 기교, 이것은 〈허영〉을 에워싼 성찰의 연장선상에서 만나게 되는 또 하나의 영원한 주제이다.

이 기만의 메커니즘은 어떻게 작동되는 것일까. 그런데, 자신을 속이고 타인을 속이는 이 이중의 기만은 서로 연결되어 있다고 말할 수 있다. 타인을 속임으로써 자기 스스로도 속아넘어가며 일종의 자기 환각에 빠져들기 때문이다. 그렇다면 먼저 타인을 어떻게 기만하는가를 보자. 방법은 지극히 간단하다. 〈아무것도 아닌〉 우리를 〈그 무엇인 것〉처럼 보이기만 하면 된다. 우리 자신을 위장하기 위해 연극을 하면 된다. 있는 그대로의 우리의 실재를 가리기 위해 (왜냐하면 그것은 비참과 허무 그 자체이기 때문에) 그 위에 또 하나의 가상적 존재를 조립하여 보여주는 것이다. 중요한 것은 실재의 〈있는 것 être〉이 아니라 〈나타나 보이는 것 paraître〉이다. 다시 말해 타인들의 시선에 어떻게 보이느냐가 문제이다.

이리하여 허무의 실상 위에 또 하나의 가상, 온갖 아름다움과 미덕과 자랑스러움으로 빚어진 가상이 덧입혀진다. 파스칼은 이것을 가리켜 〈상상적 존재〉라 부른다.

우리는 우리 속에, 우리의 존재 속에 지니고 있는 삶에 만족하지 않는다. 타인의 관념 속에서 하나의 상상적 삶을 살려고 원하며 그러기 위해 겉으로 보이려고 paraître 노력한다. 우리의 상상적 존재를 미화하고 보존하려고 끊임없이 힘쓰며…….[29]

à couvrir ses défauts et aux autres et soi-même…. (*Fr.* 99-100)
29) Nous ne nous contentons pas de la vie que nous avons en nous et en notre

그렇다. 우리는 타인들에게 인정받고 찬양받고 존경받을 수만 있다면 그것으로 우리의 존재는 정당성을 획득하게 된다. 우리의 허무를 이길 수 있다. 우리는 영웅이 되고 정의의 사도가 되고 천재가 된다. 그러기에 우리는 〈용감하다는 명성을 얻기 위해서라면 기꺼이 겁쟁이라도 되고〉[30] 명예가 손상될 때는 목숨을 끊기까지 한다. 명예란 도대체 무엇인가. 그것은 우리가 타인의 관념 속에 심는 데 성공한 우리의 고상한 이미지, 즉 미화된 상상적 자아이다. 이것이 무너진다면 그것은 우리의 존재 자체의 붕괴를 의미하며 본래의 허무로의 복귀를 의미한다. 이때 죽음은 유일한 선택이고 설사 살아남는다 해도 죽은 것이나 다름없다.

오늘의 실존주의자들은 타인의 시선 앞에서 연출하는 상상적 삶을 가리켜 〈태도의 희극〉이라 불렀다. 그러나 그것은 자신의 허무로부터의 도피라는 점에서 차라리 처절하고 비극적이다. 그것은 타인의 시선을 빌어 존재의 정당성을 획득하려는 애타는 몸부림이며, 비록 명예스럽지는 않다 해도 자신의 구원의 한 방식이다. 다시 한번, 여기 문제 되는 것은 〈내가 누구냐〉가 아니라 〈내가 무엇으로 보이느냐〉이다. 나의 본질이 아니라 나의 외관, 나의 포즈이다. 나는 타인의 관념 속에 심어진 나 이외의 아무것도 아니다.

그렇다면 지상의 영예와 명성의 추구는 반드시 어리석은 것만은 아니다. 비록 그 자체로는 어리석다 해도 확실한 근거와 효용성을 지니고 있다는 점에서 충분히 수긍할 만하다. 확실한 근거에 대해서는 앞에서 이미 밝힌 바 있다. [31] 그리고 그것의 효용성에 대해서도 길게 이야기할 필요는 없을 듯하다. 우리가 소중히 여기며 끊임없이 미화하기에 힘쓰는

---

propre être ; nous voulons vivre dans l'idée des autres d'une vie imaginaire, et nous nous efforçons pour cela de paraître. Nous travaillons incessamment à embellir et conserver notre être imaginaire···. (*Fr.* 169-147)

30) ··· nous serons de bon cœur poltrons pour en acquérir la réputation d'être vaillants. (*Fr.* 169-147)

31) 우리는 그것이 인간 자아의 근원적 욕구와 밀접히 연관되어 있다는 것을 누누이 보아왔다.

우리의 〈상상적 존재〉를 위해 이 추구들은 결정적으로 공헌하고 있기 때문이다. 우리가 획득하는 부, 영예, 칭호, 명성은 이 상상적 존재에 덧붙을 때 타인들의 판단에 유리하게 작용한다. 이 모든 외적 장식들을 통해 우리는 보다 용이하게 타인들의 관념 속에서 자신의 정당성을 획득하기에 이른다. 그것들은 기만의 메커니즘의 가장 효과적인 소도구인 셈이다.[32]

이 기만의 기교와 관련하여 우리는 또 다른 측면에 잠시 눈을 돌릴 필요가 있다. 그것은 이 기만이 일방 통행의 것이 아니라는 사실이다. 여기 파스칼의 예리한 사회심리학적 분석이 개입한다. 우리가 타인들의 사랑과 존경을 통해 스스로의 정당성을 획득하려고 할 때 그것은 엄밀히 상호적이다. 왜냐하면 동일한 이유로써 타인들도 동일하게 인정받기를 원할 것이기 때문이다. 그리하여 여기 끈끈한 공범 관계가 성립된다. 우리는 타인들에게서 받은 것만큼 그들에게 되돌려준다. 인간의 사회 생활이란 이 공범 관계로써 유지되는 상호 기만극 외의 아무것도 아니다.

진실에 대한 혐오는 갖가지 정도가 있다. 그러나 이 혐오가 누구에게나 어느 정도 있다는 것은 확언할 수 있다. (……) 사람은 우리가 원하는 대로 우리를 대해 준다. 진실을 혐오하기에 진실을 덮어주고, 아첨받기를 원하기에 아첨하며, 속임당하기를 원하기에 속인다.[33]

---

32) 더 부연하자면 부는 소유하는 것으로 그치지 않고 과시되어야 하고, 권력도 장엄하게 전시되어야 한다. 부자에게는 대저택과 수많은 하인들과 호사스런 연회가 필수적이고 왕에게는 대궁전과 수천의 근위병과 온갖 장엄한 규례가 필수적이다. 부와 부의 과시, 권력과 권력의 전시는 별개의 것이 아니다. 아니, 과시와 전시 자체가 그것들의 본질이라 할 수 있다.

33) Il y a différents degrés dans cette aversion pour la vérité ; mais on peut dire qu'elle est dans tous en quelque degré… on nous traite comme nous voulons être traités : nous haïssons la vérité et on nous la cache : nous voulons être flattés, on nous flatte ; nous aimons à être trompés, on nous trompe. (*Fr.* 99-100)

그런데 흥미로운 것은 사회의 상층부로 올라가면 올라갈수록 기만의 도수도 높아진다는 사실이다.

이렇게 해서 우리는 출세의 길을 여는 행운의 각 단계마다 한결 진실에서 멀어지게 마련이다. 왜냐하면 애호를 받는 것이 더 유익하고 미움을 사는 것이 더 위험한 그런 인물들을 해치게 되는 것을 더 두려워하기 때문이다.[34]

파스칼의 아이러니는 예리하고 매섭다.

어떤 왕이 전 유럽의 웃음거리가 되고도 자신만은 모를 수도 있다. 나는 조금도 놀라지 않는다. 진실을 말하는 것은 그것을 듣는 사람에게는 유익하지만 그것을 말하는 사람들에게는 해롭다. 그들은 미움을 사게 될 테니까. 그런데 왕과 함께 사는 사람들은 그들이 봉사하는 왕의 이익보다 자신들의 이익을 더 소중히 여긴다. 따라서 자신들의 손해를 무릅쓰면서 왕의 이익을 도모할 생각은 없는 것이다.[35]

이것은 궁정 생활에 대한 한 폭의 풍자화이다. 그러나 파스칼은 풍자의 재미를 위해 이런 그림을 그리고 있는 것은 아니다. 그에게 핵심적인 것은 인간이 〈그 자신에게나 타인에 대해서나 가장, 기만, 위선일 뿐〉이라는 것을 확인하는 일이며, 나아가서는 정의와 이치에서 이다지도 동

---

34) C'est ce qui fait que chaque degré de bonne fortune qui nous élève dans un monde nous éloigne davantage de la vérité, parce qu'on appréhende plus de blesser ceux dont l'affection est plus utile et l'aversion plus dangereuse.(*Fr.* 99-100)

35) Un prince sera la fable de toute l'Europe, et lui seul n'en saura rien. Je ne m'en étonne pas : dire la vérité est utile à celui qui l'entend, mais désavantageux à ceux qui la disent, parce qu'ils se font haïr. Or, ceux qui vivent avec les princes aiment mieux leurs intérêts que celui du prince qu'ils servent ; et ainsi ils n'ont garde de lui procurer un avantage en se nuisant à eux-mêmes.(*Fr.* 99-100)

떨어진 이 모든 성향은 그의 마음속에 천성의 뿌리를 박고 있다〉[36]는 결론에 귀착하는 일이다.

우리는 여전히 〈正에서 反으로의 반전〉의 구도 속에 있다. 다시 한번 정리하자. 우리는 〈허영〉에 의해 촉발된 영예의 추구에서부터 출발하였고, 이 추구가 그 자체의 공허에도 불구하고 인간의 마음속에 확고한 기반을 가지고 있음을, 즉 자아의 욕구, 위대를 향한 일그러진 욕구와 관련되어 있음을 확인함으로써 비참 속에 위대의 그림자를 탐지하기에 이르렀다. 이 최초의 반전에 뒤이어 그리고 동일한 성찰의 연장선상에서 〈진실에 대한 혐오〉의 주제를 통해 인간 사회에 보편화된 기만극을 보았고, 이 기만극의 뿌리를 〈인간의 마음〉 속에서 발견함으로써 다시금 반전이 성취되었다. 그러나 진실의 혐오는 이 기만극만으로 끝나지 않는다.

4 위락

우주를 알고 모든 사물을 판단하고 일국을 통치하기 위해 태어난 저 사람이 한 마리 토끼를 잡으려는 일념에 사로잡혀 몰두하고 있다. [37]

여기 진실로부터의 또 하나의 탈출구가 있다. 방금 논의되었던 기만의 메커니즘은 실은 진실로부터의 도피라기보다 진실을 은폐하기 위한 위장 전술에 속한다. 여기 '〈위락 le divertissement〉과 더불어 문제 되는 것은 도피 그 자체이다. 이것은 긴 설명이 필요치 않다. 즉, 인간은 자신을

---

36) ··· et toutes ces dispositions, si éloignées de la justice et de la raison, ont une racine naturelle dans son cœur.(*Fr.* 99-100)

37) Cet homme né pour connaître l'univers, pour juger de toutes choses, pour régir tout un Etat, le voilà occupé et pour rempli du soin de prendre un lièvre! (*Fr.* 275-140)

돌아보면, 자신의 진실과 대면하면 두려움과 절망에 사로잡힐 수밖에 없다. 그런데 인간은 이 불행을 스스로 치유할 능력이 없다. 어떻게 할 것인가. 우리가 적극적으로 불행과 싸워 이김으로써 행복을 쟁취할 수 없다면 최소한 우리의 불행을 보거나 생각하지 않음으로써 가능한 행복을 누릴 수 있다. 대강 이런 논리이다. 요컨대, 자신의 비참을 보고 생각하는 것에서 마음을 돌아서게 하는 것 divertir이 문제이다.

인간은 죽음과 비참과 무지를 고칠 수 없기에 자신의 행복을 위해 이것들을 생각하지 않기로 마음먹었다. [38]

그래서 사람들은 춤을 추고 사냥을 하고 당구를 치고 여행을 하고 모험을 한다. 온갖 소란과 법석 속에 뛰어드는 것이다. 적어도 그렇게 하고 있는 동안은 자신의 비참과 불행을 잊어버릴 수 있기 때문에. 이에 대한 파스칼의 아이러니는 잔인하기까지 하다.

불과 몇 달 전에 외아들을 잃은 저 사람, 소송과 분쟁으로 시달려 오늘 아침만 해도 그토록 마음 산란했던 저 사람이 지금은 다 잊어버리고 있는 것은 어찌된 일인가. 놀랄 것은 없다. 그는 여섯 시간 전부터 사냥개들이 열렬히 추적하고 있는 산돼지가 어디로 통과할 것인가를 지켜보는 데 열중하고 있다. 그 이상의 것이 필요 없다. [39]

이 얼마나 허망한 꼴인가. 그런데 이것은 일부의 경박한 사람들에게만

---

38) Les hommes n'ayant pu guérir la mort, la misère, l'ignorance, ils se sont avisés, pour se rendre heureux, de n'y point penser. (*Fr.* 267-168)

39) D'où vient que cet homme qui a perdu depuis peu de temps son fils unique, et qui accablé de procès et de querelles, était ce matin si troublé, n'y pense plus maintenant? Ne vous en étonnez pas, il est tout occupé à voir par où passera ce sanglier, que ses chiens poursuivent avec tant d'ardeur depuis six heures. Il n'en faut pas davantage. (*Fr.* 269-139)

한정된 것은 아니다. 그것은 만인에게 적용되는 보편적 법칙이다. 파스칼은 인간 행동의 총체를 위락의 범주 안에 편입시키기를 꺼리지 않는다.[40] ⟨도박, 여인과의 환담, 전쟁, 높은 지위 등⟩[41] 그의 열거는 한없이 계속될 수 있다. 흥미로운 것은 이 ⟨위락⟩의 주제가 ⟨허영⟩의 주제와 만나게 된다는 점이다.

그러나 이 모든 일에 무슨 목적이 있는가 하고 당신은 반문할지 모른다. 다음날 친구들 사이에서 자기가 남들보다 공을 더 잘 친 것을 자랑하려는 목적이다. 이렇듯, 아무도 과거에 풀 수 없었던 수학 문제를 푼 것을 학자들에게 보이기 위해 서재 안에서 땀흘리는 사람들이 있는가 하면…….[42]

파스칼은 자신의 불행을 외면하려는 거의 무의식적인 행위, 즉 ⟨위락⟩이 어떤 내밀한 심리적 요인에 의해 자극되는가를 간과하지 않는다. ⟨허영⟩의 집요함은 실로 가공할 만하다. 허영은 위락 속에도 잠입하여 자신의 빛깔로 화려하게 물들이고 있다.

뿐만 아니라 파스칼은 ⟨위락⟩과 관련된 성찰 속에 사회적 시각을 개입시킨다. 방금 ⟨높은 지위⟩가 언급되었지만 신분의 상승은 위락의 기회와 정비례한다. 부와 권력은 일차적으로 과시되고 전시됨으로써 의미를 갖지만, 그것들은 동시에 위락의 효과적인 수단이기도 하다. 파스칼은 여기서도 왕을 들먹인다.

---

40) Sans examiner toutes les occupations particulières, il suffit de les comprendre sous le divertissement. (*Fr.* 274-137)

41) De là vient que le jeu et la conversation des femmes, la guerre, les grands emplois, sont si recherchés. (*Fr.* 269-113)

42) ⟨Mais, diriez-vous, quel objet a-t-il en tout cela?⟩ Celui de se vanter demain entre ses amis de ce qu'il a mieux joué qu'un autre. Ainsi, les autres suent dans leur cabinet pour montrer aux savants qu'ils ont résolu une question d'algèbre qu'on n'aurait pu trouver jusqu'ici…. (*Fr.* 269-113)

왕은 오직 왕의 마음을 다른 곳으로 쏠리게 하여 자신을 생각하는 것을
가로막기에 전념할 뿐인 사람들로 둘러싸여 있다. 비록 왕일지라도 자신을
생각하면 불행하기 때문에. [43]

고관들도 이 대열에 합류한다.

자신의 마음을 딴곳에 쏠리게 하는 많은 사람들을 거느리고 또 그러한 상
태에 머물러 있을 힘이 있다는 것, 이것이 또한 지체 높은 사람들의 행복을
이룬다. [44]

이 또한 은근한 풍자이다. 의젓하고 위엄 있는 사람들, 〈자신을 에워
싼 장엄한 영광을 관망하는〉 것으로도 충분히 만족할 수 있을 법한 사람
들이 〈가락에 맞추어 스텝을 옮기거나 공을 능숙하게 치거나 하는 일에
열중함으로써〉 행복해질 수 있다는 것은 참으로 어처구니없는 일이다.
그러나 어처구니없는 일을 하는 것은 왕과 고관들만이 아니라 우리 모
두이다. 우리 모두가 허깨비에 씌운 듯 밖으로 뛰쳐나가 소란과 법석을
구걸하고 다닌다.

인간의 마음이란 이 얼마나 공허하고 오물에 넘쳐 있는가! [45]

이렇게 탄식함으로써 파스칼은 결론을 내리고 있는 듯이 보인다. 그러
나 이것은 결론이 아니다. 그는 처음부터 위락의 내막을 꿰뚫어보았고,
그것의 허망함과 불합리를 인정하면서도 동시에 필연성(타당성이라 해도

---

43) Le roi est environné de gens qui ne pensent qu'à divertir le roi, et à l'empêcher
   de penser à lui. Car il est malheureux, tout roi qu'il est, s'il y pense. (*Fr.* 269-113)
44) Et c'est aussi ce qui forme le bonheur des personnes de grande condition, qu'ils
   ont un nombre de personnes qui les divertissent, et qu'ils ont le pouvoir de se
   maintenir en cet état. (*Fr.* 269-113)
45) Que le cœur de l'homme est creux et plein d'ordure. (*Fr.* 272-143)

무방하다)을 확인하였다. 다시 말해 이 불합리한 행동으로 몰고가는 확실한 이유가 있다는 것을, 즉 불행한 인간 조건에 그 뿌리가 있다는 것을 그는 깨달았다. 그러기에 그는 일방적으로 위락의 경망함과 불합리를 질타하는 철학자들, 이른바 반식자들에 동조하지 않는다.

인간이 행복해지기 위해 고안할 수 있었던 모든 것은 곧 이런 것이다. 이것에 대해, 철학자연하는 자가 있어, 돈 주고 사는 것이라면 원치도 않을 토끼를 뒤쫓아 온종일을 허비한다는 것은 참으로 불합리한 일이라고 생각한다면 그들은 우리의 본성을 전혀 모르고 있는 것이다. [46]

파스칼은 인간의 본성을 모르고 인간 행동의 표면적 불합리성만을 탓하는 철학자들의 주장을 뒤엎는다. 여기도 〈正에서의 反으로의 반전〉은 어김없이 적용된다. 그렇다면 위락에 몰두하는 사람들을 옳다고 인정할 것인가. 아니다.

그들이 소란을 하나의 위락으로서 추구할 뿐이라면 소란을 추구하는 것은 그들의 잘못이 아니다. 잘못은 그들이, 마치 추구하는 사물을 얻으면 그것으로 틀림없이 행복해질 수 있기라도 하는 것처럼 이것을 추구하는 데 있다. 그들의 공허한 추구를 비난하는 것도 이 점에서는 일리가 있다. [47]

파스칼은 철학자들에 반하여 위락의 필연성을 인정했지만 그 자체를

---

46) Et ceux qui font sur cela les philosophes, et qui croient que le monde est bien peu raisonnable de passer tout le jour à suivre un lièvre qu'ils ne voudraient pas avoir acheté, ne connaissent guère notre nature. (*Fr.* 269-139)

47) …leur faute n'est pas en ce qu'ils cherchent le tumulte, s'ils ne le cherchaient que comme un divertissement : mais le mal est qu'ils le recherchent comme si la possession des choses qu'ils recherchent les devait rendre véritablement heureux, et c'est en quoi on a raison d'accuser leur recherche de vanité. (*Fr.* 269-139)

수긍하지는 않는다. 그는 뒤엎은 것을 다시 뒤엎는다. 위락은 여전히 어리석고 공허하다. 그러나 이렇게 보는 것은 다른 이유 때문이다. 사람들이 위락 속에서 행복해질 수 있으리라는 환각을 갖는 것, 바로 이것이 문제이다.

결국, 이 모든 일에 있어서 비난하는 자(철학자)나 비난받는 자(위락자)나 인간의 진정한 본성을 모른다. [48]

이렇듯 빛을 갖는 데 따라 반전에 반전이 이어진다. 여기서 〈빛〉이란 인간의 본성에 대한 이해의 정도를 의미한다. 이 반전의 변증법은 결국 인간의 본성의 신비에 육박해 들어가는 복합적 사고의 한 전형이다. 파스칼의 사고 속에 하나는 존재하지 않는다. 하나는 또 다른 하나와 한 쌍을 이루고 겉은 안과 한 짝을 이룬다. 그는 동시에 둘을 보기 위해 그 안에서 끊임없이 반전을 되풀이한다.

〈위락〉과 관련하여 끝으로 다른 차원에서 이루어지는 또 하나의 반전에 잠시 주목하고 싶다. 우리는 인간이 자신의 비참을 망각하기 위해 본능적으로 밖으로 뛰쳐나가 소란과 법석을 구걸하는 것을 확인했다. 파스칼은 만인에게서 이것을 보았고, 인간의 모든 행동을 이 위락에 결부시키기까지 했다. 그렇다면 이것이 전부란 말인가. 파스칼은 아니라고 대답한다. 그는 자신의 입장을 스스로 뒤엎는다.

그들은 하나의 내밀한 본능을 가지고 있다. 이 본능은 그들로 하여금 위락과 밖에서의 관심거리를 찾도록 충동하는데, 이것은 그들의 지속적인 불행의 의식에서 유래한 것이다. 그러나 그들은 또 하나의 본능을 가지고 있다. 이 본능은 우리의 최초의 본성이 지녔던 위대의 선물로서, 그들로 하여금 행

---

48) ··· de sorte qu'en tout cela et ceux qui blâment et ceux qui sont blâmés n'entendent la véritable nature de l'homme.(*Fr.* 269-139)

복은 오직 휴식 속에 있으며 소란 속에 있지 않다는 것을 깨닫게 한다. [49]

지금까지 위락의 관점에서 인간 행동의 실태를 조명했던 파스칼은 뜻밖에도 〈또 하나의 내밀한 본능〉을 등장시킨다. 그러나 그에게 이것은 조금도 뜻밖의 일이 아니다. 우리는 이미 그가 하나를 보는 것으로 그치지 않고 항상 또 하나의 것을 보는 눈을 가지고 있음을 지적한 바 있다. 그의 이야기에 좀더 귀기울여 보자.

이 상반된 두 본능에서, 그들 가운데 하나의 혼란된 계획이 태어난다. 그들의 마음속 깊은 곳에서 그들의 눈에 띄지 않는 이 계획은 그들을 충동하여 소란을 향해 안식으로 향하게 하고, 당면한 몇 가지 어려움을 극복하여 안식의 문을 열 수만 있다면 맛보지 못했던 만족이 그들에게 찾아오리라고 항상 상상하게 한다. [50]

〈온 인생은 이렇게 흘러간다〉라고 그는 덧붙인다. 그렇다. 우리는 법석 가운데서 자신을 잊고 있다가 어느 순간엔가 아늑한 휴식을 꿈꾼다. 어떤 난문제를 해결하고 나면 안식을 취하리라고 마음속에 다짐한다. 그러나 휴식 상태에 들어가자마자 이내 견딜 수 없게 되어 다시 밖으로 뛰쳐나간다. 이 휴식 상태가 단순히 권태롭기 때문만은 아니다. 이때 우리는 우리 자신을 돌아보게 되고 그 안에서 공허, 허무, 죽음, 한마디로

---

49) Ils ont un instinct secret qui les portent à chercher le divertissement et l'occupation au dehors, qui creut du ressentiment de leurs misères continuelles, et ils ont un autre instinct secret qui reste de la grandeur de notre première nature, qui leur fait connaître que le bonheur n'est en effet que dans le repos, et non pas dans le tumulte···.(Fr. 269-139)

50) ··· et de ces deux instincts contraires, il se forme en eux un projet confus, qui se cache à leur vue dans le fond de leur âme, qui les porte à tendre au repos par l'agitation, et à se figurer toujours que la satisfaction qu'ils n'ont point leur arrivera, si, en surmontant quelques difficultés qu'ils envisagent, ils peuvent s'ouvrir par là la porte au repos.(Fr. 269-139)

존재의 비참한 조건들과 다시 대면하게 되기 때문이라고 파스칼은 진단한다. 사실 휴식이 권태로운 것은 이런 이유 때문이기도 하다.

이와 같이 인간은 참으로 불행하기에 아무런 권태의 이유 없이도 자신의 구조의 고유한 상태로 말미암아 권태를 면할 수 없다. 또한 인간은 참으로 공허하기에 권태의 수많은 본질적 원인이 가득함에도 불구하고, 가령 당구나 공치기 따위 극히 하찮은 일도 충분히 그를 즐겁게 만들 수 있다. [51]

이제야 우리는 단장 61-127의 의미를 알 수 있을 것 같다.

인간의 상태 —— 변덕, 권태, 불안[52]

소란과 법석 즉 〈위락〉을 추구하는 변덕스러움, 휴식 속에서의 자신의 진실과의 대면이 낳는 권태, 이 양자 사이를 끝없이 오가는 불안스러운 방황.

5 법과 정의

피레네 산 이편에서는 진리, 저편에서는 오류. [53]

인간 실존에 대한 이상과 같은 파스칼의 탐색을 뒤따라가면서 우리는 그의 사고의 움직임에 특별한 관심을 기울였다. 그것이 일차적으로 매우

---

51) Ainsi l'homme est si malheureux qu'il s'ennuierait même sans aucune cause d'ennui par l'état propre de sa comflexion, et il est si vain, qu'étant plein de mille causes essentielles d'ennui, la moindre chose, comme un billard et une balle qu'il pousse, suffisent pour le divertir. (*Fr.* 269-139)

52) Condition de l'homme —— inconstance, ennui, inquiétude.

53) Vérité au deçà des Pyrénées, erreur au delà. (*Fr.* 108-294)

냉혹한 레알리슴에 입각하고 있다는 것은 분명하다. 그러나 그것은 투명한 시선을 수반함으로써 표면을 뚫고 그 이면을 투시하며, 마침내 또 하나의 지층을 발견하기에 이른다. 이것을 가리켜 그가 배후의 사고 또는 〈正에서 反으로의 반전〉이라 불렀다는 것은 이미 밝힌 바와 같다. [54]

여기 법과 정의의 문제에서도 우리는 동일한 사고의 틀을 발견하게 될 것이다. 이 주제와 더불어 인간의 문제는 개인의 실존적 차원에서 집단의 사회적 차원으로 옮겨갔을 뿐이다. 그 안에서 인간은 여전히 오만과 환각과 변덕을 되풀이할 것이다.

문제의 핵심으로 곧장 들어가자. 법이란 무엇인가, 즉 인간 사회를 통제하고 그 질서를 보장하는 법이란 무엇인가. 파스칼은 묻는다 : 〈사람은 통치하고자 하는 세계의 조직을 어떤 기반 위에 세울 것인가.〉 가장 바람직한 것은 물론 〈정의 위에〉 세우는 것이다. 그러나 파스칼은 도대체 이 정의가 무엇이냐고 반문한다. 아니, 사람은 정의를 모른다고 단언한다. 법에 대한 그의 성찰은 극단적인 회의주의에서 출발한다. 그의 말에 직접 귀기울여 보자.

만약 정의를 알고 있다면 확실히 인간은 그들 가운데 가장 일반화되어 있는 격언, 즉 각자는 그 나라의 풍습을 따라야 한다와 같은 격언을 만들지는 않았을 것이다. 진정한 정의의 빛은 모든 백성을 복종하게 했을 것이고 (……) 기후가 변화함으로써 그 성질도 변하는 정의나 불의를 보는 대신 지상의 모든 국가에 그리고 시대를 초월하여 불변의 정의가 수립되는 것을 보았을 것이다. [55]

---

54) 사실 이와 같은 사고의 유형은 그가 과학자였다는 사실을 환기하면 더 쉽게 이해될 수 있다. 〈신 없는 인간〉이란 대상은 실은 실험실에 옮겨진 연구 대상과 같으며, 벌어지는 모든 현상을 엄밀하고 객관적으로 관찰하되 그것들로부터 설명의 원리를 찾아내는 것은 완전히 과학적 방법론과 일치한다.

55) Certainement, s'il la connaissait, il n'aurait pas établi cette maxime la plus générale de toutes celles qui sont parmi les hommes, que chacun suive les mœurs de son pays ; l'éclat de la véritable équité aurait assujetti tous les peuples…. On

그러나 현실은 어떠한가.

위도 3도의 차이가 모든 법률을 뒤엎고 한 자오선이 진리를 결정짓는다. 수립된 지 몇 해 만에 기본법이 바뀐다. 한 줄기 강물이 가로막는 가소로운 정의여! 피레네 산 이편에서는 진리요 저편에서는 오류.[56]

그의 회의적 시각은 이렇듯 철저한 비관주의로 치닫는다. 그러나 그는 여기서도 탄식하는 것으로 그치지 않고 문제의 근원으로 파고들어간다. 그 어떤 탐구에서나 그의 궁극적 목표는 〈현상〉 그 자체가 아니라 그 〈이유〉이다. 법과 정의의 장에서 파스칼은 처음으로 〈현상의 이유 raison des effets〉라는 말을 사용함으로써 자신의 관심이 어디에 있는가를 극명하게 드러내 보이고 있다.

이 이유를 탐구할 때, 그는 원점에서 출발하기를 선택한다. 즉, 법의 기원에 먼저 눈을 돌린다. 그리하여 인간 사회에서 지배자와 피지배자의 계급이 성립되는 과정을 상상적으로 재구성한다. 법이란 이 양자 사이의 관계를 규정짓는 질서 바로 그것이기 때문이다.

그러니 지금 계급이 형성되는 것을 눈앞에서 바라본다고 상상해 보자. 분명히 사람들은 더 강한 편이 더 약한 편을 억압하여 마침내 지배적인 파가 생길 때까지 싸울 것이다.[57]

---

la verrait plantée par tous les Etats du monde et dans tous les temps, au lieu qu'on ne voit rien de juste ou d'injuste qui ne change de qualité en changeant de climat. (*Fr.* 108-294)

56) Trois degrés d'élévation du pôle renversent toute la jurisprudence ; un méridien décide de la vérité ; en peu d'années de possession, les lois fondamentales changent···. Plaisante justice qu'une rivière borne ! Vérité au deçà des Pyrénées, erreur au delà. (*Fr.* 108-294)

57) Figurons-nous donc que nous les voyons commençant à se former. Il est sans doute qu'ils se battront jusqu'à ce que la plus forte partie opprime la plus faible, et qu'enfin il y ait un parti dominant. (*Fr.* 207-304)

여기 먼저 결정적 요인으로 작용하는 것은 힘이다. 물리적 힘, 폭력에 의해 다스려지는 인간 사회는 적어도 이 지점에서는 정글과 다를 것이 없다.[58] 그러나 힘에 의해 수립된 질서는 힘만으로 유지되지는 않는다.

그러나 일단 결정된 후에는 싸움이 계속되는 것을 원치 않는 지배자들은 그들의 수중에 있는 힘이 그들의 뜻대로 계속되도록 명한다. 어떤 사람들은 인민의 투표에 의뢰하는가 하면, 또 어떤 사람들은 세습 등등의 방법에 의존한다.
상상이 그 역할을 수행하기 시작하는 것은 바로 여기서이다.[59]

체제와 질서를 탄생시킨 〈힘〉에 뒤이어 그것들을 유지시켜 나가는 요인으로서 파스칼은 〈상상〉을 끌어들인다. 요컨대 힘은 상상과 결부됨으로써 비로소 유지될 수 있다는 말이다.

이때까지는 순전히 힘이 일을 꾸민다. 여기서부터 힘은 상상에 의해 어떤 당파 속에 유지되어 간다.[60]

상상이란 무엇인가. 파스칼에 의하면 그것은 사물에 가치를 부여하는

---

58) 여기서 파스칼은 그 나름대로 〈불평등 기원론〉을 펼치고 잇는 셈이지만, 이 힘에 의한 지배가 인간의 내면적 욕구와 연관되어 있는 점을 간과하지 않는다. 〈모든 사람이 지배하기를 원하지만 일부의 사람들만이 그렇게 할 수 있기 때문에〉 불평등은 필연석이며, 힘은 서로 시배사가 되기 위한 이 싸움 속에서 결징적 요인으로 작용한다.

59) Mais quand cela est une fois déterminé, alors les maîtres, qui ne veulent pas que la guerre continue, ordonnent que la force qui est entre leurs mains succédera comme il leur plaît : les uns la remettent à l'élection des peuples, les autres à la succession de naissance, etc.
Et c'est là où l'imagination commence à jouer son rôle. (*Fr.* 207-304)

60) Jusque-là la pure force le fait : ici c'est la force qui se tient par l'imagination en un certain parti…. (*Fr.* 207-304)

그. 무엇이다. 이성이 단순히 사물을 관찰하고 측량하고 분석함으로써 그 자체를 정확히 인식하는 데 그친다면 상상은 그것들에 의미와 가치를 부여함으로써 우리의 행복과 불행, 옳음과 그름의 개념을 만들어낸다.

상상은 행복한 자, 불행한 자, 건강한 자, 허약한 자, 부유한 자, 가난한 자를 만든다. [61]

그리고 정의로운 자와 불의한 자도 만든다고 우리는 덧붙이고 싶다. 여기 문제 되는 것은 정의의 관념이다. 지배자를 가리고 그를 중심으로 한 어떤 질서 체제가 탄생하기까지 결정적인 역할을 맡은 것은 〈힘〉이었다. 그러나 그것이 유지되고 계승되기 위해서는 힘 이상의 것이 필요하다. 힘에 정의의 관념을 덧붙여야 한다. 이것을 제공하는 것이 곧 〈상상〉이다. 우리는 여기서도 비참과 위대의 혼합을 본다. 지배의 욕구, 일반적으로 사욕 la concupiscence 이란 이름으로 불리는 것에 의해 발동되는 힘과 폭력의 행사, 이것은 분명히 비참이다. 그러나 인간 사회에서 폭력의 행사가 전부는 아니다. 그것은 원초적 부조리에도 불구하고 정당화될 필요가 있으며 그래서 정의로 분식된다. 부조리 속에서도 인간은 정의를 포기하지 않기 때문이다.

현상의 이유는 인간의 위대를 명시한다 —— 사욕에서 그처럼 훌륭한 질서를 이끌어낸 점에서. [62]

그렇다면 상상은 어떤 방식으로 정의의 관념을 낳게 할 수 있는가. 여기 파스칼이 개입시키는 것이 다름 아닌 〈습관〉이다. 사람들은 힘에 의

---

61) Elle (L'imagination) a ses heureux, ses malheureux, ses sains, ses malades, ses riches, ses pauvres. (*Fr*. 81-82)
62) Les raisons des effets marquent la grandeur de l'homme, d'avoir tiré de la concupiscence un si bel ordre. (*Fr*. 210-403)

해 구축된 질서가 대대로 이어지며 그것이 온갖 권위와 위엄으로써 지켜지는 것을 보는 데 길들여진 나머지 그것을 정당하다고 생각(상상)하기에 이른다. 그들의 머릿속에서 왕은 신의 대리인으로서 백성을 다스리는 정당한 절대권자가 되고 한 나라의 법은 만인이 복종해야 할 정의로운 것이 된다. 단순히 받아들여진 것이라는 이유 하나만으로.

이런 혼란으로 인해 법의 본질은 입법자의 권위라고 말하는 사람이 있는가 하면, 통치자의 편이라고 말하는 사람도 있고, 현재의 습관이라고도 한다. 이 마지막 주장이 가장 확실하다. 오직 이성만을 따른다면 그 어떤 것도 그 자체로 정당한 것은 없다. 모든 것은 때와 함께 흔들린다. 습관은 받아들여진 것이라는 단 하나의 이유로써 전적으로 공정한 것이 된다. 이것이 곧 습관의 권위의 신비로운 기반이다. [63]

이렇게 해서 법은 〈일찍이 이유 없이 도입되었으나 이제 정당한 것〉으로 탈바꿈한다. 그래서 또한 사람들은 법을 존중하고 이에 복종한다—— 법은 옳은 것이기 때문에. 그러나 이들이 믿는 법의 정당성은 실은 〈법의 본질이 아니라 그들이 상상하는 정의〉[64]일 뿐이다. 법은 이미 확인한 바와 같이 힘에 의한 강탈, 아무런 필연성도 정당성도 없는 우연의 산물일 뿐이다.

법과 관련된 이 일련의 성찰을 통해 우리는 다시금 파스칼의 냉혹한 레알리슴과 만난다. 법의 탄생과 영속 속에 작용하는 인간의 사욕, 물리적 폭력, 뒤이은 상상의 환각적 기능을 꿰뚫어 보는 그의 시선은 예리하

---

63) De cette confusion arrive que l'un dit que l'essence de la justice est l'autorité du législateur, l'autre la commodité du souverain, l'autre la coutume présente ; et c'est le plus sûr : rien, suivant la seule raison, n'est juste, tout branle avec le temps. La coutume fait toute l'équité, par cette seule raison qu'elle est reçue ; c'est le fondement mystique de son autorité. (*Fr.* 108-294)

64) ··· obéit à la justice qu'il imagine, mais non pas à l'essence de la loi····. (*Fr.* 108-294)

고 잔혹하기까지 하다. 그러나 그는 이 사실들을 객관적으로 확인하는
것으로 그치지 않는다. 그에게 더 중요한 것은, 그리고 우리에게 더 흥
미로운 것은 이 사실들에 입각한 사회적 삶의 모랄에 대한 그의 제안이
며 우리는 이 가운데 〈正에서 反으로의 반전〉의 화려한 실연(實演)을 보
게 될 것이다.

그는 먼저 일반 사람들의 태도를 살핀다. 그들은 법과 질서를 존중하
고 이에 복종한다. 그래서 가령 〈지체 높은 사람들을 공경한다.〉[65] 이것
은 최초의 〈正〉이다. 이에 대해, 법과 질서가 우연의 소산임을 아는 일
부 식자들은 이들의 태도를 비웃는다.

반식자는 그들을 경멸하며, 가문이란 개인의 우월이 아니라 우연에 의한
우월이라고 말한다. [66]

이들에 의해 일반 사람들의 의견과 태도는 파괴된다. 〈正〉에서 〈反〉으
로의 최초의 반전이 이루어진다.

이에 대해 참된 식자는 민중의 태도가 여전히 건전하다는 것을 인정하
며 그들과 같이 신분 높은 사람들 앞에 머리 숙인다. 그러나 태도가 같
다고 해서 생각마저 같은 것은 아니다. 민중이 법에 복종하는 것은 그것
이 정당하다고 믿기 때문인 데 반해, 식자들은 그것이 〈모든 공허에도
불구하고 확고한 기반을 가지고 있기 때문에〉[67] 이에 복종한다. 말하자
면 〈민중의 생각에 의해서가 아니라 배후의 생각에 의해서〉[68]이다. 이렇
게 해서 민중의 의견을 파괴한 그 의견은 다시 파괴된다. 제2의 반전이
이루어진 셈이다.

---

65) Le peuple honore les personnes de grande condition.(*Fr.* 180-337)
66) Les demi-habiles les méprisent, disant que la naissance n'est pas un avantage
de la personne, mais du hasard.(*Fr.* 180-337)
67) ··· qu'ainsi toutes ces vanités étant très bien fondées···.(*Fr.* 183-328)
68) non par la pensée du peuple, mais par la pensée de derrière···.(*Fr.* 180-337)

그러나 이 거듭되는 반전은 여기서 끝나지 않는다. 파스칼은 식자들에 뒤이어 열성적인 신자들을 등장시켜 〈식자들로 하여금 지체 높은 사람을 공격하게 하는 이유에도 불구하고 이들을 멸시하는〉 것을 보여준다. 〈왜 냐하면 신앙이 그들에게 주는 새로운 빛에 따라 판단하기 때문이다.〉[69] 이 신자들은 (비록 판단의 기준은 다르다 할지라도) 반식자의 입장으로 되돌아간 것이나 다름없다. 그러나 신자들 중에는 참된 〈완전한 기독교인들〉이 있다. 이들은 〈보다 높은 빛에 따라〉 판단함으로써 신자들의 태도를 뒤엎으며 민중과 같이 (그리고 식자들과 같이) 지체 높은 사람을 공경한다.[70]

이른바 〈正에서 反으로의 계속적인 반전〉은 이렇게 해서 끝난다. 민중에서부터 시작하여 반식자 — 식자 — 열성적 신자 — 완벽한 기독교도에 이르기까지 〈새로운 빛〉을 갖는 데 따라 반전에 반전이 거듭된다. 그러나 문제의 핵심은 현존하는 법과 체제를 거부할 것인가 수용할 것인가에 있다. 거부의 입장을 선택할 때 이를 정당화할 이유는 충분하다. 사실 파스칼의 환상 없는 분석들은 마치 거부의 이유들을 발굴하기 위한 작업처럼 보인다. 법은 한마디로 아무런 정당성도 없는 우연의 산물이다. 더 구체적으로는 사욕과 환각(파스칼의 용어에 의하면, 상상)의 합작품이다. 그것은 사욕(지배욕)에 자극받은 폭력에 의해, 즉 강탈에 의해 수립되었고, 습관이 낳은 환각에 의해 정당화되었다. 이와 같은 법의 실체 앞에서 거부의 태도는 당연한 귀결처럼 보인다. 법의 기원을 모를 뿐만 아니라 법이 옳다고 보기 때문에 이에 복종하는 무지한 사람들에게 실은 〈그들이 상상하는 정의에 복종하고 있을〉 뿐이라고 말해 주기라도 하면 그들은 지체없이 반항으로 치달을 것이다.

---

69) les dévots qui ont plus de zèle que de science les méprisent, malgré cette considération qui les fait honorer par les habiles, parce qu'ils en jugent par une nouvelle lumière que la piété leur donne. (*Fr.* 180-337)

70) Mais les chrétiens parfaits les honorent par une autre lumière supérieure. (*Fr.* 180-337)

법의 근거를 살피려고 하는 사람은 그것이 너무나도 허약하고 경박하다는
것을 발견할 것이다. 그리하여 인간의 상상력의 경이를 보는 데 길들지 않은
사람은 이 법이 불과 1세기 동안에 그처럼 커다란 광채와 존경을 차지한 것
을 보고 놀랄 것이다. 국가를 거역하고 전복시키는 방법은 기성 습관의 기원
에까지 파고들어가 그곳에 권위도 정의도 없다는 것을 밝히고 이것을 흔들어
놓는 일이다. 71)

그렇다면 과연 그렇게 해야 할 것인가. 파스칼은 아니라고 단호히 말
한다. 실제로 그렇게 하는 사람들이 없지는 않다. 이른바 〈반식자 les
demi-habiles〉라 불리우는 부류의 사람들인데, 이들은 법이 강탈이라는
사실을 민중에게 알리며 〈부정한 습관에 의해 폐기된 국가의 기본적이고
원초적인 법으로 되돌아가야 한다〉고 외친다. 이에 대해 파스칼은 〈이것
은 모든 것을 상실하게 할 확실한 장난〉이라고 경고한다. 첫째로, 우리
는 정의가 무엇인지를 알지 못하며, 이 지상에 영원 불변한 기본법 따위
는 존재하지 않는다. 〈이 저울대 위에서는 옳은 것이라곤 하나도 없으
며〉, 공허한 법의 폐기는 또 하나의 공허한 법으로 이어질 뿐이다. 다음
으로 속박의 부당함을 깨달은 민중의 반란은 참담한 내란72)을 야기시키
고 끝내는 그들 자신의 파멸을 가져올 것이다. 그렇다면 차라리 〈민중의
행복을 위해 이따금 그들을 속일 필요가 있다.〉73)
　그러나 파스칼이 기성 질서와 체제의 거부를 비판하는 것은 위와 같은
현실적 이유에서만은 아니다. 되풀이 지적한 바와 같이, 그는 매우 예리
하게 법 질서의 공허와 불합리성을 파헤쳐 보여주었다. 그러나 그의 독

---

71) Qui voudra en examiner le motif le trouvera si faible et si léger, que, s'il n'est
accoutumé à contempler les prodiges de l'imagination humaine, il admirera qu'
un siècle lui ait tant conquis de pompe et de révérence. L'art de fonder, boulever-
ser les Etats est d'ébranler les coutumes établies, en sondant jusque dans leur
source, pour marquer leur défaut d'autorité et de justice.(*Fr.* 108-294)
72) Le plus grand des maux est les guerres civiles.(*Fr.* 184-316)
73) ⋯ pour le bien des hommes, il faut souvent les piper⋯.(*Fr.* 108-294)

창성은 그의 분석이 여기에 그치지 않고 한 걸음 더 전진하여 이 공허와 불합리성에도 불구하고 이 질서가 매우 확고한 기반을 가지고 있다는 것, 아니 정당한 것으로 전환되었다는 것을 밝힌 데 있다.

이 세상의 가장 불합리한 것들이 가장 합리적인 것이 된다——인간들의 착란으로 인해.[74)]

법 질서에 관한 파스칼의 일련의 성찰은 결국 이 사실을 확인하는 것으로 귀착된다. 그는 〈인간들의 착란으로 인해〉라는 짤막한 설명을 덧붙이고 있다. 우리는 이제 이 말이 무엇을 의미하는가를 조금은 안다. 인간은 그 어떤 이유로 인해 정의의 개념을 상실했다. 그러나 정의 그 자체에 대한 향수마저 잃어버린 것은 아니다. 그는 정의가 무엇인지는 모르되 정의가 실현되기를 갈망한다. 그리하여 현존하는 질서의 외형적 권위와 영속성을 바라보면서 그것에 정의를 인정하기로 한다. 여기 상상이 개입하고 습관이 이를 뒷받침한다. 불합리가 합리로 둔갑하는 순간이다. 인간이 지상에서 정의를 실현할 수 있는 방식은 이 이상의 것도 이하의 것도 아니다. 파스칼의 이른바 〈상상적 정의〉 말이다. 그리고 그는 역설적으로 이것을 인간의 위대의 한 징표로 본다. 〈사욕에서 그처럼 훌륭한 질서를 이끌어낸 점에서〉[75)] 인간은 위대하다.

이제 우리는 〈반전〉의 진정한 의미를 좀더 명확히 측정할 수 있다고 믿는다. 파스칼은 분석의 대상 속에서 일차적으로 공허와 불합리를 발견한다. 그러나 그는 여기에 멈추시 않고 전진한다. 그리고 최초의 명제를 뒤엎는다. 그렇다고 그것들이 사라지는 것은 아니다. 그가 정당성과 합리성을 인정하는 것은 바로 공허와 불합리성 속에서이다. 正과 反은 그의 사고 속에 동일한 비중으로 존재한다. 그의 사고는 평면적이 아니라

---

74) Les choses du monde les plus déraisonnables deviennent les plus raisonnables à cause du dérèglement des hommes. (*Fr.* 208-320)

75) 주 62) 참조.

입체적이고 다층적이다. 되풀이 말하자면 이것을 가능하게 하는 것이 〈배후의 생각〉이고 〈보다 높은 빛〉이다. 이 심층적 사고로써 그는 모든 것 속에 두 개의 지층을 본다.

법과 관련된 파스칼의 성찰을 통해 우리는 사고의 동일한 움직임, 인간학의 동일한 명제를 다시 만난 셈이다. 〈허영〉의 주제 속에서 그리고 〈위락〉의 주제 속에서 확인했던 이중성을 우리는 여기서 다시 확인한다. 이 이중성의 실체를 좀더 명확히 확인하기 위해 우리는 다음 주제로 옮겨갈 필요가 있다.

6 비참과 위대 —— 모순

나무는 자신이 비참하다는 것을 알지 못한다.[76)]

『팡세』 제6편에는 〈위대〉라는 제목이 붙어 있다. 파스칼은 여기에 이르기까지 인간의 비참에 초점을 맞추어 인간의 삶의 모든 공간에서 그 실상들을 낱낱이 확인하기에 주력했다. 그의 인간 탐구는 이를테면 비참의 현상학과 같은 것이었다. 그런데 지금 제6편에서 그는 반대 명제를 내걸고 시선의 전환을 감행하는 것이다. 〈위대〉의 명제는 역설적이고 돌연한 것처럼 보인다.

그러나 우리는 이것이 역설적으로는 보이되 결코 돌연한 것이 아님을 잘 알고 있다. 사실 우리가 여지껏 파스칼의 인간학 속에서 확인할 수 있었던 것은 인간 현실의 이중적 구조 그 자체였다. 그는 〈허영〉의 모든 양상들을 그려나가되 그것들을 단순한 경박, 공허한 자아 전시로 보는 대신 인간의 마음의 심층부 속에서 그 진원을 찾았다. 기만, 위선, 위락의 추구 등도 인간의 치유될 수 없는 결함, 불완전, 불행의 감정과 결부

---

76) Un arbre ne se connaît pas misérable. (*Fr*. 218-397)

되고, 사회적 삶의 규범인 법과 질서에서도 본래적 불합리성이 합리성으로 통용되는 아이러니가 결국 〈인간의 착란〉과 결부되는 것을 보았다. 파스칼이 인간 속의 또 하나의 지층을 가리키는 표현은 다양하다. 그것은 〈자기만을 사랑하고 중히 여기는〉 자아 중심적 성향 또는 〈오만〉[77]으로 표현되는가 하면, 〈지배〉의 의지로도 표현된다. 그는 이 모든 것 속에 이미 〈위대〉의 개념을 암시하고 있음이 분명하다 —— 비록 이 말을 명시적으로 사용하기를 꺼리고 있다 해도.[78] 그리고 이 위대가 아직은 그렇게 자랑스럽고 찬란한 것이 아니라는 것도 분명하다. 아니, 찬란하기는커녕 그 얼마나 일그러지고 오염된 것인가. 그것은 공허한 현세적 위용으로 스스로 자랑스러움(오만)을 느끼고, 자기 위장과 타인의 기만으로써 스스로를 정당화하며, 불행의 망각으로 행복을 누리고, 환각적 정의로써 질서를 유지해 나가는 것으로 성립되는 위대이다. 어쨌든, 이 모든 것은 인간의 본성 가운데 내재하고 있는 그 무엇이며 이 상처뿐인 영광은 이제 분명하게 〈위대〉라는 이름으로 불리는 것이다.

그렇다면 구체적으로 파스칼은 어떤 방식에 의해 위대의 개념을 확립하려는 것일까. 그는 여기서 거침없이 문제의 핵심으로 파고들어간다. 즉 비참 그 자체, 더 정확하게는 비참의 의식을 출발점으로 삼으며 바로 이것으로부터 위대의 관념을 도출하려는 것이다. 비참을 초월한, 혹은 비참과 무관한 위대가 별도로 존재하는 것이 아니라 비참 그 자체가 위대의 가장 명백한 반증이 된다. 역설의 왕자 파스칼은 인간은 비참하기에, 아니 비참을 알기에 위대하다고 외친다.

인간의 위대는 자신이 비참하다는 것을 아는 점에서 위대하다. 나무는 자

---

77) L'orgueil contrepèse et emporte toutes les misères.(Fr. 131-406) ; L'orgueil nous tient d'une possession si naturelle au milieu de nos misères….(Fr. 93) 참조.
78) 이 말을 어디선가 사용했다면 그것은 차라리 실수에 의한 것이 될 것이다. 그는 인간을 가리켜 〈길 잃은 신(Fr. 130-441 : un Dieu perdu)〉이라고 말하기까지 하는 실수를 범했다.

신이 비참하다는 것을 알지 못한다. [79]

그는 여기서 인간과 나무를 비교하고 있다(이 단장을 쓰면서 그는 잠시 창 밖의 나무들을 바라본 것은 아닐까). 다른 단장에서는 비교의 대상으로 동물을 등장시킨다.

인간의 위대는 너무나도 명백한 것이어서 심지어 그의 비참에서도 이것을 이끌어낼 수 있다. 왜냐하면 동물에 있어 본성의 것을 우리는 비참이라고 부르기 때문이다. [80]

여기 동물과의 비교를 통해 해답이 준비되어 있는 것을 간과할 수 없다. 동물에 있어 본성의 것을 우리가 비참으로 느낀다면, 그것은 〈한때 인간 고유의 것이었던, 보다 뛰어난 본성에서 인간이 타락하였기〉[81] 때문이다. 만약 그렇지 않다면 우리는 스스로를 비참하다고 느끼지 않을 것이다. 마치 평민이 자기가 평민인 것을 딱히 불행으로 여기지 않는 것처럼 —— 왜냐하면 평민으로 사는 것은 자신의 본래의 신분에 합당하기 때문에. 그러나 왕위에서 쫓겨나 평민의 자리로 떨어진 왕이 있다면 그는 참지 못할 것이다. 인간의 비참, 이것은 〈대영주의 비참, 폐위된 왕의 비참〉[82]이다.

이렇듯 인간의 비참은 위대를 반증하고, 위대는 비참의 의식과 직결된다. 비참하기에 위대하고 위대하기에 비참하다는 역설은 단순한 역설이

---

79) La grandeur de l'homme est grande en ce qu'il se connaît misérable. Un arbre ne se connaît pas misérable. (*Fr*. 218-397)

80) La grandeur de l'homme est si visible qu'elle se tire même de sa misère. Car ce qui est nature aux animaux, nous l'appelons misère en l'homme. (*Fr*. 221-409)

81) par où nous reconnaissons que sa nature étant aujourd'hui pareille à celle des animaux, il est déchu d'une meilleure nature, qui lui était propre autrefois. (*Fr*. 221-409)

82) Ce sont misères de grand seigneur, misères d'un roi dépossédé. (*Fr*. 220-398)

408

아니다. 이것은 파스칼 인간학의 핵이며 그의 모든 탐구와 성찰은 이 이중성을 확인하는 것으로 귀착된다. 그는 이 이중성을 가리켜 보다 분명하게 〈모순 contrariétés〉이라고도 부른다. 논리상 상호 배제하는 비참과 위대의 공존은 모순임에 틀림없기 때문이다. 그리하여 이 모순은 설명의 원리를 요구한다. 파스칼이 인간 탐구에서 지금까지 수행한 작업은 사실들의 확인에 집중되었으며 굳이 이름을 붙인다면 현상학적 탐색이라 할 수 있다. 이 탐색의 결과로서 밝혀진 인간 조건의 본질이 곧 이중성 또는 모순이고, 이제 이 모순의 근원에 대해, 그 의미에 대해 설명할 수 있어야 한다. 이 인간 존재의 역설적 상황은 어디서 유래했으며 그것을 해소할 방법은 무엇인가.

여기 파스칼의 인간학적 성찰 속에 이른바 〈철학자들〉이 등장할 차례가 되었다. 〈자연의 빛〉에 따라 인간의 문제를 풀고자 한 지상의 현자들에게 먼저 해답을 구하는 것은 당연한 일이다. 또한 신 없는 인간을 탐구의 대상으로 삼은 파스칼에게는 최후의 순간까지 신 없는 지성의 범주 안에 머무는 것은 피할 수 없는 의무이기도 하다. 이렇게 해서 그는 먼저 철학자들에게 발언권을 넘겨준다. 그들은 인간의 모순된 조건에 대해 뭐라 말하고 있는가.

우리는 이 논의에 깊이 들어서려 하지 않는다. 이들의 주장에 대한 파스칼의 입장은 너무나도 확실하고 비판의 원리도 단순하다. 이들의 주장은 상호 대립되는 둘로 나뉘어지는데, 그들은 다 같이 인간을 모순적 존재로 인정하지 않는다는 공통점을 가지고 있다. 그리하여 각기 인간의 문제를 하나의 단일한 설명적 원리로써 해명하려 한다. 다시 말해, 그들은 파스칼이 인간 가운데 발견한 모순되는 두 개의 축 중에서 각기 하나의 축에만 의존하여 논리를 전개시키고 해답을 제시한다. 한편에 인간은 아무런 확실성의 근거도 없고 (따라서 무지와 무관심이야말로 그의 머리에 가장 편안한 베개가 되며[83]) 가능한 행복이란 위락 속에서 자신의 불행을 잊고 즐기는 것뿐이라고 믿는 회의의 무리와 쾌락주의자들이 있는가 하면, 또 한편에 이성의 힘으로써 확실한 지식과 진리를 획득할 수 있고, 의지의 힘으로써 마음의 평온을 얻으며 진정한 행복을 누릴 수 있다고 믿는 독단론자와 스토아파가 있다. 그러나 이들의 각각의 논리 속에서 파스칼은 (그들이 보지 못하는) 반대 명제가 더 힘차게 반증되는 것을 볼 따름이다.

한편에서 위대를 밝히기 위해 진술한 모든 것은, 다른 편에서 비참을 결론 짓기 위한 논리로서 이용될 뿐이다. 왜냐하면 사람은 높은 곳에서 떨어지면 떨어질수록 더 비참하고, 한편 비참하면 비참할수록 더 높은 곳에서 떨어진 것이 되기 때문이다. [84]

결국 파스칼은 자신의 입장으로 되돌아온다. 한편에서 인간의 비참을 결론짓기 위해 온갖 논리를 구사할 때 파스칼은 역설적으로 그 안에서 위대의 반증을 보며 또 그 반대의 경우도 마찬가지이다.

그들은 서로 끝없는 원을 그리며 상호 관련을 맺고 있다. 인간이 빛을 갖는 데 따라 인간 안에 위대와 비참을 발견하게 된다는 것은 명백하기 때문이다. [85]

그러나 철학자들에게는 이 인간 존재의 두 축을 볼 수 있는 〈빛〉이 결

---

83) … que l'ignorance et l'incuriosité sont deux doux oreillers pour une tête bien faite…. ("Entretien avec M. de Saci", *Pensées et opuscules*, Brunschvicq(éd), Hachette, 158쪽)

84) … tout ce que les uns ont pu dire pour montrer la grandeur n'a servi que d'un argument aux autres pour conclure la misère, puisque c'est être d'autant plus misérable qu'on est tombé de plus haut…. (*Fr.* 237-416)

85) Ils se sont portés les uns sur les autres par un cercle sans fin : étant certain qu'à mesure que les hommes ont de lumière, ils trouvent et grandeur et misère en l'homme. (*Fr.* 237-416)

여되어 있다. 그들의 원초적 과오는 각기 인간 모순의 한 극(極)만을 보았고 그것을 그들의 인간학의 유일한 근거로 삼은 데 있다. 그렇다면 문제의 해결의 첫걸음은 모순의 양극을 동시에 보는 일이다. 요컨대 철학에 의해 해결된 문제는 하나도 없으며 우리는 파스칼과 함께 다시 원점으로 되돌아온다. 인간의 원초적 여건으로서의 〈모순〉으로 말이다.

그러나 인간이란 그 얼마나 기괴한 짐승인가! 이 어떤 진기(珍奇), 요괴, 혼돈, 모순의 존재, 그리고 경이인가! 만물의 심판자이자 추악한 지렁이, 진리의 수탁자이자 불확실과 오류의 시궁창! 우주의 영예이자 쓰레기! 그 누가 이 뒤얽힌 모순을 풀겠는가.[86]

7 인간의 인식에서 神으로의 이행

인간은 무한히 인간을 넘어선다.[87]

결국 철학은 문제를 해결하기는커녕 인간을 하나의 괴물, 혼돈, 모순의 존재로 부각시키는 데 기여했을 뿐이다. 철학의 대립되는 두 경향이 각기 인간의 일면만을 봄으로써 우를 범했다면 우리는 이 양면을 동시에 보고 종합함으로써 균형 있고 조화로운 인간학을 수립할 수 있을 것이라고 순진하게 생각할 수도 있다. 그러나 이 양면이 인간 가운데 평화적으로 양립할 수 없다는 것은 명백하다. 한 인간을 가리켜 동시에 그는 위대하다, 그리고 그는 비참하다고 말하는 것은 논리상 분명한 모순이다.

---

86) Quel chimère est-ce donc que l'homme? Quelle nouveauté, quel monstre, quel cahos, quel sujet de contradiction, quel podige! Juge de toutes choses, imbécile ver de terre, dépositaire du vrai, cloaque d'incertitude et d'erreur, gloire et rebut de l'univers.
   Qui démêlera cet embouillement?(*Fr.* 246-434)

87) ⋯ l'homme passe infiniment l'homme. (*Fr.* 246-434)

그러기에 인간 가운데서 서로 마주치는 철학의 두 파는 영원히 전쟁을 계속하고 있다.

그 누가 이 뒤얽힌 모순을 풀겠는가.

우리는 이 곤혹스러운, 그러나 피할 수 없는 물음에서 한 걸음도 전진하지 못하고 있다. 〈신 없는〉 인간의 차원에서 〈신 없는〉 자연의 빛, 즉 이성적 사고에 의해 계속되어 온 인간의 탐구는 인간의 모순을 확인하는 것으로써 더 이상의 진전이 완전히 차단되어 있다. 이것은 딜레마임에 틀림없다. 그러나 파스칼은 여기에 주저앉아 포기하지는 않는다. 그는 거인의 한 걸음을 내딛는다. 그리고 외친다.

그러니 오만한 자여, 그대들은 자신에 대해 얼마나 역설적인가를 깨달으라. 무력한 이성이여, 머리 숙여라. 어리석은 자연이여, 침묵하라. 인간이 무한히 인간을 넘어선다는 것을 배우라. [88]

철학으로부터의 반전은 이렇듯 철학의 실패를 확인하는 데서부터 시작된다. 파스칼은 과감히 철학의 차원, 즉 인간적 사고의 차원을 넘어서라고 권유한다. 〈인간은 인간의 한계 안에서 질식한다〉라고 탄식한 어느 작가의 말은 바로 파스칼의 것일 수도 있다. 〈인간은 무한히 인간을 넘어선다〉라는 그의 인식은 인간이 인간의 범주 안에 머물러 있는 한 그는 영원히 불가해한 존재요, 그의 문제는 해결의 가망이 없다는 것, 따라서 인간의 운명을 어떤 초월성과의 관련하에서 재조명할 필요가 있다는 것의 확인이다.

우리는 파스칼의 인간 탐구의 출발점을 잘 기억하고 있다. 그는 〈신

---

88) Connaissez donc, superbe, quel paradoxe vous êtes à vous-même. Humiliez
-vous, raison impuissante ; taisez-vous, nature imbécile ; apprenez que l'homme
passe infiniment l'homme…. (Fr. 246-434)

없는 인간〉, 즉 초월성이 배제된, 인간의 자연적 운명에 내맡겨진 인간을 대상으로 삼았고, 이 탐구에 있어 오직 실증적, 과학적 사고(그 당시의 용어를 쓰자면, 이성적 판단력 le bon sens)에 의지했다. 그런데, 지금 수많은 우회와 편력 끝에 그는 인간과 초월성을 가르는 아슬아슬한 경계선에 서 있다. 그리고 결연히 뛰어넘는다.

철학적 인간학에서 신학적 (더 정확하게는 기독교적) 인간학으로 반전하는 순간이다. 결국 그가 문제의 해답을 얻는 것은 기독교 안에서이고, 그 핵심은 원죄설이다. [89] 즉, 인간은 본래 신의 형상대로 지음을 받음으로써 완전하고 위대한 본성을 소유하고 있었으며 티 없는 행복을 누렸다. 그런데 그는 신을 거역함으로 말미암아 이 위대와 행복의 자리에서 실추하여 비참과 불행 속에 떨어졌다. 파스칼은 신의 입을 빌어 이렇게 말한다.

나는 신성하고 죄없고 완전한 인간을 창조하였고 빛과 지혜로 충만케 하였다. 나는 인간에게 나의 영광과 경이로움을 전하였다. (……) 그러나 그는 오만에 떨어지지 않고는 이토록 많은 영광을 지닐 수가 없었다. 그는 스스로 자신의 중심이 되려고 원했고 나의 도움에서 벗어나려고 원했다. 그는 나의 지배에서 벗어났다……. [90]

오늘날 인간이 처해 있는 상황은 신으로부터의 이탈로 야기된 것이다.

---

89) 파스칼은 이미 그의 인간학적 탐구가 진행되는 중에서도, 마치 더 이상 참을 수 없기라도 한 듯, 이 신학적 원리를 개입시키곤 했다 : Pour moi, j'avoue qu'aussitôt que la religion chrétienne découvre ce principe, que la nature des hommes est corrompue et déchue de Dieu, cela ouvre les yeux à voir partout le caractère de cette vérité…. (Fr. 130-441)

90) J'ai créé l'homme saint, innocent, parfait, je l'ai rempli de lumière et d'intelli-gence; je lui ai communiqué ma gloire et mes merveilles. … Mais il n'a pu soutenir tant de gloire sans tomber dans la présomption. Il a voulu se rendre centre de lui-même et indépendant de mon secours. Il s'est soustrait de ma domination…. (Fr. 309-430)

그런데 여기 주목할 것은 이 이탈로 인한 실추에도 불구하고 그에게는 〈창조주의 희미한 빛이 한 가닥 남아 있으며 제1의 본성이 누렸던 행복에 관한 한 가닥 무력한 본능이 남아 있다〉는 점이다.

오늘날 인간이 처해 있는 상태는 이런 것이다. 그들에게는 제1의 본성이 누린 행복에 관한 한 가닥 무력한 본능이 남아 있다. 그리하여 제2의 본성이 된 맹목과 사욕의 비참 속에 빠져 있다.[91]

다시 한번 요약하자. 이 새로운 인간학에 의하면 인간에게는 두 개의 본성이 있다. 제1의 본성은 인간이 창조되었을 때의 〈신성하고 죄 없고 완전한〉 인간의 본성이고, 제2의 본성은 신으로부터의 이탈 이후로 〈맹목과 사욕의 비참〉 속에 있는 인간의 본성이다. 오늘의 인간은 실추 이전의 위대와 행복에 대한 희미한 추억을 간직한 채 맹목과 비참의 진흙 속에서 뒹굴고 있다.

우리는 이제야 분명하게 철학과 이 새로운 인간학이 어디서 갈라서는가를 알 수 있다. 철학은 비참과 위대를 각기 인간 속에 내재하는 실체로 간주하기를 고집했다. 그리하여 각각의 축에 충실한 두 개의 파가 생겨났고 그들 사이에 영원히 끝나지 않을 전쟁이 벌어졌다. 다시 말해 인간이라는 동일한 주체 속에 상반되는 두 실체가 설정됨으로써 그것들 사이의 모순과 갈등은 영원히 해소되지 않을 것이다. 우리는 이 대립을 가리켜 〈이원론〉이라 부른다.

이에 반해 파스칼이 제시하는 기독교적 인간학에서는 비참과 위대를 각기 다른 두 주체에 귀속시킨다. 비참은 인간의 몫이고 위대는 신의 몫이다. 위대는 한때 인간의 몫이기도 했다. 그러나 인간이 신으로부터 이

---

91) Voilà l'état où les hommes sont aujourd'hui. Il leur reste quelque instinct impuissant du bonheur de leur première nature, et ils sont plongé dans les misères de leur aveuglement et de leur concupiscence, qui est devenu leur seconde nature. (*Fr.* 309-430)

탈함으로써 이 위대를 상실하였으며 지금은 지난날의 위대의 추억만을 안은 채 비참 속에 빠져 있다. 따라서 비참과 위대가 인간 가운데 두 실체로서 대립하며 공존하는 것이 아니라 차원을 달리하는 두 주체, 즉 인간 또는 자연의 질서와 신의 질서, 자연적 운명과 초월적 운명이 불가분의 관계를 맺으며 대립하고 있는 것이다.

이것도 하나의 〈이원론〉임에는 틀림없다. 그러나 철학의 차원에서 확인한 이원론이 평면적이라면 (동일선상에서의 대립 관계이기 때문에) 이 새로운 이원론은 수직적이다. 평면상의 대립이 상하의 수직적 대립으로 전환된 것이며 문제의 핵심은 바로 여기에 있다.[92] 문제는 인간의 운명을 그 자체로서가 아니라 그것을 넘어서는 그 무엇과의 관련으로 재구성하는 데 있다. 우리는 이미 그것을 초월성, 신적 운명 등의 말로 표현했다. 인간의 운명 속에 개입하는 초월성, 이것이 곧 〈인간은 무한히 인간을 넘어선다〉라는 말의 의미이다.

8 맺음말

무용하고 불확실한 데카르트.[93]

우리는 인간의 문제에 대한 파스칼의 탐구가 거듭되는 〈반전〉의 메커

---

92) 우리는 파스칼의 주목할 만한 소품 「드 사시 씨와의 대화 Entretien avec M. de Sacy 속에서 이 문제에 대한 가장 명확한 설명을 들을 수 있다: Et la raison en est que ces sages du monde placent les contraires dans un même sujet ; car l'un attribuait la grandeur à la nature, l'autre la faiblesse à cette même nature, ce qui ne pouvait subsister ; au lieu que la foi nous apprend à les mettre en des sujets différents : tout ce qu'il y a d'infirme appartenant à la nature, tout ce qu'il y a de puissant appartenant à la grâce. (Pensées et opuscules, Hachette, 160쪽)

93) Descartes inutile et incertain. (Fr. 297-78)

니즘에 의해 어떻게 심화되고 확대되어 나갔는지를 추적하였고, 여기
〈인간의 인식에서 신으로의 이행〉으로 일단락되는 것을 보았다. 우리의
추적도 일단 여기서 멈추려 한다. 그러나 이것이 끝이 아니라는 것은 명
백하다. 그는 인간의 문제에 대한 온갖 탐색과 성찰 끝에 이제 겨우 신
과 만난 것에 불과하다. 아니, 아직 신을 만났다고 할 수도 없다. 신의
존재, 신의 개입은 딜레마에 빠진 인간의 문제를 풀기 위해 동원된 하나
의 비상 수단이며, 말하자면 논리적 (그리고 심정적) 요청이다. 인간 존
재의 비밀을 밝히기 위해 인간을 신과의 관련하에서 다시 조명해 볼 필
요가 있다는 것을 인정한 것뿐이다. 이 구도에 따르면 〈신은 있다〉가 아
니라 〈신은 있어야 한다.〉

그렇다면 파스칼이 앞으로 걸어가야 할 길은 아득히 멀다. 우리가 일
단락된 것으로 본 그의 작업은 실은 본격적인 탐구의 준비 과정에 불과
했다. 적어도 그는 새로운 모험의 출발점에 서 있다. 이제부터 신을 찾
아 나서야 하고 그를 진정으로 만나야 하고 또 사랑할 수 있어야 한다.
〈신이 있어야 한다〉에서 〈신은 있다〉에 이르는 길도 멀지만 신을 아는
것에서 사랑하는 데 이르기까지는 더 멀다.[94] 요컨대 신에게서 이탈함으
로써 〈신 없는 인간〉의 비참 속으로 추락한 인간은 이제 본래의 신분을
되찾아 〈신과 함께하는 인간〉의 행복을 누리기 위해 거꾸로 상승하는 것
이 문제이다.

이 새로운 모험 속에서 파스칼은 또 얼마나 극적인 반전의 논리들을
펼쳐나갈까. 그러나 우리는 더 이상 그를 따라가지 않으려 한다. 그리고
여기서 그의 반전의 논리와 함께 하나의 결론을 도출하려 한다. 우리가
그의 추론의 주요한 단계마다 어김없이 감행되는 것을 볼 수 있었던 〈반
전〉이란 도대체 무엇인가. 그것은 일차적으로 대결의 한 양식이라고 말
하고 싶다. 파스칼은 낮은 차원에서, 관습화된 행동 양식, 일반화된 관
념들과 대결하며 그것들의 허구를 비웃는다. 그러나 한 단계 높은 차원

---

94) Qu'il y a loin de la connaissance de Dieu à l'aimer!(*Fr.* 727-280)

416

에서, 그는 이것들을 비웃은 반식자들(철학자들)을 비웃는다. 이들에게는 사람의 깊이를 투시할 빛이 결여되어 있는 것이다. 반전의 축을 이루는 것은 〈보다 많은 혹은 새로운 빛〉이다. 이 빛에 의해 더 높은 차원으로 뛰어넘는다. 반전은 대결인 동시에 초월의 한 양식이다.

파스칼에게 궁극적인 대결의 대상은 무엇이었을까. 그것은 〈신 없는 인간〉이라고 답한다면 너무나도 당연한 것일까. 그러나 너무나도 당연한 것 가운데서 우리는 항상 많은 것을 발견한다. 그가 신 없는 인간을 상정했을 때 먼저 탐구의 대상을 지칭한 것은 확실하다. 그러나 그것이 전부는 아니다. 그는 신 없는 인간의 상황을 〈비참〉이란 말로 규정지음으로써 대상에 대한 객관적 탐구 이상의 의도를 노출시켰다. 비참은 우리가 참고 견딜 수 있는 상태가 아니다. 그것으로부터 우리는 탈출하거나 싸워 이겨야 한다. 비참은 대결의 의지를 부른다.

〈신 없는 인간〉이란 누구인가. 그는 이들을 찾기 위해 멀리 두리번거릴 필요가 없었다. 바로 가까이, 그의 주변에 득실거리고 있는 것이 이들이다. 특히 그가 한때 드나들었던 사교계는 온통 이들의 독무대였다. 비단 이들뿐이랴. 그 어느 곳, 그 어느 시대에도 이들이 주종을 이루고 있다. 기독교적 관점에서 볼 때 인간은 신의 통치로부터 벗어난 후부터 누구나가 〈신 없는 인간〉의 신분으로 떨어진다. 신 없는 인간, 그는 신의 은총과 무관한 모든 인간, 바로 우리 자신이다.

문제는 파스칼이 이들을 가리켜 새삼 〈신 없는 인간〉이라 부른 데 있다. 더 정확하게 말하자. 자기 주변의 사람들, 17세기 전반의 한 특정한 시대의 사람들을 향하여. 파스칼은 아마도 보편적 차원에서 인간의 문제를 제기했을 것이고, 따라서 이 차원에서 그를 읽고 이해하는 것은 지극히 타당하다. 그러나 우리는 그를 그가 살던 시대, 즉 역사의 한 순간 속에 세우기를 원한다. 그의 영원한 메시지를 시대의 색깔로 채색하기를 원한다. 인간은 필연적으로 역사 속에서 살아가며 그의 모든 행동과 발언은 이 역사 속에서 의미를 갖는다. 사실 파스칼의 성찰들은 그를 에워싼 현실로부터 촉발되었고 그가 대결했던 대상은 영원한 관념적 대상이 아니라 분명한 얼굴을 가진 특정한 존재들이었다. 가령, 그가 피롱의 주장 또는 독단론을 거론할 때 그의 머릿속에는 특정한 이름들이 떠올랐을 것임에 틀림없다. 그가 궁정인을 등장시키고, 사교인을 묘사할 때도 다를 바 없다. 『팡세』의 무대 위에 스쳐 지나가는 인물들은 정확히 한 시대의 옷차림과 몸짓과 감정으로 단장되어 있다.

다시 〈신 없는 인간〉으로 돌아가자. 이 호칭은 17세기의 사람들에게 적용될 때 특별한 의미를 갖는다. 실은 이들보다 1세기쯤 앞선 세대에까지 거슬러 올라가는 것이 더 옳다. 이때 서구의 역사 속에서 무엇인가 새로운 것이 시작되었다. 아니, 단순히 새롭다는 말로는 부족한, 가히 혁명적인 변화, 일종의 지각 변동과 같은 것이 일어났다. 변화의 핵심은 인간의 해방이다. 기나긴 중세에 걸쳐 지속되어 온 신의 통치로부터의 해방이다. 신의 후견과 간섭에서 벗어나 인간의, 한 독립된 주체로서의 자립, 인간의 홀로서기. 이렇게 해서 역사의 풍향이 바뀌었고 새 시대, 이른바 〈근대〉가 열렸다. 신의 절대적 지배에서 풀려난 근대인은 다름 아닌 〈신 없는 인간〉, 아니 신 없는 인간이기를 선택한 인간이다.

그리하여 르네상스와 더불어 신 없는 인간들에 의한 신 없는 왕국의 건설의 시동이 울렸다. 우리는 근대 여명기의 화려한 신기루와 뒤이은 환멸, 그리고 정신적 갈등과 지적 혼돈, 마침내 광기와도 같은 파나티슴과 유혈의 참극으로 이어지는 한 세기의 격앙된 몸부림을 조금은 알고 있다. 이것은 신 없는 왕국의 건설이 결코 순탄하지 않았다는 것을 말해 준다. 그러나 그 모든 저항과 시행착오에도 불구하고 인간의 왕국은 조금씩 다져지고 영토를 확대시켜 나갔다. 그리고 근대인들은 이 와중에서 새 시대의 주역으로 자처하는 인간 자신에 대한 진지한 성찰의 길로 접어들었다. 한 세기의 기나긴 방황과 흥분 끝에 그들은 마침내 정신의 냉철을 되찾고 자신과 대면하며 새 왕국의 기반을 어디에 그리고 어떻게 세울 것인가를 묻는 것이다. 과거 모든 것의 해답은 신에게서 왔다. 신은 인간 존재의, 그의 위엄의, 그의 사고와 행동의 원리의 근거이자 보증이었다. 이제 신으로부터의 독립을 쟁취한 인간은 이 모든 것을 자신

속에서 그리고 자력에 의해 찾아야 한다. 사실 이 문제들이 해결되지 않는 한 전진이란 있을 수 없다. 인간의 왕국의 수립은 이 왕국의 주체인 인간이 누구인가를, 그가 가지고 있는 능력과 도구가 어떤 것들인가를, 그리고 그것들의 정당성을 어떻게 보장할 것인가를 확실히 알기 전에는 진전될 수 없다. 소크라테스는 이미 오래 전에 〈너 자신을 알라〉라고 외친 바 있다.

16세기 말 소크라테스의 권유를 충실히 실천에 옮긴 한 위대한 사상가가 출현했다. 몽테뉴는 분명히 근대적 모험을 새 차원으로 끌어올린 사람이다. 자신의, 그리고 자신을 통해 인간의 정체성 identité 에 도전한 그는 진정한 의미에서의 근대적 사고의 출발점을 이룬다. 인간에 대한 그의 사색은 답을 제시하기보다 물음을 던지는 일에 더 집중되었다. 그의 공헌은 문제를 푼 데 있지 않고 무엇이 문제인가를 명료하게 제시한 데 있다. 그의 사색은 말하자면 인간에 대한 그리고 인간과 관련된 문제들의 총체적 카탈로그와도 같다. 물론 그는 문제를 제기하는 방식을 통해 인간의 숨겨진 실상들을 부각시키는 데 성공했다. 또한 이렇게 해서 밝혀진 인간의 현실적 여건들을 근거로 하나의 유연한 삶의 철학을 만든 것도 사실이다. 인간의 한정된 불행한 조건 속에서 시도되는 가능한 행복 만들기의 기교. 그러나 지금 우리의 관심은 여기에 있지 않다. 우리는 그를 문제의 제기자로 보고 싶으며 그의 뒤를 이어 이 문제들에 대한 답으로써 근대성의 초석이 된 또 한 사람의 사상가에 주목하고 싶은 것이다.

데카르트. 그도 몽테뉴와 같이 회의에서부터 시작했다. 이것은 인간의 이성이 자신의 존재와 권능을 사전에 검증받기 위해 필연적으로 통과해야 할 연옥과 같은 것이었다. 그러기에 그의 회의는 몽테뉴의 그것과는 달리 답을 예견하는 방법적 회의였다. 이 전반적 회의의 용광로 속에서 그는 마침내 최초의 확실성을 이끌어내는 데 성공했고, 이 확실성을 근거로 새로운 지식의 체계를 수립했다. 이것은 인간의 그리고 인간적인 것의 승리였다. 데카르트가 실현한 이 지식의 창조물은 전적으로 인간에 의한 인간의 것이기 때문이다. 이 체계 속에 신의 존재와 역할이 끼여들었다고 해서 놀랄 것은 없다. 신마저도 이 논리적 전체의 한 부품에 불과하며 인간의 이성적 사고에 의해 정당화되어 있다.

이로써 데카르트의 원초적 야망은 달성되었다. 그는 여지없이 강타당하고 휘청거리던 인간 이성에게 본래의 위엄과 권위를 회복시켜 주기를 원했다. 이제 데카르트와 더불어 이성은 권리를 되찾았고 또한 실지(失地)도 회복했다. 인간은 복권된 이성과 더불어 새 시대의 확실한 주인의 자리로 되돌아왔으며 앞으로 그에 의한 세계의 정복은 거침없이 전개될 것이다.

여기 우리에게 중요한 것은 데카르트에 이르러 마침내 근대적 인간의 정체성이 확립되었다는 사실이다. 그의 작업을 가리켜 인간의 그리고 인간적인 것의 승리라고 한 말은 우리의 관점에서는 근대인의 그리고 근대적인 것의 승리와 다르지 않다. 근대인이란 신 없는 인간이기를 선택한 인간이다. 이때 인간에게 야기될 수 있는 모든 문제들에 대한 가능한 해답의 체계가 곧 데카르트에 의해 완성된 것이다. 〈최초로〉라고 덧붙이는 것이 필요하다. 근대 서구의 역사 속에서 데카르트가 이룩한 것, 그것은 근대성의 최초의 모델(비록 관념적 차원에서일지라도) 바로 그것이다. 이 것은 물론 데카르트 혼자만의 작품은 아니다. 그것은 16세기 위마니슴에 서부터 시작된 정신적 모험의 기나긴 진전의 한 종착점이라고 하는 것이 더 옳다. 그러나 데카르트가 결정적 역할을 해냈다는 것은 확실하며 우리는 이에 상징적 의미를 부여하기를 원한다. 근대인에게 최초로 자신의 정체성을 확인시켜 주고 근대적 사고의 틀과 근대적 정복의 청사진을 제시한 사람으로서의 상징성 말이다.

여기 파스칼이 등장할 차례가 되었다. 그는 자신의 눈앞에서 펼쳐지는 근대적인 것의 화려한 전개와 지금 마주 서 있다. 그리고 이에 대해 단호하게 〈노!〉라고 외친다. 그는 몽테뉴와 데카르트를 동일선상에서 다루며 양자를 하나의 동일한 원리로써 비판한다. 그들의 근원적 오류는 인간의 한 면에 치우쳐 또 하나의 면을 보지 못한 데 있다. 전자는 인간의 무력, 패배, 비참에 치우쳐 그것으로부터 절망의 행복학을 이끌어냈고, 후자는 위대와 위엄만을 바탕으로 오만의 형식상학을 구축했다. 그러나 파스칼은 전자의 행복이 공허한 가장인 것을, 그리고 후자의 오만이 불행한 오해의 소산인 것을 안다. 그는 이들을 싸잡아 한마디로 〈비참하다〉고 잘라 말한다. 행복과 영광에 빛난 이들을 비참과 치욕으로 덮어버린다.

그러나 우리는 이 양자를 조금은 차별화할 필요가 있다고 믿는다. 표면상 그리고 이론상 몽테뉴와 데카르트는 파스칼에 의해 동일선상에서 다루어져 있으며 그의 인간학의 총체 속에서 동일한 비중으로 대칭 관계에 놓여 있다. 그럼에도 불구하고 우리는 양자를 대하는 파스칼의 태도에 미묘한 차이를 간과할 수 없다. 먼저 몽테뉴에 대한 그의 태도는 지극히 모호하다. 그는 몽테뉴를 용서할 수 없는 분명한 이유들에도 불구하고[95] 그와 상당히 넓은 공감의 폭을 나누어 가지고 있다. 아니, 몽테뉴가 인간의 이성에 치명타를 가하고 그의 오만을 여지없이 짓밟을 때 그는 박수 갈채를 보내기까지 한다.[96] 인간의 비참에 초점을 맞춘 그의 인간학은 적어도 출발점에서는 몽테뉴의 인간학과 맥을 같이한다고 말해도 좋다. 그들은 인간의 패배, 좌절, 절망의 현장에서 함께 만나며 거의 동일한 목소리로 인간의 비참을 증언하고 있다. 그러나 그들의 공감은 비참의 확인에서 끝난다. 몽테뉴가 인간의 절망적인 조건들을 발견하자 이내 탐구를 포기한 데 반해 파스칼은 〈신음하며 추구할〉 것을 고집한다. 한 사람은 걸음을 멈추고 또 한 사람은 계속 전진한다. 이들은 한 뱃속에서 나와 다른 길로 갈라서는 쌍둥이와도 같다.

데카르트에 대해 파스칼은 좀더 결연해 보인다. 그와의 공감의 폭이 전혀 없었던 것은 아니다. 파스칼은 상당 부분 근대적 사고의 형성에 데

---

95) Les défauts de Montaigne sont grands….(*Fr.* 936-63)

96) … que je ne puis voir sans joie dans cet auteur la superbe raison si invinciblement froissée par ses propres armes….("Entretien avec M. de Sacy", *Pensées et opuscules*, Brunschvicq(éd), Hachette. 157쪽)

카르트와 함께 공헌했던 것이 분명하다. 그는 과학자로서 당대 학문의 최첨단에서 과학의 근대화를 선도했다. 뿐만 아니라 과학적 사고의 본질에 도전하여 논리적 엄정성이 보장될 수 있는 조건들을 규명하기에 전념하기도 했다. 그의 『기하학적 정신에 관하여 De l'esprit géométrique』는 데카르트에 뒤이어 쓰여진 또 하나의 〈방법론 서설〉이다. 아니, 이 보다 앞서 그는 인간 사고의 존엄을 믿었다. 인간은 〈생각하는 갈대 roseau pensant〉이며, 〈인간의 모든 존엄은 사유에 있다〉[97]고 그는 단언한다. 그러나 데카르트와의, 그리고 근대와의 동행은 여기서 끝난다. 그는 다음 순간 〈그러나 사유란 무엇인가. 그 얼마나 어리석은가!〉[98]라고 반전한다. 여기서도 그의 반전의 논리는 어김없이 적용된다. 그는 아니라고 말하기 전에 받아들일 것을 받아들인다. 그런 연후에 그는 〈빛을 갖는 데 따라〉 심판을 내리고 거부를 선언한다.

이렇게 해서 데카르트에 대해 최후의 심판이 내려졌다. 몽테뉴의 경우와는 반대로 이번에는 파스칼이 걸음을 멈춘 데 대해 데카르트는 무모하게 전진을 계속하며 극한을 향해 달려갔다. 그는 찬란한 관념의 바벨탑을 완성시킨 것이다. 이에 대해 파스칼은 많은 말을 하지 않는다 : 〈무용하고 불확실한 데카르트.〉 무용하다는 것과 관련하여 그는 다른 곳에서 〈모든 철학은 단 한 시간의 노고에도 합당하다고는 믿지 않는다〉[99]라고 말한 바 있다. 왜냐하면 그것은 인간의 정신적, 도덕적 고뇌와 전적으로 무관한 것이기 때문이다. [100] 그런데 데카르트에게 더 뼈아픈 것은 두번째 언급, 즉 〈불확실하다〉는 지적이다. 실로 확실성은 그의 생명, 그의 신이 아니었던가. 그는 이것에 도전하기 위해 방법적 회의의 연옥

---

97) Toute la dignité de l'homme est en la pensée. (*Fr.* 232-365)

98) Mais qu'est-ce que cette pensée? Qu'elle est sotte! (*Fr.* 232-365)

99) ··· nous n'estimons pas que toute la philosophie vaille une heure de peine. (*Fr.* 174-79)

100) La science des choses extérieures ne me console pas de l'ignorance de la morale, au temps d'affliction. (*Fr.* 60-67)

을 통과해야 했고 그 후로도 새 지식의 체계를 구축해 나가는 과정에서 확실성과 추론의 엄정성을 확보하기 위한 지적 금욕주의는 냉엄하게 견지되었다. 그런데 지금 파스칼은 〈불확실하다〉는 단 한마디로 치명타를 가한다.[101] 이것은 그에 대한 사형 선고나 다름없다.

데카르트. 우리는 그에게 상징적 의미를 부여하기를 원했다. 근대성의 최초의 완벽한 모델로서의 상징성 말이다. 〈신 없는 인간〉이기를 선택한 근대인은 그 가운데 오만한 모습을 드러냈고 바야흐로 세계를 향한 정복의 꿈을 키우고 있다. 파스칼은 지금 이 근대인을 바라보며 두려움과 의구심으로 떨고 있다. 그리고 강력하게 노! 라고 외친다.

우리는 파스칼에게도 동일하게 상징적 의미를 부여하기를 원한다. 근대 최초의 이단자, 최초의 반근대인으로서의 상징 말이다. 근대의 최초의 모델에 대한 최초의 단호한 거부——그의 최후의, 아니, 원초적인 반전은 바로 이런 것이다. 이 대결은 앞으로도 서구의 역사 속에서 계속이어져 나갈 것이다. 표면상 근대성은 지배적 세력으로 군림하며 역사를 주도하는 듯이 보일지 모른다. 그러나 합리와 공리성의 승리 속에서도 비합리, 반공리의 신선한 설렘은 끊이지 않을 것이다. 근래 〈포스트 모던〉이란 말이 선정적으로 관심의 대상이 되어 있다. 그러나 반 모던, 또는 초 모던[102]의 움직임은 근대성이 탄생한 이래로 항상 있어 왔다. 파스칼을 가리켜 최초의 포스트 모던이라고 부른다면 그것은 지나치게 선정적이라 할 것인가.

---

101) 이유는 간단하다. 그의 형이상학은 결국 논증될 수 없는 선험적 원리(즉 가설) 위에 세워져 있기 때문이다.

102) 〈초 모던 surmoderne〉이란 말은 마르크 오제 Marc Augé가 현대의 삶에 대한 인류학적 분석 속에서 〈포스트 모던〉과의 차별화를 위해 사용한 말이다. 그는 이 말로 모던과 초 모던의 겹쳐짐을 강조하고 싶었던 것 같다.

데카르트와 파스칼의 질서

김형길

1 서론

정의 définition 를 위한 한 가지 방법은 사물들 사이에 존재하는 차이점을 발견하는 것이다. 데카르트와 파스칼은 근대 사상을 나누어놓은 두 가지 사고 방식의 대표자들이다. 이 두 사상가들은 거의 동시대에 살았고, 생전에 둘 사이에 대화가 이루어졌다. 그러므로 이 두 사람 사이의 상관 관계는 그 누구보다도 더 밀접할 것처럼 생각된다.

본 연구에서 우리들은 두 사람의 사상 체계를 비교하면서, 질서에 관한 파스칼의 이론에 데카르트의 영향이 어떻게 작용하였는가를 알고자 노력하였다. 이것은 곧 파스칼의 질서 체계를 정의하고 조명하는 하나의 방법이 될 것이다.

2 『팡세』의 수용의 역사

『팡세』의 해석은 기독교 철학의 흐름 속에서 이해될 수 있다. 16세기부터 프랑스의 기독교 철학은 두 경향들의 충돌의 양상을 보여주었다.

한편으로는, 아리스토텔레스와 토마스 아퀴나스의 영향을 받은 기독교 합리주의가 있었고, 다른 한편으로는, 몽테뉴와 샤롱의 영향을 받은 기독교 회의주의가 있었다. 합리주의의 경향은 신의 계시에 대해서 비판적인 태도를 가진다. 그리고 인간의 〈이성〉을 계시의 진실성에 관해서 판단할 수 있는 합법적 기준으로 삼는다. 그러나 회의주의의 경향은 계시를 〈신과 인간 사이의 교통이 이루어질 수 있는 유일한 수단〉이라고 옹호하면서, 〈인간의 이성은 신적 계시를 비판할 만큼 확고한 도구가 되지 못한다〉고 반박한다. [1]

이 두 철학적인 경향들은 파스칼의 시대에도 계속되었다. 합리주의의 경향은 데카르트에 의해서, 회의주의의 경향은 가상디에 의해서 전수되었다. [2] 파리의 추기경 베륄 Bérulle 은 데카르트가 새로운 기독교 합리주의를 기초하여 신앙의 충실한 시녀로서 회의주의의 공격을 물리칠 수 있는 견고한 보루를 만들어주기를 기대하였다. 그러나 가상디는 인간 이성의 허약성을 강조하면서 줄기차게 아리스토텔레스와 데카르트의 철학에 도전하였다. 그에 따르면, 인간은 사물의 외양을 인식할 수 있을 뿐, 그 본질은 항상 〈무엇인지 모를 어떤 것 je ne sais quoi〉에 머물 뿐이다. 인간의 본성 속에는 고정점 point fixe이 없으며, 인간이 학문을 완성한다는 것은 불가능한 일이다. [3]

철학의 두 경향들에 대한 파스칼의 태도를 알기 위해서는 우리들이

---

1) Charron propose une défense pyrrhonienne de la Religion chrétienne, une défense de la Révélation comme mystère, comme communication unique de Dieu aux hommes. ⋯ Le pyrrhonisme lui permet de rétorquer que la raison humaine est bien faible, qu'elle ne constitue pas un instrument suffisamment solide pour fonder la critique d'une Révélation divine. (A. Mckenna, *De Voltaire à Pascal*, 2쪽)
2) 파스칼의 핵심적인 어휘들, 예를 들면 imagination, coutume, puissances trompeuses, sentiment du cœur 의 의미를 결정지은 것은 가상디의 영향이다. (A. Mckenna, *Entre Descartes et Gassendi*, 6쪽 참조)
3) 위의 책, 24-25쪽.

『드 사시 씨와의 대화』를 읽어보는 것으로 충분하다. 그는 철학의 대표자들로서 에픽테트와 몽테뉴를 선택하여 상호 비교하면서 인간철학을 간결하게 도식화한다. 에픽테트는 인식론에서는 독단주의자요 도덕론에서는 금욕주의자다. 반대로, 몽테뉴는 인식론에서는 회의주의자요 도덕론에서는 쾌락주의자다. 이들은 각기 일면의 진리와 일면의 오류를 내포한다. 이 두 경향들은 극단적인 상호 모순과 대립의 양상을 보여주고 있기 때문에, 이들의 주장을 종합하여 하나의 완전한 모랄을 구성하고자 하는 인간의 노력은 실패로 돌아갈 수밖에 없다. 파스칼에 따르면, 이 두 경향의 종합은 신학에 의해서만 가능하다. [4]

파스칼은 철학의 두 유파들 중에서 사실상 어느 하나에도 치우치기를 원치 않았다. [5] 그럼에도 불구하고 팡세의 수용의 역사를 통해서 볼 때, 우리들은 이 작품의 독자들이 파스칼을 어느 때는 회의주의자로, 어느 때는 독단주의자로 간주하고 있음을 발견한다.

그를 회의주의자로 간주할 때, 그는 몽테뉴와 샤롱의 제자가 되고 그 대신에 데카르트의 적수가 되었다. 이 점은 파스칼이 보여준 데카르트에 대한 비판적 태도에 의해서 뒷받침되었다 :

무용하고 불확실한 데카르트. [6]

그리고, 그는 이성과 신앙을 조화시키려는 교회의 노력을 위협하는 위험한 인물로서 경계의 대상으로 인식되기도 하였다. 1842년의 쿠쟁 Cousin의 아카데미 보고서는 회의주의자 파스칼의 발견에 기초한 것이었

---

4) Pascal, *Entretien avec M. de Sacy*. Lafuma (éd.), 296쪽.

5) Certainement cela passe le dogmatisme et pyrrhonisme, et toute la philosophie humaine. (*Fr.* 131-164) 본 논문에 사용된 『팡세』의 단장 번호는 앞의 것은 라퓨마 판, 뒤의 것은 셀리에 판에 따른다.

6) Descartes inutile et incertain. (*Fr.* 887-445)

다. 그는 파스칼이 〈데카르트뿐만 아니라 모든 철학에 대해서 최초로 전쟁을 선포한 사람〉이라고 생각하였다. [7] 브롱슈빅 Brunschvicg 도 역시 파스칼을 회의주의자로서 인식하였다. 다만 그는 파스칼이 회의주의를 극복할 수 있었던 것은 얀센과 아우구스티누스의 영향을 받아 신앙으로 옮겨갔기 때문이라고 생각하였다. [8]

그러나 파스칼을 회의주의자로서 단정하는 것은 우리들이 그의 한 단면만을 강조하는 것이다. 파스칼은 몽테뉴에 대해서도 비판적인 관찰을 게을리하지 않았다.

몽테뉴. 몽테뉴의 결점은 중대하다. [9]

그는 몽테뉴를 읽으면서 동시에 데카르트를 생각하고 있었다. [10] 파스칼이 말한 〈무용한 데카르트〉는 데카르트를 정신의 질서 속에서 비판한 말이 아니었다. 이것은 사랑의 질서의 관점에서 볼 때 데카르트의 합리주의가 무용하다는 의미였다.

학문을 너무 심화시키는 사람들에 반해서 쓸 것. 데카르트. [11]

이 말은 우리들이 학문보다는 인간의 구원 문제에 더 많은 관심을 기울여야 함을 강조하기 위한 것이었다. 실제로, 파스칼은 데카르트를 〈이성의 박사 docteur de la raison〉라고 불렀고, 그의 『설득술 논고』에서는

---

7) C'est Pascal qui le premier a déclaré la guerre au cartésianisme et à toute la philosophie. (A. Mckenna, *Quelques points de repère dans l'histoire posthume des Pensées,* 59쪽)
8) 위의 책, 63쪽.
9) Montaigne. Les défauts de Montaigne sont grands. (*Fr.* 680-559)
10) M. Le Guern, *Pascal et Descartes,* 128쪽.
11) Ecrire contre ceux qui approfondissent trop les sciences. Descartes. (*Fr.* 553-462)

이 사람에게 아낌없는 찬사를 보내었다. [12]

그 때문에, 파스칼을 독단주의자로서 이해하려고 했던 독자들도 많았다. 이들은 그를 데카르트의 제자로 간주하면서 합리주의의 이 거장에 비하여 요절한 불행한 천재로서 인식하였다.

피요 드 라 셰즈 Filleau de la Chaise는 기독교의 진리가 사실의 증거들 위에 기초하고 있으며, 이 증거들은 〈우리들이 가장 의심할 여지 없이 받아들이고 있는 것만큼이나 확실한 것들〉[13]임을 강조한다. 그의 해석은 『팡세』가 합리적인 기초 위에서 작성된 것임을 보여주는 데에 있다. 그가 『팡세』의 서문을 목적으로 작성하였던 논설 Discours은 파스칼의 유가족들에 의해서 거절되었으나 1672년에 파스칼의 매형인 플로랭 페리에 Florin Périer가 죽고 나자 1678년 『팡세』판에서부터는 이것이 에티엔 페리에 Etienne Périer의 서문과 함께 나란히 수록되기 시작하였다. [14] 이것은 말르브랑슈 Malebranche의 합리주의를 용이하게 만들었다.

1684년에 암스테르담에서 발간된 『파스칼의 생애』를 읽고 난 독자들은 파스칼이 극도의 금욕주의자라는 인식을 가지게 되었다. 라이프니츠 Leibniz는 파스칼의 질병의 원인은 지나친 경건의 훈련이라고 주장하였다. [15] 달랑베르 D'Alembert와 콩도르세 Condorcet도 이에 가세하여 파스칼의 신체적 질병을 장세니즘의 광신의 상징으로서 해석하면서 과학적 천재로서의 그의 이미지는 소홀히 하였다. [16] 특히 콩도르세는 파스칼이

---

12) Pascal, *De l'art de persuader,* 358 a쪽 참조. 〈이성의 박사〉에 관해서는 "Recueil de choses diverses", *O.C.*, Mesnard(éd.), 제 1 권 893쪽을 볼 것.

13) M. Pascal entreprit donc de faire voir que la Religion chrétienne était en aussi forts termes que ce qu'on reçoit le plus indubitablement entre les hommes. (Filleau de la Chaise, "Discours sur les Pensées de M. Pascal", *O.C.*, vol. 3. éd. Lafuma, 92쪽)

14) A. Mckenna, *Quelques points de repère dans l'histoire posthume des Pensées,* 54 쪽.

15) 위의 책, 55쪽.

16) 위의 책, 55-56쪽.

옷갈피 속에 간직했던 종이를 〈부적〉인 것처럼 인식하였다. 그래서 파스칼의 주장들을 열에 들뜬, 절망하는 감정적 신앙의 징후들로 소개하였다. 1727년 몽펠리에의 주교 콜베르 드 크루아시 Colbert de Croissy 도 파스칼을 장세니슴의 광신자, 편당을 짓는 사람으로서 해석하였다. 이 광신자의 이미지는 볼테르의 반파스칼적인 연구에 의해서 더욱 강화되었다. 그는 특히 파스칼을 염세주의자 misanthrope, 그리고 인간성의 모략 중상자라고 공격하였다. 그와 더불어, 18세기의 빛의 철학자들은 아브라함의 신 대신에 철학자들의 신을, 성서의 신 대신에 이성의 신을 옹호하였다. [17]

파스칼을 합리주의자의 한 유형인 독단주의자로서 단정하는 것도 또한 그의 한 단면만을 부각시키는 것이다. 파스칼이 이성을 신뢰하였던 것은 어디까지나 이성의 영역 내에서였다. 이 영역을 넘어설 때에는 그는 이성의 복종을 역설하였다. [18] 그는 독단주의자들이 인간의 무능을 외면한 채 인간의 능력을 지나치게 신뢰함으로써 〈오만의 원리〉에 이끌리어 또 다른 오류 속에 빠지게 되었다고 비판하고, [19] 바람 부는 대로 흔들리는 이성 raison 이 어떻게 인간의 사유에 확고한 기반을 제공할 수 있겠는가 하는 의문을 던졌다.

바람 부는 대로 이리저리로 끌려다니는 우스꽝스러운 이성이여 ! [20]

---

17) 위의 책, 56-58쪽.

18) *Fr.* 170-201 참조.

19) J'ose dire qu'il mériterait d'être adoré, s'il avait aussi bien connu son impuissance. ⋯ Ces principes d'une superbe diabolique le conduisent à d'autres erreurs. (Pascal, *Entretien avec M. de Sacy,* éd. Lafuma, 293쪽).

20) Plaisante raison qu'un vent manie et à tous sens!(*Fr.* 44-78)

3 『팡세』의 최초의 해석자들

『팡세』의 최초의 해석자들인 아르노 Arnauld와 니콜 Nicole은 데카르트
주의자들이었다. 이들은 팡세를 해석하면서 딜레마에 빠졌다. 이들은 데
카르트의 형이상학이 몽테뉴의 회의주의를 막는 보루라고 생각하고 전자
를 옹호하는 대신에 이 후자에 대한 공격을 늦추지 않았다. 이들은 파스
칼의 〈sentiment〉 속에 데카르트에 대한 본체론적인 비판이 내포되어 있
다는 사실을 간과한 채, 이 〈sentiment〉을 〈intuition〉으로 해석하였다. [21]
데카르트의 인식론이 〈자명성 évidence〉에, 그리고 파스칼의 인식론이
〈확실성 certitude〉에 주안점을 두고 있음에도 불구하고, 이들은 이 두 주
안점의 차이를 소홀히 하면서 파스칼의 미완성의 질서를 데카르트의 질
서로써 주저 없이 대체시켰다.

아르노와 니콜이 쓴 『논리학 La Logique』은 서구 사상의 요약을 담은
책이다. 이 책 속에서 파스칼의 〈질서 ordre〉가 어떻게 해서 데카르트의
질서로 대체되었는가를 알기 위해서, 우리들은 네 권의 상호 관련된 책
들의 유래를 알지 않으면 안 된다. 즉, 『기하학 원리 Eléments de
Géométrie』, 『신 기하학 원리 Nouveaux Eléments de Géométrie』, 『기하학
정신논고 De l'Esprit géométrique』, 『논리학 La Logique』이 그것들이다.

파스칼이 포르루아이알 수도원에 은둔하기 시작한 것은 1655년 1월이
었다. 그는 그의 모든 지식을 오로지 하느님의 영광을 위해서 사용하기
로 결심하고 있었다. 이즈음에 포르루아이알 학교는 한창 번창해 가고
있었기 때문에 이 수도원에 거처하는 은사들은 아동 교육을 위해서 지적
으로 혹은 물질적으로 기여해 주도록 권고를 받았다. [22] 바로 이러한 동
기에서 파스칼은 『기하학 원리』라는 교재를 저술했던 것으로 알려져 있
다. 이 책은 지금 남아 있지 않고 다만 그의 서문이라고 생각되는 『기하
학 정신논고』만이 남아 있다. 『기하학 원리』는 미완성된 채 교재로 사용

21) A. Mckenna, *De Pascal à Voltaire*, 21-23, 30-31쪽.
22) Pascal, *O.C.*, J. Mesnard(éd.), 250쪽.

되지 않았던 것으로 보이며, 그 대신에 아르노 Arnauld 가 쓴『신 기하학 원리』가 교재로 사용되었던 것 같다. 이 책은 1662년에 아르노가 니콜의 협력을 얻어 완성한『논리학』의 모체가 된다.『신 기하학 원리』는 뒤늦 게 1667년에 작은 인쇄물의 형태로서 빛을 보게 된다. 이 책의 서문을 작성했던 니콜은 아르노가 이 책을 쓰게 된 동기를 이렇게 설명한다.

금세기의 가장 위대한 사상가이며 수학에 관한 감탄할 만한 이해력을 가 진 명사들 중의 한 사람(파스칼)이 며칠 동안에 〈기하학 원리〉에 관한 글을 저술하였다. 그런데 그는 질서에 관한 견해를 가지고 있지 않았기 때문에 유클리드의 여러 가지 증명들을 좀더 분명하고 자연스러운 것들로 대체시키 는 데에 만족하였다. 이 작은 작품이 그때부터 이 원리를 저술했던 사람(아 르노)의 손에 놓이게 되자, 그는 그렇게 훌륭한 사상가가 방법론에 관하여 그가 남겨둔 혼란 상태에 충격을 받지 않았다는 것에 놀랐다. 동시에, 그는 이러한 생각으로부터 기하학 전체를 정리할 수 있는 자연스러운 방법을 터 득하게 되었다. 여러 증명들이 그의 머릿속에서 저절로 정리가 되어 지금 우리들이 독자들에게 내놓는 이 작품 전체가 그의 착상 속에서 만들어졌 다.[23]

---

[23] Un des plus grands esprits de ce siècle, et des plus célèbres par l'ouverture admirable qu'il avait pour les mathématiques, avait fait en quelques jours un essai *d'Eléments de géométrie* ; et, 〈comme il n'avait pas cette vue de l'ordre〉, il s'était contenté de changer plusieurs des démonstrations d'Euclide pour en substituer d'autres plus nettes et plus naturelles. Ce petit ouvrage étant tombé entre les mains de celui qui a depuis composé ces Eléments, il s'étonna qu'un si grand esprit n'eût pas été frappé de la confusion qu'il avait laissée pour ce qui est de la méthode, et cette pensée lui ouvrit en même temps une manière naturelle de disposer toute la géométrie ; les démonstrations s'arrangèrent d'elles-mêmes dans son esprit, et tout le corps de l'ouvrage que nous donnons maintenant au public se forma dans son idée. ("Extrait de la 〈Préface〉 de *Nouveaux Eléments de* Géométrie d'Arnauld", *O.C.*, Mesnard(éd.), vol. 1, 996쪽)

또 브주아뉴 Besoigne 가 쓴 『포르루아이알 수도원의 역사』 속에는 니콜이 들려주었다는 일화가 기록되어 있다. 이 일화는 아르노의 재능이 수학 분야에서도 얼마나 뛰어난지를 강조한다.

어느 날 파스칼 씨가 아르노에게 유클리드 원리에 관한 그의 작품을 보여주었을 때, 이 사람은 만족스럽게 생각하지 않았다. 왜냐하면, 파스칼 씨는 유클리드 속에 있는 질서를 여기에서 빠뜨렸기 때문이었다. 파스칼 씨는 웃으면서 박사님에게 더 잘할 수 있으면 해보라고 도전하였다. 아르노는 이 도전을 받아들여 여가가 주어지자마자 기하학을 연구하고 가르치는 데에 필요한 질서를 작성하였다. 그는 질병 후 건강을 회복하는 동안에 베르사유 근처의 셰스네에 있었기 때문에, 그의 계획을 실천하기 시작하였다. 마침내 그는 이것을 현재 발간된 상태와 같은 상태로 만들었다. 파스칼은 이 작품을 보자 자기의 것을 불 속에 집어던졌다. 그리고 솔직하게 아르노가 이 문제를 다루기 위한 자연스럽고 진정한 질서를 발견하였다는 것을 인정하였다. 그리고 그는 소르본의 박사를 칭찬하였다. [24]

이 일화를 읽을 때, 우리는 이것이, 아르노에게 존경과 감탄을 아끼지 않으면서도 파스칼을 칭찬하는 데에는 항상 인색하였던 니콜의 입으로부터 전하여진 것이라는 점을 고려할 필요가 있을 것이다.

우리들은 앞에서 인용한 두 개의 글들 속에서 공통적으로 언급하고 있

---

24) M. Pascal ayant montré un jour à M. Arnauld un travail qu'il avait fait sur les Eléments d'Euclide, celui-ci n'en fut pas content, 〈parce que M. Pascal y laissait le défaut d'ordre〉 qui se trouve dans Euclide. M. Pascal défia en riant le docteur de faire mieux. M. Arnauld accepta le défi et, à son premier loisir, il traça l'ordre selon lequel il fallait étudier et enseigner la géométrie. Etant au Chesnay proche Versailles pour rétablir sa santé après une maladie, il commença à exécuter son plan, et enfin il le mit dans l'état où il est imprimé. Lorsque M. Pascal vit l'ouvrage, il condamna le sien au feu, et reconnut franchement que M. Arnauld avait trouvé le vrai ordre naturel de traiter cette matière, et il en rendit gloire au docteur de Sorbonne. (위의 책, 1033-1034쪽)

는 〈질서에 대한 견해의 결여〉에 관심을 가진다. 이것은 파스칼이 그의 『기하학 원리』를 작성할 때, 질서에 관한 내용을 작성하지 않은 채 공백 상태로 남겨두었음을 말해 준다. 우리들은 이 점을 『기하학 정신논고』의 내용 분석을 통해서도 확인할 수 있다. 이 소논문의 머리말에서 파스칼 은 질서에 관해서 쓰겠다고 예고했음에도 불구하고 이 예고를 이행하지 않고 공백 상태로 남겨놓았다.[25] 그러므로 결국 이 〈질서에 관한 내용의 결여〉가 아르노의 『신 기하학 원리』의 작성 동기가 되었던 것이다.

여기에서 우리들은 한 가지 재미있는 사실을 발견한다. 아르노는 그의 『논리학』 제4부에서 논리학의 8가지 규칙들을 소개하고 있다. 그는 먼저 기하학자들이 제안하는 5가지 규칙들의 불충분성을 지적하면서 그보다 더 완전한 방법을 위해서는 3가지 규칙들을 덧붙여야 한다고 설명한다. 여기에서 말하는 5가지 규칙들은 사실상 파스칼이 그의 『기하학 정신논 고』 속에서 필요 불가결한 규칙들로서 제안한 것들과 동일하다. 그리고 다른 3가지 규칙들 중 2가지가 바로 질서에 관한 규칙들이다. 그리고 이 것들은 데카르트에게서 빌려온 것들이다.[26] 한마디로 말해서 아르노는 그의 책을 쓰면서 파스칼과 데카르트의 글들을 기억하고 있었고, 그는 파스칼의 질서의 공백을 데카르트의 질서로써 보충하였던 것이다. 아르 노의 『논리학』은 교육용 교재였기 때문에 두 사상가들의 글을 차용한 것 은 양해될 수 있는 일일 것이다. 그렇다고는 하더라도, 우리들은 니콜이 전해 주는 일화가 과장된 것이었음을 시인하지 않을 수가 없다.

왜 파스칼은 질서의 규칙을 미완성인 채로 남겨놓았을까? 우리들은 이 궁금한 질문에 대한 대답을 어디에서도 발견하지 못한다. 다만 한 가 지의 추측이 가능할 뿐이다.

당시에 파스칼은 아르노에게 집필을 서둘러 달라는 독촉을 받았던 것

---

25) Pascal, *De l'art de persuader*, Lafuma (éd.), 348b-357a쪽.

26) Hyung-Kil Kim, *De l'art de persuader dans les Pensées de Pascal* (Paris : Nizet), 69쪽 참조. Descartes, *Règles pour la direction de l'esprit* 5-7장, 52-61 쪽, *Discours de la Méthode* (2° Partie), 137-138쪽 참조.

으로 보인다. 그러나 그는 〈교회에 할 일이 많은데 아르노가 교재의 편찬 때문에 바쁘다〉는 것에 대해서 불만스럽게 생각하고 있었다.[27] 어쨌든 그는 『기하학 원리』를 거의 완성하는 단계에 와 있었고 다만 그는 질서에 관한 독창적인 규칙을 만들기 위해서 고심하고 있었던 것으로 보인다. 그런데 그는 아르노가 데카르트의 규칙으로 그의 공백을 메꾸어놓은 것을 보고는 그의 원고를 불 속에 집어던졌던 것이라고 생각된다.

그렇다면, 이 추측을 뒷받침할 만한 것들이 있는지 찾아볼 필요가 있다. 1655년은 파스칼이 세상적인 학문에 대한 모든 집착을 버리고 오로지 신의 영광을 위해서만 일하고자 노력하던 해였다. 그가 드 사시 씨와의 대화를 통해서 호교론의 구상을 하게 된 것도 이즈음의 일이었다.[28] 그에 비해서, 아르노는 데카르트의 합리주의에 관심을 기울이고 있었던 것으로 보인다. 사실상 포르루아이알은 합리주의의 중심지가 되어가고 있었다. 포르루아이알과 친밀한 관계를 맺고 있었던 뤼인 Luynes 공작은 데카르트의 『성찰 Méditations』을 불어로 번역하였다. 그는 또한 데카르트의 〈동물-기계 Animaux-Machines〉에 관한 실험을 하기도 하였다. 아르노가 『논리학』을 작성하게 된 것은 바로 이 뤼인 공작의 아들 슈브뢰즈 Chevreuse 공작에게 논리학에 관한 모든 것을 4-5일 동안에 가르칠 수 있도록 하기 위한 것이었다.[29] 데카르트의 제자들인 로올트 Rohault와 퐁샤토 Pontchâteau는 그들의 서재를 아르노에게 제공하였고, 아르노와 니콜은 이들의 강의 노트를 통해서 미발간 상태에 있었던 데카르트의 『정신 지도의 규칙 Regulae』을 읽었던 것으로 보인다.[30] 결국 아르노는 이 해에 『신 기하학 원리』를 작성하였고, 바로 이듬해인 1656년 1월부터

---

27) Voilà une belle occupation pour M. Arnauld que de travailler à une logique! Les besoins de l'Eglise demandent tout son travail. (Pascal, O. C., J. Mesnard(éd.), 1157쪽) A. Mckenna, La Composition de la Logique de Port-Royal, 185쪽 참조. 또한 Lafuma(éd.) Fr. 1003을 볼 것.
28) J. Mesnard, Les Pensées de Pascal, 355쪽 참조.
29) Arnauld et Nicole, La Logique, 1쪽.
30) M. Le Guern, Pascal et Descartes, 30쪽.

는 더 이상 이 수도원에 나타날 수가 없게 되었다. 왜냐하면, 그는 당국의 추적을 받는 몸이 되어 숨어 살아야만 되었기 때문이다.[31]

『팡세』속의 여러 단장들과 『기하학 정신논고』, 그리고 질베르트가 쓴 『파스칼의 생애』는 우리들에게 파스칼이 이미 수사학과 논리학에 관한 독창적인 이론들을 가지고 있었음을 말해 준다. 다만 그는 하나의 종합적인 질서 체계를 완성하는 단계에 이르지 못했을 뿐이었던 것으로 보인다. 파스칼의 미완성 글은 우리들에게 안타까움을 더해 준다. 아르노의 눈에는 당시에 이미 학문의 완성 단계에 와 있었고, 유럽의 명성을 한몸에 지니고 있었던 데카르트가 세상을 등지고 수도원에 머물러 있는 젊은 은자, 파스칼보다도 훨씬 더 비중 있게 보였을 것임에 틀림없다. 그렇다고 해서, 파스칼의 질서에 대가적인 면모가 결여되어 있었던 것은 결코 아니었다. 오히려 우리는 그의 질서가 미완성 상태만으로도 데카르트의 것과 다른 또 하나의 체계를 구축하기에 충분한 것이었다고 생각한다.

4 데카르트와 파스칼

데카르트와 파스칼은 자주 그들의 기질은 물론 사상과 방법론에서도 서로 거리가 먼, 양 극단처럼 소개되곤 하였다. 그렇지만 우리는 이 두 사람들이 동시대에 살았고 서로 만났고 이들의 글 속에서 서로를 언급했다는 사실을 고려할 때, 이들에게서 반드시 대립 관계만 발견되지는 않을 것이라고 생각한다. 따라서 이들을 좀더 상세히 비교하면서 근본적인 차이점을 조명해 보려고 한다.

데카르트는 라플레시 La Fléche의 제주이트 학교에서 중세 철학의 영향을 받은 교육을 받았다. 그에 비하여 파스칼은 학교 교육을 받지 못하였

---

31) Pascal, *O. C.*, J. Mesnard(éd.), 제1권, 1033쪽.

기 때문에 스콜라 철학의 교육을 면제받은 셈이었다. 파스칼과 데카르트의 만남은 원만하지 않았다. 파스칼이 데카르트에 관해서 알게 된 것은 메르센 Mersenne이 이끄는 수학 아카데미 회합을 통해서였다. 그런데 이 회합에 참석하는 회원들의 대부분이 데카르트에게 반감을 가지고 있었다. [32) 로베르발은 데카르트에 대해서 심한 악감정을 나타내었다. 그는 데카르트뿐만 아니라 어떤 체제를 구축하려는 사람이면 누구에게나 대립하려는 사람이었다. 파스칼은 이 사람과 오랫동안 친분을 유지하였다. 페르마는 수학의 탄젠트 tangentes 문제에서 데카르트와 대립하였다. 물론 로베르발과 파스칼은 이 싸움에서 페르마를 옹호하였다.

그러므로 이러한 반데카르트적인 분위기 속에서 파스칼은 데카르트에 대한 편견을 가질 수밖에 없었다. 파스칼은 데카르트 철학을 거의 돈 키호테의 이야기와 흡사한 〈자연 소설〉이라고 불렀다. [33)

데카르트 역시 파스칼에 대해서 호감을 가지고 있지 않았던 것으로 보인다. 파스칼이 「원추 곡선론」을 발표하자 그는 이것을 한마디로 〈파스칼이 데자르그에게서 배운 것〉이라고 일축함으로써 이 사람의 재능을 과소 평가하려고 하였다. [34) 이렇게 처음부터 파스칼과 데카르트와의 관계는 오해와 편견으로 시작되었다. 파스칼이 퓌드돔 Puy-de-Dôme에서 진공 실험을 하였을 때 데카르트는 이 실험이 자기의 조언이 없었다면 실현되지 못했을지도 모른다고 말했다. 그는 1647년 메르센에게 보낸 편지에서 〈나는 파스칼에게 낮은 곳과 높은 곳에서 수은주의 높이를 실험해 보라고 했다〉라고 썼다. [35)

---

32) M. Le Guern, *Pascal et Descartes*, 93-99쪽.

33) Feu M. Pascal appelait la philosophie cartésienne le roman de la nature, semblable à peu près à l'histoire de Don Quichotte.(Pascal, *O.C.*, J. Mesnard (éd.), 831쪽. 또한 Lafuma(éd.), *Fr.* 1008을 볼 것)

34) M. Le Guern, 앞의 책, 108-109쪽.

35) J'avais averti M. Pascal d'expérimenter si le vif-argent montait aussi haut, lorsqu'on est au-dessus d'une montagne, que lorsqu'on est tout au bas. (Descartes, "Lettre à Mersenne", *O. C.*, Bridoux(éd.), 1288쪽)

그러나 사실 이것은 데카르트의 오해였으며, 이 사실은 자클린의 편지 속에서 밝혀진다. 파스칼은 데카르트의 방문을 받기 전에 이 사람이 자기와 반대 입장에 서 있으리라 생각하였기 때문에 〈수은주의 무게에 의해서 토리첼리의 실험을 설명할 계획〉을 가지고 있었다. 그런데 이 문제에 데카르트 역시 공감을 표시하였기 때문에, 마치 데카르트가 조언을 주었던 것처럼 인식되었던 것이다.

이 두 사람이 분명하게 대립하였던 것은 〈진공〉에 관한 문제에서이다. 데카르트는 진공이란 존재하지 않는다고 주장하였던 데 반해서 파스칼은 진공의 존재를 확신하고 있었다. 이 진공의 문제는 두 사상가들의 사고 방식의 일면을 엿볼 수 있게 한다. 데카르트가 선험적인 aprioriste 사고에 익숙해 있었던 데 반해서 파스칼은 실험적인 expérimental 사고에 진보를 보였다. 전자는 오류의 가능성을 내포하면서도 자신의 직관을 신뢰하는 독단주의적인 dogmatiste 성격을 지니고 있었던 데 반해서, 후자는 사실로서 검증되지 않은 것은 끝까지 불확실의 여백을 남겨두는 개연적인 probabiliste 성격을 보여주었다.

파스칼과 데카르트는 똑같이 수학의 천재들이었다. 그러나 이 두 사람의 재능의 영역은 서로 달랐다. 〈기하학 géométrie〉이라는 용어가 당시에는 수학 분야 전체를 가리키는 말이기는 했지만 우리들은 이 두 사람들에게서 그 세분화를 예견할 수가 있다. 즉, 데카르트는 대수학자로서, 파스칼은 기하학자로서 재능의 향방이 결정되고 있었다.

수학은 가장 단순한 논리 전개의 모형이다. 두 천재들 모두 이 점에 대해서 확신하고 있었다. 그리고 이 두 사람은 모두가 수학적인 확신으로부터 우주를 이해하는 방법을 이끌어내려고 노력하였다. 수학은 우리들에게 사물들을 이해하고 설명하는 방법뿐만 아니라 이 방법으로부터 새로운 진리를 발견해 내거나, 사물들이 자연 법칙에 따라서 어떤 방향으로 진행되어 나갈지 예견하는 좋은 방법론을 제공한다. 두 천재들이 똑같이 방법론에 깊은 관심을 보였던 이유는 아마도 여기에 있었던 것처럼 보인다.

질서는 방법론의 요약이다. 두 사람의 질서는 서로 다른 두 개의 체계를 형성한다. 데카르트는 사물의 이치를 이해하는 데서부터 새로운 진리를 발견해 내는 쪽으로 나아갔고, 파스칼은 사물을 이해하는 데서부터 이 이해를 검증하고 실생활에 적용하는 방향으로 나아갔던 것 같다.[36] 두 사람 모두가 우주의 제1원리는 신 Dieu 이라고 생각하였다. 데카르트는 1619년 11월의 어느 날 밤 섬광처럼 그의 머리를 스쳤던 〈나는 생각한다 cogito〉의 발견으로부터 신의 존재에 대한 확신으로까지 논리를 전개하였다. 파스칼은 1654년 11월의 어느 날 밤 불길처럼 그의 영혼을 감싸는 감동에 의해서 신을 느꼈고 이때부터 신은 곧 그의 모든 지성과 감정과 생활을 지배하는 제1원리가 되었다. 그리고 두 사람 모두가 신적 진리는 일반적인 진리와는 차원을 달리한다고 생각하였다. 차이점이 있다면, 데카르트는 신적 진리를 가능하다면 그의 연구 영역에서 제외하기를 원하였고, 반대로 파스칼은 신적 진리에 관하여 점점 더 깊은 관심을 쏟게 되었다는 점이다.[37]

대수학의 논리 전개는 선적 lignal 이고, 평면적 plan 이다. 따라서 이것은 인간학과 신학 사이의 단절을 뛰어넘을 수 있는 방법론으로 부적합한 것처럼 보인다. 그에 비하여 기하학의 논리 전개는 입체적이고 공간적이다. 여기에서는 대립 관계에 있는 여러 평면들이 공존한다. 그러므로 기하학자는 종합적인 통찰력을 가져야 하며, 모순을 포용할 수 있는 보다 폭넓은 체계를 이해하지 않으면 안 된다. 기하학은 사물의 〈존재〉에 대한 이해를 우선 과제로 삼는 물리학의 논리 전개 방식과도 연결성을 가진다. 사물은 논리 전개 이전에 〈존재하는 것〉이다. 이질적인 여러 사물

---

36) La géométrie, qui excelle en ces trois genres, a expliqué l'art de découvrir les vérités inconnues ; et c'est ce qu'elle appelle analyse, et dont il serait inutile de discourir après tant d'excellents ouvrages qui ont été faits. Celui de démontrer les vérités déjà trouvées, et de les éclaircir de telle sorte que la preuve en soit invincible, est le seul que je veux donner. (Pascal, *De l'esprit géométrique*, Lafuma (éd.), 348쪽 참조)

37) M. Le Guern, 앞의 책, 163-164쪽.

들이 공존한다는 사실은 이 사물들의 이질성을 포용할 수 있는 보다 폭넓은 질서 체계가 존재하고 있다는 것을 의미한다. 따라서 파스칼이 인간학과 신학을 동시에 이해하고 설명하려는 포부를 가지게 된 것도 어쩌면 당연한 귀결인 것처럼 보여진다.

지금까지 우리는 파스칼의 질서가 데카르트의 질서와 어떻게 다른가를 설명하려고 노력하였다. 그러나 많은 사상가들이 그러했듯이 이 두 사람들 역시 서로 영향을 주고받았다. 우선 파스칼은 데카르트의 독자였다. 우리들은 여러 자료들을 통해서 파스칼이 데카르트의 『성찰』, 『두번째 답변 Secondes Réponses』, 『원리 Principes』, 『규칙』을 읽었다는 사실을 발견한다. [38] 그리고 데카르트는 파스칼의 계산기에 깊은 호기심을 느끼고 있었고, 결국 1647년 9월 23일과 24일에 파리에서, 문병차 파스칼의 집을 방문하여 두 차례의 만남을 가졌다. [39] 이 만남은 파스칼로 하여금 데카르트에 대한 호감을 갖게 만들었던 것으로 보인다. [40] 1653년부터 파스칼은 데카르트주의자로서 비쳐졌다. [41] 뿐만 아니라 니콜의 말에 의하면 그는 꿈에 관한 내용을 설명할 때마다 데카르트의 견해를 설명하곤 했다고 한다. 그는 데카르트의 자동장치 automates 를 높이 평가하고 그대로 수용하였다.

사실 이 두 사상가들은 당시에 똑같이 새로운 사상의 대표자들로서 인식되었다. 그리고 두 사람 모두 〈신학 이외의 다른 분야에서 인간의 추리와 감각이 관계되는 문제에는 권위가 필요 없고 이성의 추론만이 힘을 가진다〉는 진보적인 사상을 피력하였다. [42] 루이 아베 Louis Havet 의 말에 의하면, 파스칼은 자유 검토의 정신과 기하학 정신에서 데카르트의 세사

---

38) 위의 책, 28-40쪽.
39) 위의 책, 122쪽.
40) 위의 책, 123-131쪽.
41) 위의 책, 121-122쪽 참조. 이즈음 메레 Méré가 본 파스칼은 수정할 수 없는 데카르트주의자였다.
42) Pascal, *Préface sur le traité du vide*, O.C. Lafuma(éd.), 230쪽 참조.

였다. [43] 구체적인 지식에만 집착하던 파스칼은 데카르트와의 만남을 통해서 추상적인 지식을 수용할 수 있는 역량을 배우게 되었던 것이 사실이다.

그러나 우리들은 두 사상가들의 관계를 지나치게 긍정적으로 평가하려는 시각을 아직도 경계해야만 될 것이다. 파스칼이 데카르트적인 테마에 접근했던 문제들의 상당수가 그가 호교론을 준비하면서부터였다는 점을 간과해서는 안 될 것이다. 파스칼은 『드 사시 씨와의 대화』 속에서 새로운 독단주의자로서 데카르트를 생각하였던 것으로 보인다.

5 두 질서 체계

그러면 지금까지 설명한 내용을 기초로 해서 두 사람의 질서를 좀더 도식화해 보려고 한다.

우선 인식론에 대해서 이야기하자. 데카르트는 인간에게서 직관적 인식을 가지는 기관을 두뇌 cerveau 라고 생각하였고, 〈intuition〉이란 용어로 표현하였다. [44] 그러나 파스칼은 심장 cœur 이라고 생각하였고, 〈sentiment〉이란 용어로 표현하였다. 〈intuition〉이란 순수하게 지성적인 직관을 의미하며, 〈sentiment〉은 감정적이고 심리적인 요소를 내포한다. 파스칼에게서 〈심정 cœur〉은 〈영혼 âme〉과 〈육체 corps〉의 결합에 의한 인식의 방식이다. [45] 그러므로 『논리학』의 저자들이 〈intuition〉과 〈sentiment〉을 동의어처럼 해석하려고 했던 것은 이들이 처음부터 파스칼의 어휘를 그의 인식론에 기초하여 해석하지 않고 데카르트의 인식론 위에서 이해하려고 했음을 말해 준다. 『논리학』의 저자들은 파스칼의 인식론에 대해서 〈자명성 évidence〉보다는 〈확실성 certitude〉에 더 관심을

---

43) M. Le Guern, 앞의 책, 160쪽.
44) Descartes, *La Dioptrique* (4ᵉ Discours), 201-205쪽.
45) A. Mckenna, *De Pascal à Voltaire*, 21쪽.

가진다고 비판하였다. [46] 이 비판은 데카르트적인 인식과 파스칼적인 인식과의 차이를 정확히 지적한 것이다. [47] 다만 〈certitude〉를 마치 파스칼의 인식론의 결함인 것처럼 이해하였다는 점에서 이들이 파스칼의 인식론의 핵심에 접근하지 못하였음을 암시한다.

다음에는 도덕론에 대해서 이야기하자. 데카르트는 그의 『방법서설』 제3부에서 그의 모랄의 네 가지 규칙을 다음과 같이 제시한다.

첫째는 어렸을 때부터 신의 은총 가운데서 배웠던 종교를 끊임없이 유지하면서 내 나라의 법과 관습을 따르며, 그 밖의 다른 모든 일에서는 내가 함께 살아야 할 사람들 가운데서 가장 지각 있는 사람들이 실생활 속에서 공통적으로 인정하고 있는, 극단으로부터는 가장 먼, 가장 온건한 의견에 따라서 내 자신을 다스려 나간다. 나의 두번째 금언은 나의 행동에서 될 수 있는 대로 확고하고 단호한 태도를 취하며, 아무리 의심스러운 의견이라 할지라도 일단 그것을 받아들이기로 결심을 했을 때에는 계속해서 변함없이 따른다. 나의 세번째 금언은 재산을 얻으려 하기보다는 오히려 나를 극복하도록 항상 노력하고, 세계의 질서보다는 내 욕망을 바꾸도록 노력하며, 대체로 우리의 힘으로 할 수 있는 것은 우리의 생각을 바꾸는 일밖에 없으므로, 외적인 사물에 관해서는 우리의 최선을 다한 후에도 성공할 수 없는 일들은 우리들에게 절대로 불가능한 일이라고 믿는 습관을 갖도록 노력한다. 끝으로, 이 모랄의 결론으로서, 이 세상 사람들이 종사하고 있는 여러 가지 일들을 검토해 보고 가장 좋은 일을 선택하려고 노력하며, 남의 일에 대해서는 말하고 싶지 않고 지금 내가 발견한 것과 동일한 일을 계속하는 것이 최선이라고 생각한다. 즉, 일생 동안 나의 이성을 계발하는 일에 전념하고

---

46) Arnauld et Nicole, *La Logique*, 326쪽.
47) 여기에서 〈évidence〉는 사물에 대한 객관적인 인식에, 그리고 〈certitude〉는 사물에 대한 주관적인 인식에 주안점을 두고 있다. 데카르트는 이성의 인식의 대상이 되는 모든 사물들을 〈évidence〉에 관련시킨다. 그러나 파스칼은 인간의 인식의 대상에 따라서 〈évidence〉 혹은 〈certitude〉를 구분해야 할 필요성을 강조한다.

나에게 정해진 방법대로 진리의 인식을 위해서 할 수 있는 데까지 전진한다. [48)]

이것은 합리적인 사고의 결과로서 얻어진 모랄이다. 여기에서 데카르트는 종교에 관한 언급을 잊지 않고 있으나, 그의 모랄 자체는 기독교의 이념과 무관하다.

파스칼의 모랄은 〈생각하는 지체 membres pensants〉로서 설명된다. 그는 우리들에게 〈생각하는 지체로 가득 차 있는 몸〉의 이미지를 제시한다. [49)] 〈지체 membre〉는 〈몸 corps〉의 정신에 의해서만 생명과 존재와 운동이 가능하다. 만일에 손과 발이 개별의 의지를 가지고 있다고 가정하

---

48) 〈La première était d'obéir aux lois et aux coutumes de mon pays, retenant constamment la religion en laquelle Dieu m'a fait la grâce d'être instruit dès mon enfance, et me gouvernant en toute autre chose suivant les opinions les plus modérées et les plus éloignées de l'excès, qui fussent communément reçues en pratique par les mieux sensés de ceux avec lesquels j'aurais à vivre.〉 〈Ma seconde maxime était d'être le plus ferme et le plus résolu en mes actions que je pourrais, et de ne suivre pas moins constamment les opinions les plus douteuses, lorsque je m'y serais une fois déterminé, que si elles eussent été très assurées.〉 〈Ma troisième maxime était de tâcher toujours plutôt à me vaincre que la fortune, et à changer mes désirs que l'ordre du monde ; et généralement de m'acoutumer à croire qu'il n'y a rien qui soit entièrement en notre pouvoir que nos pensées, en sorte qu'après que nous avons fait notre mieux touchant les choses qui nous sont extérieures, tout ce qui manque de nous réussir est au regard de nous absolument impossible.〉 〈Enfin, pour conclusion de cette morale, je m'avisai de faire une revue sur les diverses occupations qu'ont les hommes en cette vie, pour tâcher à faire choix de la meilleure ; et, sans que je veuille rien dire de celles des autres, je pensai que je ne pouvais mieux que de continuer en celle-là même où je me trouvais, c'est-à-dire que d'employer toute ma vie à cultiver ma raison, et m'avancer autant que je pourrais en la connaissance de la vérité, suivant la méthode que je m'étais prescrite.〉 (Descartes, *Discours de la Méthode*, 3° Partie, 140-146쪽)

49) *Fr.* 360-392, 368-401, 371-403.

자. 그러할 경우에, 이 손과 발은 몸 전체를 다스리는 제1의 의지 volonté première 에 자기 개별의 의지 volonté particulière 를 복종시킴으로써만 질서를 유지할 수 있을 것이다. 그렇지 않는다면, 그들은 무질서와 불행 속에 빠지게 될 것이다.[50] 〈지체〉가 〈몸〉을 사랑하는 것은 곧 자신을 사랑하는 결과가 된다.[51] 지체는 몸의 행복을 바람으로써 자신의 행복을 구하게 될 것이다.

파스칼의 모랄의 핵심인 〈신만을 사랑하고 자기만을 미워한다〉[52]라는 원리는 바로 이 신을 우선하는 〈생각하는 지체〉의 개념 위에 기초한 것이다. 즉, 〈신〉은 〈몸〉에 해당하며 행동의 주체인 〈나〉는 이 몸의 한 〈지체〉에 해당한다. 인간이 〈나〉를 미워해야 하는 까닭은 인간 속에 깊이 뿌리박고 있는 〈자애심 amour-propre〉[53]이 〈신〉으로부터 〈나〉를 이탈시키려는 것을 억제해야 할 필요가 있기 때문이다. 이렇게 파스칼은 그의 인식의 체계에서나 행동의 체계에서나 한결같이 신을 제1원리로 삼는다. 그에 비해서, 데카르트의 모랄은 신 없이도 가능하다. 이러한 차이를 파스칼은 그의 『팡세』 속에서 다음과 같이 간결하게 요약한다.

나는 데카르트를 용서할 수가 없다. 그는 모든 철학에서 신 없이 지낼 수 있기를 바랐던 것 같다. 그렇지만 그는 세계를 움직이도록 만들기 위해서 신으로 하여금 손가락으로 튀기게 하는 것을 피할 수가 없었다. 그 후에는, 그는 더 이상 신을 필요로 하지 않는다.[54]

---

50) *Fr.* 374-406.

51) *Fr.* 372-404.

52) Il faut n'aimer que Dieu et ne haïr que soi.(*Fr.* 373-405. 381-413)

53) *Fr.* 978-743, 460-699.

54) Je ne puis pardonner à Descartes : il voudrait bien, dans toute la philosophie, se pouvoir passer de Dieu ; mais il n'a pu s'empêcher de lui donner une chiquenaude pour mettre le monde en mouvement ; après cela, il n'a plus que faire de Dieu. (éd. Lafuma, *Fr.* 1001)

그럼에도 불구하고 두 모랄의 차이를 간과하면서 『논리학』의 저자들은 파스칼의 〈가증스러운 자아 moi haïssable〉를 어느 때는 아우구스티누스의 〈두 가지의 사랑 deux amours〉에, 어느 때는 데카르트의 〈사랑과 증오의 정념에 대한 정의〉에 접근시키면서 화해시키려고 노력하였다. [55)]

　　끝으로, 질서의 규칙에 대해서 이야기하자. 파스칼의 질서는 세 가지의 개념을 포함한다. 첫째는 〈자료의 배치〉이고 둘째는 〈사유의 범주〉, 셋째는 〈전체적인 체계〉이다. 이 세 가지 개념들 중에서 파스칼이 그의 『기하학 원리』 속에서 미완성인 채로 남겨놓았던 것은 바로 첫 번째인 〈자료의 배치〉의 개념이다. 그런데 데카르트는 그의 『방법서설』의 제2부에서 〈이성을 잘 인도하기 위한 방법〉의 네 가지 규칙을 이렇게 설명한다.

　　첫째는, 내가 분명하게 진리라고 알고 있는 것이 아니면 그 어떤 것도 진리로서 받아들이지 않는다. 즉, 조심스럽게 속단과 편견을 피하며 내가 의심할 만한 어떠한 이유도 발견하지 못할 만큼 내 정신 속에 분명하고도 뚜렷하게 나타나는 것 외에는 아무것도 내 판단 속에 들여놓지 않는다. 둘째는, 내가 검토하려고 하는 난제들을 더 잘 해결하기 위해서 필요한 만큼의, 그리고 가능한 만큼의 소부분으로 나눈다. 셋째는, 가장 알기 쉽고 가장 단순한 것들로부터 시작하여 조금씩 조금씩 정도에 따라서 보다 복잡한 것들을 인식하는 데까지 나의 사고를 순서에 따라서 인도하되 본래 전후의 순서가 없는 것들 사이에도 순서를 상정하면서 나아간다. 그리고 마지막은 아무것도 빠뜨리지 않았다고 확신할 수 있을 만큼 모든 곳에서 완전한 열거와 전체적인 검토를 한다. [56)]

---

55) A. Mckenna, *De Pascal à Voltaire*, 42-43쪽.

56) Le premier était de ne recevoir jamais aucune chose pour vraie que je ne la connusse évidemment être telle ; c'est-à-dire d'éviter soigneusement la précipitation et la prévention ; et de ne comprendre rien de plus en mes jugements que ce qui se présenterait si clairement et si distinctement à mon esprit que je n'eusse aucune occasion de le mettre en doute. Le second, de diviser chacune des

이 네 가지 규칙들 중 첫번째는 인식의 목표가 〈자명성〉에 있음을 밝히는 규칙이며, 나머지 세 규칙들은 이 목표에 도달하기 위한 방법의 규칙들이다. 이 규칙들 속에는 자료의 배치의 개념이 분명하게 제시되어 있다. 먼저 논증의 목표를 설정하고, 다음에는 논증의 과제를 소부분으로 나눈 다음에, 논증을 쉬운 것부터 어려운 것으로, 단순한 것부터 복잡한 것으로 전개하고, 마지막에는 누락이나 오류가 없도록 전체적으로 검토한다.

앞에서 우리들이 설명했던 것처럼 『논리학』의 저자들은 파스칼의 미완성된 질서의 공백을 바로 이 데카르트적인 규칙으로 메꾸었다. 그러나 파스칼이 암시하는 〈자료의 배치〉의 개념은 데카르트의 것과 큰 차이가 있다. 우리들은 이 개념을 『팡세』의 여러 단장들과 그의 논문들, 그리고 질베르트가 쓴 『파스칼의 생애』 속에서 발견한다.

파스칼의 질서는 정신의 질서와 마음의 질서의 결합으로 이루어진다. 그러므로 우리들은 파스칼적인 질서의 개념 속에 지성적인 요소와 심리적인 요소, 그리고 미학적인 요소가 복합되어 있음을 발견한다. [57]

지성의 체계 속에서는 먼저 사유의 범주를 구분할 필요가 있다. 범주가 다른 사물들 사이에서는 일관성 있는 논리 대신에 직관적인 인식과 논리적인 비약이 필요하다. 반면에, 동일한 범주 내의 사물들만을 사유할 때에는 산술적인 엄밀한 논리 전개가 유효하다. 그러나 한 범주 내에서 아무리 완벽한 논리 전개가 이루어졌다 할지라도 이 논리가 전체적인

---

difficultés que j'examinerais en autant de parcelles qu'il se pourrait et qu'il serait requis pour les mieux résoudre. Le troisième, de conduire par ordre mes pensées, en commençant par les objets les plus simples et les plus aisés à connaître, pour monter peu à peu, comme par degrés, jusques à la connaissance des plus composés ; et supposant même de l'ordre entre ceux qui ne se précèdent point naturellement les uns les autres. Et le dernier, de faire partout des dénombrements si entiers, et des revues si générales, que je fusse assuré de ne rien ommettre. (Descartes, *Discours de la Méthode* (2° Partie), 137-138쪽)

57) Hyung-Kil Kim, 앞의 책, 65-84쪽, 94-104쪽 참조.

커다란 체계 속에서 어느 범주에 속하는지에 대한 통찰이 없다면 이 부분적인 논리는 우리들을 진리로 이끌 수가 없다. 말하자면, 전체를 모르고서 부분을 안다는 것은 불가능하다고 말할 수 있다.

심리적인 체계 속에서는 사정이 또 달라진다. 우리의 논증이 아무리 진리로 인도하는 것이라 할지라도, 대화의 상대방이 이것을 납득하려고 하지 않는다면 이 논증은 죽은 것이나 다름없다. 이때 우리들에게는 대화 상대방의 마음을 변화시킬 수 있는 수사학적인 노력과 종교적인 사랑의 실천이 필요하다. 이러한 심리적인 노력에 의해서 대화 상대방이 일단 진리를 발견하기에 이르게 되면, 그 다음에는 그는 우리의 논증 전체를 한눈에 이해할 수 있게 될 것이다. 이것이 곧 파스칼이 말하는 〈마음에서 정신으로〉의 질서이다. [58]

위에서 언급했던 것처럼, 데카르트는 가능한 대로 그의 사유의 대상에서 신적 진리를 제외시키려고 노력하였다. 그리고 인간적인 진리들을 정신의 질서 속에서 파악하려고 노력하였다. 그에 비해서, 파스칼은 오히려 신적 진리를 그의 사유의 중심에 놓았다. 그는 신적 진리의 인식은 곧 인간적 진리의 인식으로 이어진다고 생각하였다. 그에게는 모든 것은 원인이 되고 결과가 된다. 파스칼은 데카르트의 합리주의가 정신의 질서의 범주에 국한되어 있음을 쉽게 간파하였다. 그 때문에 그는 〈완성된 질서〉에 접근하기 위해서 필요한 것은 먼저 마음의 질서를 체계화하는 일이라고 생각하였음이 분명하다. 『설득술 논고』가 우리들에게 암시하고 있는 것처럼, 파스칼이 질서 문제로 고심하였던 것은 바로 이 마음의 질서를 체계화하기 위해서였던 것으로 생각된다.

마음에 드는 방법은 비길 데 없이 더 어렵고 더 미묘하며, 더 유용하고 더 감탄할 만하다. 따라서, 내가 그것을 다루지 않는다면 그것은 내가 그럴 능력이 없기 때문이다. [59]

---

58) Pascal, *De l'art de persuader*, 355a쪽.

6 결론

파스칼은 자기보다 27년 연상이었던 데카르트의 사상의 장벽을 넘어서기 위해서 끊임없이 노력하였던 것처럼 보인다. 파스칼의 질서 체계는 미완성이기는 하지만, 그가 남긴 글들은 그의 체계가 데카르트의 체계와 어떠한 차이가 있는지에 관해서 충분한 암시를 준다. 〈감각의 질서 ordre du sens〉와 〈이성의 질서 ordre de la raison〉 외에 〈심정의 질서 ordre du cœur〉가 존재하는가? 라는 물음에 대해서 데카르트의 대답은 분명히 부정적이다. 그에 반해서, 파스칼의 대답은 단호하게 긍정적이다. 그는 〈심정은 이성이 알지 못하는 이유를 가진다〉[60]라고 설명한다. 이 심정의 질서는 우리들로 하여금 지식의 차원을 넘어서 예술과 신앙의 차원으로 우리의 활동 영역을 확대할 수 있는 합법적인 토대를 마련해 주었다.

참고문헌

Descartes, René. *Œuvres Complètes*. André, Bridoux (éd.). Bibl. de Pléiade, Paris : Gallimard, 1953.

Pascal, Blaise. *Œuvres Complètes*. Lafuma (éd.), Paris : Seuil, 1963.

_____. *Œuvres Complètes*, 3 vols, Paris : Luxembourg, 1951.

_____. *Œuvres Complètes*, 3 vols. J. Mesnard (éd.). Paris : Declée de Brouwer, 1964-1991.

Arnauld, Antoine et Nicole, Pierre. *La Logique ou l'art de penser*. Clair et Girbal (éd.). Paris : Vrin, 1981.

Kim, Hyung-Kil. *De l'art de persuader dans les Pensées de Pascal*. Paris :

---

59) Mais la manière d'agréer est bien sans comparaison plus difficile, plus subtile, plus utile et plus admirable ; aussi, si je n'en traite pas, c'est parce que je n'en suis pas capable. (위의 책, 356쪽)

60) Le cœur a ses raisons que la raison ne connaît point. (*Fr.* 423-680)

Nizet, 1992.

Lafuma, Louis. *Histoire des Pensées de Pascal.* Paris : Luxembourg, 1953.

Le Guern, Michel. *Pascal et Descartes.* Paris : Nizet, 1971.

Mckenna, Antony. *De Pascal à Voltaire,* 2 vols. Londre : Oxford, Taylor Institution, 1990.

_____. *Entre Descartes et Gassendi.* Paris : Universitas et Londres : Oxford, Voltaire Foundation, 1993.

_____. "Quelques points de repère dans l'histoire posthume des Pensées", *L'Accès aux Pensées de Pascal.* Thérèse Goyet (éd.). Paris : Klincksieck, 1993.

_____. "La Composition de la Logique de Port-Royal", *Revue Philo.* 1986.

Mesnard, Jean. *Les Pensées de Pascal.* 2° édition, Paris : SEDES, 1993.

Nicole, Pierre. "Préface", *Nouveaux Eléments de Géométrie.* Paris : Chez Charles Savreux, 1667.

De Sacy, Samuel. *Descartes par lui-même.* Paris : Seuil, 1956.

파스칼과 제2의 邪欲

홍난이

1 서론

현대인과는 다소 차이가 있을지 모르나 17세기 일반 독자가 파스칼의 이름을 알고 있는 것은 과학자로서의 파스칼이다. 유럽에서 파스칼이 처음으로 명성을 떨치게 된 것은 17살의 어린 나이에 계산기를 발명한 과학자로서이다. 『팡세』로 알려진, 『기독교 호교론 *Apologie de la religion chrétienne*』의 열렬한 집필자이기 이전에, 『프로방시알』의 논쟁에 적극 참여하는 포르루아이알의 친구이기 이전에, 그는 여러 과학 서클에 출입하며 학계에서 활약하는 수학자이며 물리학자였다. 그리하여 1656년에 무명으로 출판된 『프로방시알』의 저자가 밝혀졌을 때, 많은 사람들은 재치와 아이러니가 넘치는 그의 탁월한 글재주와 은총 등의 어려운 신학 문제에 관한 그의 깊은 조예에 놀라움을 금치 못하였다.

그러나 계산기의 발명과 관련하여 그가 1652년 6월 스웨덴의 크리스티나 여왕에게 보낸 편지 속에 나타난 것처럼 과학은 파스칼에게 자신의 우월성을 확인할 수 있는 좋은 기회가 되었다. 또 진공의 존재 여부를 입증하기 위해 파리에 있는 생자크 Saint-Jacques 탑과 퓌드돔 puy de dôme 산맥 위에서 행한 갖가지 실험들은 그의 끊임없는 탐구심과 호기심의 소산이라 보아도 좋을 것이다. 마침내 1658년에 열린 사이클로이드에 관한 대회에서 그가 출제한 수학 문제를 아무도 풀지 못해 파스칼은 직접 해답을 발표하였다. 이렇듯 파스칼에게 과학은 늘 호기심과 오만이 동시에 발동할 수 있는 좋은 기회였으며 자만심에 빠질 수 있는 유혹의 계기였다.

신학 용어로 사욕(邪欲, concupiscence)이라 불리는 호기심과 오만이라는 그의 개인적인 체험과도 밀접한 관계를 맺는 주제가 그의 작품 속에서 어떤 비판을 받고 있는지는 흥미로운 일이 아닐 수 없다.

본 논문의 목적은 『팡세』 속에 호기심이라는 제2의 사욕이 어떻게 드러나는지 그 특성을 고찰하고, 또 이를 통해서 파스칼이 그 대상으로 겨냥하고 있는 철학자가 누구인지를 구체적으로 밝힘으로써 이에 대한 파스칼의 생각을 규명하는 데 있다.

2 제2의 사욕 또는 호기심에 관하여

『팡세』의 933번 단장(Fr. 761)[1] 속에 파스칼은 세 가지 사욕을 구분하고 있다. 육체의 사욕, 정신의 사욕과 오만이 그것이다. 다시 말해서 육체의 사욕은 쾌락을 추구하며 정신의 사욕은 발명을 추구한다. 그런데 이 세 가지 사욕에서 시력이나 눈의 중요성은 똑같이 강조되고 있지만,[2] 특히 파스칼이 〈눈의 사욕 concupiscence des yeux〉, 즉 호기심 curiosité 이라고 한 정신의 사욕에서 유달리 그 역할이 큰 것이다.

세 가지 사욕에 관한 개념적 정의를 위하여 잠시 그 유례를 살펴보면, 사욕이라는 신학적 용어는 인간 속에 내재한 자애의 여러 표현 방식을

---

1) Pascal, *Pensées*, Lafuma(éd.) (Paris : Ed. du Luxembourg, 1952). 『팡세』의 첫 단장 번호는 Lafuma판의 것이고, 둘째 번호는 Sellier판의 것이다.
2) 308-399번 단장을 보면 〈보다 voir〉, 〈눈에 보이지 않는 invisible〉 등의 낱말이 여러 번 반복되어 나타난다.

뜻한다. 제1의 사욕은 우리의 감각을 자극하는 것으로 육체적인 행복을 보장하는 쾌락을 의미한다. 또 제3의 사욕인 오만은 인간의 가장 큰 타락이며 인간의 원죄의 원인이기도 하다. 사욕에 관한 설명은 성경(St. Jean, I, 16)과 파스칼의 스승이기도 한 아우구스티누스의 『참회록』과 『141번 설교』 속에 나타나 있다. 아우구스티누스에 의하면 쾌락은 눈을 비롯한 오감을 통해서 생긴다는 것이다: 아름다운 물건, 맛깔스러운 음식, 아름다운 여자를 보면서 인간은 자극을 받는다. 그러나 호기심은 추한 사물을 보았을 때도 발동한다. 호기심은 사물에 대한 원인, 존재 이유 또는 파스칼의 용어를 빌리자면 〈현상의 이유〉를 알고자 하는 경우에 일반 사람들은 흔히 〈보세요, 무엇이 어떻다〉라고 자문을 한다. 아우구스티누스는 이러한 호기심이 〈과학〉의 이름을 빌려 쓴다는 사실을 지적하며[3] 그 속에 연극과 예술에 대한 취미, 자연 속에 숨겨진 비밀에 대한 탐구, 마술, 기적을 요구하는 종교적 행위 등을 전부 포함시키고 있다.

파스칼의 『팡세』에는 호기심, 호기심 많은 사람 curieux 등의 낱말이 나타나는데[4] 17세기 용법에 따라 과학자 savant 와 함께 쓰이는 경우가 많다. 그러나 후자가 가장 많은 의미로 쓰이는가 하면 전자는 다분히 비판적이고 경멸적인 의미 connotation péjorative 로 쓰인다. 퓌르티에르 Furetière 사전은 sciences curieuses 를 소수의 사람만이 알고 있는 특별한 비밀을 가진 학문이라고 전하고 있다. 예컨대 화학, 거울과 안경을 통해서 희귀한 것을 관찰할 수 있는 광학, 손금을 통해서 사람의 성격이나 미래를 예견하는 수상술 chiromancie, 토지의 길흉을 감정하는 지상술 géomancie, 또 점성술처럼 미래를 예측하는 헛된 학문을 가리키고 있다.[5]

---

3) Saint Augustin, *Confessions*, Arnauld d'Andilly (tr.) (Paris : Folio, 1993), 386-387쪽.

4) 『드 사시 씨와의 대화』에 나온 incuriosité(Pascal, *Œuvres complètes*, t. Ⅲ, Mesnard(éd.), 151쪽)란 낱말은 몽테뉴의 『수상록』에서 빌려온 용어로 17세기에는 더 이상 쓰이지 않았다.

그러나 파스칼이 사용하는 호기심이란 어휘의 의미에는 아우구스티누스의 의미와 17세기 의미와 마찬가지로 다분히 이러한 부정적인 뉘앙스가 내포되어 있긴 하지만 파스칼의 작품 속에는 호기심의 의미가 좀더 한정되어 있다. 파스칼은 연극, 특히 남녀의 사랑을 그리는 복잡한 심리 묘사는 독실한 신앙 생활에는 위험한 것으로 간주하여 특히 희극에 대하여 부정적인 태도를 취하고 있지만(*Fr.* 764-630), 아우구스티누스와는 달리 이를 호기심의 범주에 넣지 않는다. 그는 호기심의 대상으로는 기하학을 비롯한 순수과학으로 한정시키고 있다.

호기심은 눈에 보이는 외적인 사물로 시작되어 자극을 받아감에 따라 차차 눈에 보이지 않는 영역까지 그 세력을 확장해 나간다. 과학자들의 연구 활동이 그 대표적인 예가 되겠다. 연구실에서 어려운 기하학 문제를 풀려고 애를 쓰고 또 우주의 비밀을 캐내려고 하늘을 끊임없이 바라보지만, 외적인 학문 sciences extérieures 에 대한 그들의 몰두는 물거품으로 돌아가고 만다. 왜냐하면 호기심은 충족될 수 없는 헛된 것이기 때문이다. 그리하여 744번 단장(Sel *Fr.* 618) 속에 파스칼은 달과 날씨가 서로 밀접한 관계가 있다고 생각하는 오류에 빠지는 단정적 태도가 끊임없는 호기심에 심취해 있는 것보다 차라리 낫다고 역설하며 호기심에 관하여 극단적인 입장을 취하기까지 한다.

요컨대 호기심은 인간이 알 수 없는 것에 대한 무용하고도 불안한 추구이다. 또 파스칼의 입장에서 호기심은 일종의 〈위락 divertissement〉(*Fr.* 136-168)이다. 위락이란 어원 그대로 마음을 돌리는 것 divertir 을 뜻한다. 다시 말해서 영생이나 영혼의 불멸성 등의 문제로부터 마음을 돌리는 모든 행위를 파스칼은 위락의 범주 안에 포함시키고 있다. 바꿔 말하면 사냥, 무용, 도박 등의 오락 행위뿐만 아니라 학자들의 연구 활동, 독서, 직업, 여행 전부를 위락으로 보고 있는 것이다. 다소 시시하고 보잘것없는 것에서부터 진지한 활동을 포괄하는 위락의 대상 범위는 매우

---

5) Furetière, *Dictionnaire universel* (Paris : Le Robert, 1978), article 〈curieux〉.

넓으며 인간의 모든 활동을 포괄하는 하나의 종합적인 개념인 통일 원칙 principe unificateur으로 보아도 좋을 것이다.

결국 호기심의 진정한 동기는 단순한 위락이거나 개인적인 만족이거나 타인으로부터 존경받고자 하는 허영심이라고 볼 수 있다. 난해한 수학 문제를 풀어서 칭찬받거나 혹은 남이 알지 못하는 지식을 추구하는 과학적 탐구심이나 학업 열의는 결국 타인과의 대화에 소재를 제공할 수 있기 때문이다. 동기가 공허한 만큼 목적도 또한 공허하다.

호기심은 허영에 지나지 않는다. [6]

3 가설로서의 데카르트

145번 단장(Sel *Fr.* 178) 속에 파스칼은 〈세 가지 사용은 세 갈래의 철학파를 낳았다〉[7]라고 쓰고 있다. 아베 Havet에 의하면 쾌락은 쾌락주의를 잉태하였고 호기심은 플라톤과 아리스토텔레스의 철학을 낳았으며 오만은 스토아 학파를 낳았다는 것이다. [8] 또 Sellier판에 의하면 호기심에 빠져든 철학자로 〈물리학자 physiciens〉라고 불리는 그리스 철학자 탈레스와 아낙시메네스를 뽑고 있다. [9]

반면에 190번 단장(Sel *Fr.* 222) 속에서 파스칼은 호기심에 의해 진리에 도달하였지만 오만 때문에 진리를 잃은 플라톤주의자들에 관한 아우구스티누스의 말을 인용하는데, 여기서 아우구스티누스가 지칭하는 철학자들은 아테네에 살고 있는 스토아 학파와 쾌락주의자들이다. 다시 말해서 쾌락과 오만이 낳은 철학 종파 secte philosophique에 관해서는 의심의

---

6) Curiosité n'est que vanité. (*Fr.* 77-112)
7) Les trois concupiscences ont fait trois sectes. (*Fr.* 145-178)
8) Pascal, *Pensées*, Havet (éd.) (Paris : Dezobry et Magdeleine, 1852) 127쪽, n. 5.
9) Pascal, *Pensées*, Sellier (éd.) (Paris : Garnier, 1992), 224쪽, n. 6.

여지가 없지만 호기심과 관련된 철학자의 정체에 관해서는 의견이 분분하다.

그러나 호기심을 통해서 파스칼이 비판하고자 하는 철학자들이 고대 그리스 로마 철학자였을 가능성은 희박하다. 왜냐하면 고대 문명에 대하여 그가 가지고 있는 지식은 대부분 몽테뉴를 통해서 얻은 것이고 플라톤, 아리스토텔레스조차 그에게는 다분히 추상적인 존재였기 때문이다. [10] 게다가 스토아 학파와 쾌락주의는 늘 파스칼에게 제논과 에픽테토스와 같은 구체적인 이름을 가지고 있으며 친근한 작가들로 대변되었다. 그리하여 우리는 호기심을 통해서 파스칼이 겨냥하는 인물은 파스칼과 무척 친화력이 있는 인물로 상정할 수밖에 없다.

그렇다면 『기독교 호교론』을 다시 읽어보자. 파스칼의 인간학이라고 일컬어지는 『기독교 호교론』의 1부는 인간에 대한 자기 성찰의 단계이다. 바꿔 말하면 인간의 참모습을 발견함으로써, 즉 인간 내부에 공존하고 있는 위대성과 비참을 깨달음으로써 자신의 존재론적 모순에 대한 만족스러운 해답을 제공해 줄 수 있는 철학과 종교를 찾게 한다. 동시에 진정한 행복을 가져다 줄 수 있는 강하고도 절실한 욕구를 느끼게 하는데 무한한 우주를 바라봄으로써 신으로의 이행이 가능해지는 것이다. 『기독교 호교론』에서 가장 긴 199번 단장, 즉 〈인간의 불균형〉 혹은 〈두 무한〉이라는 제목을 가진 단장 속에 파스칼은 무한대 infiniment grand 와 무한소 infiniment petit 에 관하여 탐구하고자 한 철학자들의 예를 들고 있다.

그의 호기심은 경탄으로 변하여, 오만하게 이것을 탐구하려는 것보다 오히려 침묵 속에 관망하려는 마음으로 기울어질 것이다. [11]

---

10) *Fr.* 533-457 참조.

11) Je crois que sa curiosité se changeant en admiration il sera plus disposé à les contempler en silence qu'à les rechercher avec présomption. (*Fr.* 199-230)

무한소와 무한대는 각 학문의 원인과 결과에 해당하는데 무한대를 탐구했던 철학 저서로는 『사물의 원리』, 『철학의 원리』, 『알 수 있는 모든 것』을 들고 있다. 첫번째 저서는 13세기 말 둥스 스코트 Duns Scot 의 작품으로 알려져 있고, 마지막 저서는 피크 드 라 미랑돌 Pic de la Mirandole 이 1486년에 로마에서 주장하려 했던 900개의 논문 중의 하나이다. 그리고 『철학의 원리』는 1644년에 발표된 데카르트의 작품이다. 책 제목에 대하여 사색하는 것을 즐겨했던 파스칼은 『사물의 원리』와 『알 수 있는 모든 것』을 오직 그 제목만 알고 있었는지도 모른다. 그러나 데카르트에 관한 한 그렇지가 않다. [12]

파스칼과 데카르트의 관계는 한 마디로 규정할 수 없을 정도로 복잡미묘하다. 또 이 문제를 해결한다는 것은 본 소고의 범위를 훨씬 넘는 것이다. 다만 몽테뉴와의 관계가 그러하듯이 파스칼은 표면적으로 나타나 있는 것보다 데카르트를 훨씬 더 잘 알고 있으며 또 그에게 많은 영향을 받은 것 또한 사실이다. 두 학자의 역사적인 만남은 1647년 9월 23일과 24일 두 차례에 걸쳐 이루어졌다고 전해진다. [13] 첫 만남에서는 계산기와 진공에 관한 실험이 거론되었고 그 다음날은 파스칼의 질병에 관하여 두 사람이 환담을 나누었다고 한다.

어쨌든 간에, 데카르트의 전작품을 통해서 시종일관 나타나는 핵심적인 주제가 있다면, 이것은 틀림없이 진리에 대한 추구일 것이다. [14] 일찍이 파스칼은 『기하학적 정신에 관하여』에서 진리를 연구하는 세 가지 주요 목적이 있다고 하였다. 첫째는 진리를 발견하는 것이며, 둘째는 이를 증명하는 것이고, 셋째는 이를 거짓과 구별하는 것이다. [15] 그런 의미에

---

12) Le Guern, *Pascal et Descartes* (Paris : Nizet), 1971, 85쪽.
  데카르트에 대한 가설은 이미 메나르 Mesnard의 논문 「Le thème des trois ordres dans l'organisation des *Pensées*」 46쪽과 Marion의 저서 *Sur le prisme métaphysique de Descartes*, 316쪽에 간략하게 제시되었다.
13) Pascal, *Œuvres complètes*, t. Ⅱ, Mesnard(éd.), 435-436쪽.
14) Rodis-Lewis, *L'œuvre de Descartes*, t. 1(Paris : Vrin), 1971, 7쪽.
15) Pascal, *De l'esprit géométrique*, in *Œuvres complètes*, t. Ⅲ, 390쪽.

서 데카르트의 관심사는 전적으로 전자에 있다고 할 수 있다. 그 증거로 1637년에 발표된 『방법서설』의 부제는 우리에게 많은 것을 시사해 준다. 〈이성을 올바르게 사용하고 과학 속에서 진리를 찾기 위한 방법〉이라 적혀 있다. 그는 〈양식 le bon sens〉, 다시 말해서 참된 것과 거짓을 구별할 수 있는 능력을 도구로 하여 과학 속에 진리를 연구하는 방법을 제시한 것이다. 데카르트에게는 지혜란 책 속에 혹은 여행을 통해서 획득될 수 있는 것이 아니라 그저 자명한 이치에서 또 다른 자명한 이치로 이끌어 가는 이성의 진행 과정에 있다고 믿는 것이다.

이와 마찬가지로 미완성으로 데카르트가 남긴 유일한 대화 『자연적 빛에 의한 진리에 대한 추구』에는 〈과학이나 종교의 빛의 도움을 빌리지 않고 오직 순수한 자연적 빛 lumière naturelle 을 가지고 교양인이 가져야할 생각을 결정지으며 (……) 가장 심오한 학문 curieuses sciences의 비밀까지 꿰뚫어 본다〉[16]라는 부제가 붙어 있다. 여기서 데카르트가 말하는 자연적 빛은 이성을 뜻하고 있다.

그러나 데카르트는 실제로 이러한 방법을 전 과학 분야에 걸쳐 실천하였다. 『팡세』의 한 단장에서 파스칼은 간략하게 다음과 같이 적었다. 〈과학을 너무 깊이 탐구한 자에 반대하여 글을 쓰기. 데카르트〉[17]라고 파스칼이 신랄하게 지적하기는 하나 데카르트는 비크만 Beeckman 에 의해 과학 연구에 관심을 가지게 되었으며 과학에 많은 업적을 남긴 것은 부인할 수 없는 사실이다. 적어도 파스칼보다 폭넓고 다양한 여러 분야에 대하여 연구를 하였다.

우선 데카르트의 가장 큰 업적부터 열거한다면, 그는 『기하학』에서 해석기하학을 확립하였으며 오늘날까지 데카르트 좌표로 알려진 좌표를 도

---

16) …qui toute pure, et sans emprunter le secours de la religion ni de la philosophie, détermine les opinions que doit avoir un honnête homme… et pénètre jusque dans les secrets des plus curieuses sciences.

17) Ecrire contre ceux qui approfondissent trop les sciences. Descartes. (*Fr.* 553-462)

입하여 접선의 문제, 타원의 문제도 다루었다. 그리고 물리학에서는 물체에 관한 학설과 역학적 운동 법칙을 발견하였다. 또 역학에서는 관성의 법칙, 충돌의 법칙을 정식화하였다. 더 나아가서 『세계 또는 빛에 관한 고찰』에서는 우주의 생동적인 모습을 제시하면서 빛의 속성, 지구의 중력, 그리고 여러 행성의 움직임에 대하여도 고찰하였다. 『굴절광학 La dioptrique』에 광학에 관한 연구를 수록하였으며 『기상학 Les météores』 속에는 눈, 우박, 무지개 등의 자연 현상에 대하여 깊이 탐구하였다. 뿐만 아니라 『철학의 원리』의 제3, 4부의 제목이 보여주듯이 빛의 본질, 물체의 운동을 비롯하여 온도의 작용, 바다의 밀물과 썰물, 지진의 원인, 불의 성질, 자석의 특성에 대하여도 연구를 아끼지 않았다.

이렇듯 데카르트의 의도는 『철학의 원리』 서문에 붙인 엘리자베스 공주에게 보낸 편지에서 드러나듯이 〈인간 정신이 알 수 있는 모든 진리의 원리를, 그것이 '인간 지식의 원리(1부)'이든 '물질적인 것의 원리(2부)'이든, 그 원리를 밝히는 데 있었다.〉[18]

그러나 파스칼은 〈코페르니쿠스의 주장을 깊이 규명하지 않아도 좋다〉[19]라고 하였다. 즉, 17세기 당시에는 코페르니쿠스의 지동설은 아직 입증되지 않은 하나의 가설에 불과했는데 데카르트는 이러한 지동설을 검토한 사람 중의 하나이다. 그는 『철학의 원리』 속에 프톨레마이오스, 티코 브라헤의 가설과 관련시켜서 코페르니쿠스의 주장을 검토하였다.[20] 바꿔 말하면 이 단장은 데카르트에 대한 비판을 내포하고 있으며 데카르트의 호기심을 규탄하는 단장으로 해석해도 무방하다.

데카르트는 기계론 mécanisme 을 통해 현실에 대한 완전한 수학화 mathématisation 를 꿈꾸었다. 물론 파스칼도 그의 기계론에 동의하였다. 그러나 그 한계를 일찍이 인식하였던 것 같다.

---

18) Je tâcherai de mettre les principes de toutes les vérités que l'esprit humain peut avoir. (Descartes, *Principe de la philosophie in Œuvres philosophiques*)
19) Je trouve bon qu'on n'approfondisse pas l'opinion de Copernic. (*Fr.* 164-196)
20) Descartes, 앞의 책, 229-230쪽.

데카르트. 형상과 운동으로 이루어진다고 대략 이렇게 말해야 한다. 왜냐하면 그것은 옳기 때문이다. 그러나 그것이 어떤 것이고 기계를 구성하려고 하는 것은 가소롭다. 왜냐하면 이것은 무용하고 불확실하고 힘겨운 일이기 때문이다. [21)]

자연에 대한 과학은 기하학처럼 선험적으로 성립될 수 있어야 한다. 그러나 데카르트는 자연에게 하나의 수학적 형식 modèle mathématique을 부여하면서도 자연 속에 있는 운동의 창시자로 신을 설정하고 있다. 다시 말해서 그는 자연, 즉 세계를 움직이게 하는 원동력으로 신의 존재를 필요로 하고 또 진리에 대한 보증인으로서 신의 존재를 선험적으로 가정하고 있으나, 신은 실제로 그의 철학 체계 속에 전혀 개입하지 않는 추상적인 존재에 불과하다. 결국 파스칼의 글에서 〈용서할 수 없다〉라는 표현이 나올 수밖에 없다.

나는 데카르트를 용서할 수 없다. 그는 그의 철학 속에서 신 없이 지내려고 한다. 그러나 이 세계를 작동시키기 위해서 그는 어쩔 수 없이 신을 도입해야만 했다. 그리고 난 뒤 그에겐 더 이상 신이 필요 없게 된 것이다. [22)]

결론적으로 파스칼은 가차없이 데카르트를 〈무용하고 불확실하다(*Fr.* 887-445)〉라고 단정짓는다. 이성에만 의존하면서 진리를 찾으려 하기 때문에 불확실하고, 영생이나 영혼의 불멸성에는 관심이 없기 때문에 무용

---

21) Descartes. Il faut dire en gros : cela se fait par figure et mouvement. Car cela est vrai, mais de dire quelles et composer la machine, cela est ridicule. Car cela est inutile et incertain et pénible. (*Fr.* 84-118)

22) Je ne puis pardonner à Descartes ; il voudrait bien, dans toute sa philosophie, se pouvoir passer de Dieu, mais il n'a pu s'empêcher de lui faire donner une chiquenaude pour mettre le monde en mouvement ; après cela il n'a plus que faire de Dieu. (Périer, *Mémoire sur Pascal et sa famille*, in Pascal, *Œuvres complètes*, t. I, 1105쪽. Lafuma판의 1001번 단장에 해당함)

하다는 것이다. 데카르트와 호기심을 초월하는 것이 존재하는 것이다.

4 데카르트와 호기심의 초월

『포르루아이알의 논리학』은 기하학, 물리학, 천문학과 같은 순수과학 인간의 정신력, 특히 추리력 raisonnement 을 훈련시키는 데 유익한 학문 이라고 한다. 그러나 거기에 정신 전력을 소모해서는 안 된다고 덧붙인 다.[23] 이와 마찬가지로 파스칼은 추상적인 학문, 즉 순수과학의 무용성 을 느낀 바 있다(*Fr.* 23-57). 1660년 8월 10일 수학자 페르마 Fermat 에게 보낸 편지 속에 밝힌 것처럼, 과학은 이성이 힘을 발휘할 수 있는 좋은 기회를 제공할 뿐 그 자체가 목적이 되어서는 안 된다는 것이다.[24] 기하 학이란 이 세상에서 〈가장 아름다운 직업〉이긴 하지만 단순한 하나의 직 업에 불과하다는 것이다. 즉, 인간의 힘을 실험하기에 적절하지만 그 분 야에 힘을 다 써서는 안 된다는 뜻이다.

바꿔 말하면 과학을 통해서 얻어지는 지식은 세속적인 현실에 대한 지 식인 것이다. 아우구스티누스는 기술, 순수과학, 역서, 사회 생활, 심지 어 명상과 아무런 관련이 없는 종교적 지식 전부를 〈지식 science〉으로 간주하고 지식보다 〈지혜 sagesse〉, 즉 하느님의 영원한 진리에 대한 명 상을 더 높이 평가하고 있다.[25] 페르디낭 알키에 Ferdinand Alquié 가 피 력한 것처럼 데카르트는 지식과 지혜를 합치려고 했다.[26] 즉 지혜에 과 학의 확실성을 부여하여 세계를 체계화하려고 한 것이다.

물론 파스칼의 어느 한 작품에서도 지식과 지혜에 관한 구분이 구체적

---

23) Arnauld, *La logique ou l'art de penser* (Paris : Vrin, 1981), 1장.

24) Pascal, *Lettre à Fermat*, in *Œuvres complètes*, t. IV, 923쪽.

25) Sellier, *Pascal et Saint Augustin* (Paris : A. Colin, 1970), 175쪽 이하.

26) Alquié, *La découverte métaphysique de l'homme chez Descartes* (Paris : P.U.F., 1991), 25쪽.

으로 나와 있지는 않지만 파스칼의 각 질서 속에 목적이 이중적인 것처럼, 신을 향한 정신이 지혜라면 인간을 향한 정신은 지식인 것이다. 또 그것이 호기심이기도 하다.

〈각 사물의 특성은 깊이 연구되어야 한다〉[27]고 파스칼은 주장한 바 있다. 그렇다면 호기심의 특성은 알고자 하는 것이다. 기독교 신자가 〈credo(나는 믿는다)〉라고 외친다면 호기심이 많은 자는 〈scio(나는 안다)〉고(Fr.7-41) 또는 〈알고자 한다〉고 말할 것이다. 그는 자신 속에 존재하고 있는 허무를 느끼고 그것을 지식으로 채우려고 하지만 연구 끝에 그가 만나는 것은 진리가 아니라 〈죄, 비참, 오류, 암흑, 죽음, 절망〉[28]뿐이다.

> 바빌론의 강은 흐르고 무너지고 휩쓸어간다…….
> 강 위에 앉아 있어야 한다. 그 아래도 그 안에도 아니라 그 위에, 그리고 서서도 안 되고 앉아 있어야 한다. 앉아 있음으로써 겸허해지고, 위에 있음으로써 안전하기 위해…….
> 이 즐거움이 견고한 것인지 흘러가는 것인지를 보라. 흘러가는 것이라면 그것은 바빌론의 강이다. [29]

이렇듯 호기심은 바빌론의 강과 같다. 항상 목 마르고 항상 배가 고프나 그 호기심 끝에는 공허만 있을 뿐이다. 이 강물 속에 한때 파스칼 자신 그리고 데카르트는 〈밑에 있었고〉 즉 불안해했고, 또 〈서 있었다〉 즉 오만해 있었다. 요컨대, 데카르트는 그의 질서 속에, 즉 정신계에서 〈사

---

27) Le propre de chaque chose doit être cherché (Fr.797-650)
28) vice, misère, erreur, ténèbres, mort, désespoir (Fr. 416-35)
29) Les fleuves de Babylone coulent et tombent et entraînent. Il faut s'asseoir sur ces fleuves, non sous ou dedans, mais dessus, et non debout mais assis, pour être humble étant assis, et en sûreté étant dessus …. Qu'on voit si ce plaisir est stable ou coulant ; s'il passe, c'est un fleuve de Babylone. (Fr. 918-748)

욕의 왕 roi de concupiscence〉이었으며 호기심의 왕이었던 것이다.

그러나 신으로의 이행이 가능하기 위한 첫번째 과제는 199번 단장에 나와 있는 표현대로 〈호기심을 억제하는 것 borner la curiosité〉이다. 이 표현은 수사본의 초고에만 나오는데 무한한 우주 앞에서 인간은 호기심을 버리고 무기를 다 버려야만 신에게 다가갈 수가 있다는 것이다. 또, 〈인간의 불균형〉이라는 이 단장의 제목은 초고에서는 〈인간의 무능력〉이었다. 즉, 두 무한을 알고자 할 때의 인간의 무능력, 더 나아가서 모든 지식의 불가능성을 말해 주는 단장이다. [30] 무한 앞에서 유한이 0이나 다름없는 것과 마찬가지로(Fr. 418-680 참조) 유한한 지식의 축적으로는 무한에 도달할 수 없으며 외적인 것에 대한 지식욕인 호기심은 극복되어야 할 하나의 질병이다.

그리하여 호교론자 파스칼은 자유사상 libertinage 과 같은 차원에서 호기심을 일종의 정신 질환으로 간주하여 이를 치유하기 위하여 강력한 충격 요법 thérapeutique de choc 을 동원하고 있다. 이 점에서 그는 해결책 solution 보다 구제책 remède 이란 용어를 쓰고 있다는 것은 주목할 만한 일이다.

『기독교 호교론』에서 항상 그러하듯이 인간의 참모습은 참종교와 거짓 종교를 구분하는 기준을 마련해 주고 있다. 다시 말해서 인간을 제대로 인식한 종교가 곧 참종교이며 인간의 약점을 극복하게 하는 종교가 참종교가 되고 있다. 그러나 이 지구상에 존재하는 여러 종교 가운데 호교론자 파스칼은 오로지 기독교만이 인간 내에 있는 사욕을 알고 또 그것을 극복할 수 있는 구제책을 마련해 주고 있다는 것이다. 그 중의 하나가 기도이다(Fr. 214-247).

〈사랑을 통해서만 진리에 도달할 수 있다〉[31]라고 파스칼이 확언한 것

---

30) Maeda, "Le premier jet du fragment pascalien sur les deux infinis", *Etudes de langue et de littératures françaises,* 1964, numéro 4, 1-19쪽.

31) On n'entre dans la vérité que par la charité.(Pascal, *De l'esprit géométrique,* in *Œuvres complètes,* t. Ⅲ, 414쪽)

처럼 그는 현세적 진리 vérités temporelles 의 부재를 강력히 믿고 있다. 진리는 어디까지나 신에게 받은 하나의 선물과도 같은 것이며 인간의 힘으로 획득할 수 없는 성질의 것이다. 결국 인식의 문제는 파스칼에게 늘 논리적 궁지 aporie 에 도달할 수밖에 없다. 이성을 통해서 만나는 신은 어떠한 경우에도 기독교의 신이 될 수 없기 때문이다. 데카르트의 신과 파스칼의 신은 여기서 그 차이가 현저하게 나타난다. 전자가 이성의 신이라면 후자는 믿음의 신인 것이다. 메모리알의 밤에 파스칼이 거부한 신은 바로 이러한 〈과학자와 철학자의 신(Fr. 913-742)〉이기도 하다. 그러한 신은 선험적인 전제로서 존재할 뿐 추상적이고 비개성적인 존재로 우리의 마음을 움직일 수도 없으며 구원이나 믿음을 줄 수도 없는 것이다.

메모리알의 밤에 파스칼이 확인한 신은 성경에 나타난 살아 있는 〈아브라함, 이삭, 야곱의 신〉이기에 회심한 파스칼로 하여금 눈물, 기쁨의 눈물을 흘리게 했으며 모든 것을 쉽게 포기하게 할 수 있었던 것이다.

평온하고도 완전한 포기. [32]

여기서 파스칼이 포기한 모든 것은 귀족들과 문인들을 가까이할 수 있는 살롱에서의 즐거운 사교 생활, 과학 연구와 이에 따르는 명예욕, 자만심을 뜻한다. 결국 회심 conversion 이란 최종적으로 인간 내면의 완전한 변화, 모든 가치의 전도를 뜻하기도 하지만 이에 도달하기 위해서는 호기심을 비롯한 모든 사욕의 극복이 선행되어야 한다.

〈진리만큼 확신을 주는 것은 없다. 진리의 성실한 추구만큼 평안을 주는 것은 없다〉[33]라고 파스칼은 말하고 있다. 신에 대한 추구는 이미 찾은 것을 다시 추구하는 것이기 때문에[34] 항상 안정 속에 이루어지며 또

---

32) Renonciation totale et douce (Fr.913-742)
33) Rien ne donne l'assurance que la vérité ; rien ne donne le repos que la recherche sincère de la vérité. (Fr.599-496)

한 만족을 가져다 주지만 호기심 많은 사람의 추구는 항상 불안하고 걱정 속에서 이루어진다. 진리를 발견할 수 있을지의 여부가 불확실할 뿐만 아니라 설사 성공한다 하더라도 진정한 만족을 얻을 수가 없기 때문이다.

결국 호기심 있는 자는 외적인 것에 대한 지식으로 승부를 걸지만 지식욕은 채워지지 않는 욕망이다. 신이란 절대적인 존재만이 인간의 공허를 채울 수 있으며 인간은 〈유일한 필요 unique nécessaire〉를 만났을 때만 비로소 가치를 지니게 되는 것이다.

신이 아닌 모든 것은 나의 기대를 충족시킬 수가 없다. [35]

5 결론

파스칼은 『기독교 호교론』의 어떠한 묶음 liasse 속에서도 호기심이나 사욕의 문제를 전적으로 다루고 있지는 않다. 그러나 이 테마는 도처에 나타나고 있으며 특히 세 가지 사욕은 파스칼의 『팡세』를 이해하는 중요한 열쇠가 되고 있다고 해도 과언이 아닐 것이다. 다만 메나르 Mesnard 의 논문이 보여주었듯이[36] 세 가지 사욕은 세 가지 질서 ordre를 낳을 정도로 밀접한 관계가 있는데, 그 세 질서는 피라미드 형식의 구조를 가진 것으로 서로의 영역이 완전히 독립해 있지만 그 세 가지 사욕은 그 경계가 불분명한 것 같다. 즉 호기심을 오만의 첫 단계라고 간주할 수 있을

---

34) *Fr.* 919-751 참조. 〈스스로 위안을 받아라. 이미 나를 보지 않았더라면 너는 나를 찾지 않으리라. Console-toi. Tu ne me chercherais pas si tu ne m'avais trouvé.〉

35) Pascal, *Prière sur le bon usage des maladies*, in *Œuvres complètes*, t. IV, 1001쪽.

36) Mesnard, "Le thème des trois ordres dans l'organisation des *Pensées*", in *Pascal, Thématique des Pensées* (Paris : Vrin, 1988), 29-55쪽.

정도로, 호기심을 쫓다보면 오만에 빠지기가 쉽다는 것이다. 파스칼이 이토록 호기심에 대하여 신랄한 비판을 가할 수밖에 없는 것은 호기심이 늘 안고 있는 오만에 빠질 위험성과 더불어 그의 개인적인 체험에서 비롯된 것이라고 볼 수 있다.

파스칼에게는 호기심에 대한 비판은 곧 데카르트에 대한 비판이기도 한데 데카르트에 대한 파스칼의 비판은 두 가지 차원에서 이루어진다고 볼 수 있다. 하나는 과학자로서 데카르트에 대한 비판이다. 다시 말해서 그것은 〈정신의 질서〉 속에서 행한 비판이다. 이 경우 같은 과학자로서 의견이 다르다고는 해도 『방법서설』의 저자를 존경하기도 하고 기계론의 창시자에게 아낌없는 찬사를 보내기도 했다. 그러나 〈사랑의 질서〉에서 데카르트를 바라볼 때는 이와 다르다. 그의 철학이 무가치하다고 느낄 수밖에 없었던 것이다.

〈호기심은 인간이 알지 못하는 것에 대한 불안한 질병이다〉[37]라고 파스칼이 주장한 것에 대하여 아무도 놀라지 않을 것이다. 그러나 〈모든 사람의 공통점인 알고자 하는 욕망은 치료될 수 없는 질병이다〉[38]라는 주장이 데카르트의 주장임은 새삼 놀라운 일이 아닐 수 없다. 또 이러한 호기심의 전형으로 파스칼이 데카르트 자신을 표적으로 삼은 것에 대해 만약 그가 이 사실을 알았더라면, 그 자신도 놀랐을 것이다.

참고문헌

작품

Pascal, Blaise. *Œuvres complètes*. Jean Mesnard (éd.), 4 volumes parus. Paris :

---

37) La maladie principale de l'homme est la curiosité inquiète des choses qu'il ne peut savoir. (*Fr.* 744-618)

38) Le désir de savoir, qui est commun à tous les hommes, est une maladie qui ne se peut guérir. (Descartes, *La recherche de la vérité*, in *Œuvres philosophiques*, t. Ⅱ, 1109쪽)

Desclée de Brouwer, 1963-1993.

_____. *Pensées. Havet* (éd.), Paris : Dezobry et Magdeleine, 1852.

_____. *Pensées.* Lafuma (éd.), 3 vols. Paris : Editions du Luxembourg, 1952.

_____. *Pensées.* Sellier (éd.), Paris : Garnier, 1992.

Arnauld, Antoine et Nicole, Pierre. *La logique ou l'art de penser.* Paris : Vrin, 1981.

Augustin. *Confessions.* Arnauld d'Andilly (tr.), O. Barenne (éd.), Paris : Folio, 1993.

_____. *Sermons sur le Nouveau Testament.* 4 vols. Paris : Coignard, 1700.

La Bible. Lemaître de Sacy (tr.), Paris : Robert Laffont, 1990.

Descartes, René. *Œuvres philosophiques,* 3 vols. F. Alquié (éd). Paris : Garnier, 1963-1973.

_____. *Discours de la méthode.* E. Gilson (éd.) Paris : Vrin, 1987.

비평서

Alquié, Ferdinand. *La découverte métaphysique de l'homme chez Descartes.* Paris : P. U. F., 1991.

Le Guern, Michel. *Descartes et Pascal.* Paris : Nizet, 1971.

Marion, Jean-Luc. *Sur le prisme métaphysique de Descartes,* Paris : P. U. F., 1986.

Rodis-Lewis, Geneviève. *L'œuvre de Descartes,* 2 vols. Paris : Vrin, 1971.

_____. *Descartes et le rationalisme.* Paris : P. U. F., 1985.

Sellier, Philippe. *Pascal et Saint Augustin.* Paris : Armand Colin, 1970.

Taton, René. *Histoire des sciences,* tome Ⅱ. Paris : P.U.F., 1968.

참고 논문

Carraud, Vincent. "Le refus pascalien des preuves métaphysiques de l'existence de Dieu", *Revue des sciences philosophiques et théo logiques*. 1991, numéro 1, t. 75, 19-45쪽.

Maeda, Yoichi. "Le premier jet du fragment pascalien sur les deux infinis", *Etudes de langue et de littérature françaises*. 1964, numéro 4, 1-19쪽.

Mesnard, Jean. "Les conversions de Pascal", *Blaise Pascal. L'homme et l'œuvre*. Paris : Minuit, 1956, 46-63쪽.

_____. "Le thème des trois ordres dans l'organisation des *Pensées*", *Pascal. Thématique des Pensées*. Paris : Vrin, 1988, 29-55쪽

Sellier, Philippe. "Sur les fleuves de Babylone ; the fluidity of the world and the search for permanence in the *Pensées*", *Meaning, structure and history in the Pensées of Pascal*. Edited by David Wetsel, Biblio 17. Paris : Seattle, Tübingen, 1990, 33-44쪽.

김정희
서울대 불문과에서 수학, 프로방스대학(엑스 마르세이유 I) 학사, 파리 3대학 석사, 동대학에서 "Le regard et la parole —— Du *chevalier de la charrette* de Chrétien de Troyes au 〈Conte de la charrette〉 du *Lancelot en prose*"로 박사 학위 취득
현재 서울대 강사

유석호
연세대 불문과 및 동대학원 졸업, 프랑스 리용 2대학에서 "Les métamorphoses d'Alcofribas dans l'œuvre de François Rabelais"로 박사 학위 취득
현재 연세대 불문과 교수
주요 논문 : 「소설의 구조적 특성에 관한 고찰」(1992), 「카니발의 문학」(1993)

정명교
서울대 불문과 및 동대학원 졸업, 동대학에서 「크레티엥 드 트르와 소설의 구성적 원리 —— 프랑스 근대 소설의 기원에 관한 한 연구」로 박사 학위 취득
현재 충남대 불문과 교수
주요 저서 및 논문 : 『숨은 신』(공역, 뤼시엥 골드만, 1980), 「프랑스 근대소설의 기원에 대한 이론적 검토」(1992)

이건우
서울대 불문과 및 동대학원 졸업, 프랑스 그르노블 3대학에서 "L'imagination initiatique du premier Rimbaud"로 박사 학위 취득
현재 서울대 불문과 교수
주요 논문 : "Multiple voyage dans Rêve pour l'hiver"(1992), "Les Dormeurs dans la nature"(1993)

이진성

서울대 불문과 및 동대학원 졸업, 프랑스 몽펠리에 문과대학에서 "L'inspiration mythique et ésotérique dans *Alcools* d'Apollinaire"로 박사 학위 취득
현재 연세대 불문과 교수
주요 저서 및 논문 : 「주체의 위기에서 새로운 개인주의로」(1991), 『전통문화의 변형과 생성』(근간)

원윤수

서울대 불문과 및 동대학원 졸업, 프랑스 파리 소르본느 대학에서 수학, 서울대에서 「*Vie de Henri Brulard* 연구」로 박사 학위 취득
현재 서울대 불문과 교수
주요 저서 : 『프랑스 문학사』(공저, 1987), 『프랑스어 문화권의 이해』(1994)

오생근

서울대 불문과 및 동대학원 졸업, 프랑스 파리 10대학에서 "Les récits d'André Breton —— Formes et significations"으로 박사 학위 취득
현재 서울대 불문과 교수
주요 저서 및 논문 : 「권력, 욕망, 사회」(1991), 『현실의 논리와 비평』(1994)

배성옥

서울대 불문과 및 동대학원 졸업, 파리 4대학에서 「파스칼의 『팡세』 연구」로 박사 학위 취득
현재 서울대 강사
주요 논문 : 「쟝세니즘과 팡세 연구」(1994), 「데카르트의 새로운 철학」(1995)

김근택

서울대 불문과 및 동대학원 졸업, 프랑스 그느노블 대학에서 "Organisation

du discours dramatique au XVIIe siècle dans les tragédies et les comédies en
cinq actes de Corneille, de Racine et de Molière"로 박사 학위 취득
현재 연세대 불문과 교수
주요 논문 : "Notes sur *Tite et Bérénice* et *Bérénice*"(1973), "Les formes du
monologue et les effets dramatiques dans les poèmes dramatiques de P. Cor-
neille"(1983)

심민화

서울대 불문과 및 동대학원 졸업, 동대학에서 「라신느 비극의 사회적 의미와
기능에 관한 연구」로 박사 학위 취득
현재 덕성여대 불문과 교수
주요 저서 :『라신느 비극 연구』(1987), 『비평의 역사와 역사적 비평』(제라르
델포, 안느 로슈, 1993)

박무호

서울대 불문과 및 동대학원 졸업, 동대학에서 「꼬르네이유의 후기 비극 연구」
로 박사 학위 취득
현재 울산대 불문과 교수
주요 논문 : 「*Polyeucte*와 *Théodore*에 등장하는 주인공들의 성격 비교」(1990),
「작품 *Nicomède*에 나타난 대립의 이중성」(1992)

이인성

서울대 불문과 및 동대학원 졸업, 동대학에서 「몰리에르 희극의 발전과정과 의
미에 관한 연구」로 박사 학위 취득
현재 서울대 불문과 교수
주요 저서 :『연극의 이론』(1988, 편저), 『축제를 향한 희극』(1992)

저자 약력

이화원
이화여대 불문과 학사, 서울대 불문과 석사, 미국 미네소타 대학에서 "La représentation et au-delà : le théâtre de Jean Racine"으로 박사 학위 취득
현재 이화여대 강사
주요 논문 : 「라신의 『앙드로마크』——그 역동성을 위한 독서」(1994), 「트레젠과 그 너머——『페드르』의 공간과 그 '부정성'」(1994)

이동렬
서울대 불문과 및 동대학원 졸업, 프랑스 몽펠리에 3대학에서 "Les classes sociales dans l'univers romanesque du *Rouge et le Noir* et de *Lucien Leuwen*"으로 박사 학위 취득
현재 서울대 불문과 교수
주요 저서 : 『스탕달 소설 연구』(1982), 『문학과 사회묘사』(1988)

홍승오
서울대 불문과 및 동대학원 졸업, 프랑스 파리 소르본느 대학에서 수학, 서울대에서 「*Salavin* 연구」로 박사 학위 취득
현재 서울대 불문과 교수
주요 저서 및 논문 : 『불문학 개론』(공저, 1974), 「불문학의 번역 및 수요——마르셀 프루스트의 경우를 중심으로」(1989)

이환
서울대 불문과 졸업, 프랑스 파리대학에서 수학, 서울대에서 「『팡세』에 나타난 파스칼의 人間學」으로 박사 학위 취득
현재 서울대 불문과 교수
주요 저서 : 『프랑스 문학노트』(1990), 『프랑스 고전주의 문학』(1993)

김형길
서울대 사범대학 불어교육과 석사, 프랑스 프로방스 대학(엑스 마르세이유 Ⅰ)
에서 "De l'art de persuader dans *les Pensées de Pascal*"로 박사 학위 취득
현재 전주대 불문과 교수
주요 저서 및 논문 : *De l'art de persuader dans les Pensées* de Pascal(1992),
「팡세의 객관적인 편집들 속에 나타난 파스칼적인 질서」(1994)

홍난이
이화여대 영문과 학사, 동대학원 불문과 석사, 파리 4대학에서 "Le dialogue
chez Pascal"로 박사 학위 취득
현재 한국외국어대 강사
주요 논문 :「파스칼 소(小) 연구」(1), (2) (1989, 1991), "La dyade et la triade
dans l'écriture pascalienne"(1993)

프랑스 고전 문학 연구

1판 1쇄 찍음 —— 1995년 3월 15일
1판 1쇄 펴냄 —— 1995년 3월 20일

지은이 —— 김정희 유석호 정명교 이건우 이진성 원윤수
          오생근 배성옥 김근택 심민화 박무호 이인성
          이화원 이동렬 홍승오 이 환 김형길 홍난이
펴낸이 —— 朴孟浩
펴낸곳 —— (주)民音社

출판등록 1991. 12. 20. 제16-490호
135-120 서울시 강남구 신사동 506 강남출판문화센터 5층
대표전화 515-2000 팩시밀리 515-2007

값 12,000원

Printed in Seoul Korea
ⓒ 이환 외, 1995

ISBN 89-374-1081-8 93860